KNAUR

*Im Knaur Taschenbuch Verlag sind bereits folgende Bücher der Autorin erschienen:*
Im Land der gefiederten Schlange
Im Tal der träumenden Götter
Die Stadt der schweigenden Berge

*Über die Autorin:*
Carmen Lobato ist Romanistin, arbeitet in einem Museum und war zeit ihres Lebens eine leidenschaftliche Reisende. Für ihren neuen Roman hat sie umfangreiche Recherchen vor Ort in Deutschland, Großbritannien, Frankreich und dem armenischen Teil von Anatolien betrieben. Carmen Lobato ist als Dozentin tätig und lebt mit ihrer Familie in verschiedenen europäischen Städten.
Die versunkenen Kulturen des alten Orients und das tragische Schicksal des armenischen Volkes sind ihr ein besonderes Anliegen.

# CARMEN LOBATO

# Und sie werden nicht vergessen sein

ROMAN

KNAUR

**Besuchen Sie uns im Internet:**
**www.knaur.de**

FSC
www.fsc.org
MIX
Papier aus verantwortungsvollen Quellen
FSC® C083411

Originalausgabe März 2016
Knaur Taschenbuch

Ein Imprint der Verlagsgruppe
Droemer Knaur GmbH & Co. KG, München

Ein Projekt der AVA Internatioal GmbH Autoren- und Verlagsagentur
www.ava-international.de
Redaktion: Silvia Kuttny-Walser
Umschlaggestaltung: ZERO Werbeagentur, München
Umschlagabbildung: Gettyimages / Jake Wyman; akg-images;
© H. F. Reid/National Geographic Creative/Corbis; FinePic®, München
Satz: Adobe InDesign im Verlag
Druck und Bindung: CPI books GmbH, Leck
ISBN 978-3-426-51820-5

2 4 5 3 1

*To »the few«*
*Thank you. Still owing you so much.*

*Im Gedenken an*
*Primo Levi, Komitas Vardapet, Jean Amery,*
*Jean Moulin, Missak Manouchian.*
*Bewundernd. Traurig.*

»Was geschehen ist, ist eine Warnung.
Sie zu vergessen, ist Schuld.«

KARL JASPERS

*»Pour toi, Arménie.«*

CHARLES AZNAVOUR

# ERSTER TEIL

## *Berlin und London*

»Es wartet niemand in dieser Stadt.«
MASCHA KALÉKO

# 1

## EVA
## VOR BERLIN. JUNI 1937

Weißt du, was noch widerlicher ist, als mit Schweinen zu verkehren?«

Die Stimme ihres Geliebten schreckte Eva aus ihrer Betrachtung. Sie stand über die Halbtür des Kobens gebeugt, der Gestank war zum Gotterbarmen, und der Anblick kein bisschen erfreulicher. Dennoch musste sie sich zwingen, den Blick von den zwei Tieren abzuwenden. Mit den aufgetriebenen Leibern der Schweine erging es ihr wie mit allem, das aus der Masse hervorstach und ihren Blick einfing. Ihre Augen saugten sich fest. Ihr Hirn nahm Maß und fertigte eine Skizze an.

»Ich habe dich etwas gefragt«, sagte Martin. »Aber dass du eine Frage, die derart absurd klingt, ignorierst, wundert mich nicht.«

Statt zu antworten, nahm Eva ihn in Augenschein. Sein Gesicht hätte zu einem asketischen Mönch des Mittelalters gehören können. Sandhell und fein wie Kinderflaum tanzten Haarsträhnen über seiner Stirn und ließen die Haut auf dem markanten Schädel schimmern. Von seinen Augen schwärmte die halbe Nation. Ihr vages Graublau war die einzige Farbe, die nicht in der Tierwelt, sondern nur bei Menschen vorkam.

Eva lebte seit fünf Jahren mit ihm, sie neigte eher zum Spötteln als zum Schmachten, doch der Schnitt seiner Züge weckte noch immer die Schwärmerin in ihr. Sie war Künstlerin, Ästhetin, sie hatte das Recht, sich einen Mann zum Gefährten zu wählen, nach dem der Rest der weiblichen Bevölkerung mit umwölkten Blicken lechzte. *Der schöne Martin.* Etwas erschrocken lachte sie auf, weil eine gewisse Ähnlichkeit mit den Schweinen sich nicht leugnen ließ. Die rosige Nacktheit. Die Borsten, die aus der Schwarte wuchsen.

Beschimpften Menschen einander deshalb als Schweine? Weil die Ähnlichkeit sich aufdrängte?

»Darf ich wissen, was so lustig ist?«, fragte Martin.

»Darf ich wissen, was dir die Petersilie verhagelt hat?«, fragte Eva zurück.

»Das alles hier.« Martins Lippen wurden schmal. »Dieser traurige Zirkus.« Er zog sie an sich und küsste sie, als wollte er im Schweinestall mit ihr ins Bett. »Lass uns nach Hause fahren, ja? Jetzt gleich.«

»Ohne das heilige Abendbrot?« Eva zog die Brauen hoch und äffte den leidenden Tonfall von Martins Mutter nach: »Jetzt habe ich extra meinen feinen Kartoffelsalat gemacht, soll ich den etwa wegschmeißen?«

Martin verzog keine Miene. »Mir egal«, sagte er. »Ich will zurück nach Berlin.«

Aber Eva war noch nicht fertig. Während der Wochenendbesuche bei Martins Eltern fühlte sie sich stets, als müsste sie rund um die Uhr die Luft anhalten, und irgendwann platzte es dann aus ihr heraus. »Unsereins hat's nicht so dicke«, wimmerte sie, die Stimme der Mutter weiter imitierend. »Bei uns wird die ganze Woche gekratzt, damit's am Sonntag zu Buletten reicht, aber ihr seid natürlich was Feineres gewöhnt. Mit einfacher Hausmannskost kann man solchen wie euch ja nicht kommen.«

Wen Hildchen Serner mit »solchen wie euch« meinte, brauchte sie Eva nicht zu erklären. Ihren Zorn lebte sie an ihrem Haarknoten aus und rupfte daran, bis die Nadeln sich lösten. Auf der Schulter spürte sie schwere, streichelnde Strähnen, und ihr Hirn produzierte das Bild, das sich Martin bot: *Eva, die Versucherin, den Verlust des Paradieses wert.* So erging es ihr ständig: Immer sah sie das Bild, das andere von ihr hatten, so, als hätte sie die Augen ihrer Mitmenschen im Kopf.
»Meine Schädelinnenwand muss als Leinwand für mein ewiges Selbstporträt herhalten«, hatte sie Wilma erklärt, der göttlichsten Freundin, die eine Frau nur haben konnte.
Wilma hatte gelacht. »Das kann ich deiner Schädelinnenwand nicht verdenken, *bijou.*« Sie lachten so viel, wenn sie zusammen saßen, vor sich die hohen Tassen mit Wilmas Kaffee, in denen sie je nach Weltlage den Anteil an *Pernod* erhöhten, und eingenebelt in Wolken von Wilmas schwarzem Zigarettentabak. An manchen Tagen lachten sie die ganze Nazi-Partei, deren tausendjähriges Reich und alles, was daran kaputtging, weg.
Martins Miene war noch immer unbewegt. Er hielt Eva bei den Schultern und blickte sie mit seinen Menschenaugen an. Sie wollte auch weg. Weg von Schweineställen und Buletten, Blicken voll Argwohn und der Düsternis in Brandenburgs Dorfstraßen. Zurück nach Berlin, in ihr brausendes Meer von Lärm und Lichtern, zurück in ihre weltschönste Straße, die selbst die Nazis nicht kleinkriegten, und auf einen *Pernod* in Wilmas Bistro.
Zurück zu Chaja.
Eva gehörte nicht zu den Frauen, die es kein Wochenende ohne die kostbare Frucht ihres Leibes aushielten. Sie gehörte nicht einmal zu den Frauen, die sich eine solche Frucht gewünscht hatten. »Ich male Bilder, von mir bleibt genug auf der Welt«,

hatte sie denen entgegnet, die sich mit gekrauster Stirn erkundigt hatten, ob sie sich denn keine Kinder wünsche.
Sie hätte noch immer das Gleiche gesagt. Gegen ihre Sterblichkeit malte sie wie besessen an, dafür brauchte sie kein Kind. Sie war auch noch immer wild auf durchliebte Wochenenden ohne Chaja. Nicht gerade im Brandenburgischen, bei Hildchen Serners Schlachtschweinen, aber in Florenz oder am liebsten in Paris, diesem Schmelztiegel, der sämtliche Sinne zum Überkochen brachte. Es war ein köstliches Vergnügen, auf die Kulturschätze einer Traumstadt zu pfeifen und zwei Tage nur im Bett zu vertrödeln, ohne dass eine goldige Vierjährige ihre Himbeerbonbons in die Besucherritze zwischen den Matratzen klebte.
Aber zu Chaja nach Hause zu kommen, war nicht weniger köstlich. Irgendwann während des Heimwegs stellte sich unweigerlich der Chaja-Hunger ein, die Gier, diesen kleinen Körper an den eigenen zu pressen, die zarten Glieder zu spüren und die Nase in den Duft nach Honigmilch und Seife zu tauchen. Dem Vogelstimmchen zu lauschen, der atemlosen Folge von Liebeserklärungen. Chaja liebte den Postboten, den Sprecher der *Funkstunde*, den Hund des Eiermanns, Martins Agenten Hagen Fidelis, Wilma, die sie *ma tante* nannte, sämtliche Kinder, die sie kannte, und ihre Kinderfrau, das Fräulein Podewils. Inniger als all jene zusammen liebte sie jedoch Martin und Eva, und am allerinnigsten liebte sie sich selbst.
Ich bin Chaja Löbel, das zuckersüße Zentrum des Universums.
Eva musste noch einmal lachen.
»Darf ich jetzt vielleicht wissen, was so komisch ist?«, fragte Martin gereizt.
»Nichts«, sagte Eva. »Ich habe nicht gelacht, weil etwas komisch wäre.«

Die Schweine wühlten im Breischleim und gaben röchelnde Geräusche von sich. Als das fettere zu schmatzen begann, kapitulierte Evas Magen.
Martin fixierte sie. »Fahren wir nach Hause?«
Eva nickte und trat schon zum Ausgang. Der Gestank war auf einmal nicht mehr auszuhalten.

Die meisten Menschen, die aus dem brandenburgischen Kaff, in dem Martins Eltern lebten, nach Berlin reisten, nahmen den Zug. Martin hatte einen Chauffeur, den die Reichskulturkammer ihm stellte, aber während dieser Wochenendbesuche fuhr er selbst, um von niemandem gesehen zu werden. Er tat es, weil er das Kaff samt den Eltern, die ihn dort aufgezogen hatten, tunlichst verschwieg. Der schöne Martin verschwieg so manches.
Sie kamen rasch voran. Seit die Nazis ihre Reichsautobahnen bauten, als müssten alle Straßen nach Berlin führen, war die Strecke nur noch ein Katzensprung. Obendrein war es Sommer und der Abend hellgolden.
Eva war eine Stadtpflanze, süchtig nach menschlicher Schönheit und blind für die Reize von Landschaften. Sie malte Straßenschluchten, Hinterhöfe, Irrenhäuser, Gefängnisse und Leichenhallen, doch vor allem malte sie die Gestalten, die darin herumgeisterten. Gesichter, die im steinernen Dschungel verloren gingen, wenn niemand sie auf eine Leinwand bannte. Dinge, die unvergänglich waren, malte sie nicht. Keine Sonnenuntergänge über sandigen Urstromtälern, kein Gelb von Rapsfeldern, über die sich Nachtschwere senkte, keinen blühenden Holunder zwischen Tannenzweigen.
Dass auf dieser Reise in den Abend dennoch ein Zauber wirkte, überraschte sie. Jäh sehnte sie sich danach, die Geschwindigkeit zu drosseln, in der Schläfrigkeit des Ackerlandes dahin

zu zockeln, statt Berlin entgegenzurasen, als könne keine Naturgewalt den Zwölfzylinder aufhalten. Als warte daheim, auf ihrer Insel in der Bleibtreustraße, eine Katastrophe auf sie.
Die letzten Male schon, als sie von einem Besuch bei Gerhard und Hildchen Serner zurück nach Berlin gefahren waren, hatte Eva einen Anflug von Beklommenheit verspürt, aber der hatte sie nie so eisig gepackt wie heute. Lass uns anhalten, hätte sie gern zu Martin gesagt, und im hohen Frühsommergras ein Picknick teilen, das nur aus Champagner besteht. So wie damals, als wir uns gerade gefunden hatten, als unsere Liebe uns derart einzigartig schien, dass alles, was wir taten, ebenfalls einzigartig sein musste.
Unsere Liebe ist einzigartig. Ich war die wilde Eva, der Sündenfall auf langen Beinen, in der Berliner Bohème gab es keinen einzigen hübschen Kerl, der nicht wusste, wie ich im Hotelbett schmeckte. Mit dir bin ich nicht in ein Hotel gegangen, sondern in mein Turmzimmer über der Kunsthandlung, in mein gläsernes Traumkabinett. Um deinetwillen bin ich weitergezogen, fort aus dem Turmzimmer, in deine Bleibtreustraße. Für dich bin ich sesshaft geworden und so gut wie treu, von ein paar Nächten, die nicht zählen, abgesehen. Von dir habe ich mir ein Kind machen lassen, einen dicken Bauch, in dem ein Tropfen Du und ein Tropfen Ich zu einem Ganzen schmolzen. Meine Liebe zu dir ist einzigartig, ob ich hundert Kerle vor dir hatte oder tausend. Ich habe von keinem ein Kind. Nur von dir.
Und deine Liebe zu mir?
Damals hast du, besoffen vom Kirschwein, behauptet: »Meine Liebe hält alles aus.«
Ich habe dich geküsst, bis es weh tat, und in die flimmernde Abendluft gebrüllt: »Meine nicht. Wenn du dir Speck am Hintern zulegst oder röhrende Hirsche in Stuben hängst, fliegst du raus. «

Sie betrachtete ihn von der Seite, das anbetungswürdige Profil und die Linien des Körpers, der seine Drahtigkeit bewahrte, obwohl die Hüften inzwischen merklich gepolstert waren. Es machte ihr nichts aus. Sie liebte ihn. Über schlechten Geschmack zerrissen sie sich noch immer die Mäuler, auch wenn er in letzter Zeit Zugeständnisse machte, die ihr den Appetit verdarben.

Wenn einer behauptete, seine Liebe halte alles aus – fragte der sich in dem Moment, was das bedeuten konnte, über dicke Hintern, schlechten Geschmack und ein, zwei Treuebrüche hinaus?

Evas Herz schlug heftig. Sie wollte Martin bitten, den Wagen am Straßenrand abzustellen und mit ihr in die Felder zu laufen, sich irgendwo zwischen die Halme fallen zu lassen und alles zu vergessen, was in Berlin auf sie warten mochte.

Zugleich setzte der Chaja-Hunger ein. Die Sehnsucht nach dem Kind, das sie gemacht hatten, damals in Babelsberg, im Schatten himmelhoher Filmkulissen. Chaja war in den Tagen entstanden, in denen ihre Liebe so neu und blank gewesen war wie eine leere Leinwand. Eva hatte immer darauf geachtet, nicht schwanger zu werden, seit sie mit siebzehn ihrer Familie im Taunusstädtchen Niedernhausen davongelaufen war, um sich im Hinterzimmer eines Frankfurter Varietés entjungfern zu lassen. Bei Martin vergaß sie die Überzieher und dachte später: Ich wollte ein Kind von ihm. Ich habe es nur nicht gewusst.

Das Licht wurde schwerer. Die Dunkelheit lauerte sprungbereit auf den Moment, sich herabzusenken. Berlin war schon nahe. Einst war es die einzige Stadt gewesen, in der Eva hatte sein wollen, überzeugt, nur dort, im Strudel der Metropole, malen, lernen, atmen zu können. Die Avantgarde der ganzen Welt zog es ja dorthin, jeden, der nach Neuem, Wildem, Unerhörtem strebte, der sich das Alte, Überholte, das ihn am Boden hielt, von den Fesseln schütteln wollte. In der Enge des Frankfurter Vororts, in dem Evas Familie ihr wohlanständiges Leben fristete, wäre Eva erstickt. Ihre Hitze gehörte in den Schlund des Vulkans. Nach Berlin.

»Was willst du denn da?«, hatte ihr Vater gefragt. »In dieser Stadt wartet doch kein Mensch auf dich.«

»Das ist mir egal«, hatte Eva gesagt. Dass kein Mensch auf einen wartete, bedeutete Freiheit ohne Grenzen, aber das hätte ihr Vater als Frechheit abgetan. In seiner peinlich auf Anpassung bedachten Spießbürgerwelt kam keine Freiheit ohne Grenzen vor. »Wenn du uns das antust, wartet auch hier niemand mehr auf dich, Eva.«

Sie war gegangen und hatte Niedernhausen nie wiedergesehen. Komme ich in Berlin nicht zurecht, gehe ich eben anderswohin, hatte sie gedacht. Ich bin frei, auf mich wartet nirgendwo ein Mensch.

Heute war das anders, und Eva erschrak, als sie begriff, wie verletzlich sie das machte: Heute warteten Wilma, eine Straße voller Freunde und ein Atelier voller Bilder. Bilder von Menschen, die niemand anderer als Eva hätte festhalten können und die sie brauchten, wie Eva sie brauchte, weil sie einander Unsterblichkeit verliehen. Heute wartete Chaja. Ein Kuss, der nach Himbeerdrops schmeckte. Es gab keine Freiheit mehr – und keine andere Stadt.

»Woran denkst du?«, fragte Martin.

»An Chaja«, antwortete Eva.

Für gewöhnlich lächelte er bei dieser Antwort, wie es kein Mensch bei dem gefeierten Star der UFA kannte. Er spielte feurige Liebhaber. Keine lächelnden Väter. Heute lächelte er jedoch nicht.

»Du hast vorhin meine Frage nicht beantwortet«, sagte er.

»Welche Frage?«

Seine Hände krampften sich um das Steuer. »Weißt du, was noch widerlicher ist, als mit Schweinen zu verkehren?«
Evas Herz schlug schmerzhaft gegen den Brustkorb. Wie mit einem Eispickel. Dass er von den Schweinen sprach, die seine Eltern in ihrem Koben mästeten, um sie irgendwann für Buletten durch den Fleischwolf zu drehen, wagte sie nicht zu hoffen.
Sie musste sich beherrschen, um sich nicht an ihn zu klammern wie ein verhuschtes Mäuschen, das sie nie gewesen war. Sie hatte Männer gewollt, die sie erregten, reizten, herausforderten, und Martin gelang all das wie keinem vor ihm. Einen Mann, der sie beschützte, hatte sie nicht gebraucht, sie konnte bestens auf sich selbst aufpassen. Wer hätte auch eine streitbare Amazone wie Eva Löbel beschützen wollen – und vor allem: wovor?
Aber eine Amazone, der ein Kind am Bein hing, kämpfte mit verminderter Kraft, und ein Feind, der von allen Seiten näher rückte, ließ sich nicht frontal mit einer scharfen Zunge besiegen. Beschütze mich und dein Kind, wollte etwas in ihr zu Martin hinüber wispern. Sag mir, dass uns nichts geschehen kann, was immer in Berlin auf uns wartet.
»Du antwortest mir noch immer nicht«, beharrte Martin, der über die leere Autobahn der Stadt entgegenjagte.
»Zum Teufel, ich habe keine Ahnung, was für eine Antwort du hören willst! Was *ist* denn noch schlimmer, als mit Schweinen zu verkehren?«
»Ein Schwein zu sein«, sagte Martin und raste in die anbrechende Nacht.

# 2

## BERLIN. JUNI 1932

Eva und Martin hatten sich bei der Arbeit an dem Film kennengelernt, der ihm schließlich seinen Durchbruch bescherte. Bekannt war er zuvor schon gewesen, ein Talent, dem nur das passende Sprungbrett fehlte. »Er spielt in öden Filmen, aber er sieht umwerfend gut aus«, schwärmten die Kundinnen bei Evas Friseur. »Einen Blick hat der – erhaben wie ein junger Gott.«

Wenn der erhabene Junggott dennoch hinter seinen Konkurrenten zurückblieb, dann lag es daran, dass sich Blick und Gesichtszüge nicht für die neckischen Komödien eigneten, in denen Willy Fritsch und Heinz von Cleve brillierten. Martin Serner, das war pure Leidenschaft, das Dunkle, Überlebensgroße, das einen Monumentalfilm brauchte, ein Epos von zeitloser Gültigkeit. Und ein solches hatte sein Agent für ihn aus dem Boden gestampft.

An einem Samstagabend im Frühsommer hatte er auf der neu gelegten Telefonleitung in Evas Turmzimmer angerufen. Eva, die im Begriff stand, sich ins Nachtleben der Stadt zu stürzen, hatte vor dem Spiegel gestanden, um ihr naturgegebenes Gesicht in ein ureigenes Werk zu verwandeln. Das war das Beste am Eintauchen in den Strudel der Berliner Nächte: die Masken, die sie sich anlegen konnte, für jeden Zug um die Häuser eine neue, wonach immer ihr der Sinn stand. Paul, der reizende Akademiker, mit dem sie derzeit schlief, behauptete: »Ich habe nie etwas Intimeres gesehen als dich beim Schminken.«

Der Anruf verdarb Eva die Laune wie alles, was sie beim Gestalten störte. Entsprechend unwirsch hatte sie sich gemeldet, ohne ihren Namen zu nennen.

»Einen angenehmen Abend wünsche ich.« Der Anrufer schnaufte beim Sprechen. Seine Stimme beschwor das Bild eines possierlichen Nagetiers herauf. »Spreche ich mit Fräulein Eva Löbel?«

»Wen erwarten Sie denn sonst, wenn Sie sich mit meinem Anschluss verbinden lassen?«

»Ich bitte um Entschuldigung«, sagte der Nagetiermann betulich. »Ich habe Ihre Ausstellung in der Galerie Renke-Levin gesehen. *Gesichter des Wahnsinns.* Höchst beeindruckend. Alfred Renke-Levin war so freundlich, mir Ihre Nummer zu geben, nachdem ich ihm versichert hatte, dass Sie die Frau seien, nach der ich mir die Finger wund suche.«

»Das nenne ich einen Frontalangriff.« Evas schlechte Laune zerschmolz. »Zu den Männern, die um den heißen Brei reden, gehören Sie offenbar nicht. Leider bin ich heute Abend schon vergeben, aber ich setze Sie gern auf meine Warteliste.«

»Um Gottes willen, gnädiges Fräulein! Sie missverstehen mich. Hätte ich je daran gedacht, mich zu verheiraten, dann könnten Sie gut und gern meine Tochter sein. Vielleicht sollte ich mich erst einmal vorstellen, ehe ich auf mein Anliegen zu sprechen komme: Mein Name dürfte Ihnen nichts sagen, ich bin die notorische graue Eminenz, die im Hintergrund an Fäden zieht. Den meines Klienten haben Sie dagegen mit Sicherheit schon gehört. Sie sprechen mit Hagen Fidelis, dem Agenten von Martin Serner.«

Zufällig war Eva an jenem Tag beim Friseur gewesen. Den Namen Serner hatte sie noch im Ohr. »Ist das dieser Schauspieler, der angeblich aussieht wie ein junger Gott?«

»Er sieht nicht nur so aus«, erwiderte Hagen Fidelis todernst. »Er ist einer.«

»Oha«, machte Eva. »Wenn man Ihnen etwas vorwerfen wollte, dann keinesfalls Tiefstapelei.«

»Im Fall von Martin wäre Tiefstapeln sinnlose Heuchelei«, entgegnete Hagen Fidelis.

Schwul, dachte Eva. Der junge Gott ebenso wie sein possierlicher Agent. Sie hatte gern mit schwulen Männern zu tun, weil die ihrer Arbeit längere Blicke gönnten, ehe sie unweigerlich auf ihren Körper umschwenkten.

»Nach dem Film, um den es mir geht, wird es am Himmel über diesem Land keinen helleren Stern mehr geben als Martin«, fuhr Hagen Fidelis fort. »Zumindest wenn es mir gelingt, den Rahmen zu zimmern, in dem ein solches Talent sich entfalten kann. Das Sujet hat mir eine Suche abverlangt, die den stärksten Mann zermürbt hätte: *Semiramis*. Sagt Ihnen das etwas? Eine große Geschichte, Fräulein Löbel. Groß genug, um die Welt zu umarmen.«

»Einer von diesen monumentalen Schinken wie Fritz Langs *Nibelungen*?«, fragte Eva. »Alles auf Effekte ausgerichtet, einstürzende Himmel, verschlingende Ozeane, explodierende Riesenbauten? Tut mir leid, Herr Fidelis. Ich weiß zwar noch immer nicht, was Sie eigentlich von mir wollen, aber ich fürchte, Ihr zermürbend gesuchtes Sujet interessiert mich nicht.«

»Bitte warten Sie.«

Eva glaubte vor sich zu sehen, wie der Nagetiermann sich den Hörer zwischen Ohr und Schulter klemmte und beschwörend die Hände rang. »*Semiramis* braucht einen Himmel, der einstürzt, damit liegen Sie richtig, aber Sie wollen mir doch wohl nicht erzählen, dass Sie das abschreckt? Ich habe Ihre Bilder gesehen, *Gesichter des Wahnsinns.* Würde nicht in jedem Gesicht, das Sie malen, ein Himmel einstürzen, hätte ich Sie nicht angerufen.«

Eva war so überrumpelt, dass sie nichts zu erwidern wusste. Sie lebte von den bitterbösen Karikaturen, die sie für die Satirezeitschrift *Der Wahre Jakob* zeichnete und über die ihre

Freunde in hämisches Gelächter ausbrachen. Ihre Gemälde – verwischte Aquarelle und schweres, dunkles Öl – fanden kaum je Erwähnung. Den meisten waren sie zu kompliziert, zu wenig eindeutig für eine Zeit, in der es Plakate brauchte, klare Aussagen, die dem Betrachter ins Gesicht sprangen.

Die Zeichenlehrerin an dem Mädchengymnasium, das ihre Eltern für standesgemäß gehalten hatten, hatte Evas Bilder vor den Augen der Klasse zerrissen. »Du hast nicht aufgepasst«, hatte sie sie getadelt. »Ansonsten könntest du auch so nette Gesichter zeichnen wie Gertrud und Sibylle, nicht solche scheußlichen, kaputten Fratzen.«

Eva hatte sich die Lippen zerbissen, um sich keine Blöße zu geben, aber der Druck war zu stark. Unter dem Gekicher der Mitschüler hatte sie um die geschmähten Gesichter geweint. Ich hätte sie nicht malen dürfen, dachte sie. Es ist meine Schuld, dass sie zerrissen wurden und dass jetzt niemand mehr von ihnen weiß.

Einen Menschen, mit dem sie darüber hätte sprechen können, gab es nicht. Ihre Eltern fanden die Bilder ebenso abscheulich wie die Lehrerin. Ihr Vater wollte einmal eines davon mit Reißzwecken an der Wand befestigen, und als Eva schrie, sagte er: »Was machst du für ein Theater um die Krakelei?« Die Mutter beauftragte ihn, ein Porträt, das Eva ihr zum Geburtstag gemalt hatte, vor den Augen der Tochter in den Abfall zu stopfen.

»Ich habe mich entschieden, meine Kinder nicht zu schlagen«, hatte der Vater gesagt. »Ansonsten bekämst du ein halbes Dutzend Schläge mit dem Rohrstöckchen auf die Hand, die diese Scheußlichkeit verfertigt hat. Du solltest dich schämen, die Schönheit des Menschen zu missachten und deiner lieben Mutter mit diesem Schmutz das Herz schwer zu machen.«

In Wirklichkeit hatte er Eva sehr wohl geschlagen. Mitten aufs Herz, das mindestens so schwer war wie das der Mutter. Und ih-

ren Mut hatte er kurz und klein geschlagen, mit dem sie es gewagt hatte, das Gesicht der Mutter aufs Papier zu bannen: so schön, wie sie es sah, und voll der Achtung, die sie dafür empfand. Ein Gedanke war in ihr aufgeblitzt: Wenn die Mutter starb, wer würde nun, wo ihr Bild zerstört im Abfall lag, noch von ihr wissen?
Nach diesen Schlägen hatte sie sich nicht länger beherzt und mutig gefühlt. Wie konnte sie sich anmaßen, Menschen zu malen, wenn sie mit jedem Strich ihre Schönheit in Scheußlichkeit verkehrte? Wie konnte sie es wagen, das Wunder eines Gesichtes nachzugestalten, wenn es anschließend in Fetzen gerissen oder zerknüllt in den Abfall gestopft wurde?
Sie war schließlich den Lehrern und Eltern davongerannt, war mit siebzehn Jahren mutterseelenallein nach Berlin geflohen und hatte sich an der Kunstakademie in Charlottenburg beworben. »Sie sind begabt«, hatte Professor Breuer, der ihre Bewerbung prüfte, gesagt. »Auch wenn Sie sich mehr ins Zeug legen müssen.«
Peter Breuer galt als der Mann, der den Bildhauern der Berliner Schule den Weg in die Moderne geebnet hatte. Dass eine solche Koryphäe sie für begabt hielt, gab Eva Herz und Mut zurück. Sie legte sich ins Zeug. Hier, wo ihre Bilder vor zerstörerischen Händen in Sicherheit waren, tobten und wirbelten ihre Pinsel gegen die Dummheit der Spießbürger an. Zuweilen aber lähmte deren Macht sie noch immer: Was, wenn sie doch recht hatten? Wenn sie wirklich nicht imstande war, mit ihren Bildern die Erinnerung an Menschen festzuhalten, sondern ihre Schönheit in den Schmutz zog?
Sie ließ es niemanden merken, sondern trat auf, als wären Zweifel ihr fremd. »Eva Löbel strotzt vor Selbstbewusstsein«, behauptete einer der wenigen Kritiker, die ihre Bilder überhaupt erwähnten. »Sie ist forsch und frech wie ihre Karikaturen, aber ihre Arbeiten in Öl und Aquarell sind anders: Die

fragile Schwäche der Modelle scheint zu so viel Forschheit nicht zu passen.«

Ich muss so sein, hatte Eva gedacht. Wer schützt die schönen, fragilen Gesichter, wenn nicht meine freche Forschheit, die meine Schwäche tarnt?

Erst an jenem Frühsommerabend, am Telefon mit einem ihr unbekannten Theateragenten, begriff sie, was ihre gemalten Gesichter für die Spießer von Niedernhausen so erschreckend machte: Sie waren nicht scheußlich. In ihnen stürzte ein Himmel ein. Der Agent hatte mit einer Handvoll Worte erfasst, was sie sich seit Jahren vergeblich zu erklären suchte.

»Fräulein Löbel?«, fragte er schließlich leise. »Kann ich Sie für unseren Film gewinnen?«

»Meine Bilder handeln von Menschen«, wehrte Eva ab. »Nicht von Göttern.«

»*Semiramis* handelt auch von Menschen«, erwiderte der Agent. »Es ist das Epos von Assyriens Königin, die das strahlende Ninive begründete und den Turm von Babel erbauen ließ. Und die doch scheiterte und aus göttlicher Höhe in Abgründe stürzte, als sie sich in einen Menschen verliebte. In Ara, den König von Urartu.«

»Wo ist Urartu?«, fragte Eva.

»Das Reich der Urartäer erstreckte sich am Fuß des Berges Ararat«, erklärte Hagen Fidelis. »Dort, wo Noahs Arche nach der Sintflut auf Land gestoßen sein soll.«

»Ist das In der Türkei?«

»Im Osten von Anatolien«, präzisierte Hagen Fidelis. »Umgeben von Gebirgszügen, die die Assyrer *schreckliche Berge* nannten, wie Dolchspitzen, die in den Himmel ragen. Das Gebiet gehört heute zur Türkei, das ist richtig. Die wahren Nachfahren der Urartäer sind jedoch die Armenier, die auf diesen hohen Ackerflächen ihre Dörfer hatten, bis … «

»Bis was?«

»Nichts«, sagte Hagen Fidelis. »Vergessen Sie's. Unser Film spielt vor viertausend Jahren, der hat damit nichts zu tun. Semiramis ist eine der vier Frauen, die die Welt beherrschen. Ihre Macht ist unverwundbar, bis sie vor Ara, dem König der Armenier, steht und seiner Schönheit verfällt. Ihr Leben lang hat sie nach allem, was sie begehrte, nur die Hand ausstrecken müssen, also streckt sie nun die Hand nach Ara aus.«

Insgeheim fand Eva diese Semiramis beneidenswert. Das Paulchen, mit dem sie schlief, war hübsch, noch hübscher als das Hänschen vor ihm, aber wo zum Teufel fand sich Schönheit, der man verfallen konnte?

»Aras Schönheit ist jedoch zerbrechlich«, fuhr Hagen Fidelis fort. »Und Semiramis weiß mit Zerbrechlichkeit nicht umzugehen. Als der Armenierkönig sie abweist, um weiter sein stilles Mädchen zu lieben, überzieht die Rasende sein Land mit Krieg. Mäht sein Volk nieder, lässt Weiber, Kinder, Greise metzeln und am Ende auch den Mann, den sie liebt. Erst als die Götter ihr verweigern, ihn wieder zum Leben zu erwecken, muss sie innehalten und – viel zu spät – lernen, was Demut ist.«

Ein paar Augenblicke lang schwieg er, geradezu lauernd. »Und nun?«, fragte er dann. »Wollen Sie mir immer noch erzählen, dass das kein Stoff für Sie ist, Fräulein Löbel?«

Es war ein Stoff für sie. So sehr sogar, dass sie Angst bekam.

»Ich habe keine Ahnung«, behauptete sie. »Was hätte ich denn überhaupt dabei zu tun?«

»Ich brauche jemanden, der die Gestaltung der Filmbauten in die Hände nimmt«, sagte Hagen Fidelis.

»Ich bin kein Bühnenbildner.«

»Der würde mir auch nichts nützen. Leute, die eine Kulisse zusammenzimmern können, habe ich wie Sand am Meer. Was mir fehlt, ist ein künstlerischer Leiter, jemand, der imstande ist, eine versunkene Welt zum Leben zu erwecken – beängstigend fremd und zugleich für uns Menschen von heute erkennbar. Und deshalb umso beängstigender. Sie verstehen, was ich meine, nicht wahr?«

Eva war nicht sicher, ob sie verstand, was er meinte, aber sie sah diese Welt bereits vor sich: eine riesenhafte steinerne Welt, aufragende Mauern mit in Stein geschlagenen Gesichtern.

»Stein«, sagte Hagen Fidelis. Er kam Eva vor wie Hanussen, der Gedankenleser in der *Scala*. »Diese Armenier hauen alles in Stein – Festungen, Bethäuser, Standbilder. In Urartu herrschte der Glaube, die Seele eines Menschen ließe sich in einem Steinbildnis bewahren, und für König Ara schuf der Stein das Bildnis selbst: Der Legende nach faltete sich die Erde auf, wo die weinende Semiramis mit dem Leichnam des Geliebten in die Knie brach, und formte den Berg Ararat. Das ist doch großartig, finden Sie nicht?«

»Allerdings«, entfuhr es Eva. Die Geschichte mochte ein aus mythischen Fetzen zusammengestrickter Unsinn sein, wie die meisten Sujets der neuen Tonfilme, aber das minderte nicht ihre Größe. Dunkle Leidenschaft. Eine Welt, die in Stücke brach, weil Menschen an ihrer Einsamkeit zugrunde gingen. Wenn es überhaupt einen Stoff gab, der für Eva Löbel gemacht war, dann war es dieser.

»So eine Welt will Martin«, fuhr Hagen Fidelis fort. »Überlebensgroß. Steinern. Ewig. Er hat irgendeinen Türken aufgetan, der solche Sachen in Stein haut, nicht nach einem Modell, sondern einfach so drauflos.«

*»Direct Carving«*, sagte Eva.

»Ganz richtig. Sie kennen sich ja aus. Die Sachen, die dieser kleine Türke macht, sind überwältigend. Wucht und Zartheit in einem, das berührt einen auf ganz seltsame Art. Und nun will Martin von mir, dass ich ihm einen Zauberkünstler auftreibe, der solche Sachen in Filmbauten umsetzt. Was tut man nicht alles für ein Genie? Du willst einen Zauberer von mir, habe ich zu ihm gesagt, also finde ich für dich einen Zauberer, und *voilà*, ich habe einen gefunden.«

»Mich?«

»In der Tat«, bestätigte Hagen Fidelis. »Sie haben völlig freie Hand. In Babelsberg stellt die UFA uns ein Außengelände zur Verfügung, auf dem können Sie die gesamte Türkei nachbauen, wenn Sie wollen.«

»Warum beauftragen Sie eigentlich nicht Ihren kleinen Türken damit?«, fragte Eva.

»An den ist kein Drankommen«, antwortete Hagen Fidelis. »Niemand vertritt ihn, niemand weiß, wo er steckt. Am Ende ist er nur ein anatolischer Bergbauernbursche, in dem zufällig diese archaische Begabung schlummert. Unseren Anforderungen wäre der gar nicht gewachsen. Aber Sie wären es, Fräulein Löbel. Wollen Sie ein Engel sein und nach Babelsberg kommen, um sich unser Urartu einmal ohne jede Verpflichtung anzusehen?«

»Ein Engel ist das Letzte, was ich sein will«, gab Eva zurück. »Aber ansehen kann ich es mir, wenn es sich einrichten lässt.«

»Wunderbar!«, jubelte Hagen Fidelis. »Ich schicke Ihnen einen Wagen, der holt Sie in einer Viertelstunde ab.«

»Was, noch heute Abend?« Eva warf einen Blick zum Fenster. Draußen funkelte Berlins erleuchtete Nacht, und die Scheibe reflektierte ihr erst zur Hälfte geschminktes Gesicht. Sie hatte keine Zeit. Im Schwimmerbassin des *Romanischen Cafés* wartete Paulchen, ein Fremdkörper zwischen Rauchschwaden, blinden Spiegeln und bunten Vögeln. Er war Akademiker, Professor für Vorderasiatische Archäologie, und unter ihren Künstlerfreunden fühlte er sich wie der sprichwörtliche Storch im Salat. Er kam nur ihretwegen dorthin, und er war ein wirk-

lich netter Mann. Auch wenn die Anziehungskraft schon nachließ, verdiente er nicht, dass sie ihn versetzte.
»Ich hätte diese Sache gern so schnell wie möglich unter Dach und Fach«, drängte Hagen Fidelis.
»Das ist aus Ihrer Sicht verständlich«, entgegnete Eva. »Aber was bringt das mir?«
»Ich schicke den Wagen und zeig's Ihnen«, erwiderte der Agent und legte auf.

Eva war skeptisch gewesen, geradezu ein Bündel geballter Skepsis, das in den beflissen aufgehaltenen Wagenschlag der Limousine gar nicht erst hatte einsteigen wollen. Wem die UFA seit ihrer Krise vor fünf Jahren gehörte, wusste jeder: Alfred Hugenberg, dem Medienzar, der die Hitler-Partei unterstützte. Ein Mogul mit Buchhaltercharme. Für die Filme, die er bei seiner UFA durchwinkte, hatte Eva nur Verachtung übrig, und wenn ihre Freunde hundertmal schwärmten, der *Blaue Engel* sei ein Meisterwerk. Wozu also mitfahren, bis hinaus nach Babelsberg? Sollte sie wirklich ihren herzigen Archäologen versetzen, um sich anzusehen, wie ein Möchtegern-Filmgott sich zwischen den Kulissen eines türkischen Bergbauern in Szene setzte?
Sie sah es sich an. Und verliebte sich.
Zuerst in die Fotografien, die Martin Serner in Istanbul von den Skulpturen geschossen hatte. Steinerne Götter, in Felsblöcke geschlagen, schlicht und streng wie aus namenloser Vorzeit, wuchtig im Ausdruck, bedrohlich, allmächtig – und doch mit einem Schmerz in den Zügen, der über Raum und Zeit gültig blieb.
Dann in Martin.
»Das ist unglaublich!«, platzte es aus ihr heraus. »Seit dem verfluchten Krieg versucht ein Bildhauer nach dem anderen zum Ausdruck zu bringen, was dieser Türke einfach so kann.«

Martin Serner blickte von den Fotografien auf. In seinem schönen Gesicht fand Eva keine Selbstverliebtheit, keine Göttlichkeit und kein jugendliches Heldentum, sondern pure Melancholie. »Sagen Sie mir, was das ist?«, fragte er. »Das, was der Türke kann.«
Eva starrte auf seinen Mund. Dann wieder zu den steinernen Mündern auf den Fotografien. »Schmerz«, sagte sie und erschrak darüber. »Schönheit, die über ihre Zerstörung nicht einmal weinen kann.«
*»Röslein auf der Heide«,* sagte Martin Serner, ohne den Blick von Eva Löbel zu wenden.
»Wie bitte?«
*»Röslein wehrte sich und stach«,* zitierte er mit halbgesenkten Lidern. *»Half ihm doch kein Weh und Ach. Musst' es eben leiden.«* Er strich sich über die Stirn, auf der ein wenig Schweiß glänzte. »Danke. Jeder, dem ich diese Bilder zeige, bricht in Ekstase aus: *Oh, mein Gott, diese schönen Linien, diese Wucht, diese Kraft, wo kann man denn das kaufen?* Sie sind die Erste, die versteht, was ich darin sehe: Schönheit, die verloren ist.«
Von seinem Mund, den sie küssen wollte, blickte Eva wieder auf die steinernen Münder, die sie nicht zu berühren wagte, und verliebte sich in beide.
»Sie wollen, dass ich Ihnen so etwas nachbaue? Für Ihren Film?«
Er nickte. »Diese Götterbilder verfolgen mich, seit ich im Archäologischen Museum in Istanbul auf sie gestoßen bin. Sie sind mächtig, sie sind unantastbar, und doch sehen sie aus, als hätten sie eine Qual erlebt, die Stein im Innern zerbricht. So will ich meinen Armenierkönig: nicht als einfältigen Musterknaben, sondern als Mann, der weiß, dass seine Welt dem Untergang geweiht ist. Und der sich nicht durchringen kann, sich aus ihr zu befreien, weil dann von ihm nichts übrig wäre.«

Ich will mit dir schlafen, hatte Eva gedacht. Martin Serner sah aus wie aus einem Traum aufgeschreckt, und sie wollte mit ihm dorthin zurück.
»Tun Sie's?«, fragte er.
Sie fuhr zusammen. »Was?«
Flüchtig lächelte er. »Mein Urartu nachbauen. Die Welt, die untergeht.«
Eva überlegte. »Ich bin Malerin«, sagte sie. »Kein Filmarchitekt. Ich habe noch nie eine Kulisse entworfen, aber wenn Sie mir helfen, Ihren Türken zu finden, bekommen wir es vielleicht hin.«
»Ich helfe Ihnen bei allem, was Sie wollen«, sagte Martin Serner. »Ich will, dass Sie das hinbekommen. Ich will, dass Sie bleiben und mich lieben, Eva.«
Es war kein Sommer ohne Probleme. Aber es war der Sommer, in dem sie am wenigsten Fragen stellte. Eva hatte nie einen Liebhaber aufgegeben, nur weil der nächste es von ihr verlangte. Martin verlangte es nicht von ihr – sie gab Paul aus freien Stücken auf. Der Archäologe war der einzige ihrer Männer, der ihr Freund blieb, auch als sie nicht mehr mit ihm schlief.
»Ich sollte es mir wohl als Ehre anrechnen, von einem künftigen Weltstar aus dem Feld geschlagen worden zu sein«, sagte er mit Augen wie ein Bassethund, und damit war das Thema auch schon abgehandelt. Er half ihnen sogar, den Türken zu finden.
»Die kenne ich«, sagte er, als er Martins Fotografien von den steinernen Göttern sah. »Das heißt, ich kenne einen Mann, der so etwas macht.«
»Einen Türken?«
»So ungefähr«, antwortete Paul.
Es war der richtige Türke. Nachdem er die Skulpturen für das Museum in Istanbul fertiggestellt hatte, war er nach England gezogen und nicht bereit, nach Deutschland zu reisen, obwohl

die UFA ihm über Hagen Fidelis ein mittleres Vermögen anbot.

»Er hat Angst«, erklärte Paul.

»Wovor?«

»Für seinen Geschmack laufen bei uns zu viele Nazis herum.«

»Für meinen auch«, brummte Martin. »Aber mit denen verfährt man am besten wie mit Schmeißfliegen: Man schenkt ihnen keine Beachtung und lässt sich nicht daran hindern, seinen eigenen Stiefel zu leben.«

Schmeißfliegen erschlägt man, dachte Eva flüchtig. In diesem Sommer aber betrug sie sich genau so, wie Martin gesagt hatte: Sie lag mit ihrem Liebsten im Gras, schenkte Nazis und Schmeißfliegen keine Beachtung, stampfte mit ihm seinen Film aus dem Boden und salbte sich die von der Liebe wundgeschürften Schenkel.

Die Nazis, das war in diesem Sommer ein Haufen Tölpel, über die man sich im Schwimmerbassin, dem rauchblinden Teil des *Romanischen Cafés*, der Stammgästen vorbehalten blieb, kaputtlachen konnte, wenn man nichts Besseres zu tun hatte. Der erdrutschhafte Zuwachs an Wählerstimmen, den sie bei der Reichstagswahl errangen, war unappetitlich, und gegen ihr Gepöbel in den Straßen musste etwas unternommen werden. Doch das ließ sich auf später verschieben, auf Tage, an denen der Himmel trüber wäre, und auf Nächte, in denen man zwischen tausend Küssen zu Atem käme.

Eva wollte nicht zu Atem kommen. Sie war der Schönheit verfallen wie Semiramis. In den Armen hielt sie einen herrlichen Mann, und im Überschwang nach der Liebe planten sie einen herrlichen Film. Eva war schön, das war ihr nicht neu. Der Sündenfall auf langen Beinen, an dem Männer wie an Fliegenpapier kleben blieben. Nah kam ihr dennoch keiner, weil die wirkliche, die lichtscheue, die ihrer selbst nicht sichere Eva sich nicht in Worten, Mimik und Körperformen verbarg, sondern allein in ihrer Arbeit. Sie verfiel Martin, während ihre Liebe sie in Rausch und ihre Arbeit sie in Ekstase versetzte. Zwischen Liebe und Arbeit verwischten die Grenzen. Martin war der eine, der die ganze Eva bekam – die Eva, die todesmutig genug war, einen Mann zu lieben, und die bei der Arbeit an *Semiramis* spürte, worum es ihr ging.

Der Türke, der Angst vor den Nazis hatte, konnte auch keine Entwürfe senden. Er fertige gar keine Entwürfe an, ließ er ausrichten, er schlage aus dem Stein, was ihm gerade in den Sinn komme. Alles, was er zu bieten habe, sei ein Haufen Fotografien und Skizzen, die er Kritzeleien nannte und für die er kein Geld wolle.

»Dass wir ihm angeboten haben, diese erstaunlichen Arbeiten zu bezahlen, hat er gar nicht verstanden«, berichtete Hagen Fidelis.

»Sollte es das wirklich geben?«, fragte Martin. »Den edlen, unverbildeten Wilden, der Kunst um der Kunst willen schafft?«

Bei jedem anderen hätte Eva solche Banalität mit einer beißenden Bemerkung kommentiert, doch bei Martin besaßen selbst Plattitüden noch Charme.

»Er spricht immerhin hervorragend Deutsch«, sagte Hagen Fidelis. »Völlig ungebildet kann er nicht sein.«

Ungebildet oder nicht – die Kohlezeichnungen, die der Deutsch sprechende Wilde Kritzeleien nannte, waren phänomenal. Striche wie Schnitte in Glas, Linien, die in harscher Schärfe ein Gesicht ins Blatt ritzten. So ungemildert, dass man glaubte, das Papier müsse Blut lassen. »Er zeichnet gar nicht«, sagte Eva. »Er schlägt in das Papier wie in Stein.« Die Augen der Kohlegesichter starrten ihr blicklos entgegen.

»Was denkst du?«, fragte Martin, tauchte mit dem Gesicht unter ihr Haar und küsste ihren Nacken.

»Dass dein Wilder ein Genie ist. Und dass er einen Schmerz mit sich herumschleppt, den du und ich uns nicht einmal vorstellen können. So wie einer von den armen Teufeln, die im Schützengraben gelegen haben. War die Türkei im Krieg? Ich bemerke gerade, dass ich davon keine Ahnung habe.«

»Und ich werde eifersüchtig«, säuselte Martin. »Was ist unwiderstehlicher für eine Frau als ein Mann, der leidet?«

Sie drehte sich um und ließ es ihn spüren. »Eifersucht schadet dir gar nichts – Konkurrenz belebt das Geschäft.«

»Dein Wort im Ohr der Göttin Semiramis. Meinst du, du bekommst es hin? Mein Königreich in Stein?«

Eva sah wieder auf die Zeichnungen. »Wenn ich es nicht versuchen wollte, hätte ich besser auf meinen Vater gehört und wäre Hausmütterchen geworden.«

Sie versuchte es, und es wurde nicht nur gut, sondern großartig. Genau richtig. Als Torpfeiler zum Palast des Armenierkönigs ließ sie zwei drei Mann hohe Gerüste hochziehen und mit Holz und Pappmaché in steinerne Götterstandbilder verwandeln. Gigantisch, eisgrau, bedrohlich und dennoch gebeugt wie unter Leid und Unverstand der Welt. Auf einer Art Himmelsleiter stand sie in glühender Augusthitze und formte mit klebrigen Händen die Unvergänglichkeit eines Gesichts. Die Skizzen des türkischen Steinbildhauers trug sie dabei im Gürtel, und wenn ein Windstoß ihr die Blätter entriss und zu Boden segeln ließ, stieg sie die endlose Sprossenreihe hinunter und sammelte sie wieder ein.

Nachts zwängte sie sich mit Martin in das schmale Bett ihres Turmzimmers, und kaum kamen sie nach der Liebe wieder zu Atem, steckten sie über den Zeichnungen schon wieder die Köpfe zusammen. Nicht eines der Gesichter lächelte, aber bei mehreren verzogen sich die Münder zu einer Art Grinsen, das Eva als sardonisch bezeichnete.

»Das möchte ich unseren zwei Steinriesen geben«, sagte sie. »Dieses sardonische Grinsen, das nichts Amüsiertes hat, nicht einmal etwas Beißendes, sondern grimmigen Schmerz.«

Aus Martins Asketengesicht verzog sich der Schmelz der Liebe. »Weißt du, warum wir das so nennen: *risus Sardonicus,* sardonisches Grinsen?«

»Nein.« Eva sah, wie Martins Mund zuckte, und hatte gleich danach den Eindruck, der Mund auf der Zeichnung zucke ebenfalls.

»Angeblich herrschte unter den Ureinwohnern der Insel Sardinien das Gesetz, jeden Alten, der der Gemeinschaft nicht länger von Nutzen war, zu töten. Im Morgengrauen zwang man Söhne und Töchter dazu, ihre Eltern vor die Grenzen der Siedlung zu führen, um sie abschlachten zu lassen. Dabei weinte niemand – weder die greisen Opfer noch ihre Kinder, die sie in den Tod führten. Vielmehr lachten sie. Krampfhaft, grimmig und voller Häme über die eigene Qual.«

Das war es, was sie in den skizzierten Gesichtern des Türken gesehen hatte: versteinerte, zu qualvollem Grinsen verzerrte Münder von Menschen, die im Morgengrauen vor die Grenzen der Stadt zogen und ihre eigene Vergangenheit abschlachten ließen. Sie musste an ihre Eltern in Niedernhausen denken, stellte sich ihren Vater in seinem den Hals umschließenden Hemdkragen vor und ihre Mutter, bei der trotz aller Manierlichkeit ein Fettfleck auf der gestärkten Bluse prangte. Sie dachte an die Schläge, die ihr Vater ihr auf Herz und Mut gegeben hatte, und die verächtlich himmelwärts verdrehten Augen ihrer Mutter.

Am nächsten Tag legte sie alles, was ihr zur Verfügung stand, in den Versuch, den beiden Göttern aus Pappmaché das sardonische Grinsen zu verleihen, das Mundverkrampfen derer, die ihre Eltern den Mördern ausgeliefert hatten.

Als sie sich völlig erschöpft die Leiter hinunterhangelte, stand Martin an deren Fuß und schloss sie verschmiert, wie sie war, in die Arme. »Ich rechne es mir an, eine solche Doppelbegabung entdeckt zu haben«, sagte er und küsste ihren Scheitel. »Eva Löbel, Meisterin der Liebe und Meisterin der Kunst.«

Das Steinriesentor, die Kulisse für den Film *Semiramis*, war die erste von Evas Arbeiten, mit der sie rundum zufrieden war. Sie hatte im Bildwerk mehr eingefangen, als sie in Worten hätte formulieren können, hatte ein Werk geschaffen, das klüger war als die Künstlerin. Die sardonisch verkrampften Münder der fremden Götter brachten die Stimme ihres Vaters zum Schweigen.

Sobald die Steinriesen fertig waren, feierte die Schar der Menschen, die an dem Film beteiligt waren, in den langen Abendschatten eine Party. Erich Pommer, der Produzent, der auch den *Blauen Engel* produziert hatte, schirmte sie vor Hugenbergs Zensoren ab. In jener Nacht ließ er ihnen allen Champagner bringen und nannte die Kulisse, die in den Himmel ragte, einen Triumph, obwohl er sonst kein überschwenglicher Mann war.

»Ich darf Sie einmal küssen, nicht wahr, Fräulein Löbel?« Staubtrocken wie eine ältliche Tante küsste Hagen Fidelis Eva auf die Wange. Er war kleiner als sie und bleckte die Zähnchen. »Sie haben einen Genius entfesselt, meine Teure. Martin wird in Ihren Bauten spielen, wie die Welt keinen Menschensohn je spielen sah.«

Nicht jeder sprudelte so über wie der kleine Agent, doch das Filmprojekt versetzte alle in einen Höhenflug. Auf dem Gelände herrschte Ausnahmestimmung, die von der Gewissheit herrührte, etwas Außergewöhnliches zu schaffen. Sie wuchsen zu einer Einheit zusammen. In diesen Wochen im Hochsommer 1932 wurden sie unzertrennlich, ob Hauptdarsteller oder Charaktercharge, ob Maskenbildner, Regieassistent oder Kabelträger, ob man sich hitzig liebte oder nichts miteinander anfangen konnte: Sie würden immer die Leute sein, die zusammen *Semiramis* gedreht hatten. »Weißt du noch, damals in Babelsberg?«, würde ihre geflüsterte Parole lauten, die den Rest der Welt ausschloss.

Im Herbst dann begannen die Dreharbeiten. Längst hatten sie Zeitplan und Budget überzogen, und Erich Pommer hatte schon einmal wegen eines zu teuren Films seine Stellung verloren. Dennoch hielt er ihnen unbeirrt den Rücken frei. Thore Kierling, der künstlerische Beirat der UFA-Geschäftsleitung, der umherscharwenzelte, ohne dass jemandem seine Funktion klar war, schien ihnen ebenfalls wohlgesinnt. »Natürlich liegt unsere babylonische Königin nicht ganz im – wie soll ich sagen – Zeitgeist.« Wenn Kierling sprach, klang es, als knirsche er zwischen den Worten mit den Zähnen. »Aber Sie haben ja mich, damit es da keine Reibungen gibt. Mit ein wenig gutem Willen auf beiden Seiten werden wir das Kind schon schaukeln.«

Das erste zu schaukelnde Kind waren die weichen blonden Haarsträhnen auf Martins Kopf. Martin wollte sie schwarz. »Der Mann, den ich spiele, ist ein armenischer König«, beschwor er Karin, seine Maskenbildnerin, die der gesamte Stab nur Anna Karenina nannte. »Ein Sohn des Mittleren Ostens – da gibt es nichts Blasses und keine harmlose Blondheit.«

Anna Karenina lachte sich tot. »Wenn ich versuche, dir deine paar Fusseln zu färben, läufst du mit schwarzem Schädel herum wie ein *Hottentott*.«

Ein wenig gönnerhaft bemühte sich Martin, Anna Karenina zu erklären, dass *Hottentott* ein Spottname sei und dass die Bewohner der einstigen deutschen Kolonie in Südafrika *Koikoin* hießen, was so viel wie Mensch bedeute.

»Das ist mir piepegal«, beschied ihn Anna Karenina, die auf mütterliche Weise in ihn verliebt war. »Mit bemalter Kopfhaut kannst du auf keinen Fall rumlaufen.«
»Schlimm genug, dass die sie uns weggenommen haben«, murmelte Ede, der Friseur, den sie sich als Assistenten heranzog. »Die Kolonien meine ich. Als hätte die deutsche Rasse nicht vor allen anderen ein Recht auf Grund und Boden.« Ede war blutjung, sah aus wie ein Balletttänzer und war hoffnungslos verliebt in John Schultz, den Requisiteur mit der Statur eines Preisboxers. Er war der einzige im Filmstab, der deutschnational wählte. Alle hätschelten ihn, aber kein Mensch nahm ihn ernst.
»Ich erlaube das nicht«, sagte Martin. »Rassenhass ist ein Zeichen von fehlender Bildung, Ede. Wir drehen hier einen Film über die Auslöschung eines Volkes, wir erzählen diese Geschichte, damit nie wieder ein Volk ein anderes vernichtet, und wie sollen wir diesem Anspruch gerecht werden, wenn wir nicht weiter denken als die Schreihälse der Nazi-Partei?«
»Ach, wirklich?« Anna Karenina zog Scheitel über Martins Kopfhaut. »Und ich dachte, wir drehen einen Film über eins von den armen Häschen, die ihr kleines Herz an dich verlieren und ihre Welt gleich mit.«
Die Umstehenden lachten. Eva lachte mit und zog den Kopf des stöhnenden Martin aus Anna Kareninas Händen an ihre Brust. »Das eine schließt das andere nicht aus«, sagte sie, ehe sie seinen lichten Schopf küsste. »Wenn *Semiramis* nicht mehr als ein Liebesgeschichtchen zu erzählen hätte, könnte sich Pommer das Geld für meine zwei Steinriesen sparen.«
Anna Karenina, die Eva zwanzig Jahre Leben voraushatte, nahm ihre Schere und zog die Schneiden über einen Schleifstein. »Das mag alles so sein«, sagte sie. »Aber wenn solch ein Film voller Steinriesen und ausgelöschter Völker nicht auch ein

Geschichtchen von Liebe ist – wer soll dann an der Kinokasse seine Piepen dafür rausrücken? Was kratzt mich ein Hansi, der stirbt, wenn's keine Fritzi gibt, die um ihn heult?«
Martin küsste Eva. All das Gerede in diesem Sommer – hatten sie je länger als zwei Atemzüge darüber nachgedacht?
»Egal, um wen du Sturzbäche heulst, die Haare musst du mir färben«, hatte Martin zu Anna Karenina gesagt. »Ich bin kein Hansi, sondern Ara, der Armenierkönig – ich brauche Düsternis, nächtliche Tiefe!«
Sie alberten weiter, ohne zu bemerken, dass Thore Kierling zu ihnen getreten war. Der besaß dafür ein Talent – sich anzuschleichen, ohne sich bemerkbar zu machen. »Ich bin sicher, Sie werden unsere Zuschauerinnen in Schwarz genauso zum Schmelzen bringen wie in Blond«, sagte er. »Nur ein Anliegen hätte ich, eine klitzekleine Bitte: Dieser nächtlich düstere König, den Sie spielen – muss der unbedingt ein Armenier sein?«
Einige in der Gruppe hielten inne, weil die Frage so unverständlich war. Auch Martin tappte im Dunkeln. »Das Königreich von Ara dem Schönen erstreckte sich über die Vorgebirge um den Berg Ararat«, sagte er. »Das ist nach heutiger Kenntnis nun einmal das Siedlungsgebiet der Armenier.«
»Ja, ja«, beeilte sich Kierling einzulenken, »nach heutiger Kenntnis ganz ohne Zweifel. Aber wann spielt denn unsere *Semiramis*? Irgendwann in grauer Vorzeit, richtig?«
»Mit ungefähr tausend Jahren vor Christi Geburt liegen Sie ziemlich richtig«, erwiderte Martin.
»Und das Königreich, über das unser Held herrschte – wie hieß das gleich?« Thore Kierling strahlte wie ein Klassenprimus. »Doch sicher nicht Armenien.«
»Urartu«, sagte Martin.«
»Wunderbar«, befand der künstlerische Beirat von Hugenbergs UFA. »Das nehmen wir.«

»Was soll das heißen – das nehmen wir?«
Thore Kierling trat vor ihn und zupfte ihn an der Hemdbrust, als sei er so schwul wie Ede, der Friseur. »Tun Sie mir einen Gefallen, mein Guter: Wenn die Wochenschauen und Hochglanzmagazine ihre Fragen stellen, erzählen Sie denen, Sie seien der schöne König von Urartu. Lassen Sie feurige Blicke sprechen. Erwähnen Sie einfach das Wort Armenien nicht, und diesen Berg verschweigen Sie am besten auch.«
Das war eine leichte Übung: Worte verschweigen, mit denen man keinerlei Bedeutung verband. Die Mannschaft hielt sich an Kierlings Bitte und vergaß den Vorfall.
Szene für Szene wurde der Film abgedreht, und Szene für Szene wuchs die Begeisterung. »Wir sind Götter!«, rief Renée Vasari, die die Semiramis spielte und von der Eingeweihte glaubten, sie habe das Zeug, der Dietrich den Rang abzulaufen. »Und du bist ein Schatz und teilst deinen Martin mit uns, habe ich recht? So ein Herzblatt darf man doch nicht für sich allein behalten wollen.« Schnalzend drückte sie Eva einen Kuss auf die Lippen. Sie sah zwar aus wie Carmen oder Francesca da Rimini, aber Männer küsste sie nur vor der Kamera. In ihrer Garderobe lag *Die Freundin*, eine Zeitschrift für Frauen, die Frauen liebten. »Zu schön fürs Treusein seid ihr doch beide – unser Martin und du, mein Schätzchen.«
Über Treue hatte Eva nie nachgedacht. Sie hatte keinen Grund dafür gehabt und war nicht sicher, ob sie jetzt einen hatte. Im November, als es noch ein paar klare Nächte gab, brach der Lattenrost ihres Bettes im Turmzimmer. Martin lachte, versprach, einen neuen zu kaufen, und vergaß es. Im Dezember, als der Film abgedreht war und es nur noch regnete, stellte sie fest, dass sie schwanger war.

# 3

## AMARNA
## LONDON, JANUAR 1938

Ich bin eine glückliche Frau, dachte Amarna, drängte sich zwischen Körpern in Wintermänteln hindurch und sprang aus dem Bus. Ich habe keinen Grund für flaue Gefühle im Bauch, sondern habe alles, wovon andere träumen. Den Beruf, den ich wollte und noch immer will. Das schönste Haus der Stadt. Und eine solche Sehnsucht nach dem Mann, der es mir geschenkt hat, dass ich jeden Abend auf dem Heimweg rennen muss.

Sehnsucht nach ihrem Mann – das waren Bilder, die sich allzu schnell übereinanderlegten, wie bei einem Album, das jemand in Eile durchblätterte, und bei jeder Seite wollte man rufen: Halt an, halt doch bitte nur einmal an! Die Sehnsucht aber begnügte sich nie mit dem Betrachten. Sie wollte zugreifen und war tief enttäuscht, wenn sie an der Oberfläche der Bilder, die keinen Duft verströmten, abglitt.

Amarna war Archäologin und arbeitete für das *Middle East Department* des *British Museum*. Ihr Haus stand am *Regent's Canal*, in der übersprudelnden Mitte von Londons Osten: Es war ein einstiges Lagerhaus, das ihr Mann nach dem Traumbild in seinem Kopf restauriert hatte. Seit sie vor bald sechs Jahren in dieses Land gekommen waren, hatte er alles getan, um den perfekten Briten aus sich zu machen. Er trug Tweed und schlang seine Krawatten zum Windsor-Knoten, schnitt sein Haar und seinen Rasen und ging samstags mit den Nachbarn zum Kricket. Nur das Haus war nicht britisch. Es war das Haus aus seinem Kopf.

Unterm Laufen zog sich Amarna die Kapuze ins Gesicht, um nicht erkannt zu werden. Seit die Skulpturen ihres Mannes und sein leerer Sockel in der *Royal Academy of Arts* ausgestellt waren, sprachen sie auf der Straße ständig Leute an: »Sind Sie nicht die Frau von Arman Artsruni? *For heaven's sake,* Kindchen, wissen Sie eigentlich, wie sehr wir alle Sie beneiden?«

Ja, weiß ich, zischte Amarna in Gedanken den Sprecherinnen zu. Ich beneide mich selbst, auch ohne Kind, und das flaue Gefühl im Bauch rührt nur daher, dass zwei Männer im Bus ein Wort benutzt haben, das mir auf den Magen schlägt. Sie rannte schneller. Flimmernde Straßenlaternen färbten die Dunkelheit gelb. Menschen hasteten ihr entgegen und wichen erst kurz vor ihr aus. Kein einziger trödelte, alle hatten es eilig. War denn niemand einsam in dieser Stadt, hatte jeder einen Liebsten, der auf ihn wartete?

Als sie damals angekommen waren, am Parkeston Quay von Harwich, hatte Arman sich all ihr Flüchtlingsgepäck auf die Schultern geladen und war die Rampe des Schiffes hinuntergerannt. Amarna hatte zu lachen versucht: »Warum hast du es denn so eilig?«

»Ich will nach London.«

»Und warum so schnell? In London wartet doch kein Mensch auf uns.«

Sie waren beide verstummt, weil der Satz so weh tat. Auf sie wartete kein Mensch. Sie waren fremd.

Ich werde dieses Gefühl nie wieder haben, sagte Amarna zu sich. Ihr Haus kam in Sicht. Es war uralt, riesengroß und im Winkel an den Hang gebaut, der hinunter zum Kanal führte. Es war ein stilles Haus in einer Stadt, in der es nie still war, und wer immer es betrat, fragte Arman, ob er es nicht verkaufen wolle.

»Es gehört meiner Frau«, erwiderte Arman gleichmütig, doch in Wahrheit war das Haus womöglich noch mehr sein Werk als jede seiner gefeierten Skulpturen. Es war untrennbar von ihm wie sein leerer Sockel.

Im überfrorenen Uferschlamm glitt Amarna aus und rutschte die letzten paar Schritte. Durch das Glas in der Vordertür fiel das Licht wie eine Hand, die einen in den Schutz des Hauses winkte. Die Tür schwang auf, ehe Amarna läuten oder ihren Schlüssel aus der Tasche fischen konnte. Ein winziger Greis mit weißer Mähne stand vor ihr, Hemd und Weste umschlossen einen Körper wie aus Glas. »*Sevgilim.*«

Mein Liebling.

Er hieß Bülent. Amarna nannte ihn ihren Schwiegervater, *kayınpeder*, obwohl Armans leiblicher Vater tot und verscharrt war. Sie hielt ihn im Arm, wie man einen Vogel in der Hand gehalten hätte: zärtlich und beherrscht, um den fragilen Knöchlein keinen Schaden zuzufügen. Arman dagegen war recht groß für einen Mann seines Volkes und hatte hübsche, kräftige Schultern. Manchmal mischte sich in Amarnas Verlangen nach ihm dennoch der Wunsch, auch mit ihm so behutsam zu sein, die gleiche Furcht, allzu Zartes zu verletzen.

»Alles gut, *sevgilim*?«, fragte Bülent.

Ihr Nicken war eine Lüge. Einen zerbrechlichen Greis zu lieben, half dem flauen Gefühl im Bauch nicht ab, sondern heizte es an. Bülent war nicht nur zerbrechlich, er war ein Greis, der seine Heimat verloren hatte und dem somit die ständig lauernde Furcht des Flüchtlings innewohnte. Nachts schlief er schlecht, weil er noch immer von Männern in Uniformen träumte, die mit Schlagstöcken an seine Tür hämmerten, um ihm Arman wegzuholen.

Amarna drückte ihn fester.

»Auweh«, jaulte er. »Willst du mir die Rippen brechen, du verrücktes Mädchen?«

Sie küsste ihn auf den Flecken nackter Kopfhaut, den das Alter in sein wattedichtes Haar gegraben hatte. »Arman?«, murmelte sie.
»Oben«, erwiderte Bülent und wies zur Decke.
»Hat er gegessen?«
Betrübt schüttelte der Greis den Kopf. »Einen Rüffel hat er von mir schon bekommen, aber der hat nichts bewirkt. Er braucht einen von dir.«
»Der bewirkt auch nichts.« Sie gab ihm noch einen Kuss. Das flaue Gefühl in ihrem Bauch verstärkte sich weiter.
»Wie steht es bei dir, *sevgilim?*«
»Ich habe im Museum gegessen.«
Das war noch eine Lüge. Sie hatte mit Wally gegessen, doch Bülent so etwas zu erklären, war vergebliche Liebesmüh. Er mochte winzig sein, aber er war ein Adler. Sobald er fürchtete, jemand könne seinem Findling ein Leid zufügen, hackte er mit seinem scharfen Schnabel zu.
»Ihr solltet zusammen essen«, knurrte er. »Wenn du dich mit ihm an den Tisch setzen würdest, könntest du ihm auf die Finger sehen.«
»Und was soll das nützen? Davon, dass ich ihm zuschaue, wie er drei Gabeln voll Gemüse säuberlich von einem Tellerrand zum anderen schiebt, bekommt er nichts in den Bauch.« Sie sah Arman gern zu, wenn er etwas säuberlich mit seinen Fingern erledigte, doch beim Essen war es pure Qual.
Bülent rollte seine zierlichen Schultern. »Da, wo wir herkommen, setzen sich Mann und Frau nun einmal miteinander zu Tisch. Ihm würde das guttun, gerade jetzt, wo er so viel nach da draußen muss. Das da draußen, das ist nichts für Arman, weißt du?«
*Das da draußen* war London, das Bülent unheimlich bleiben würde, auch wenn er seit bald sechs Jahren hier lebte. Dass

Arman in der vor Menschen wimmelnden Metropole Istanbul, die damals noch Konstantinopel geheißen hatte, geboren worden war, ignorierte er. Für ihn war er der Sohn, also musste auch er aus einem anatolischen Dorf namens Boğazköy stammen, in dem jeder jeden kannte und jeder gewusst hatte, dass der bis aufs Blut geprügelte Zwölfjährige, den er in sein Haus gezerrt und zurück ins Leben gepflegt hatte, kein muslimischer Türke war. Boğazköy, wo jeder ihn angespuckt, mancher ihn getreten und geschlagen, aber niemand ihn verraten hatte.

Arman hatte nach London gewollt. In eine Stadt, in der er seinen Namen nennen konnte und die Leute seufzten: »Wie exotisch.« Sonst nichts.

»Für die Kleine wär's auch besser«, sagte Bülent.

»Die Kleine heißt Rehan und ist ihrem Pass nach sechsundzwanzig Jahre alt.«

Bülents Schultern rollten erneut. »Was juckt mich ihr Pass? Sie ist ein Kindchen.«

Dagegen ließ sich nichts einwenden. Rehan war ein Kind und würde immer eines bleiben. Eins von den sogenannten Todesmarsch-Kindern, das Arman aufgelesen und zu seiner Schwester erklärt hatte. Arman litt an einer Störung der Impulskontrolle: »Was ich will und nicht habe, stehle ich mir.« Von all dem, was er nicht hatte, wollte er nichts so sehr wie eine Familie.

Amarna zauste Bülents Wattehaarmähne. »Ich gehe nach oben, ja?«

»Es ist doch alles in Ordnung mit euch, *sevgilim?* Es geht euch doch gut?«

Hastig nickte sie und löste sich von ihm. Es war alles in Ordnung. Es ging ihnen gut. Sie lief die drei Treppen hinauf bis unters Dach. Als sie die Tür ihres Schlafzimmers, das sich über den gesamten Dachstuhl erstreckte, aufstieß, ging es ihr sekundenlang so gut, wie es einer Frau nur gehen konnte.

Ihr Schlafzimmer war der letzte Raum im Haus, den Arman hergerichtet hatte. Arman verlieh Stein eine Seele, das war sein Beruf, und die Seele ihrer Liebe hatte er diesem Raum verliehen. Der Raum war weit, schmiegte sich in den Schutz schräger Wände, duftete nach Holz und besaß ein Fenster in den Himmel. Das Fenster ließ Arman fast immer offen, obwohl er noch schneller fror als Amarna und beim Arbeiten auf ewig kalten Sohlen barfuß ging.
Das Licht im Zimmer ergoss sich nicht im Schwall, sondern bildete Inseln. Auf dem Bett, das sie teilten, lagen gewebte Decken, zu beiden Seiten stapelten sich Bücher, und an Balken an den Wänden hingen ihre Kleider. Keine Schränke, weil Arman Amarnas Kleider gern ansah und seine Nase hineinsteckte. Amarna sah Armans Kleider auch gern an, legte sich seine Hemden, die er auf der Haut trug, aufs Gesicht, und strich über die Beulen, die seine Schultern in die Jacketts bohrten. Sonst gab es kaum Möbel. Nur das Grammophon, ein eisernes Tischchen für Wein und Gläser, auf dem Arman ein Mosaik restaurierte, und die Staffelei, die er zum Zeichnen benutzte.
An der Staffelei stand er auch jetzt, sein geschmeidiger Rücken Amarna zugewandt. Als sie eintrat, unterbrach sein Kohlestift den Strich, und er drehte sich um. Er hörte schlecht, aber sie hörte er. Was sich über sein Gesicht legte, war schmeichelhafter als jedes Kompliment. Als hätte einer, der seine Tür verschlossen hielt, sie eingeladen, sein Herz zu betreten.
Ich will dir entgegenlaufen, Arman. Wir sind jetzt beide über dreißig, wir führen seit bald sechs Jahren unser Leben zusammen, und wir schlagen uns dabei nicht schlecht. Ich bin kein verliebtes Mädchen mehr, aber für dich, im gedämpften Licht, mit deinem Leuchten im Gesicht, das nie ganz Lächeln wird, will ich noch immer eines sein. Du alterst wie Wein. Ich will dir

entgegenlaufen wie damals in Hattuša. Wir beide, als hätten wir nichts vor und nichts hinter uns.

»Amarna«, sagte er.

»Nein«, sagte sie und blies ihm einen Kuss zu. »Unterbrich nicht.«

Er schob sich den Kohlestift in die Hosentasche und kam zu ihr. Das war Nachhausekommen. Sein Duft. Sein Hemd, aus dessen Kragen er die Nadel entfernte, sobald er hier oben allein war. Seine Umarmung, in der sie dachte: Alle Männer sollten Steinbildhauer sein. Arme, an denen noch der schmalste Muskel fühlbar war, Hände, die nicht liebkosen konnten, ohne einer Form nachzuspüren. Ich will mit dir schlafen, Arman. Er küsste sie mit trockenen Lippen, sie streichelte ihm den Rücken und ertastete, wie weit er von ihr entfernt war.

Etwas in ihrem schönen Mann war ohne Ruhe. Etwas in diesem Heimatlosen, der sich nichts mehr gewünscht hatte, als sesshaft zu werden, schlug keine Wurzeln. Der einzige Überlebende streunte haltlos durch Leere. Manchmal nahm sie ihn so fest in die Arme, dass es ihm weh tat, damit er sie spürte. Er aber starrte an ihr vorbei und gab keinen Laut von sich.

Einmal, ganz am Anfang, hatte sie zu ihm gesagt: »Ich will dich nicht unter einem Schleier von Traurigkeit lieben.«

Er hatte sie losgelassen. »Und wenn es nicht anders geht?«

Dieselbe Antwort wie damals hätte sie ihm heute noch einmal gegeben: »Dann doch.«

Sie schob ihn von sich. »Zieh Leine, Herr Artsruni. Mach, dass du an deine Staffelei kommst.«

Er wölbte die Brauen. »Ich muss nicht …«

»Und ob du musst.« Amarna lachte und verpasste ihm eine Reihe von zarten Stößen vor die Brust. »Nun geh schon. Ich kann warten.«

»Bist du sicher?« Noch einmal zuckte eine seiner Brauen, doch die Finger tasteten bereits nach dem Kohlestift. »Wie war dein Tag?«
»Der kann auch warten«, sagte Amarna und sandte seiner schon abgewandten Schulter einen Kuss nach. Ihr Tag war Arbeit gewesen, auf die sie sich gern besser konzentriert hätte, ein Gespräch mit Wally und ein flaues Gefühl im Bauch. Wenn sie darüber sprechen wollte, brauchte sie ihn nahe bei sich. »Kümmer du dich um deine Zeichnung. Ich sehe dir so lange zu.«
Sie sah ihm liebend gern zu. Er wusste Kleidung zu tragen, auf den Leib geschneiderte Gesellschaftsanzüge wie verlotterte Hemden für Ziegenhirten, wirkte selbst in Unterwäsche noch elegant, unnahbar und unverschämt zugleich. Beim Zeichnen wippte er auf nackten Sohlen, und unter den Hosenbeinen spannten sich die Schenkel.
»Das ist langweilig«, sagte er.
»Findest du? Dann lese ich eben Zeitung.«
»Die habe ich in den Ständer gelegt.«
Arman war lächerlich ordentlich. Wenn er seine heilige Zeitung gelesen hatte, faltete er sie wieder zusammen, dass man sie noch einmal als ungelesen hätte verkaufen können. Amarna setzte sich auf den Boden und lehnte den Rücken an die Wand. Ihr war kalt. Sie hätte gern das Fenster geschlossen, sich unter die Decken verkrochen und die Zeitung Zeitung sein lassen. Stattdessen blätterte sie sich bis zum Feuilleton durch. Was flaue Gefühle verursachte, würde auf den ersten Seiten zu finden sein, nicht hinten, im harmlosen Teil für Kunst und Literatur.
»Willst du Tee?«, fragte Arman.
»Ich will, dass du deinen Schnabel hältst und zeichnest«, sagte Amarna und zog die Zeitung auf ihre Knie.

# 4

Der Mann mit dem leeren Sockel – Arman Artsrunis monumentale Skulpturen in der *Royal Academy of Arts*«. Die Fotoaufnahme von Arman, Halbprofil, Kinn leicht gesenkt, war ausnehmend schön. Andernfalls hätte Amarna sich vielleicht davon abhalten können, die sogenannte Ausstellungskritik zu lesen:

»Artsruni lehrt uns, wie verführerisch Stein sein kann. Dabei wirkt er, als habe er sich selbst aus Stein geschält, als sei er sein eigenes Meisterwerk. Ob man das Kunstwerk oder den Künstler betrachtet, man ertappt sich, wie man im Flüsterton Körperteile beim Namen nennt. Der Puls der Londoner Kunstszene schlägt seit Wochen hitziger, und wer die Schenkel der steinernen Geschöpfe erwähnt, denkt zugleich an die Schultern des Schöpfers. Artsruni, schwarzhaarig, schlank, schön, ist ein Unruhestifter, den nichts aus der Ruhe bringt. Sein wie gemeißeltes Gesicht weckt Zweifel, ob derart erhabene Züge zu etwas so Profanem wie Lachen oder gar zu etwas so Feuchtem wie Weinen in der Lage sind.«

Amarna knüllte das Zeitungsblatt zum Ball und feuerte es in die Zimmerecke. »Hat eigentlich schon mal einer dieser Schmierfinken versucht, dich auszuziehen?«, blaffte sie Arman an und vergaß, dass sie ihn zeichnen lassen wollte.

Arman stand vor der Staffelei und konzentrierte sich auf ein Detail. Weißes Mondlicht warf nicht mehr als einen Schatten aufs Papier. Zuweilen war Amarna überzeugt, Arman könne im Dunkeln zeichnen, eine Linie aufs Papier denken und sie mit der gleichen schlafwandlerischen Sicherheit nachfahren, mit der er dem Stein seine Bilder abrang. Sehr langsam ließ er den Kohlestift sinken und wandte den Kopf. »Nein«, sagte er

mit einem Blick, als zöge er sich einen Vorhang vom Gesicht. »Ich glaube nicht.«
Unter dem weißen Hemdstoff versteiften sich seine Schultern. Alle seine Hemden waren aus Seide und glitten ihm reibungslos über die Haut, selbst die, die er zum Zeichnen trug. Na los, zieht ihn aus, dachte Amarna böse. Begafft, was er unter seiner Rüstung verbirgt. Selbst ernannte Kunstkennerinnen mochten über die Schönheit seiner Schultern in Gekreische ausbrechen, aber sie wussten nicht, wie kantig sie wurden, wenn er Angst bekam. Angst, jemand könne hinter ihn treten, ihm die Seide vom Rücken reißen und sich an seiner Unantastbarkeit vergreifen.
»Habe ich eigentlich etwas verbrochen, oder kannst du mich einfach heute Nacht nicht leiden?«
»Du hast etwas verbrochen«, sagte Amarna. »Auch wenn ich nicht sicher bin, was. Und leiden kann ich dich heute Nacht schon gar nicht.«
Die Bewegung, mit der die Schultern sich bretthart verkrampften, sah nur sie. Die Anderen bejubelten ein Meisterwerk, das sich selbst aus Stein schälte, und für die Ehefrau blieb das Zucken, das den Rücken hinabschnellte, als habe er einen Schlag mit der Peitsche erhalten. Die Anderen wären nicht einmal auf den Vergleich gekommen. Sie lebten schließlich in Jahrhundert zwanzig, in Europas fortschrittlichster Stadt, wo man mit der Peitsche höchstens seinem Reitpferd sachte auf die Kruppe klatschte.
»Kann ich daran etwas ändern?«, fragte er mit einer Kühle, der nur die Anderen auf den Leim gingen.
»Musst du nicht«, antwortete Amarna.
Er hob die Hände, Handflächen weiß und sauber, nur die Kuppe des Zeigefingers Schwarz vom Kohlestift. »Dass ich mit der Bullenscheiße, die die schreiben, nichts zu tun habe, hilft mir nichts, oder?«.
»Hast du's gelesen?«, fragte Amarna.

»Nein. Ich lese das nie.«
»Solltest du dir gönnen. Lobt dich in Tönen, gegen die deine Lieblingskirchenlieder verblassen.«
»Mir wird schlecht davon.«
»Das täte deinen Zeitungsfreunden sicher leid«, sagte Amarna. »Bestimmt würden sie dir liebend gern den Bauch tätscheln.«
Warum tat sie das, warum schlug sie nach ihm, wenn er sich vor ihr verletzlich machte? Er hatte recht. Er scherte sich einen Dreck um die Schmierfinken, und ihre Schmeicheleien gingen ihm am schönsten Körperteil vorbei.
Weil ich weiß, was sie denken: Die muss frigide sein, denken sie, die flachbrüstige Ziege, die er aus Gott weiß welchen Gründen geheiratet hat. Warum sonst schenkt die ihrem schönen Steingott wohl kein Kind? Warum rennt die durch die Gegend und hält öde Vorträge, statt sich von seiner exotischen Manneskraft begatten und sein Geschlecht fortleben zu lassen? Das geht mir mitten ins Herz, und das tut so weh, dass ich dann zuschlagen muss. Danke, dass du mich aushältst, Arman, aber halt mir besser nur deinen Rücken hin. Nicht deine Wangen, nicht deinen Stolz, nicht dein Herz.
»Ich habe keine Zeitungsfreunde«, sagte Arman. »Ich habe überhaupt keine Freunde. Nur einen.«
»Wally?«, fragte Amarna. »Dexter? Sedat?«
»Dich«, sagte Arman.
Er wandte sich wieder der Staffelei zu. Angelte den Kohlestift aus der Hosentasche und zog dabei den Stoff über den Hinterbacken stramm. In ihrem Herzen begann etwas zu sprudeln. Er ließ seine Hosen maßschneidern, aber sein Hintern war so schlank, der verlor sich in jeder von ihnen. Es geht uns gut, dachte sie. Auch ohne Kind. Wenn eine Frau noch im sechsten Ehejahr nach dem Hinterteil ihres Mannes lechzt, geht es ihr verdammt gut.

»Mach das noch einmal, und ich kann dich heute Nacht vielleicht doch leiden«, sagte sie.
»Was?« Er führte den Kohlestift, ohne innezuhalten.
»Mit dem Hintern wackeln.«
»Kann ich nicht.«
»Weiß ich.«
Sein schlanker Hintern war unverschämt hübsch. Und er war ihm in Fetzen gepeitscht worden, bis er nicht mehr wusste, dass man den Klumpen Fleisch zwischen Rücken und Schenkeln brauchte, wenn man beim Scheißen sitzen wollte. Um die Fußsohlen stand es noch übler. Sein tänzelnder Gang, dem schmachtende Blicke folgten, rührte daher, dass er auf den zerschlagenen und vernarbten Sohlen nicht mehr richtig abrollen konnte. An manchen Tagen blieben sie in diesem Zwiespalt stecken, zwischen Lust und Schmerz, und dann gab es keinen Mittelweg und auch Reden.
»Tut mir leid«, sagte Arman und zeichnete.
»Lieb dich«, sagte Amarna und tat nichts.
»Heute Nacht auch?«
»Idiot.«
Sie ging zu ihm und umschlang seinen Rücken, strich mit flachen Händen über seine Schulterblätter. Er stand still, neigte nur den Kopf, um sie von der Seite anzusehen. Das Haar fiel ihm über die Stirn, tintenschwarz, dicht wie Englands Rasen, demnächst fällig für den Friseur. Dann schwang er herum und küsste sie auf den Mund. Er konnte das. Sie an sich ziehen, dass ihr Hören und Sehen verging, dabei den Kohlestift in die Hosentasche stecken und sich die Finger an seinem Kohlehaar sauberwischen.
Das und die Wildheit, mit der sie ihn wollte, ließen sie auflachen. Sie zwang sich, die Hände an seinen Rippen still zu halten, so gern sie sich tiefer stehlen wollten, und stöhnte, weil der

Verzicht so süß war. Endlich gönnte sie ihren Händen den Griff um seine Taille, verlor die Geduld und zerrte ihm das Hemd aus der Hose. Alles an Arman war schlank und straff und sehnig, die Muskeln fest vom Schlagen in Stein. In Urartu, dem Königreich, aus dem sein Volk stammte, hatten Menschen geglaubt, dass Stein die Seele eines Geliebten für die Ewigkeit bewahrte, wenn man ihm dessen Gestalt verlieh.

Mein schöner Mann. Amarnas Hände stahlen sich Armans Taille hinunter, strichen über seine Flanken und langten nach seinen Hüften. Er ging leicht in die Knie, schob sein Becken nach vorn und ließ es gegen ihres tippen. Koketterie war ihm fremd. Das machte seine Verführung so nackt.

Für die Anderen mochte er aus Stein sein, doch in ihren Armen war er Fleisch. Lebendig. Sterblich. Vergänglich. Sie wollte, dass Fleisch seine Seele für die Ewigkeit bewahrte, Stein war nicht genug. Seine Art, vor einem Kuss mit den Mundwinkeln zu zucken, sollte in den winzigen Lippen eines Säuglings weiterleben. Die kleinen Gruben an den Schläfen, von denen er sich das Haar schnitt, sollten einem Söhnchen vererbt werden, dem sie die Locken wachsen lassen durfte.

Sie schob die Hände unter seinen Gürtel, der nie ausreichend Löcher hatte, um bei diesem Kerl die Hose in der Taille zu halten. Zu Vernissagen, wenn er zum Abendanzug einen Kummerbund trug, gerieten die Schmierfinken geradezu in Hysterie. »Womit fütterst du den eigentlich?«, hatte ihre Nachbarin Doris gefragt. »In meinem nächsten Leben schaffe ich mir auch einen mit solcher Wespentaille an – mein Dexter quillt auf wie ein Yorkshire-Pudding.«

Doris war Gold wert, und Amarna hätte sie gegen keine andere Nachbarin tauschen wollen, nur manchmal gern zum Mond schießen. Ich füttere ihn mit allem, was er sich mittels Bettelei, Erpressung und Tränen einstopfen lässt, hätte sie ihr antwor-

ten können. An manchen Tagen zähle ich jeden Krümel auf seinem Teller. Ich komme mir fett vor neben ihm. Wie eine Made, die den Leidenden der Welt die Butter vom Brot leckt.
»Er hat Anorexie«, hatte sie stattdessen gesagt.
»Tatsächlich? Und das macht schlank?«
Schlank und tot. Gegen das, was er hatte, konnte kein Arzt ihm helfen, und es gab Anorektiker, die vor vollen Fleischtöpfen verhungerten.
Doris hatte ihren Blick bemerkt und ihr das Knie getätschelt. »*Oh my giddy aunt!* Wo holt man sich denn so was, *sugar pie?*«
»Im Krieg«, antwortete Amarna. Das war kein Wort, sondern ein Schweigegebot. Wer es zur Antwort bekam, hielt den Mund.
Sie strich Arman Hose und Unterhose von den Hüften. Alles an ihm war schlank und straff und vernarbt. Der Lendenmuskel hart wie gekerbter Stein.
Wir haben es gut. Auch ohne Kind. Sein Schwanz stand kerzengerade und war der einzige Teil von ihm, auf dem sie nie verheilte Wunden gezählt hatte. Seine Finger öffneten Knopf um Knopf ihrer Bluse, er neigte den Kopf und küsste ihr die Kälte vom Brustbein. Dann hielt er inne. »Was ist, Amarna?« Sein Gesicht dicht vor ihrem. In ihrer Nase sein Duft, der schon das Dunkle von der Liebe hatte. Ihr Mann, der sich ihr wegnahm.
»Nichts. Tut mir leid.« Sie versuchte ihn wieder zu packen, aber dieser Schlangenmensch, der sie mit seiner Wendigkeit einwickeln konnte, wurde starr wie ein Stock, wenn er nicht wollte.
Er sah sie unverwandt an, ohne sich die Hose wieder hochzuziehen.
»Der ärgert mich eben«, probierte sie es lahm. »Dieser Schund, den die schreiben.«

»Dass Zeitungen dämliches Zeug schreiben, ist aber nichts Neues, oder doch? Warum liest du das überhaupt?«
»Und warum ignorierst du es?«, schnauzte sie ihn an. »Da du nichts tust, um es zu unterbinden, scheint es dir ja recht zu sein, einer Gesellschaft von dekadenten Hätschelkindern als Lustobjekt zu dienen.«
In seine Wangen schoss Blut. Er zerrte sich die Hose hoch und zog den Gürtel eng. »Diese Gesellschaft von Hätschelkindern ist meine Heimat«, sagte er.
»Aber du bist keines. So gern du eins wärst.« Die Worte klatschten wie Schläge. Einer übers Gesicht, dann einer unter die Gürtellinie. Wenn ihm etwas weh tat, wurden seine Augen glasig. Der Rest von ihm blieb unbewegt.
»Arman, komm wieder zu mir. Wenn du mich loslässt, ist es in diesem Zimmer zu kalt.« Seine Füße waren bestimmt wie zwei Eisklumpen. Sie wollte mit ihm ins Bett und sie warm reiben.
Er holte die Tagesdecke, die Rehan gewebt hatte, und legte sie ihr über die Schultern. Dann trat er von ihr weg und sah sie an.
»Verdammt, Arman, ich will ein Kind!«
Seine Lippen wurden schmal.
Ich würde nicht so sehr ein Kind wollen, wenn ich nicht wüsste, wie sehr du eines willst, dachte sie. Wenn ich nicht wüsste, dass du ein Kind *brauchst*, um nicht als Letzter übrig zu bleiben.
Sie fasste sich ein Herz. »Wally hat heute von einer Ärztin erzählt, die sich für mein Projekt interessiert und bereit wäre, sich an seiner Finanzierung zu beteiligen. Wally glaubt, Sie wäre auch bereit, mich zu untersuchen …«
»Eine Ärztin, zu der man geht, wenn man kein Kind bekommt?«
Amarna nickte.
»Du sprichst mit Wally darüber?«

Walter, von aller Welt Wally genannt, war Armans Freund, egal, was Arman behauptete. Er war Britanniens jüngster Kurator und hatte Arman entdeckt, als der noch im Museum Reliefs abgestaubt hatte. Inzwischen aber war es Amarna, die im Museum angestellt war, und Wally war ihr Vorgesetzter. Was nicht rechtfertigte, dass sie ihm etwas anvertraut hatte, das zwischen die Wände ihres Schlafzimmers gehörte.
Arman hob die Hände. »Ich habe dir nichts vorzuschreiben.«
»Es war nicht so, wie du denkst.«
»Ich denke gar nichts«, log er. »Und nebenbei: Dein Projekt können wir selbst finanzieren. Die Leute benehmen sich bei dieser Ausstellung wie die Verrückten. Sie kaufen jeden Furz, den ich lasse.«
»Kriegen sie nicht. Jeder Furz, den du lässt, gehört mir.«
Etwas in seiner Körpermitte entspannte sich. »Wenn du willst, verscherbeln wir das Haus«, sagte er.
Sein Haus am Kanal. Das er mit seinen Händen trocken gelegt hatte, das er liebte, als hätte er es vom Grund des Kanals gefischt. Sein Haus, das er ohne einen Penny eigenes Kapital gekauft hatte, um nicht länger mit Flüchtlingsgepäck durch die Welt zu ziehen. Wally hatte für ihn gebürgt. »Ich bürge für alles, was Sie wollen, Mr. Artsruni«, hatte er gesagt. »Bei Ihrem Talent ist nichts als der Himmel die Grenze, und Häuser wie dieses können Sie demnächst aus Ihrer Hosentasche bezahlen.«
Arman aber war schon zu lange unter nichts als dem Himmel herumgestreunt. Er wollte die Grenze eines Gartenzauns, und er wollte sein Haus nicht aus der Hosentasche bezahlen, sondern von einem ordentlichen Konto. Monat für Monat. Tagsüber staubte er im Museum Skulpturen ab und nachts schlug er seine eigenen aus Stein. Einmal war er vor Schwäche zusammengebrochen, und Amarna hatte auf ihn eingebrüllt. »Hör endlich auf, wie ein Besessener zu leben, hör auf, dich auszu-

beuten, als müsstest du das verdammte Haus mit deinem Blut finanzieren.«

Er hatte den Kopf zwischen die Schultern gezogen. Amarna wusste, wie sehr er sich dafür verachtete – und wie machtlos er dagegen war. Wer Schläge bekommen hatte, die nicht beugen, sondern brechen sollten, tat das sein Leben lang. Sie hatte sich geschämt. »Ich will nur dich«, hatte sie gesagt. »Kein Herrenhaus, in dem du jede Kachel von Hand verlegst. Weißt du, was ich mir auf der Welt am meisten wünsche? Dass es dir gutgeht, Arman.«

Sie hatte die Arme um ihn gelegt, doch in solchen Augenblicken war Zärtlichkeit wie Wasser, das von Entengefieder abperlte.

»Mir geht es blendend«, hatte er gesagt. »Ich lege mich neben einer Königin mit Lapislazuli-Augen schlafen, und wenn ich wach werde, ist sie immer noch da. Aber wenn ich kein Haus habe, kann ich doch dich und Rehan und Bülent nicht bei mir behalten.«

Dagegen anzureden, war sinnlos. Er hatte das Haus Kachel für Kachel fertiggestellt, wie er es für seine Familie gewollt hatte. Die Scharen von Besuchern, die ihnen zur Tür hereinströmten, fragten Amarna nach ihrem Innenarchitekten, »weil das hier entzückend ist, meine Liebe, das ästhetisch perfekte Heim für ein ästhetisch perfektes Paar.«

Arman war ein anderer, wenn er die Tür des Hauses hinter sich schloss. Einer, der sich das Flüchtlingsgepäck von den Schultern lud, den Rücken streckte und Atem holte. Das Haus war seine Burg, in der er es wagte, ohne Schutz mit seiner Frau zu schlafen. Sich ein Kind zu wünschen. Es war mehr als ein Heim. Der Stammsitz seines Geschlechts.

Und jetzt stellte er sich vor sie hin und bot ihr an, es zu verkaufen. Sich seinen Schutzschild abzureißen, so wie die Schmierfin-

ken ihm das Hemd vom Rücken reißen wollten. Sie legte den Handrücken an seine Wange. »Und wohin gehen wir dann?«
Er hob eine Schulter. »Wir ziehen eben weiter. Fahren an den Masis, wenn du da hinwillst. Dass ich dich allein dorthin lasse, glaubst du sowieso nicht, oder?«
»Und du glaubst, ich lasse mir von dir etwas verbieten?«
Seine Hände schlossen sich um ihre Oberarme, das war Antwort genug.
»Nun schön. Und wohin gehen Rehan und Bülent?«
Seine Schulter hob sich noch einmal. »Sie müssen eben mitkommen. Rehan ist in einem Schlafsack zu Hause, solange sie bei uns ist. Und Bülent wäre nicht mit uns hierhergekommen, wenn er nicht bereit wäre, weiter zu gehen.«
»Du wirst ihn tragen müssen, Arman. Er ist zweiundachtzig.«
»Ich trage ihn gern«, sagte Arman. Bülent hatte ihm das Leben gerettet. Jeden Morgen verneigte er sich vor ihm wie ein braver armenischer Sohn, der seinem Vater die Hände küsste, ehe er ihm das Brot in die Milch brockte.
Amarna schob ihm den Kragen von der Kehle und küsste ihn in die Halsgrube, über dem Kreuz aus blassem Gold. Eine Frage blieb unausgesprochen: Wohin geht unser Kind?
Aber wenn sie ihm ein Kind schenkte, war das Projekt nicht mehr so dringlich. Bildwerke aus dem Königreich Urartu – Gesichter, die sein Volk in Stein geschlagen hatte, um die Seelen zu bewahren. Wenn Armans Gesicht in dem seines Kindes bewahrt blieb, konnten die Steinbilder warten, bis sich die zuständigen Kollegen in der Türkei um sie scherten.
»Arman«, sagte sie, legte die Hände an seine Wangen und bemerkte das Flackern in seinen Augen. »Ich will nicht, dass du das Haus verkaufst. Ich will auch nicht, dass du dich von Skulpturen, die dir am Herzen liegen, trennst, um Geld für mein Projekt zu beschaffen.«

»Die liegen mir ja nicht am Herzen«, sagte er. »Die sind nur Stein.« Lügner, dachte Amarna und hielt seine Wangen so fest, dass er nicht mehr hätte sprechen können.

»Ich will etwas anderes«, sagte sie. »Zu dieser Ärztin gehen, von der Wally erzählt hat.«

Arman befreite sich aus ihren Händen »Um sie zu fragen, warum du kein Kind bekommst?«

Amarna nickte.

Er straffte den Rücken, löste den Blick von ihr und ging durch den kalten Raum zurück zur Staffelei. Dort blieb er stehen und sah sie wieder an, sein Gesicht fahl im weißen Mondlicht. »Ich will dich nicht verlieren. Lieber das Kind.«

»Du spinnst ja«, rief sie.

Er ließ sie nicht weitersprechen. »Ich habe Angst, Amarna. Wenn es Krieg gibt, werde ich nicht hierbleiben können, und vielleicht ist es nur gut, dass ich kein Kind habe.«

Es war das Wort, das die Männer im Bus benutzt hatten. Krieg. Das Wort, das Schweigen gebot.

Er ist versehrt, schrie es in Amarna auf, er wird ausgemustert, und für welche Nation soll er überhaupt kämpfen? Die Überlegung war lächerlich. Sie starrte ihm auf die Stirn und las, wie er plante zu lügen, ohne mit der Wimper zu zucken.

Ich sperre dich ein. Ich erpresse dich. Geh in einen Krieg, mute mir das zu, und ich verlasse dich.

»Du spinnst«, sagte sie noch einmal. »Weißt du, wie deine vergötterten Briten den Krieg von 1914 nennen?«

»Krieg, um alle Kriege zu beenden. So müssen sie ihn ja nennen. Siebenhunderttausend können schließlich nicht für nichts gestorben sein.«

»Da siehst du's.« Ihr Herz hämmerte. »Hat der König nicht eben deshalb versprochen, er würde lieber abdanken, als seinem Land noch einen Krieg zuzumuten?«

Armans Mundwinkel zuckten. »Ich fürchte, das war der König, der vor zwei Jahren gestorben ist, *Lajvard*.«
»Ist mir egal. Der Völkerbund ächtet Krieg und würde ihn verhindern, noch ehe er ausbricht.«
»Wenn es dem Völkerbund gerade in den Kram passt, sicher. Als Mussolini in Abessinien einmarschiert ist, hatte der Völkerbund leider Besseres zu tun.«
Sie machte drei Schritte auf ihn zu. »Was weißt du, das ich nicht weiß?«
Seine Augen bekamen etwas Nächtliches, das nur dann wirklich hübsch war, wenn man nicht mit ihm verheiratet war. »Ich lese die Zeitung«, sagte er. »Nicht nur das Feuilleton.«
Amarna packte ihn bei den Schultern, er machte sich steif wie ein Brett, und sie schüttelte ihn. »Verdammt, jetzt rede.«
Armans Lider zuckten. Bülent, der gehofft hatte, Wohlerzogenheit könne seinen Findling schützen, hatte sich tapfer gezwungen, ihn fürs Fluchen mit Ohrfeigen zu bestrafen. »Mir hat sich die Hand gesträubt«, hatte er Amarna erzählt. »Allein der Gedanke tat mir weh.« Hände, die sich sträubten, ihm ins Gesicht zu schlagen, kannte Arman nicht, und Schläge, die weniger schmerzten als Gedanken, hatte er nie bekommen. Er gewöhnte sich das Fluchen ab und erschrak wie Bülent bei jedem *Verdammt*.
Amarna ließ ihn los. »Tut mir leid.«
»Das kommt schon hin.«
»Es ist dieses Wort«, sagte sie. »Es macht mich krank.«
»Krieg?« Er sagte das Wort in der Sprache, mit der sie aufgewachsen war. Obwohl er von seiner Mutter eine andere gelernt, in seinem Leben meist Türkisch benutzt hatte und liebend gern Englisch sprach.
Es war ein Segen, mit einem Mann zu leben, mit dem man vier Sprachen und jede Menge Sex zur Verständigung hatte. Mit an-

deren fühlte Amarna sich über kurz oder lang sprachlos, weil ihr oft Worte, die ins Schwarze trafen, fehlten. Mit Arman hingegen konnte sie die Sprache wählen, die dem Gegenstand am nächsten kam, oder auf Sex ausweichen, der schwieg, ohne sprachlos zu sein.

Warum das Wort in ihrer eigenen Sprache – *Krieg* – dem Gegenstand am nächsten kam, wollte Amarna gar nicht wissen. Auch die zwei Männer im Bus, Ausländer wie sie, hatten die Sprache benutzt. Sie zwang sich, es zu wiederholen: »Krieg.«

»Vielleicht meine ich damit ja etwas anderes als du.« Er nahm den Kohlestift und begann, im Dunkeln zu zeichnen, ohne dass das Zittern in den Schultern nachließ. »Ich denke, den Krieg, den du meinst, möchte Großbritannien tatsächlich vermeiden.«

Sicher wollte es das. Jahr für Jahr hielt es eine Gedenkminute für die siebenhunderttausend Toten ab, bei der die reservierten Briten auf den Straßen weinten.

»Und was für einen meinst du?«

Arman zeichnete weiter. »Ich frage mich, ob der, den ich meine, nicht längst angefangen hat«, sagte er. »Ob ich ihn mir nicht nur weglüge, weil ich meinen Frieden haben will. Hast du seit Neujahr von deinem Vater und Dr. Vollmer gehört? Geht es ihnen gut?«

Paul Vollmer war Amarnas Jugendfreund, den Arman sich hartnäckig weigerte, beim Vornamen zu nennen. »Habe ich nicht«, sagte sie. »Ich wollte beiden schreiben, aber wie üblich bin ich nicht dazu gekommen. Was bringt dich jetzt darauf?«

»Nichts«, sagte Arman und zeichnete weiter. Nach ein paar Strichen hielt er inne. »Wenn es doch Krieg gibt«, begann er, »und wenn ich nicht hierbleiben kann …«

»Was ist dann?«

»Versprich mir, dass du nicht ohne mich in die Türkei fährst.«

Sie wollte ihn bitten, sich zu beruhigen, damit sie selbst sich

beruhigen konnte, wollte von Sprache auf Sex ausweichen, doch sie stand mit hängenden Armen da und sah dem Muskelspiel auf seinem Rücken zu.
»Versprich mir das. Ich kann vor Angst nicht mehr schlafen.«
*Nicht schlafen,* sagte er, und *nicht essen* lautete die Wahrheit.
»Nun schön«, sagte sie. »Ich versprech's dir.«
»Und noch eins.«
»Sag schon.«
»Kannst du mich nicht mehr leiden, weil wir kein Kind bekommen?«
»Bist du noch bei Trost?« Sie schnappte ihn sich, nahm ihm endlich den verdammten Stift weg und schleuderte ihn aus dem ewig offenen Fenster. »Du kannst ein solcher Idiot sein, Herr Artsruni«, zischte sie in sein Ohr und biss ihm in den Hals. Sie liebte seinen Geschmack, liebte alles, was sein Körper hergab. In seinem Schweiß wollte sie ihr Gesicht baden, an seinen Tränen sich besaufen. »Männer verlassen ihre Frauen, weil die ihnen keine Kinder schenken«, sagte sie. »Nicht umgekehrt«
»Mich kratzt nicht, was Männer mit Frauen tun.« Wütend küsste er sie, setzte endlich seine Arbeit an ihren Blusenknöpfen fort und vergaß diesmal, sich die Finger abzuwischen. »Wenn du das glaubst und zu mir Idiot sagst, sitzt du im Glashaus und wirfst mit Steinen.«
Ich bin eine glückliche Frau, dachte Amarna, lehnte sich an ihn und beneidete sich selbst. Ich habe das, wovon ich träume, auch ohne Kind. Mein Bauch hält die flauen Gefühle aus, solange keiner im Bus vom Krieg schwatzt. Und mein Herz hält die Sehnsucht aus, solange keiner von uns ohne den anderen in die Türkei fährt. Oder sonst wohin. Solange jeder von uns auf den anderen wartet.

# 5

## EVA
## BERLIN. JUNI 1937

Martins Hände hielten das Steuerrad umklammert. Er fuhr nicht gern Auto, schon gar nicht in der Dämmerung, weil er in schwindendem Licht so gut wie blind war. Aber das Lichtermeer von Berlin glitzerte ihnen ja bereits entgegen. Chaja wartete. Wilma wartete, die Chaja für sie hütete und in der Rolle als skurrile Lieblingstante aufging. Eva ballte die Fäuste. Sobald sie die zwei Gesichter erblickte, das große und das kleine, die zwei Münder mit Schokoladenrändern und die zwei Augenpaare in tiefster Eintracht, würde die Beklommenheit von ihr abfallen. Das Gefunkel, das sich entlang des Horizonts erstreckte, war nicht irgendeine Stadt, sondern ihre. Sie fuhren nach Hause.

Damals – im Herbst 1932 – waren sie beide erschrocken gewesen wie Kinder: mit Streichhölzern gespielt, ein Feuer entfacht und dann erst begriffen, dass es nicht mehr zu löschen war.

»Ehrlich gesagt hatte ich nicht damit gerechnet, Babys aufzuziehen«, hatte Martin gesagt.

»Ja, glaubst du etwa ich?«

Sie sahen sich an, und er schüttelte den Kopf. Sie waren Künstler, unstet, immer auf der Jagd. Nicht geeignet, ein Junges unter die Fittiche zu nehmen. Eva hatte den Sommer und den Herbst über kaum gezeichnet. Die einzige Karikatur, die im *Wahren Jacob* von ihr erschienen war, hatte die Zensur verboten, und ihr Galerist Alfred Renke-Levin hatte, wie befürchtet, nur ein Bild verkauft. Das Geld von der UFA, das höchste Honorar ihres Lebens, war ihr zu Kopf gestiegen wie die Liebe, und sie hatte es mit vollen Händen verprasst. Von der Hand in den Mund lebte es sich nicht übel, wenn man zu einem stadtweiten Netz von Bohemiens gehörte, die einander mit Zigaretten, heißen Würstchen, Senf und Schnaps aushalfen. Ein Kind aber wurde von Luft und Liebe nicht satt.

Sie sagte es Martin.

Der atmete hörbar auf. »Wenn es weiter nichts ist – Geld ist das kleinste Problem.«

»Wie meinst du das?«

»Ich glaube, du begreifst nicht«, sagte Martin. »Was mich nicht verwundert, denn ich begreife es ja selbst noch kaum. Ich bin ein reicher Mann, Eva. Die UFA hat das Angebot für meinen nächsten Film erhöht. Nicht verdoppelt. Verfünffacht. Unsere *Semiramis* wird als Kassenschlager gehandelt, bevor sie auch nur auf die Leinwand kommt.«

Das erstaunte Eva nicht. *Semiramis* hatte alles, was Menschen ins Kino zog: Leidenschaften, über denen man die Kohlerechnung vergaß. Schönheit, die keine Falten bekam, keinen Bauchspeck, keine Hühneraugen.

»Um Geld mach dir keine Sorgen«, wiederholte Martin. Als er den Arm um sie legte, bemerkte sie eine Vorsicht an ihm, die sie nicht kannte. Als hätte sie, die streitbare Eva, plötzlich etwas Zerbrechliches an sich. »Was das betrifft, ist für euch gesorgt.«

Sie hatte tatsächlich etwas Zerbrechliches an sich. Hätte ihr jemand noch vor Tagen erzählt, dass es sich heilig anfühlte, ein Kind im Bauch zu haben, hätte sie auf ihrer Serviette eine schwangere Muttergottes skizziert, die vor der Suppenküche in der Warteschlange stand. Jetzt sah sie Martin an, ohne den Mund zu verziehen. »Und mit was sind wir *nicht* versorgt?«

Er seufzte und rieb sich die Stirn. »Du darfst das nicht falsch verstehen.«

»Ich verstehe gar nichts. Du sagst mir ja nichts.«

»Hagen hat mich neulich beiseitegenommen und mich beschworen, ich dürfe auf keinen Fall heiraten«, sagte Martin. »Das könne alles vermasseln, meint er. Die Kinogängerinnen wollen Martin Serner frei, ungebunden und gefährlich, nicht als braven Ehemann in Filzpantoffeln.«

Die Filzpantoffeln ihres Vaters stellte die Mutter allmorgendlich an den Kamin, um sie ihm anzuwärmen. Wenn Eva ans Heiraten dachte, sah sie stets diesen Kamin in Niedernhausen vor sich und das Hochzeitsfoto, das auf dem Sims plaziert war: steife Kleider ohne Stil, leere Gesichter ohne Ausdruck. »Wie kommt Hagen denn aufs Heiraten?«, fragte sie.

Martin lächelte flüchtig. »Er ist nicht der Einzige, weißt du. Anna Karenina hat gesagt: Das sieht doch ein Blinder, dass das mit euch im nächsten Frühling kein Schnee von gestern ist.«

Eva wand sich aus seinem Arm, trat einen Schritt zurück. »Im nächsten Frühling wird das Kind geboren. Ist das mit uns dann Schnee von gestern?«

»Natürlich nicht.« Er kam ihr nach und zog sie wieder an sich. »Nur weil es mir beruflich schaden könnte, wenn wir heirateten, heißt das doch nicht, dass ich dich in diesem Wahnwitz, den wir Leben nennen, je wieder gehen lasse. Ich will dich bei mir haben, Eva. Egal, was passiert.«

»Egal, was passiert? Auch wenn der Himmel einstürzt?«

Martin nickte. »Meine Liebe hält alles aus.«

Sie waren sich in die Arme gefallen, hatten Champagner getrunken und ihr Kind fürs Erste Semiramis getauft. Nach Neujahr beauftragte Hagen Fidelis ein Fuhrunternehmen, das Evas überschaubaren Besitz aus dem Turmzimmer in Martins Wohnung in die Bleibtreustraße schaffte.

Die Wohnung war ein Traum. Die UFA hatte Martin eine Villa in Lichterfelde angeboten, doch wer sein Wolkenkuckucksheim in der Bleibtreustraße kannte, verstand, warum er sie ausgeschlagen hatte. Zimmer so groß wie Säle erstreckten sich lichtdurchflutet, vor den hohen Fenstern breitete sich Berlins schönste Straße aus, und an der Ecke stand die Tür zu Wilmas Kartoffelkneipe einen Spalt weit offen. Eva hatte eine Nomadin sein wollen, die im Winter nicht wusste, wo sie im Sommer ihr Zelt aufschlagen würde. Jetzt war sie angekommen. Aus dem Zelt war ein Zuhause geworden.

Ich hatte ja vorher nie eines, erkannte sie. Egal, ob in Niedernhausen meine Mutter mit aufgewärmtem Eintopf auf mich wartete und schimpfte, wenn ich zu spät und mit zerrissenen Strümpfen heimkam. In Niedernhausen hatte man auf die Tochter des Hauses gewartet. In der Bleibtreustraße hingegen warteten Menschen und Räume auf sie, auf Eva. Nicht nur die Wohnung, sondern fast mehr noch das winzige Café mit der selbst im Winter nur angelehnten Tür, der enge Raum mit dem bollernden Kohleofen und die göttlichste Freundin, die eine Frau nur haben konnte.

Wilma Duvenage, die nach Sprühnebeln von *Soir de Paris*-Parfüm und Rauchschwaden von schwarzem Tabak roch. Die behauptete, die in Sünde geborene Tochter eines Pariser Chansoniers zu sein, in Wahrheit jedoch vermutlich ein stinknormales Hugenottenkind war, wie sie in Berlin zu Dutzenden herumliefen. Wilma, die näseln konnte wie eine Pariser *belle de nuit* und im nächsten Augenblick wettern wie ein Berliner Waschweib: »Das ist kein Café, ihr Nachtlampen, es ist ein Bistro, Bistro, Bistro! Seid ihr so blöd, oder tut ihr nur so, als ob das nicht durch das Brett vor euren Schädeln geht?«

Es war ihr Lebenstraum, erzählte sie Eva beim dritten Glas *Pernod:* ihr eigenes Bistro, ihr Stück von Paris, in dem frierende Paradiesvögel sich um Marmortischchen drängten und Mädchen mit Männerstimmen herzzerreißend schlüpfrige Lieder sangen.

Nicht irgendwo, sondern dort, wo Berlin am pariserischsten war – in Charlottenburg, im Herzen der Boheme, das zwischen Steinplatz und Savignyplatz pulsierte. Als sie mit ihrem bisschen Ersparten versuchte, den Saal eines bankrotten Tanzlokals zu mieten, sprang dem Makler vor Lachen ein Hemdknopf von der Wampe. »Mit den paar Penunzen, Schätzchen? Wieso probierst du's nicht mal mit 'ner Kartoffelhandlung?«
Wilma piekte den Fettwanst dort, wo das Hemd aufklaffte, in den Bauch und stampfte aus dem Büro. Sie zählte ihr Geld, zählte es noch einmal, und als es auch beim dritten Zählen nicht mehr wurde, zog sie los und mietete die Kartoffelhandlung in der Bleibtreustraße.
Auf die krummgetretenen Dielen legte sie Fliesen in mosaikartiger Kleinarbeit, und an die stockfleckigen Wände heftete sie ihre Sammlung von Pariser Postkarten. Mehr als drei Tischchen passten nicht in den einstigen Verkaufsraum, Geld für Marmor gab es nicht, und der Gestank nach zu lange gelagerten Kartoffeln war nicht rauszukriegen. Wilmas *Bistro Babeurre* avancierte dennoch über Nacht zum Geheimtipp. Die kleine, kugelrunde Person, die zur Wirtin geboren war, feilschte wie ein Kutscher, sooft einer versuchte, sie übers Ohr zu hauen, und schenkte krügeweise *Pernod* ohne Bezahlung aus, sobald ein Stammgast sein frisch gebrochenes Herz hereintrug. Ihre überlebensgroße Präsenz verwandelte die Enge in Intimität und den Mief in ein Markenzeichen.
*Babeurre* – das bedeutete Buttermilch. Wilma brannte Schnaps aus Sternanis, und rund um den Savignyplatz war kein Kaffee so schwarz wie ihrer. Weil sie keine Sängerin bezahlen konnte, sang sie kurzerhand selbst. *Oh, Moon of Alabama* und *Surabaya-Johnny, warum bist du so roh?* In ihrem Busen einer Muttergöttin saß die Stimme eines versoffenen Verführers. Ihr Café, das ein Bistro sein wollte, war die halbe Nacht lang voll

bis zum Platzen. Bei Tag war es leer, und hinter dem Tresen stand Wilma, der Pariser Vamp, und strich Schmalzstullen, die sie später an die Opfer ihres Hausgebräus verteilte.
Sie hatten sich gesucht und gefunden: Eva, deren Freunde Männer waren, weil Frauen ihr nicht über den Weg trauten, und Wilma, die behauptete, sie traue niemandem so weit, wie sie spucken könne. »Vertrauen wird überschätzt, *bijou*. Was zählt, ist Charisma. Auch wenn du mir die Hucke volllügst, ändert das ja nichts an deinem Unterhaltungswert.«
Eva, verstört von dem, was die Schwangerschaft aus ihrem Körper machte, hatte Wilmas Oase an ihrem ersten Morgen in der Bleibtreustraße entdeckt. Sie hatte die angelehnte Tür des Kartoffelladens aufgeschoben, weil sie in Martins unberührter Küche vergeblich nach einer Kaffeedose gesucht hatte. Ohne Kaffee konnte sie einem Tag nicht die Stirn bieten. Am mittleren der drei Tische saßen zwei Frauen, die aussahen wie eine Karikatur: beide mit dunklen Bubiköpfen, beide in kniekurzen Röcken und mit übereinander geschlagenen Beinen – die eine lang, agil und mit spitzen Zügen, die andere ein kleines Fass mit Mondgesicht.
»Voilà«, rief die Dicke, die eine dünngerollte Zigarette zwischen gespreizten Fingern balancierte, und schoss wie hochgeschleudert vom Stuhl. »Martin Serners Waterloo. Was habe ich dir gesagt, Yva? Über kurz oder lang taucht das Schmuckstück hier auf.«
Die Dünne war Yva Neuländer-Simon, die angesagteste Modefotografin von Berlin und zudem die Schöpferin bestürzend schöner Aktbilder. »Das sind Sie?«, fragte sie Eva unverblümt und hob die zu dünnen Bögen gezupften Brauen. »Eva Löbel, diese Kulissenmalerin, die den goldenen Hengst gezähmt hat?«
Seit ihre Verbindung mit Martin publik geworden war, hatten die Frauenzeitschriften Eva mit solchen Fragen bombardiert.

Sie war es nicht gewohnt, zum Anhängsel eines Mannes herabgewürdigt zu werden, aber bei Yva klang es nicht so, als wolle sie an Evas Würde etwas rütteln.
»Ich bin Malerin«, sagte sie. »Auf meiner Leinwand zähme ich Ihnen, was Sie wollen.«
»Diese Lippen!« Die Fotografin sprang auf und umfasste Evas Kiefer, um ihr einen Schmollmund abzuzwingen. Ihr Blick war reglos, fokussiert, als mache sie mit den Augen ein Bild. Dann ließ sie Eva wieder los. »Ich will Sie fotografieren, schönes Kind. Die Zeitschrift *Die Dame* bietet mir für eine Serie ein Vermögen, das ich gern mit Ihnen teilen will, aber vor allem will ich ein paar Bilder für mich. Eva Löbel in purem Glanz, ohne Blüschen und Haarklammern. Lässt sich das machen?« Sie schob Eva eine Karte in die Hand. »Mein Atelier ist nur ein paar Schritte von hier, und Sie bekommen einen guten Kaffee.«
Yva war göttlich. Ihr Atelier lag in den obersten Stockwerken eines erhabenen Vorkriegsbaus, und die Fotos schoss sie auf dem Dachgarten, zwischen Schneeresten und kahlen Schwarzdornzweigen: Eva splitternackt, mit gelöstem Haar und einem kaum sichtbaren Ansatz von Bauch.
»Geht das nicht, wenn's wärmer ist?«
»Keinesfalls. Ich brauche dieses eisblaue Winterlicht, diese Gnadenlosigkeit, die die Umrisslinien herausschlägt wie ein Meißel.«
Sie hatte recht. Die Bilder waren umwerfend. Sex, der sich in Eis brannte.
»Du hast etwas in deinem Gesicht, das müsste verboten werden«, sagte Wilma. »Halb Hure, halb Mutter. Wie machst du das?«
»Ich kriege ein Kind«, antwortete Eva.
Außer Martin und ihr wusste es noch niemand. Nicht seine Eltern im Brandenburgischen, wo Eva beim Antrittsbesuch in

sämtliche Fettnäpfe getreten war, und schon gar nicht ihre Eltern in Niedernhausen, die sie seit bald zehn Jahren nicht gesprochen hatte. Nicht einmal der Filmstab in Babelsberg, der doch so gut wie dabei gewesen war, als sie das Kind gemacht hatten. Nur Wilma, die *Pernod*-Hexe aus dem Kartoffelladen.

»Ich hasse Kinder«, sagte Wilma und grinste. »Die ganze Wohnung voll Windelgestank und vollgekotzter Wäsche.«

»Ich auch.« Eva grinste zurück.

»Am besten du verkaufst es meistbietend. Wenn's nur halb so hübsch wird wie die Eltern, kriegst du ein Vermögen dafür.«

»Und wenn es hübscher wird?«

Wilma ließ ihren *Pernod* im Glas kreisen. »Noch hübscher?« Sie senkte die blaugeschminkten Lider. »Dann werden wir's wohl oder übel behalten müssen.«

Schwangerschaft lullte ein. Liebe lullte ein. Erfolg tat ein Übriges. Ihr Galerist Alfred Renke-Levin rannte ihr fast die Tür ein: »Habe ich es Ihnen nicht gesagt, meine Eva? Sie werden eines Tages entdeckt, es ist nur eine Frage der Zeit. Seit in der *Dame* die Serie über diesen Türkenfilm erschienen ist, verkaufen sich Ihre Bilder schneller, als ich Punkte drankleben kann.«

Sie hatte es geschafft. Im *Stürmer,* dem Hetzblatt der Nazi-Partei, erschien ein geifernder Verriss ihrer Karikaturen, nachdem die Schmierfinken sie jahrelang ignoriert hatten. »Der Vater einer Nestbeschmutzerin wie Eva Löbel hätte den Mumm haben sollen, ihr ihre Machwerke um die Ohren zu hauen«, las sie und glaubte, die Stimme ihres Vaters zu hören. »Man möchte ihr die Abscheulichkeiten, mit denen sie die heiligsten Werte ihrer Heimat in den Dreck zieht, mit der Klopfpeitsche austreiben.«

Martin lachte darüber, ging mit Eva ins *Babeurre* und köpfte Wilmas teuersten Champagner. »Du bist jetzt wer, *bijou*«, erklärte ihr Wilma. »Wem der *Stürmer* mit Prügeln droht, an dem führt kein Weg mehr vorbei.«

Vor dem Vater hatte Eva sich nicht schützen können. Ihr Mut und ihr Herz waren nackt gewesen und ihre Bilder ihm ausgeliefert. Jetzt saß sie eingezwängt zwischen Martin und Wilma, fühlte sich vor lauter Liebe kurzatmig und hätte dem Vater ins Gesicht gelacht. Wer wollte ihr etwas anhaben? Sie legte die Hände auf den Bauch, fühlte sich zart und unverwundbar zugleich.

Das Gefühl hatte noch eine Weile angehalten, obwohl sich bald darauf die Ereignisse überschlugen. Die Nazis übernahmen die Macht, der Reichstag brannte, aber Eva war weiterhin zumute, als sitze sie geborgen in einem Kokon, an dem der Irrsinn abgleiten und sich im Sand verlaufen würde. Hagen Fidelis erschien mit einem Blumenstrauß, der teuer, aber merkwürdig dürr wirkte. »Meine Glückwünsche, liebes Fräulein Löbel.«

»Hat Martin es Ihnen erzählt?«, fragte Eva.

»Kein Star hat Geheimnisse vor seinem Agenten«, erklärte Hagen Fidelis. »Vor den Zeitungen dagegen halten wir uns ein wenig zurück, nicht wahr, meine Liebe? Sie wissen doch – Martins Verehrerinnen sind der Ansicht, wenn ihr Schwarm schon nicht ihnen gehört, darf ihn auch keine andere besitzen.«

»Wollen Sie, dass wir unser Kind verschweigen?«, fragte Eva.

»Aber nicht doch, nicht doch, niemand würde so etwas von Ihnen verlangen. Wir raten nur, die ganze Sache nicht an die große Glocke zu hängen. Ein wenig Zurückhaltung – Sie verstehen? Schließlich erleichtert es auch Ihnen das Leben, wenn Sie nicht ständig die Presse auf der Pelle sitzen haben.«

Damals hatte das vernünftig geklungen, und obendrein war es Eva egal gewesen. Es klang noch immer vernünftig, auch jetzt, fünf Jahre später, auf dem Weg von Hildchen Serners Schweinekoben zurück in die Stadt, die heute wie damals ihr Zuhause war. Sie betrachtete Martins Profil in den grau-rosa Streifen des Abendlichts, das immer schneller schwand. Seine Kiefer mahlten wie stets, wenn etwas in ihm gegen die Rolle, die er zu spielen hatte, aufbegehrte. Er war Schauspieler, die Verstellung war sein Metier. Nur seine Kiefer ließen sich in keine Maske zwingen, sondern gaben preis, dass ihm nicht weniger beklommen zumute war als ihr.

Genauso hatte er ausgesehen, als er an jenem Abend im März 1933 in die Wohnung getaumelt war, und genauso hatte er an seinem Kragen gezerrt, um sich Luft zu machen. »Die wollen unseren Film verbieten. Jetzt – drei Tage vor der Uraufführung im UFA-Palast!«

Eva glaubte das Ratschen zu hören, als ihr Vater eines ihrer Bilder zerriss. »Das ist nicht dein Ernst!«, rief sie. »Das können die doch nicht machen.«

»Offenbar doch.« Martin war grau im Gesicht und ließ sich in seinen Sessel fallen. »Kierling hat gesagt, ich solle Ruhe bewahren, es werde nichts so heiß gegessen wie gekocht. Nur wie ich das machen soll, hat dieser Kretin für sich behalten.«

»Aber was haben die denn für einen Grund, unseren Film zu verbieten?«, fuhr Eva auf. Die paar Rollen Zelluloid enthielten das Beste, was sie je gemacht hatte. Ihren Sieg über die Vaterstimme und die Hände der Zeichenlehrerin. Niemand durfte ihr das nehmen, niemand, niemand …

»Ich habe keine Ahnung.« Martin rieb sich die Stirn. »Sicher, es ist kein gemütlicher Familienfilm für die Nachmittagsvorstellung. Zu viel Sex, zu viel Blut. Aber politisch ist er doch harmlos, findest du nicht?«

»Was soll das heißen: politisch ist er harmlos?«, herrschte Eva ihn an. Die Karikatur fiel ihr ein, die sie an den *Wahren Jacob* geschickt hatte: Hitler und Hindenburg im Zweigespann, das Seite an Seite einen Leichenwagen zog. Den Sarg der Republik. Eine Sekunde lang hatte sie gezögert. War es nicht ratsam, etwas Zahmeres zu liefern, statt zu riskieren, dass ihr Beitrag erneut nicht gedruckt werden durfte? Sie hatte demnächst für ein Kind zu sorgen, und ihre Existenz war auch ohne zusätzliches Risiko zerbrechlich genug.

Dann aber hatte sie die Bedenken verworfen. Sie hatten doch alle schon zu lange geschwiegen, sonst wäre der braune Pöbel gar nicht erst so weit gekommen. Wenn sie jetzt aus Angst vor Konsequenzen weiter schwiegen, wurden sie ihn womöglich nicht mehr los, sondern gestatteten ihm, sich in der Welt, die sie liebten, einzunisten. In ihrer Bleibtreustraße. In jedem Winkel. Entschlossen hatte Eva die Zeichnung in den Umschlag gestopft. Sie waren *nicht* politisch harmlos, auch wenn sie ihre Schlachten nicht in den Straßen, sondern mit den Waffen der Kunst ausfochten.

»Ich weiß es doch selbst nicht«, sagte Martin. »Kierling hat nicht mehr als seine obskuren Andeutungen fallen lassen. Es gibt in dem Film eben keinen strahlend ungebrochenen germanischen Helden.«

»Willst du so einen denn spielen?«, versetzte Eva. »Das Prinzchen in Aschenputtel-Schmonzetten? Wenigstens hat Anna Karenina dann keine Probleme mit deinem niedlichen Babyflaum.«

»Man hat mir *Peer Gynt* angeboten«, erwiderte Martin gepresst.

»Ibsen?«

Er nickte. »Kierling meint, das Episch-Tragische liege mir mehr als das Heiter-Frivole, nur soll es diesmal etwas frischer und gesünder zugehen. Ohne düstere Fremdheit und verderbte Passion.«

»Und ohne sardonisch grinsende Steinriesen«, fügte Eva ätzend hinzu.

»Eva«, sagte Martin. »Deine Steinriesen sind die Lieblinge der UFA. Es gibt auf dem ganzen Gelände niemanden, der nicht davon schwärmte, wie großartig sie sind, wie unvergleichlich.«

»Und was habe ich davon, wenn der Film verboten wird?« Eva packte ihn beim Arm. »Du lässt das nicht zu, nicht wahr? Sag ihnen, wenn sie es wagen, unseren Film in den Abfall zu stopfen, können sie sich ihren jungfrischen *Peer Gynt* in den Hintern stecken.«

Martin stöhnte. »Jetzt warte doch erst einmal ab. Kierling ist ja dran an der Sache, und natürlich wird unser Film nicht in den Abfall gestopft. Hätte ich gewusst, dass du dich derart aufregst, hätte ich dir in deinem Zustand gar nicht erst davon erzählt.«

»In meinem Zustand?«, blaffte Eva. »Falls du es vergessen hast: Ich bin Künstlerin. Ich bin die Frau, die deine Filmbauten gemacht hat, kein Huhn, das bei Gewitter vor Schreck kein Ei mehr legt.«

Eine Weile lang hatten sie ihre Anspannung abreagiert, indem sie einander anschrien. Dann hatten sie sich versöhnt, wie sie es bis heute taten: Wenn sie die Vorhänge zuzogen, blieb die Welt ausgesperrt, und wenn sie miteinander ins Bett gingen, verstummten die Zweifel. Auch jetzt noch. 1937. Sobald sie in ihrer Bleibtreustraße ankamen, würden sie mit Wilma ein Glas trinken und hinterher übereinander herfallen, um die Beklommenheit zum Teufel zu jagen.

So hatten sie es damals gemacht, in den Wochen zwischen Hitlers Machtergreifung und Chajas Geburt, und natürlich hatte Kierling recht behalten: Nichts wurde so heiß gegessen wie gekocht. *Semiramis* wurde nicht verboten, sondern feierte einen Triumph sondergleichen. Die Not der Wirtschaftskrise hatte die Leute aus den Kinos ferngehalten und der Branche herbe Verluste beschert, doch *Semiramis* war auf Wochen hin in ganz Deutschland ausverkauft. Über Nacht wurde der Hauptdarsteller des Films zum hellsten Stern der UFA. Sein Gesicht, erfüllt von der schmerzvollen Sehnsucht des Armenierkönigs, blickte von Litfaßsäulen und Plakatwänden auf Berlins Passanten herab. An Martin Serner kam kein Mensch mehr vorbei – auch die Nazis nicht.

Goebbels' Propagandaministerium, das bis zur Gründung einer eigenen Kulturkammer das Filmwesen überwachte, habe der Hauch Exotik des Films gut gefallen, berichtete Martin. Die Aufregung sei lediglich entstanden, weil *Semiramis* auf dem Gebiet des einstigen Armenien spiele. »Dieser Goebbels mag ein speichelnder Fanatiker sein, aber in der Filmbranche will er Talente sehen. Die Mitgliedschaft in der Partei ist kein Freibrief für Dilettanten, hat er gesagt, und nachdem klar war, dass es sich bei *Semiramis* um eine Legende handelt, die überall spielen könnte, war sein Problem behoben.«

Sie spielt aber am Berg Ararat, durchfuhr es Eva. Hast nicht gerade du darauf gepocht, dass es die Geschichte eines ausgelöschten Volkes ist, die wir um jeden Preis erzählen müssen? Natürlich hatte er trotzdem nicht unrecht: Was spielte das alles für eine Rolle, wo sich kein Kinozuschauer etwas darunter vorstellen konnte? Eva konnte sich auch nichts darunter vorstellen. Sie war schwanger. Zum ersten Mal, soweit sie sich erinnerte, widerstrebte es ihr, sich zu streiten.

Nach der glanzvollen Galapremiere zogen sie zum Feiern in den *Wintergarten,* unter die »goldenen Lügen im himmelblauen Nichts«, wie der künstliche Sternenhimmel des Varietés genannt wurde. Die übrigen traten irgendwann den Heimweg an, aber Eva, Martin und Hagen Fidelis mochten sich nicht trennen. Champagnerselig sprangen sie in ein Taxi und fuhren ins *Babeurre*, das schüchterne Paulchen schlüpfte ebenfalls noch mit hinein. Nach Mitternacht, als Wilma die übrigen Gäste hinaus auf die vereiste Straße gescheucht hatte, tranken sie ein letztes, bis zum Rand gefülltes Glas auf ihren Triumph.

»Und Sie wollen sich wirklich so ein plärrendes Bündel ans Bein binden, Fräulein Löbel?«, fragte Hagen Fidelis in volltrunkener Wehmut. »Rotznasen gibt es wie Sand am Meer – aber Bilder wie Ihre? Gesichter, die aus den Wellen ragen, während die Welt untergeht?«

»Was soll die arme Eva denn machen?«, fuhr ihm Wilma in die Parade. »Sich das Leben nehmen wie Hertha Thiele in diesem Film von Wendhausen ... wie hieß der doch gleich?«

*»Das erste Recht des Kindes«*, antwortete Martin wie aus der Pistole geschossen.

Eva hatte auch an den Film denken müssen, in dem eine junge Arbeiterin verzweifelt darum kämpfte, einen Arzt zur Abtreibung zu bewegen. Sie und Martin hatten den Streifen im Herbst im *Gloria-Palast* gesehen, noch ehe sie von Evas Schwangerschaft etwas ahnten. Hinterher hatten sie im *Romanischen Café* lautstark das Recht jeder Frau verteidigt, ein ungewolltes Kind loszuwerden. Seit sie wussten, dass sie selbst eines bekamen, hatten sie dieses Recht nie wieder erwähnt.

»Wie kommst du jetzt darauf?«, fragte Eva.

Martin starrte auf die Maserung der Tischplatte. »Der wird verboten«, sagte er. »Himmler persönlich hat sich über die schädliche Wirkung auf die Volksgesundheit empört, und der Antrag bei der Filmprüfstelle ist schon gestellt.«

»Es wird immer schlimmer«, murmelte das Paulchen, das einen im Tee hatte, vor sich hin. »Und wir lassen uns das gefallen, legen die Hände in den Schoß und tun nichts, weil wir Angst haben, wir könnten die Nächsten sein.«

»Aber das ist doch ein Unding«, rief Eva, ohne ihn zu beachten. »Ein Film ist ein Kunstwerk, kein Baldriantee, und das Volk ist kein Haufen Kleinkinder, den man nach Bedarf entmündigen kann.«

»Ich bitte Sie, Fräulein Löbel!« Hagen Fidelis rang die Hände. »Wir sollten hier auf keinen Fall das Kind mit dem Bade ausschütten und etwas Unbesonnenes tun ...«

»Herrgott, jetzt nenn sie doch endlich Eva!«, platzte Martin los. »Und wenn du ihr gleich noch erzählst, dass nichts so heiß gegessen wie gekocht wird, dann garantiere ich für nichts.«

Tage später lehnte Fritz Wendhausen, der Regisseur von *Das erste Recht des Kindes*, im *Babeurre* an der Theke und starrte in seine leeren Hände, sichtlich nicht fähig zu begreifen, dass man ihm seinen Film genommen hatte. Ausgelöscht. Was geschah mit den Filmrollen? Eva wagte nicht zu fragen, weil die mögliche Antwort sie an zerrissene Zeichnungen von Gesichtern denken ließ.

Es kam noch schlimmer. Am letzten Märzabend schlich Martin sich wiederum mit hängenden Schultern wie ein Greis durch die Tür. »Die feuern Pommer«, stieß er heraus, ehe Eva ihn in die Arme nehmen und fragen konnte, wer gestorben sei.

»Unseren Pommer?« Diesmal war sie zu überrumpelt, um sich zu empören. Erich Pommer war ein Genie, ein Produzent, um den Filmunternehmen sich rissen – nicht nur hier, nicht nur in Frankreich und Italien, sondern ebenso in Hollywood. Kein Mensch, der bei Verstand war, hätte sich seine Fähigkeiten entgehen lassen. Dass Pommer die Nazis politisch gegen sich aufgebracht hatte, konnte Eva sich nicht vorstellen. Der Mann lebte und starb für den Film, er wusste vermutlich nicht einmal, dass so etwas wie Politik existierte.

Statt zu antworten, riss Martin sich den Hut vom Kopf und füllte sich, noch im Mantel, einen Cognacschwenker.

»Zum Teufel, sprich mit mir, was werfen die Pommer denn vor?« Auf einmal kam Eva sich vor wie eingesperrt. Das Kind war schwer, ihr Körper veränderte sich und wurde ihr fremd. Sie, die Nachtschwärmerin, war jetzt ständig todmüde, und ihr Gesicht widersetzte sich dem Versuch, eine Maske aufzulegen. An den meisten Tagen ging sie nicht weiter als bis zu Renke-

Levins Galerie in der Knesebeckstraße und hinterher zu Wilma ins *Babeurre*. Sie bekam nichts mehr mit. Was war los in der Welt, in der sie gerade erst angefangen hatte, sich ihren Platz zu erobern?

Martin zuckte die Schultern. »Gemunkelt wird, es stimme irgendwas mit seiner Abstammung nicht.«

»Mit seiner Abstammung? Was soll denn das heißen?«

Martin nahm noch einen Schluck Cognac. »Sibylle sagt, es treffe ihn nicht unvorbereitet. Er geht weg, nimmt ein lukratives Angebot aus Frankreich an.«

»Wer ist Sibylle?«

»Sibylle Fenrich, meine Maskenbildnerin. Ich dachte, ihr kennt euch.«

»Wieso hast du eine neue Maskenbildnerin, was ist denn mit Anna Karenina?«

Von seinem Cognacschwenker blickte er zu ihr auf, die Augen schmerzerfüllt. »Sie hat gekündigt«, sagte er, als hätte seine Mutter ihn verlassen. Hildchen Serner aber verließ ihren Sohn nicht einmal, wenn er einer Eva Löbel ein Kind machte. Und Anna Karenina hätte es freiwillig auch nicht getan.

Am nächsten Morgen bekam Eva ihre Karikatur von Hitler und Hindenburg zurückgesandt. Sie war in der Mitte durchgerissen, und auf dem Umschlag prangte ein Stempel: Empfänger unbekannt. Panisch versuchte sie die Redaktion des *Wahren Jacob* zu erreichen, doch eine Amtsstimme teilte ihr mit, der Anschluss sei abgemeldet. Kopflos rannte sie los, wobei der Bauch mit dem Kind vor ihr herhüpfte. Der Weg in die Redaktion führte sie durch die Knesebeckstraße, vorbei an der Galerie von Alfred Renke-Levin. Der Galerist, der Evas Bilder ausgestellt hatte, noch ehe ein Hahn nach ihr krähte, stand mitten auf dem Fahrdamm, die Hemdbrust zerrissen, das weiße Haar wie Zuckerwatte aufgebauscht.

»Himmel, was ist denn?«, rief Eva, lief zu dem beleibten Mann, der wie ein verstörtes Kind um sich starrte, und glättete ihm den zerfetzten Stoff vor der Brust.
Alfred Renke-Levin schwankte, und aus seinem Mundwinkel quoll ein Tropfen Blut. Mit schwerem Kopf, fast wie ein Betrunkener, wies er in Richtung seiner Galerie. Im Schaufenster klaffte das gezackte Loch eines Steinwurfs, daneben auf den Rest Glas hatte jemand mit Kreide einen Davidstern geschmiert. Schatten, die die noch kahlen Kronen der Linden aufs Pflaster warfen, tanzten zwischen Scherben und bemalten Papierfetzen. Vor der eingeschlagenen Tür stand ein Kerlchen der Hitlerjugend, das mit sichtlich schmerzenden Armen ein Schild hochhielt: »Deutsche, wehrt euch. Kauft nicht beim Juden.«
»Um Gottes willen«, entfuhr es Eva. »Meine Bilder.«
Alfred Renke-Levin schüttelte den Kopf und tupfte sich über die Lippe, als könne er nicht glauben, dass er dort wirklich Blut ertastete. »Ihren Bildern ist nichts geschehen«, murmelte er. »Das letzte, *Die, auf die keiner wartet,* habe ich heute Morgen verkauft.«
Die Erleichterung nahm Eva den Atem. Später schämte sie sich. In der gesamten Stadt waren jüdische Geschäfte gestürmt, verwüstet und von Hitlerjungen und Männern der SA umstellt worden, die die Kunden zum Boykott aufriefen. Gab es nicht Wichtigeres, um das man sich zu sorgen hatte, als die paar Bilder? Ohnehin standen weit bessere in ihrem Atelier in der Bleibtreustraße, und noch bessere nahmen gerade erst in ihren Gedanken Form an. Gegen den Sturm in ihrem Innern kam sie jedoch nicht an. Die paar Bilder waren ihre Spur in der Welt. Der Beweis, dass es sie, Eva, gab.
Die Lage beruhigte sich wieder, und der Boykott fand ein Ende. Dennoch ging es Eva übel. Tagelang lag sie in der Wohnung flach, und Wilma kam, um ihr löffelweise Hühnerbrühe einzuflößen. »Wird Zeit, dass das Balg rauskommt, *bijou*«, sag-

te sie. »Das macht dich ja fix und fertig, wie soll ein Mensch dabei klar denken?«

Eva wollte nicht klar denken. Sie hätte am liebsten nicht einmal erfahren, dass der *Wahre Jacob* verboten worden und sie fortan auf den Verkauf von Bildern angewiesen war, wenn sie nicht völlig von Martin abhängig sein wollte.

Es wurde Mai, und ihr Leib blähte sich wie ein Ballon. Sie kam sich hilflos vor, nah am Wasser gebaut. Umso dankbarer war sie Wilma, die sich mit ihrem Schmalzfass zu ihr setzte, auch wenn ihr vom Gestank der Zigaretten noch übler wurde. »Ich lass dich doch nicht allein, wenn's dir so dreckig geht, *bijou.*«

Wilma war ihre Seelenschwester. Ein Mensch, der sie einfach mochte, weil sie war, wie sie war. Bei ihrer leiblichen Schwester Esther hatte sie sich gewundert, wie ein so farbloser Mensch mit ihr verwandt sein konnte. Bei Wilma fragte sie sich: Wie kann das sein, dass ich dich nicht schon mein ganzes Leben lang kannte?

Wilma war auch an dem Tag bei ihr, als Martin zum dritten Mal gebeugt wie ein Greis nach Hause kam.

»Sag mir, dass das nicht wahr ist!«, fuhr er Eva an und zog den Servierwagen mit dem Cognac zu sich heran, diesmal noch ehe er sich den Hut vom Kopf gerissen hatte.

»Was denn?«

Wilma, die Zwiebeln für ihr Schmalz röstete, schoss aus der Küche und legte den Arm um Eva. »Nun mal halblang, *bel ami.* Das Mädel ist schwanger, und zwar von dir höchstpersönlich.«

»Darf ich fragen, was dich das angeht?«

»Du darfst nicht«, versetzte Wilma.

Martin sah aus, als habe er einen Stein verschluckt und würge daran. »Die haben mich heute einbestellt«, presste er durch die Kehle. »Die UFA-Geschäftsleitung – in dasselbe Büro, in dem sie Pommer gefeuert haben.«

»Aber dich haben sie doch wohl nicht gefeuert!«, rief Eva.
»Quatsch mit Soße«, brummte Wilma. »So blöd ist der Giftzwerg Goebbels nicht, dass der die Gans schlachtet, die ihm goldene Eier legt.«
»Da irrst du dich«, fiel ihr Martin ins Wort. »Erich Pommer ist weg, Peter Lorre ist weg, und ein Publikumsliebling wie Joseph Schmidt packt die Koffer. Für fähige Leute wie Anna Karenina gibt's keine Arbeit mehr, und wo Renée abgeblieben ist, weiß kein Mensch. Die machen vor niemandem halt – warum also ausgerechnet vor mir?«
»Weil du ihr Komet bist, *bel ami*, und außerdem ein braver Junge.« Wilma rieb ihm mit ihrem Küchentuch den Schweiß von der Stirn. »Also, jetzt raus mit der Sprache: Was sollst du denn verbrochen haben, dass die braunen Heil-Schreier dir auf die Finger klopfen?«
Noch eine Sekunde lang sah Martin Wilma an, dann schüttelte er den Kopf und wandte sich Eva zu. »Die haben mich gefragt, ob ich das wusste«, sagte er.
»Ob du was wusstest?«
»Dass du Jüdin bist.«

## 6

Die lichtfunkelnde Stadt sperrte den Schlund auf, blies ihren heißen Atem in Brandenburgs Finsternis und sog das Auto mit Eva und Martin auf. Eva atmete durch. Sooft sie von einem Besuch bei Gerhard und Hildchen Serner gekommen waren, hatte sie gehört, wie Martin aus tiefster Brust

dasselbe tat. Heute tat er es nicht. Stattdessen mahlten seine Kiefer.
»Eva«, sagte er, die Hände ums Steuerrad gekrallt, den Blick geradeaus gerichtet. »Ich will, dass du eines weißt.«
»Nichts über Schweine«, entfuhr es ihr. »Ich bitte dich.«
»Nein, nichts über Schweine«, sagte er. »Ich liebe dich.«
Dasselbe hatte er damals gesagt, in der Morgendämmerung, als Chajas Geburt sie überrascht hatte.
In den Wochen nachdem die Geschäftsleitung der UFA ihn einbestellt hatte, war es ihnen schwergefallen, miteinander zu reden. Er nahm ihr übel, dass sie ihm etwas derart Grundlegendes verschwiegen hatte, und sie nahm ihm übel, dass er dieser Ansicht war. »Weshalb hätte ich dir erzählen sollen, dass ich Jüdin bin? Mein Vater knödelt im katholischen Kirchenchor, meine Mutter buttert an Ostern Schweineschinken, und ich glaube weder an Götter noch an Teufel, sondern nur an mich. Warum also bin ich auf einmal Jüdin – weil die es dir sagen, Martin?«
Er hatte zu Boden gestarrt. »Weil du vier jüdische Großeltern hast.«
Eva brauchte Zeit, um zu begreifen. Die Nazis machten Ernst mit ihrer Hetze. Mit ihrer Jagd auf Juden. Juden aber waren für die keine alten Männer mit Schläfenlocken oder galizische Mütterchen mit Perücken, sondern jeder, den sie bei einer jüdischen Wurzel zu packen bekamen.
Als spiele diese Wurzel eine Rolle. Als mache sie einen anderen Menschen aus ihr.
Für Eva hatte sie nie eine Rolle gespielt. Das abergläubische Judentum ihrer Großmutter hatte sie ebenso verachtet wie den frömmelnden Katholizismus ihres Vaters. Hätten die Nazis sie attackiert, weil sie höhnische Karikaturen zeichnete, hätte sie ihr Motiv verstanden und den Kampf aufgenommen. Dass sie

aber hinterrücks über sie herfielen, indem sie eine ungläubige Spötterin zur Jüdin erklärten, war geradezu absurd.

»Manchmal glaube ich, du bist die Strafe, die der Himmel mir gesandt hat, weil ich der Religion meiner Väter entsagt habe«, hatte ihr Vater erklärt und den Kragenknopf ihrer Bluse gezwirbelt, bis Eva keine Luft mehr bekam.

In der Nacht, nachdem Martin sie gefragt hatte, ob sie Jüdin sei, trug sie ihr Bettzeug auf das Sofa im Atelier. Schlafen konnte sie nicht; sie setzte sich im Pyjama an die Staffelei. Malen konnte sie auch nicht. Also holte sie ihren Schreibblock und verfasste einen Brief an ihre Schwester in Niedernhausen: »Liebe Esther, ich möchte Dir mitteilen, dass ich schwanger bin und in den nächsten Wochen mein Kind zur Welt bringen werde.«

Sie hatte nicht das geringste Bedürfnis verspürt, es ihre Familie wissen zu lassen, doch in dieser einsamen Nacht wurde ihr bewusst, dass das Geschöpf in ihrem Bauch nicht nur jemandes Kind war. Es war jemandes Enkel, jemandes Nichte oder Neffe. Eines mehr von den Geschöpfen, die Hitler im Weg waren, eine Farbe, die er von seiner Palette entfernen wollte, damit in seinem Reich kein Mensch mehr damit malte.

Das Kind war ihr Aufstampfen. Ihre Selbstbehauptung.

Was in ihr vorging, hätte sie niemandem erklären können, und ihre Schwester, die nur im Handarbeiten gute Noten erzielt hatte, hätte es gewiss noch weniger gekonnt. Nach knapp fünf Tagen traf aus Niedernhausen eine Antwort ein.

In dem Umschlag lag ein Davidstern aus Weißgold an einer venezianischen Kinderkette. »Liebe Eva«, schrieb Esther in ihrer runden Jungmädchenschrift. »Dir ist sicher klar, dass ich den Eltern nichts von dem werde sagen können, was Du mir in Deinem Schreiben mitgeteilt hast. Ihre Gesundheit ist durch jüngste Ereignisse angeschlagen und darf nicht gefährdet werden. Auch ich habe schweren Herzens die Entscheidung tref-

fen müssen, mich aus der Angelegenheit herauszuhalten. Als Deine Schwester wünsche ich Dir jedoch das Beste. Die Großmutter ist gestorben. Falls es möglich ist, gib doch dem Kind ihren Namen: Chaja. Das bedeutet Leben.«
Eva war froh, dass sie Esther mit ihren Kreuzstichdeckchen nicht fragen konnte, warum sie das geschrieben hatte, und noch froher, dass Esther ihrerseits sie nichts fragte. In der Dachwohnung staute sich die Hitze, aber Eva litt an Schüttelfrost. Für ihre Malerei hatte sie sich in durchwachten Nächten verausgabt, ohne viel zu spüren, doch die Schwangerschaft forderte ihr die letzten Kräfte ab. Zudem begriff sie in diesen quälenden Tagen, dass sie in der Falle saß:
Sie hatte zahllose Männer verlassen, aber Martin konnte sie nicht verlassen. Nicht nur weil sie ein Kind von ihm bekam und keinen Ort mehr hatte, an den sie hätte gehen können. Sondern weil er ihre Gedanken beherrschte. Zum Teufel mit dir, dachte sie. Ich will keinen Dackel begehren, der vor den Nazis den Schwanz einzieht, ich will von einem wie dir nicht träumen. Und doch brauchst du nur den Kopf zu drehen, damit in mir schmilzt, was stark und wütend war.
An jenem Abend hatte sie versucht, zu malen, obwohl sie die Unvollkommenheit der Striche kaum ertrug. Martin war einmal mehr in sein Arbeitszimmer geschlüpft wie ein Untermieter. Seine Haushälterin Frau Klagenfurt, die nach wie vor tat, als wäre Eva eine Besucherin, die wieder verschwinden würde, hatte ihm eine Platte mit Aufschnitt und geviertelten Gürkchen hingestellt, die er samt dem Senftopf mitnahm. Eva hätte ihn anschreien wollen: Zum Teufel, wie kannst du dir Senf auf deine Leberwurst streichen, während mir die Galle hochkommt?
Sie hätte Farbtöpfe an seine angelehnte Tür schleudern wollen, und vielleicht hätte sie es an jenem Abend getan. Dann aber

schob sich die Tür ein Stück weit auf, und im Spalt erschien sein Gesicht.

»Eva?«

»Was willst du?«

»Schlaf heute Nacht nicht wieder auf dem Sofa«, sagte er. »Komm zu mir.«

»Das löst nichts, Martin.«

»Ich weiß.«

Sie lud sich ihr Bettzeug auf die Arme und kroch zu ihm. In der Dunkelheit lagen sie wach.

»Ich habe doch selbst keine Ahnung, was ich tun soll.« Martin stöhnte. »Die sagen, sobald die Reichskulturkammer gegründet ist, wird es eine Fachschaft für Film geben, und die nimmt niemanden auf, der keinen Ariernachweis erbringen kann.«

»Ariernachweis.« Das Wort war ein Knorpel, den sie ausspucken musste. »Und wo bitte liegt dein Problem? Hildchen, Gerhard und ihr Mastschwein haben sicher einen lückenlosen Stammbaum vorzuweisen, wie deine neuen Freunde ihn sich für ihre Fachschaft wünschen. Wieso trittst du eigentlich nicht gleich in ihre Partei ein und steckst dir ihre Spinne ins Knopfloch?«

»Musst du mich behandeln, als wäre ich ein Schwein? Nur weil ich ein Mann bin, der seinen Beruf liebt, weil ich mich aus dieser Klitsche in Brandenburg hochgekämpft habe, um diesen Beruf jetzt endlich auszuüben?«

Er stöhnte noch einmal, als litte er Schmerzen, aber es war Eva, die Schmerzen litt. Ihr Bauch zog sich bei jedem seiner Worte zusammen, und etwas versetzte ihr Stich um Stich. Hätte sie vor ihrer Staffelei gestanden, sie hätte sich mit dem Bauch voller Blut gemalt.

»Wer in die Filmfachschaft nicht aufgenommen wird, darf nicht mehr arbeiten«, sagte er. »Und das Aufnahmeverbot gilt für Juden ebenso wie für jüdisch Versippte.«

Eva schrie auf, weil der Stich, den die Worte ihr versetzten, so tief ging. *Jüdisch versippt.* Kurz wurde ihr vor Schmerzen schwarz vor Augen.

Martin tätschelte ihren Arm. »Hagen sagt, ich solle Ruhe bewahren, und Kierling sagt …«

»Halt den Mund!«, stieß Eva hervor. »Ich will nicht wissen, was dein Kierling sagt.«

Der nächste Stich raubte ihr die Worte. Sie schrie wie am Spieß. Martin sprang auf und zog ihr die Decke weg. Das ganze Laken war durchnässt, als hätte Eva ins Bett gepinkelt wie früher als Kind. »Zu Mädchen, die solche Schweinereien machen, kommt der schwarze Mann«, hatte ihre Mutter gesagt.

»Um Gottes willen«, stammelte Martin.

Zu Eva kam nicht der schwarze Mann. Zu Eva kam das Kind. Sie hatten eine Hebamme aus dem Martin-Luther-Krankenhaus rufen wollen, doch dafür war es nun zu spät. Sie mussten allein zurechtkommen. Die Geburt konnte niemand aufhalten, weder Thore Kierling noch Hagen Fidelis, und auch nicht Hitler und Goebbels mit ihrer jüdisch unversippten Fachschaft Film.

Eva brüllte sich die Seele aus dem Leib. Als sie sicher war, lieber sterben zu wollen, als die Qual noch länger auszuhalten, packte Martin zu und schälte aus ihr ein Kind, einen vollkommenen, brandneuen kleinen Menschen.

Chaja.

Ihre Tochter war das einzige Geschöpf, das Eva nur ansehen wollte, ohne den Drang, es zu malen. Wie hätte sie es wagen können, ein solches Wunderwerk zu kopieren, und wozu sollte das Wunder ein gemaltes Gedächtnis brauchen? Kein Mensch, der Chaja sah, hätte sie je vergessen können.

Sie war winzig und hatte riesige Augen. Völlig ruhig, als könnte nichts auf der Welt sie überraschen. Martin saß am Bettrand, weinte auf Chajas kleinen Brustkorb hinab und sang:

*»Röslein wehrte sich und stach,*
*Half ihm doch kein Weh und Ach,*
*Musst' es eben leiden.«*

Martin sang grässlich. Die UFA hatte ihn mehrmals bedrängt, ein paar Schlager einzustudieren, wie die meisten Stars es taten, aber Martin konnte nicht die einfachste Melodie halten.

Sooft Eva ihn danach ansah, schwang die Erinnerung an diesen Augenblick mit.

»Wer hat dir das beigebracht?«, hatte sie gefragt.

Er streichelte die nasse Brust seiner Tochter und lächelte zum ersten Mal sein Chaja-Lächeln. »Meine Großmutter.«

»Ist sie tot?«

Er nickte.

»Und wie hieß sie?«

»Christiane.«

»Chaja Christiane«, sagte Eva zu dem Kind. »Chaja heißt Leben.«

»Eva«, hatte Martin gesagt, »ich will, dass du eines weißt: Ich liebe dich.« Genau so, wie er es vorhin gesagt hatte. Er hatte Eva und Chaja in den Armen gehalten wie das Schützenswerteste, das er besaß. »Mir ist alles egal«, hatte er gesagt. »Die UFA, meine Filme, alles, was ich noch verwirklichen wollte. Dass man einen Menschen so lieben kann, habe ich nicht gewusst. Ich würde für euch durch die Hölle gehen. Ich würde für euch töten.«

Solche Schwüre leistete man gemeinhin, weil man sicher war, sie nicht einlösen zu müssen. Wer brauchte schon im aufgeklärten zwanzigsten Jahrhundert einen, der durch Höllen spazierte und Morde beging? Damals aber, im Taumel aus Glück und Erschöpfung, hatte Eva ihm geglaubt. Und Martin hatte seinen Schwur gehalten, auch wenn er niemanden umbrachte und es keine Hölle gab.

Er hatte sich vor seine Familie gestellt. Als die Reichskulturkammer gegründet wurde und alle Vielfalt unter sich erstickte, als die Reichsfachschaft Film dann Druck auf ihn ausübte und die UFA ihm die Rolle in *Peer Gynt* strich – war er standhaft geblieben. Über die Mutter seines Kindes gab es mit ihm kein Verhandeln, und sobald Goebbels das begriffen hatte, pfiff er seine Schergen zurück. Martin Serners Familie durfte fortan nicht mehr behelligt werden.

Goebbels war versessen auf Filme. Der Propagandaminister war Hitlers gerissenster Hund, und der Film war sein liebstes Werkzeug. Durch nichts anderes ließen sich Menschen in solchen Rausch versetzen wie durch Dramen auf Zelluloid. Für die neue nationalsozialistische Ästhetik, die er sich zusammenfantasierte, brauchte er Talente, keine Speichellecker, doch das Herz des deutschen Films – Juden, Linke, Homosexuelle – hatten er und sein Hitler bereits aus dem Land gejagt. Auf die paar fähigen Leute, die weder der falschen Partei huldigten noch falsche Großmütter im Stammbaum aufwiesen, konnte er unmöglich verzichten. Schon gar nicht, wenn sie so blond und begabt, so hübsch und heißgeliebt waren wie Martin Serner.

Im November 1933 wurde die Reichskulturkammer gegründet. Sie umfasste sieben Abteilungen, von denen eine für die bildenden Künste zuständig war. Jeder in Deutschland tätige Künstler hatte die Pflicht, ihr beizutreten, aber Eva wurde die Aufnahme verweigert. Das bedeutete Berufsverbot. »Die können mir doch nicht verbieten zu malen!«, schrie Eva mit der fünf Monate alten Chaja auf der Hüfte. »Genauso gut könnten die mir verbieten, zu atmen, zu trinken und mit einem gottverfluchten Mann in ein gottverfluchtes Bett zu steigen.«

Martin hatte die Arme um sie und Chaja geschlungen und ihr den Scheitel geküsst. »Hab ein bisschen Vertrauen in deinen gottverfluchten Mann, ja? Natürlich darf niemand einer Künstlerin wie dir das Malen verbieten, und ich bin an der Sache ja auch schon dran.«

»Meine Malerei ist keine Sache!«

»Ich weiß doch, Liebes. Ich habe gestern bereits mit Kierling gesprochen …«

»Meine Bilder werden weder gegessen noch gekocht, Martin!«

»Ich habe dir etwas versprochen«, hatte er gemurmelt. »Habe ich meine Versprechen nicht immer gehalten?«

Eine Woche später hatte er Fräulein Podewils mitgebracht, die Chaja hüten sollte, während er mit Eva in Wilmas *Babeurre* ging, um zu feiern.

Das *Babeurre* und sein Stammpublikum hatte in diesen Wochen nicht viel Grund zum Feiern. Yva, die ebenfalls jüdischer Herkunft war, durfte keine eisblauen Nacktfotografien auf ihrem Dachgarten mehr machen. »Zu viel Sex, zu viel Stil«, fauchte Wilma. »Das hält der stärkste Nazi ohne Herzklaps nicht aus.«

Der allgegenwärtige Hagen Fidelis verzog schmerzlich das Gesicht. »Wollen Sie, dass der Blockwart Sie hört? Hat Ihnen eigentlich nie jemand beigebracht, dass Schweigen Gold sein kann, Fräulein Duvenage?«

»Ich stehe auf Silber«, versetzte Wilma und blies ihm eine Wolke beißenden Zigarettenrauch ins Gesicht. »Euer goldiges Schweigen vertreibt mir zu viele meiner Freunde.«

Sie maßen sich wie zwei gegnerische Sekundanten. Vermutlich empfanden sie sich auch so, und doch hatten sie etwas gemeinsam, eine geteilte Liebe: Eva und Martin hatten zur Geburt ihrer Tochter ein Fest gegeben und Wilma und Hagen nebst Paulchen, dem kleinen Archäologen, zu ihren Paten ernannt, auch wenn es keine Taufe gab. Für Paulchen war ein Kind wie ein Buch mit sieben Siegeln, aber die zwei anderen verblüfften jeden, der sie kannte: Wilma hatte nie wieder vorgeschlagen, das Balg zu verkaufen, und Hagen hatte nie wieder gefragt,

warum Eva sich einen Schreihals ans Bein binden wollte. Sie waren verliebt, der betuliche Hagen und die kodderschnäuzige Wilma. In Chaja Christiane Löbel.
Hagen, der in seinem Erwachsenenleben bisher gewiss nie einen Spielwarenladen betreten hatte, schenkte Chaja zum ersten Geburtstag einen Plüschaffen mit schlenkernden Gliedern. Sobald sie sprechen konnte, taufte sie den Affen Hagen, und später weinte sie, weil Affen Sonne brauchten und der Winter in Deutschland so kalt war. Wilma, die Handarbeiten in etwa so sehr hasste wie Eva, häkelte ihm ein weinrotes Leibchen und stickte in Gelb den Schriftzug HAGEN auf die Brust.
Sie mochten sich Schlachten liefern wie die Bierkutscher, aber Chaja liebte sie beide. Sie waren ihre Familie, die Hände, die über ihrem Kopf ein Dach formten und ihre Kinderwelt abschirmten. Dafür war Eva ihnen dankbar. Chaja war das freieste, furchtloseste Kind, das sie kannte. Dass jemand ihr auf Herz und Mut schlug, um ihr den Glauben an sich selbst und an die Welt zu rauben, hatte sie nie erlebt.
Eva hatte weitermalen dürfen. So ähnlich wie Yva – auf einem Umweg: Die Fotografin zog in ein entlegenes Atelier um und übertrug die Geschäftsleitung einer Freundin mit Ariernachweis. Eva ernannte Hagen Fidelis zu ihrem Agenten, obwohl der sonst nur Schauspieler vertrat, und ließ ihn Nischen auffinden, in denen sie gefahrlos ausstellen konnte. Alfred Renke-Levin hatte seine Galerie ohnehin verkauft, um Hals über Kopf in die Schweiz zu gehen. Es gab niemanden mehr, dem sie zu Treue verpflichtet war.
War sie ein Dackel, der den Schwanz einzog, weil sie sich auf ein solches Arrangement einließ? Und wenn schon, beschwichtigte sie sich. Sie war Malerin, sie brauchte die Möglichkeit, der Welt ihre Bilder zu zeigen. Solange Künstler den Leuten vor Augen führten, dass das Leben nicht braun war, sondern un-

zählbare Farben hatte, schlug den krakeelenden Nazis ein Wind ins Gesicht. Yva tat das Gleiche, Martin tat es, und etliche andere ebenso. Sie senkten die Stimmen, um nicht stumm gemacht zu werden. Wenn erst der tausendjährige Unsinn vom Tisch war, würden sie umso lauter singen.

So hatten sie damals zu leben begonnen, und so lebten sie noch immer. Die Nazis nannten eine Liebe wie ihre Rassenschande und erließen Gesetze dagegen, aber vor Eva und Martin stellten sie sich blind. Es gab jede Menge Schikanen – Blockwarte, die sich mit Notizblöcken in die Winkel des Treppenhauses drückten, Parkbänke, auf denen Juden nicht mehr sitzen durften, Cafés, in denen sie nicht länger bedient wurden. Wo jedoch kein Kläger war, da war auch kein Richter, Martin Serners schöne Gefährtin hatte nichts Jüdisches an sich, und bedienen ließ sie sich in den Tabakschwaden des *Babeurre.* Gerüchte verbreiteten Schrecken, doch es gab Wege, dagegen zu agieren. Ihre Malerei war ihre Waffe. Sie würde auf Leinwand bannen, was nicht vergessen werden durfte.

Eva verdiente nur wenig Geld, aber Martin, der es im Überfluss verdiente, machte kein Aufhebens darum. Sie konnte Zeit mit Chaja verbringen, wann immer sie wollte, und zu malen, wann immer sie musste. Die Woche über war Fräulein Podewils da, um Chaja bei Bedarf zu betreuen, und an den Wochenenden riss sich Wilma darum, die Kleine zu sich zu nehmen, zu Schmalzstullen und Schokolade, in den Duft nach *Soir de Paris*, Zigaretten und Geborgenheit.

So wie an diesem Wochenende.

»Meine Tochter wird eine richtige Kneipen-Jule«, hatte Martin bekundet, ehe sie aufgebrochen waren.

Zwei Augenpaare hatten ihn zutiefst vorwurfsvoll angeblickt, ehe die dunkle und die helle Stimme wie aus einem Mund verkündeten: »Es ist keine Kneipe. Es ist ein Bistro!«

Sie hatten gelacht. Alle vier. Und jetzt waren Eva und Martin auf dem Rückweg dorthin, wo Chaja und Wilma auf sie warteten. Über den Kurfürstendamm flimmerten Leuchtreklamen, vor denen Brandenburg und Hildchen Serners Schweinekoben zu vagen Schemen verblassten. Martin lenkte den Wagen um die Kurve. Beinahe lautlos glitt der Zwölfzylinder unter den Lindenkronen der Bleibtreustraße entlang.

Chaja war vier. Alt genug, um Paris zu erleben, hatte Wilma vor ein paar Tagen gesagt. »Soll sie nicht wenigstens den Duft der Welt einatmen, ehe sie uns hier im braunen Mief erstickt?«

»Ich erstick nicht«, hatte Chaja getönt und Wilma die Zigarette weggeschnappt. »Wenn wir in Paris sind, lern ich Kringel rauchen wie *ma tante.*«

*Ma tante,* so ließ sich Wilma von Chaja nennen, und Wilma nannte Chaja *mon chou* – mein Spatz. Auf einmal erschien Eva die Aussicht, mit den beiden nach Paris zu fahren, einfach göttlich. Ein paar Tage lang allem zu entfliehen: den Beobachtungen, die Angst schürten, und den Nachtgedanken, die Schlaf unmöglich machten. Am vor Leben übersprudelnden Rive Gauche, dem Stadtgebiet auf dem linken Seine-Ufer, in einer Seitenstraße des *Quai de la Tournelle*, gab es ein Hotel, das so verschwiegen wie luxuriös war, eine Mischung aus Boheme und Noblesse, wie sie nur in Paris vorstellbar war. In letzter Zeit hatte sich in Evas Bilder eine Schwärze gestohlen, die sie selbst kaum ertrug. Sie hatte die Leichtigkeit der Aquarelle beiseitegeschoben und auch nicht mehr zeichnen können, sondern alles in die Schwere des Öls gelegt.

Vielleicht brauchte sie das Licht, die weiten Straßen, den Pariser Lebensrausch, der von keiner Reichskulturkammer gedeckelt wurde. Vielleicht brauchte sie ein paar köstlich dekadente Tage ohne die scheelen Blicke des Blockwarts und die noch scheeleren von Hildchen Serner. In den vergangenen vier Jahren, in denen ihre Enkeltochter jeden, der sie traf, bezaubert hatte, hatte Martins Mutter kein einziges Mal danach verlangt, sie zu sehen.

»Martin?«

Statt einer Antwort gab er einen brummenden Laut von sich.

»Ich will nicht mehr zu deinen Eltern fahren. Wenn es nach deiner Mutter ginge, würde man Frauen wie mich, die arglose Söhne verführen, in eines dieser Lager sperren oder als Hexen verbrennen.«

Es war nicht das erste Mal, das sie dergleichen zu ihm sagte. Aber wenn sie es früher versucht hatte, war er laut geworden und hatte seine Mutter verteidigt. Eva müsse Verständnis haben. Hildchen Serner habe fünfundsechzig Jahre in der Enge des Kaffs zugebracht, und ein Leben, wie ihr Sohn es mit seiner verruchten Geliebten führe, mache ihr Angst, weil es ihr fremd sei. Diesmal jedoch wurde er nicht laut. »Ist gut«, sagte er nur. Das war alles.

»Ich will nach Paris«, sagte sie, sah auf seine mahlenden Kiefer und wünschte sich einen Skizzenblock. Sie hatte lange nichts mehr gezeichnet, aber jetzt hätte sie den flüchtigen Augenblick in ein paar Strichen festhalten wollen. Das Blatt vom Block reißen, ihm in den Schoß legen und: »Du bist schön«, sagen. Sie schob ihre Hand über seine auf dem Steuerrad. »Ich will mit Chaja und Wilma nach Paris, und von mir aus nehmen wir Hagen auch mit. Und Paulchen, der sieht in letzter Zeit aus wie ein Kaktus, den keiner gießt. Lass uns feiern, dass wir das alles bisher überstanden haben.«

»Warum in Paris?«, fragte er, den Blick auf den Verkehr gerichtet. »Gibt es da jemanden, der auf dich wartet? Das würde manches einfacher machen, Eva.«

»Ich weiß nicht, was du da redest«, erwiderte sie ehrlich. »Weshalb sollte jemand in Paris auf mich warten? Ich wäre nur gern

wieder einmal ein paar Tage so jung, wie ich bin. Ohne schweren Kopf, ohne Gewicht auf der Brust.«
»Im *Claude Le Jeune?*«
Das war das Hotel. Vergoldete Sessellehnen und Champagnerkelche hinter blätterndem Putz. Eva nickte. Chaja konnte mit Wilma ein Zimmer teilen, während sie und Martin sich in der Badewanne auf Löwentatzen liebten – den Himmel über sich, Paris und seinen Fluss zu ihren Füßen.
»Ist gut«, sagte er. »Wann immer du willst.«
»Bekommst du denn so schnell frei?« Die Dreharbeiten für seinen neuen Film begannen morgen. *Jorinde.* Irgendeine läppische Märchenadaption. Goebbels' neue Ästhetik ohne fremdartige Düsternis versandete in Belanglosigkeit.
Martin zog eine Hand vom Steuer und rieb sich die Stirn. »Sag mir, wann du fahren willst, und ich buche das Hotel.«
Dann parkte er den Wagen am Bordstein, wo er ihn immer parkte – zwischen dem hohen Haus, in dessen oberster Etage sie ihre Wohnung hatten, und dem Eckhaus, dessen Erdgeschoss das *Babeurre* beherbergte. Hier wie dort hingen Chajas Zeichnungen neben denen von Eva, hier wie dort roch es nach gutem Kaffee, nach Wilmas Zigaretten, nach der Körperwärme von Menschen. Eva ließ die Hand auf Martins Schenkel sinken.
»Danke.«
Ohne sie anzusehen, schüttelte er den Kopf. Das Licht der Straßenlaterne malte ein Muster auf seine Wange.
Eva umfasste den Türgriff. Der Chaja-Hunger ließ ihr Herz schon rascher schlagen.
»Noch nicht.« Er blies seinen Atem an die Windschutzscheibe.
»Was denn noch nicht?«
»Ich muss mit dir sprechen.«
*Nicht über Schweine,* wollte sie ihn einmal mehr bitten. Dann aber begriff sie, dass sie den Schweinen nicht ausweichen konn-

te, dass sie sie schon umzingelt hatten, nackt und rosig, mit Borsten, die aus der Schwarte wuchsen.

»Eva …«

Im nächsten Augenblick hörte sie flinkes Getrappel kleiner Füße und fuhr herum. Die Tür des *Babeurre* stand offen, und Chaja rannte die Straße herunter auf sie zu. Ihr Haar wehte, und unter dem Arm hielt sie Hagen, den Affen mit den schlenkernden Gliedern. Als Nächste stürzte Wilma aus der Tür. Wilma ohne Zigarette in den Fingern, ohne rotgeschminkte Lippen, ohne Grinsen im Gesicht.

Wilma aufgelöst. In den Augen Entsetzen.

»Mama!«, rief Chaja. Sonst sprach sie Eva mit dem Namen an. Eva stieß die Autotür auf und fing Chaja in ihren Armen. Das Gesicht des Mädchens war tränennass. »Mama, Mama! Deine Bilder!«

Aus den Tiefen ihrer Raucherlunge japsend, schloss Wilma zu ihnen auf. Ihr Gesicht sah aus wie in seine Einzelteile zerfallen und war so nass wie Chajas. Eva hatte Wilma noch nie weinen sehen.

»Die waren hier«, stieß sie hervor. »Bei mir unten und oben bei euch. Ich konnt' doch nichts machen – die waren zu fünft, und die Papiere, die sie mir vor die Nase gehalten haben, waren von dem Ziegler unterschrieben.«

Über Adolf Ziegler hatten sie letzte Woche beim *Pernod* noch gelacht. »Reichsschamhaarmaler«, hieß er in Künstlerkreisen, weil er mit Vorliebe weibliche Akte pinselte, Talent durch Beflissenheit ersetzte und dem Betrachter kein Detail ersparte. Als Professor war er an sämtlichen Hochschulen abgeblitzt, weil kein Mensch das Zeug, das er malte, kannte. Dann aber war Hitler gekommen und hatte seinen Duzfreund auf den Thron des Präsidenten der Reichskammer für bildende Künste gehievt.

»Was will denn der Ziegler von uns?«
»Wilma, nicht«, presste Martin hervor, aber Wilma und Chaja hörten ihm nicht zu.
»Die haben uns deine Bilder weggenommen!«, rief Chaja über Wilmas Stimme hinweg. »Alle, auch das vom traurigen Clown. Ich hab ihnen gesagt, das hast du mir zum Geburtstag geschenkt, aber die haben nicht auf mich gehört!«
Zornig heulte sie auf. Mit dem Stoffaffen vor der Brust klammerte sie sich selbst wie ein Äffchen an Eva, darauf vertrauend, dass die Mutter es außer Gefahr bringen würde.
Der traurige Clown war gar kein Clown. Er war ein Bursche in Zimmermannskluft, der mit verzerrtem Grinsen seine Eltern aus ihrem Haus führte und ihnen unter die Plane eines Lastwagens half. Eva hatte nicht gewusst, was die Szene bedeutete, sie hatte nur gemalt und dabei erkannt, dass sie es doch wusste. Es war eine dieser Szenen gewesen, die Atem und Stimme in Eis verwandelten, so dass nur das Malen blieb.
Chaja hatte das Bild mehr als alle anderen gefallen: »Der arme Clown. Er hat Blut am Mund und er ist so traurig. Du musst ihn mir schenken, dann singe ich ihm *Heile, heile, Gänschen.*«
Eva wollte ihr Kind, das wie ein Äffchen an ihr klebte, festhalten, stellte jedoch fest, dass ihre Arme sich nicht bewegen ließen. »Sprich!«, schrie sie Wilma an. Ihre Stimme funktionierte noch, aber sie klang, als gehöre sie nicht ihr.
»Was soll ich noch sagen, *bijou?* Die haben alles von den Wänden gerissen und auf ihren Laster geschleppt, und als *mon chou* und ich sie aufhalten wollten, haben sie uns aus dem Weg geschleudert wie Lumpenpuppen. Die Klappe zum Keller stand offen. Hätten die uns da runtergeworfen, hätten wir uns den Hals gebrochen.«
»Wo sind sie hingefahren? Ich muss sie finden!«

»Das hat doch keinen Sinn«, hörte sie Martin hinter sich murmeln. »Das Beste, was du jetzt tun kannst, ist, die Ruhe zu bewahren …«
»Die Ruhe bewahren?« Evas Stimme überschlug sich. Als Kind hatte sie sich in Rage geschrien, weil ihr Vater Reißzwecken in ihre Bilder gestochen hatte. Jetzt fühlte sie sich, als steckte jemand ihr Reißzwecken in die Gedanken. »Die nehmen mir meine Bilder weg, und du sagst, ich soll die Ruhe bewahren?«
»In den Galerien waren sie auch«, warf Wilma mit dumpfer Stimme ein. »Die haben gesagt, das ist alles entartet und verdorben, sie sammeln es ein und schaffen es weg, sogar diese geniale Muttergottes von dir, die im Kronprinzenpalais hängt.«
Eva sah wieder die Zeichenlehrerin vor sich, die ihr Bild in zwei Hälften riss. Sie sah den Vater vor sich, der das Porträt der Mutter in den Abfall stopfte, sah den Schriftzug *Für Mama*, der aus der Tonne ragte. *Abscheulich. Kaputt. Entartet. Verdorben.* Ihre Gesichter, in denen der Himmel einstürzte, ihre Münder, die sich zum Grinsen verzogen, weil Weinen verboten war. Ihr Schrei geriet hysterisch. Schrill.
Martin packte sie, umfasste stützend ihren Rücken. »Komm doch zu dir, die Sache ist ja nun einmal nicht zu ändern. Im ganzen Reich sind Künstler betroffen, und unsere Steinriesen haben sie auch weggeholt. Sie machen Jagd auf die Werke, aber den Künstlern tun sie nichts, das hat Hagen mir in die Hand versprochen.«
Unsere Steinriesen, dachte Eva. Meine zwei Alten, die ich vor die Grenzen der Stadt geführt habe, um sie abschlachten zu lassen. »Du hast davon gewusst?«, schrie sie. »Du und Hagen, ihr habt davon gewusst und es erlaubt?«
Sie versuchte, sich zu befreien, aber vor ihrer Brust hing Chaja, und um ihren Rücken lag Martins Arm wie eine Zwinge. Sie wollte mit den Fäusten auf ihn einhämmern, doch ihre Arme

waren noch immer wie gelähmt. »Los, gehen wir nach oben«, brachte sie heraus. »Ich muss es mir ansehen, ich muss sehen, was mit meinen Bildern ist.«

»Ja«, sagte Martin. Er gab sie frei, machte jedoch keine Anstalten, sich zu bewegen. Dort, wo das Licht der Straßenlaterne auf seine mahlenden Kiefer fiel, sah sie die Bartstoppeln, die aus der Haut wuchsen, obwohl sein Haar so fein war.

»Komm«, sagte sie.

»Nein«, sagte er.

»Was soll das heißen, nein?«

»Ich komme nicht mit.« Er wandte sich ab. »Nicht nach oben, meine ich. Ich wohne nicht mehr hier.«

Chajas Fingernägel krallten sich in Evas Schultern. Schniefend kämpfte sie darum, mit dem Weinen aufzuhören. »Meine Bilder haben sie hängen lassen«, sagte sie. »Die schenk ich dir, Mama. Und morgen male ich dir neue.«

# 7

## AMARNA
## LONDON. MÄRZ 1938

Amarna hielt einen ihrer Vorträge im großen Vorlesungssaal des Museums, der zweihundert Zuhörer fasste. Achtundzwanzig hatte sie gezählt – lauter Frauen, Gattinnen und Töchter der Museumskuratoren, die gekommen waren, weil sie sich die Frau von Arman Artsruni aus der Nähe ansehen wollten. Eine Person in Wollrock und Bergstiefeln, die sich beim Reden ihre krausen Haare raufte, hatten die Damen vermutlich nicht erwartet. Und die Grabstelen aus dem Ararat-Hochland, die Amarna ihnen auf Lichtbildern zeigte, interessierten sie so wenig wie ein Kropf.

Amarna hätte ihnen gern die Mappe mit ihren Unterlagen auf das Pult geknallt und wäre gegangen. Jede andere, die vor derart lächerlichen Besuchermengen Vorträge hielt, wäre längst gefeuert und durch einen Mann ersetzt worden. Bei ihr hingegen saß der Kurator als einziger männlicher Besucher in der vordersten Reihe und lächelte ihr ermutigend zu, sooft er ihren Blick einfing.

Walter Farnshaw war kein Vorgesetzter, sondern ein Heiliger. Hätte es in seiner Macht gestanden, er hätte Statisten gemietet, damit sie als Zuhörer in Amarnas Veranstaltung strömten. Zuweilen schickte er ihr ein paar von den pensionierten Polizeibeamten, die das Museum bewachten. Die zogen sich dann die Helme von den Köpfen wie in der Kirche, setzten sich breitbeinig in die hintersten Reihen und spendeten gutwillig Applaus.

Amarna schob das letzte Lichtbild in den Projektor, eine Großaufnahme des steinernen Gesichtsreliefs, das in den oberen Teil der Säule eingehauen war. Die Fotos stammten von ihrer Hochzeitsreise, die sie und Arman allein zwischen Himmel und Erde verbracht hatten. Einen Tag lang hatten sie Freunde in Doğubeyazıt besucht, Sedat Veysel, der in seinem kleinen, weltfernen Museum Urartus spärliche Schätze hütete, dann hatten sie alle Verbindungen gekappt und waren aus der Grasebene, der städtischen Siedlung, ins Bergland gezogen. In der Felseneinsamkeit waren sie zwischen hohen, im Zwielicht schwarzen Tannen umhergestreift wie die letzten ihrer Art. Die Säulen hatten sie entdeckt wie einen nicht mehr erwarteten Beweis, dass ihr Planet einst bewohnt gewesen war.

Arman hatte nicht dorthin gewollt, nicht in die zerstörte Grenzstadt Doğubeyazıt, nicht auf die Insel Aghtamar, auf der seine königlichen Vorfahren ihren Palast und ihr Heiligtum gebaut hatten, und schon gar nicht an den weißen Berg Ararat, den er Masis nannte und an dem – der Genesis wie dem *Gilgamesch-Epos* zufolge – die Arche mit den Überlebenden der Sintflut gestrandet war. Er hätte Paris oder Venedig vorgezogen, wo Hinz und Kunz ihre Hochzeitsreise verbrachten, und Amarna hatte ihn verstanden. Nichts war ihm wichtiger gewesen in dieser ersten Zeit in London, als zu sein wie Hinz und Kunz, die in England Tom, Dick und Harry hießen. Nicht aufzufallen, in der Masse unterzutauchen – auch wenn er dazu nicht die Spur einer Chance hatte.
Sie hatte ihn trotzdem um jeden Preis dorthin bringen wollen, und da er überzeugt war, sie mache mit dieser Hochzeit das mieseste Geschäft ihres Lebens, schlug er ihr nichts, um das sie bettelte, ab. Sie waren an den Berg Ararat gefahren, auf der Suche nach den Spuren von Toten. Etwas in Amarna war überzeugt gewesen, jemand müsse dort auf sie warten.
Aber in den Geistersiedlungen wartete niemand auf sie. Das Leben auf den steinigen Äckern und in den Häusern entlang der von Sonne hartgebackenen Dorfstraßen war gründlich getilgt worden. Vielleicht hätte man graben müssen, um auf weißgebleichte Knochen zu stoßen, doch Arman und Amarna gruben nicht. Im Gegenteil. Sie traten beim Gehen so vorsichtig auf, als fürchteten sie, das Erdreich zu verletzen, ihm noch einmal Schmerz zuzufügen, es von neuem aufzuwühlen.
Stattdessen hatten sie die Stelen aus dem Königreich Urartu gefunden. Schriftzüge in Keilschrift und, darüber eingemeißelt, die Gesichter von Menschen, die vor dreitausend Jahren in der Erde verrottet waren. Ein Mann und eine Frau mit weiten Augen, zu großen Mündern und vom Alter gezeichneten Zügen.

Amarna stellte den Projektor scharf. Das Bild war farb- und geruchlos, kein Wind war darin, der ihr ins Ohr flüsterte. Das Bild warf keinen Schatten und jagte keine Wolke vor die Sonne, sodass das Haar auf ihrem Arm sich in jäher Kälte gesträubt hätte. Das Bild verriet nichts von Arman, der auf den Stein gestarrt und sich nicht mehr gerührt hatte. Eine Sekunde lang war Amarna in Panik geraten: Er wird mir zu Stein! Ich hätte ihn nicht hier herbringen dürfen.

Dann aber löste er sich aus der Starre und streckte die Hand nach dem Bildnis. Seine Finger berührten die Wange der Frau. Amarna hatte seine Mutter nicht gekannt, und Arman sprach nicht von ihr. Zuweilen, wenn er nach der Liebe mit weit geöffneten Augen bei ihr lag, fragte sie sich, ob seine Mutter ihren Liebsten genauso vorbehaltlos angesehen hatte. Und sie wünschte sich, ein Bild zu besitzen, auf dem sie ihren Sohn ansah.

Jetzt hatte sie eine Ahnung davon, wie das Bild hätte aussehen können. Ihr Gedächtnis machte ein Foto von Arman, der das steinerne Gesicht der Frau liebkoste. Um dieses Bildes willen hielt sie sinnlose Vorträge vor desinteressierten Damen. Um des Bildes willen führte sie ihren Kampf für die zwei Stelen wie Don Quichotte gegen Windmühlenflügel. Hätte sie kapituliert, hätte es sich angefühlt, als gäbe sie Armans Mutter dem Vergessen preis.

Später hatte Arman sich gefangen und ihr geholfen, die Kamera aufzustellen, die Säulen zu vermessen und in der Karte ihren Standort festzuhalten. Aber er hatte dabei nicht gesprochen. So nahe sind wir uns nie gewesen wie in den Tagen am Ararat, dachte Amarna. So nahe, dass wir mit keinem Menschen je darüber sprechen konnten, nicht einmal miteinander. So nahe, dass wir gelernt haben: Wir sind zwei, die zur Not auch das Schweigen über den Tod aushalten, die Stille nach der Verheerung der Sintflut, den Schrecken, der keine Worte mehr hat.

Von alledem war nichts in dem Lichtbild, das sie jetzt den Damen zeigte. Und doch war alles darin. Amarna rückte an Leinwand und Projektor herum, bis das steinerne Frauengesicht die Zuhörer ansah. Es widerte sie an, um die Gunst dieser gepflegt gelangweilten Gesellschaft zu buhlen, aber die achtundzwanzig Frauen hatten Männer, und von diesen Männern hatte womöglich einer Geld. Wenn Amarna kein Geld auftrieb, konnte sie die Grabstelen von Urartu nicht bergen. Dann würde aus ihnen das werden, was auch aus den anderen Zeugnissen des Lebens am Berg geworden war: Staub über hart gebackenen Wegen. Wenn dann noch jemand von dem Volk, das hier Häuser gebaut und seine Kinder in den Schlaf gesungen hatte, erzählte, würden die Leute es für eine Legende halten, für ein dunkles Gerücht, für Hörensagen.
Amarna holte Atem und kam sich vor wie der Schnellsprecher, der im Rundfunk für Hustenpastillen warb. »Die Urartäer haben damit begonnen, nicht nur Schriftzeichen, sondern auch Gesichter in ihre Grabstelen zu meißeln, weil sie glaubten, damit die Seele eines Menschen festzuhalten. Ich finde, den Urartäern ist das gelungen. Sie haben das Gesicht dieser Frau vor dreitausend Jahren in Stein geschlagen, damit wir ihr heute gegenüberstehen. Sie haben damit ihren Schmerz bekämpft: Dass wir unsere Toten begraben und ihnen Denkmäler in Stein schlagen, unterscheidet uns von den Tieren. Wir kämpfen gegen den Tod, gegen das Vergessen, wir wollen Stein werden, nicht Staub …«
Sie musste abbrechen, weil Tränen ihr die Stimme zu rauben drohten. Was war sie, eine Wissenschaftlerin, die um ein Projekt kämpfte? Oder ein Kind, das mit der Beschaffenheit der Welt nicht zurechtkam? Sie hatte den Damen in vorbereiteten Sätzen darlegen wollen, welchen Gefahren die Stelen ausgesetzt waren, wenn sie im Vorgebirge des Ararat verblieben,

welche Kosten für die Bergung anfielen und auf welche Weise die Damen das Vorhaben unterstützen könnten. Stattdessen fingerte sie fahrig am Projektor herum und blickte nicht auf.
Wally Farnshaw erhob sich und applaudierte. »Mrs. Artsruni, wir danken Ihnen von Herzen für diesen mit echter Leidenschaft dargebrachten Vortrag.« Amarna hätte auf dem Absatz kehrt machen und ihn und seine Damen sitzen lassen wollen. Sie wünschte sich Arman, der in den Saal stürmte und seine Liebste diesen Leuten entriss. Nicht als der aus dem Ei gepellte Liebling der Londoner Kunstszene, sondern als der sinnliche Wilde, den diese Leute noch immer in ihm sahen, ob im Maßanzug oder im Lendenschurz.
Aber Wally meinte es gut. Lächelnd verneigte er sich nach drei Seiten wie ein Schauspieler der *Shakespeare Company*. Maßvoll und wohlmeinend spendeten die Damen Beifall.
Amarna tat, als benötige sie ihre Aufmerksamkeit für den Abbau des Projektors, während Wally das Publikum verabschiedete. In der Erwartung, gleich seine Stimme zu vernehmen, erschrak sie, als stattdessen eine Frau sie ansprach. »Mrs. Artsruni? Wenn ich Ihnen nicht zu lästig falle, hätte ich Sie gern kurz gesprochen. Mein Name ist Lilly Greenstein.«
Die Ärztin! »Es tut mir leid«, rief Amarna, ehe sie den verdammten Projektor losließ und den Kopf wandte. »Ich weiß, ich habe einen Termin bei Ihnen vereinbart und bin dann nicht gekommen …«
Die Frau lachte. Sie trug ihr pfefferfarbenes Haar kurz geschnitten und steckte in einem derben Kostüm aus Tweed. »Vergessen Sie's. In meiner Praxis kommt so etwas alle Tage vor.«
»Warum?«, fragte Amarna verblüfft.
»Weil Menschen sich schwertun, darüber zu sprechen«, erwiderte Dr. Greenstein. »Wer gibt schon gern zu, dass er an etwas

scheitert, was für Katzen und Kaninchen ein Klacks zu sein scheint?«
»Stimmt«, erwiderte Amarna noch verblüffter. »Bisher habe ich mehr oder weniger gekonnt, was ich können wollte. Warum ausgerechnet dieses nicht, wo es doch alle Welt kann?«
Die Ärztin nickte. »Und auf einmal ist all das, was sie hervorragend können, nichts mehr wert, nicht wahr? Eine Frau kann die Wissenschaft revolutionieren oder ein Land vor dem Krieg bewahren, aber wenn sie kein Kind bekommt, bleibt sie unter dem Strich ein Ding, das nicht funktioniert.«
»Woher wissen Sie das?«
Lilly Greenstein zuckte die Schultern. »Ich bin selbst so ein Ding. Darf ich Ihnen dennoch sagen, wie sehr ich Ihren Vortrag genossen habe? Walter Farnshaw hat Ihnen ja wohl schon erzählt, dass Sie in mir eine Verehrerin haben. Seit ich Sie damals in dieser Rundfunkreihe über das Königreich Urartu habe sprechen hören, bin ich Ihnen auf den Fersen.«
»Tatsächlich?« Die Serie von Radiosendungen zu archäologischen Themen war seinerzeit eingestellt worden, weil sich kein Mensch dafür interessiert hatte. »Zu mir kommt selten jemand um Urartus willen«, gab sie zu.
»Das kann ich mir vorstellen«, sagte Dr. Greenstein. »Ich nehme an, die meisten kommen, weil sie sich für die Skulpturen Ihres Mannes begeistern?«
»Sie nicht?«
»Nein«, erwiderte die Ärztin. »Ich nicht. Obwohl ich sie natürlich gesehen habe. Kann man im London des Jahres 1938 etwas auf sich halten und sie nicht gesehen haben?«
»Sagen Sie bloß, sie gefallen Ihnen nicht«, rutschte es Amarna heraus.
Lilly Greenstein musterte sie aus knopfrunden, nussbraunen Augen. »Nein, sie gefallen mir nicht«, sagte sie ruhig. »Sie sind

großartig, daran besteht nicht der geringste Zweifel, aber um zu gefallen, sind sie ja wohl nicht gemacht.«
Amarna schüttelte den Kopf und begann, den Projektor in seine Plane einzuschlagen.
»Ihre Grabgesichter aus Urartu lächeln«, sagte Lilly Greenwald. »Die Gesichter, die Ihr Mann erschafft, tun das nie.«
Mein Mann tut es auch nie, hätte Amarna um ein Haar gesagt, dabei war das nicht ganz richtig, und die Frau ging es nichts an.
»Manchmal grinsen sie«, sprach Lilly Greenwald weiter. »Und das ist noch unerträglicher, als wenn ein Mensch vor Schmerzen weint. Hören Sie, ich würde gern mit der Tür ins Haus fallen und Sie besuchen kommen. Bei Tate hat jemand erzählt, Ihr Mann halte gelegentlich Atelierausstellungen für einen ausgewählten Besucherkreis ab. Ist das richtig? Und gibt es ein Ritual, das man vollziehen kann, um in diesen Kreis der Auserwählten Einlass zu finden?« Sie klopfte auf ihre Handtasche. »Ich lasse es mich gern etwas kosten.«
»Um Gottes willen.« Abwehrend hob Amarna die Hände. »Kommen Sie einfach am Samstag. Es gibt keinen auserwählten Kreis und auch keine Atelierausstellung, aber Arman kann jemandem, der ihm bittend in die Augen sieht, nicht gut etwas abschlagen. Deshalb hat es sich eingebürgert, dass wir einmal im Monat unsere Türen aufmachen und Gäste in unser Haus lassen. Ob Sie sich dann in Arbeit befindliche Skulpturen oder die Unordnung in unserem Wintergarten ansehen wollen – Sie sind auf jeden Fall herzlich willkommen. Sie bekommen einen verboten guten Wein, den Arman sich aus der Gironde schicken lässt, sicher Gurkenschnittchen und meistens auch Bulgur.«
»Was ist denn Bulgur?«
»Das Gericht, von dem mein Mann behauptet, es sei das einzige, was er kochen könne.«

Lilly Greenstein lachte. »Die meisten Männer, die ich kenne, können überhaupt nicht kochen. Und den Ihren hätte ich mir gewiss nicht bei etwas derart Profanem vorgestellt.«

»Essen zuzubereiten ist nichts Profanes«, sagte Amarna. »Schon gar nicht Bulgur. Weizengrütze, die man sich einverleiben kann, ohne Angst zu haben, dass man sie einem anderen wegnimmt.« Erst dann fiel ihr ein, dass auch das die Fremde nicht das Geringste anging.

»Sie haben recht«, sagte die Frau. »Es ist nichts Profanes, und ich stelle Fragen wie ein Sensationsreporter.«

»So habe ich es nicht gemeint.«

»Doch«, erwiderte Lilly Greenstein, »und Sie hatten recht. Gilt die Einladung für Samstag trotzdem? Ich würde liebend gern bei Ihnen Wein aus der Gironde trinken, Weizen essen, der für alle reicht, und mehr über Urartu hören. Vermutlich hat Walter Farnshaw Ihnen erzählt, dass ich keine ganz unvermögende Frau bin. Ich könnte keine komplette Expedition finanzieren, zumal ich mich noch in einer anderen Sache engagiere, aber es wäre mir eine Ehre, ein Scherflein beizutragen.«

»Warum?«, fragte Amarna. »Archäologische Projekte, die um Unterstützung werben, gibt es ohne Ende, und die meisten sind spektakulärer als meines. Ein versunkenes Königreich am Rand des Transkaukasus, dessen Schrift wir nicht lesen können und dessen bedeutende Bauten vernichtet wurden – was interessiert Sie daran?«

»Schwer zu sagen.« Sie zuckte die Schultern. »Vielleicht habe ich eine Schwäche für verschwundene Völker. Oder für Menschen, die Angst haben, anderen ihr Essen wegzunehmen. Darf ich Sie also besuchen, Mrs. Artsruni? Am nächsten Samstag?«

Amarna nickte. »Ich würde mich freuen«, murmelte sie.

»Ich mich auch.«

Sie blickte auf und sah Wallys Gestalt mit den leicht gebeugten Schultern hinter Lilly Greenstein aufragen. Die Ärztin verabschiedete sich und verließ den inzwischen leeren Saal. Wally trat zu Amarna und half ihr, die Plane um den Projektor zu schließen. »Ich war lange nicht mehr bei euch«, sagte er mit einer Art von Sehnsucht.
»Du bist uns jederzeit willkommen.«
»Danke, dass du das sagst«, erwiderte er. »Oft wäre ich gern gekommen, aber ich werde die Sorge nicht los, dass ich euch störe. Ihr habt so wenig Zeit für euch allein.«
»Darüber mach dir mal keine Gedanken. Das tun andere auch nicht, darum ist das Haus sowieso ständig belagert.«
Wally lächelte. »Ich kenne keinen Menschen, der sich so wenig Mühe gibt, charmant zu heucheln, wie du«, sagte er.
»Es tut mir leid.« Wenn Amarna einfiel, dass Heuchelei charmant gewesen wäre, war es immer schon zu spät.
Noch immer lächelnd schüttelte Wally den Kopf. »Sofern das Haus nicht allzu voll ist, käme ich gern am Samstag. Und ich brächte gern Seb mit. Meinst du, Arman wäre das recht? Seb bereitet uns wieder einmal Kopfzerbrechen.«
Seb – Sebastian – war Wallys Neffe, das einzige Kind seines vergötterten Bruders, der samt der Kindsmutter an einer südfranzösischen Steilküste mit dem Automobil in den Tod gerast war. Zwischen seinen in Trauer gefangenen Großeltern und seinem Onkel, der sich nach einer gescheiterten Ehe in seine Arbeit vergrub, war der Junge verhätschelt, aber nie wirklich behütet worden. Seit er dreizehn war, lief er aus dem Ruder. Inzwischen war er sechzehn, hatte die elitäre Lehranstalt, die sämtliche Farnshaw-Söhne besucht hatten, geschmissen und sorgte für ernsthafte Probleme.
Seinen Verwandten verweigerte er jedes Gespräch. Aber er saß gern bei Arman, der sich nicht scheute, eine geschlagene Stun-

de lang zu schweigen. Und er hantierte gern mit einem Zeichenstift. »Ich könnte Arman dafür bezahlen, dass er ihm Unterricht gibt«, hatte Wally einmal vorgeschlagen, aber Arman ließ sich nicht bezahlen und gab niemandem Unterricht.

»Natürlich bringst du Seb mit«, sagte Amarna. »Arman freut sich.« Das tat er tatsächlich. Er hatte den Jungen gern bei sich. Einen Stich versetzte seine Gegenwart nur Amarna, die ihren Mann mit einem Kind erlebte und dachte: Es wäre ein Segen für dich, und ich kann dir diesen Segen nicht geben.

An ihrem Arm fühlte sie ein schüchternes Entlangstreifen. »Gehen wir in den *Plough?*«, fragte Wally.

»Ich muss nach Hause«, begann sie, unterbrach sich jedoch, weil sie wusste, dass sie auf verlorenem Posten kämpfte.

»Ich habe etwas mit dir zu besprechen«, behauptete Wally. Um seine Einsamkeit ins Spiel zu bringen, war er zu sehr Engländer. »Etwas Wichtiges, Marnie.«

»Ich nehme an, es kann nicht bis Samstag warten?«

»Besser nicht«, antwortete er und bot ihr seinen Arm.

Also zogen sie in den *Plough,* den schönsten Pub von London, bestellten sich cremiges Stout, das als Geheimtipp der Brauerei galt, und das einzige Gericht, das der Pub servierte: *Ploughman's Lunch,* würzigen Käse und sauer eingelegte Zwiebeln auf schwarzem Brot.

Wally aß hungrig und hastig. Er sprach auch so. Als bekomme er oft tagelang zu wenig Nahrung und zu wenig Gehör. »Du bist gut«, sagte er zwischen zwei Bissen Brot. »Du bist meine Trumpfkarte, und ich hoffe, dass du das weißt.«

Amarna versuchte zu lachen. »Aber sicher doch. Woche für Woche reiße ich achtundzwanzig gesittete Damen vom Hocker und begeistere sie für die Belange der Archäologie.«

»Das fehlende Interesse hat nichts mit dir zu tun.« Wally kaute und schluckte. »Es liegt nur an der Sache, die du dir da in den

Kopf gesetzt hast. Urartu. Du wärst längst viel weiter, wenn du dich durchringen könntest, dich auf andere Felder zu verlegen. Populärere Felder, die das Interesse der Presse wecken. Ich habe Angst, dass du dir schadest, wenn du dich derart besessen auf dieses eine Thema versteifst.«

»Ich will mich aber auf dieses eine Thema versteifen«, fuhr Amarna ihm in die Parade. »Dieses eine ist nämlich meines. Du hast mich damit eingekauft, und wenn es dir jetzt nicht mehr passt, muss ich mir eben eine andere Stellung suchen.«

»He, reiß mir nicht gleich den Kopf ab.« Er zog sich die Brille am Nasenrücken hinunter und sandte ihr einen Blick über den Rand hinweg. Seine Augen waren gerötet und tränten, weil er bis tief in die Nacht über Schriften saß. »Ich will dir helfen.«

»Du hilfst mir nicht, wenn du versuchst, mir Urartu auszureden. Ich werde es nicht aufgeben, Wally, und wenn die Fachwelt mich für verrückt erklärt.«

Er stocherte mit der Gabel auf dem leeren Teller. Stillschweigend schob Amarna ihm die Reste ihrer eigenen Mahlzeit zu, wie Arman es zuweilen bei ihr tat.

Wally spießte einen Brocken Käse auf, hielt dann jedoch inne. »Du tust es für deinen Mann, nicht wahr? Diesen Kampf um Urartu führst du, weil du glaubst, es Arman schuldig zu sein. Aber gestattest du mir eine Frage: Wenn Arman wirklich so viel daran gelegen ist, wieso kämpft er dann eigentlich nicht selbst? Er hätte die besseren Karten, weißt du? Was wir zwischen verstaubtem Gerümpel vor uns hin puzzeln, lockt keinen Hund hinter dem Ofen hervor. Was hingegen Londons Lieblingsmagier aus seinem Stein zaubert, das ist am nächsten Tag Stadtgespräch. Hätte Arman Artsruni Interesse daran, die Ruinen von Urartu aufs Tapet zu bringen, wären sie längst in aller Munde.«

Amarna trank den Schaum vom Bier und wand sich mit ihrer Antwort. »So arbeitet Arman nicht. Wenn er am Stein ist, kann

er keine Absicht verfolgen, sondern nur versuchen herauszuholen, was drinsteckt.«
»Ich weiß«, erwiderte Wally trocken. »Ich lese seine Interviews. Nicht, dass ich mich in den Vordergrund spielen möchte, aber ich bilde mir immer noch ein, den Mann entdeckt zu haben und ihn ziemlich gut zu kennen. Wenn du mich fragst, ist aus dem tragischen urartäischen Prinzen, den du unbedingt in ihm sehen willst, ein bestens angepasster Brite geworden, der weiß, was er will, und dafür sorgt, dass er es bekommt.«
»War es das, was du mir so dringend sagen wolltest?« Amarna sprang auf und kam sich kindisch vor. »Statt mich von dir über meinen Mann belehren zu lassen, gehe ich lieber nach Hause und spreche selbst mit ihm.«
»Bleib hier.« Wally stand ebenfalls auf und packte ihren Arm mit einem Nachdruck, der sie überraschte. »Ich wollte dir sagen, dass ich dich brauche, Marnie. Mit ganzem Einsatz, nicht mit dem halben Kopf in Urartu. Deshalb bitte ich dich als Vorgesetzter und als Freund: Hör auf, dich in ein paar Grabstelen zu verbeißen, die du deinem Mann zu Füßen legen willst, weil du ihm kein Kind geben kannst. Geh zu Lilly, und wenn es machbar ist, dann bekommt euer Kind und findet endlich Frieden.«
»Und wenn es nicht machbar ist?«
»Dann helfen euch keine Grabstelen.« Er ließ sie los und atmete hörbar durch. »Schlag keine Schlachten für ihn, um die er dich nicht gebeten hat, sondern verlange, dass er mit dir spricht. Du musst ihm nicht sein Volk von den Toten auferwecken. Er weiß, dass kein Mensch das kann. Die, die es nicht weiß, bist du.«
Der Schrecken fuhr ihr bis ins Mark. Wie konnte er so etwas sagen, wie konnte er es wagen, eine Grenze zu übertreten, die

sie ihm nicht geöffnet hatte? Jäh verstand sie Arman, der die Schultern spannte und sein Gesicht verschloss, um niemanden an sich heranzulassen. Dorthin, wo er nackt war, wo Berührung Anmaßung war.

»Mit Verlaub, das geht dich nichts an«, sagte sie zu Wally. »Falls Arman und ich in Ehefragen Rat brauchen, werden wir wohl kaum dich darum bitten.«

Wally zuckte zusammen. »Kompliment«, sagte er »Du zielst gut.«

»Du auch.«

»Bitte setz dich noch einmal hin.« Er streckte die Hand nach ihrem Arm aus, doch wie ertappt zog er sie wieder zurück. »Du hast dein Bier nicht ausgetrunken.«

Amarna setzte sich und schloss die Hände um ihr Glas.

Wally setzte sich ebenfalls. »Ich habe das über Urartu nicht gesagt, um an eine Wunde zu rühren, sondern weil ich mir Sorgen um dich mache. Du kommst mir vor, als wärst du ununterbrochen auf der Jagd. Oder auf der Flucht? Ich will dir helfen, zur Ruhe zu kommen. Nichts auf der Welt zwingt dich, deinem Mann die paar Artefakte eines Volkes zu retten, mit dem er faktisch nichts mehr zu tun hat.«

»Er hat damit zu tun«, sagte Amarna. »Von manchen Völkern kann man sich nicht lossagen, was immer man auch versucht.«

»Arman möchte es gern.« Wallys Stimme war leise. »Sich lossagen. Im Schmelztiegel dieser Stadt aufgehen und ein Leben führen wie jeder andere. Warum lässt du ihn nicht?«

»Weil er nicht jeder andere *ist*.« Es hatte Tage gegeben, da hatte Amarna selbst daran geglaubt. Arman war unglaublich überzeugend darin, sich wollweiße Pullover über den Kopf zu ziehen und mit Dexter von nebenan zum samstäglichen Kricket-Match zu traben. Nach dem Spiel setzte sich die Mannschaft in einem Gasthof zum Lunch, und am Nachmittag kehrte sie angeheitert zurück. Dexter schwankte und nannte Arman den besten *Fast Bowler*, den es am *Regent's Canal* je gegeben habe, Doris schimpfte, und das alles war Teil eines jahrzehntealten Rituals. Sobald jedoch die Tür ihres Hauses sich hinter ihm schloss, war Arman stocknüchtern. Er betrank sich nie, war immer auf der Hut. Wer den Briten nur spielte, durfte nicht die Kontrolle verlieren, weil dann der, der dahinter versteckt war, sein Gesicht zeigte.

Ein vernichtetes Volk konnte es sich nicht leisten, einen seiner letzten Söhne freizugeben. Schon gar nicht einen Sohn wie Arman, der es in sich hatte, den Namen des Volkes in Stein zu meißeln, der sich nicht wehrte, wenn er überfordert wurde, sondern zum Brunnen ging, bis er brach.

»Ich werde tun, was du mir geraten hast«, sagte sie zu Wally. »Arman bitten, sich an einer Ausstellung zu Urartu zu beteiligen. Würdest du eine solche Ausstellung bei uns im Department auf den Weg bringen, Wally?«

»Du lieber Himmel.« Wally seufzte. »Mit den paar Tonscherben und Metallobjekten, die bei uns rumliegen, bekommen wir doch keine Sonderausstellung hin.«

»Aber wenn Arman uns eine Serie Reliefs stellt, bekommen wir sie voll«, versetzte Amarna. »Jeden Tag. Besucher, dass der Saal aus den Nähten platzt, und so viel Presse, wie du dir nur wünschen kannst. Die Treuhänder werden dir die Füße küssen, weil du dem Museum solchen Aufwind bescherst.«

Vielleicht würde es Arman guttun, dachte sie. Den Winter über war er ihr vorgekommen wie ein getriebenes Tier, selbst wenn er reglos über seiner Zeitung saß. Er verlor wieder einmal Gewicht, er weinte im Schlaf und ließ sich nicht anfassen, sondern rollte sich wie ein Igel zusammen, wenn sie es versuchte. Tu es mir zuliebe, würde sie zu ihm sagen, wohl wissend, dass er dagegen wehrlos wäre.

»Außerdem ist Sedat Veysel, der Kurator des Museums in Doğubeyazıt, ein Freund von uns«, sagte sie zu Wally. »Ich denke, es gibt kein Stück, das wir nicht mit seiner Vermittlung dort ausleihen könnten.«

»Marnie.« Wally trank Bier. »Wenn du meinst, deine Last wird davon leichter, dann sehe ich zu, was ich erreichen kann. Vorerst aber wollen die Treuhänder etwas anderes von mir, und dabei musst du mir helfen. Sie stellen eine Kommission zusammen und ziehen aus allen Bereichen Leute dafür ab. Eine geheime Kommission. Ich soll sie leiten und vertrauenswürdige Kollegen aus meinem Department benennen. Ich habe dich benannt.«

»Mich? Weshalb? Was ist das für eine Kommission?«

Wally langte in seine Brusttasche. »Stört es dich, wenn ich rauche?«

»Weshalb sollte es mich stören?« Die Luft im Raum war eine einzige Rauchschwade. Außerdem rauchten alle Männer, die sie kannte. Alle bis auf Arman.

Wally steckte sich die Zigarette an, dann schwenkte er die Neige in seinem Glas. »Ich hole mir rasch noch eines, ja?«

»Nein«, sagte Amarna. »Du erklärst mir erst, was das für eine Kommission ist.«

Er blies den Rauch aus und sah sie an. »Die Kommission hat den Auftrag, Orte zu identifizieren, die im Fall eines Krieges geeignet wären, die Sammlungen des Museums sicher zu beherbergen.«

»Im Fall eines Krieges.«

»Reg dich nicht auf«, sagte Wally. »Es ist eine Vorsichtsmaßnahme, mehr nicht.«

»Verkauf mich nicht für dumm«, fuhr Amarna ihn an. »Die

Treuhänder, die sonst an allen Enden sparen, setzen von heute auf morgen eine teure Kommission ein, und du willst mir vorgaukeln, das bedeute nichts?« Noch einmal, diesmal endgültig, stand Amarna auf. Sie wollte nach Hause. Sie wollte Arman seine Zeitung wegreißen und ihn fragen, was für ein Sturm sich hinter seiner Stirn zusammenbraute, ohne dass er seinen gottverdammten großen Mund aufmachte.

»Das ist es, wovor ich Angst habe«, sagte sie zu Wally, ehe er zu einer Erwiderung ansetzen konnte. »Wenn die Türken sich je wieder auf einen Krieg einlassen, werden sie auf die Überreste von Urartu pfeifen wie im Weltkrieg, als die Ruinen von Tušpa praktisch dem Erdboden gleichgemacht worden sind. Es ist nicht ihr eigenes Erbe, es ist eher ein Zeichen der Schande, und vielleicht wären sie heilfroh, es endlich los zu sein. Deshalb will ich die Stelen hierherbringen. In Sicherheit. Und jetzt erzählst du mir, sie sind hier womöglich genauso gefährdet wie am Ararat?«

»Das erzähle ich dir ganz und gar nicht.« Wally drückte seine Zigarette aus, wie man ein Insekt zerquetschte. »Wie kannst du auch nur denken, bei uns seien solche Schätze gefährdet? Wozu arbeiten wir denn, wozu ist ein Museum überhaupt da, wenn nicht um zu bewahren? Der Stein von Rosetta ist während des Weltkriegs in den U-Bahn-Schacht von Aldwych geschleppt worden, wo er wie ein Baby behütet war, und das Gleiche würden wir jetzt noch einmal tun. Eben deshalb gründen wir diese Kommission.«

»Also gibt es jetzt wieder Krieg?«

»Nein, zum Kuckuck, es gibt keinen. Wenn überhaupt, dann hat Hitler es auf den Osten abgesehen, auf die Sowjetunion, nicht auf uns. Außerdem bin ich vier Jahre lang für die *Royal Air Force* geflogen, und ich versichere dir, mit einer derart kümmerlichen Luftstreitkraft wagt sich keine Regierung, die bei Sinnen ist, in einen Krieg. Sir John möchte einfach gewappnet sein, das ist alles.«

Sir John – der frisch geadelte John Forsdyke – war der Direktor des Museums. Ein Gralshüter der klassischen Antike, der angeblich den gesamten Cicero auswendig kannte und mit Zähnen und Klauen eine eigene Galerie für die Parthenon-Skulpturen erkämpft hatte. Auf deren feierliche Eröffnung arbeitete er derzeit hin, während er die Mitarbeiter des *Middle East Department* nach Möglichkeit links liegenließ.

»Man hätte sich längst einmal darum kümmern müssen«, sprach Wally weiter. »Schließlich hüten wir ein Stück vom Erbe der Menschheit und tragen Verantwortung dafür.«

»Warum erzählst du das ausgerechnet mir?«

»Weil du es weißt«, antwortete Wally. »Deshalb will ich dich in der Kommission haben. Wenn jemand auf Teufel komm raus ein archäologisches Fundstück beschützen würde, dann du. Versprichst du mir, dass du darüber nachdenkst?«

»Die Fundstücke, die ich auf Teufel komm raus beschützen will, stehen in der Türkei«, erwiderte sie schnippischer, als sie sich fühlte.

»Marnie«, drängte er. »Ich habe dir bei deiner Arbeit nie Vorschriften gemacht, und ich tue es auch diesmal nicht, aber ich bitte dich: Lass mich dich für diese Kommission melden. Arbeite mit mir an einem Plan, der die Schönheit der Welt bewahrt, selbst wenn sie um uns zusammenbricht.«

In Amarnas Bauch verbreitete sich das schon vertraute flaue Gefühl. Sic war entsetzlich müde, und sie wollte ihren Mann bei sich haben, der sie festhielt und ihr ins Ohr flüsterte, dass der Krieg, den sie meinte, nicht kam. »Wally, ich bin Assyriologin, ich habe nie etwas anderes getan, als Steine umzudrehen, die aus dem Gebiet des einstigen Osmanischen Reiches stammen. Ich bin die falsche Frau für dich.«

Sofort bemerkte sie, wie geschmacklos das klang und schlug sich die Hand vor den Mund. »Ich meine, ich bin die falsche Frau für deine Kommission«, stammelte sie.
»Du bist die richtige«, sagte Wally. »Bitte glaub mir das und tu mir diesen einen Gefallen.«
Etwas in seinem Ton ließ sie aufhorchen. »Weshalb muss es ausgerechnet ich sein? Der, den du mir genannt hast, ist nicht der einzige Grund, nicht wahr?«
Er zündete sich im Stehen eine neue Zigarette an, drückte sie jedoch gleich wieder aus und begann, Amarna den Schal um den Hals zurechtzuzupfen. »Nein, es ist nicht der einzige. Aber den anderen behalte ich für mich.«
»Dann steck dir deine Kommission an den Hut.« Amarna entzog sich, stieß ihn weg und wandte sich zur Treppe.
»Marnie …«, rief er leise.
Sie wollte nur nach Hause und musste sich zwingen, auf der Treppe noch einmal stehen zu bleiben. Manchmal tat es ihr körperlich weh, Arman nicht bei sich zu haben, ihn nicht berühren, packen und zur Not ein bisschen schütteln zu können, seinen Duft nicht in der Nase zu spüren und seinen Atem nicht dicht an ihrem Ohr.
»Bitte denk darüber nach«, sagte Wally. »Und darf ich trotzdem am Samstag kommen?«
Amarna wollte lachen, doch in der rauchigen Luft langte es nur knapp zu einem Krächzen: »Sei nicht albern.« Dann lief sie, ohne sich umzudrehen, die Stufen hinunter und atemlos weiter bis zur Haltestelle. Den Busfahrer hätte sie beschwören wollen, schneller zu fahren, über Ampeln und Kreuzungen hinweg, bis zu ihrem stillen Haus.

# 8

Ich liebe eure Partys«, sagte Doris und blickte durch das Panoramafenster auf den vom Regen gepeitschten Kanal. »Wie wir ohne eure Partys dieses Wetter ertragen haben, muss mir gelegentlich mal einer erklären. Ich finde, der König sollte uns einen Orden für Tapferkeit verleihen. Allen Engländern. Weil wir nicht unsere Siebensachen packen und vor dieser ewigen Sintflut die Flucht ergreifen.«

Amarna langte hinüber und tätschelte ihr durch den dicken Rockstoff das Knie. Anfangs hatte nur Doris das bei ihr gemacht. Amarna hatte sich davon befremdet gefühlt, aber sie hatte es auch wärmend, rührend und tröstlich gefunden. So wie die ganze Doris, die ihnen beim Einzug mit ihrem Dexter im Schlepptau ins Haus gepoltert war und körbeweise Kasserollen, Schinken, Schweinepasteten und Battenbergkuchen in Amarnas Küche abgestellt hatte. »Sie kommen ja jetzt nicht zum Kochen, und solange es nicht nach Essbarem riecht, ist so ein Haus doch kein Zuhause.«

Doris Taylor. Als hätte in der fremden Stadt doch jemand auf sie gewartet.

Sie borgte Amarna ihre Wurzelbürste, damit sie die Steintreppe vor ihrem Haus scheuern konnte. Amarna hatte in ihrem Leben nie eine Treppe gescheuert und wollte die Bürste schon zurückgeben, aber Arman bestand darauf, sie zu benutzen. »Wenn man das in England so macht, dann machen wir es auch.«

Amarna liebte ihn. Sie hätte zwei Grabstelen für ihn um die halbe Welt geschleppt, aber sie scheuerte keine Treppe für ihn. Dafür, dass er nicht auf die Idee kam, es von ihr zu erwarten, liebte sie ihn umso mehr. Als Doris ihn auf schwarz behosten Knien

auf der Treppe erwischte, nahm sie ihm die Scheuerbürste weg und klopfte ihm wie einem kleinen Jungen die Hosenbeine sauber. »Wenn Ihre Marnie dafür keine Zeit hat, mache ich eben Ihre Treppe mit, wenn ich unsere schrubbe. *No problem.*«
Doris Taylor. Als ließe sich mit einer Wurzelbürste die vertrackte Welt wieder sauber schrubben, solange man vor der eigenen Haustür zuerst kehrte.
»Ich hab euch ja ständig diese Pötte mit Essen mitgebracht, und das, wo bei uns doch alles aus Schwein ist«, sagte sie nach ein paar Wochen zu Amarna, die sie inzwischen behandelte wie eine Glucke ihr selbst gelegtes Ei. »Aber dein Mann gehört zu dieser Religion, bei der man kein Schweinefleisch essen darf, stimmt's?«
»Mein Mann gehört zu gar keiner Religion«, sagte Amarna. »Aber er isst kein Schweinefleisch, das ist richtig.«
»Gott sei Dank.« Pfeifend atmete Doris auf und tätschelte Amarna das Knie. »Dein Mann mit seinen schwarzen Augenbrauen, wenn der die furcht, glaubt man ja, das Jüngste Gericht ist nah. Aber in Wahrheit ist *Black Beauty* so süß wie *Cadbury*-Nussschokolade und tut keiner Fliege was zuleide. Mir hätt's ja das Herz zerrissen, wenn der in die Hölle gekommen wär wegen meinem Schweinebauch.«
Doris Taylor. Als bräuchte es nicht mehr als eine Prise Einfalt, um alle Scheu vor Fremdem beiseitezuwischen.
Irgendwann sagte Doris zu Amarna: »Weißt du, wie ich mir neben dir vorkomme, Marnie? Wie meine Betsy. Bei der warte ich immer darauf, dass sie mich fragt: Warum leckst du mich eigentlich nicht zurück?«
Betsy war ihr Hund, ein weißer, fusseliger Bettvorleger. Amarna verstand: Eine, die Herzlichkeit so großzügig verschenkte wie Doris, verdiente in der Tat, dass man sie zurückleckte. Sie hatte nie zuvor einem Menschen das Knie getätschelt, aber bei

Doris kostete es sie kaum Überwindung. Mit der Zeit ging es ihr in Fleisch und Blut über. Sie waren Glucke und Ei, die vor dem Panoramafenster saßen und sich auf die Knie patschten, während hinter ihnen die Party tobte.

Eine schöne Party. Doris hatte recht. Sie waren nicht mit leeren Händen in die Stadt gekommen, obwohl es sich damals so angefühlt hatte. Sie hatten etwas zu bieten – samstägliche Partys, leicht verstaubte Vorträge und Kunstwerke, über die kürzlich einer der Zeitungsschmierer geschrieben hatte: *Britannien darf stolz sein, ein solches Talent sein Eigen zu nennen.*

Wir sind Flüchtlinge erster Klasse, dachte Amarna. Hübsch, begabt und sauber, wir kommen für unseren Unterhalt auf, zahlen Steuern, liegen niemandem auf der Tasche. Wir sind vor nichts geflohen als unseren Erinnerungen, tropfen nicht aus offenen Wunden und hatten vor der Ankunft Zeit, uns die Haare zu kämmen. Wenn es einen Katalog gäbe, in dem Staatsbürger sich Wunschflüchtlinge aussuchen könnten, würden wir als erste bestellt.

Doris und Dexter Taylor zumindest betrugen sich, als hätten sie genau das bekommen, was sie sich gewünscht hatten. Arman sprach nicht darüber, aber Amarna wusste, dass er den beiden unendlich dankbar war. Solche wie sie waren ihm nie begegnet, Leute, die sich einfach freuten, weil ein altes Haus gekauft worden war und neue Nachbarn einzogen, ohne sich daran zu stören, dass diese Nachbarn schwarze Augenbrauen hatten, kein Schweinefleisch aßen und nicht wussten, wie man Steintreppen scheuerte. Seit Arman mehr Geld verdiente, als in seine kühnste Vorstellung passte, versuchte er, ihnen etwas zurückzugeben. Ihnen Wünsche zu erfüllen, weil sie ihm seinen Wunsch erfüllt hatten, auch wenn sie gar nichts davon wussten.

Doris war nie im Ausland gewesen. Einmal hatte sie sich eine Frauenzeitschrift mit Fotos gekauft, auf denen irgendein Mitglied der Königsfamilie in einer silbern schillernden Robe durch Paris tänzelte. Da sie weder Amarna noch Dexter damit ein müdes Lächeln entlockte, hatte sie das Foto Arman gezeigt. »Entzückend, nicht wahr? In meinem nächsten Leben werde ich auch Prinzessin. Dann steige ich in so ein Silberkleid, das die Hüften schlank macht, fahre nach Paris und bade in Champagner.«

»Im Kleid?«, fragte Arman.

»Frechheit.« Doris errötete und drohte ihm mit einer Geste, als gäbe sie der Luft eins hinter die Ohren. »Das Kleid muss ja wohl vorher runter.«

Arman zog den Kopf ein, ohne den Blick von der Zeitschrift zu wenden. »Ist das nicht unangenehm?« Er hasste es, wenn ihm etwas auf der Haut klebte.

»Keine Ahnung. Aber so macht man das nun einmal in Paris.«

Arman hielt noch immer den Blick auf die Seite mit den Fotos gerichtet. »Und du würdest das gern tun, Doris? So wie man es in Paris macht, egal, ob es klebt?«

Dexter gluckste. »Jetzt lass mal gut sein, Dee. Der arme Kerl nimmt dich ernst.«

»Und ob er das tut«, sagte Doris und gab Arman einen Klaps auf die Wange. »Da drüben im Orient erziehen die ihre kleinen Rüpel noch zu Kavalieren.«

Arman, der sich von keinem außer seiner Familie anfassen ließ, hielt bei Doris still, auch wenn es ihn schüttelte. Am nächsten Tag ging er in ein Reisebüro und buchte für sie alle ein Wochenende in einem verwunschenen Hotel nahe dem linken Ufer der Seine. Es war das teuerste im Angebot, und zur Ankunft ließ er die Wanne im Badezimmer der Taylors mit Champagner füllen. Arman Artsruni, der Alpträume hatte, in denen er seiner toten Schwester eine Schüssel Weizengrütze wegaß.

Doris nannte jenes Champagnerwochenende an der Seine das schönste ihres Lebens, und wann immer sie von Glück sprach, fiel das Wort Paris.

»Träumst du, *sugar pie?*« Doris tätschelte Amarna das Knie und sah hinaus in den Regen. »Oder machst du dir schon wieder Sorgen?«

Amarna lachte auf. »Letzteres, fürchte ich«

»Das musst du doch nicht. *Black Beauty* steht umzingelt und versprüht Charme, aber die Glutaugen haften nur an seiner Marnie. Und deine kleine Weberin sitzt bei meiner Jordan und lässt sich dummes Zeug erzählen.«

Amarna drehte sich um. Arman stand in der Tat umzingelt von einer Horde Kunstvolk und sah aus, als suche er nach einem Fluchtweg. So viel Charme konnte nur ein Mann versprühen, der nicht wusste, was Charme war, der einen Smoking wie seine eigene Haut und zugleich wie eine Tarnkappe trug. Ihre Blicke trafen sich. Amarna musste lachen, und ihr Herz wurde leichter. Nimm dein nachtschwarzes Glutgefunkel aus meinen Augen, oder ich küsse dich vor allen Leuten, dass dein gesittetes Britannien in Ohnmacht fällt. Arman hob die Brauen und den linken Mundwinkel. Für einen Mann, der nicht lachen konnte, war das ziemlich gut.

Rehan, die Doris *die kleine Weberin* nannte, saß auf der anderen Seite des Raums im Erker. Rehan webte immerfort, sie webte das gesamte Haus in Decken und Überwürfe ein. Tagein und tagaus. Sie besaß einen Webstuhl, den Arman in einem der Zimmer zum Kanal hatte installieren lassen, und einen Handwebrahmen, den sie überall mit sich trug. Ihre Webstücke waren von einer Festigkeit, die dem verhuschten Geschöpf niemand zugetraut hätte. Als knote sie sich mit Schiffchen und Wollfaden die Fetzen ihrer Welt wieder zusammen. Solange Rehan webte, fand sie sich zurecht.

Zurzeit hing etwas Geschmeidiges in Tannengrün vom Holz des Rahmens, den sie zwischen Schoß und Teetisch abstützte. Ihre flinken Finger ließen das Schiffchen tanzen, und neben ihr saß Jordan, die sechzehnjährige Tochter der Taylors, die die Lippen ebenso flink bewegte. Jordan kämpfte mit Babyspeck und pickligen Wangen, Rehan hingegen war gut zehn Jahre älter, schmal und pfirsichhäutig. Dennoch hockten sie beieinander wie zwei Backfische, die eine wie ein Wasserfall sprudelnd, die andere eine geduldige Zuhörerin. Arman und Bülent, der in einem Sessel döste, drehten von Zeit zu Zeit die Köpfe, um sich zu versichern, dass es Rehan gutging, und wandten sich dann beruhigt wieder ihrer Beschäftigung zu.

Amarna tätschelte Doris das Knie. »Deine Jordan ist ein Goldstück.«

»Findest du?« Doris grinste. »Wenn du sie täglich um dich hättest, würdest du dich eher fragen, wofür du derart verflucht worden bist.« Dann bemerkte sie Amarnas Gesichtsausdruck und wedelte erschrocken mit den Händen. »*Good Lord!* Das meine ich doch nicht ernst, *sugar pie!* So ein Kind ist das A und O im Leben, auch wenn es einem die Haare vom Kopf frisst und patzige Antworten gibt. Wofür sollten wir das denn sonst alles machen, uns abrackern, uns mit den Steuern und dem ewigen Regen herumärgern – damit von uns noch was da ist, wenn wir von diesem komischen Planeten wieder runter müssen. Damit nicht alles zu Ende ist.«

Amarna sagte nichts.

»Mach dir doch nicht immer so viele Gedanken«, plapperte Doris weiter. »Was Kleines von dir und deinem Glutauge, das wird der goldigste Fratz der Stadt. Wir hier am Kanal werden es alle lieben, und wenn du von dem Plagegeist mal die Nase voll hast, reißen wir alten Glucken uns darum, ihn dir abzunehmen.«

Amarna sagte noch immer nichts, und Doris kratzte sich an der Nasenwurzel. »Ich bin wieder mal in den Napf mit dem Schweinefett getreten, was?«
»Ein bisschen.« Amarna drehte sich um und sah Wally und Seb, die mit einer Frau gekommen waren und sich an ein paar Journalisten vorbei einen Weg zu Arman bahnten. »Aber das macht nichts.«
»Tut es doch, *sugar pie*. Jetzt schütte mal der alten Dee dein Herz aus, wo liegt denn der Hase im Pfeffer? Will *Black Beauty* keins haben? Das kann ich nicht glauben. Der ist doch der geborene Vater, so ein Kerl, der jedes Vögelchen, das aus dem Nest fällt, aufliest und ihm die Flügel schient ...«
Unwillkürlich wanderte ihr Blick zu Rehan. Amarnas Blick wanderte nirgendwohin, weil er sich wieder einmal verschleierte. Das Schlimmste an Doris' Tritten in den Fettnapf war, dass sie nicht wieder herausfand. Zu ihrer Rettung tauchte die Frau auf, die mit Wally und Seb gekommen war. Während sie sich zögernd näherte, versuchte Amarna, den Tränenschleier wegzublinzeln und sie einzuordnen. Ihr Gedächtnis war grässlich, für Namen noch übler als für Gesichter.
»Ich fürchte, ich habe keinen allzu bleibenden Eindruck hinterlassen«, sagte die Frau.
Doris sprang von der Bank und streckte ihr die Hand hin. Bei den Samstagspartys spielte sie mit Hingabe die Gastgeberin. »Herzlich willkommen, *my dear*. Ich bin Doris Taylor, die Nachbarin – Sie wissen doch: die, von der man sich im Fall der Fälle das Salzfass, den Wischmopp und die Schulter zum Ausweinen leiht. Machen Sie es sich bequem – hat man Sie schon mit einer Erfrischung versorgt? Unsere Herren der Schöpfung versinken wieder einmal in weltbewegenden Gesprächen und vergessen ihre Pflichten. Nehmen Sie's nicht krumm. Marnie und Arman könnten sich ja spielend Personal leisten, aber es

liegt ihnen eben daran, ihre Anlässe intim und persönlich zu halten.«
Der Schleier vor Amarnas Augen verflüchtigte sich. Kein heulendes Elend war einem Wortschwall von Doris gewachsen. Sie sah sich um. Der weite Raum nahm die Hälfte der Hausfläche ein, während sich in der zweiten das befand, was Journalisten als Armans Atelier bezeichneten. An einer Halle voller Menschen, die in Gruppen beisammen standen und wild durcheinander sprachen, war nichts Intimes und Persönliches. Amüsanterweise empfanden es die Gäste dennoch so. »Man ist einfach wie daheim bei Ihnen«, sagten die Abschiednehmenden zu Amarna. »Es muss an Ihnen liegen, an dieser orientalischen Wärme. Sie sind ein echtes Liebespaar – wann bekommt man so etwas auf unserer kühlen Insel schon zu sehen?«
Amarna, die Arman während der Samstagspartys kaum je berührte, fühlte sich darauf seltsam stolz. Unsere Liebe pflegen wir wie unser Haus, dachte sie. Auch dann, wenn es schwer ist, wenn etwas trockengelegt werden muss, wenn zarte Sprünge im Stein keine Behandlung mit der Wurzelbürste ertragen.
Inzwischen hatte Doris sich erkundigt, was die Frau, die mit Wally und Seb gekommen war, trinken wollte, und entschwebte in Richtung Küche. Die Frau stellte sich vor, und Amarna fiel wieder ein, woher sie sie kannte. Lilly Greenstein. Die Ärztin, die sie nach ihrem Vortrag im Museum angesprochen hatte.
»Darf ich mich zu Ihnen setzen?«
»Natürlich.«
Lilly Greenstein streichelte den Stein der Bank, ehe sie sich darauf niederließ. »Es ist sehr schön bei Ihnen«, sagte sie. »Ihr Haus, Ihre Freunde – alles.«
»Vielen Dank.«
»Es wäre schön für ein Kind.«

Doris brachte ihnen zwei Gläser Rotwein, zwinkerte Amarna zu und verzog sich. »Ich war mit Walter und seinem Neffen im Atelier Ihres Mannes«, sagte die Ärztin. »Walter hat mir von der Ausstellung erzählt, die Sie sich wünschen. Urartu. Ich bin sehr angetan und biete Ihnen gern an, mich als Sponsor zu beteiligen.«

Amarna warf einen Seitenblick auf die Frau. Sie war alt genug, um Armans Mutter zu sein. Aber Arman hatte keine Mutter, und die meisten Frauen hinderte ihr Alter keineswegs daran, sich Hals über Kopf in seine Exotik zu verlieben. Das ist auch eine Art von Rassismus, dachte sie. Nach einem Mann wie nach einem Stück Fleisch zu gieren, weil er anders ist.

»Es tut mir leid«, sagte Lilly Greenstein.

»Was denn?«

»Mein Angebot beleidigt sie offenbar. In meiner Absicht lag das ganz und gar nicht, aber was kann man sich für Absichten schon kaufen? Ich finde das, was Sie machen, erstaunlich, ich finde das, was Ihr Mann macht, erstaunlich, und an dem, was Sie gemeinsam auf die Beine stellen, hätte ich gern Anteil. Nicht ohne Hintergedanken, das gebe ich zu. Wenn ich Ihre Ausstellung finanzieren würde – dürfte ich ihr dann einen Namen geben?«

Amarna fiel keine Antwort ein. »Was hätten Sie davon?«, fragte sie lahm. »Sie verschleudern eine Stange Geld für eine Ausstellung, die Ihnen völlig egal sein kann. Urartu, ein paar nicht entzifferbare Grabmäler vom Berg Ararat – weshalb sollten Sie sich dafür aus dem Fenster lehnen? «

»Gute Frage«, erwiderte Lilly Greenstein. »Weshalb sollte man sich überhaupt für irgendetwas aus dem Fenster lehnen, wo man doch froh sein kann, wenn einen niemand aus dem Fenster stößt? Ich würde Ihrer Ausstellung trotzdem gern einen Namen geben. ›Das ausradierte Volk‹ würde ich sie nennen, und diesen leeren Sockel, der bei Ihrem Mann ja schon zum Markenzeichen geworden ist, würde ich gern am Eingang postieren, unter einem Plakat mit ein paar Zeilen: Das Volk vom Berg Ararat ist nicht das letzte, das von Auslöschung bedroht ist, oder etwas in der Art. Meinen Sie, das ist machbar? Wäre uns vielleicht allen damit gedient?«

»Nein!«, rief Amarna. »Der leere Sockel wird nirgendwo postiert. Er gehört Arman. Kein anderer fasst ihn an.«

»Ist das nicht ein bisschen sonderlich? Diese Skulpturen, in denen das Herzblut des Künstlers steckt, darf jeder herumschieben, aber einen leeren Sockel nicht?«

Amarna biss sich auf die Lippe. Es geht dich nichts an, zischte sie der Frau in Gedanken zu. Er sagt es niemandem, nicht einmal mir. Weißt du, wie hart es mich ankommt, ihn nie danach zu fragen?

Lilly Greenstein vollführte eine so heftige Kopfbewegung, dass Amarna sie zum ersten Mal richtig ansah: so intensiv, dass ihr diesmal ihr Gesicht im Gedächtnis bleiben würde. Jede Falte, jede Linie, jeder zu tiefe Schatten. »Ich denke, ich bekenne jetzt besser Farbe«, sagte sie. »Bevor Sie mich für eine Geisteskranke halten oder für eine Lustgreisin, die schön gewachsenen Jünglingen nachsteigt. Ich täusche meine Bewunderung für Ihre Arbeit nicht vor, ich würde Sie tatsächlich gern unterstützen, aber vor allem geht es mir um den Hilfsbund, den ich versuche, ins Leben zu rufen. *Refugee Children's Movement.* Sagt Ihnen das etwas?«

Bewegung für Flüchtlingskinder. Nein, es sagte ihr nichts. Amarna starrte über ihre Schulter, sah eine Schar neuer Gäste und den Tumult, der um sie entstand. Es waren fünf Männer und zwei Frauen, die Arman von der *Tate Gallery* kannten und die jeden Samstag kamen. Drei von ihnen hielten aufgeblätterte Abendzeitungen in den Händen, und eine der Frauen, eine rundliche Blonde mit Kleinmädchenzöpfen, rief etwas in den

Raum. Arman befreite sich aus dem Kreis seiner Bewunderer. Alles Umzingelte, Hilflose fiel von ihm ab. Mit einem Satz war er bei den Ankommenden und riss dem ersten die Zeitung weg. Die Einzige, die von dem Aufruhr offenbar nichts mitbekam, war Lilly Greenstein. »Haben Sie schon einmal von der Jugend-Alijah gehört?«, fragte sie.
Amarna sah Arman mit der Zeitung zu und schüttelte den Kopf.
»Eine jüdische Organisation«, erklärte Lilly Greenstein. »Sie bemüht sich darum, dass jüdische Kinder ohne ihre Eltern Deutschland verlassen und nach Palästina ausreisen können.«
»Warum ohne ihre Eltern?« Amarna sah, wie Arman die Zeitung sinken ließ und etwas zu dem Mann zu seiner Linken sagte.
»Weil die Einwanderung ins britische Mandatsgebiet Palästina nur einer begrenzten Anzahl von Flüchtlingen gestattet ist.« Lilly Greensteins Stimme wurde hart. »Die Einwanderung in *alle* Länder, die bedrohten Menschen Zuflucht bieten könnten, ist nur in begrenzter Anzahl gestattet. Es wird immer mal wieder angeregt, dazu eine internationale Konferenz einzuberufen, Regierungen zu bewegen, ihre Quoten zu erhöhen, doch bisher ohne jeden Erfolg. Was bedeutet, dass nur ein Bruchteil der Ausreisewilligen überhaupt Visa erhält.«
Arman und der Mann zur Linken diskutierten mit lebhaften Gesten. Der schlaksige Seb versuchte sich einzumischen, wurde aber von Wally zurückgezerrt.
»Versuchen Sie einmal, sich in die Lage eines Elternpaars zu versetzen«, fuhr Lilly Greenstein fort. »Als Familie können Sie nicht fliehen, aber Sie könnten Ihre Kinder in Sicherheit schaffen. So wie Sie den Stein von Rosetta in einen Schacht der U-Bahn schleppen würden, ehe Sie zulassen, dass er zerschmettert wird.«
»Augenblick«, unterbrach Amarna, riss sich von Arman und dem Aufruhr los und wandte sich der Ärztin zu. »Wovon reden

Sie hier eigentlich, und was soll diese Dramatik? Sicher verfolgen wir die Lage in Deutschland mit Besorgnis, aber dort ist ja wohl kaum ein Kind in Gefahr, zerschmettert zu werden.«

»Nicht?« Lilly Greensteins Knopfaugen musterten sie. »Darf ich fragen, warum Sie eigentlich nicht in Deutschland leben? Sie sind doch Deutsche, richtig?«

»Ich bin Britin«, sagte Amarna, weil Arman das sagte, wenn jemand ihn fragte, ob er Türke sei. Sofort nach dem Erfolg der Ausstellung in der *Academy* hatte er beim Innenministerium ihre Einbürgerung beantragt. Im Allgemeinen machte man Zugereisten wenig Hoffnung, doch in ihrem Fall waren die begehrten Pässe anstandslos gewährt worden: Sie waren *everybody's darlings*, junge Erfolgsmenschen, auf die Britannien stolz war und die es sich einverleibte wie ein exotisches Gewürz, das dem Eintopf Flair verlieh.

»Das beantwortet meine Frage nicht«, erwiderte Lilly Greenstein. »Warum waren Sie so erpicht darauf, Britin zu werden? Ihr Vater gehört in Deutschland zu den führenden Altorientalisten. Ihnen hätte doch sicher jeder Weg offen gestanden.«

Amarna drehte sich zum Fenster und starrte in den Regen. »Mein Mann wollte nicht in Deutschland leben.« Die Frau hatte offenbar gründlich recherchiert, aus welchen Motiven auch immer. Es hatte keinen Sinn, ihr etwas vorzumachen. »Er hat Angst.«

»Das kann ich ihm nicht verdenken«, sagte Lilly Greenstein. »Ich hätte auch Angst an seiner Stelle. Jedes Volk, das lauthals ein anderes zu seinem Unglück erklärt, jagt auch mir Schauder über den Rücken.«

»Dr. Greenstein …«

»Ich bin ebenfalls Britin«, sagte die Ärztin. »Und ich gönne Ihnen und Ihrem Mann Ihre britischen Pässe von Herzen. Wie es aussieht, will man auf Pässe jedoch pfeifen und uns zwingen,

Armenier, Deutsche und Juden zu sein. Erzählen Sie mir nicht, Sie könnten sich dagegen erfolgreicher wehren als ich. Sie wollen ein Kind. Und Sie wollen Urartu, bei dem es Ihnen in Wahrheit nicht um ein Volk geht, das vor zweitausendfünfhundert Jahren von der Bildfläche verschwand, sondern um eines, das vor fünfundzwanzig Jahren noch da war. Habe ich recht?«

Amarna schwieg und hörte förmlich, was Lilly Greenstein dachte: Keine Antwort ist auch eine Antwort. Entgegensetzen ließ sich dem nichts.

»Jetzt ist es nicht mehr da, nicht wahr? Das Volk.«

»Nein.« Ihre Stimme schepperte wie Blech. »Jetzt ist es nicht mehr da.« Dann fuhr sie auf. »Hören Sie, Dr. Greenstein, ich bin sicher, Sie meinen es gut, aber ich wage zu bezweifeln, dass Sie unsere Lage beurteilen können. Meinem Mann steht der Frieden, den er sich gesucht hat, zu. Er ist ein Überlebender. Ein Davongekommener. Wissen Sie, was das bedeutet?«

»Zu meinem Glück weiß ich das nicht.«

»Hat Ihnen schon einmal jemand in den Bauch getreten? So lange bis Blut kam, und als es kam, noch einmal und noch einmal, bis das Blut floss und floss und nicht mehr aufhörte?«

Sie brach ab. Ihr Hals wurde eng, und sie schämte sich, weil sie nicht das mindeste Recht hatte, so etwas zu der Fremden zu sagen. Das gehörte Arman. Wer es sich aneignete, verletzte von neuem seine Unantastbarkeit.

Und dabei war sie noch nicht einmal weit gegangen. Sie hatte die Frau nicht gefragt: Haben Sie Ihrer Mutter beim Krepieren zugehört, weil Sie unter ihr lagen? Dem Röcheln an Ihrem Ohr, das immer leiser wurde? Dem Gurgeln von Blut, das schwächer wurde, bis alle Geräusche verstummten? Haben Sie Ihrer Mutter nicht helfen können oder Ihrem Vater oder Ihrer hochbegabten Schwester? Drückt Ihnen das für alle Zeit den Magen zusammen, sobald Ihnen jemand ein Stück Fleisch vorsetzt?

Ein Würgereiz lähmte Amarnas Kehle. Lilly Greenstein streckte die Hand nach ihrem Arm aus, doch Amarna wich zurück. »Ich wollte Ihnen nicht zu nahetreten.«

Doch, das wolltest du, dachte Amarna. Aber daran, dass es dir gelungen ist, bist nicht du schuld, sondern ich. »Mit uns sind Sie schlecht bedient«, rang sie sich ab. »Wenn Sie, wie Sie sagen, über Geld verfügen – warum finanzieren Sie damit nicht Ihr eigenes Projekt, statt sich unseres aufzuhalsen?«

»Weil ich Sie brauche«, erwiderte Lilly Greenstein. »Diese Steingesichter Ihres Mannes, die schreien, um nicht vergessen zu werden, und Ihre eigenen Gesichter, die auch schreien. Ich brauche das reizende Flüchtlingspaar, das Herzen berührt, weil ich nicht um Geld werbe, sondern um Menschen. Um Eltern, die ein Kind in ihre Familie aufnehmen. Die Jugend-Alijah und der Weg nach Palästina eignen sich nur für Zionisten, aber viele vom Tod bedrohte Kinder wussten bis vor kurzem nicht einmal, dass sie Juden sind. Ich suche Paare, die dafür bürgen, dass in dieser Stadt jemand auf sie wartet.«

Was geht das uns an?, hätte Amarna dazwischenrufen wollen, aber so etwas verbot sich von selbst. Lilly Greenstein sprach weiter: »Ihr Mann hat doch gar keinen Frieden, und Sie wissen das. Er haut auf Stein ein, weil das seine Art ist, wie ein Wolf um sein im Sand verscharrtes Volk zu heulen. Glauben Sie, er kann einfach weiter auf seinen Stein einhauen, während da drüben, hinter dem bisschen Meer, noch einmal einem Volk das Gleiche geschieht?«

»Ja!«, rief Amarna und sprang von der Bank. »Ja, das glaube ich, und warum darf er das nicht, warum ist das, was ihm herausgerissen worden ist, nicht genug?«

Lilly Greenstein hatte in den Regen gedeutet, als erstrecke sich tatsächlich das Meer dort, nicht nur der blauschwarze Streifen des Kanals. Amarna starrte in dieselbe Richtung, folgte den blitzenden Fäden, die winzige Krater in die Wasserfläche

schlugen. Dann vernahm sie hinter sich eine vertraute Stimme, kaum ein Wort, nur einen Laut, und drehte sich um.
Hinter ihr stand Wally. Der aber war nicht das Erste, was sie wahrnahm, sondern die Gruppe aus der *Tate Gallery*, die mit der Abendzeitung hereingekommen war und rasch weitere Gäste angezogen hatte. In dem Pulk wurde noch immer heftig diskutiert, doch Arman war nicht mehr bei ihnen. Das war das Erste, was Amarna wahrnahm: Arman war nicht mehr da.
Wally murmelte etwas, das sie hörte, aber nicht verstand.
»Wo ist Arman?«, rief sie.
»Reg dich nicht auf«, sagte Wally.
»Verdammt, wo ist Arman?«, schrie Amarna.
Wally sprang zu ihr und packte sie an den Schultern. Zu ihrer Überraschung tat sein Griff ihr weh. »Ich habe gesagt, du sollst dich nicht aufregen!«
Eine Traube von Menschen schloss zu ihnen auf. Die Leute von der *Tate,* Dexter und Doris, und dazwischen der viel kleinere Bülent, dessen Wattehaar vom Schlaf zerzaust war. »*Sevgilim«*, sagte er.
Amarna wollte zu ihm laufen, aber Wallys Griff war eisern. »Lass ihn«, sagte er direkt an ihrem Ohr. »Er hat seit Wochen mit sich gekämpft, er wollte dir das nicht zumuten, aber dieser Tropfen hat das Fass zum Überlaufen gebracht.«
»Was für ein Tropfen?« Amarna schrie noch immer.
Dexter schob sich zu ihnen und streichelte Amarnas Arm. »Dieser Hitler ist in Österreich einmarschiert«, erklärte er.
»Was heißt denn einmarschiert?«, fiel sie ihm ins Wort. »Wir haben doch 1938, es kann keiner einfach so in ein anderes Land einmarschieren, das ist gegen das Völkerrecht!«
Wie ein Echo hallte ihr in den Ohren, was Arman vor ein paar Wochen gesagt hatte: Als Mussolini in Abessinien einmarschiert ist, hatte der Völkerbund leider Besseres zu tun.

Dexter zuckte die fleischigen Schultern, dass das Jackett spannte. »Keine Ahnung, Marnie. Der *Evening Standard* schreibt, die Österreicher wollten das so.«

Amarna versuchte, ihre Gedanken zu ordnen, doch sie entglitten ihr. Übrig blieb nur der eine: »Wo ist Arman?«

Wally packte sie fester. »Du musst ihn gehen lassen. Wenn er kein Recht dazu hat, wer dann?«

»Wohin gehen, Wally?« Amarna wand sich. *»Wohin gehen?«*

Wally hielt sie noch immer, doch er sah ihr nicht in die Augen. »Die *Royal Air Force* ist dabei, ihre Reihen aufzustocken«, sagte er. »Sie suchen Freiwillige, die sich in einem Schnelllehrgang zu Piloten ausbilden lassen.«

»Nein.« Amarna warf sich nach hinten und riss sich von Wally los. »Du hast ihn doch nicht gehen lassen?«, rief sie und lief auf Bülent zu. »Wie kannst du ihm das erlauben, ausgerechnet du!«

Bülent war ein frommer, gottesfürchtiger Muslim, im Innersten überzeugt, dass man eine aus den Fugen geratene Welt bewahren konnte, indem man einen einzigen Menschen bewahrte. Er hatte Arman vor seiner Tür gefunden, die Stufen von Blut verklebt. »Als ich dieses Restchen Leben gesehen habe, habe ich doch nicht Armenier oder Türke gedacht«, hatte er Amarna erzählt. »Ich hab nur eines gedacht: Menschenkind, stirb mir nicht.«

Wie hatte er ihn jetzt gehen lassen können, seinen kostbaren Findling, den er in seinem Haus versteckt hatte, obwohl darauf die Todesstrafe stand? »Ich bin kein Held«, hatte er gesagt. »Ich hatte einen zu Gelump geprügelten Jungen in den Armen, der an seinem eigenen Blut fast erstickte. Wer hätte da Zeit, ein Held zu sein?«

Für Amarna war er der einzige Held gewesen, den sie kannte, aber jetzt war er keiner mehr. Er hatte Arman nicht aufgehalten. Sie wollte mit den Fäusten auf seine Brust eintrommeln, doch auf kleine Greise, die einem kaum bis zur Nase reichten, trommelte niemand ein. Kraftlos ließ sie die Fäuste sinken, sie war halbblind, und um sie drehte sich der Raum.

»Der macht das doch richtig, der Hitler.« Das war die dünne Stimme von Seb. »Was der will, das nimmt der sich, und auf die, die's ihm verbieten wollten, scheißt er. Nicht so wie unsere Schlafmützen, die sind doch bloß Marionetten vom Weltjudentum.«

»Du hältst deinen dummen Mund.« Im Nu ragte Wally vor ihm auf und holte aus. Das Klatschen der Ohrfeige sorgte für Stille. Wäre Arman da gewesen, wäre er Wally in den Arm gefallen und hätte vergessen, dass er sich das Fluchen abgewöhnt hatte.

Gleich darauf kam Wally zurück und nahm Amarna wieder bei den Schultern. Sie hasste es, dass er sich so etwas herausnahm, und wollte ihn in die Schranken weisen, stellte aber fest, dass ihr die Kraft ausging wie einem geplatzten Reifen, aus dem zischend Luft entwich.

»Die Annexion von Österreich bedeutet noch lange keinen Krieg«, sagte er. »Und eine Pilotenausbildung ist noch kein Einsatz an der Front.«

»Mein Mann ist nicht tauglich«, trumpfte Amarna auf. Wenn sie Arman bloßstellen musste und aufdecken, was er vertuschte, dann würde sie es tun. »Sein Arzt sagt, er hat kaum einen Knochen im Leib, der nicht gebrochen war.«

»Darüber entscheidet der medizinische Stab der *Royal Air Force*«, sagte Wally. »Nicht du, nicht ich und nicht Arman.«

»Er ist Ausländer!« Sie hörte sich an wie eine Bettlerin, die verhungern würde, wenn ihr nicht jemand ein Stück Brot hinwarf.

»Britischer Staatsbürger«, entgegnete Wally. »Und selbst gegen einen türkischen Pass hätte nichts gesprochen, da ihr seit mehr als fünf Jahren hier lebt. Die RAF braucht Piloten, Marnie. Die nehmen derzeit jeden, der halbwegs gerade stehen kann und nicht älter als dreiunddreißig ist.«

»Arman ist vierunddreißig.«

»Das habe ich ihm auch erklärt«, erwiderte Wally. »Aber er hat gesagt, wenn es sein muss, kann er genauso gut lügen wie stehlen.«

# ZWEITER TEIL

## *Berlin, London, Doğubeyazıt*

»Hier war mein Glück zu Hause. Und meine Not.
Hier kam mein Kind zur Welt. Und musste fort.
Hier besuchten mich meine Freunde.
Und die Gestapo.«

MASCHA KALÉKO

# 9

## EVA
## BERLIN. OKTOBER 1937

Abscheulich. Kaputt. Entartet. Verdorben.

Die Worte hämmerten in Evas Kopf. Seit vier Monaten, seit dem Raub ihrer Bilder, hatte das Hämmern der Worte nicht mehr aufgehört. Es waren lediglich neue hinzugekommen, der Hammer spitz und hart wie der Bossentreiber, mit dem Bildhauer Spalte in Stein trieben. Jedes Wort trieb einen Spalt in Evas Schläfe:

Gequälte Leinwand.

Seelische Verwesung.

Krankhafte Fantasten.

Geisteskranke Nichtskönner.

Das hatte Zeile für Zeile auf den Handzetteln gestanden, die in den Straßen verteilt worden waren, um zum Besuch der Ausstellung aufzufordern. Blutrote Handzettel. Damals, für Evas erste Berliner Ausstellung, hatte Alfred Renke-Levin ebenfalls Handzettel drucken lassen, die in harmlosem Weiß gehalten waren. *Atemberaubend und nie dagewesen,* hatte in der Kopfzeile gestanden. *Eva Löbel fängt auf der Leinwand ein, was dem Blick verborgen bleibt.*

Über die Formulierung hatten sie endlos debattiert. Eva erschien sie zu betulich, zu zahm, zu wenig provokant. »Klingt

wie im Raritätenkabinett«, hatte sie gesagt. »Eva Löbel, Kalb mit drei Köpfen, tausendmal gesehen, reißt nicht mal die tatterigste Oma vom Hocker.«
Letztendlich hatte sie sich gefügt, weil man das als unbekannte Malerin auf Berlins umkämpftem Pflaster eben tat. Insgeheim aber hatte sie sich eine andere Ausstellung gewünscht, eine große, spektakuläre, die nicht nur vom Hocker riss, sondern schockierte. Die nicht den Atem raubte, sondern das Blut in den Adern gefrieren ließ.
Die hatte sie bekommen. Zwar nicht in Berlin, doch dafür in München, das sich rühmte, die Kunststadt Deutschlands zu sein. Zwar nicht für sich allein, doch dafür zwischen den Werken von Meistern, auf deren Gesellschaft sie unter anderen Umständen maßlos stolz gewesen wäre. *Entartete Kunst* hieß die Ausstellung. Ein Bossentreiber war ein hartes Werkzeug, das Brocken aus Granit schlug. Die Worte *Entartete Kunst* waren noch härter. Sie schlugen Brocken aus Evas Herz.
Zwei ihrer Bilder – der junge Mann, den Chaja den traurigen Clown nannte, und die Frau, auf die niemand wartete – waren nach München geschleppt und in die Ausstellung *Entartete Kunst* gehängt worden. In eine Ausstellung, die von München aus durch das gesamte Reich wandern und allen Deutschen zeigen sollte, wie geisteskranke Nichtskönner malten. Wie Kunst aussah, von der die deutsche Seele krank wurde und verweste.
Damals, im Juni, war Eva Amok gelaufen. War von Pontius zu Pilatus gerannt, um herauszufinden, was mit ihren Bildern geschehen war. Amok lief sie noch immer, selbst wenn sie still saß, wenn Wilma und Paul wagten, aufzuatmen. Die zwei waren derart rastlos um sie bemüht, dass Eva sich schämte. Womit hatte ausgerechnet sie solche Freunde verdient? Wilma und Paul wichen nicht von ihrer Seite, überschütteten sie mit ihrem *Pernod*, ihrer Zärtlichkeit, ihren Durchhalteparolen, und Eva

war nicht einmal in der Lage, es ihnen mit einem Lächeln zu danken.
Tief im Innern wünschte sie sich, dass die beiden Chaja nähmen und gingen, damit sie, Eva, allein sein konnte. Sie wollte keine Liebesbezeugung, sie wollte nicht einmal *Pernod* und erst recht kein Es-wird-alles-wieder-gut. Sie wollte nur eines: kreuz und quer durch ein Land jagen, das verrücktspielte, und ihre Bilder finden. Ihre Bilder und die Steinriesen, die noch unwiederbringlicher waren.
Wilma und Paulchen taten, was sie konnten. Es war nicht ihre Schuld, dass Eva sich nicht beruhigen, nicht warnen, nicht aufhalten ließ. Wilma verkaufte Schnaps und Schmalzstullen, und Paul schrieb Gutachten über irgendwelche alten Tonscherben. Wie es sich anfühlte, ein Menschengesicht auf Papier zu bannen und es dann zu verlieren, konnte keiner von ihnen ahnen.
»Jetzt reg dich doch nicht schon wieder so auf, *bijou*«, sagte Wilma auch heute und versuchte, Eva zu umarmen. »Du hast doch ganz andere Sorgen.«
Seit jenem Abend im Juni hatte Eva das Gefühl, aus Glas zu sein – aus hoch erhitztem Glas, das bei Berührung zersprang.
»Ich habe *keine* anderen Sorgen«, erwiderte sie und kämpfte sich frei. »Ich will meine Bilder. Sonst nichts.«
*»Et merde!«*, rief Wilma. »Die Bilder sind doch nicht aus der Welt. Ja, sie haben sie abgeholt, und das schreit zum Himmel, aber spätestens, wenn diese ganze braune Scheiße vorüber ist, müssen sie dir die ja wohl wiedergeben.«
Ihr Vater hatte ihr das Bild von der Mutter nicht wiedergegeben. Ihre Zeichenlehrerin hatte ihr die Bilder mit den kaputten Fratzen auch nicht wiedergegeben. Eva überlegte. Sie konnte sich nicht erinnern, wie jene Bilder ausgesehen hatten, sie konnte sich nicht einmal richtig erinnern, wie ihre Mutter ausgesehen hatte. Ihre Bluse sah sie noch vor sich, den steifen,

nicht ganz sauberen Stoff auf der Brust, doch wenn sie sich ihr Gesicht vorstellen wollte, verblasste die Form und wurde leer, ohne Züge, wie eine Puppe zum Aktzeichnen.

Eva erschrak. Wie sahen die Bilder aus, die die Nazis ihr gestohlen hatten? Verschwammen diese ebenfalls schon, wenn sie versuchte, sie sich ins Gedächtnis zurückzurufen? Sie musste sie wiederbekommen, jetzt und nicht erst, wenn die braune Scheiße vorüber war. Ohne ihre Bilder war sie wie im Innern ausradiert.

»Ich muss gehen.«

So hatte sie etliche Male jede Diskussion beendet, war aufgesprungen und hatte das *Babeurre* verlassen. Jetzt wollte sie es wieder tun, sie wurde verrückt, wenn sie länger als eine Stunde tatenlos in einem Raum saß. Zumal sie inzwischen endlich zu wissen glaubte, was mit ihren Bildern – und womöglich mit den beiden Skulpturen, die noch wertvoller waren – geschehen war. Zwei von ihnen waren also in die Münchner Hofgartenarkaden geschafft worden, um in der Ausstellung *Entartete Kunst* zu hängen wie am Pranger: geschmäht, dem Hohn preisgegeben, weit weg von ihrer Schöpferin, die sich hätte vor sie stellen können.

Lieber hätte Eva sich selbst mit Dreck bewerfen lassen als ihre Bilder. Ihre Bilder, das war sie selbst, der Rest war nur eine Hülle.

Einen Tag vor der Eröffnung der Ausstellung war ein paar Straßen weiter die bombastische Halle, die Hitler sich hatte bauen lassen, das *Haus der Deutschen Kunst,* mit einem Festakt eingeweiht worden. Dort fand zeitgleich die *Große deutsche Kunstausstellung* statt, die zeigte, was fortan in Deutschland erwünscht war: Gefällige Gesichter wie die von Gertrud und Sibylle, brave Mittelmäßigkeit von Pinselaffen, die keine Schläge auf Herz und Mut verdienten.

Von Evas Bildern hingegen blieb nur der rote Handzettel. *Für Jugendliche verboten* stand darauf, damit keine zarte Seele von ihrem schändlichen Geschmier verdorben würde. Die Menschen auf den Bildern hatten ihre Würde verloren, sie würden nie mehr dieselben sein. Aber wie sollte sie das Wilma und Paul erklären, die sich so verzweifelt bemühten, ihr zu helfen?

Sie erklärte besser gar nichts, sondern ging und versuchte zum hundertsten Mal, das Übrige zu retten. Vor allem das Beste, was sie in ihrem Leben geschaffen hatte: die Steinriesen aus Babelsberg. Sie waren monumental wie die leblosen Muskelpakete, die Hitler sich vor sein Olympiastadion hatte stellen lassen, doch ihr sardonisches Grinsen war fragil wie Menschenhaut. Wenn Eva sie nicht verlieren wollte, musste sie sie wiederfinden und in haltbares Material übertragen. Gips beispielsweise. Sie hatte bislang nie mit Gips gearbeitet, wusste nicht einmal, wo sie eine solche Arbeit in Angriff nehmen sollte, aber eines wusste sie: Sie musste es tun. Ohne die Steinriesen war alles hinfällig, ohne den Gipfel war die Mühe des Weges umsonst.

Und dann, als sie schon zu fürchten begann, ihr ginge die Kraft aus, hatte ihre verzweifelte Suche in Galerien, Akademien und Amtsstuben doch noch Erfolg. Sie hatte jeden Menschen bestürmt, der vom Verbleib ihrer Werke auch nur das Geringste ahnen konnte, und endlich hatte sich einer erbarmt. Wilhelm, ein wilder Dadaist, der sich vor Jahren den Leib grün bepinselt hatte, ehe er mit ihr ins Bett gestiegen war, hatte ihr gesteckt, was sie um jeden Preis wissen wollte: Die meisten in Berlin beschlagnahmten Kunstwerke waren nach Kreuzberg verschleppt worden, in den Viktoriaspeicher, ein Lagergebäude im Osthafen.

Das Gebäude war ausladend und hatte fünf Stockwerke mit himmelhohen Decken. »Wenn du Monumentalskulpturen vermisst, wirst du da wohl fündig«, nuschelte Wilhelm so dicht an ihrem Gesicht, als wollte er sie küssen. »Aber ich hab nichts gesagt, verstehst du? Ich hab Kinder, für mich geht's um alles. Und du tust auch besser daran, diese Skulpturen abzuschreiben. In Sicherheit wiegen kann sich keiner von uns. Und hat nicht irgendwer erzählt, der schöne Martin hätte sich davongemacht, weil mit deiner Herkunft was nicht stimmt?«

Der ehemals grün bepinselte Dadaist malte jetzt Landschaften mit kernigen Bauerntöchtern und war Hitlers Partei beigetreten. »Nicht aus Überzeugung«, hatte er kläglich beteuert, als wäre nicht Eva der Bittsteller, sondern er. »Aber von irgendwas muss der Mensch doch leben.«

»Von Kartoffelsuppe«, hatte Eva erwidert und war gegangen. Was das bedeutete, würde sie Wilhelm nicht erklären. Sie würde es niemandem erklären, denn es tat zu weh, daran zu denken. Außerdem war ihr egal, wovon Wilhelm, der Grün-Braune, lebte, sie wollte nur ihre Steinriesen zurückhaben.

Am besten ginge sie jetzt los, hinaus in den Regen, und schnappte sich ein Taxi, obwohl das für Juden verboten war. Eva Löbel sah nicht aus, wie Taxifahrer sich eine Jüdin vorstellten, nicht verhärmt und unterwürfig, sondern forsch, frech und so schön, wie es Jüdinnen in Hitlerland gewiss verboten war. Außerdem hatte sie Geld. Sie würde ein Taxi auftreiben, und wenn sie ihre Riesen gefunden hatte, auch einen Transportunternehmer, der sie ihr in die Bleibtreustraße schaffte.

Wie sie die zwei Riesen die Treppen hinauf bis in die Wohnung bekäme, war das kleinste Problem. Sie hatte Paul und Wilma, die ihr nichts abschlugen, selbst wenn sie es für verrückt hielten, und der Blockwart war ein Schrumpfgermane, der zu sabbern begann, sobald er ihr, der verabscheuungswürdigen Jüdin, leibhaftig gegenüberstand. Wenn sie die Skulpturen flach hinlegen ließe, würden sie das gesamte Wohnzimmer ausfüllen, aber sie wären immerhin in Sicherheit.

Mit vier raschen Schritten war Eva bei der Tür.

»Eva.« Paul, der sonst viel zaghafter mit ihr umging als Wilma, stellte sich ihr in den Weg. »Bitte, Eva – du darfst das nicht.«

»Ich darf *was* nicht?«, blaffte sie. »Mir meine Arbeiten zurückholen? Lass mich vorbei, Paul. Ich habe keine Zeit für Erklärungen, die ihr sowieso nicht versteht, und ich nehme euch auch nichts übel. Ich will nur wiederhaben, was mir gehört.«

»Du nimmst uns nichts übel?« Das kam von Wilma hinter dem Tresen, wo sie versuchte, Chaja mit ein paar Bierfilzen und einer Schachtel Farbstifte beschäftigt zu halten. Chaja war anders geworden seit jenem Abend, ein völlig anderes Kind. Still. Ohne Ansprüche. Verkrochen in sich selbst. »Heilige Scheiße, wenn du so weitermachst, bist du es, der du etwas übelnehmen musst.«

»Ich wüsste nicht, warum«, sagte Eva.

»Weil du für die arme *chou-chou* zu sorgen hast!«, platzte Wilma los. »Ja, dir ist übel mitgespielt worden, und das Schwein Martin Serner soll mir im Leben nicht mehr unter die Augen kommen, aber du darfst doch deshalb nicht den Verstand verlieren. Du bringst dich in Gefahr, begreifst du das nicht? Um deine Sicherheit musst du dich kümmern, nicht um Bilder – die werden nicht in Lager verschleppt oder totgeschlagen.«

»Doch, genau das werden sie!«, schrie Eva, die sich auf einmal wie blind fühlte. So war es immer, wenn einer erwähnte, was Martin getan hatte: seine Liebe, die alles aushielt, für Kartoffelsuppe verkauft. Wenn jemand daran rührte, verstellte es Eva den Blick. »Meine Bilder sind verschleppt worden«, sagte sie. »Und wer weiß, ob sie nicht totgeschlagen werden – zerrissen und zerstört.«

»So etwas darfst du nicht einmal denken!« Paul hob die Hände, um nach Eva zu greifen, hielt dann jedoch inne. »Deine Bilder sind Kunstwerke, und Kunst ist das, was von uns übrig bleibt.

Wer sie vernichtet, vernichtet Erinnerung, und nicht einmal die Nazis würden so weit gehen.«

Paul war ein reizender Mann, einer, den sie sogar ihrer Mutter in Niedernhausen als Schwiegersohn hätte vorstellen können. Aber machte ihn das überzeugend? In den Nebeln, die Eva die Sicht raubten, glaubte sie, ihre Steinriesen zu erkennen, die gepackt und davongeschleift wurden. Stein, selbst solcher aus Pappmaché, konnte nicht schreien vor Schmerz, nur sardonisch grinsen.

»Lass mich gehen«, sagte Eva zu Paul.

Paul ließ die Arme sinken. »Wilma hat recht«, sagte er. »Ich wollte diese Karte nicht gegen dich ausspielen, aber du musst an dein Kind denken.«

Das brauchte nicht ausgerechnet Paul, der Chaja geradezu ängstlich aus dem Weg ging, ihr zu sagen. Eva hatte es sich selbst schon gesagt. Hunderte von Malen. Chaja hatte ihren Vater verloren. Das in Liebe eingesponnene Sonnenscheinkind hatte seine heile Welt verloren und durfte nicht obendrein seine Mutter verlieren. Aber sich das zu sagen half nicht. Eva, die stundenlang mit Chaja gemalt und erzählt, gelacht und sich gebalgt hatte, schaffte es jetzt kaum noch, das Kind zu füttern und mit sauberer Kleidung zu versorgen. Und einen anderen gab es nicht mehr. »Frau Klagenfurt wird mich begleiten, aber Fräulein Podewils bleibt bei dir und wird sich auch um den Haushalt kümmern«, hatte Martin erklärt, um ihr oder sich zu beweisen, wie fürsorglich er seinen Verrat organisiert hatte.

Lob bekam er dafür nicht. Eva hätte kein Wort herausgebracht, und das fürsorglich organisierte Fräulein Podewils blieb nicht lange. »Das ist ja jetzt gar nicht mehr erlaubt, dass Deutsche beim Juden im Dienst stehen«, hatte sie zu Eva gesagt.

Offiziell stand sie zwar nicht *beim Juden*, sondern bei Hagen Fidelis im Dienst, doch das spielte offenbar keine Rolle. So wie es auch keine Rolle mehr spielte, dass sie Chaja allmorgendlich

an sich gedrückt hatte, bis diese protestiert hatte: »Nicht so fest, Podewils'chen, sonst geh ich noch kaputt!«
Zum Abschied drückte sie Chaja nicht. »Ich brauche kein Zeugnis«, sagte sie zu Eva. »Dass ich beim Judenkind war, macht sich nicht gut.«
Judenkind. Chaja. Martin Serners Tochter.
»Ich wollte dir nicht weh tun.« Verzagt berührte Paul ihre Wange.
Eva wich zurück. »Das weiß ich«, sagte sie. »Ihr beide seid das Beste, was einem in diesem verfluchten Mist passieren kann, aber ich kann meine Arbeit nicht den Schlächtern zum Ausweiden lassen. Meine Arbeit, das ist mehr ich als ich, und wenn ich das nicht habe, hat Chaja auch nichts von mir.«
Wie aus Gewohnheit flog ihr Blick zu ihrem Kind. Früher hätte Chaja den Kopf gehoben und sich empört: »Warum redest du über mich? Ich bin doch da, du kannst doch mit mir reden!«
Jetzt reagierte sie nicht einmal, sondern strich schweigend den Farbstift über den Bierfilz. Das Haar fiel ihr vors Gesicht, so dass sie unmöglich sehen konnte, was sie malte. Sie hatte sich in der Tat verändert. Aus der Königstochter, dem kleinen Star von Babelsberg, war ein Judenkind geworden, dem ein Platz einem deutschen Kindergarten verwehrt worden war.
*Jüdischer Mischling ersten Grades*, hatte Eva auf dem Formular ankreuzen müssen. Ihr war übel geworden. Eine Woche später erhielt sie die Papiere per Einschreiben zurück. Auf dem Formular prangte der Stempelaufdruck: *Aufnahme abgelehnt.*
An jenem Abend hatte sie Chaja die venezianische Kette mit dem Davidstern um den Hals gelegt, den ihre Schwester Esther ihr zu Chajas Geburt geschenkt hatte. Warum sie das tat, hätte sie keinem Menschen erklären können, und von ihrer Schwester hatte sie nie mehr etwas gehört.
»Ich weiß nicht, wie ich es dir erklären soll«, begann Paul. »Du bist kein unbeschriebenes Blatt, Eva. Wenn du in der Stadt

herumläufst, gegen die Nazis wütest und deine Werke zurückverlangst, bringst du dich in eine Gefahr, die keiner von uns ermessen kann. Leute sind schon für viel weniger verhaftet worden und entweder gar nicht wiederaufgetaucht, oder …«

»Oder was?«

Paul blickte zu Boden, scharrte mit der Spitze seines schlecht polierten Schuhs auf den Fliesen. »Es gibt Dinge, über die möchte ich nicht nachdenken«, murmelte er. »Weil man sonst überhaupt nichts mehr wagt, keinen Schritt aus seinem eigenen Haus. Ich komme mir jetzt schon tagtäglich wie ein Feigling vor.«

»Ich nicht«, versetzte Eva kalt. »Wenn die meinen, sie müssen mich umbringen, weil mir meine Arbeit zu schade für ihre Jauchegrube ist, dann sollen sie das eben tun.«

»Und was wird aus deiner Tochter?«, rief Wilma. Sie hatte die Kellerklappe geöffnet, war hinuntergestiegen, um Flaschen zu holen, und ihre Stimme drang dumpf herauf. »Ich habe dir gesagt, ich hätte mir im Leben kein Kind angeschafft, und weißt du auch, warum? Weil man dann im Notfall nicht mal krepieren darf. Du hast aber eines. Und da das Schwein von Vater den Schwanz eingekniffen hat, ist für dich Krepieren nicht drin.«

»Dass Martin ein solches Schwein ist, glaube ich nicht«, ließ Paul sich leise vernehmen.

»Was soll das denn heißen?« Wilmas Kopf tauchte aus der Kellerklappe auf wie ein Frosch aus dem Tümpel. »Einer, der nicht nur seine Frau, sondern sein eigenes Kind einem Haufen von irren Mördern überlässt, soll kein Schwein sein? Die Einzigen, die sich das verbitten dürften, sind die armen Schweine.«

»So ist es doch nicht.« Pauls Stimme war noch immer so leise, dass Eva Mühe hatte, ihn zu verstehen. »Er überlässt ihnen Eva und Chaja ja nicht, sondern bemüht sich, sie zu schützen.«

»Du komischer Quarkschädel in deinem Elfenbeinturm, du bist zu gut für die Welt«, brummte Wilma.

»Ich versuche nur, nicht in jedem, den ich als angenehmen Zeitgenossen kannte, auf einmal den Teufel zu sehen«, sagte Paul. »Wir können unmöglich über Nacht ein Volk von Dämonen geworden sein – genauso wenig wie eines von Helden.«
»Aber eines von Arschlöchern«, versetzte Wilma. »Ein Held zu sein verlangt ja keiner von dem Serner – ein anständiger Kerl hätte völlig genügt.«
»Weißt du, was mir Angst macht?«, fragte Paul. »Dass das in unserer Zeit das Gleiche zu sein scheint. Man setzt sich doch mit jedem Wort, das man nicht ausspricht, schon ins Unrecht. Weißt du, wofür bei uns in den Fakultäten jetzt Leute gesucht werden? Für eine Forschungsgruppe zur Lage von Atlantis. *Atlantis!* Ich bitte dich. Wir sind Wissenschaftler, keine Scharlatane, und wir schweigen dazu!«
»Hast du keine anderen Sorgen?«, blaffte Wilma. »Wenn nicht, übereigne ich dir hiermit mein Leben, und du kannst mir deins mit der Post schicken. Als Werbesendung. Zu acht Pfennigen.«
»Atlantis, die Geburtsstätte der arischen Rasse«, stammelte Paul, ohne darauf einzugehen. »Dafür vergibt man jetzt Forschungsgelder. Ich bin eigentlich kein Mann, der solche Plattitüden gern nachbetet, aber in dem Fall glaube selbst ich, der arme Plato würde sich im Grabe umdrehen.«
»Und hat das für irgendeinen Menschen Konsequenzen? Für einen lebenden, meine ich. Nicht bei den Mumien eingegraben wie ihr in eurem Institut.«
»Professor Brandstätter, einer der führenden Köpfe der Altertumswissenschaft, hat ein Veröffentlichungsverbot erhalten, weil er diese Atlantis-Theorie öffentlich als Unsinn bezeichnet hat«, erwiderte Paul.
Eva, der das Wortgefecht der beiden an den Nerven zerrte, wollte sich schon an ihm vorbeischieben, da wandte er sich noch einmal an sie. »Mir kommt es vor, als ziehe die Bedro-

hung immer weitere Kreise«, sagte er. »Sei vorsichtig, Eva. Wenn du um jeden Preis herausfinden musst, wo deine Werke aufbewahrt werden, dann geh bitte zu Martin. Lass ihn Erkundigungen einziehen, aber fahr auf keinen Fall auf eigene Faust zum Viktoriaspeicher. Was sie mit Leuten machen, die sie festnehmen, weiß ich nicht genauer, als ich es dir gesagt habe. Und bei Gott, ich möchte es auch nicht wissen.«

# 10

Warum sie sich schließlich dafür entschied, auf Paul zu hören, war Eva nicht ganz klar. Gewiss nicht, weil das, was ihr passieren mochte, sie schreckte. Was konnte es Schlimmeres geben als das, was ihr bereits passiert war? Angst hatte sie nicht, und dennoch nannte sie dem Taxifahrer Martins Adresse in Lichterfelde, statt ihn zu bitten, sie an die Spree, zum Viktoriaspeicher, zu fahren wie geplant.

Vielleicht weil sie das Aussichtsreichste tun wollte, um ihre Steinriesen wiederzubekommen. Sie waren zerbrechlich und brauchten Platz, außerdem mussten sie den Nazis über die Maßen verhasst sein, weil entartete Kunst einfach nicht so gut sein durfte. Damit waren sie mehr als der Rest ihrer Arbeit gefährdet, aber Martin hatte sie geliebt wie sie. Sie gehörten zu seinem schönsten Film, und er würde ihr helfen, sie zu bewahren. Er hatte Eva und Chaja preisgegeben, aber er konnte nicht das Beste preisgeben, was er je gemacht hatte.

Das war als Grund gut genug. Doch es gab noch andere.

Vielleicht fuhr sie zu Martin, weil sie mit ihm über Chaja reden musste. Nachdem die Behörde, die sich Nationalsozialistische Volkswohlfahrt nannte und als Träger für den Kindergarten fungierte, ihren Aufnahmeantrag abgelehnt hatte, hatte Eva einen Brief geschrieben und um einen Platz für ihre Tochter regelrecht gebettelt. Sie durfte Wilma nicht auf ewig ausnutzen, und sie selbst hatte keine Kraft, die sie Chaja hätte geben können. Chaja aber brauchte Kraft. Sie sollte wieder sie selbst sein, vorlaut, gewitzt und gescheit, nicht eingeschüchtert und linkisch, wie Eva es in ihrem Alter gewesen war. Der Kindergarten würde ihr guttun. Chaja liebte Menschen, sie stand so gern im Mittelpunkt, und das zurückgezogene Leben, das sie neuerdings führten, schadete ihr.

Die Behörde hatte Eva umgehend geantwortet. Das war auch neu im Hitlerland: Während in der Republik briefliche Anfragen ständig verschlampt worden waren, erhielt man von Nazi-Ämtern auf alles eine Antwort:

> An Frau Eva Löbel, wohnhaft bei Hagen Fidelis, Bleibtreustraße 12.
>
> Nachdem Sie uns durch Ihr Schreiben vom 4. Oktober 1938 zur Kenntnis gebracht haben, dass es sich bei Ihrer am 2. Juni 1933 geborenen Tochter Chaja Christiane Löbel angeblich nicht um eine Volljüdin im Sinne der Ersten Verordnung zum Reichsbürgergesetz vom 14. November 1935 handelt, sondern um einen jüdischen Mischling im Sinne derselben Verordnung, wäre eine Unterbringung der Löbel in der von Ihnen benannten Einrichtung unter gewissen Umständen möglich.

Wie lange brauchten Menschen, um einen solchen Galgenstrick von Satz aufs Papier zu bringen? Eva hatte versucht, ihn zu lesen, und hatte sich darin wie in Fesseln verfangen. Noch weniger verstanden hatte sie das, was folgte: Chaja als jüdischer Mischling ersten Grades konnte unter Umständen in den Kindergarten aufgenommen werden – aber nur wenn Eva nachwies, dass *die Löbel* tatsächlich ein jüdischer Mischling ersten Grades war.

Nein, sie ist keiner, hätte Eva schreien wollen. Sie ist Chaja, Kind der Leidenschaft, gezeugt zwischen Wiesenkräutern, Champagner, Steinriesen und Liebe, die alles aushält. Geliebt von Hagen Fidelis, Doktor Paul Vollmer, Wilma Duvenage, ganz Babelsberg und halb Berlin. Angebetet von ihrem Vater, der ein Lächeln nur für sie allein hat. All das hätte sie der Behörde mit ihren Galgenstricksätzen erklären wollen, doch stattdessen musste sie beweisen, dass Chaja ebendies war – ein jüdischer Mischling ersten Grades. Das aber konnte sie nicht: Auf der Geburtsurkunde ihrer Tochter stand, wie seinerzeit von Hagen erdacht und von Eva kaum beachtet: Vater unbekannt.

Sie musste mit Martin sprechen. Sie war es Chaja schuldig.

Waren das ihre einzigen Gründe, Chaja und die Steinriesen? Das Taxi schoss durch den regnerischen Abend, der schon in die Schwärze der Nacht hinüberglitt. Es waren *nicht* die einzigen Gründe, aber der dritte schnürte Eva die Kehle zu: Sie fuhr in einem Taxi durch dunkle Alleen, in denen jedes Gartentor, jede aufragende Villenfassade Privatheit atmete, weil sie nach vier Monaten noch immer nicht glauben konnte, was ihr angetan worden war.

Vier Monate lang hatte sie Martin seinen Frieden gelassen. Sie, Eva Löbel, die sich nicht gescheut hatte, einen Liebhaber in einer Kneipe voller Menschen zu ohrfeigen oder ihm in seinen trauten vier Wänden ein Glas Krimsekt über die pomadisierte Haarpracht zu kippen. Sie war berüchtigt dafür. Mit Eva Löbel trieb man kein Spiel, das nicht nach ihren Regeln ausgelegt war.

Hagen Fidelis war sich dessen bewusst gewesen und hatte sie wie ein Bettler angefleht.

»Ich bitte dich, Eva, dreh Martin keinen Strick daraus. Er wird für dich sorgen, er würde alles für dich tun, und du weißt das. Die Wohnung bleibt dir. Dein monatlicher Unterhalt bleibt dir. Und wenn du dich entscheiden könntest, deinen Wohnsitz nach Schweden oder meinetwegen auch nach Frankreich zu verlegen, würde Martin dir dort ein Dasein im Luxus bereiten.«

Eva versagte die Stimme. Sie hätte Hagen nicht einmal fragen können, ob er sie nicht wieder Fräulein Löbel nennen wolle, wenn er so mit ihr sprach.

»Du kannst von uns haben, was du willst«, hatte er gewinselt. »Nur bitte behellige Martin nicht, mach diesem armen Mann das Leben nicht noch schwerer, als es ist.«

Die Eva, die sie in Berlin aus sich gemacht hatte, die Eva vor 1932, hätte ein solches Geheul eher angespornt als aufgehalten. Der *arme Mann* hätte seinem Schöpfer auf Knien danken können, wenn er mit einer Ohrfeige oder Krimsekt auf dem Schädel davongekommen wäre. Warum hatte sie Martin ungeschoren gelassen, obwohl die Bestechung, die Hagen ihr schmackhaft reden wollte, sie nicht im mindesten reizte?

Weil ich nicht hier stehen und begreifen wollte, dass das, was ich nicht glauben kann, die Wahrheit ist, gestand sie sich ein, während der Taxifahrer den Wagen vor dem Tor zum Stehen brachte. Jetzt führte kein Weg mehr daran vorbei. Das weißgetünchte Haus, das zwischen kahlen Ästen hindurchschimmerte, hatte marmorne Balkone und taugte für den Direktor eines Rüstungskonzerns samt Gattin, Nachwuchs und Dienerschaft. So einer aber wohnte nicht darin. Hinter den dunklen Fenstern wohnte der Schauspieler Martin Serner, der schöne Armenierkönig, dem Semiramis verfallen war.

Es war die Wahrheit: Ihr Geliebter, der junge Gott, der Ede dem Friseur erklärt hatte, dass die Bewohner Südafrikas *Koikoin* hießen, was Mensch bedeutete, hatte seine Seele für ein Haus verkauft, das nicht einmal Charakter besaß.
Für das Privileg, nie wieder Kartoffelsuppe essen zu müssen, hatte er ihre Liebe verscherbelt, die sich angefühlt hatte, als könne niemand ihr Grenzen setzen.
»Zur Hölle, Eva«, hatte er gesagt, der Mann, der für sie durch die Hölle gehen wollte. »Was soll ich denn machen, wenn die mich meinen Beruf nicht mehr ausüben lassen? Weißt du, wie viele Jahre lang ich allabendlich in der Schmiere gespielt habe, für nichts als einen Napf Kartoffelsuppe, weil ich von diesem verdammten Beruf nicht lassen konnte? Und jetzt soll ich mich rausschmeißen lassen? Jetzt, wo ich mich aus diesem Elend endlich ein bisschen an die Luft gekämpft habe?«
Von Kartoffelsuppe stirbt keiner, war alles, was Eva hatte denken können, ehe sie sich umgedreht hatte, um in ihre verlassene Wohnung hinauf und durch die Hölle zu gehen. Vier Monate lang. Eine Ewigkeit.
»Möchten Gnädige Frau wieder abgeholt werden?« Der Taxifahrer öffnete ihr den Schlag, und eine Sekunde lang bildete sie sich ein, es sei derselbe, der sie damals vor dem Haus mit ihrem Turmzimmer abgeholt und nach Babelsberg gefahren hatte.
»Das ist nicht nötig«, sagte sie und blätterte ihm, ohne nachzuzählen, einige Scheine hin. Dann machte sie sich auf den Weg, zog sich im Gehen das Kopftuch ins Gesicht – ein italienisches aus blauchangierender Seide, eines der unzähligen Geschenke von Martin. Es war im Nu durchnässt, obwohl es nur leicht regnete.
Sie hatte noch nicht geklingelt, da stand der Mann bereits vor dem Tor. Eine Art Türhüter, furchteinflößend, nur ohne sardonisches Grinsen. »Sie wünschen?« An sein Bein drückte sich

ein Hund, der ihm bis zum Knie reichte. Mann und Hund hatten Zwillingsgesichter: plattgedrückt, wie in einer Schlägerei demoliert.

Der Hund knurrte. Evas Mund wurde trocken, und ihr Herzschlag beschleunigte sich. »Ich will zu Martin Serner.« Sie zwang sich zu Forschheit. »Und ehe Sie fragen: Ich bin Eva Löbel. Seine abgelegte Geliebte und die Mutter seiner Tochter.«

Sollte dieser Leibwächter, oder wer immer der Kerl war, den Skandal doch in der Stadt herumschreien. Und was tust du dann, Martin Serner? Leugnest du, dass du dich auf der Volljüdin Löbel fünf Jahre lang ausgetobt hast, dass du mir einen Lattenrost fürs Bett schuldest aus der Nacht, in der du mir Chaja gemacht hast?

Der Bullenbeißer nickte. Das demolierte Gesicht hinter den schmiedeeisernen Gitterstäben bekam plötzlich etwas Sanftes. »Sie dürfen hier nicht herkommen«, sagte er. »Aber wenn Sie sich nicht abwimmeln lassen, habe ich Anweisung, Sie einzulassen.«

Er fragte nicht einmal, ob Eva sich abwimmeln lasse, sondern öffnete das Tor. Eva lief den Gartenweg entlang und hielt vor der Eingangstreppe inne. Wer würde sie da oben erwarten – ein Butler, ein Hausmädchen mit Spitzenschürze?

Die Tür schwang auf. Im Rahmen stand Martin.

Was ist eigentlich so schön an ihm?, fragte sich Eva. Weshalb nur überall das Geschmachte und Geseufze?

Er *war* schön. Müde und um Jahre gealtert. »Eva«, sagte er nur. Sie lief die Treppe hinauf. Er war ein Verräter mit einer Villa, die Goebbels' Ministerium bezahlte, ein Schwein, das mit Schweinen verkehrte. Sobald sie den Absatz erreichte, lag sie in seinen Armen. Er stöhnte, als hätte er Schmerzen, und er küsste sie, als wolle er sie trinken.

Sie spürte seinen Schwanz an ihrem Bauch, den Schwanz, mit dem er ihr Chaja gemacht hatte, an dem Bauch, in dem Chaja gewachsen war. In seinen Armen, in ihrem Bett in der Bleibtreustraße, hatte sie einmal gedacht: Mit seinem Sex kann er auf mir Klavier spielen. Wenn er je etwas von mir fordern würde, das ich ihm nicht geben wollte, müsste ich es herausrücken, weil ich süchtig nach ihm bin.
Damals hatte ihr das Angst und Vergnügen zugleich bereitet. Jetzt war nur noch die Angst übrig. Und wenn er gleich von mir fordert, dass ich in das verdammte Schweden gehe, dass ich meine Bilder und die Steinriesen hierlasse und vergesse, dass sie existieren? Was tue ich dann? Wenn er mir verspricht, mich von Zeit zu Zeit zu besuchen und Sex mit mir zu haben, verkaufe ich ihm dann meine Seele, wie er seine für eine weißgetünchte Spießervilla verkauft hat?
Martin trank sie, bewegte sein Becken an ihrem. Eva spürte die Linien seines Körpers, nach deren Schönheit sie süchtig war, spürte auch das, was längst nicht mehr vollkommen war, die weichen Polster auf den Hüften, und wollte ihn ganz, hier, jetzt. Vier Monate lang hatte er sie behandelt wie Dreck, über den man hinwegstieg, um ihn hinter sich zu lassen. Jetzt stand er hier, mit dem Dreck in seinen Armen. Der Dreck hätte aufbegehren sollen und seine Würde bewahren. Aber der Dreck war Wachs in Martin Serners Händen.
»Eva«, hauchte er, »Eva. Weißt du, wie sehr du mir fehlst, wie einsam ich bin, welche Qual das alles ist?«
Mit einem Schlag verflog der Zauber. Wäre Eva ein Mann gewesen, wäre ihr vermutlich der Schwanz erschlafft. Martin jedoch merkte nichts, sondern säuselte weiter. Irgendwann schob Eva ihn einfach von sich, ging ein paar Schritte in den Raum, den Hagen vermutlich Halle nannte, und setzte sich auf eine gepolsterte Bank an der Wand.

»Ich will die Steinriesen«, sagte sie. »Und ich brauche eine Erklärung, aus der hervorgeht, dass du Chajas Vater bist.« Sie zog das Schreiben der Volkswohlfahrt aus der Tasche und ließ es auf den Parkettboden segeln.

»Was ist das?« Er drehte sich halb zur Seite und versuchte zu verbergen, dass er sich den Schritt rieb. Sie wollte ihn lächerlich finden und hasste sich, weil sie ihn liebte.

»Ein Brief, den ich von der Behörde bekommen habe«, antwortete Eva und versuchte, seinen Blick einzufangen. »Darin erklärt man mir, dass Chaja in keinen Kindergarten aufgenommen wird, weil ich nicht nachweisen kann, dass sie keine Volljüdin ist.«

»Weshalb denn Kindergarten?«, stammelte Martin, ohne den Namen seines Kindes in den Mund zu nehmen.

»Weil Fräulein Podewils befunden hat, dass sich ein Judenkind nicht vorteilhaft auf ihre Laufbahn auswirkt. Und weil ich Malerin bin, auch wenn du und deine Freunde von der Nazi-Partei das vergessen habt.«

»Das ist zu viel, dazu hast du kein Recht!« Martin sprang zwei Schritte auf sie zu, wie es Schauspieler in dramatischen Momenten tun – mit erhobenem Messer oder mit vor Verlangen ausgestreckten Armen.

Wie erwartet, hielt er inne und ließ die Glieder erschlaffen, als hätte ein Regisseur die Klappe schlagen lassen. »Diese Leute sind nicht meine Freunde, das weißt du«, sagte er matt. »Man hat mich gedrängt, in die Partei einzutreten, aber ich habe deutlich gemacht, dass es darüber keine Diskussion mit mir gibt.«

»Du hast auch einmal deutlich gemacht, dass es über eine Trennung von Chaja und mir keine Diskussion mit dir gibt.«

»Herrgott, die gibt es doch auch nicht«, fuhr er auf. »Es geht darum, euch in Sicherheit zu bringen. Ich habe die Möglichkeit dazu, weil ich kein Niemand mehr bin. Ich bin als Schauspieler gefragt, Eva, mehr als je zuvor.«

»Kein Wunder. Ein Hampelmann, der brav am Faden zappelt und dabei aussieht wie Siegfried der Drachentöter findet sich so schnell nicht wieder.«

Martin machte einen weiteren Sprung auf sie zu, und diesmal wirkte er nicht wie ein Schauspieler. Seine Hände streckten sich nach ihrem Hals, glitten jedoch ab und schlossen sich um ihre Schultern.

»Lass mich los«, sagte sie.

»Warum tust du mir das an?« Er ließ die Hände sinken und blieb vor ihr stehen. »Ich habe diesen Wahnsinn nicht erfunden, und ich bin genauso betroffen wie du.«

»Ach ja?« Ihre Stimme wurde schrill. »Sag bloß, Hildchen und Gerhard haben dir bei einem Scheibchen Schweinebraten eröffnet, dass du ebenfalls vier jüdische Großeltern hast.«

»Nein, natürlich nicht, aber …«

»Natürlich nicht?« Sie kreischte noch immer, sie konnte nicht anders. »Was ist natürlich daran? Sind manche Seelen so edel, dass die Natur sich sträubt, sie in jüdische Körper zu stopfen? Werden die in Atlantis aufbewahrt, in der Geburtsstätte des arischen Herrenvolkes, damit nichts durcheinandergerät?«

Mit einem Stöhnen fasste er sich an die Stirn, auf der ein Schweißfilm glänzte. »Woher weißt du das? Wer hat dir das gesagt?«

Eva wusste gar nichts, und ihr hatte auch niemand etwas gesagt. Sie hatte dieses Zeug von Atlantis einfach Paul nachgeplappert, einen Schuss ins Blaue abgefeuert und offenbar einen Treffer erzielt.

»Die wollen, dass ich das für sie mache«, sagte Martin dumpf. »Einen Atlantis-Film. Das arische Volk im heldenhaften Kampf gegen seine Vernichtung.«

»Lass mich raten«, sagte Eva. »Die Vernichtung droht euch durch die barbarischen Horden der jüdischen Untermenschen …«
»Sag nicht euch!«, schrie er. Dann stöhnte er wieder und barg das Gesicht in den Händen. »Es soll eine Riesensache werden, der größte Film, den ich je gedreht habe.«
»Der größte Film, den du je gedreht hast, ist *Semiramis*«, sagte Eva. »Daran können die Nazis nicht rütteln. Kunst lässt sich nicht aus der Schale stampfen wie Quetschkartoffeln.«
Durch seine Finger hindurch starrte Martin sie an. Seine Kiefer mahlten. »*Semiramis*«, murmelte er. »*Semiramis.*«
Dann straffte er sich. »Du bist wegen der Kleinen gekommen.«
»Sie heißt Chaja!« Er hatte sie nie *die Kleine* genannt. *Mein Augenstern. Meine süße Prinzessin.* Er hatte vor ihren kleinen Füßen einen roten Teppich ausgerollt.
»Chaja«, murmelte Martin, wie er *Semiramis* gemurmelt hatte. Als ätzten die Silben ihm Brandlöcher in die Mundschleimhaut.
»Gib sie nicht in einen Kindergarten, Eva. Ich sage Hagen, er soll dir eine andere Kinderfrau besorgen, eine jüdische Frau …«
»Aber sicher doch«, versetzte Eva. »Eine jüdische Frau, damit sich keine Arierin an deinem Judenkind die Finger schmutzig macht. Was noch, Martin? Sollen wir uns vielleicht ein Schild mit der Aufschrift *Vorsicht, Jude* um den Hals hängen, damit deine edlen Atlantis-Einwohner um uns einen Bogen schlagen?«
»Zur Hölle, glaubst du vielleicht, mir tut das alles nicht genauso weh wie dir?«
Wer gehört hätte, wie er sich quälte, hätte glauben müssen, es täte niemandem so weh wie ihm. Einst hatte sie ihn dafür geliebt, dass er kein harter Mann war, sondern empfindsamer als jede Frau. Der Haken war nur: Er war aus Atlantis. Um seinen Hals hing kein Schild.
»Ich will keine jüdische Frau für Chaja«, sagte Eva. »Ich will mich nicht mit meinem Kind in unserem Dachverlies verste-

cken, als hätten wir die Krätze. Chaja und ich sind keine Mauerblümchen, wir verkümmern im Dunkeln. Bis vor kurzem waren wir zwei schillernde Sterne, ein großer und ein kleiner, nach denen alle Hähne krähten. Noch vor vier Monaten hat mir ständig jemand in den Ohren gelegen, unsere Chaja sei das hübscheste, klügste, charmanteste Kind, das in Berlin herumlaufe – und jetzt ist sie auf einmal nicht mehr gut genug für eine plärrende Horde im Kindergarten?«

»Doch natürlich, aber …«

»Ich will, dass sie in den Kindergarten geht«, schnitt Eva ihm das Wort ab. »Und nächstes Jahr in die Schule. Nicht in eine Anstalt, in der Juden von respektablen Bürgern abgeschirmt werden wie in einem Getto. Sie soll mit den Nachbarskindern gehen, mit dem dicken Dietrich aus der Milchhandlung und mit Hanne, die Tochter vom Kinderarzt.«

Entsetzt brach sie ab, weil ihr die Tränen kamen. Sie hatte Chaja in den vier Monaten dieses Höllensommers kaum angefasst, hatte es schwierig gefunden, ihr auch nur ein Brot mit Ei zu belegen oder ihren Lieblingsrock zur Wäscherei zu bringen, und wusste nicht mehr, wie sich der Chaja-Hunger anfühlte. Nun aber, wo sie aussprechen musste, dass ihr Kind eine Ausgeschlossene war, überfiel sie die Wucht, mit der sie Chaja liebte. Und die Ohnmacht.

Martin drehte sich um und ging quer durch die Halle von ihr fort. Erst jetzt sah Eva, dass gegenüber, zwischen zwei Türen, ein Flügel stand. Was für eine Albernheit. Martin war so musikalisch wie Hildchen Serners Mastschwein. Ohne Frage hatte Hagen das Ding kaufen und aufstellen lassen, weil Herrenmenschen aus Atlantis so etwas eben hatten.

Als Martin begann, in Zetteln, die sich auf dem Flügel türmten, herumzuwühlen, kehrte die Liebe zurück. Er war immer noch ihr Martin, der überall seinen Papierkram – Skripte, Kritiken,

Notizen – herumliegen ließ, er hatte aus dem nutzlosen Flügel einen unordentlichen Schreibtisch gemacht. Mit einem Blatt in den Händen wandte er sich wieder zu ihr um.

*»Als Gott, der Herr, die Welt gemacht,*
*Hat er die Rassen sich erdacht«,*

las er ihr vor.

*»Indianer, Neger und Chinesen,*
*Auch Juden, diese bösen Wesen.«*

Schwer atmend warf er das Blatt zu Boden. »Solches Gift bekommen die Kleinen in den Kindergärten in die Ohren geträufelt. Soll ich das meiner Chaja zumuten, meiner Prinzessin, der auf der Welt kein Mensch weh tun darf? Das kann ich nicht, Eva! Das reißt mir das Herz aus der Brust.«
Ich liebe dich, dachte Eva, stand auf und ging zu ihm. Er war kein Monster, kein Arier aus Atlantis, sondern ihr Martin, bei dem selbst Banalitäten über Herzen in Brüsten noch Charme besaßen. Sie schloss die Arme um ihn. *Meine Chaja,* hatte er gesagt, *meine Prinzessin.* Er würde niemandem gestatten, seiner Tochter weh zu tun. Um Chajas willen hatte er in Erfahrung gebracht, wie es in Kindergärten zuging – etwas, woran Eva nicht einmal gedacht hatte. Als er sie an sich zog, gab sie nach und machte sich weich. Ihn zu lieben würde die Worte, die durch ihren Schädel gellten, zum Verstummen bringen. Solange sie ihn liebte, war sie die schöne Eva, stark und lebendig, und niemand konnte ihr etwas anhaben.
Martin presste sie an sich und brauchte keine zwei Sekunden, um Verschlüsse aufzuhaken, so dass ihr Rock und seine Hose an ihren Beinen hinab auf die Dielen glitten. Seine Schenkel

waren eine Augenweide, kräftig und golden behaart. So hatten sie sich im Flur der Bleibtreustraße geliebt, wann immer der Tag zu lang für die Lust gewesen war. Stehend und stöhnend. Ein bisschen enttäuscht, wenn der ersehnte Augenblick im Nu vorüber war, aber rasch getröstet, weil die Nacht erst begann. Heute gab es für sie keine Nacht. Nur seine Hose und ihren Rock in einem Knäuel auf dem Boden, Nässe im Schritt und Verlegenheit. Sie sammelten ihre Kleider ein, ohne sich anzusehen.

»Geh mit Chaja nach Schweden«, bat Martin. »Hagen besorgt euch ein Haus am Meer. Chaja ist begabt, sie lernt die Sprache wie im Flug, und in Schweden muss sie sich keine widerlichen Reime anhören, die irre Fanatiker über ihr Volk verfassen.«

»Ihr Volk, Martin?«, fragte Eva und knöpfte sich den Rock in der Taille zu. »Wer soll das sein? Chaja kann ein komplettes Gedicht von Heinrich Heine aufsagen – *mein Herz, mein Herz ist traurig, doch lustig leuchtet der Mai* –, aber was eine Thorarolle ist, das weiß sie nicht. Woher sollte sie das auch wissen? Haben wir so etwas vielleicht zu Hause?«

»Niemand hat Thorarollen zu Hause«, sagte Martin. »Sie werden in Schreinen in Synagogen aufbewahrt.«

Evas Lachen klang nach dem Grinsen der Steinriesen. »Du bist ein besserer Jude als ich. Deinen Hitler lässt du das besser nicht hören.«

Er fuhr herum, der Hosenlatz offen, das Gesicht schmerzverzerrt. »Warum musst du damit immer weitermachen, warum hörst du nicht auf?«

»Weil du nicht aufhörst, mich und mein Kind aus unserer Stadt vertreiben zu wollen. Wie Schmeißfliegen, die man sich aus dem Gesicht schlägt.«

Martin stöhnte. »Ich will dich und die Kleine in Sicherheit wissen, ehe ihr keine Auslandspässe mehr bekommt. Ich will euch besuchen können, ohne um meinen Beruf fürchten zu müssen,

zumal schließlich auch ihr von meinem Geld lebt. Habe ich dafür wirklich solche Kränkung verdient? Du schlägst erbarmungslos zu, dafür bist du bekannt, nur hatte ich bisher nie das zweifelhafte Vergnügen, zu deinen Opfern zu gehören.«
Eine Woge von Müdigkeit überrollte sie. Als stünde sie in einem dieser Labyrinthe aus Spiegeln, in denen sie als Kind auf dem Rummelplatz umhergeirrt war, bis ihr die Kraft ausging.
»Berlin ist mein Zuhause«, sagte sie. »Ich hatte nie ein anderes, und ich weiß keinen Grund, warum ich es mir nehmen lassen sollte. Also werde ich bleiben, und du sei so gut und stell mir dieses Papier aus, das dich als Chajas Vater ausweist. Danach habe ich nur noch eine Bitte, dann lasse ich dich in Frieden.«
Er ging zur Wand, so, wie er in der Bleibtreustraße ans Fenster getreten war, und starrte auf die cremefarben gemusterte Seidentapete. »Ich kann das nicht, Eva.«
»Was kannst du nicht?«
»Dir dieses Papier ausstellen. Ich habe versprechen müssen, geheim zu halten, dass Chaja meine Tochter ist.«
»Wem hast du das versprechen müssen?«
Er zuckte die Schultern. »Was weiß ich. Thore Kierling, aber der ist ja nicht mehr als eine Strohpuppe. Hagen meint, es sei besser, wenn ich nicht genau wisse, wer worin seine Finger stecken hat. Vielleicht weiß er es selbst nicht. Vielleicht weiß es niemand.«
»Und irgendwem, von dem vielleicht niemand weiß, hast du versprochen, deine Tochter zu verleugnen?« Sie eilte hinter ihn, wollte ihn packen, stellte jedoch fest, dass sie nicht fähig war, ihn anzufassen.
»Es ist das System, Eva. Das ganze System, das niemand, der nicht drinsteckt, durchschaut.«
Sie stopfte sich die Finger in die Ohren, um ihn nicht noch einmal stöhnen zu hören. »Also gut«, sagte sie, während ihr

Inneres sich zusammenzog. »Ich werde dich nicht auf Knien anbetteln, dich zu deinem Kind zu bekennen. Vielleicht sollte ich das tun. Aber ich kann es nicht. Stattdessen bitte ich dich nur noch um eines: Ich will meine Bilder zurück. Und meine Steinriesen, die ich für deinen Film gemacht habe. Hilf mir, sie zu finden, und du bist mich los.«

Menschen, die sichtbar die Gesichtsfarbe wechselten, waren weit seltener, als gemeinhin behauptet wurde, aber einer von ihnen war Martin. Sein Gesicht wurde grau. »Die Steinriesen«, murmelte er.

Im selben Augenblick wusste Eva, was er ihr mitteilen würde, und schrie auf. »Sag, dass das nicht wahr ist! Sag, dass du das nicht zugelassen hast!«

»Mich hat doch keiner gefragt, Eva.«

»Aber das durftet ihr nicht«, schrie sie. »Sie gehörten mir, ihr hattet kein Recht, sie auch nur anzufassen.«

»Du hast sie der UFA verkauft«, sagte er. »Wer für Kunst bezahlt, kann damit tun, was er will.«

Eva bekam keine Luft, jeder Atemzug zum Scheitern verdammt. Sie taumelte rückwärts, spürte die Kante der Polsterbank in den Kniekehlen und ließ sich darauf fallen. »Wie?«, stieß sie hervor. Nicht weil sie es wissen wollte, sondern weil sie es den Steinriesen schuldig war. Wenn man vom Tod eines Freundes erfuhr, erkundigte man sich, wie er gestorben war.

»Sie haben sie umgestoßen und sind mit der Raupe drübergefahren.«

Sie waren mit der Raupe drübergefahren. Mit der Planierraupe, mit der man Gelände plattwalzte, hatten sie Eva Löbel plattgewalzt, und jetzt konnte sie niemandem mehr beweisen, dass sie ein Mensch mit Konturen gewesen war.

Sie hatte das Gefühl, in eine Tiefe ohne Boden gezogen zu werden, bis ein Geräusch sie zurückriss. In der Mitte des Raums stand Martin und weinte. Es berührte sie nicht, aber etwas fiel ihr ein: Sie konnte es doch beweisen. Die Steinriesen waren verloren, aber der Film war noch da, ihr sardonisches Grinsen war darin festgehalten. Wer immer ihn ansah, würde noch in hundert oder tausend Jahren erkennen, dass ihre Gesichter nicht schief, kaputt oder scheußlich waren, sondern dass in ihnen der Himmel einstürzte. Und dass kein Mensch mit Herz und Verstand sie angetastet hätte.

*»Semiramis«*, murmelte der weinende Martin wie vorhin. Dann wandte er Eva sein tränennasses Gesicht zu, das der Traum eines jeden Regisseurs sein musste. Bringt Martin Serner zum Weinen, und die Nation schmilzt dahin. »Ich habe es dir vorhin gesagt«, schluchzte er. »Ich bin genauso betroffen wie du.«

Ehe sie die Worte zusammensetzen und nach ihrem Sinn suchen konnte, erstand in ihr ein fast vergessenes Bild: 1933. Fritz Wendhausen, der Regisseur von *Das erste Recht des Kindes,* der im *Babeurre* an der Theke lehnte und in seine leeren Hände starrte, nicht fähig zu begreifen, dass man ihm seinen Film genommen hatte. Damals hatte sie sich gefragt, was mit den Filmrollen geschehen sein mochte. Jetzt hätte sie keine Frage herausgebracht, keine Antwort ertragen, sondern sagte nichts als: »Nein!«

»Doch, Eva.« Über Martins Gesicht rannen Ströme von Tränen. Die meisten Leute sahen beim Heulen schrecklich aus, aber Martin Serner blieb herzzerreißend schön. »Sie haben es nicht einmal offiziell bekannt gegeben. Der Film musste weg, und zwar schnell, das war alles, was Hagen in Erfahrung bringen konnte.«

»Aber warum denn?« Würde es sich aushalten lassen, ein Leben, in dem es *Semiramis* nicht mehr gab, wenn sie die Gründe kannte? »Goebbels hat doch gesagt, die exotische Note habe ihm gefallen.«

»Armenien«, murmelte Martin. »Der Schicksalsberg Ararat. Das war ihnen zu gefährlich, selbst bei einer Legende, die dreitausend Jahre alt ist, also aus einer Zeit stammt, in der das Wort Armenien noch nicht einmal gesichert existierte.«

»Und was ist an dem Wort Armenien so entsetzlich, dass es deine Nazi-Schergen in Panik versetzt? Dass dafür ein Film vernichtet wird, wie ihn dieses Land voller Dumpfschädel nie mehr auf die Beine stellen wird?« Vage erinnerte sie sich an eine absurde Szene mit Thore Kierling, der Martin beschwor, die Worte Armenien und Ararat nicht in den Mund zu nehmen. »Soweit ich weiß, ist Armenien irgendein winziger Staat am Kaukasus, der zu Stalins Sowjetunion gehört. Was soll der denn Hitlers Reichskulturkammer anhaben?«

»Diesen Staat gibt es noch keine zwanzig Jahre«, sagte Martin ausdruckslos. »Vorher lebte die Mehrheit des armenischen Volkes im Osmanischen Reich. Vierhundert Jahre lang. Sie hatten gelegentlich mit Repressalien zu kämpfen, doch die meisten von ihnen führten ein erfolgreiches Leben. Manche waren wohlhabend, viele gehörten zur intellektuellen Elite des Landes.«

»Warum erzählst du mir das?«, fragte Eva. Ihr Herz raste.

»Weil es die osmanischen Armenier nicht mehr gibt«, sagte Martin. »Weil das zusammenbrechende Osmanische Reich einen Sündenbock brauchte, ein Volk zum Hassen, damit es sich nicht selbst hassen musste. Frag mich nicht, Eva. Ich verstehe davon nichts. Ich wollte immer nur vor der Kamera stehen, Politik war mir ein Buch mit sieben Siegeln, und ich habe im Leben noch keinen Menschen gehasst.«

»Ich habe dich nichts über dich gefragt«, erwiderte Eva. »Was ist mit den Armeniern im Osmanischen Reich geschehen?«

Martin zuckte die Schultern. »Erst häuften sich nur die Schikanen, und es kam zu vereinzelten Pogromen. Intellektuelle begannen Forderungen zu stellen und wurden dafür bestraft. Dann kam der Krieg, eine Niederlage nach der andern und eine Propaganda, die wie eine Gebetsmühle wiederholte, an allem Unglück seien die Armenier schuld.«

*»Die Juden sind unser Unglück«*, hallte es scharf durch Evas Kopf. Irgendein verstaubter Historiker hatte das von sich gegeben, und Eva hatte darüber gelacht. Bis es ihr von jeder Straßenecke, von jeder Ausgabe des *Stürmer* entgegenschrillte. Bis sie begriffen hatte, dass damit sie gemeint war. Und dass die, die es auf die Titelseite ihres Hetzblattes drucken ließen, keine Witze machten.

»Was ist geschehen?«, fragte sie noch einmal.

»Genaues weiß ich doch auch nicht. Hagen mag es nicht, wenn ich ihn danach frage, er meint, es ändere nichts, es bereite nur Schmerzen.«

»Und was Hagen nicht mag, das fragst du nicht, richtig? Ist Hagen dein Agent? Oder dein Kindermädchen? Wobei Chaja sich von Fräulein Podewils nicht hätte vorschreiben lassen, was sie wissen durfte und was nicht.«

Martins Gesicht zuckte. »Die Partei der Jungtürken hatte die Regierung an sich gerissen«, fuhr er fort. »Sie hatten alle möglichen vollmundigen Versprechungen abgegeben, Glanz und Gloria und so weiter, aber ihr Streichholzgebäude brach ihnen unter den Händen zusammen. Vermutlich blieb ihnen nur der Plan, die Armenier auszurotten, um ihre Macht zu beweisen. Ihr marodes Staatswesen stank wie ein Leichnam, aber beim Morden erwiesen sie sich als ziemlich effektiv. Erst entwaffneten sie sämtliche Männer, dann schlugen sie los. Sie haben kaum einen Menschen übrig gelassen. Die, die nicht in ihren Todeslagern umkamen, trieben sie auf Märschen nach Syrien, wo sie an Hunger oder an Misshandlungen starben.«

»Wie viele?«

»Das weiß ich wirklich nicht. Ich glaube, niemand weiß es. Eine Million vielleicht. Oder ein bisschen mehr.«
Die Worte schienen von den Wänden zu hallen. Ausrotten. Morden. Hunger. Misshandlung. Eine Million oder ein bisschen mehr.
»Warum erwähnt das nie einer?«, fragte Eva. »Nicht mal damals, als wir den Film gedreht haben. Du und ich, wir verkehren doch nicht unter Hinterwäldlern. Wie kann man ein ganzes Volk vernichten, ohne dass alle Welt davon spricht?«
Martin zuckte die Schultern ein weiteres Mal. »Offenbar kann der Mensch damit leben. Im Zoo züchten sie irgendwelche ausgestorbenen Pferde nach, aber dass der Welt ein Menschenvolk fehlt, scheint niemanden zu kümmern. Und eben darum geht es: Hitlers Partei will um jeden Preis, dass das so bleibt.«
Eva begriff. Sie suchte seinen Blick. »Deshalb musste unser Film vernichtet werden, ja? Damit keiner auf die Idee kommt, nach dem Volk vom Berg Ararat zu fragen?«
Martin hatte aufgehört zu weinen. Seine Augen wichen ihr nicht länger aus. »Wenn du nicht nach Schweden willst, geh nach Paris«, sagte er. »Ich kaufe dir ein Appartement beim *Quai de la Tournelle*, da gefällt es dir doch so gut, und Geld ist kein Problem. Tu es mir zuliebe. Nimm Chaja und geh.«
Ich kann nicht, dachte Eva. Ich habe meine Steinriesen verloren, ich brauche meine Bilder zurück, sonst gibt es keine Eva mehr, die irgendwohin gehen kann. Sie stand auf und nahm ihre Tasche, klaubte das Blatt mit dem Kindergartengedicht vom Boden und steckte es ein. »Nein«, sagte sie.
»Du musst!«, rief er. »Ich weiß nicht, wie lange ich dich hier noch schützen kann.«
»Ich bin sicher, Hagen weiß es«, sagte Eva und ging.

# 11

## AMARNA
## LONDON. FRÜHJAHR 1938

Sie hatte Arman bestraft. Mit Schweigen. Wochenlang. Dass sie sich selbst mitbestrafte, war unumgänglich. Wenn sie Arman weh tat, musste sie auch sich selbst weh tun, oder sie ertrug es nicht.
Sie ertrug es ohnehin nicht. Kein Wort war das eine, keine Zärtlichkeit, das andere. Amarna in der Rolle der Strafenden erwies sich als Lachnummer: Arman drosch sich sein Spitzeisen auf den Daumennagel, jaulte auf, und sie musste aus dem Raum flüchten, um nicht zu ihm zu laufen und sich den misshandelten Daumen an die Lippen zu pressen.
Kein Sex war das Dritte.
Das Absurdeste.
Wie konnte sie sein schönstes Geschenk, ihr geheimes geteiltes Zuhause, gegen ihn wenden und ihn zurück in die Einsamkeit verbannen? Wie konnte sie sich in das Bett legen, das er gebaut hatte, damit sie an einem Ort auf der Welt in Sicherheit waren, und ihn wegstoßen, wenn er sich zu ihr schob, sein Herzschlag an ihrem Rücken, seine Lippen zart an ihrem Hals? Arman besaß die Zutraulichkeit eines Fluchttieres – wer abrupt eine Hand hob, hatte ihn schon verscheucht.
Und wer ihn von sich stieß, durfte sicher sein, dass er ihn los war. Auf Dauer. Der Vertraute machte sich fremd, schwang herum, und auf einen Schlag war jeder von ihnen allein. Arman war sowohl mager als auch entschlossen genug, sich auf dem Bettrand zu halten, ohne ihrem Körper die leiseste Chance auf Berührung einzuräumen. Sogar im Schlaf blieb er so. Sogar

wenn er sich krümmte und weinte und außer sich war. Er war Arman Artsruni, der sich in sich selbst verzog und lieber auf der schmalsten Kante Platz fand, als jemanden an sich heranzulassen, von dem er nichts Gutes erwartete.

Eine harte Strafe. Kälte, in der sich die Zehen verkrampften. Ihr Nest der Liebe als Schlachtfeld, ihre Lust aufeinander als schweres Geschütz.

Erwachsene Menschen, Liebende, die einander achteten, sollten übereinander gar keine Strafen verhängen, fand Amarna. Jeder Wunsch, Arman zu erziehen, lag ihr fern, sie wollte ihn so, wie er war, und sie wusste, er wäre auf den Gedanken, sie zu strafen, nie gekommen.

Ich aber wäre nie auf den Gedanken gekommen, loszuziehen und mein Leben in Gefahr zu bringen, dachte sie. Mir wäre nichts wichtig genug, ihm das anzutun.

Sie bestrafte ihn nicht, weil er es verdiente, sondern weil sie wollte, dass er sich besann. Das war noch schlimmer. Es war Erpressung: Ich tue dir so lange weh, bis du dich fügst.

Armans Stolz war aus Granit. Der hatte Härteres überlebt als ihre Versuche mit der Brechstange. Er würde nicht klein beigeben, und sie beide würden nächtelang weiterfrieren, halbblind durch die Tage taumeln, während das bisschen Grün der Stadt und die Streifen Himmel zwischen hohen Häusern schüchtern preisgaben, dass ein Sommer bevorstand. Arman tat weiterhin, was er immer tat, verlor sich in seiner Arbeit, ging aus dem Haus, um sich in irgendeinem Kunsttempel vor ein Mikrofon schubsen zu lassen, verdiente Geld, um das er sich nicht scherte, war reizend zu Bülent und Rehan, kochte Bulgur, schob sein Essen schweigend über den Teller, schnitt Gras im Vorgarten und unterhielt sich am Zaun mit Dexter über motorbetriebene Rasenmäher.

Mehrmals wöchentlich fuhr er nach Gravesend in sein ITW, *Initial Training Wing*, wo er die Grundausbildung am Boden

absolvierte. Eine Stunde Fahrt hin und eine zurück mit dem Auto, das er sich gekauft hatte, einem *Morgan Super Sports*, in dem er verblüffenderweise aussah wie ein ganz gewöhnlicher Mann. Weltvergessen. Selig. Herr über sein technisches Spielzeug wie über ein kleines Königreich. Er hatte als Junge nie eine Dampfmaschine besessen, und Amarna hätte ihn furchtbar gern, vor Lachen prustend, geküsst.
Würde ihm ein Flugzeug ebensolches Vergnügen bereiten, wenn sie ihn demnächst auf eines ihrer Aerodrome schickten, wo er sechsunddreißig Wochen lang lernen würde, wie man sich vom Boden, für den man gemacht war, in die Luft aufschwang? Vielleicht war das schön für ihn, die Erde hinter sich zu lassen, vielleicht sollte sie es ihm gönnen. Aber er war kein gewöhnlicher Mann, kein kleiner Junge mit einer Dampfmaschine und zu klug, um zu vergessen, dass das Ding, in das sie ihn setzten, ein Turm von Babel des zwanzigsten Jahrhunderts war: eine Maschine, die in den Himmel jagte, um Tod zu bringen, wenn der, der sie flog, ihn sich nicht vorher holte.
Amarna küsste ihn nicht, sondern ließ ihn links liegen, aber das machte jede Verrichtung des Tages zur Anstrengung. Sie hatte sich breitschlagen und in Wallys Kommission melden lassen. Zum Ausgleich durfte sie ihre Urartu-Ausstellung vorbereiten, doch auf keines von beiden konnte sie sich konzentrieren.
»Wie haben die ihn denn nur nehmen können?«, schrie sie Wally an. »Einen Bildhauer, dem das halbe Land Zucker in den Hintern bläst und Genialität bescheinigt – und dann schießt die andere Hälfte ihn in den Himmel und verheizt ihn?«
»Du bist hysterisch«, sagte Wally. »Das steht dir nicht.«
»Verdammt, die haben ihn nicht einmal untersucht, sonst hätten sie ja wohl festgestellt, dass er nicht tauglich ist. Er hat Anorexie!«
»Die *Air Force* ist ja kein Restaurant.«

»Aber auch kein pathologisches Institut«, fauchte Amarna. »Armans Skelett ist das perfekte Lehrmodell für Knochenbrüche, und zum Studium von Narbenbildung taugt er vermutlich von innen so gut wie von außen.«

»Ist er dir eigentlich dankbar dafür, dass du mir das erzählst?«, fragte Wally.

»Nein.« Amarna hatte das Gefühl, in sich zusammenzusinken. »Aber ich bin ihm auch nicht dankbar dafür, dass er auf unser Leben pfeift und sich sein Abenteuer gönnt, das er offenbar nötig hat, um seine Männlichkeit zu hätscheln.«

»Das tut er doch gar nicht«, fuhr ihr Wally ins Wort. »Willst du mir wirklich erzählen, dass du diesen Mann, für den du dir täglich einmal das Herz brichst, so wenig kennst?«

»Dass du ihn verteidigst, wundert mich nicht«, sagte sie. »Du hast in diesem Männerspiel doch auch um dein Leben gepokert und dir hinterher dafür auf die Schulter klopfen lassen.«

Er packte ihren Arm und zwang sie, ihn anzusehen. »Und meine Ehe ist auch daran gescheitert, nicht wahr? Das hatte zwar genau den gegenteiligen Grund, aber ich bin sicher, du wolltest es hinzufügen.«

»Nein«, sagte Amarna, befreite sich aus seinem Griff und war nicht sicher, ob sie log. »Ich muss jetzt gehen. Und meine Ehe ist nicht gescheitert.«

»Schon gut«, erwiderte Wally. »Meinem Freund Arman kannst du ausrichten, er schuldet mir eine Flasche von seinem roten Franzosen, weil ich die Ohrfeige abgefangen habe, die ja wohl ihm zugedacht war.«

»Tut mir leid«, murmelte sie.

»Keine Ursache.« Er tätschelte ihr die Schulter. »Arman hütet mir dafür meinen Seb, der an den meisten Tagen keine Ohrfeige, sondern ein veritabler Faustschlag ist. Außerdem wäre dein zarter Handstreich an ihn ohnehin verschwendet. Anders als du halte ich ihn nämlich nicht für einen Halbtoten, der zusammenbricht, sobald ein Mädchen ihm eine langt, sondern für einen selten zähen Burschen, der etwas einstecken kann und anschließend seinen Packen weiterschleppt. Dass sich bei der Schnelluntersuchung, die die Air Force derzeit durchführt, niemand an einer Altverletzung gestört hat, wundert mich nicht.«

»Aber er hat …«

Sie brach ab, und er hob die Brauen. »Dass er um ein Jahr zu alt ist, ist anstandslos akzeptiert worden. Falls seine Tauglichkeit aus einem anderen Grund gemindert ist, bin ich als Offizier der Reserve für einen Hinweis dankbar. Ansonsten aber macht nicht er mir Sorge, sondern du. Du denkst, du verordnest dem Mann deines Herzens Prügel, weil er dir nicht gehorcht, aber mit deinem Stock triffst du doch nicht ihn, sondern nur dich selbst. Arman sieht gut aus. Gesund. Erfolgreich. Du dagegen siehst aus wie ein Häufchen Elend, das sich mühsam auf den Beinen hält und sich daran noch die Schuld zuspricht.«

Die Schuld.

Wenn ich Arman ein Kind geschenkt hätte, bräuchte er kein Tod bringendes Flugzeug, um sich Gott weiß was zu beweisen. Wenn ich sein Kind hätte, könnte ich ihm eine langen und ihm sagen: Verdammt, du bist deinem Kind mehr schuldig als der Welt und bleibst mit deinen Füßen gefälligst auf dem Boden.

Aber eine Frau, die ihren Mann an die Kante des Bettes stieß, empfing kein Kind. Eine kalte Ziege, die ihrem zärtlichen Geliebten die Umarmung verwehrte, hatte die Frucht seiner Lenden nicht verdient.

Sie verabschiedete sich von Wally und ging nach Hause. Nicht mehr im Laufschritt wie in all den Jahren zuvor, sondern langsam, schlurfend. Wally hatte recht: Sie versuchte Arman in die Knie zu zwingen, aber der war ein selten zäher Bursche, und in

die Knie ging sie selbst. Was hatte sie sich eingebildet? Dass einer, der von keinem seiner Blutsverwandten ein Grab kannte, nicht wusste, wie man Einsamkeit schluckte? Dass einer, der mit zertrümmertem Rückgrat den aufrechten Gang praktizierte, unter ihren Tritten den Buckel krumm machte? Er hatte starke Zähne, die ans Schmerzverbeißen gewöhnt waren, und Wimpern wie Schlafzimmervorhänge, die dabei nicht einmal zuckten. Er kam zurecht. Zu Kreuze kroch nicht er, sondern sie.
Sie schob ihren Schlüssel ins Schloss und hielt inne, weil sie leise Schritte vernahm. Bülent liebte es, den Hausbewohnern die Tür zu öffnen, und diese Freude wollte sie ihm nicht nehmen.
Als sie den Schlüssel zurückzog, schwang die Tür auf. Schon glaubte sie, Bülents Stimme zu hören, die »*sevgilim*« rief, dann blickte sie auf und sah in die Augen ihres Mannes. »*Lajvard*«, sagte er.
Er sah nicht gesund und erfolgreich aus, er war kein zäher Bursche, und ihr Stock traf ihn überallhin.
»Schick mich nicht weg, Amarna«, sagte er. »Bitte nicht.«
Er hatte Steinstaub im Haar. Seine Hemdschulter verunzierte ein Brandmal vom Bügeleisen. Arman war die reinste Hauswirtschaftslehrerin, er bügelte, wie er Zeitungen faltete. Amarna hatte eine Hilfe für den Haushalt eingestellt, weil sie beide zu nichts mehr kamen, aber an seine Hemden ließ der Herr des Hauses nur den Meister – sich selbst.
»Ich bitte dich um Verzeihung.« Sein Stolz mochte aus Granit sein, aber sein Gesicht sah aus wie eine der Skulpturen, die er nur machte, um sie hinterher mit dem Hammer zu zerschlagen. »Es ist dein Recht, mir weh zu tun. Aber ich halt's nicht mehr aus.«
Ein paar Sekunden lang wartete er ab. Dann legte er die Arme um sie und senkte den Kopf auf ihren, seine Wange auf ihrem Haar. Sie spürte seinen Atem. Glaubte auch zu spüren, wie seine Zähne auf etwas bissen, das sie nicht klein bekamen, und

wie seine Wimpern zuckten. Sie legte die Hände auf seinen Rücken, der sich hob und senkte, schnell wie bei einem Kind, das weinte, heftig wie bei einem Mann, der Stein zerschlug.
»Lieb dich«, sagte sie und fing an zu weinen. Mit Arman hatte sie das gelernt: weinen und weitersprechen. Er fing an, sie zu streicheln, blies seinen Atem in ihr Haar. Ihre Fäuste trommelten ihm ein sachtes Gewitter auf die Schulterblätter, dann bohrte sie ihm die Finger in den Nacken und krallte sich fest. Keinem anderen Menschen hätte sie so sehr zu spüren gegeben, dass sie ihn brauchte, seine Schultermuskeln wie Planken, an die sie sich klammerte, um den Kopf über Wasser zu halten. Sich an einem Menschen zu vertäuen, das eigene Schicksal an das eines anderen zu binden, war dumm, das hatte sie immer gewusst. Getan hatte sie es dennoch. Nicht weil sie dumm war, sondern weil sie Arman vertraute.
Weil er ihr beigebracht hatte, dass sie ihm vertrauen konnte. Dass sie gut daran tat und nichts zu befürchten hatte.
Vor Erleichterung fühlte sie sich schwach in den Knien. Eine Stunde länger, und sie hätte die Waffen strecken müssen, eingestehen, dass sie ihrer eigenen Schlacht nicht gewachsen war. Stattdessen hatte er es getan und es ihr erspart. »Ich würde dir gern die Ohren langziehen, weil du herumposaunst, ich wolle dir weh tun«, sagte sie und hätte etliches andere lieber getan. »Ich will, dass du lebst, du blöder Idiot. Dass du dir nicht einfach erlaubst, zu verschwinden.«
»Ohren langziehen versuche ich auszuhalten«, sagte er. »Loslassen nicht.«
»Du bist unmöglich, Arman. Du müsstest verboten werden.«
»Müsste ich nicht. In den sieben Wochen, in denen du mich verboten hast, ist die Welt kein bisschen besser geworden.«
Dafür bekam er, was aus ihr herauswollte, was seit sieben Wochen in ihr gärte wie Hefe: küssen, rupfen, streicheln, in die

Nase beißen, in die Taille kneifen, auf die bildschöne Kurve, wo der Rücken in die Hinterbacken überging, klopfen. Das Haar zausen, in die Halsbeuge pusten, am Ohr zupfen. Sie war sicher, ihre Finger hätten seine Ohren unter Tausenden erkannt. Eines davon war nutzlos, das Gehör kaputt geprügelt. Warum fiel ihr das jetzt ein, zusammen mit ein paar Worten, die Wally ihr im Nebensatz hingeworfen hatte?

Arman zog sie ins Warme und schloss die Tür. Ihre Finger ließen seine Ohren Ohren sein und stahlen sich tiefer. Er hatte recht. Wer ihn verbot, konnte sich den Kampf um die verdammte Menschheit sparen.

»Nicht«, sagte er.

»Was: nicht?«

»Mich anfassen, als wenn du mich willst.«

»Ich will dich.«

*»Lajvard«*, sagte er, und sein Körper wurde in ihrer Umarmung steif. »Ich kann das, was du von mir verlangst, nicht tun. Aufhören. Diese Ausbildung abbrechen.«

»Aber du musst! Du hast kein Recht, dein Leben zu gefährden, du von allen Menschen zuletzt!«

»Warum ich zuletzt?«, fragte er. »Weil ich einer Spezies angehöre, das der Statistik nach ausgestorben ist?«

Er durfte nie wieder geschlagen werden. Sie hatte ihm ohne Worte geschworen, dass sie den Rest ihres Lebens dazu nutzen würde, ihm das beizubringen: Egal, was du tust, kein Mensch lässt dich das noch einmal durchleiden. Ausholende Arme, Schrecksekunden, erstarrtes Warten auf Schmerz. Dein Körper und seine Unversehrtheit sind wieder so heilig wie am Tag deiner Geburt. Zuweilen kam es ihr vor, als wolle er um jeden Preis testen, wie ernst es ihr damit war.

»Das war billig«, sagte sie. »Du weißt, dass ich so nicht von dir denke.«

»Nein«, sagte er. »Das weiß ich nicht.«
Die dunklen Augen sahen sie an.
»Warum sagst du das zu mir?«, fragte sie. »Weil du mir etwas heimzahlen willst?«
»Weil ich so von mir denke«, sagte er.
»Verdammt, dann benimm dich danach. Sag diesen Wahnsinn mit der Fliegerei ab, pass auf dein Leben auf, das verdammt noch mal teuer erkauft ist.«
Schlagen mit Worten. Armans Nacken zuckte, und Amarna schämte sich. Die Scham wuchs, als die Tür zum Wohnraum aufschwang und Rehan zu ihnen herausstürzte. Sie hatte keine Eltern und wusste nicht, wer ihre Eltern waren. Den Namen Rehan, der süßes Basilikum hieß, hatte Arman ihr gegeben, und ihren Familiennamen Artsruni trug sie, weil ihr eigener in der syrischen Wüste verscharrt lag. Für Rehan waren Arman und Amarna die Seile, die sie mit der Welt verknüpften. Wenn diese Seile ins Schwanken gerieten, schwang sie haltlos ins Leere.
Im Laufen ließ sie einen Strang der tannengrünen Wolle fallen, packte mit der Linken Armans und mit der Rechten Amarnas Hand und führte die Hände zusammen, um sie mit ihren dünnen Fingern aneinanderzupressen. »Nicht schreien«, wisperte sie und starrte Amarna mit großen Augen an wie eine Bettlerin, die sie gewesen war, ehe Arman sie aufgelesen hatte. Eine kindliche Bettlerin, die ihr bisschen Körper verkaufte, weil sie nicht wusste, was sich sonst gegen Hunger ausrichten ließ. »Bitte mit Arman nicht schreien. Bitte Arman nicht böse sein.«
Natürlich, dachte Amarna. Die Böse bin ich. Die, die schreit, die mit Worten um sich schlägt, während Herr Nachtauge dasteht wie versteinert und meine Bosheit über sich ergehen lässt. Meine Hilflosigkeit. Meinen verzweifelten Versuch, ihm klarzumachen, dass ich ihn zu sehr liebe, um ihn sterben zu lassen.

Oder nicht genug liebe. Von mir aus auch das.

»Das kommt schon hin.« Arman befreite seine Hand aus Rehans Umklammerung und streichelte ihre Wange. »Amarna ist wütend, weil ich ihr etwas nicht richtig erkläre. Dafür darf sie schreien, oder nicht? Besser, als wenn sie die Geduld mit mir verliert und mich im Regen stehen lässt.«

»Regnet gar nicht«, zischte Amarna, nahm seine Hand und Rehans dazu. »Idiot.«

Getröstet lachte Rehan auf. »Stimmt, Arman, dummes Zeug. In unserem Haus regnet's doch nicht.«

Arman legte die Arme um sie beide. Eine Sekunde lang stellte Amarna sich vor, er hielte Frau und Tochter umarmt, obwohl sie sich einen Sohn wünschte. In unserem Haus regnet's doch nicht. In unserem Haus muss sich niemand warm anziehen.

In der Tür zum Wohnraum erschien Bülent. »Schämen solltet ihr euch. Alle drei. Schreit und zankt und lärmt wie unerzogene Gören. Wie soll ein alter Mann sich da ausruhen?«

Arman sandte ihm einen der Blicke, die Bülent allein vorbehalten waren. »Hier wohnt aber kein alter Mann«, sagte er. »Dass du Besuch hast, konnten wir ja nicht wissen.«

Lieb dich, dachte Amarna. Nicht weil du ausgestorben bist, nicht weil du so einzigartig begabt bist, sondern weil nichts auf der Welt dich uns ersetzen könnte.

»Du kriegst gleich Ärger«, schimpfte Bülent und strahlte. »Und zwar großen.« Dann wandte er sich an Amarna: »Willst du essen, *sevgilim?* Ob das, was die Frau hingestellt hat, essbar ist, weiß ich nicht, aber es muss ja noch irgendwas anderes da sein.«

»Ich mache ihr ein Sandwich«, erbot sich Arman.

»Was soll das heißen: Sandwich?«, zeterte Bülent. »Das Mädchen rennt den ganzen Tag da draußen herum, die braucht was im Magen, und nur weil du englische Pappe mit Schmiere da-

zwischen als Abendessen bezeichnest, brauchen wir vernünftige Menschen das noch lange nicht zu tun.«
Arman ging zu ihm, hob unterwegs Rehans Strang grüner Wolle auf und legte ihn sich um den Hals. Dann nahm er Bülents Hände. Bülent lehnte den Kopf an seine Brust und sah müde, alt und glücklich aus.
Lieb dich, dachte Amarna. Du behandelst uns wie den heiligen Gral, wie die Achse, um die sich deine Welt dreht. Wie kannst du uns den Rücken zukehren und dich für andere töten lassen?
»Nicht so schimpfen.« In Armans Stimme waren sein Bülent-Lachen und seine Bülent-Zärtlichkeit. »Ich verspreche dir, ich nehme frisches Brot, säble dicke Scheiben von ordentlichem Käse ab und schiebe alles dazwischen, was angeblich Leib und Seele zusammenhält: Zwiebeln, Krautsalat, Corned Beef und so viel Butter, dass mir vom Hinsehen schlecht wird.«
»Und das soll dem Mädchen genügen?« Bülent reckte sich und gab Arman einen Nasenstüber. »Diesem armen Mädchen, um das du dich seit Wochen nicht kümmerst, das du vertrocknen lässt, wie du's keinem Halm in deinem Garten zumuten würdest? Was sind die Engländer nur für Männer, vergöttern ihre Gärten und lassen ihre schönen Frauen links liegen. Habe ich dir beigebracht, deine Frau wie eine Sultanstochter zu verehren und den Boden, auf dem sie geht, zu küssen, oder nicht? Du machst mir Schande, Arman. Wenn ich sehe, wie elend es diesem Mädchen unter deiner Obhut geht, weint mein Herz.«
»Meines auch«, sagte Arman.
»Dann reiß dich am Riemen.«
»Ich versuch's«, sagte Arman. »Ich nehme Brot und Butter und all das mit nach oben und reiße am Riemen, so fest ich kann, ja?«
»Troll dich.« Bülent schob ihn von sich. Dann packte er ihn bei dem versengten Stoff an der Schulter und zog ihn noch einmal

zu sich. »Bring dein Haar in Ordnung. Zieh dir ein ordentliches Hemd an. Deine Frau hat einen ansehnlichen Mann verdient.« Arman küsste Bülents Schopf und trollte sich in Richtung Küche.

Bülent wandte sein kleines Greisengesicht Amarna zu. »Lass ihn doch nicht so allein, *sevgilim.* Ein Mann tut, was er tun muss, das ist so, seit die Welt besteht. Für seine Frau ist das hart. Aber sie muss doch zu ihm halten.«

»Egal, was er tut?«

Auf der Stelle verhärteten sich Bülents Züge. »Arman ist ein guter Mann. Etwas Unrechtes tut er nicht.«

»Allerdings nicht«, sagte Amarna und seufzte. »Weißt du aber, was Liebe sein kann? Sich seinen Liebsten schlecht zu wünschen. Schlecht, mit unrechten Dingen beschäftigt und in Sicherheit.«

»Um über so was nachzudenken, bin ich zu alt«, knurrte Bülent. »Aber ich wünsche mir keinen von euch dreien anders, auch wenn ihr mir auf die Nerven geht.«

# 12

Was Arman Sandwich nannte, war ein Fest für die Sinne. Verblüffend war, dass ein Mann, dem bei den meisten Mahlzeiten übel wurde, so fantasievoll mit den Zutaten umging, aus denen sie bereitet wurden. Vielleicht wäre er in einem anderen Leben verfressen gewesen und hätte Fett angesetzt. Gab es in seinem Stammbaum gewichtige Männer, einen Onkel, der auf Hochzeiten gebratene Hühner verschlang, einen

Großvater, der einen Wanst vor sich hertrug als Zeichen seiner Wichtigkeit? Niemand wusste das. Von seinen Verwandten existierte kein Bild, kein zurückgelassenes Kleidungsstück, kein Mensch, der davon hätte erzählen können. Nur Arman, der vielleicht all diese Geister um sich hatte, wenn er sich zu Tisch setzte, die Lippen zusammenkniff und sein Essen zu ihnen hinüberschob.

Er benutzte mit Vorliebe englische Untertreibungen wie *Sandwich*, aber wenn er Amarna bediente, war er ganz Orientale. Er drängte sie, sich auf das Bett zu setzen. Als sie saß und den Fuß nach oben zog, ging er in die Knie und küsste das Holz der Diele, wo ihre Sohle es berührt hatte. Er schob alle Decken bis auf eine blaue aus Seidengarn beiseite und drapierte die blaue wie einen Nachthimmel um sie. Vor ihr arrangierte er auf Tellern und Schalen eine Palette von Farben, Formen und Texturen. Vielleicht hätte er in einem anderen Leben Stein und Kohle links liegen lassen und in leuchtenden Tönen Aquarelle gemalt. Auf seinen Mosaiktisch stellte er den Zinnleuchter und steckte Kerzen an, von denen Wachs tropfte. Der Nachtwind, der zum Fenster hereindrang, ließ die Flammen tanzen. Arman kniete sich vor das Bett, sah ihr schweigend zu, und ein paar Atemzüge lang war ihre Welt wieder still.

Amarna aß von diesem und jenem und hatte das Gefühl, nichts rutsche tiefer als bis in den Hals. Irgendwann nahm Arman ihre Hand, die nach einem Radieschen greifen wollte, und hielt sie fest.

»Du musst das nicht meinetwegen essen, *lajvard*.«

»Wirklich nicht? Aber du hast das doch alles für mich aufgebaut.«

»Na und? Dann baue ich eben alles wieder ab.« Augenblicklich stand er auf und begann, Schalen und Teller auf Tabletts zu räumen.

»Ich wollte dich nicht verletzen«, sagte Amarna.
»Sei nicht albern«, erwiderte Arman. »Ich veranstalte einen Zirkus mit Lebensmitteln, weil ich dir das, was du von mir willst, nicht geben kann. Sollst du dir deshalb auch noch den Magen verderben?«
Das ist auch ein Grund, dir zu trauen, dachte sie. Wir ertragen beide in unserer Liebe keinen falschen Ton. Lieber einen, der zu schroff gerät, als eine unechte Note Zärtlichkeit. Von allem, was du mir gibst, fühle ich mich gemeint. Sogar jetzt, wo du mich um das, was ich brauche, betrügst.
»Arman«, sagte sie, »essen will ich nicht. Aber mit dir schlafen. Ich weiß nur nicht, ob das richtig ist.«
»Du meinst, du weißt nicht, ob ich es verdiene. Das habe ich dir doch gesagt: Ich verdiene es nicht, ich höre nicht auf, ich gebe dir nicht, was du willst.«
Er funkelte sie an und deckte Hauben über die Tabletts mit den Speisen. Arman Artsruni. Ihre liebste Hauswirtschaftslehrerin.
»Tu das nicht, Amarna«, sagte er. »Wenn du mir eins überziehen willst, gebe ich dir dafür eine Holzlatte. Aber die Waffe, die du benutzt, ist nicht fair.«
»Und die Holzlatte ist fair?«
»Das ist deine Entscheidung«, sagte er stolz. »Holz hält mein Kopf im Notfall aus. Das andere nicht.«
»Du hast einen Dachschaden, Süßer«, sagte sie und rutschte zur Seite. »Der wird vom Draufhauen ja nicht besser.«
Er war schneller in ihren Armen, als sie zusehen konnte. Mit seinen Kleidern war er nicht sorgsam, nicht einmal mit ihren, sondern riss nur das Nötigste zur Seite. Ihr Liebeszauberer, der sonst die Nächte unter ihrem Dach zelebrierte, war nur noch ein Mann, der vor Sehnsucht keuchte. Wenn sie einen Beweis dafür brauchte, wie sehr sie ihn ausgehungert hatte, gab er ihr den ohne Rückhalt. Er kam, ehe er sie hätte lieben können. Wie

ein Schuljunge. Entsetzt ließ er von ihr ab und wandte ihr den Rücken zu.

»Es tut mir leid.«

»Braucht's nicht.« Sie legte die Arme um ihn, bettete ihr Gesicht an seine Schulter. »Kein bisschen, Arman. Vermutlich bist du der einzige Mann, der sich so etwas von seiner Frau gefallen lässt und nicht zu einer anderen geht.«

»Zu was für einer anderen?«

Amarna lachte auf. »Frag mal in der Stadt herum, mein Hübscher, ich bin sicher, du bekommst ein brauchbares Angebot.« Sie begann, sein Hemd aufzuknöpfen und ihm Hals und Brust zu streicheln, bis er sich wieder zu ihr umwandte und sie in die Arme nahm. Er trug britische Stoffe, verarbeitet von britischen Schneidern, aber wenn er nackt war und sie liebte, war er wiederum ganz Orientale. Und seine Frage war keine Plattitüde, um für Gutwetter zu sorgen, sondern das, was er empfand: zu welcher anderen? Sie waren zwei Fremde, die geübt hatten, Einsamkeit zu ertragen, während sie aufeinander warteten.

Als sie ihn küsste, glaubte sie, sein Lächeln zu schmecken, aber als sie sich von ihm löste, fand sie keine Spur. Er bewegte sich über ihr, die Augen waren von der Liebe weit. Seine erschlagene Mutter hatte Amarna nicht gekannt, aber manchmal, wenn er nackt in ihren Armen lag, glaubte sie, durch einen dunklen Sturm ihre Augen zu sehen, die sie anstarrten, um sich gleich darauf zurückzuziehen und ihren Sohn mit seiner Liebsten allein zu lassen.

*»Lajvard«*, sagte er, als er in ihr kam. Sonst war er bei der Liebe stumm. Dicht beieinander fanden sie wieder zu Atem.

*»Lajvard.«*

Sie wusste, was er ihr sagen wollte: Es änderte nichts. Er würde weiterhin nach Gravesend fahren, um sich die Grundlagen des

Fliegens beibringen zu lassen, bis sie ihn irgendwann auf Wochen von zu Hause fort auf eines ihrer Aerodrome schickten. Dort würde er lernen, ein Kampfflugzeug über den Himmel zu steuern, bis er es beherrschte – oder abstürzte. Ihr Liebster. In einer Uniform. Ohne Zuflucht, ohne Stille, ohne Stein. Was danach geschah, wusste sie nicht. Wally war über dem Britischen Mandat Mesopotamien geflogen, um die Einhaltung von Verträgen zu sichern, doch dergleichen hatte Arman nicht im Sinn.

»Bitte bleib bei mir«, sagte er. »Auch wenn ich nicht aufhören kann.«

»Aber warum kannst du das denn nicht? Wem bist du denn etwas schuldig? Den Briten? Ich bin sicher, die würden dich auf eine Liste von Unabkömmlichen setzen, wenn es wirklich zum Krieg kommt. Schießen lernen kann jeder, Arman. Was du kannst, ist verloren, wenn du stirbst.«

Er gab keine Antwort. Seine Augen wurden glasig wie immer, wenn ihm etwas zu sehr weh tat, um zu schreien. Sie streichelte seine Wange, die kalt war und gewiss nichts spürte. »Bitte quäl dich nicht so. Es gibt doch gar keinen Krieg.«

»Ich bin mir nicht sicher.« Sein Atem ging schwer. »Wenn ich ein Jude wäre, in Deutschland …« Sein Atem ging noch schwerer, und der Rücken krümmte sich, als erinnere sich sein Körper an Tritte in den Magen, Schläge auf die Nieren, Schmerz, der letzte Grenzen einriss. »Wenn ich ein Jude wäre in Deutschland, dürftest du mich nicht heiraten. Seit 1935 schon nicht mehr. Dass du bei mir liegst und dich von mir begrabschen lässt, ist Rassenschande, meine schmutzigen Hände auf deiner schönen weißen Brust.«

»Arman, hör damit auf!«

Er hörte nicht auf. Seine glasigen Augen starrten über sie hinweg, sein Herz raste, und sein Mund sprach immer weiter. »Ich bin ein durchtriebener Bastard, ich habe dich schon 1933 verführt, mich zu heiraten. Das ist ein Ärgernis. Die Deutschen sind ordentlich, die können gegen ein Papier, das sie in einer ordentlichen Amtsstube ausgestellt haben, nichts bewirken. In ein Kellerloch zerren und totschlagen dürfen sie mich nicht, weil ich zwar Dreck bin, aber Dreck, der einer Deutschen gehört. Du bist mein Schutzschild, und dafür lassen sie dich büßen. Du musst dich von mir scheiden lassen, Amarna, sonst darfst du deine Arbeit nicht mehr machen, sonst bespucken sie dich und stoßen dich auf der Straße in den Schmutz. Meine schöne Frau, meine Königin, die keinen Mann hat, um sie zu schützen, sondern nur ein entwaffnetes zerquetschtes Insekt …«

Amarna presste ihm die Linke auf den Mund. Mit der Rechten packte sie ihn im Nacken und zog seinen Kopf zu sich. »Komm zu dir, du kannst dich doch nicht so kaputtmachen! Wie lange hast du schon diese Gedanken, das ganze letzte Jahr?« Sie hielt ihn an sich gedrückt, dass ihr die Arme zitterten. »Du bist kein Jude in Deutschland, hörst du? Du bist es nicht.«

Aber ein Armenier aus dem Osmanischen Reich.

Einer, dessen Haut zu spüren bekommen hatte, wovon er sprach.

Sein Körper in ihren Armen war leblos. Sie nahm ihn bei den Wangen, küsste ihn auf die Lippen, die vom Küssen nicht wärmer wurden, sprang endlich aus dem Bett und machte das verdammte Fenster zu.

Dann kroch sie wieder zu ihm und schlang die Arme um seinen Rücken. »Und selbst wenn du einer wärst, würde ich mich nicht von dir scheiden lassen. Die könnten mich bespucken und herumstoßen, aber ich ließe mir von denen nicht nehmen, dass ich den besten Geschmack aller Zeiten habe. Ich schieb dich in mich und halt dich dort fest. Die können mich aus mei-

nem Museum werfen, sogar aus meinem Haus, aber von meinem Mann kriegen die mich nicht weg.«
»Amarna.«
»Nicht«, sagte sie und drängte ihr Becken an seines, schob ihn in sich, um ihn dort festzuhalten. »Ich kann dir unmöglich noch einmal erlauben, dich als zerquetschtes Insekt zu bezeichnen. Du bist mein Zitronenpfannkuchen. Mein Wildschwein mit Dachschaden. Mein Ein und Alles, Arman.«
Er umschlang sie und verteilte eine Flut von Küssen über ihr Gesicht. Seine glasigen Augen glänzten. »Du hast nicht den besten Geschmack aller Zeiten. Deiner mag ja ganz nett sein, aber meiner ist unschlagbar.«
Er gab ihr noch mehr Küsse, den Hals und die Brust hinunter, stemmte sich auf schlanken Armen in die Höhe und gab ihr zu spüren, wie viel wütende Lebenskraft in ihm war. Lieb dich, Arman. Wenn uns vier Sprachen zersplittern, sind wir noch immer so scharf aufeinander, dass die Verbindung nicht abbricht. Deshalb gibt es für uns keine anderen. Weil dein Körper meinem zuflüstert, was vier Sprachen verstummen lässt. Weil ich so gern in deinen Schultermuskel beiße und weil du der schönste Mann der Welt bist.
Diesmal verausgabte er sich, ließ sie den Sturm genießen, den er aufzubieten hatte, und lag hinterher erschöpft in ihren Armen. Sie liebte das. Manchmal schlief er für ein paar Augenblicke ein, und sie hatte Zeit, ihn sich anzusehen.
Heute nicht.
Auf seiner schweißnassen Haut glänzte blassgolden das Kreuz, das er nie vom Hals nahm. Hinter seinen Augen glaubte Amarna wieder den Blick seiner Mutter zu spüren, von der er kein Bild machte, weder aus Stein noch auf Papier. Er hatte sich eine Ersatzfamilie zusammengestohlen, Rehan für seine Schwester und Bülent für seinen Vater, doch einen Ersatz für seine Mutter

gab es nicht. Seine Schwester hatte Tuma geheißen und sein Vater Gaspar. Der Name der Mutter wurde nie genannt.
»Vielleicht kastrieren sie mich«, sagte Arman in die schläfrige Stille nach dem Sex. »Damit ich dir nicht in Rassenschande ein Kind mache. Aber ich mache dir ja auch so keines. Mit mir hätten sie nicht viel Arbeit.«
Er durfte nie wieder geschlagen werden. Amarna verschränkte die Hände ineinander. Es war nicht seine Schuld, dass sein Hirn gelernt hatte, vor dem *worst case scenario* nicht haltzumachen. Es war nicht seine Schuld, dass es Menschen gab, die Wörter wie Rassenschande erfanden. Es war nicht seine Schuld, dass seine Frau kein Kind bekam.
»Nun schön«, sagte sie. »Du bist also überzeugt, dass in Deutschland diese Dinge mit Juden geschehen, und deshalb willst du lernen, einen Bomber zu fliegen. Und dann? Fliegst du hin und wirfst Bomben ab, Arman? Obwohl kein Krieg ist?«
»Ich weiß nicht«, sagte er. »Nur dass ich das nicht aushalte. Mich entwaffnen zu lassen. Noch einmal das zerquetschte Insekt zu sein, das zusieht und sich nicht wehrt.«
Amarnas Hände lösten sich. Sie schlang die Arme wieder um ihn und rieb ihm die kalte Haut am Rücken. Soweit sie wusste, war er drei Jahre alt gewesen, als er zum ersten Mal das zerquetschte Insekt gewesen war. Zugesehen hatte er höchstens am Anfang. Dann war seine Mutter auf ihn gestürzt. Auf ihm gestorben. Recht langsam vermutlich. Als er gefunden worden war, hatte er so viel von ihrem Blut in den Augen gehabt, dass er mit Sicherheit nichts mehr hatte sehen können.
»Hart, aber nützlich«, presste Arman sich ab, die Worte wie mit dem Zweispitz in Silben zerhackt.
*Hart, aber nützlich*. So hatte Hans Humann, der deutsche Marineattaché im Osmanischen Reich, beschrieben, was mit Ar-

mans Volk geschehen war, die Leichen, die auf den Flüssen Euphrat und Tigris trieben, der Gestank in der Hitze. *Die Armenier werden jetzt mehr oder minder ausgerottet, das ist hart, aber nützlich.*

*Hart, aber nützlich.* Armans Mutter war auf ihn gefallen, in ihrem Schädel das Beil, das ihrem Sohn die Schulter gespalten hatte. Armans Schultern waren hübsch, und solange er ein Hemd trug, sahen beide gleich aus, nur wenn er sie hob, fiel der Unterschied auf.

Seine Schwester, ein kindliches Genie, das mit fünf Jahren Texte in drei Alphabeten las, hatte weniger Glück gehabt als ihr kleiner Bruder. Das Beil hatte ihren Kopf, in dem die Buchstaben dreier Alphabete umherwirbelten, vom Hals getrennt. Arman hatte den Kopf mit einem Arm festgehalten, vielleicht um ihn später wieder anzunähen, wer konnte schon ahnen, was ein Dreijähriger sich bei so etwas dachte. Wie lange er unter der Leiche seiner Mutter gelegen hatte, wusste ebenfalls kein Mensch.

Arman hatte ihr nie ein Wort davon erzählt. Was Amarna bekannt war, wusste sie von ihrem Vater, der ihn damals gefunden hatte. Ein Deutscher, der in diesen Jahren der frühen Pogrome einen Armenier vor dem Schlimmsten schützen wollte, stieß auf wenig Widerstand. Die Deutschen bauten die Bagdadbahn, stützten die marode Wirtschaft und sandten militärische Berater, denen gewährte man auch absurdere Wünsche. Aber ihr Vater hatte Arman und dessen Vater nicht vor dem Schlimmsten geschützt. Nicht aus bösem Willen. Er hatte nur keine Zeit gehabt.

*Hart, aber nützlich.* Arman stöhnte. »Ich muss das machen, Amarna. Bitte glaub mir.«

»Glaub ich dir«, flüsterte Amarna. »Glaub du mir, dass ich ohne dich verlorengehe, ja? Pass auf dich auf, Enkidu.«

Er zog sie mit seiner Kraft vom Steineklopfen an sich, dass ein paar Knochen knackten. Ehe er danke sagen konnte, verschloss sie ihm wieder den Mund. Bei sich dachte sie: Es kommt ja kein Krieg. Und wenn kein Krieg kommt, schickt auch kein Land Flugzeuge und Bomben, um irgendein Volk zu retten. Um dein Volk zu retten, hat auch niemand etwas geschickt.

Vielleicht bin ich ein Unmensch, wenn ich so denke. Vielleicht bin ich es nicht wert, deine Frau zu sein, weil ich dir noch einmal zumuten will, dass die Welt den Kopf abwendet. Auch dein geliebtes Britannien, das du dir zum gelobten Land erkoren hast, weil es seinerzeit dezent zu bedenken gab, wer Verbrechen an Armeniern begehe, begehe Verbrechen an der Menschheit.

Dein Britannien, das dich lehrte zu vertrauen. Ein Haus zu kaufen, einen Apfelbaum zu pflanzen, dir ein Kind zu wünschen.

Ich will dir das nicht zumuten, Arman. Ich will, dass dein Britannien Geschwader von Flugzeugen schickt, damit nie wieder eine Mutter mit einem Beil im Schädel auf ihrem kleinen Sohn verreckt, nie wieder eine geniale Fünfjährige im Nichts verschwindet, nie wieder ein Vater verstümmelt am Galgen baumelt, während sein Kind durch namenlose Finsternis taumelt. Ich will, dass dein Britannien Flugzeuge schickt, dass der Völkerbund aufschreit, dass alle Länder der Erde Flugzeuge schicken. Nur dass du drin sitzt, will ich nicht.

Lieb dich, Arman. Kann dich nicht hergeben.

Erpressen durfte sie ihn nie wieder, ihm weh tun, bis er vor Schmerz in die Knie ging. Seinen Stolz hatte er ihr hingeworfen, dafür küsste sie ihn auf die Schulter. Er senkte die Lider, öffnete die Lippen, seufzte ohne einen Laut. Arman, der Zärtlichkeit genoss, war ein Geschenk des Himmels. Aber um einen Kuss auf liebeshungrige Haut konnte er sich ja nicht abkaufen lassen, was er glaubte, seiner Mutter schuldig zu sein. Statt ihre Liebe als Waffe zu missbrauchen, würde sie ihn sich zur Brust nehmen, bis sie, verdammt noch mal, ein Kind von ihm im Bauch hatte. Sooft sie ihn anschaute, hatte sie sich einen Sohn gewünscht, aber jetzt dachte sie: Wenn unser Kind eine Tochter wäre, könnten wir ihr den Namen deiner Mutter geben.

Arman war ein Kind ohne Vater gewesen, er würde nicht gehen und seiner Tochter das Gleiche antun. Auch nicht um Bomben auf Verbrecher zu werfen, die es wagten, noch einmal ein Volk zu morden.

Und letzten Endes würde es ja solche Verbrecher gar nicht geben. Dass Arman in seiner Angst Parallelen sah und Ereignisse überbewertete, war verständlich. Aber es entsprach nicht der Wirklichkeit. Die Nazis hatten ihre Narrenfreiheit ausgereizt, als sie in Österreich einmarschiert waren, sie würden nicht so töricht sein, den Bogen zu überspannen. Sie würden Ruhe geben und über kurz oder lang verschwinden.

Es war das Jahr 1938. Ihr Jahrhundert hatte einem Weltkrieg und der Vernichtung eines Volkes zugesehen, noch ehe es zwanzig Jahre alt war. Es war geläutert daraus hervorgegangen und würde auf der Hut sein. Amarna vergrub das Gesicht in Armans Halsgrube und sog sich an seinem Duft in den Schlaf. Vielleicht ist dein Kind schon in meinem Bauch, dachte sie und war auf einmal sicher, dass es so war.

# 13

## PAUL
## BERLIN. JULI 1938

Sie beschäftigte ihn. Länger und intensiver als alle anderen Frauen, mit denen er liiert gewesen war, auch wenn es vor ihr eine gegeben hatte, die er mehr geliebt hatte. Sie war eine jener Frauen, die man hinter vorgehaltener Hand rassig nannte, obwohl das Wort inzwischen zum Himmel schrie. Für ein paar kurze, hitzige Wochen war Paul in sie verliebt gewesen, aber das war vorübergegangen, und unter der Trennung hatte er nicht einmal sonderlich gelitten.

Ein Teil von ihm liebte sie jedoch weiter. Ihren Mut, ihren Trotz, ihre Besonderheit. Ihre versteckte Art, verletzlich zu sein.

Dass er ihr Kind liebte, bezweifelte er. Paul hatte keine Erfahrung darin, Kinder zu lieben, und fand es schwierig mit Menschen zu kommunizieren, deren Alphabetisierung noch nicht abgeschlossen war. Dass Eva und ihr illustrer Geliebter ihn zum Paten ernannt hatten, hatte ihn eher peinlich als zärtlich berührt. Er ging dem Kind aus dem Weg, und wäre es nicht mehr da gewesen, er hätte es sicher nicht vermisst. Seit einiger Zeit musste er dennoch feststellen, dass er über das Kind praktisch unentwegt nachdachte.

Über Verantwortung dachte er nach. Was bedeutete das? Er hatte weder Frau noch Kinder, und das ohnehin komplizierte Verhältnis zu seinen Eltern hatte er abgebrochen, als sein Vater der Nazi-Partei beigetreten war. In gewisser Weise fühlte er sich für den alten Professor Brandstätter verantwortlich, weil er dessen Tochter einmal geliebt hatte. Sie hatte einen anderen geheiratet und war mit ihm ins Ausland gegangen, ihr Vater dagegen hockte mit bald fünfundsiebzig Jahren allein in Nazi-Deutschland fest.

Paul ging ihn besuchen, saß mit ihm in seiner zu großen Wohnung, in der es nach gutem Pfeifentabak roch, und debattierte über Aspekte der Hethitologie, als gäbe es sonst nichts, um die Welt aus den Angeln zu reißen. Lieber hätte er zu ihm gesagt: »Ich glaube, Sie sollten darüber nachdenken, zu Ihrer Tochter nach England zu gehen. Ich glaube, Sie sollten nicht nur darüber nachdenken, sondern es schnellstmöglich tun.«

Dass er es nicht sagte, lastete auf seinem Gewissen und wurde mit jedem Besuch, bei dem er es wieder nicht gesagt hatte, schwerer. So ähnlich, nur in viel stärkerem Maß, erging es ihm mit Eva Löbels Kind.

Zu bemerken, wie Schlingen sich zuzogen, den Atem der Bedrohung im Nacken zu spüren und nichts zu unternehmen, kam ihm unhaltbar vor. Man ließ keinen alten Mann, der die Welt nicht mehr verstand, in sein Unglück laufen, und ein Kind von fünf Jahren schon gar nicht. Jeden Tag nahm Paul sich vor, etwas zu tun, und jeden Tag fand er einen neuen Grund, um es noch einmal aufzuschieben.

Ich bin ein Fass, in das zu viel hineinpasst, dachte Paul. Das war ich schon immer. In mich tropft es hinein, und ich arrangiere mich.

Mit den ständig neuen Erlassen des Kultusministeriums hatte er sich arrangiert, auch wenn von der Freiheit von Forschung und Lehre, die der Artikel 142 der Weimarer Verfassung zugesichert hatte, nichts übrig geblieben war. Damals, am Anfang, hatte er mitten in einem Projekt gesteckt, das seine ganze Konzentration erforderte. Er war sich vorgekommen wie ein Tier, das sich eine Nische zum Überwintern suchte: nichts hören, nichts sehen, nichts sagen. Forschungsarbeit auf seinem Gebiet verlief häufig so. Manchmal verbrachte er Wochen über einem Text, der aus einer drei Jahrtausende zurückliegenden Ära zu ihm sprach, und sah keinen Menschen, der sich im Hier und Heute herumschlug.

Stillhalten, bis es vorüberging. Das war es, was Pauls Naturell entsprach. Wenn er sich im Spiegel betrachtete, vermochte er nicht zu glauben, dass in dem Körper, den er vor sich sah, er selbst steckte. Der Paul, den er kannte, war schüchtern, sein Arbeitsplatz war der Schreibtisch und sein Handwerkszeug sein Hirn. Der, der ihm aus dem Spiegel entgegenstrahlte, überragte die meisten seiner Studenten. Arme, Brust und Schultern sahen aus, als pflüge er im Morgengrauen Felder um. Er hatte volles, weizenblondes Haar und eine blühende Gesichtsfarbe. Ein Kerl wie aus einem Nazi-Bilderbuch. Und einer, mit dem sich so schnell keiner anlegte.

Der Paul, der drinnen steckte, musste den falschen Körper erwischt haben. Zum Schreiben mit der Füllfeder waren seine Metzgerhände lächerlich groß. Noch lächerlicher aber war, dass dieser Paul im Körper eines Preisringers Angst hatte und sich von der Angst beherrschen ließ.

Der im Spiegel sah aus wie der Held, der einen Haufen Nazi-Schläger in die Flucht geschlagen hätte, wenn die versuchten, eine jüdische Studentin aus der Tür der Eingangshalle zu drängen. Der, der in dem Heldenkörper steckte, hatte sich weggedreht und war weitergelaufen. Junge Leute kabbeln sich eben, hatte er sich selbst beschwichtigt. Das hat mit Politik nichts zu tun.

Die Wahrheit war: Die Nazis waren zu fünft gewesen und hatten Schlagstöcke in ihren erhobenen Fäusten gehalten.

Die Wahrheit war: Der Frau hatte ein anderer geholfen. Dietmar Brauer, einer der sumerischen Philologen, ein kleiner, bebrillter Mann, der nach Essig roch und mit dem Paul noch nie

ein privates Wort gewechselt hatte. Er trug eine Platzwunde auf der Stirn davon, die mit sechs Stichen genäht wurde. Der jungen Frau hatten die Schläger zwischen Tür und Angel drei Finger gebrochen, ehe ihr schmächtiger Retter sie vertrieben hatte. Sie kam nicht wieder. Eine Woche später wurde sie exmatrikuliert.
Der Paul, der in dem Heldenkörper steckte, hatte sich auch mit den gebrochenen Fingern arrangiert. Im Arrangieren hatte er Übung, schließlich hatte er schon als Kind damit begonnen. »Ein artiger Junge, unser Paule«, hatten die Verwandten gesagt, und Paul hatte sie gehasst und sich selbst noch mehr. Er war ein artiger Junge gewesen, nicht weil es seinem Wesen entsprach, sondern weil er Angst hatte, sich von seinem Vater Prügel einzuhandeln.
Dabei war sein Vater ein Radaubruder, der sich lieber mit seinesgleichen anlegte, als auf die Züchtigung seiner Söhne viel Energie zu verschwenden. Paul bekam ein paarmal mit dem Streichriemen den Hintern versohlt, ohne einen Bluterguss davonzutragen. Dennoch machte die Erinnerung ihm die Kehle eng, seine Fäuste ballten sich, und für Sekunden sah der Paul im Spiegel dem, den er in sich spürte, ähnlich.
Warum hatte er diese erbärmliche Angst vor einer Tracht Prügel, aber nicht vor einer Halsentzündung? Die Halsentzündungen, die er als Junge überstanden hatte, waren bei weitem schmerzhafter gewesen als der versohlte Hintern. Sein Hals hatte den Schmerz jedoch vergessen, und zurück blieb nur ein Gefühl von Wärme, von baumwollenen Umschlägen und fürsorglichen Mutterhänden. Der Schmerz von den Schlägen brannte hingegen immer weiter, und das Klatschen, mit dem der Riemen sein Fleisch traf, hallte ihm bis heute im Schädel.
Es tat so weh, dass er den Spiegel zerschlagen wollte, wann immer er seinen stämmigen Körper sah und dabei den Feigling in sich spürte. Der Körper war schuld an der Feigheit. Weil der

Körper vor dem bisschen Klatschen mit dem Riemen schauderte, wusste der Paul, der in ihm steckte, nicht, wie es sich anfühlte, mutig zu sein.
Erwachsen werden hieß, nie mehr Angst vor Schlägen zu haben, hatte er sich geschworen, wenn er verheult vom Knie seines Vaters gerutscht war. Ein Erwachsener erkrankte an Halsentzündung, aber niemand zerrte ihn übers Knie und schlug ihn windelweich. Mit knapp dreißig war Paul zum Professor berufen worden, war zu einer Respektsperson geworden, die niemand anzutasten wagte. Zumindest hatte er das geglaubt und sich eine Zeitlang in Sicherheit gewiegt. Bis die Nazis ihm in seinem Elfenbeinturm auf die Pelle rückten und ihm von neuem Angst machten.
Er beneidete Eva Löbel, die den Angstmachern die Stirn bot. Sie war schön, wie sie so tollkühn und trotzig ihren Weg ging. Sogar der nach Essig stinkende Dietmar Brauer war schön, seit er sich hatte schlagen lassen, um ein Mädchen zu beschützen. Sie waren schön, weil sie sich nicht zu verängstigten Kindern herabwürdigen ließen, denen die Nazis einprügelten, was sie wollten. *Ein artiger Junge, unser Paule.* Eine artige Schafherde, unser deutsches Volk.
Vor Eva Löbel und Dietmar Brauer hatte Paul schon einmal einen gekannt, der sich lieber prügeln ließ, als sich kleinzumachen. Paul hatte sich vor Angst um seinen Hintern das Hosenbein bepinkelt, und der andere hatte nicht einmal Angst um seinen Kopf gezeigt. Für seine Tapferkeit hatte er die Frau bekommen, die Paul hatte haben wollen, und er hatte sie sich redlich verdient. Was sollte eine Frau mit einem Mann, der den Schwanz einkniff, während fünf Nazis ihr die Finger brachen? Die arme Eva hatte auch so einen abbekommen: Martin Serner, den Wilma Duvenage als Schwein beschimpfte, von dem Paul jedoch wusste, dass er in Wirklichkeit ein Hase war.

Ein Angsthase.
Mit einem solchen Mann hätte Eva wenigstens einen Freund gebraucht, der zum Helden taugte, doch mit Paul kam sie vom Regen in die Traufe.
Paul verkroch sich noch tiefer in seiner Nische, aber es gab darin keine Behaglichkeit mehr. Kollegen, mit denen er geforscht hatte, verschwanden einer nach dem andern. Kommunisten, Sozialdemokraten, »rassisch Unerwünschte«. Mit Letzterem waren Männer gemeint, deren Religionszugehörigkeit niemand gekannt hatte, wie auch von Paul niemand wusste, dass er römisch-katholisch getauft war. Paul ging nie zur Kirche, und von den Kollegen ging vermutlich keiner in die Synagoge.
»Gesetz zur Wiederherstellung des Berufsbeamtentums«, nannte sich die Verordnung, die solche Männer aus dem Lehrbetrieb verbannte. Fortan wurden Dozenten nicht mehr nach ihrer Eignung ausgewählt, sondern nach trüben Substanzen, die sich angeblich in ihrem Blut nachweisen ließen. Die verwaisten Posten übernahmen eiligst habilitierte Professoren, die vor 1933 der Partei beigetreten waren. Karl Denitz, der Dekan der Fakultät, war neben Paul und Dietmar Brauer der letzte ohne Parteiabzeichen. Ein Lehrstuhl der Altorientalistik wurde überhaupt nicht neu vergeben, sondern durch einen eilig geschaffenen für germanische Frühgeschichte ersetzt.
Auch die Studentenschaft veränderte sich. Eine kleine Schar *»rassisch Unerwünschter«* durfte bleiben, erhielt jedoch keine Stipendien und in der Mensa keinen Eintopf mehr. Wer nicht freiwillig ging, schlich mit gesenktem Kopf durch die Gänge, und neu immatrikuliert wurden nur noch Parteimitglieder. Vor einem Jahr hatte Wilhelm Krüger, der scheidende Rektor der Universität, in seiner Abschiedsrede von der Kanzel geschmettert: »Wer es nicht für wert hält, sich in die Reihen der politi-

schen Soldaten Adolf Hitlers einzugliedern, soll künftig auch nicht wert sein, an Berlins Universität zu studieren.«
Paul hätte sich die Ohren zuhalten mögen. Dietmar Brauer drehte sein Gesicht zur Wand, und Paul bewunderte einmal mehr seinen Mut. Krügers Nachfolger, Willy Hoppe, bekannte sich lauthals zu Hitler und kündigte an, er werde die politische Gesinnung der Studenten stärker überwachen. Hoppe war Historiker. Das machte es für Paul noch unfassbarer.
Nach der Feier besuchte er Professor Brandstätter, und dieses eine Mal sprach er nicht von Aspekten der Hethitologie. »Wie kann jemand, der sein Leben der Geschichtsforschung widmet, diesen zusammenklamüserten Humbug von Rassenhygiene und blutreinen Herrenvölkern nachbeten?«, brach es aus ihm heraus.
»Das ist eben die Krux mit uns Menschen«, erwiderte Professor Brandstätter in seinem feinen, stillen, bedauernden Ton. »Dass wir nur *über* die Geschichte etwas lernen, nicht *aus* ihr.«
»Aber macht das unsere Arbeit nicht sinnlos?«, fragte Paul. »Wozu studieren wir die Vergangenheit, wenn wir für die Zukunft daraus keinen Nutzen ziehen?«
»Wir sind im Herzen Archäologen«, murmelte Professor Brandstätter. »Wir stecken unsere Köpfe am liebsten in den Sand.«
Sie hatten nie wieder darüber gesprochen. Auch dann nicht, als der alte Mann in einem halbspaltigen Fachartikel die Atlantis-Theorie als Unsinn bezeichnete und daraufhin mit einem Publikationsverbot belegt wurde. Seine Standardwerke zum Königtum der Hethiter wurden aus den Bibliotheken verbannt. Paul publizierte weiter und ekelte sich vor sich selbst.
Nachts träumte er von der Studentin mit den gebrochenen Fingern, von dem alten Mann, dem man sein Lebenswerk raubte, und von Eva Löbels Tochter.

Inzwischen hatte er Eva und das Kind bereits seit Wochen nicht mehr gesehen. Er ging nur noch selten ins *Babeurre.* Einmal hatte Wilma Duvenage, Evas komische kugelrunde Hüterin, ihn angerufen, doch er hatte sie abgewimmelt und Arbeit vorgeschützt. In Wahrheit hatte er nicht wissen wollen, wie Eva es aufgenommen hatte, dass Juden künftig Kennkarten tragen mussten, auf die ein rotes ›J‹ gestempelt war. Er wollte nicht, dass Wilma ihm Evas Kennkarte unter die Nase hielt und ihn anfuhr: »Tu endlich was, oder bist du die gleiche leere Flasche wie der Serner?«

Das rote ›J‹ war ja nicht alles. Zuvor hatten die Nazis bestimmt, dass es keine Jüdinnen mehr geben durfte, die wie im Garten Eden Eva hießen. Wer keinen jüdischen Namen trug, musste es sich gefallen lassen, dass ihm als Zweitname entweder Sara oder Israel aufgezwungen wurde. Paul schockierte die Dummheit noch mehr als die Perfidie. Konsultierten die Leute, die solche Verordnungen erließen, keine Nachschlagewerke, wusste keiner von denen, dass der Name Eva hebräisch war und *Die, die Leben schenkt* bedeutete? War ihnen nicht klar, woher die Geschichte von Apfelbaum und Schlange stammte? Letzten Endes war Sara ja aber kein unschöner Name, versuchte Paul sich zu beschwichtigen. Es gab Schlimmeres, von dem Eva Gott sei Dank nicht betroffen war. Juden mussten neuerdings ihr Vermögen offenlegen, doch was Eva besaß, lief über Hagen Fidelis. Sie brauchte weder um ihre Wohnung noch um ihr Einkommen zu fürchten, da Hagen für alles sorgte. Andere Juden durften ihr Gewerbe nicht mehr ausüben und wurden aus ihren Häusern getrieben. Im Vergleich dazu war der Name Sara ein verkraftbares Übel.

Aber selbst ein Hund hat ein Recht darauf, dass man ihn bei seinem Namen ruft, ging es Paul durch den Kopf. Er versuchte es zu verdrängen. So, wie er zu verdrängen versuchte, dass Eva weiterhin durch die Stadt jagte, um ihre Bilder zu finden, und dabei jegliche Vorsicht außer Acht ließ. Wilma war krank vor Angst, dass sie eines Tages nicht wiederkommen, dass sie das Kind aus ihrer komischen Miniaturkneipe nicht mehr abholen würde. Sie brauchte jemanden zum Reden, aber von dem bunten Haufen Freunde gab es nicht mehr viele, mit denen zu reden war. Also brauchte Wilma Paul, und der steckte mit dem Kopf im Sand.

Das Semester ging zu Ende, und zum ersten Mal war Paul darüber froh. Nie zuvor hatte er sich derart erholungsbedürftig gefühlt. Er erwog sogar, ein paar Tage in Urlaub zu fahren, vielleicht in eines der Städtchen am Bodensee, irgendetwas Verschlafenes, Beschauliches, um seine aufgepeitschten Nerven zu glätten. Sollte er Eva nicht dazu einladen? Es würde ihr guttun, aber durften Juden überhaupt noch in Hotels übernachten?

Paul hatte sich unbemerkt aus dem Portal stehlen wollen, doch Karl Denitz, der Dekan, fing ihn ab. »Darf ich Sie auf ein Bier im Kollegenkreis bitten? Bei Mutter Wiechert?« Er wies über den Vorplatz zur Straßenecke, wo eine Handvoll Dozenten des Fachbereichs warteten.

Mutter Wiecherts Bierstube war zu Studentenzeiten Pauls Stammkneipe gewesen. Die Wirtin hatte ihn mit ihrer Liebe erdrückt und in seine Erbsensuppe ganze Bockwürste geschnitten. Jetzt hingen an den Wänden Fotos des Nazi-Studentenbundes, auf denen Deutschlands Akademiker im Gleichtakt die Arme hochrissen wie Schwachsinnige. Paul blieb stehen und zählte die wartenden Kollegen. Dietmar Brauer fehlte. Mit einem Gefühl von Kälte im Nacken fiel ihm plötzlich auf, dass er ihn seit Tagen nicht gesehen hatte.

»So unentschlossen?«, fragte Karl Denitz. »Eine Einladung zum Bier ist doch kein Appell zum Partisanenkampf.«

Erschrocken fuhr Paul herum und sah in das kluge Gesicht des Dekans. Wie von selbst wanderte sein Blick tiefer und blieb am Revers hängen. Das Parteiabzeichen glänzte brandneu, das Schwarz-Weiß-Rot wie poliert. Sein Nacken wurde noch kälter. »Ich bin verabredet«, behauptete er.
»Tatsächlich?« Der Dekan grinste, als hätte er Zahnschmerzen. »Höchste Zeit wurde es ja.«
»Zeit wofür?«
»Für Ihre Verabredung«, erwiderte Denitz. »Weiblicher Art, hoffe ich. Sie sind zu ernst, Paul, ein wenig Leichtigkeit täte Ihnen gut. Ich darf Sie doch Paul nennen? Und ein Glas werden Sie ja wohl mit uns trinken können, ehe Sie sich zu der Dame gesellen.«
Nein, wollte Paul sagen. Mit Leuten, die ihr Hirn verleugnen und proklamieren, sie seien die Herren von Atlantis, trinke ich nicht. Ein Zittern lief durch seinen Körper. Der wollte, dass Paul zustimmte und sich für die Einladung bedankte. Wer sich auf die Seite der Schläger begab, brauchte keine Angst vor Schlägen zu haben.
»Wo ist Dr. Brauer?«, fragte er. Sein Herz pochte dumpf.
»Tja.« Denitz räusperte sich. »Der Kollege Brauer hat sich ein bisschen zu weit aus dem Fenster gelehnt. So etwas ist nicht ratsam. Und wem hilft man auch damit?«
»Ich verstehe nicht«, sagte Paul.
»Allzu viel Verstehen hat ohnehin seine Tücken«, erwiderte Denitz. »Die Gattin des Kollegen Brauer war Jüdin. Sie ist vor drei Wochen gestorben. Krebs. Dafür kann ja keiner was. Warum der Kollege jetzt, wo das Problem ausgestanden ist, die Nerven verliert, soll mir erklären, wer will.«
»Wo ist er?« Pauls Stimme war tonlos.
Der Dekan hob die Schultern. »Man hat mich befragt, und ich habe dem Kollegen einen einwandfreien Leumund bescheinigt.

Was er sich sonst hat zuschulden kommen lassen, ist nicht Sache des Fachbereichs. Selbstverständlich haben wir getan, was in unserer Macht stand.«

»Ich möchte gehen«, krächzte Paul. Er ließ sich die Hand schütteln, teilnahmslos wie einen leeren Ärmel.

»Tun Sie, was Sie nicht lassen können. Aber überschätzen Sie Ihre Stellung nicht. Paul. Die Gangart verschärft sich, der Wind wird kälter, und im Notfall könnte ich für Sie nicht mehr tun als für Brauer.«

Paul stieg in den Omnibus und fuhr nach Charlottenburg. Der Abend war rötlich, quirlig, der typische Auftakt einer Berliner Sommernacht. In einer solchen Nacht hatte er Eva Löbel zu verführen versucht und nicht bemerkt, dass längst er der Verführte war. In einer solchen Nacht war er vor Jahren einmal weinend durch die Straßen gestreunt, weil sein süßes Mädchen nicht ihn, sondern einen standfesten Helden liebte. Die beginnende Nacht, die vor dem Busfenster vorbeizog, schien ihn anzuklagen, jede Leuchtreklame forderte ihn heraus: Sieh dir an, was aus deiner Stadt geworden ist. Nimm endlich den Kopf aus dem Sand!

Von Plakatwänden und Litfaßsäulen blickte ihm schicksalsschwer Martin Serners Gesicht entgegen. *Feuer über Atlantis* stand brennend rot über seinem Brustkorb. *Premiere im* UFA-*Palast.* Die Frau, die er in den Armen hielt, war erdbeerblond. Die Dunkelhaarige, Renée Irgendwas, die er in Evas *Semiramis*-Film umarmt hatte, war damals ermordet aufgefunden worden, und von den Tätern fehlte jede Spur. Neben dem Filmplakat hatte jemand eine Reklame für Nivea-Creme mit einem gelben Zettel überklebt: *Wer Nivea kauft, unterstützt das Weltjudentum.*

Professor Brandstätter stand auf Socken vor der Tür seiner Wohnung. Das Hemd lappte ihm aus der Hose, und er sah zu Paul auf wie ein verstörtes Kind.

»Mein Gott!«, entfuhr es Paul. »Was ist geschehen?«
Der Professor schüttelte den Kopf, als begriffe er nichts.
Paul schob sich an ihm vorbei und betrat die Wohnung. Sie war mit den dunklen, gediegenen Möbeln des Großbürgertums gefüllt gewesen, mit guten Teppichen und echten Gemälden, Porzellan für jeden Anlass, Büchern, Briefen und Familienfotos. Was davon noch übrig war, bedeckte den Boden in einer Schicht von Scherben, durch die Paul knöchelhoch watete. Chinesische Vasen, persische Kleinkunst, Meissner Sammeltassen. In Leder gebundene Folianten, mit Seide bezogene Decken, alles zerschlagen, zerstochen, zertrümmert, zerfetzt. Die Hinterlassenschaft eines Lebens lag vernichtet, wie um dieses Leben aus dem Buch der Erinnerung zu tilgen. Intakt war einzig der Geruch nach Pfeifentabak. Durch den Korridor spähte Paul in den Hausflur und sah den alten Mann, der hier gewohnt hatte, schwanken. Er eilte zu ihm und lehnte ihn mit dem Rücken an die Wand. »Sie kommen mit zu mir.«
Die Augen des Professors waren so weit aufgerissen, dass die Augäpfel aus den Höhlen zu treten drohten. »Nein, mein Guter«, flüsterte er. »Sie beweisen so viel Anstand, dafür werde ich Sie nicht in Gefahr bringen. Die kommen wieder, haben sie gesagt.«
»Wer sind die?«
Brandstätter senkte den Blick. »Gestapo. Das nächste Mal holen sie mich und jeden, der mir hilft.«
»Der Ihnen wobei hilft? Wofür tun die Ihnen das an?«
»Ich habe meinen Freund Merchert von der Orientgesellschaft gebeten, meinen Aufsatz zu diesem Ahnenerbe-Unsinn in der Monatsschrift zu bringen«, antwortete Brandstätter. »Merchert wusste nicht, dass ich nicht mehr veröffentlichen darf. Es stand ja auch rein gar nichts darin, kein Wort zu der Düsternis hinter den Kulissen, sondern nur meine Beweisführung, dass

diese germanische Identitätsthese weder Hand noch Fuß hat. Und dass es fatal wäre, den gesamten Ausgrabungsetat zu verschleudern, um irgendwelche Gebeine von Heinrich dem I. zu suchen.«

Ahnenerbe war eine der SS unterstellte Forschungseinrichtung, die mit gewaltigem Aufwand Humbug nachweisen sollte. Arier aus Atlantis und Haithabu als Germanenburg. »Was meinen Sie mit der Düsternis hinter den Kulissen?«, fragte Paul.

Der Professor kratzte sich die Wange, und Hautschuppen rieselten auf sein Revers. »Es gibt ziemlich gesicherte Anzeichen dafür, dass diese sogenannten Forscher Versuchsreihen an Menschen planen. Aber davon habe ich nichts geschrieben. Ich bin Wissenschaftler. Ich spekuliere nicht, sondern nenne nur das falsch, was aufgrund meiner Erkenntnisse falsch ist. Das ist meine Aufgabe.«

»Sie müssen hier weg«, sagte Paul. Jäh fürchtete er, ein Hausbewohner könnte sie hören, zog den alten Mann in die Wohnung und verriegelte die Tür. In dem Raum, den Brandstätter Morgenzimmer genannt hatte, wischte er die Scherben von einem aufgeschlitzten Sesselpolster und drängte den Professor darauf nieder. Dann durchforstete er die Wandschränke, fand eine unversehrte Flasche Kirschwasser und füllte etwas davon in zwei angeschlagene Tassen. »Sie müssen hier weg«, wiederholte er. »Einer unserer Philologen ist verhaftet worden, vermutlich für nicht mehr als ein abgewandtes Gesicht bei der Rede eines Funktionärs. Ich will nicht, dass Sie der Nächste sind.«

»Ich bin über Siebzig«, sagte Brandstätter. »Wo sollte ich denn hin?«

»Nach London«, antwortete Paul. »Zu Ihrer Tochter.«

Die blassen Augen musterten ihn, bis sie zu flackern begannen. »Das kann ich nicht«, sagte er. »Meinen Schwiegersohn bitten,

mich unter sein Dach zu holen. Sie wissen, was damals passiert ist: Er hat seinen Vater verloren und war drei Jahre lang in eines dieser Schreckenslager eingesperrt, weil ich ihn nicht beschützt habe. Wie kann ich da erwarten, dass er jetzt mich beschützt?«
»Weil er mit Ihrer Tochter verheiratet ist«, erwiderte Paul. »Außerdem ist er ein feiner Mensch.«
»Ich weiß«, sagte Brandstätter. »Er ist großartig. Nobel wie ein Heiliger und kalt wie Kruppstahl. Wie meine Tochter mit diesem Übermenschen und seiner Unerschütterlichkeit leben kann, weiß ich nicht. Ich hielte das nicht aus.«
Ich auch nicht, dachte Paul. Der Armenier war ihm nie anders als ausgesucht höflich begegnet, doch allein seine Gegenwart beschämte ihn. Außerdem war er sich nie sicher gewesen, ob der Mann nicht im Innern erstorben war. Sein Gesicht war eine schöne Maske, die weder Angst noch Schmerz zeigte, er machte Witze, ohne den Mund zu verziehen, und lächelte seine entzückende Frau niemals an. Über das Lager, in dem er drei Jahre verbracht hatte, dachte Paul lieber nicht nach, und die spärlichen Berichte darüber hatte er nie zu Ende lesen können: Mehr Schläge als Brot, mehr Schreie als Worte, mehr Tote als Überlebende.
Einer, der das hinter sich hatte – wie konnte der zur Tagesordnung übergehen, Erfolg an Erfolg reihen und mit eisigem Charme schöne Frauen erobern, dass sich Paul vor Neid die Nägel aufrollten? Etwas in dem Mann war stockfinster und bedrohlich wie seine Riesenskulpturen. Lebte denn einer, dem so etwas angetan worden war, überhaupt oder lauerte er nur noch in der Deckung, bis der Tag seiner Rache gekommen war?
»Sie werden über Ihren Schatten springen müssen«, sagte er zu Brandstätter. »Es ist doch nur für kurze Zeit, bis dieser Wahn zum Stillstand kommt.«

Traurig lachte Brandstätter auf. »In meinem Alter, mein Freund, ist nichts mehr für kurze Zeit. Natürlich haben Sie recht. Mein Schwiegersohn wird einmal mehr seinen tadellosen Charakter beweisen und jedem Verfolgten seine Tür öffnen. Wenn Sie also jemanden wissen, bei dem es dringlich wird, zögern Sie nicht. Mich alten Zausel aber lassen Sie dies hier bis zum Ende aussitzen.«

Paul wusste, er würde etwas unternehmen müssen, doch für den Augenblick war er schändlich erleichtert, der zertrümmerten Wohnung zu entkommen. Am liebsten wäre er nach Hause gefahren, hätte sich im Bett vergraben, den Kopf zurück in den Sand gesteckt. Aber die Bleibtreustraße lag nur ein paar Schritte entfernt. Wenn er jetzt nicht ins *Babeurre* ginge, um nach Eva und dem Kind zu sehen, würde er es nie mehr tun.

Früher wäre an einem solchen Abend die Kneipe aus den Nähten geplatzt. Buntes Volk mit Gläsern und Zigarettenspitzen wäre auf den Gehsteig geperlt wie verschütteter Sekt, während Gelächter und Gespöttel, Flirts und Streites über die Straße hallten. Heute war der kleine Schankraum leer und stank nach fauligen Kartoffeln. Eva Löbels Kind saß auf einem Barhocker hinter dem Tresen und war eingeschlafen, das Gesicht von seidigem Haar verhängt, gebettet auf ein Stofftier, dem die Glieder von der Theke schlenkerten.

Wilma saß daneben, rauchte ihr tödliches Kraut und blätterte Papiere durch. Als sie Paul eintreten sah, sprang sie auf. »Träum ich, oder ist heute Weihnachten? Eine von den Ratten, die vom sinkenden Schiff geflitzt sind, lässt sich noch mal blicken?«

Paul musste schlucken. »Wo ist Eva?«

»Weiß der Kuckuck«, sagte Wilma. »Sie kommt und geht, wie es ihr einfällt, trifft sich mit Leuten, denen sie ebenfalls Bilder gestohlen haben, schreibt Parolen auf Flugblätter. Neulich hat mir jemand erzählt, wenn sie einen mit solch einem Flugblatt erwischen, zerquetschen sie ihm die Hände, bis er verrät, von wem er's hat.«

Paul brach im Nacken der Schweiß aus und rann ihm den Rücken hinab. »Wenn sie das Eva antun, kann sie nicht mehr malen. Dann können sie sie gleich umbringen.«

»Manchmal glaube ich, das will sie erreichen«, sagte Wilma. »Sie sitzt in einer Falle, die dabei ist, zuzuschnappen, aber statt die Beine in die Hand zu nehmen, reitet sie sich immer tiefer rein.«

Das Kind am Tresen stieß im Schlaf einen Laut aus wie ein kleines Tier. Wilma ging zu ihm und zog ihm eine Decke bis an den Hals. »Die Leute stehen vor den Konsulaten Schlange, um Visa zu bekommen, ganz egal, wohin. Eva hat im Grunde gar keine Chance mehr, schon gar nicht jetzt, wo die Herren Saubermänner in ihrem Schweizer Luxushotel entschieden haben, dass deutsche Juden nicht ihr Problem sind.«

»Was für Saubermänner im Luxushotel?«, fragte Paul.

»Lebst du eigentlich hinterm Mond?«, schnauzte Wilma ihn an.

»Nein. Mit dem Kopf im Sand.«

»So sieht's aus«, sagte Wilma. »In diesem Luxushotel in Evian saßen Diplomaten aus zweiunddreißig Ländern, um gönnerhaft darüber zu befinden, ob die Gemeinschaft der Völker vielleicht ein paar Verfolgte mehr aufnehmen könne. In so großen, leeren Ländern wie Australien zum Beispiel. Aber die großen, leeren Länder sehen keinen Anlass, sich deutsche Probleme an ihren großen, leeren Hals zu holen, und in die inneren Angelegenheiten des Herrn Hitler mischt sich niemand ein. Hitlers innere Angelegenheiten, das sind meine Freunde: Eva Löbel, Yva Neuländer-Simon, *mon petit chou,* die gerade mal fünf Jahre alt ist. Sooft wie mir zum Kotzen ist, wundert's mich, dass ich noch kein Strich in der Landschaft geworden bin.«

Wilma trat zum Wandbord und schnappte sich eine Flasche mit ihrem tödlichen Anisschnaps. Sie schenkte sich ein Glas ein, goss sich den Inhalt in die Kehle und stieß auf. »Willst du auch?«

Paul nickte. »Auf dieser Konferenz ist also entschieden worden, dass die Länder ihre Quoten nicht erhöhen?«

»Der Stürmer hat getitelt: *Juden zu verkaufen. Wer will sie? Keiner.*« Ehe sie ihm ein Glas brachte, füllte sie sich ein zweites.

Beim Geruch der Flüssigkeit verhärtete sich sein Magen. »Was sagt Eva dazu?«

»Nichts«, erwiderte Wilma. »Die hat auch den Kopf im Sand. Ich habe auf sie eingeredet wie auf einen tauben Esel, doch da kann ich genauso gut in den Wind husten. Die Ostjüdin mit den drei Blagen, die hier in der Straße herumstreicht und bettelt, ist schlauer. Der haben sie den Mann verschleppt, seither sammelt sie sich ihr Brot aus dem Müll. Warum sind Sie denn noch hier?, hab ich sie angebrüllt, weil mir das an den Nerven zerrt, diese hohläugigen Kinder mit den klapprigen Gliedern. Und sie hat in ihrem komischen Deutsch gesagt: Weg kann, wer hat Geld. Und jetzt bald auch nicht mehr der.«

»Aber davon ist Eva doch gar nicht betroffen«, fiel Paul ihr ins Wort. »Wenn wir sie zur Vernunft bringen, werden ja wohl Martin und Hagen für ihre Ausreise sorgen.«

»Hör mir auf mit Martin und Hagen.« Wilmas Augen wurden schmal.

»Warum?«, fragte Paul. »Was ist denn passiert?«

»Martin darf nicht belästigt werden.« Beißend ahmte Wilma Hagen Fidelis' Sprechweise nach. »Dies ist der Gipfel seiner Karriere, er braucht Ruhe, sonst kann sich sein Talent nicht entfalten.«

»Das glaube ich jetzt nicht.«

»Die da glauben, ohne zu wissen, werden selig sein«, versetzte Wilma. »Die bittere Wahrheit braucht keiner zu glauben, die hält sich auch so.«

»Aber Martin liebt doch Eva. Und das Kind ist doch von ihm …«

»Ja, merkwürdig, was?« Wilma steckte sich eine der stinkenden Zigaretten an, und Paul hätte sie gern gebeten, ihm auch eine zu geben. »Dass ein solcher Mistkerl ein so nettes Kind zeugt, ist unfassbar. Ich hab Hagen bekniet, die zwei Mädel müssen doch hier weg, denn wenn's Krieg gibt, ist die Klappe zu! Aber diese Kanalratte hat mich hündisch angeglotzt und gewinselt, er habe es Eva hundertmal angeboten, aber sie sei ja nicht bereit gewesen, sich bedeckt zu halten, und jetzt sei's eben zu spät.«

Wilma ließ Asche auf die Fliesen rieseln. In der funzeligen Beleuchtung sah Paul, wie tief die Falten in ihr Gesicht schnitten. So tief, dass die Schminke darin klumpte. »Warum sagst du, es gibt Krieg?«

»Weil ich nicht wie du hinterm Mond lebe. Hitler redet den ganzen Sommer davon, dass er sich das Sudetenland holt, wie er sich Österreich geholt hat. Und was dann passiert, ist ja wohl klar.«

»Mir nicht«, gestand Paul.

»Als das angefangen hat, das Geschrei von dem Hitler, fanden Eva und ich das lustig«, sagte Wilma. »Das arme Schwein, dachten wir, den haben sie früher in der Sandkiste bestimmt nie mitspielen lassen. Jetzt hat er die Welt zu seiner Sandkiste erklärt und spielt mit uns wie mit Zinnsoldaten. Wenn er in die Tschechoslowakei marschiert, muss *la France* dagegenhalten, weil es dazu vertraglich verpflichtet ist. Und wenn *la France* in den Krieg zieht, muss England mitziehen. Das hatten wir schon mal, *n'est-ce-pas?*«

»Eben deshalb geschieht es nicht noch einmal«, beharrte Paul. »Großbritannien hat doch eine Konferenz vorgeschlagen, da wird diese Sache mit dem Sudetenland schon geregelt werden.«
»So wie auf der Konferenz von Evian die Sache mit den Judenquoten geregelt worden ist?«, fragte Wilma.
Paul unterdrückte ein Stöhnen. »Den Teufel an die Wand zu malen nützt uns doch nichts. Wir müssen noch einmal mit Eva sprechen, ihr klarmachen, dass sie an ihr Kind denken soll …«
»Tu's nicht!« Wilma lachte, und Paul fiel auf, wie oft er in letzter Zeit Menschen sah, die lachten, ohne sich zu amüsieren. »Als ich es zum letzten Mal versucht habe, hat sie mich gefragt, ob sie etwa Chaja in ein Paket stopfen und allein übers Meer schicken soll.«
»Natürlich nicht«, sagte Paul. »Sie sollen zusammen gehen, dass das Kind allein ins Ausland reist, kommt nicht in Frage.«
Wilma führte ihr Glas zum Mund, hielt dann aber inne und setzte es ab. »Weißt du was?«, flüsterte sie. »Für mich kommt es inzwischen sehr wohl in Frage, und sollte sie heute Nacht noch auftauchen, dann sage ich ihr das: Ist gut, *bijou,* sage ich. Wenn du partout nicht anders kannst, schick wenigstens *mon petit chou* in Sicherheit.«
In die Schminke auf dem zerklüfteten Gesicht zogen die Tränen dünne Streifen. Steif legte Paul die Arme um sie. »So weit wird es nicht kommen, Wilma.«
»Und wenn doch?«
Sie war clever, mit Floskeln ließ sie sich nicht abspeisen. »Dann sollten wir darauf vorbereitet sein.«
»Hübsch gesagt«, befand sie. »Erklärst du mir auch noch, wie wir das machen?«
Paul holte Atem. »Wie steht es mit Großbritannien? Sind da auch alle Tore geschlossen?«

Wilma nickte. »Überall das Gleiche. Leute mit leeren Bäuchen halst sich keiner auf. Allerdings gibt es in England wohl einen Hilfsbund, der versucht, die Einreise für Kinder zu erleichtern. Ich war in der Fasanenstraße, bei der jüdischen Gemeinde, da haben sie gesagt, ich soll Chaja auf eine Liste setzen lassen. Diese Leute in England suchen Bürgen für Kinder, und wenn sie für Chaja einen finden, besorgen sie ihr Papiere. Aber die Kinder von Gemeindegliedern kommen zuerst dran, und selbst für die fährt doch der Zug schon ab!«

»Was haben die Bürgen zu tun?«, fragte Paul.

»Einen Schrieb ausstellen. Sich bereit erklären, fünfzig Pfund für den Unterhalt eines Kindes aufzubringen. Am besten sind solche, die zusagen, ein Kind in ihr Haus aufzunehmen und es aus eigener Tasche zu ernähren, bis es wieder nach Hause kann.«

»Und hast du Evas Kind auf die Liste setzen lassen?«

Wilma schüttelte den Kopf. »Ich hab's tun wollen. In die Spalte *Unterschrift der Mutter* das Gekritzel setzen, das sie unter ihre Bilder schmiert. Aber ich hab's nicht fertiggebracht. Wenn Eva nicht einverstanden ist, dann kann ich's nicht – ihr Kind zu irgendwelchen Leuten schicken, von denen ich nichts weiß.«

Paul überlegte blitzschnell. »Und wenn du es wüsstest? Wenn ich dir garantiere, dass das Kind zu Leuten kommt, bei denen es gut aufgehoben ist?«

Mit einem Ruck befreite sie sich. »Zu was denn für Leuten?«

»Freunden«, sagte Paul. »In London. Der Mann ist Bildhauer, und die Frau muss wohl der warmherzigste Mensch sein, der auf der Welt herumläuft.«

»Bildhauer«, murmelte Wilma. »Das würde Eva gefallen.«

»Und ob«, sagte Paul. Gegen sein Unbehagen kam er nicht an. Er hatte einmal vier Wochen mit Arman Artsruni verbracht und war sich vorgekommen, als lebe er mit einem Sprengsatz samt Zeitzünder. Aber dem Kind würde er doch wohl nichts antun, und außerdem war Amarna ja dabei. »Es geht um den Mann, der diese großen Skulpturen macht«, sagte er. »Die, die Eva so gern mag.«

»Um den Türken?« Wilma kreischte, packte Pauls Kopf und zog ihn zu sich herab. »Ist das dein Ernst, *mon petit doudou,* du kennst Evas Türken?« Schmatzend drückte sie ihm einen Kuss auf die Wange. »Der soll doch inzwischen eine Berühmtheit sein, auch wenn man bei uns ja so was nicht mehr zu sehen bekommt, und ausgerechnet du kleiner Mann hinterm Mond bist mit ihm bekannt?«

»Mit seiner Frau«, sagte Paul. »Sie ist eine Kollegin.«

»Und du glaubst, die zwei würden *mon petit chou* aufnehmen? Wenn das ginge, wärst du unser Retter, *doudou.* Zu ihrem Türken würde Eva das kleine Spätzchen schicken, und wer weiß, vielleicht ginge sie sogar selbst.« Wilma schniefte. »Dort könnte sie doch von vorn anfangen, glaubst du nicht? Ihre Kunst wiederfinden, ihre vergötterten Steinriesen. Wenn dieser Türke ihr hilft?«

»Ich schreibe ihnen noch heute Nacht«, sagte Paul und wünschte, er hätte es längst getan.

Das Kind am Tresen regte sich. Wilma ging zu ihm und zog ihm die Decke wieder über die Schultern. »Es wird hier einsam werden«, sagte sie. »Yva Neuländer-Simon darf nicht mehr fotografieren, die macht auch, dass sie wegkommt, und bald ist keiner außer uns mehr da. Kommst du mich dann mal besuchen? Wenn wir die anderen in Sicherheit wissen, können wir das Herdfeuer am Brennen halten, bis die braune Brühe versickert ist.«

# 14

## AMARNA
## LONDON, AUGUST 1938

Arman sollte der Wochenschau von *British Movietone* ein Interview geben. »Die wollen Sie zu Hause filmen«, erklärte ihm Kenneth, sein Agent, der Kunst verkaufte wie Versicherungen. »In Ihrer vertrauten Umgebung, so ein bisschen was zum Anfassen, der Mann mit dem leeren Sockel in Filzpantoffeln sozusagen.«

»Anfassen geht nicht«, sagte Arman. »Aber Filzpantoffeln könnte vielleicht meine Nachbarin mir besorgen.«

Kenneth lachte hüstelnd. »Machen Sie sich nicht die Hosen nass, *old boy.* Die wollen Sie ungekünstelt, so wie Sie sind.«

»Ach du liebe Zeit«, sagte Arman.

»Kein Gezicke. Ablehnen könnten Sie das nicht, so was macht heute jeder, der einen Namen haben will.«

»Ich will einen haben«, sagte Arman. »Darf ich mir den denn aussuchen?«

Amarna, der diese ganze Filmsache nicht geheuer war, verbiss sich das Lachen. Es ging ihnen gut in diesem Sommer. Arman blühte auf, sah blendend aus und wirkte gelöst, ja manchmal geradezu frech. Amarna hatte ihn gebeten, seine Zeitungen wegzuräumen, damit ihre Angst sich im Zaum halten ließ. Wenn auf Partys oder im Museum über die Sudetenlandkrise geredet wurde, versuchte sie, nur das Herunterspielende, Beruhigende aufzunehmen: Großbritannien saßen immer noch die siebenhunderttausend Toten des Weltkriegs im Nacken, es hatte keine kampfbereite Armee und genoss den sommerlichen Frieden. An den meisten Tagen funktionierte das nicht allzu

schlecht, an anderen ging Arman mit ihr in die Oper oder fuhr mit ihr aufs Land und liebte sie in den ächzenden Riesenbetten von Dorfgasthöfen.
Oder er beugte sich über ihre auf dem Küchentisch verstreuten Papiere und stellte Fragen, die ihre Gedanken in Schwung brachten. In zehn Tagen wurde ihre Urartu-Ausstellung eröffnet. Es war schön gewesen, mit Arman zu arbeiten, Stücke auszuwählen, die sie als Leihgabe aus Doğubeyazıt und in anderen Museen anfragten, und zuzusehen, wie das Relief wuchs, das er auf ihren Wunsch aus Granit schlug. Bilder vom Leben im Schatten des Ararat, die zu den Stelen passten, Götterverehrung, Bestattung und Trauerriten.
Es war keine seiner großen Arbeiten, die nur entstanden, wenn er mit seinem Stein allein war, aber es war schön und würde den Besuchern von einem verschollenen Menschenvolk erzählen, wie es die spärlichen Ausstellungsstücke nicht vermochten. Zudem hatte sie jede Leihgabe problemlos erhalten, sobald sie erwähnte, dass das Stück zusammen mit einem Werk ihres Mannes ausgestellt werden sollte. Eintrittskarten für die Eröffnung waren seit Wochen ausverkauft, und es würde so kommen, wie es Wally vorausgesagt hatte: Nach der Ausstellung würde Urartu in aller Munde sein.
Sie war Arman dankbar, weil er sich nicht gesträubt hatte, obwohl ihr Auftrag seiner Arbeitsweise widersprach. Er hatte sogar mit der *Air Force* verhandelt und war auf verblüffend wenig Widerstand gestoßen: Die Kommandantur hatte sich verbeugt und eine Ausnahme gemacht. Statt ihn wochenlang in ein Trainingslager zu verbannen, ließen sie ihn seine Flugstunden auf dem Aerodrom Hornchurch in Essex absolvieren, damit er abends nach Hause fahren konnte. An den meisten Tagen durfte er sogar Seb mitbringen, der wie ein Schatten hinter ihm hertrabte und Flugzeuge zeichnete. Das erleichterte zwar

nicht den Umgang mit ihm – er blieb spröde bis in die Haarspitzen –, aber es hielt ihn von der *British Union of Fascists* fern.
Fliegen bei Tag und Steinbehauen in der Nacht beanspruchten Armans Zeit, schürten Amarnas Sehnsucht und ihre Angst um seine Gesundheit. Da er jedoch aussah wie das blühende Leben und in jeder verfügbaren Sekunde mit ihr flirtete, legte sich ihre Sorge. Er kam nach Hause, den Abdruck der Sauerstoffmaske noch im sonnengebräunten Gesicht, und zog sie in die Arme, dass ihr Hören und Sehen verging. Er aß fast regelmäßig, schlief nach der Liebe in ihren Armen ein und hinterließ ihr Zeichnungen und aus Papier gefaltete Tiere auf dem Kissen, ehe er sich im Morgengrauen aus dem Haus stahl.
Einmal gestand er ihr mit tief erröteten Wangen: »Mein *Wing Commander* findet, ich bin ein Naturtalent.« Es war nicht zu fassen. Er nahm wahr, dass jemand ihn lobte, Arman Artsruni, dem es an seinem hohen Hintern vorbeiging, dass die Kunstwelt seine Werke in den Himmel hob, und dem Amarna manchmal in sein intaktes Ohr schreien musste, damit ihm nicht entging, wie sehr er geliebt und bewundert wurde.
»*Black Beauty* bekommt das gut, das mit der Fliegerei«, sagte Doris. »Wie blendend es dem geht, sieht man beim Mann wie beim Karnickelbock: leuchtende Augen, glänzendes Fell und ständig auf dem Sprung zur Zippe.«
Lieb dich, Doris, dachte Amarna. Lieb dich, Arman. Lieb dich, Sommer 1938. Ihr Mann flirtete auch jetzt mit ihr, während er mit seinem Agenten am Terrassentisch saß und sie auf der Schwelle der Hintertür hockte und die Druckfahnen für den Ausstellungskatalog prüfte. Er sagte zu Kenneth diesen Blödsinn mit dem Namen und schaute dabei zerstreut zur Seite, bis sein Blick an ihr hängenblieb, als betrachte er sie zum ersten Mal.

Der arme Kenneth sah aus, als wollte er seinem besten Pferd im Stall gern einen kräftigen Klaps auf den Hinterkopf verpassen, um seine Aufmerksamkeit zu erlangen. Arman, der mit gesenkten Lidern Amarna anschmachtete, sah aus, als hätte er den Klaps nicht gespürt. Amarna musste lachen.
Kenneth beherrschte sich und klopfte Arman, der sofort zurückwich, auf den Oberarm. »Der war gut, *old boy.* Sie können ja richtig witzig sein.«
Armans Augen nahmen sich alle Zeit der Welt, um von Amarna Abschied zu nehmen. Dann erst wandte er sich Kenneth zu. »John Smith«, sagte er.
»Wie bitte?«
»Der Name, den ich haben will«, sagte Arman. »John Smith würde mir gefallen. Dick Miller ginge auch.«
Kenneth verdrehte die Augen und sandte einen bittenden Blick zu Amarna, die nicht mehr als ein Achselzucken für ihn hatte. Sie würde ihm nicht helfen, ihren Mann wie eine Zitrone auszuquetschen. Das war schließlich sein Beruf, nicht ihrer, und wie man mit Arman Artsruni umging, wenn er sich stur stellte, hätte sie ihm nicht einmal verraten, wenn sie es gewusst hätte.
Die Sonne traf ihr Gesicht, sie ließ die Fahnenseiten aus den Händen gleiten und fühlte sich träge und reich. Lieb dich, Arman. Vielleicht hätte ich diese Filmfritzen von dir fernhalten sollen, aber so wie du da sitzt, bin ich überzeugt, dass du spielend mit ihnen fertig wirst.
Das Team von *British Movietone* mit seinen Kameras, Scheinwerfern und Kabelkästen fiel am nächsten Vormittag in Armans Atelier ein. Der Aufnahmeleiter war eine Frau, die ihr Haar in zimtbraunen Wellen trug wie Alice im Wunderland. Vermutlich war sie Britanniens einziger weiblicher Aufnahmeleiter, und um Arman Artsruni zu filmen, hatte sie sich aus dem entlegensten Winkel des Königreichs einfliegen lassen.

Sei nicht so boshaft, tadelte Amarna sich selbst. Die Frau ist nett, sie tut nur ihre Arbeit, und du hast keinen Grund, deinen Mann wie eine Furie zu bewachen. Ihr Unmut wich einem hämischen Vergnügen, als die zimtbraun Gewellte Arman mit wachsender Verzweiflung von der Werkbank zum Granitblock und wieder zurück dirigierte. Wie üblich gab Arman sich alle Mühe, niemanden zu enttäuschen, und machte dennoch alles falsch, ließ sich herumschubsen und blieb dennoch unantastbar. Der Aufnahmeleiterin stand der Schweiß auf der Stirn, bis der Mann an der ersten Kamera sie zu sich winkte und sie einen Blick durch den Sucher werfen ließ. Arman stand an einer unfertigen Arbeit, von der er trotz ihrer Bitte das Tuch nicht abgenommen hatte. Er hatte auch von seinem leeren Sockel das Tuch nicht abgenommen, und auf ihr Drängen, den Zuschauern den leeren Sockel zu erklären, hatte er gesagt: »Leider kann ich das nicht. Ich war nicht auf der Kunsthochschule.«

Er war ein Sargnagel, nie charmanter, als wenn er sich schlecht benahm, nie höflicher, als wenn nicht mit ihm zu reden war. Die Aufnahmeleiterin war den Tränen nahe, das Gesicht entstellt von hektischen Flecken. Dann aber zeigte der Kameramann ihr im Sucher, wie grandios die Aufnahmen wirkten, selbst wenn Arman nichts von dem tat, was er sollte. Die Frau begriff und änderte ihren Ton. »Lassen Sie sich von uns nicht beirren, Mr. Artsruni«, sagte sie. »Nehmen Sie einfach dieses klobige Werkzeug und gehen Sie damit an Ihren Stein.«

»Ich glaube, das kann ich auch nicht«, sagte Arman, den Bossentreiber in den Händen, und wandte ihr sein zerknirschtes Gesicht zu. »Am Stein etwas machen, wenn jemand zusieht.«

»Fantastisch!«, schrie der Kameramann. »So bleiben, ganz ranfahren, Großaufnahme.«

Das Team konzentrierte sich und filmte, was das Zeug hielt. Die Frau hatte jetzt den Bogen raus, sie zwang ihrem Objekt nichts mehr auf, sondern holte aus ihm heraus, was es zu geben hatte. Die Nervosität verflog, die Flecken verblassten, und für kurze Zeit fühlte Amarna sich ihr nah. Wie ermüdend es war, Männern einen Platz in ihrem Revier abzutrotzen, wusste sie selbst zur Genüge, sie kannte die Angst, zu versagen, und auch die triumphale Gewissheit, gute Arbeit abzuliefern.

Die Arbeit, die die Frau abliefern würde, war mehr als gut, aber der Kameramann hatte ihr geholfen, und wie es aussah, wurmte sie das. Um es wettzumachen, wollte sie ihren Film mit einem Sahnehäubchen krönen, das allein von ihr stammte.

»Haben Sie tausend Dank, Mr. Artsruni«, sagte sie und strahlte ihn an. »Wir wissen, wie kostbar Ihre Zeit ist.«

»Das kommt schon hin«, sagte Arman. Dass er nicht zurückstrahlte, irritierte sie, auch wenn inzwischen jede einzelne Zeitung darüber berichtet haben musste.

»Sie sind sehr fotogen, aber da sage ich Ihnen bestimmt nichts Neues. Und inzwischen erschrecken Sie ja auch nicht mehr vor unseren Kameras.«

»Doch«, sagte Arman.

Die Frau zuckte kurz mit den Brauen, doch das Strahlen hielt an. »Eine Frage hätte ich noch. Etwas, das unsere Zuschauer umtreibt: Weshalb sieht man Sie nie lächeln?«

Amarna sprang auf. Schluss damit, wollte sie rufen. Ihr hattet euren Spaß, jetzt nehmt euer Zeug und zieht Leine, ehe ihr einen Schaden anrichtet, dessen Folgen ihr nicht überblicken könnt.

Die Frau strahlte weiter. »Nur raus damit – warum lächeln Sie nie?«

Amarna ballte die Fäuste. Er ist ein tapferer Mann, deshalb lächelt er nicht, hätte sie der Frau entgegenschleudern wollen, er hat sich geweigert, dem Tod zuzulächeln. Er lächelt nicht, weil es falsch ist, zu lachen, wo Weinen hingehört, weil es uns von uns selbst trennt, bis wir uns nicht mehr spüren.

Sie hatte kein Recht, seine Kämpfe für ihn auszufechten, doch es jetzt nicht zu tun, kam ihr vor, als ließe sie ihn im Stich, wo er wehrlos und verwundbar war.
»Seien Sie kein Frosch«, drängte die Frau.
»Ich gebe mir Mühe«, erwiderte Arman.
»Schenken Sie uns ein Lächeln.« Sie sah aus, als hätte sie ihm am liebsten die Mundwinkel gewaltsam hochgezogen.
»Damit kann ich nicht dienen«, sagte Arman.
»Ach was, natürlich können Sie«, rief die Frau. »Vielleicht nicht als Künstler, nicht bei all dem Ernst und der Wucht Ihres Werkes. Aber ganz sicher doch als glücklich verheirateter Mann, und erst recht als werdender Vater.«
Armans Miene war aus Glas und drohte zu zersplittern. Wenn diese Leute ihn unbedingt nackt filmen wollten, war das der Jetzt-oder-nie-Moment. Er schnappte nach Worten. Er starrte der Frau ins Gesicht, als müsse dort die Antwort auf eine Frage stehen, die er mit Worten nicht zu stellen wagte. Endlich schien er zu begreifen, dass die Frau ihm das, was er wissen wollte, nicht würde sagen können. Langsam wandte er den Kopf und sah hinüber zu Amarna.
Wer wem was erzählt hatte, um der Filmfrau diese Worte in den Mund zu legen, wusste Amarna nicht, und sie hatte auch keine Zeit, darüber nachzudenken. Die Kameras surrten. Wie Schusswaffen waren die Objektive der Kameras auf Armans schutzloses Gesicht gerichtet und würden festhalten, was immer sich darauf abzeichnete. Amarna hatte keine Wahl. Sie konnte nur nicken.
Arman öffnete die Hand, dass der Bossentreiber scheppernd zu Boden fiel. Ohne sich um die Filmfrau zu scheren, ging er zur Absperrung und schwang sich darüber, kam zu Amarna und hob sie vom Stuhl. Seine Arme schlossen sich um ihre Taille, und im Rücken spürte sie seine Hände. Er zog sie an sich,

bis seine Bauchdecke ihre berührte, und hielt den Atem an, während sein Körper lauschte. Dabei sah er sie an, als wäre außer ihr niemand im Raum. Die Lider flatterten, aber die Augen waren weit und still. Dann lächelte er.

Als die Filmleute gegangen waren, rief er auf dem Aerodrom an und nahm sich den Nachmittag frei.

»Ich dachte, beim Militär ginge es hierarchisch zu«, sagte Amarna. »Aber mittlerweile kommt es mir vor, als würden die alle nach deiner Pfeife tanzen.« Sein Mund hatte aufgehört zu lächeln, doch seine Augen nicht. Er setzte sich mit ihr in seinen *Morgan*-Sportwagen, kurvte quer durch die Stadt und parkte am Fluss. Es war einer dieser halb goldenen, halb grauen Sommertage, halb Fülle, halb Wehmut, wie es sie nur in England gab. Hand in Hand gingen sie über das sonnige Embankment, unter den Kronen der Platanen, zwischen Touristen, die Fotos von den Parlamentsgebäuden schossen, Frauen, die Kinder ausführten, und Männern in zu warmen Straßenanzügen, die nach der Pause zurück an die Arbeit eilten. Alle paar Schritte blieb Arman stehen, um Amarna zu küssen.

Engländer küssten sich nicht auf der Straße, aber niemand störte sich an ihnen. Wir sind viel zu hübsch, dachte Amarna, viel zu glücklich, viel zu sehr Sommer ohne Krieg. Manche lachten, manche entschuldigten sich, wenn sie sie streiften. Arman küsste dezent, nicht wie im Schlafzimmer, sondern wie ein Mann, der ein Schlafzimmer zu versprechen hatte. Er gab Versprechen nur, wenn er sicher war, sie zu halten.

Sie hatte sich endlos ausgemalt, wie es sein würde, ihm zu sagen, dass sie sein Kind erwartete, und mit jedem Mal war die Vorstellung größer geworden. Mit der Stille und dem Zauber der Wirklichkeit hatte sie jedoch nichts zu tun. Amarna hatte manchmal gedacht: Wenn ich ihm sage, dass ich sein Kind erwarte, bekomme ich meinen Mann zu sehen, wie er hätte sein können. Jetzt sah sie ihren Mann, der sie alle paar Schritte küsste, und dachte: Welche dumme Pute will diesen Kerl sehen, wie er hätte sein können, wenn sie ihn haben und festhalten kann, wie er ist?

Er hob sie hoch, drehte sich mit ihr um seine eigene Achse und setzte sie wieder ab. Zwei Mädchen in Schneiderkostümen kamen schüchtern näher. Eines hielt ihnen geradezu ehrfürchtig seinen Stenoblock entgegen. »Sie sind Arman Artsruni, nicht wahr?«

Arman lächelte nicht. Außer Amarna lächelte er nie jemanden an, aber er schenkte den beiden seinen wohlerzogensten Blick. »Heute nicht«, sagte er, deutete eine Verneigung an und ging Hand in Hand mit Amarna weiter.

Hinter den Whitehall Gardens lag eines der Themse-Schiffe vor Anker, das zur Flussfahrt nicht mehr taugte und stattdessen als Restaurant genutzt wurde. Arman blieb wieder stehen. »Gehen wir essen?«

Ihr war nicht aufgefallen, dass der Himmel begonnen hatte, sich zu röten, und dass die Menschenmenge lichter wurde. Ihr war auch nicht aufgefallen, dass ihr Magen knurrte. »Das ist nicht dein Ernst, Arman. Du lässt dich von mir in jeden absurden Vortrag schleppen, aber du hast mir im Leben noch nicht vorgeschlagen, essen zu gehen.«

»Ich habe dir ziemlich vieles im Leben noch nicht vorgeschlagen.« Er nahm wieder ihre Hand und zog sie über den Steg aufs Schiff.

Das Restaurant war zauberhaft, Damast und Kerzen auf den Tischen unter Bullaugen, das Essen schmeckte köstlich, und Arman gab sein Bestes: Er aß seinen Teller so gut wie leer, ohne ein einziges Mal seine Erbsen mit der Gabel hin und her zu schieben.

»Dürfen Frauen, die Kinder im Bauch haben, eigentlich Wein trinken?«
Amarna lachte. »Mir egal. Ich trinke welchen.«
Er bestellte einen köstlichen Weißwein, der nach Zitrone, Minze und Sommer schmeckte, und beim Trinken sah er sie an, wie um ihr mit den Augen zuzutrinken. Mit lächelnden Augen, die sich nicht von ihr lösten, nicht beim Trinken, nicht beim Essen, nicht beim Flirten.
»So sehr freust du dich?«, entfuhr es ihr.
Abrupt senkte er den Blick. »Ich wollte nicht, dass du das weißt.«
Ich wusste es trotzdem, dachte Amarna, der die Kehle eng wurde. Aber wissen und vor sich haben, ist wie Tag und Nacht. Sie sah auf ihre Hände und kam sich vor, als hielte sie sein Herz darin fest.
»Amarna, du musst dich nicht sorgen, hörst du? Ich weiß, ich bin kein ganz idealer Kandidat, aber wir bekommen das hin.«
Sie griff nach seiner Hand, schlug ihm zart auf die Finger und würgte an einem Klumpen im Hals. »Behauptest du etwa, ich ließe mir von einem Kerl ein Kind machen, der kein idealer Kandidat ist?«
Küssen in englischen Restaurants stand außer Frage. Stattdessen nahm er ihre Hände und legte sie sich an die Wangen. »Der Macmillan-Verlag hat mir einen Buchvertrag angeboten«, sagte er. »Ich wollte das ablehnen. Was soll einer wie ich in einem Buch? Aber jetzt sage ich denen, dass sie so viele Bücher mit mir machen können, wie sie wollen, ja? Und Kenneth hat einen von meinen Hattuša-Göttern in die Vereinigten Staaten verkauft, er sagt, die hätten gern noch mehr. Ich glaube, die drucken da Geld. Wir haben keine Sorgen, *lajvard*.«
»Glaubst du, dass ich mir darum Sorgen mache? Um Geld?«
Er rieb ihre Hände in seinen, als müsse er sie auf dem Schiff,

das die Sonne den Tag über aufgeheizt hatte, wärmen. »Ich hätte gern, dass du dir um gar nichts Sorgen machst«, sagte er. »Dass du mir das zutraust. Auch wenn ich meiner Tochter das Gegenteil raten würde.«

Als er die Worte aussprach, *meiner Tochter,* verzog sich sein Mund. Zwei Lächeln an einem Tag! Wenn sie nicht aufpasste, wurde sie süchtig. »Deine Tochter würde dir was husten.«

»Ich kaufe ein Haus in Kent«, sagte er. »Auf dem Land.«

»Wozu das?«

»Zur Sicherheit.« Er küsste ihre Fingerkuppen. »Nur für den Notfall, mach dir darüber keine Gedanken.«

Sie brauchte sich keine zu machen. Dass er sich welche machte, genügte. Er wusste, was Krieg bedeutete, und sorgte dafür, dass seine Familie eine Zuflucht hatte. »Gib nicht alles für uns her«, sagte sie. »Mir ist nicht wohl dabei, dass du Skulpturen, die von dir bleiben sollten, irgendwohin verkaufst.«

»Wieso sollten denn die von mir bleiben?«

Amarna wusste keine Antwort darauf. »Willst du das nicht? Ist es nicht das, was Künstler umtreibt?«

Er sah sie lange an. »Du treibst mich um«, sagte er schließlich. »Was Künstler umtreibt, weiß ich nicht.«

»Ach, du.« Mehr brachte sie nicht heraus. Sie drückte seine Hand, bis er die Zähne zusammenbiss, weil sie im englischen Restaurant nicht um den Tisch laufen und ihm sein ordentlich gekämmtes Haar zerwühlen durfte. »Es macht dir wirklich nichts aus?«, fragte sie. »Deine Arbeiten in Länder schicken, wo du sie nicht wiedersiehst?«

»Überhaupt nichts.« Seine Augen blitzten. »Von mir aus können die auch noch meinen Nachttopf kaufen.«

»Du hast ja keinen.«

»Macht nichts«, beteuerte er. »Ich haue einen aus Stein, wenn die mir einen Haufen Geld dafür geben.«

Amarnas ganzes Inneres, Bauch, Brust, Hals, war wie mit Sektperlen gefüllt, die nicht aufhörten zu sprudeln. »Und wofür brauchst du einen Haufen Geld, Enkidu?«
Er hob beschwörend die Brauen. »Um es aus dem Fenster zu werfen. Um alles zu kaufen, was uns einfällt.«
»Was fällt dir denn ein?«
»Eine Schaukel«, sagte Arman. »Ein Klavier. Alles. Ich weiß ja nicht, was Kinder haben wollen, aber ich frage Jordan und Seb.«
»Was wolltest *du* haben?« Die Frage war kaum gestellt, da bereute sie sie schon, weil sie die Leichtigkeit zerstörte.
Arman schwieg lange. Einen Tag ohne Prügel, dachte Amarna, ein Stück Brot ohne Schimmel, eine Decke bei zwanzig Grad Kälte. Eine Mutter oder wenigstens einen Menschen, der dich bei deinem Namen anspricht, und warum ist deine Frau so blöd und kann dich nicht einen Abend lang damit in Frieden lassen?
»Einen Hund«, sagte Arman sehnsüchtig. »Amarna, darf ich dem Kind einen Hund kaufen?«
»Ich will jetzt gehen«, sagte Amarna. »Ich halte es nicht mehr aus, hier zu sitzen und dich nicht küssen zu dürfen.«
Arman stand auf, ging um den Tisch herum und küsste sie auf den Mund. »Ich bin doch der mit dem leeren Sockel«, sagte er. »Von mir erwarten die, dass ich mich wie die Axt im Wald benehme, und wenn doch einer schimpft, sage ich, ich brauche das für meine künstlerische Inspiration.«
Wären die Filmleute da gewesen, hätten sie mit allem, was sie hatten, draufgehalten und ihr gesamtes Material verfilmt. Arman Artsruni, wenn niemand ihn drängte, konnte nicht nur lächeln, sondern sogar grinsen.

Sie gingen zu Fuß nach Hause, schlenderten anderthalb Stunden lang durch die schöne, nächtliche Stadt, die die ihre geworden war und sie ganz und gar umarmte. Das Auto ließen sie stehen, weil Arman fand, er sei betrunken und könne es nicht mehr sicher steuern.
»Von dem bisschen Wein bist du doch nicht betrunken.«
»Dann eben von dir, das macht beim Fahren keinen Unterschied.«
Sie schmiegte sich an ihn und hatte kaum noch Angst. »Du passt auf dich auf, nicht wahr? Du bist mit dem Fliegen so vorsichtig wie mit dem Autofahren.«
Er sagte nichts, hielt sie aber während des ganzen Heimwegs umschlungen. Am Kanal wartete ihr Haus auf sie, ihr friedliches Haus, das in der Sommernacht allmählich eindöste. Im Licht der Hauslampe schillerten Mückenschwärme über dem schwarzen Wasser. Vor Bülents Fenster waren die Vorhänge schon zum Schlafen zugezogen, die jungen Leute – Rehan, Seb und Jordan – saßen mit Eistee und Bovril-Kräckern auf der Terrasse, und Doris stand nebenan am Gartenzaun und winkte. Betsy, ihr müder alter Hund, trottete ihnen entgegen und leckte Armans Hände. Ich kaufe dir einen Hund, dachte Amarna. So schnell ich kann, kaufe ich dir einen Hund.
»Na, ihr zwei Nachtschwärmer? Schönen Abend gehabt?«
Amarna legte ihm blitzschnell die Hand auf den Mund. »Sag ihr noch nichts. Sag noch niemandem etwas.«
»Nicht einmal Bülent?«
Sie schüttelte den Kopf.
»Ist gut.« Er küsste ihr Haar und löste sich von ihr. »Ich habe drinnen etwas, das ich dir zeigen will. Ich warte auf dich. – Gute Nacht, Doris.«
Er ging und überließ die beiden Frauen ihrem Schwatz, auf den Doris ein Anrecht hatte. »*Black Beauty* sieht aus, als hättest du's ihm heute schön gemacht, *sugar pie*.«

»Habe ich auch.«
»Wart ihr im Kino?«
»Nein.«
»Ich wünschte, Dexter würde auch mal wieder mit mir ins Kino gehen, in diesen Pilotenfilm mit Clark Gable, aber der setzt sich lieber mit deinem *Black Beauty* hin und schwafelt über Politik.«
»Wir waren nicht im Kino, Dee.«
»Nicht? Ach so, hast du ja gesagt – tut mir leid.«
Amarna schwieg.
»Dexter hat *Black Beauty* übrigens gesucht, weil er einen brauchte, um ihm mit diesem Staatsbesuch in der Tschechoslowakei die Ohren vollzuschwatzen.«
»Mit was für einem Staatsbesuch in der Tschechoslowakei?« Warum fragte sie, wo sie doch nichts hören wollte? Diese Nacht gehörte in ihren Traum, und die Wirklichkeit sollte gefälligst bis morgen warten.
Doris winkte ab. »Was weiß denn ich? Irgendwie haben unsere Leute diesem Präsidenten in Prag wohl klargemacht, dass er sich nicht mit dem Hitler anlegen soll. Oder zumindest nicht darauf rechnen, dass wir ihm zu Hilfe kommen. Was geht uns das auch an, weißt du überhaupt, wo die liegt, die Tschechoslowakei?«
»Nicht so richtig.« Amarna atmete auf und war froh, dass Arman nicht mehr da war. Wo die armenischen Siedlungsgebiete im Osmanischen Reich gelegen hatten, die Dörfer am Ararat, das Mönchskloster auf der Insel Aghtamar, hatte auch kein Mensch gewusst.
»Jetzt schau nicht schon wieder so besorgt drein, *sugar pie.* Eben hast du mir besser gefallen, da warst du fast so vergnügt wie das Jungvolk, das da seit Stunden auf deiner Terrasse den lieben Gott einen guten Mann sein lässt.«

Amarna wandte sich um. Seb und Jordan spielten Flinch, Rehan saß dabei und beschäftigte sich mit ihrem grünen Gewebe. Für gewöhnlich webte sie Decken und Überwürfe, doch aus der grünen Wolle hatte sie mehrere Stücke hergestellt und sich von Jordan zeigen lassen, wie man sie zusammennähte. Vom Alter her hätte sie eher zu den Erwachsenen als zu den beiden jungen Leuten gepasst, doch sie wirkte entspannt mit ihnen, und der stoffelige Seb schien regelrecht höflich zu ihr zu sein.

»Nett, die drei, oder?«, fragte Doris. »Da freut sich *Black Beauty* sicher, dass seine Problemkinder so traut beisammensitzen. Pass bloß auf, dass der dir nicht noch fünf mehr ins Haus holt ...« Sie hielt plötzlich inne und sah Amarna ins Gesicht. »Jetzt weiß ich, warum ihr vorhin ausgesehen habt wie zwei Weihnachtsbaumkerzen. Du kriegst was Kleines.« Sie beugte sich über den Zaun, zerriss sich die Bluse und presste Amarna an sich. »Das war's, was *Black Beauty* mir nicht sagen sollte, stimmt's? Ihr wollt es noch ein bisschen für euch behalten, aber ich sag's doch keinem weiter, *sugar pie*.«

Doch, dachte Amarna, du sagst es morgen der ganzen Straße, aber was soll's, vielleicht bringt es ja Glück, und außerdem erscheint es ohnehin in der Wochenschau von *British Movietone*. Doris' Busen drückte sich weich gegen ihre Rippen, und der Gartenzaun bohrte sich in ihren Bauch. »Ach, meine Süße, ich freu mich ja so. Aber krieg bloß keinen kleinen Jungen, der mich mit so schwarzen Augen anschaut! Wenn der Äpfel klaut und Scheiben einschmeißt, wer soll's dann fertigbringen, dem was hintendrauf zu geben?«

»Keiner.« Amarna lachte.

»Du lachst, und mir ist vor Glück zum Heulen«, sagte Doris.

»Mir auch.«

»Hast du's ihm heute erst gesagt? Deinem Liebsten?«

Amarna nickte.
»Und? Der springt vor Freude im Dreieck, was?«
»Tut er.« Ich hab noch nie einen Menschen gesehen, der sich so freut, dachte Amarna. Ihr tat die Brust weh, und sie befreite sich aus Doris' Umarmung.
»Na, geh schon. Das versteh ich doch, dass du jetzt bei ihm sein willst.«
»Danke«, sagte Amarna. »Schlaf gut, Dee.«
»Schlaft gut, Marnie, *Black Beauty* und *little one.*«
Arman stand bei der Skulptur, von der er vor den Filmleuten nicht das Tuch hatte abnehmen wollen, die jetzt aber unbedeckt war. Sie war nicht hoch, reichte ihm nur bis an die Rippen, und sie war nicht aus Granit, sondern aus dem schwarzen Gabbro, den er aus seiner Heimat kannte. Beim Eintreten sah Amarna einen gebeugten Rücken und einen Frauenkopf, über den Arman seinen Schmirgel zog, nicht als würde er den Stein glätten, sondern wie um die müde Frau zu streicheln.
Als er sie hörte, fuhr er herum und versuchte, mit seinem Rücken die Skulptur vor ihrem Blick zu schützen. Das tat er immer. Er war heute noch so verlegen wie vor Jahren, als er sie zum ersten Mal etwas hatte sehen lassen, das er mit seinen Händen erschaffen hatte. »*Lajvard.*«
Sie rieb sich die Tränen fort und lächelte ihn an. »Du hast versprochen, mir etwas zu zeigen.«
Er drängte sich gegen den Stein und wurde rot bis über die Ohren. Der reinste Klosterschüler. »Ich wollte noch etwas für deine Ausstellung machen. Ich weiß nicht, ob es gelungen ist, und wenn du es nicht haben willst, verscherbeln wir's.«
»Dein Hintern klebt dran, Süßer«, sagte Amarna. »Ich kann nicht sehen, ob ich's haben will.«
Da er sich nicht rührte, ging sie zu ihm und schob ihn sanft beiseite.

Die Frau aus Gabbro kniete am Boden und krümmte den Rücken, als wollte sie ihn nie mehr strecken. Sie trug ein Tuch um den Kopf, und das, was von ihrem Gesicht zu sehen war, war archaisch knapp. Darin stand dennoch alles, und weil es das tat, weil darin eingefangen war, was kein Historiker in Schriften festhalten konnte, war es wichtig, Kunst zu bewahren. Weil Kunst eine Brücke schlug zwischen dem achten vorchristlichen Jahrhundert und dem Jahr 1938, war es richtig gewesen, um diese Ausstellung zu kämpfen, auch wenn nicht wenige Kollegen sie belächelt hatten.

*Arman Artsrunis Frau, Wally Farnshaws Ziehkind. Hätte die nicht diese beiden schweren Kaliber hinter sich, wäre sie längst weg vom Fenster.*

Die kniende Frau aus Gabbro war die Tote auf der Grabstele vom Berg Ararat. Aber sie war auch eine von Armans namenlosen Verwandten, durch die Wüste getrieben, bis sie auf Knien rutschte und sich nicht mehr aufrichten konnte, bis sie zum letzten Mal stürzte und liegen blieb. Ihre Hände, die detaillierter ausgearbeitet waren als das Gesicht, scharrten am Boden, in imaginärem Sand. Amarna musste nichts fragen, sie wusste, was die Frau dort tat. Sie verscharrte im Sand ihr totes Kind. Von den Händen sah sie noch einmal auf das Gesicht, auf den seltsam verzerrten Mundwinkel. Lachen, wo Weinen hingehörte.

»Arman, bitte komm zu mir.«

»Wenn du's nicht magst …«

»Rede keinen Unsinn«, sagte sie, »komm einfach her, damit ich dir in den Bauch kneifen und glauben kann, dass du echt bist.«

Als sie ihn hielt, wollte sie ihn nicht kneifen. Nur seinen Nacken streicheln, den Wirbel, der spitz hervorstach, wenn er den Kopf senkte. »Musst du versprechen: Meine Frau aus Urartu verkaufst du nie in die Vereinigten Staaten.«

»Ich hab sie für dich gemacht. Wenn einer sie verkauft, dann du.«
»Ist unverkäuflich«, sagte sie. »Hast du dir wirklich nie gewünscht, dass deine Steinbilder bleiben, dass jemand sich durch sie an dich erinnert?«
Er gab ihr keine Antwort. Sie spürte bis in den Bauch, wie sein Herz schlug, und irgendwann blickte sie zu ihm auf. Seine Augen waren glasig. »Sag's mir«, bat sie ihn.
»Dass mein Kind sich erinnert«, sagte er. »Das wünsche ich mir. Dass ich lange genug lebe, damit mein Kind weiß, wie ich es angesehen habe und wie meine Stimme seinen Namen ruft.«

# 15

## SEDAT
## DOĞUBEYAZIT. SEPTEMBER 1938

Als das Kind geboren war, riefen die Frauen ihn ins Zimmer. Das Kind lag friedlich im Arm seiner Frau, es schien ruhiger als die anderen, mit sich und der Welt, in der es angelangt war, vollkommen im Reinen. Sein zarter Körper war in Tücher gehüllt, und sein Köpfchen war bedeckt von dichtem schwarzem Haar.
Ehe er sich bei seiner Frau bedankte, kniete er vor dem Bett nieder, brachte seinen Mund an das Gesicht seines neugeborenen Kindes und begann, den *Adhan*, den Ruf zum Gebet, in das winzige rechte Ohr zu flüstern, wie es der Brauch seines Volkes war. Die allerheiligsten Worte sollten das Erste sein, was das Kind auf der Welt empfing: »Allah ist groß und mit

nichts vergleichbar, eile zum Gebet, eile zur Seligkeit, eile zum besten Werk, Allah ist groß und mit nichts vergleichbar, es gibt keinen Gott als Allah.«

Seine Frau reichte ihm die Schale mit der Dattel, die er nahm und langsam kaute, bis süßer Saft sich auf seiner Zunge sammelte. Er schob sich den Finger in den Mund und rieb damit den süßen Saft auf den Gaumen seines Kindes. »Möge das Erste, was du in deinem Leben schmeckst, Süße sein, möge Gott dir die Süße des Lebens schenken.«

Er küsste sein Kind und seine Frau. »Hab Dank, meine Liebste. Gott segne dich. Sie ist eine wunderschöne Tochter.«

»Hättest du nicht nach vier Mädchen gern einen Sohn gehabt?«

»Ich habe meine Tochter gern«, sagte Sedat. »Ich möchte sie Hayat nennen, ist dir der Name recht?«

Emine nickte. Ihr war meistens recht, was er entschied. Er war ein seltsamer Mann, das hatte sie gewusst, als sie ihn geheiratet hatte. Als Junge von sechzehn Jahren hatte er einen zu Tode gequälten Menschen sterben sehen, hatte sich vergeblich gewünscht, dessen Leben zu retten, und wäre gern Arzt geworden. Da aber sein Bruder Arzt war, bestimmte sein Vater, er solle etwas anderes tun, und Sedat studierte Altorientalistik. Der Wunsch, Leben zu retten, blieb. Mit seiner Familie verließ er Istanbul, das Archäologische Museum, das ihm alle Möglichkeit zur Entfaltung geboten hatte, und ging an den östlichen Rand seines Landes, an den Fuß des Berges Ararat. Er übernahm die Leitung des Museums von Doğubeyazıt, um etwas zu bewahren, er nannte sein Kind Hayat, und jetzt stand er auf, um noch etwas Seltsames zu tun.

»Ich hole die Zweige.«

Emine lächelte ihm zu.

Er ging und brachte aus seinem Vorratsraum, dem kühlsten Raum seines Hauses, den Korb mit dem Grün von Schwarzkiefer, Wacholder und Olivenbäumen, das er geschnitten hatte, als Emines Wehen einsetzten. Feierlich begann er, sein Haus damit zu schmücken: Zuerst die Tür, um dem ganzen Ort zu verkünden, dass das Haus mit einem Kind gesegnet worden war, dann den Weg durch alle Räume bis zu dem Zimmer, in dem Emine Hayat geboren hatte. Den letzten Zweig legte er zu Emine und Hayat aufs Bett. Dies war kein Brauch seines Volkes. Es war ein Brauch des Volkes, das einst hier gelebt hatte und nun nicht mehr da war.

Emine lächelte noch immer. Sie wusste, was in ihm war, und hatte dennoch nie daran gezweifelt, dass er ein frommer Mann und treuer Bürger seines Landes war. Er küsste sie. »Ich möchte diesmal noch etwas tun. Ich möchte Hayat, wenn wir ihr Haar geschoren haben, auf die Insel Aghtamar bringen. Ist es dir recht?«

Sie widersprach ihm nur selten. Diesmal aber sagte sie: »Die Kleine wird erst sieben Tage alt sein, und die Fahrt ist lang. Kann es nicht warten?«

Er sah sie an, ohne Antwort zu geben, und sie gab nach: »Also gut.«

Sieben Tage später feierten sie Hayats *Aqeeqah*. Sie schoren ihr den Kopf kahl, als Zeichen, dass sie eine brave Dienerin Allahs sein würde, und damit das Haar umso dichter nachwuchs. Dann schlachteten sie ein Lamm und luden Freunde und die Armen des Viertels dazu ein. Am Morgen danach kam eine Nachbarin, die auf ihre vier älteren Töchter achten würde, und Sedat fuhr mit Hayat zwei Stunden lang in die Stadt Van. Emine musste ebenfalls mitkommen, um Hayat zu stillen, doch sie würde im Auto warten, während er auf die Insel übersetzte.

Es war ein heißer Tag, die Straßen waren staubig und die Luft schweißtreibend. Die Fahrt führte über nacktes Land, in dem es keinen Schatten gab. »Danke, dass du diese Strapaze auf dich nimmst«, sagte Sedat zu Emine.

»Ich tue das gern für dich«, antwortete sie. »Ich möchte nur wissen, warum du unbedingt diese Fahrt machen willst, am Tag nach Hayats *Aqeeqah*, ihrem Segensfest.«

»Es ist für mich wie ein zweiter Segen«, gestand er.

»Warum diesmal? Braucht unsere Tochter einen zweiten Segen, weil du dir Sorgen um die Lage in Europa machst, um diesen Deutschen, der spricht, als wolle er die Welt in Brand stecken?«

Sie fuhren aus der Stadt hinaus, ans östliche Ufer des Vansees. Vor ihnen erstreckte sich die leuchtend blaue Fläche, aus der klar und einsam die Insel ragte. »Ja, ich mache mir Sorgen, ich finde, ein zweiter Segen kann nicht schaden, aber du kennst mich. Ich kann mich gut in meine jahrtausendealte Welt eingraben, und wenn ich mit dem Kopf in Urartu bin, sorge ich mich um Urartu, sonst nichts.«

»So wie Amarna«, sagte Emine. »Ich habe mir die Bilder von ihrer Ausstellung angesehen. Ihr beide tut ein wenig so, als könntet ihr die Welt bewahren, wenn ihr das Gedenken an Urartu bewahrt.«

Sedat lächelte. »Das gefällt mir. Haben dir die Bilder gefallen?«

Sie nickte. »Sag mir, warum du dorthin willst. Warum du aus den Trümmern, aus den Resten von dieser Tragödie, die wie Narben am Körper unseres Landes sind, einen Segen für deine Tochter erwartest?«

»Weil Erinnern ein Segen ist, Emine. Was vergessen ist, ist nicht nur sinnlos gestorben. Es hat sinnlos gelebt. Wenn ich daran nicht glaube, habe ich den falschen Beruf. Ich will Hayat auf die Insel der Artsruni-Könige bringen, weil sie zum Erbe ihres Landes gehört. Und weil ich den Segen, den ich durch ihre Geburt erhalten habe, weitergeben möchte.«

Mit ihren schönen, ruhigen Augen sah sie ihn an und wartete. Sie wusste, wann eine Antwort von ihm noch nicht vollständig war, und brauchte nicht zu fragen.

»Arman hat mir geschrieben.«
»Arman schreibt dir doch nie.«
Sedat lachte. »Nur *fast* nie. Diesmal schon. Genauer gesagt, hat mir Amarna den Ausstellungskatalog gesandt, damit ich sehe, wie unsere Exponate in ihrem erstaunlichen Museum zur Geltung kommen, und Arman hat einen Umschlag mit fünf Zeilen beigelegt.«
»Und was steht drin?«
»Seine Amarna erwartet sein Kind, Emine.«
»Allah, der Herr der Welten, sei gelobt.«
Hayat erwachte und begann, sich zu regen, Emine zog sich zurück, um sie zu stillen, und dann brach Sedat mit seiner jüngsten Tochter zur Insel auf. Der Schiffer mit dem blauen Boot kannte ihn. Er hatte ihn oft gefahren und gratulierte ihm zu Hayats Geburt.
»Nun haben Sie also fünf Mädchen. Möge Allah Ihnen beim sechsten Mal einen Sohn schenken.«
Nun habe ich also fünf Kinder, dachte Sedat. Möge Allah das sechste meinem Freund Arman schenken, möge Er es dem Geschlecht der Könige schenken, die sich auf dieser Insel ihre Pfalz errichteten, einen Ort, um auf Reisen Hof zu halten und zu beten. Möge Er es all ihren Nachkommen schenken, den Nachkommen ihres Volkes, das nicht vergessen sein darf.
Auf das blaugrün leuchtende Wasser schlug der Bug des Bootes Schaumkronen. Der Vansee war eine Kuriosität. Von Bergen umschlossen und durch ihre Bäche gespeist, war er gelegen wie ein Binnensee, doch seit ein Vulkanausbruch im Westen ihm den Abfluss versperrt hatte, war sein Wasser salzig. Ein Überbleibsel der Sintflut. Wie die Arche, die mit ihren Überlebenden an manchen Tagen aus dem Nebel am Rücken des Ararat aufzutauchen schien, so hob sich die Insel Aghtamar aus dem Blau.

Auf der Insel aber gab es keine Überlebenden. Sie war unbewohnt.
Im zehnten Jahrhundert hatte Gagik I. aus dem Geschlecht der Artsruni hier eine neue Herrschaft begründet. Der Legende nach war er als Kind ausgesetzt und im Stich gelassen worden und hätte dem Tod anheimfallen müssen, hätte nicht ein Adler ihm das Leben gerettet. Auf der Insel hatte der Findling seinen Palast und eine Kirche gebaut und sein Königreich mit Namen Vasbouragan, Land der Edlen, begründet. Er selbst hatte sich König von Armenien genannt.
Einer Legende nach hatte Gagik, der Findling des Adlers, die Insel ausgewählt, weil er hier einem Mädchen verfallen war, der schönen Tamar mit dem schwarzen Haar, dem großen Mund der Armenier und dem dunklen Leuchten in den Augen. Nacht für Nacht schwamm er zur Insel, um Tamars Lager zu teilen, doch in der Nacht, in der sie seinen Sohn gebar, geriet er in einen Sturm und ertrank in den Fluten des Sees. Im Sterben rief er ihren Namen: »Ach, Tamar«, und so nannten die Armenier ihre Insel: Aghtamar.
Sedats Freund Arman hatte sich stets gesträubt, wenn Sedat ihn drängte, ihm Legenden seines Volkes zu erzählen, er behauptete, Sedat kenne sie besser als er. Das war gut möglich. Armans Vater, der ein Freund von Sedats Vater gewesen war, hatte Arman und sich zum Schweigen erzogen. Was er erlebt hatte – den Mord an seiner Frau und seiner Tochter –, hätte er anders vermutlich nicht ertragen. Bei dem Gedanken zog Sedats Herz sich zusammen, und er musste seine eigene kleine Tochter fester an sich drücken, als es Hayat behagte. Es war kein Wunder, dass ein Mann Angst hatte, seinen Sohn im armenischen Erbe zu erziehen, wenn Frau und Tochter wegen dieses Erbes gestorben waren. Es war kein Wunder, dass ein Mann keine Kraft hatte, seinen Sohn in Liebe zu erziehen,

wenn der Schmerz um sein anderes Kind ihn im Innern zerriss.

Zuweilen aber bekam man etwas aus Arman heraus. Einen Faden aus dem dichten Gewebe, aus dem sein Volk sich erschaffen hatte, so wie die Geschichte von König Gagik und der schönen Tamar. Auf Armans Gesicht stahl sich dann ein Ausdruck, über den Sedat sagte: »Du siehst jetzt aus wie euer Berg Masis. Eigentlich lächelst du, du hüllst dich nur in Wolken.« Arman war sieben Jahre jünger als Sedat, der nur zwei ältere Brüder hatte. In Gedanken nannte er ihn seinen *kardeş*, seinen kleinen Bruder, und wünschte, er wäre ihm ein Bruder gewesen, als Arman einen gebraucht hatte.

Gagiks Königreich war untergegangen wie Urartu, von dem es stammte, sein Palast war mit den Jahren zerfallen wie so vieles, doch sein Gotteshaus, die Kirche zum Heiligen Kreuz, hatte den Sturm der Zeit ganze tausend Jahre lang überstanden. Dorthin trug Sedat seine kleine Tochter. Der Weg wand sich über den halb felsigen, halb grasbewachsenen Rücken der Insel, das Grün war nach dem langen Sommer matt geworden, und die Zweige der Wildaprikosen, die im Frühjahr zartrosa blühten, hingen schwer von Früchten. Die Insel war ein verzauberter Ort, und von der Anhöhe, auf der König Gagik Artsruni sein Heiligtum gebaut hatte, sah man den Ararat, der sein Gesicht trotz des klaren Tages in Nebel hüllte. Die Kirche war kreuzförmig aus rotem Kalktuff errichtet worden, wie es typisch für die sakralen Werke armenischer Baumeister war.

Als die Könige die Insel verlassen hatten, waren Mönche gekommen und hatten hier ein Kloster und das Katholikat von Aghtamar errichtet, das achthundert Jahre lang bestehen blieb, Symbol eines Volkes, dem sein Glaube Zusammenhalt geboten hatte, und das als ältestes Christenvolk der Welt galt. Gregor der Erleuchter war ihr Schutzheiliger, aber die tausend Jahre alte Kirche zum Heiligen Kreuz hatte er nicht beschützen können.

Nur ihre Ruine war geblieben. Das, was Milizen, die 1915 die Insel gestürmt hatten, um nicht nur ein Volk, sondern auch seine Geschichte und seine Heiligstes von der Erde zu tilgen, von ihr übrig gelassen hatten. Zerschmetterte Wände. Eingefallene Dächer. Umgeworfene Grabsteine, zwischen denen die ermordeten Mönche gelegen hatten. Ein einzelner *Chatschkar*, ein Gedenkstein, der Sedat wie ein Gemisch aus Urartus Grabstelen und den Kreuzen des christlichen Armeniens vorkam, erhob sich vor dem geschändeten Gotteshaus.

Sedat kam oft hierher, um zu beten und zu weinen. Seine kleine Tochter, der er den Namen Hayat gegeben hatte, weil es Leben bedeutete, hatte er hergebracht, um ein weiteres Ritual zu vollziehen. Eines, mit dem das Volk, das hier gelebt hatte, die Geburt eines Kindes feierte. Er trug Hayat vor die Südwand der rötlichen Kirche, deren unterer Abschnitt fast vollständig erhalten war. Er war geschmückt mit Steinreliefs aus Gagik Artsrunis Regierungszeit, Zeugnissen der armenischen Liebe zum Stein.

Menschenbilder, die Geschichten vom Leben erzählten. Die Geschichte von Adam und Eva, Noah und seiner Arche ebenso wie die der Palastbewohner, die Krieg führten und Feste feierten, Ernten einbrachten und Tote begruben. Sedat liebte die Reliefs der Kirche zum Heiligen Kreuz. Er setzte sich mit Hayat in den Schatten der Mauer, kaute eine Dattel, um ihr ein wenig Saft einzuflößen, und zeigte ihr die Gesichter, die Tränen, die Sorgenfalten und das Lachen verflogener Zeiten.

»Ein Kind ist der größte Segen, der einem Mann zuteilwerden kann«, sagte er zu Hayat. »Das ist für die Armenier nicht anders als für uns Türken. Wir Väter feiern. Armenische Väter schmücken ihr Haus mit Zweigen, und türkische Väter flüstern ihrem Kind den *Adhan* ins Ohr. Türken laden Freunde zum Lammbraten ein, und Armenier, denen die Freundschaft heilig ist, geben den Segen, den sie erhalten haben, an einen Freund weiter. Sie treten mit ihrem Kind zu ihm, legen ihm die Hand auf die Stirn und sprechen zwei Worte. Mein Freund, der Findling des Adlers, ist nicht hier, an seine Stirn kommen wir nicht heran. Er hat in unserem gemeinsamen Land nicht mehr leben können und wohnt jetzt weit weg auf einer anderen Insel. Aber wir beide schaffen das trotzdem.« Er lehnte sich mit Hayat an den Stein des Reliefs, berührte die Stirn eines in den Stein gehauenen Mannes und sagte: »*Tarose kes* – ich gebe es an dich weiter.«

# 16

## WALLY
## LONDON, SEPTEMBER 1938

Vor die Direktion des Museums berufen zu werden, konnte nur zwei Gründe haben: einen sehr guten oder einen sehr schlechten. Wally wusste an diesem Morgen nicht, welcher ihm lieber war.

Sir John Forsdyke, Direktor und Prinzipal der Bibliothek, war ein Mann, der sich ungern in die Karten blicken ließ, doch die beiden anderen Herren gaben sich aufgeräumt. Sie trafen sich in einem holzgetäfelten Studienraum neben der Galerie mit den Zeichnungen. Der Duft des ceylonesischen Orange-Pekoe-Tees, den Sir John bevorzugte, erfüllte das Zimmer. Piers

Towneley, der Sprecher der Treuhänder, trank einen kupferfarbenen Brandy dazu. Der dritte Anwesende war Maxwell Clarke, Kurator der ethnographischen Galerien und Sir Johns Stellvertreter.

»Mein lieber Walter.« Piers Towneley stand auf und ergriff Wallys Rechte. »Schön, Sie zu sehen. Wie geht es Ihrem Vater?« Towneley war Captain der Reserve in der *Royal Artillery* – wie Forsdyke, Wallys Vater Bertram und jeder andere Mann seiner Familie. Seinem Land an der Waffe zu dienen, gehörte für einen Farnshaw zu den Bedingungen, über die nicht diskutiert wurde. Wally hatte sich für die *Air Force* entschieden, weil er in den Mittleren Osten wollte, weil ihn Flugzeuge faszinierten und weil er sich in der Luft vor Kriegsgetümmel geschützter fühlte als auf dem Boden. Dass dies keine ganz realistische Vorstellung war, war ihm klar.

»Vielen Dank, mein Vater ist wohlauf. Er lässt Sie grüßen.«

»Wie erfreulich. Wir müssen Ihre Eltern wieder einmal zu uns nach Stowey bekommen.«

»Ich richte es aus.« Es würde die einzige Nachricht aus Wallys Arbeitstag sein, die Bertram Farnshaw interessierte. Seit er seinen Kronprinzen, den hoffnungsvollen Horace, an der Küste vor Monaco verloren hatte, igelte er sich in einer Welt aus Armee-Erinnerungen ein. Wally, der Zweitgeborene, fungierte von klein auf als *enfant terrible*, nicht weil er für die Rolle die passende Besetzung gewesen wäre, sondern weil Rollen in Familien eben verteilt werden mussten.

Seb – der junge Sebastian, wie Wallys Vater ihn nannte – hätte den Part fraglos besser gemeistert, aber als einziger Nachkomme des Kronprinzen kam er dafür nicht in Frage.

Bertram Farnshaw spielte den geplagten Vater, den nichts mehr erschütterte. Weder dass sein jüngerer Sohn sich in die falsche Waffengattung meldete, noch dass er sich im kümmerlichen

Rang eines *Flying Officers* in die Reserve versetzen ließ, um dem entbehrlichen Beruf eines Altorientalisten nachzugehen.
»Wir haben Sie übrigens nicht einbestellt, um Ihre Zeit mit Floskeln zu vergeuden«, ließ sich Forsdyke vernehmen.
Piers Towneley nickte. »Durchaus nicht. Wir möchten Ihnen zum Erfolg Ihrer Ausstellung gratulieren. Wer hätte gedacht, dass ein bedeutungsloses Volk aus einem entlegenen Bergland unsere Briten derart vom Hocker reißt. Die Idee, Ihren Steine beschwörenden Intimus einzubinden, war genial, lieber Walter.«
»Es war die Idee von Mrs. Artsruni«, sagte Walter. »So wie die gesamte Ausstellung und das Konzept, das Totengedenken der Urartäer in den Mittelpunkt zu stellen. Auch die Leihgaben aus Doğubeyazıt verdanken wir ihr.«
*Urartu – wider das Vergessen,* hieß die Ausstellung, in die die Londoner noch immer in Scharen strömten.
»Ganz recht, ganz recht«, sagte Towneley. »Ein höchst stimmiges Konzept. Sagen Sie doch bitte Mr. Artsruni, wir wollen die Skulptur ankaufen, er soll einfach seinen Preis nennen, und ich kümmere mich darum, dass er sein Geld bekommt.«
»Sie ist nicht verkäuflich«, entgegnete Wally. »Mr. Artsruni könnte uns aber bestimmt eine andere anbieten, wenn wir das wollen.«
»Und ob wir wollen«, sagte Towneley. »Stephens von der *Times* schreibt zwar, diese sei das Beste, was der Mann je gemacht habe, aber so groß wird der Unterschied für den Laien nicht sein, oder?«
»Nein«, sagte Wally, der den Unterschied gewaltig fand. »So groß ist der nicht.«
»Na, bestens. Und wie käuflich ist der Mann? Könnte man ihn für eine ganze Serie gewinnen, wenn man ihn ordentlich bezahlte?«

»Sie müssten ihn *sehr* ordentlich bezahlen«, antwortete Wally, der es hasste, wenn jemand von Arman sprach wie von einem Pudel, der im Zirkus auf den Vorderpfoten lief. Er hatte ihn entdeckt, weil er Plastiken liebte und etwas davon verstand. Wenn er auf eine Leistung stolz war, dann auf diese. »Mr. Artsruni dürfte derzeit der gefragteste Bildhauer des Landes sein, und zudem funktioniert *Direct Carving* nicht wie Papierschiffchen basteln. Es käme erst einmal darauf an, was Sie sich vorstellen.«
»Völlig egal«, mischte sich Forsdyke ein. »Solange es Stil hat und die Leute es sehen wollen, ist alles recht. Vereinbaren Sie für Piers einen Termin mit dem Mann, ja? Und wenn diese Urartu-Skulptur nicht käuflich ist, sorgen Sie dafür, dass sie als Leihgabe hierbleibt. Wir wollen Ihre Ausstellung verlängern, und zugleich beauftragen wir Sie mit der Vorbereitung einer weiteren, die in erheblich größerem Rahmen stattfinden soll.«
»Genauer gesagt, stehen Ihnen der gesamte prähistorische Raum und der Salon am Kopf der Haupttreppe zur Verfügung«, ergänzte Towneley.
»Und auf dieser Riesenfläche wollen Sie Arman Artsruni ausstellen?«, fragte Wally perplex. »Aber wir sind doch keine Kunstgalerie!«
Towneley lachte gekünstelt. »Wer weiß, vielleicht satteln wir ja um. Wir haben jedenfalls mehr Kunstvolk hinter dem Ofen hervorgelockt als dieser Spanier mit seiner Riesenleinwand, die bei *New Burlington* hängt.«
»Picasso«, sagte Wally, der zur Schau gestelltes Banausentum verabscheute. »Und das Bild heißt *Guernica.*«
»Wie auch immer. Dem haben wir jedenfalls die Show gestohlen.« Towneley ging zum Teetisch und schenkte Brandy in einen Schwenker, den er zu Wally trug. »Die Skulpturen von Ihrem Artsruni sollen einen Anreiz bilden, Walter. Zusätzlich

beauftragen wir einen Stab weniger kostspieliger Kunsthandwerker, die uns Duplikate beliebter Stücke anfertigen. Sie arbeiten mit Jenkins von der Mittelalter-Abteilung. Entwerfen Sie irgendein Konzept, stellen Sie für uns eine Liste auf.«

»Und das Ganze dient welchem Zweck?«, fragte Wally. Der Duft des Brandys stieg ihm in die Nase, doch er widerstand. Die Neigung, bei Verunsicherung zu Alkohol zu greifen, war in seiner Familie verbreitet und ihm nicht geheuer. Seinen Bruder Horace mochte sie das Leben gekostet haben.

Die beiden anderen wandten sich nun Maxwell Clarke zu, wie um ihn daran zu erinnern, dass er noch nichts gesagt hatte.

Maxwell putzte seine Brille. »Das Ganze dient dem Zweck, das Museum für Besucher offen zu halten«, sagte er. »Besonders in Zeiten, wo Londons Einwohner es mehr denn je nötig haben könnten. Wir wollen diese Ausstellung nicht in absehbarer Zeit installieren, sondern sie uns *in petto* halten, verstehen Sie? Für den Fall, dass wir eine Attraktion brauchen, aber die eigentlichen Sammlungen nicht in den Räumen belassen können.«

Wally verstand sofort. »Das soll heißen, im Kriegsfall«, sagte er und trank vom Brandy, ehe er sich davon abhalten konnte.

Eine direkte Antwort gab niemand, wie so oft, wenn die Worte Krieg oder Sex im Raum standen.

»Das bringt uns zu unserem zweiten Anliegen«, sagte Forsdyke. »Zum Zwischenbericht Ihrer Kommission.« Mit einem Kopfschwenken erteilte er wieder Towneley das Wort.

»Ausgezeichnete Arbeit, lieber Walter.« Towneley lächelte, als wolle er Wally zuzwinkern. »Wir haben Ihre Aufstellung über die im Ernstfall benötigten Packkisten geprüft und werden die Bestellung veranlassen. Auch die Sandsäcke zum Schutz der nicht transportierbaren assyrischen Plastiken stellen wir bereit, wie Sie es vorschlagen. Darüber hinaus haben wir Ihren Schrift-

wechsel mit dem Direktor der walisischen Nationalbibliothek geprüft, Ihre Ideen zum Bau eines bombensicheren Tunnels ...«
Den Vorschlag, einen Tunnel unter der Bibliothek im walisischen Aberystwyth anzulegen, hatte ihm deren verschrobener Direktor präsentiert und geschworen, er würde bei Gefahr persönlich in dem Tunnel schlafen, um die Manuskripte des Museums zu hüten. Wally hatte es in den Zwischenbericht aufgenommen, weil der Mann ihn rührte. Auf den Gedanken, jemand könne sein Angebot ernst nehmen, war er nicht gekommen.
»Wir möchten diesen Tunnel bauen«, sagte Towneley. »Dazu braucht der Trust Angaben, auf deren Basis sich die Kosten berechnen lassen.«
»Ihre Kommission soll mir außerdem eine Liste sämtlicher Artefakte erstellen«, fiel ihm Forsdyke ins Wort. »In drei Gruppen geteilt: Objekte erster Wichtigkeit, zweiter Wichtigkeit und solche, die warten können. Lassen Sie das Ihren Blaustrumpf machen. Für meinen Geschmack ist die Dame im Publikumsverkehr zwar zu spröde, aber fachlich hat sie ja wohl einiges zu bieten.«
»Mit meinem Blaustrumpf meinen Sie Mrs. Artsruni?« Wally hatte Forsdyke mehr als einmal dargelegt, warum er Marnie schätzte. Von dessen Ausdruck fühlte er sich und sein Urteil herabgesetzt.
»Ich denke, wir haben es nicht nötig, um Worte zu fechten«, erwiderte Forsdyke. »Liefern Sie uns diese Liste, wen oder was Sie damit beauftragen, sei Ihnen überlassen. Wir haben Vertrauen zu Ihnen.«
Manche Komplimente schmeckten wie Ohrfeigen, fand Wally, und manche waren auch so gemeint.
»Sind wir uns einig?«, hakte Forsdyke nach.
Wally hätte nach der Grabungslizenz fragen müssen, wie er es Marnie schuldig war. Sie hatte eine Ausstellung auf die Beine

gestellt, die ihm unverdientes Lob eintrug, und hatte die Spendengelder für ihr Projekt spielend aufgebracht. Alles, was sie brauchte, war die Rückendeckung des Museums, das die Expedition in die Türkei offiziell beantragen musste.

Würde sie aber jetzt, wo sie endlich ihr ersehntes Kind bekam, überhaupt noch ins Vorgebirge des Ararat reisen wollen, um eine Ausgrabung zu leiten? Die Besessenheit von den urartäischen Grabstelen war Wally stets wie ein Ersatz erschienen, den sie fortan nicht mehr brauchte. Und wenn geschah, was ihm noch immer undenkbar schien, wenn die Krise um das Sudetenland in einen Krieg mündete, war der ganze Plan ohnehin hinfällig.

Er trank den Rest Brandy. Die Freundschaft mit den Artsrunis bedeutete ihm mehr, als er sich anmerken lassen wollte. Sie waren anders als die Leute, mit denen er sein Leben verbracht hatte, lebendiger, unmittelbarer, auch wenn Arman umherlief wie ein Museumsobjekt, das seine Vitrine gleich mitbrachte: in Glas eingeschweißt. Berühren verboten. Sooft Walter in ihrem Haus zu Gast war, bekam er eine Ahnung davon, wie er mit einer Familie hätte leben wollen.

Nur fehlten ihm dazu Talent, Verve, Charisma – weshalb seine Frau mit einem anderen Mann lebte.

Noch schlimmer war: Wenn er sah, wie Marnie mit ihrem Mann umging, wusste er, wie er es sich von Isabel gewünscht hätte. Jeder Blick inmitten von Menschen, jedes wie absichtslose Streifen der Hüften ein Versprechen: *Heute Nacht sind du und ich allein.* So ging allerdings keine Frau mit einem schwerblütigen Briten um, und außerdem hatte Isabel ihn nie so geliebt, wie Marnie Arman liebte.

»Walter?« Piers Towneley neigte fragend den Kopf. »Lassen Sie sich nicht aus der Ruhe bringen, es gibt jetzt nicht mehr Anlass zu Besorgnis als vorher.«

»Das scheint mir anders«, bekannte Wally. »Aus Ihren Maßnahmen schließe ich, dass der tschechische Präsident den Forderungen der Sudetendeutschen vergeblich nachgekommen ist. Hitler will trotzdem dort einmarschieren, und die Franzosen und wir müssen hinterher.« Ich will nicht, dachte Wally. Ich bin in eine Sippe von Kriegshelden geboren und habe lächerlich viel Vergnügen daran, ein Flugzeug zu fliegen, aber ich habe nie auch nur den geringsten Sinn darin entdecken können, eine Waffe auf ein Geschöpf zu richten, das ich nicht essen will.
»Wir müssen vorbereitet sein«, sagte Sir John. »Das ist alles. Sie haben ohnehin keinen Grund zur Sorge. Sollte es wider Erwarten zum Äußersten kommen, beantragen wir Ihre Unabkömmlichkeit. Die Arbeit Ihrer Kommission ist schließlich kriegswichtig.«
Wally nickte, wohl wissend, dass nicht nur sein Vater das anders sehen würde.
»Kümmern Sie sich um diesen Kontakt zu Mr. Artsruni?«, fragte Towneley. »Oder sollen wir uns an seinen Agenten wenden?«
»Ich kümmere mich«, antwortete Wally. »Ich sehe ihn nachher in Hornchurch.«
Er hatte sich auf die Verabredung gefreut wie ein Junge auf den Weihnachtsmorgen. Jetzt kam er sich vor wie ein Erwachsener: Der bunte Weihnachtsstrumpf hing zwar vor dem Kamin, aber für ihn war kein Geschenk darin.

Sie hatten sich ein Flugzeug kaufen wollen, er und Arman. Eine *Hawker Hart*, den leichten, zweisitzigen Bomber, der ausgemustert und durch die neue *Hawker Demon* ersetzt werden sollte. George Halliday, Hornchurchs *Wing Commander*, bot die Maschinen zum Spottpreis an, und Arman war Feuer und Flamme. »Die Chance bekommen wir so schnell nicht wieder. Wir können sie hier unterstellen, solange der Platz nicht gebraucht wird, und für den Preis könnte einer von uns sie allein kaufen.«

»Aber du willst trotzdem mit mir halbe-halbe machen, damit du nicht allein dastehst, wenn Marnie dir die Leviten liest?«

Arman zog die Lippen von den Zähnen. »Sie liest keinem von uns die Leviten.«

»Bist du dir da sicher?«

»Ich hab's ihr gar nicht erzählt«, sagte Arman.

»Das ist nicht dein Ernst«, hatte Wally erwidert, entschlossen, ihn davon abzubringen. Aber sein Versuch verlief im Sande. Dieses Zähnefletschen des Verschwörers, die Männerkameradschaft, die zu erringen ihm nie gelungen war, verführte ihn. Natürlich war es nicht anständig, etwas so Gewichtiges vor Marnie geheim zu halten, und natürlich hatte eine Frau, die für ihren Mann durch die Hölle gegangen wäre, das nicht verdient. Aber etwas zu tun, das anständige Männer nicht taten, war auf seltsame Weise erregend. Wally, das angebliche *enfant terrible*, hatte nicht einmal in der Schule den Mut dazu aufgebracht.

Als Reserveoffizier musste er alle vier Wochen eine Anzahl von Flugstunden absolvieren, um einsatzfähig zu bleiben. Die *Air Force* schwor darauf, Männer einer Schwadron die einzelnen Besatzungen selbst bilden zu lassen, doch für Wally hatte sich nur selten ein Partner gefunden. Es wunderte ihn nicht. Er war zu schwerfällig, nicht leutselig genug, um sich unter den Männern Freunde zu machen. Er wusste mit Menschen außerhalb seiner Arbeitswelt nichts zu reden und fühlte sich beim Schweigen mit anderen nicht wohl. Da er somit keiner festen Crew angehörte, flog er seine vorgeschriebene monatliche Flugzeit allein auf einer *Gloster Gauntlet* ab und war überzeugt, dass er nichts vermisste.

Bis Arman Artsruni nach Hornchurch gekommen war, sein Training auf der *Tiger Moth* hinter sich gebracht und zu ihm gesagt hatte: »Ich brauche jemanden, der eine *Hawker Hart* mit mir fliegt.«

»Und da fragst du ausgerechnet mich? Such dir einen Partner auf Dauer, ich wette, die Kadetten reißen sich darum.«

»Ich reiße mich um dich«, sagte Arman. »Ich will, dass du mir beibringst, wie man fliegt.«

Also flogen sie ihren Zweisitzer, sooft Wally Zeit hatte. Wally brachte Arman bei, was er vom Fliegen verstand, und Arman brachte Wally bei, wie angenehm es war, zu zweit zu schweigen. Arman war unglaublich gelehrig, der reinste Schwamm, und kannte keine Geduld mit sich. Seine Freude am Fliegen war selbstvergessen und still. Ein Naturtalent, hatte *Wing Commander* Halliday gesagt und hatte damit beinahe recht. Armans magerer, sehniger Körper besaß die Kraft, die Maschine zu beherrschen, er hatte ein präzises Auge und ruhige, sichere Hände.

Wally glaubte lediglich zuweilen, eine leise Schwäche beim Austarieren des Gleichgewichts wahrzunehmen, aber vermutlich bildete er sich das ein, und wenn nicht, würde es sich mit mehr Übung legen. Arman würde ihn im Nu überflügelt haben, und Wally konnte nur hoffen, dass er dann noch mit ihm flog.

Der Gedanke an ein eigenes Flugzeug war verlockend, doch jetzt würden sie wohl kaum eines kaufen. Arman hatte die Kriegsgefahr wie ein Jagdhund gewittert, und ohnehin würde die *Air Force* den Verkauf von Kampfflugzeugen stoppen. Wie es aussieht, gehe ich leer aus, dachte Wally. Aus unerfindlichen Gründen hatte er ein Talent dafür, den Weihnachtsstrumpf zu erwischen, in dem kein Geschenk steckte.

Es war ein diesiger Tag, die Luft feucht und schwer, doch es regnete nicht, und es herrschte kaum Wind. Wally stieg aus dem Auto und sog den Geruch nach Motorenöl ein, den er seltsamerweise mochte. Vielleicht hatte er sich als Zwanzigjähriger eingebildet, er habe etwas mit Freiheit zu tun. Die *Air Force* war gerade erst begründet worden, er würde nach Mesopotamien kommen und hatte es fertiggebracht, seiner Familie die Stirn zu bieten. Er hatte den jungen Mann mit den hochfliegenden Träumen für tot und begraben gehalten, aber der Geruch nach Öl und die Sehnsucht, mit Arman Artsruni ein Flugzeug zu besitzen, ließen ihn wieder auferstehen.

Sämtliche Trainingseinheiten waren für diesen Tag beendet, und das Flugfeld erstreckte sich beinahe leer vor seinen Augen. Nur ganz am hinteren Ende führten zwei Ausbilder einem Trupp Rekruten einen zweimotorigen Langstreckenjäger vor, und vor dem Hangar reihte sich eine Anzahl Maschinen auf, kleine Doppeldecker aus der Produktion von *Hawker Aircraft*. Einzig die letzte, die ein Stück abseits stand, war ein moderner Eindecker und bald doppelt so groß. Obwohl Rumpf und Tragflächen mit Staub bedeckt waren, ließ die intakte Beplankung erkennen, dass die Maschine neu war. Ein Ganzmetallflugzeug, hergestellt in Halbschalenbauweise. Der Anblick ließ Wallys Herz rumoren, als wäre er zehn Jahre alt.

Die Maschine war gerade erst ausgerollt, und die Drehung der Propeller erstarb. Zwei Männer standen vorn bei der Nase – nein, der zweite war noch kein Mann, auch wenn er den anderen überragte. Sein Körper wirkte wie eine Bohnensprosse, zu schnell und ohne Kraft in die Höhe geeilt. Der Mann war *Wing Commander* George Halliday, der Junge war Wallys Neffe Seb. Die Ausstiegsklappe schnappte auf, und der Pilot schwang sich aus der Kabine.

Arman gehörte zu den wenigen Männern, die auch in Fliegeroverall und Lederkappe unverwechselbar waren. *Handsome devil,* dachte Wally frei von Neid. Die herbe, seltene Schönheit, die die Bewegungen des Mannes ebenso prägte wie sein Gesicht, war nichts Beneidenswertes, sondern hatte ihm vermutlich die Hölle auf Erden beschert. Etwas, das sie derart tief berührte und ihnen dennoch fremd blieb, reizte Menschen schon die gesamte Weltgeschichte hindurch, es entweder zu vergöttern oder kaputt zu schlagen.

Oder beides.

Seb lief Arman entgegen. Wenn es überhaupt etwas gab, das Wally dem anderen neidete, dann das. Er selbst hatte seinen Neffen seit Jahren nicht anders als trotten oder schlurfen sehen und hatte den Ton, der ihn erreichte, nie getroffen. Arman schien sich nicht einmal sonderlich zu bemühen. Er ließ Sebs Ansturm an sich abgleiten, weit entfernt von dem Übereifer, mit dem Wally dem Jungen begegnet war. Trotzdem oder eben deshalb war Wally sicher, dass er einen guten Vater abgeben würde.

*Wing Commander* Halliday bemerkte ihn erst, als er die herbstliche Luft schon in den Knochen spürte. Wally salutierte, Halliday machte die übrigen auf ihn aufmerksam, und Seb trottete demonstrativ von dannen. Arman kam zu ihm, riss sich im Laufen die Brille herunter. »Hast du sie gesehen?«

»Grüß dich, Wally, schön, dass du's einrichten konntest, hieß das zu meiner Zeit, aber lass es gut sein. Wen soll ich gesehen haben?«

»Die *Bristol Blenheim«*, sagte Arman. »Grüß dich, Wally.«

Sie wandten sich dem Flugzeug zu. Jetzt erkannte Wally an Nase und Tragflächenansatz die typische Bauweise der *Blenheim*, doch diese Maschine war wesentlich größer. »Die muss einen Riesentank haben«, entfuhr es ihm.

»Vierhundertsiebzig Gallonen«, sagte Arman.

»Das ist also die Neue, ja? Mk II, die sie als Aufklärer einsetzen wollen?«

Arman nickte.
»Und Halliday hat dir erlaubt, die allein zu fliegen?«
»Ich habe ihm keine Ruhe gelassen.«
Wally zündete sich eine Zigarette an. »Willst du auf die *Blenheim* wechseln?« Auf einmal besann er sich darauf, dass dies hier binnen Tagen aufhören konnte, ein Kriegsspiel zu sein. Einen, der flog wie Arman, würde man vorzeitig zur Prüfung zulassen und einer Schwadron zuteilen, die in den Luftkampf zog. Gerüchten zufolge umfasste die Flotte der deutschen Luftwaffe viertausend Kampfflugzeuge, Jäger und Aufklärer. Großbritannien dagegen hatte nicht viel mehr als tausendfünfhundert vorzuweisen. Marnie Artsruni erwartete ein Kind. Welche Chance hatte dessen Vater, mit dem Leben davonzukommen?
»Wechseln nicht«, sagte Arman. »Ich will sie kaufen.«
»Was willst du kaufen?«
»Die *Blenheim*.«
»Sonst noch was? Größenwahn lässt grüßen. Frag doch mal nach, ob der Buckinghampalast zum Verkauf steht.«
Arman begann, mit der Schuhspitze im lehmigen Erdreich zu scharren. »Der Buckinghampalast gefällt mir nicht«, sagte er. »Aber die *Blenheim*. Sie hat einen großen Tank, eignet sich für Langstrecken und kann mindestens vier Passagiere transportieren.«
»Und wozu brauchst du ein Flugzeug, das auf Langstrecken vier Personen transportieren kann?«
Arman zuckte eine seiner Schultern, eine Geste, die Wally zu hassen gelernt hatte. Sie bedeutete: Gib dir keine Mühe. Ich sage dir sowieso kein Wort.
»Zum Kuckuck, wenn wir Pech haben, stehen wir nächste Woche im Krieg«, schnauzte er. »Mein Museum lässt mich eine walisische Bibliothek untertunneln, um Manuskripte zu schützen, und du glaubst, die *Air Force* verhökert eine brandneue

Mehrzweckmaschine, weil Mr. Artsruni sich ein Spielzeug wünscht, aus dem man echte Bomben schmeißen kann?«

»Sie ist durch die Tests gefallen«, sagte Arman. »Für einen Eindecker ist sie nicht beweglich genug. *Bristol Aircraft* entwickelt schon ein neues Modell.«

»Und was ist mit diesem?«

»Wird wieder ausgemustert. Die *Air Force* ist froh, wenn wir sie ihr abnehmen.«

Wallys Blick schweifte nicht frei von Sehnsucht über den langen Rücken der Maschine. »Was wollen sie dafür haben?«

»Dreimal so viel wie für die *Hart*.«

»Du bist verrückt. Deine Frau bekommt ein Kind, und Hitler marschiert in die Tschechoslowakei ein. Ist das wirklich der richtige Zeitpunkt, um so viel Geld für dein Vergnügen zu verschleudern?«

»Ich verschleudere noch viel mehr Geld für mein Vergnügen«, sagte Arman. »Ich habe ein Haus in Kent gekauft. Amarna und ich wollten dich einladen, am Wochenende mit uns hinzufahren. Unsere Nachbarn kommen auch mit. Wir könnten Kricket spielen.«

Wally stöhnte. »Legst du eigentlich Wert darauf, dass irgendwer dich versteht? Seit Jahren steigerst du dich in deine Besessenheit vom Krieg, und jetzt, wo wir die bittere Pille wohl werden schlucken müssen, planst du in aller Seelenruhe Kricket-Spiele.«

Arman fing an, mit seinen langen Fingern an der Gelenkschnalle seines Overalls herumzufummeln.

»Mann, ich rede mit dir!«

»Ich bin nicht taub«, sagte Arman. »Kommst du nun mit nach Kent? Die bittere Pille könnte uns noch einmal erspart bleiben. Chamberlain fliegt wieder nach München, um sich mit Hitler zu treffen.« Er spuckte auf den Boden. Immer wieder faszinierte es Wally, dass ein Mann mit derart geschliffenen Manieren in der Lage war, sie so komplett außer Acht zu lassen. »Daladier kommt auch. Ich denke, sie werden Hitler das Sudetenland zum Fraß vorwerfen, damit er nicht anders kann, als sich vorerst zufriedenzugeben.«

»Das klingt, als wärst du dir sicher.«

»Ich bin mir sicher.«

Wally überlegte. Diesem Stützpunkt war nicht die geringste Alarmbereitschaft anzumerken. Halliday, der den Finger dichter am Puls des Geschehens hatte als die Museumsdirektoren, wickelte unbekümmert seinen Flugzeughandel ab. Premierminister Chamberlain war für seine Abscheu vor Krieg bekannt, und der französische Ministerpräsident Daladier hatte genügend Probleme im eigenen Land. Falls die beiden sich mit Hitler an einen Tisch setzten, mochte Arman recht behalten. Ganz unverständlich waren die Ansprüche des Deutschen auf dieses Sudetenland ja nicht – und wenn Hitler damit endlich Ruhe gab, wäre es das Opfer wert.

»Also gut«, sagte er. »Fahren wir nach Kent. Ohne *Wicket Keeper* könnt ihr ja nicht spielen.«

»Den *Wicket Keeper* macht Seb«, sagte Arman.

»Seb kommt auch mit?«

»Und Rehan«, erwiderte Arman. »Alle. Auch wenn Bülent sich sträubt.«

»Wie groß ist denn dieses Haus, das du dir so nebenbei gekauft hast?«

Armans Schulter zuckte. »Groß genug. Ich hab's aus meiner Hosentasche bezahlt. Nur für die *Blenheim* reicht es nicht mehr.«

»Dann vergiss die *Blenheim*«, sagte Wally. »Du kannst doch hier fliegen, so viel du willst.«

»Aber nicht, *wohin* ich will«, versetzte Arman. »Wenn du nicht interessiert bist, sag's mir.«

»Und was machst du dann?«

»Ich beleihe mein Haus.«
Wally schnappte nach Luft. »Hast du das mit deiner Frau besprochen? Ich kann mir nicht vorstellen, dass sie dir dafür auf die Schulter klopft.«
»Ich erzähle es ihr nicht. Das habe ich doch gesagt.«
Wally starrte dem Mann ins Gesicht und bemerkte auf einmal, wie fremd er aussah. Die Abdrücke von der Schutzbrille ließen die Augen noch größer erscheinen, und die reglose Strenge der Züge erinnerte an Urartus Totenmasken aus Stein. Wally hätte ihn packen und ihn ins Leben zurück schütteln wollen. »Ist das dein Ernst? Für deine Spielerei riskierst du das Dach über eurem Kopf und hältst es nicht einmal für nötig, mit deiner schwangeren Frau darüber zu reden?«
»Du sagst es«, erwiderte Arman.
»Ist dir jetzt der Erfolg zu Kopf gestiegen?«, schrie Wally. »Es gibt nicht wenige Leute, die das seit langem befürchten, weißt du?«
»Ach ja?« Arman hob eine schwarze Braue. »Jemand hätte euch warnen sollen. Wer sich ein armenisches Stück Scheiße ins Wohnzimmer holt, darf nicht erwarten, dass der Teppich sauber bleibt.«
Blindlings schlug Wally zu. Der Schrecken kam jäh und war furchtbar: Er hatte einen erwachsenen Mann, den er wie keinen anderen respektierte, wie einen dummen Jungen geohrfeigt. Und er hatte nicht einmal einen vernünftigen Grund. Arman rührte sich nicht. Nur die Sehnen am Hals traten hervor, die Nasenflügel bebten, und unter dem linken Auge zuckte die Narbe. Wallys Hand begann zu zittern. Die Bewegung setzte sich über den Arm in seine Schulter fort, als wollte sie von seinem Körper Besitz ergreifen. Armans Wange verfärbte sich. Das Zucken unter dem Auge wurde stärker wie das Zittern in Wallys Arm.

»Es tut mir leid«, krächzte er.
»Das kommt schon hin.« Arman ballte die Fäuste, bis die Knöchel weiß wurden. »Solange du weißt, dass ich das nächste Mal zurückschlagen könnte.«
Wally streckte die zitternde Hand aus und sah entsetzt, wie der andere auswich. »Arman, ich bitte dich, schlag zurück. Es gibt ja kein nächstes Mal, und es tut mir mehr leid, als ich sagen kann.«
»Nicht.« Arman hob die Hände. Seine Augen flackerten so heftig, wie sein Wangenmuskel zuckte. »Mir tut es auch leid. Ich hätte diese Bullenscheiße nicht zu dir sagen dürfen.«
»Ich würde dich gern in den Arm nehmen«, sagte Wally. »Aber ich glaube, dann finge ich mir wirklich eine von dir ein.«
»Nein«, erwiderte Arman und hielt immer noch Abstand. »Tu's trotzdem nicht, ja?«
Wally sah von Armans zuckendem Gesicht auf seine zitternde Hand und wieder zurück. »Wozu brauchst du die *Blenheim?*«
Arman schüttelte den Kopf. »Ich kann's dir nicht sagen. Aber ich verspreche, ich rühre Amarnas Geld nicht an.«
»Zum Kuckuck, du bist mir doch keine Rechenschaft schuldig«, blaffte Wally, obwohl ihm klar war, dass er genau das von ihm verlangt hatte. »Ich bin dein Freund, Arman, und erzähl mir jetzt nicht, dass du noch nie einen hattest. Willkommen im Club. Um allein dazustehen, braucht man kein armenisches Waisenkind zu sein. Ein verklemmtes englisches Bürgersöhnchen bringt das genauso fertig.«
Armans Gesicht zuckte weiter. Er wandte es ab. »Amarna bekommt ein Kind von mir«, sagte er. »Und Hitler hört nicht auf. Ich will nicht wehrlos sein.«
»Aber du hast doch selbst gesagt, Chamberlain wird ihm so viel hinwerfen, dass er sich zufriedengibt.«
»Vorerst«, sagte Arman. »Ein halbes Jahr oder auch ein ganzes,

je nachdem, wie weit er mit seiner Wehrmacht ist. Aber aufhören tun solche nie. Nicht, ehe alles plattgemacht ist.«
»Und deshalb meinst du, ein Haus in Kent zu brauchen und ein Flugzeug, in das mehr als vier Personen passen? Was noch, Arman?«
Wieder zuckte die Schulter. »Ich weiß nicht. Deinen Tunnel in Wales, eure Bahnhöfe unter der Erde, alles, was ich bekommen kann.«
Ihn nicht anzufassen, ihm nicht wenigstens den Rücken zu klopfen, fiel verblüffend schwer. »Die Hälfte des Preises für die *Blenheim* kann ich dir leider nicht geben«, sagte Wally. »Wäre dir auch mit einem Drittel gedient? Aber bilde dir bloß nicht ein, dass ich dir das Kommando überlasse, nur weil du mehr Geld drinstecken hast.«
»Das kann ich nicht annehmen. Nicht, wenn du die Maschine gar nicht willst.«
»Und ob ich sie will«, sagte Wally. »Ansonsten hätte ich dir gleich erzählt, dass das Museum deinen Fundus aufkaufen will und dir vermutlich das Geld für den Erwerb der halben *Air Force* in den Hintern schiebt.«
»Auf meinem Konto wäre es appetitlicher.«
»Gib ihnen nichts«, bat Wally. »Sie wollen deine Skulpturen in einer Ausstellung zeigen, die im Kriegsfall die Sammlungen ersetzen und die Londoner bei Laune halten soll. Der reinste Bombenfänger. Dafür ist deine Arbeit zu schade.«
Arman schwang herum, und Wally fiel auf, dass das Licht schwand, dass der Tag vorüber war. Armans Gesicht sah nicht mehr fremd aus, sondern verstört und jung. »Zu schade ist das doch nicht. Wenn Krieg ist und mein Steinzeug macht irgendwem Freude …«
»Aber es bliebe ja nichts davon übrig«, sagte Wally. »Das, was du für die Ewigkeit gemacht hast, würde alles zu Staub.«

»Von der Ewigkeit hab ich doch keine Ahnung«, sagte Arman. »Ich will meinem Sohn zeigen, wie man Kricket spielt. Meiner Tochter auch. Dürfen Töchter Kricket spielen?«

»Ich fürchte, nein.«

»Den will ich sehen, der meiner Tochter verbietet, Kricket zu spielen«, sagte Arman. »Und dem Museum verkaufe ich meine Füße, wenn sie mir Geld dafür geben. Mit Geld kann ich Amarna und das Kind irgendwohin schaffen, wo kein Hitler sie findet. Und Bülent und Rehan und Seb auch.«

»An deinen Füßen besteht kein Bedarf«, sagte Wally gepresst. »Weißt du, wie man das nennt, was du hast?«

»Nein.«

»Kleptomanie. Meinen Seb hast du auch schon geklaut. Fahr nach Hause, nimm deine Frau in die Arme, gönn dir mal zwei ruhige Atemzüge. Steht dein Angebot wegen Kricket in Kent?«

Arman zog die Lippen von den Zähnen. »Das war kein Angebot, sondern ein Kommando. Wir fahren Donnerstagabend, du nimmst in deinem Wagen meine Nachbarn mit.«

Kricket spielten sie an jenem Wochenende dann doch nicht, denn am nächsten Tag endete der diesige Altweibersommer, der unmöglich irgendwo so schön sein konnte wie in Englands Süden. Stattdessen setzte der gleichförmige Dauerregen ein, den es ebenfalls nirgendwo anders geben konnte. Das Wochenende war dennoch ein zweieinhalb Tage währender Traum, den Wally nie vergessen würde. So wenig wie das Erwachen am Sonntag.

Arman hatte seinen offenen *Morgan*-Sportwagen gegen einen geschlossenen *Derby Bentley* getauscht, in den seine komplette Familie einschließlich Seb passte. Da die überfütterte Tochter der Nachbarn unbedingt auch noch mit hineinwollte, opferte sich Marnie und wechselte in Wallys Auto. Dazu kamen Dexter und Doris Taylor, der Mann ein unkomplizierter Kerl, der bei den Gaswerken angestellt war, und die Frau eine Quasselstrippe, die dem Schweigen der Männer die Peinlichkeit nahm. Von dem Moment an, als sie am *Regent's Canal* losfuhren, hörte Doris Taylor nicht mehr auf zu reden, während der Regen ebenso unaufhörlich an die Scheiben prasselte. »*Black Beauty* hat also ein Haus in Kent gekauft, um uns eine Freude zu machen«, resümierte sie lauter als das Geprassel. »Wie nett ist das denn? Leute, die sich alles mögliche Zeug kaufen, kenn ich ja jede Menge, aber bestimmt keinen, der damit mir eine Freude machen will.«

»So stimmt das doch auch nicht, Dee«, murmelte ihr Mann, der die Kricket-Ausrüstung zwischen den Knien hielt.

Seine Frau hörte gar nicht hin, sondern quasselte weiter. »Aber der soll was anderes kaufen. Kann der nicht Paris kaufen? Ach nein. In Paris regnet's ja jetzt auch.«

Das Haus war eine weißgewaschene Mischung aus Cottage und Festung, keine hundert Schritte vom Meer gelegen und groß genug für das wiedergeborene Geschlecht der Artsrunis. Dahinter lag weites, leeres Land, das zum Besitz gehörte, und in gut hundert Metern Entfernung ragte eine Scheune auf, die noch größer war als das Haus.

Marnie und Arman sahen aus wie Stammeltern, deren Bild für spätere Generationen über dem Kamin hängen würde. Bei der Ankunft sprang er aus seinem Wagen, um ihr aus dem von Wally zu helfen, und ging in Wind und strömendem Regen mit ihr an die Steilküste. Dort stand er und hielt sie umschlungen, ihr Rücken an seiner Brust, sein Kinn auf ihrem Schopf, und der Wind riss an ihren Locken, ihrem Rock und seinem kurzgeschnittenen Haar.

In der Zwischenzeit schloss der alte Bülent das Haus auf. Er sprach ein kaum verständliches Englisch, aber die verhuschte Rehan, von der Wally geglaubt hatte, dass sie Türkisch nicht einmal verstand, übersetzte Wort für Wort: »Bülent sagt, wir sollen alle ins Haus gehen, er sorgt dafür, dass wir etwas zu trinken bekommen, auch wenn wir ihm lästig sind. Er putzt uns sogar die Nasen, wenn wir nur Arman und Amarna für fünf Minuten ihren Frieden lassen.«

Das Haus war bis unter das Dach mit Lebensmitteln, Federbetten, Feuerholz, Toilettenartikeln und Armans französischem Rotwein ausgestattet wie für eine Belagerung. Arman und Marnie kehrten durchnässt, still und aneinandergeschmiegt zurück und blieben den ganzen Abend so sitzen. Marnies Gesicht an Armans Schulter sah bleich und müde aus, was bei Schwangeren vermutlich nicht ungewöhnlich war. In ihrem wirren Haar fing sich der Widerschein des Feuers. Als sie die Schuhe auszog, schob er seine Füße unter ihre, damit sie nicht auf den kalten Dielen standen, und Wally schämte sich, weil er dabei zusah.

An Kricket war nicht zu denken, deshalb spielten sie Scharaden, Bridge und Backgammon. Doris Taylor bereitete fetttriefende Frühstücke und verkochte Eintöpfe zu, und Seb köpfte Weinflaschen wie der Herr des Hauses. Es war schön. Wally hatte mit Leuten wie den Taylors nie näher zu tun gehabt, doch ihrer Herzlichkeit ließ sich schwer etwas entgegensetzen. »Wer Marnie und Arman mag, den mag ich auch«, bekundete Doris, und damit war das Thema abgehandelt.

Am Abend des Freitags saßen sie alle um den neu installierten Radioempfänger und lauschten der Erklärung Chamberlains, der aus München zurückgekehrt war. »In meinem nächsten Leben werde ich auch Premierminister«, sagte Doris. »Mal im Radio auftreten, das wäre mein Traum.«

»Psst, Dee«, machte ihr Mann, und die Übertragung begann. Starkes Rauschen verlieh Chamberlains Stimme ein blechernes Hallen.

»Wir, der deutsche Führer und Kanzler und der britische Premierminister, betrachten das Münchner Abkommen, das gestern unterzeichnet wurde, als Symbol des Wunsches unserer Völker, nie mehr miteinander im Krieg zu stehen«, sagte der Premierminister. »Meine Freunde, ich denke, das bedeutet Frieden für unsere Zeit. Gehen Sie nach Hause, ich wünsche Ihnen eine gute Nacht.«

Alles Weitere ging in Jubel unter und in den Kommandos von Doris, die mit ihrer Kuchengabel versuchte, die anderen ins Absingen von *And He's a Jolly Good Fellow* zu dirigieren. Der alte Bülent blickte skeptisch um sich, offenbar nicht sicher, was hier vorging. Rehan, die einen Haufen grünen Stoff im Schoß hielt, lächelte, weil alle sich freuten. Arman und Marnie standen vor dem Erkerfenster aneinandergeschmiegt. Arman hielt Marnies Gesicht in den Händen, und Marnie umschlang Armans Taille. Er sollte eine Skulptur von ihnen beiden machen, dachte Wally, er sollte sie *Menschenpaar* nennen oder *Frieden für unsere Zeit.*

»Hab ich doch gesagt, dass Hitler kriegt, was er will«, rief Seb. »Unsere alten Saftsäcke können dem nicht das Wasser reichen, der kommt hier rüber und zeigt denen, was Krieg ist, und wisst ihr was? Ich freu mich drauf.«

»Halt den Mund, du hirnloser Bengel!« Wally packte ihn beim Arm und holte aus. Er wusste, er hatte ihn als kleinen Jungen zu selten geschlagen und schlug ihn jetzt zu oft, doch verhindern konnte er es nicht. Zu unsäglich war, dass aus dem winzigen, anrührenden Menschenkind diese dümmlich schwatzende, ungewaschene Bohnenstange geworden war, die alles Schöne und Liebenswerte mit Füßen trat.

Blitzschnell hob Arman den Kopf, ohne Marnie loszulassen. »Tu das nicht«, sagte er scharf. »Nicht in meinem Haus.«

Wallys Hand fiel herab.

»Und du auch nicht«, sagte Arman zu Seb. »Freu dich, worauf du willst, aber in meinem Haus ist Hitler ein Verbrecher. Wenn du den bejubeln musst, geh vor die Tür.«

»Aber er hat doch recht!« Seb klang wie ein trotziges Kind nach zu frühem Stimmbruch. »Das Weltjudentum hat …«

Armans Hände streichelten Marnies Haar. »Vor der Tür«, sagte er gefährlich ruhig. »Hier drinnen kein Wort mehr.«

Jordan, die Tochter der Taylors, der der Babyspeck über den Rockbund quoll, fuhr aus den Sesselpolstern hoch und ging neben ihm in Stellung. »Wenn du rausmusst, gehe ich mit dir, Seb.«

»Misch du dich nicht ein!«, blaffte Seb. Zu Arman sagte er: »Draußen schüttet es wie aus Eimern.«

»Das kratzt mich nicht.« Arman hob Marnies nasses Gesicht und strich ihr das Haar hinter die Ohren. »Irgendwer muss sowieso Holz spalten.«

»Ich bin doch nicht dein Hausbursche!«, rief der Junge.

»Nein«, sagte Arman. »Aber ich auch nicht deiner.«

Unschlüssig verschränkte Seb die Finger, ließ die Knöchel knacken und sandte hilflose Blicke durch den Raum.

Arman hob Marnies Gesicht und küsste ihre Stirn. Dann ging er zur Zimmertür und wandte den Kopf zu Seb. »Hilfst du mir?«

Seb zögerte nur eine Sekunde, dann lief er los wie erlöst. Arman schob die Tür auf.

»Warte!« Rehan sprang vom Stuhl und hielt das grüne Gewebe in die Höhe. Es entfaltete sich zu einem gerade fallenden Pullover. Mit ganz kleinen Schritten lief sie zur Tür und hielt ihn Arman hin. Fragend sah er sie an. »Dir ist immer kalt«, sagte sie.

Arman zog sein Jackett aus und streifte sich den Pullover über den Kopf. Leicht öffnete er die Arme, Rehan trat bis vor seine

Brust, und er umfing sie. Unverwandt sah Seb ihnen zu. Armans Finger ordneten Rehans schwarzes Haar wie bei einem Kind. Die Worte, die er ihr zuflüsterte, waren armenisch und schlossen die übrigen aus. Dann lösten sie sich voneinander. Arman und Seb verließen das Zimmer, und Rehan kehrte zurück und gab Marnie Armans Jackett.

»Ich hoffe, du kriegst mindestens Drillinge«, sagte Doris zu Marnie. »Und wo jetzt kein Krieg kommt, gleich noch mehr.«

Danach war etwas anders. Schöner. Als hätte der Abend mit Chamberlains Rede aus einem schlecht sortierten Haufen von Menschen eine Art Clan geformt. Am Samstag dünnte der Regen aus, so dass sie über das windgepeitschte Land in den Ort laufen und im Pub zu Mittag essen konnten. Ehe sie am Sonntag abfuhren, wollten die Männer noch hinter dem Haus die große Scheune inspizieren und Schäden ausbessern, doch nach dem Frühstück sagte Marnie zu Wally: »Deine linken Hände braucht dabei keiner. Lass uns ein Stück gehen.«

»Aber es gießt doch in Strömen!«

»Ja, verdammt, und in Paris gießt es verdammt noch mal jetzt auch«, sagte sie. »Ich muss mit dir reden. Komm.«

Mit zwei Schirmen zogen sie los.

»Was ist denn passiert?«, fragte Wally, nachdem sie bis an die Steilküste gegangen waren, ohne dass Marnie ein einziges Wort gesagt hatte. Regensalven prasselten auf das Meer wie Geschosse.

»Diese Bekannte von dir«, sagte Marnie, »die jüdische Ärztin – stehst du mit der noch in Kontakt?«

»Lilly Greenstein?«, sagte Wally. »Ja, natürlich, sie ist mit meiner Mutter befreundet. In deiner Ausstellung war sie ziemlich oft und hat bedauert, dass sie dich immer verpasst hat.«

»Ich muss sie sprechen.« Marnie blieb stehen und starrte auf die graue, vom Regen durchlöcherte Wasserfläche. »Betreibt sie noch dieses Komitee, das jüdische Kinder aus Deutschland holen will?«

»Ich spreche darüber nicht mit ihr«, gestand Wally. »Aber ja, ich denke, das wird sie nicht aufgeben. Obwohl die Rechtslage schwierig ist, es darf ja kein Kind so einfach hier einreisen …«

»Sie hat nach Bürgen gesucht, die Kinder bei sich aufnehmen«, fiel ihm Marnie ins Wort. »Ich will mich melden. Ein Freund aus Berlin hat mich gebeten, mich für das Kind einer Bekannten einzusetzen.«

Sie sah noch bleicher aus als am Tag der Ankunft. So bleich, dass Wally erschrak. »Willst du damit nicht warten? Soviel ich weiß, ist die Quote derzeit ohnehin erfüllt, und aus Deutschland kommen weder Kinder noch Erwachsene ins Land.«

»Ich will ein Kind in meinem Haus.«

Leicht verkrampft lachte Wally auf. »Der Wunsch erfüllt sich ja nun bald. Wann soll er denn kommen, euer Stammhalter?«

Sie fuhr zu ihm herum, das Gesicht fast bis zur Unkenntlichkeit verzerrt. »Überhaupt nicht. Ich kriege kein Kind.«

Walter wich zurück. »Du meinst, du hattest eine Fehlgeburt? Du hast dein Kind verloren und hast Arman nichts davon erzählt?«

»Nein«, antwortete sie, »ich habe nie eines erwartet. Diese Frau von der Wochenschau hat zu Arman gesagt, er wird Vater, und Arman sah aus, als würde sein zerschlagenes Leben wieder heil. Also habe ich gelogen und mir eingeredet, wenn ich es oft genug behaupte, kann ich erzwingen, dass es wahr wird. Aber es ist nicht wahr geworden. Ich bin nicht schwanger und war es in sieben Jahren Liebe kein einziges Mal. Ich bin ein Ding, das nicht funktioniert.«

# 17

## WILMA
## BERLIN. NOVEMBER 1938

»Weißt du, was wir jetzt machen, *mon chou*, um dieses Hundewetter aus den Knochen zu kriegen? Wir kochen uns zwei Riesentassen *chocolat chaud*. Ich mit ein bisschen Geschmack drin und du ohne, aber beide mit einem Berg Sahne obendrauf.«

Das Mädchen, dem die Nässe aus dem Regenmantel triefte, setzte sich an den Tresen, ohne den Mantel auszuziehen. Sie blickte kaum auf, sondern begann die Zeichnung, die sie am Vormittag angefertigt hatte, mit rotem Farbstift zu überkritzeln.

Früher wäre auf Wilmas Vorschlag ein Schwall von Kommandos aus Chajas Mündchen gesprudelt: »In meine Schokolade darfst du nichts von dem ekligen Kardamom reintun, höchstens Zimt, aber davon zwei ganz große Löffel …« Heute sagte Chaja nur leise: »Wenn du willst«, und kritzelte weiter, drückte den roten Stift so fest auf, dass das Papier zerriss.

Wilma hatte keine Ahnung von Kindern. Geschöpfe, die ihr Essen im Gesicht verschmierten, in schrillen Tönen quäkten und keinen Alkohol tranken, waren ihr suspekt. Sie hatte nur Ahnung von Chaja, aber man brauchte kein Experte für Kinder zu sein, um zu sehen, dass es diesem Kind elend ging. Chaja war als Mademoiselle Was-kostet-die-Welt auf ihren kurzen Beinchen durch Berlin gestapft, als *femme fatale* im Westentaschenformat, die den Hals nicht voll bekommen konnte. Jetzt blieb sie hocken, wo man sie hinsetzte, kritzelte stundenlang wortlos auf Papier herum, und wenn man sie ansprach, gab sie Antwort wie ein dressiertes Hündchen.

Das Verrückte war: Seit es Chaja schlechtging, sah sich Wilma von Kindern, denen es ebenfalls schlechtging, umgeben. Von den Blagen der bettelnden Ostjüdin bis zum bebrillten Töchterlein ihres Hals-Nasen-Ohren-Arztes, der keine arischen Kranken mehr behandeln durfte. Durch die dunklen Novembertage glommen Scharen von Kindergesichtern, deren aufgerissene Augen anklagten: Was denkt ihr euch eigentlich? Wieso macht ihr so einen Haufen Scheiße aus unserer Welt?

*Laissez-faire,* das war Wilmas Devise. Leben und leben lassen. »Einen Garten will ich nicht haben, dann glotzt mir auch keiner über den Zaun«, hatte sie zu Eva gesagt, hatte das Gejammer der Stammgäste über sich ergehen lassen und sich nicht eingemischt, zum einen Ohr rein und zum anderen raus. So machte man seinen Schnitt als Wirtin, man gab den Kummerkasten und hängte sich nirgendwo rein. Sie hätte gern so weitergemacht, Wilma Duvenage, die den essigsauren Teil des Lebens hinter sich hatte und entschlossen war, den Rest zu nutzen, um grinsend *Pernod* zu trinken. Aber sich rauszuhalten, wo es um Kinder ging, war nicht so einfach. Selbst wenn man Kinder gar nicht mochte.

Ein Instinkt schien Lebewesen dazu zu zwingen, die Jüngsten ihrer Art zu schützen. Wilma war einmal von einer Katze gebissen worden, als sie deren Wurf aus ihrem Keller ins Freie bugsieren wollte. Der Katzenbiss hatte sich entzündet, und die Narbe prangte bis heute auf ihrem Daumenballen.

Wilma starrte die Narbe an, bis sie vor ihren Augen verschwamm und die Bilder des Tages Revue passierten. Am Nachmittag war sie mit Chaja im Zoo gewesen. Sie hatte auf einem Plakat gelesen, heute bekomme jedes Berliner Kind ein Körbchen Erdnüsse geschenkt, das es an die Affen verfüttern dürfe. Chaja liebte Affen. Ohne das schlenkernde Plüschvieh, das der Heuchler Fidelis ihr geschenkt hatte, ging sie nirgendwohin. Juden durften den Zoo nicht mehr besuchen, aber der

Kontrolleur am Eingang begnügte sich mit Wilmas Kennkarte. Auf die Idee, eine Arierin könne ein Judenkind auf einen Ausflug mitnehmen, kam der gar nicht.

Eine Weile lang wirkte Chaja wieder wie Chaja, ulkte und flirtete mit den Affen, wie sie früher mit Menschen geulkt und geflirtet hatte. Wilma atmete auf. Sie hatte Eva nicht darum gebeten, einen dieser Miniaturmenschen in ihr Leben zu pflanzen, doch da Eva nicht auf sie gehört hatte, war Chaja jetzt eben da. Und wir, dachte Wilma, haben die verfluchte Pflicht, auf sie aufzupassen. Wenn wir unsere Welt kurz und klein schlagen, ist das unser Bier, aber wir dürfen den Knirpsen nicht die Kraft rauben, sich eine neue zu bauen.

Am Ausgang hatten sie eine grüne Papiertüte mit kandierten Datteln gekauft und waren durch den Regen nach Hause gelaufen. Am Savignyplatz schwenkte ein Zeitungsjunge, der bei dem Sauwetter schlotterte, die letzten Exemplare des *Völkischen Beobachters*. »Schüsse in der deutschen Botschaft von Paris!«, brüllte er. »Der Führer kündigt neue Haltung in der Judenfrage an.«

Wann immer Wilma das Wort Paris hörte, überkam sie eine Wehmut, die an Heimweh grenzte. Sie war in Paris nur ein paarmal mit Eva und Serner gewesen, aber die Seine-Stadt stand ihr besser als das Kuhdorf, in dem sie geboren war. Selbst ihre Zigaretten ließ sie sich von dort mitbringen, weil ihr das Mädchenkraut, das man in Deutschland bekam, nicht in der Kehle zuckte. Am liebsten hätte sie dem Jungen die Zeitung abgekauft, um zu lesen, was in ihrem Paris geschehen war, aber den *Völkischen Beobachter* kaufte sie aus Prinzip nicht.

An der Ecke zur Bleibtreustraße stand der Gemüsehändler unter seiner Markise und leerte matschige Reste aus den Stiegen. Die Ostjüdin und ihre Kinder hatten darauf schon gewartet, sprangen hinzu und sammelten das Gemüse aus dem Rinnstein. Früher hatte es hier eine Menge Bettler gegeben, die sich um Kohlstrünke und Gelbe Rüben balgten, doch seit der Aktion im Juni, bei der sogenannte Arbeitsscheue auf der Straße verhaftet worden waren, wagte sich auf den belebten Platz nur noch, wer nicht anders konnte.

So wie die Ostjüdin, der sie den Mann verschleppt hatten und die zusehen musste, wo sie mit ihren Kindern blieb. Sie war müde, robbte auf Knien von einer Knolle zur nächsten. Ihre zwei Jungen sammelten gierig, das kleine Mädchen hingegen, dem Wilma nicht ins Gesicht sehen konnte, ohne dass ihr Schauer über den Rücken liefen, stand stumm dabei. Trotz der Kälte trug sie eine kurze schwarze Hose, aus der wohl die Brüder herausgewachsen waren. Die Rotte Hitlerjungen, die mit ihrem Schulführer über das Pflaster stampfte, trug ebenfalls solche Hosen. Wilma sah blaugefrorene Knie über Streichholzwaden und fragte sich, ob diese Bürschlein sich manchmal verarscht vorkamen.

Sie fragte sich nur für eine Sekunde. Dann versetzte der Schulführer dem spillerigen Nebenmann einen Stoß, und der Spillerige brüllte: »Da seht mal, die Judenbrut – schändet deutsche Uniformen!«

»Und stiehlt Deutschen das Essen!«, blökte ein Würstchen hinter ihm.

Misch dich nicht ein, beschwor sich Wilma. Du hast schon ein Kind bei dir, das du dir hast aufhalsen lassen, für die Probleme der ganzen Welt fehlt dir das Kreuz. Chaja klammerte sich an sie, durch Stoffschichten gruben sich die kleinen Finger in Wilmas Fleisch.

Der Spillerige und das Würstchen sprangen vor. Die Kumpane folgten wie Dominosteine, kreisten die Jüdin und ihre Kinder ein. Auf Knien versuchte die Frau, davonzukriechen, riss den kleineren Jungen mit und verlor ihre Beute aus den Rocktaschen. Über das nasse Pflaster kullerten rote Beete, die eine

Blutspur hinterließen. Einer der jungen Kerle versetzte der Frau einen Tritt in die Seite, der sie umwarf.
Misch dich nicht ein, beschwor sich Wilma noch einmal. Wenn niemand Wirbel macht, geben sie sich zufrieden und ziehen ab, dann kannst du der Frau deine Hilfe anbieten. Sie ist ja nicht an die Bordsteinkante geprallt, es wird ihr schon nichts passiert sein. Chaja, an ihre Seite gepresst, stand stockstarr.
»Verdammte Judenhure«, schrie der Spillerige und versetzte der Frau einen weiteren Tritt. »Hier, nimm, das ist für Erwin vom Rath!«
»Ernst«, verbesserte ein anderer und trat ebenfalls zu.
Das Mädchen, dem Wilma nicht ins Gesicht sehen konnte, schrie auf, packte den Kerl am Arm und versuchte, so klein wie sie war, ihn von der Mutter wegzuzerren. Der Kerl riss seinen Schlagstock aus dem Koppel und holte aus.
Misch dich nicht ein, beschwor sich Wilma – und rannte los. Mit Chaja am Bein kam sie nur stolpernd voran. »Geht's euch noch gut, ihr dämlichen Bengel? Haben eure Mütter euch nicht fest genug den Arsch versohlt, um euch Manieren beizubringen?«
Sie sprang, um den Schlag abzufangen, doch der Stock sauste schon nieder und traf das Mädchen an der Schulter. Sie sackte zu Boden. Wilma schrie und biss dem Kerl in den nackten, sommersprossigen Unterarm.
»Bist du verrückt, du fette Hexe?« Der Junge heulte auf und ließ den Stock fallen.
Wilma schloss den Arm um Chaja, schwang herum und fuhr den Schulführer an: »Ist es das, was diese Rotznasen von Ihnen lernen? Frauen und Kinder zu verprügeln? Soll ich die Polizei rufen?«
»Die Polizei wird dir was husten, du hässliche Kuh«, schrie der Gebissene. »Die macht Schluss mit dem Judenpack – Rache für unseren Mann in Paris!«

»Mund halten«, kommandierte der Schulführer. »Los, los, weitergehen, das hier lohnt doch nicht.«
Wilmas Herz raste, während sie ungläubig zusah, wie die Rotte ihres Weges stampfte. Erst Chaja, die sich zitternd von ihr löste, riss sie aus der Trance. Nässe sickerte ihr durch Mantel und Bluse auf die Haut. Die Jüdin und ihre Kinder mussten völlig durchnässt sein.
Chaja trat auf das Mädchen zu, das fast einen Kopf kleiner war als sie. Sie ist wieder Chaja, durchfuhr es Wilma, wie vorhin im Zoo. Frei von Scheu, neugierig auf alles, was lebt. »Kohl stinkt«, sagte sie und hielt dem Mädchen die Tüte mit den Datteln hin. »Das schmeckt besser.« Das Mädchen richtete sich nicht auf, sondern kauerte sich am Boden zusammen. Aus Riesenaugen, die Wilma schaudern ließen, starrte sie Chaja an.
»Magst du keine Datteln?«, fragte Chaja.
Statt einer Antwort streckte das Mädchen seine Hand aus und schnappte sich die Tüte. In Windeseile stopfte es sich sämtliche Datteln in den Mund, dass seine Wangen sich blähten. Die Mutter, die noch im Straßendreck kniete, sagte etwas Scharfes, Tadelndes, das Wilma nicht verstand. Jiddisch. Früher hatte man das hier oft gehört. Mit einem weiteren Tadel wies die Frau auf die Jungen. Das Mädchen hielt im Kauen inne, wie um zu überlegen, ob sie einen Anteil für die Brüder wieder ausspucken sollte.
»Lassen Sie«, sagte Wilma, griff in ihre Börse und gab ihr den erstbesten Geldschein. »Kaufen Sie Ihren Jungen auch was Süßes.«
Die Frau nahm das Geld und schob es in ihre Rocktasche. Sie sah Wilma an, wie ihre Tochter Chaja ansah, nur die Augen waren nicht so groß.
»Brauchen Sie Hilfe?«, fragte Wilma. »Einen Arzt?«
Die Frau schüttelte den Kopf.
»Warum war der Junge so böse, warum hat er dich geschlagen?«, fragte Chaja das Mädchen.

Die Kleine gab keine Antwort. Ein braunes Rinnsal Dattelsaft tropfte ihr aus dem Mundwinkel.
»Wir sind Juden«, sagte die Mutter in einem Deutsch, das sich zentnerschwer schleppte. »Juden kriegen Schläge.«
»Quatsch.« Wilma nahm die Frau an den Schultern, die ihr unter ihren Händen wie aus Glas vorkamen, und zog sie in die Höhe. Zerrte ihr die nasse Wolljacke zurecht und knöpfte sie zu. »Gehen Sie mit Ihren Kindern nach Hause. Wo wohnen Sie?«
Die Frau wies in die Straße, in die Wilma und Chaja vorhin hatten einbiegen wollen.
»Bleibtreustraße? Dann los, da müssen wir auch lang.« Wilma nahm die Frau beim Arm, um sie zu stützen, und Chaja tat es ihr bei der Tochter nach. Die beiden Jungen folgten mit Armen voll zerdrücktem Gemüse. Weit zu gehen hatten sie nicht, dann zog die Frau einen einzelnen Schlüssel aus dem Rock und zeigte auf eine Kellertür. »Da ist Zuhause.«
Das Mädchen löste sich von Chaja und lief zu seinen Brüdern. Der Frau troff Regen aus ihrem Kopftuch übers Gesicht. »Kommen Sie nicht mehr zum Savignyplatz«, sagte Wilma. »Gehen Sie überhaupt nicht mehr auf diese Plätze, die voller Leute sind. Ich bin Wilma Duvenage, die Wirtin vom *Babeurre*, Sie kennen mich doch?« Sie wies die Straße hinunter.
Die Jüdin nickte.
»Ich habe abends oft Sachen übrig, die ich nicht verbrauchen kann. Milch und Brot, auch mal Kekse. Wenn Sie Hunger haben, kommen Sie zu mir, versprechen Sie mir das. Ziehen Sie nicht mehr mit Ihren Kindern durch die Straßen, um zu betteln.«
Wilma wusste nicht, von was sie hätte Brot oder gar Kekse übrig haben sollen, sie musste neuerdings jeden Groschen umdrehen, bis er wie eine Speckschwarte glänzte. Sie war auch kein edler Mensch, und der Jüdin konnte sowieso niemand helfen. Raus kam die nicht mehr. Sogar eine wie Eva hätte die Beine in

die Hand nehmen müssen, um rauszukommen. Wilmas Mund wurde trocken. Sie wollte die Jüdin, die mit den Zähnen klapperte, nicht mehr ansehen, brauchte dringend eine *Gauloise* und ein Glas *Pernod*.

Auf den letzten Schritten zerrte sie Chaja am Arm hinter sich her. Fahrig schloss sie die Tür auf und floh in die rauchige Wärme ihrer vier Wände. Chaja war wieder still, setzte sich hin und zerstörte mit dem Rotstift ihre Zeichnung. Mit der freien Hand spielte sie an dem weißgoldenen Davidstern, den Wilma früher nie an ihr gesehen hatte, den sie jetzt aber ständig trug. Wilma zog ihr den nassen Mantel aus und ging nach hinten, in ihre Streichholzschachtel von Küche, um heiße Schokolade zuzubereiten. Die erste *Gauloise* rauchte sie so hastig, als bisse sie davon ab.

Dann ging die Tür. Das Windspiel, das Eva und Serner ihr geschenkt hatten, klingelte. Eva, dachte sie und rannte in den Ladenraum. Der Gedanke, es könnte ein Gast sein, kam ihr gar nicht, obwohl sie das Bistro allabendlich geöffnet hielt. Ihr kam gar kein Gedanke, sie spürte nur Erleichterung. Sie hatte Eva seit Tagen nicht gesehen, legte Chaja in ihrem Hinterzimmer schlafen und war oft wütend, doch vor allem hatte sie würgende Angst. »Ich muss das tun«, hatte Eva gesagt. »Herausfinden, was mit meinen Bildern geschehen ist, genauso wie ich wissen müsste, was mit dir geschehen ist.«

Ich bin nicht aus Papier, hätte Wilma sie beinahe angefahren, aber das war unfair und dumm. Eva ging es übel. Seit sie erfahren hatte, dass ein Teil ihrer Werke verbrannt worden war, hatte ihre Stimme keine Modulation mehr, sondern hielt immer denselben Ton.

»Es ist, als würde ich mit jedem Bild, das verloren ist, innerlich schrumpfen«, hatte sie zu erklären versucht. »Wenn ich sie aufgebe, die paar, die vielleicht noch da sind, ist auch von mir nichts mehr da. Bitte versteh das.«

Wie hätte Wilma verstehen sollen? Sie machte Schmalz und Schnaps, keine Kunst, und sie hatte Angst. Was Eva tat, wusste sie nicht genau und doch genauer, als sie es wissen wollte. Sie traf sich mit Leuten, die im Geheimen gegen das, was die Nazis mit diesen Bildern gemacht hatten, vorgingen. Die gegen alles Mögliche, was die Nazis machten, vorgingen. Und die einer nach dem anderen verschwanden.

*»Bijou«*, brach es aus Wilma heraus. Doch im Schankraum stand nur Paul in einer Pfütze, die aus seinem Mantel tropfte. Ein Blick und ein Kopfschütteln genügten ihnen zur Verständigung:

*Ist Eva da?*

*Nein, schon seit Tagen nicht mehr.*

Chaja sollte nichts hören, sich nicht ängstigen. Wie viel sie tatsächlich mitbekam, so stumm und aufmerksam, wie sie bei allem dabeisaß, fragte Wilma sich ohnehin. Früher hatte sich hier jeder Hinz und Kunz vor Begeisterung über das aufgeweckte Kind überschlagen.

»Ich bringe die Papiere«, sagte Paul. »Meine Bekannte in London hat die Bürgschaft für Evas Kind geschickt.«

»Psst«, machte Wilma und wies mit dem Kinn auf Chaja.

Die starrte auf die rote Zeichnung. Jedenfalls tat sie so. Paul senkte die Stimme. »Können wir irgendwo allein reden?«

*»Merde alors,* unsere Schokolade kocht über!«, rief Wilma, packte Pauls Ärmel und zog ihn in die mit Qualm gefüllte Küche. Sie hasste es, Chaja für dumm zu verkaufen, aber die Schokolade war wirklich übergekocht. Den ganzen Herd bedeckte eine eingebrannte Kruste.

Paul hustete. Dessen ungeachtet, zog Wilma die Tür zu. »Jetzt rede.« Es war so eng, dass ihr Bauch an seine Hüfte stieß.

»Im Moment gibt es keine Visa«, sagte Paul. »Aber die Leute von dieser Hilfsorganisation wirken unentwegt auf die Regierung ein. Falls sie damit Erfolg haben, muss Evas Kind sofort reisefertig sein, denn um die Plätze werden sich Zehntausende streiten. Bring die Bürgschaft gleich morgen zusammen mit dem Antrag zur jüdischen Gemeinde, damit die Kleine ganz vorn mit dabei ist.«

»Auf dem Antrag fehlt aber Evas Unterschrift«, sagte Wilma tonlos. »Soll ich die etwa fälschen?«

Paul stockte. »Ich dachte, du hättest Eva klargemacht, dass sie unterschreiben muss.«

»Und wie soll ich ihr das bitte schön klarmachen, Monsieur Schlaumeier? Siehst du sie hier irgendwo? Habe ich sie in meiner Ofenklappe versteckt? Ich weiß verflucht noch mal nicht, wo sie ist, und wenn sie auftaucht, ist mit ihr nicht zu reden.« Ganz plötzlich brach Wilma ab, weil ihr die Worte ausgingen. Sie hatte sie alle schon zu oft gesagt.

»Egal, wie«, sagte Paul, »Eva und das Kind müssen weg. Ich habe Angst, Wilma.«

»Ich auch«, murmelte Wilma, tastete durch den Qualm nach der Schachtel mit den *Gauloises* und steckte sich eine an. »Dabei hast du mir doch erklärt, wir bräuchten den Teufel nicht an die Wand zu malen.«

Er zog die Schultern hoch und ließ sie nicht wieder fallen. »Das war Gerede von einem Kerl mit dem Kopf im Sand«, sagte er. »Ich konnte seither nicht mehr aufhören, nachzudenken, mein Hirn ist der reinste Kreisel. Kennst du das *Gilgamesch-Epos?*«

»Heilige Scheiße, nein. Was glaubst du, was das hier ist? Dein Hörsaal?«

»Versionen des *Gilgamesch-Epos* sind vermutlich über fünftausend Jahre alt«, sagte Paul, ohne sich beirren zu lassen. »Und in allen uns bekannten Fassungen finden sich Berichte von der Sintflut, wie wir sie aus der Bibel kennen.«

»Du vielleicht. Wenn ich meine Zeit verplempern will, brauche ich keine Bibel dazu.«
»Als Forscher fragt man sich, weshalb die Völker des Mittleren Ostens derart besessen von dieser Erzählung waren«, fuhr Paul fort. »Von einer Geschichte, in der ein Gott die gesamte Menschheit auslöschen will, einem göttlichen Genozid sozusagen. Inzwischen nehmen wir als gesichert an, dass es eine solche Katastrophe gegeben haben muss. Die Generationen, die ihre Sintflut-Geschichten weiterreichten, werden davon nichts gewusst haben. Aber irgendein Instinkt in ihnen spürte, wenn ein Sturm sich zusammenzog: Etwas lauert da draußen und ist groß genug, um uns zu überrollen. Es ist schon einmal geschehen, wir sind dagegen nicht gefeit.«
»Hör auf!«, platzte Wilma ihm ins Wort. »Mir laufen Katzen übers Grab, wenn du so schwatzt.«
»Kannst du mir auch eine von deinen Zigaretten geben?«, fragte Paul.
Wilma schob ihm die Schachtel hin. »Dieser Mann von meiner Bekannten, den ihr den Türken nennt«, sagte er, steckte die *Gauloise* an und musste husten. »Der ist gar kein Türke.«
»Und du glaubst, das juckt mich? Was ist der denn? Bantuneger?«
»Armenier«, sagte Paul.
»Ja und? Ist das was Verruchtes, lassen die sich Schwänze wachsen oder essen zum Frühstück kleine Kinder? Begegnet ist mir noch keiner, dabei ging hier früher alles mögliche Volk ein und aus.«
»Dir wird auch keiner begegnen«, sagte Paul. »Es sei denn, du fährst nach Armenien. Die Westarmenier, die im Gebiet der heutigen Türkei lebten, existieren nicht mehr. Ihr gesamtes Volk ist bis zum Ende des Weltkriegs ausgerottet worden.«
Er zog an seiner Zigarette. Wilmas Blick huschte durch die

Rauchwolken über sein Gesicht. »Mach halblang«, murmelte sie. »Menschen sind keine Ratten. Die auszurotten würde nicht mal der Irre mit dem Schnurrbart wagen.«
»Vielleicht haben die Armenier das auch gedacht«, sagte Paul. »Halten wir still, warten wir's ab, es wird so schlimm schon nicht werden, denn Menschen sind ja keine Ratten. Der Vater von dem, den ihr den Türken nennt, war ein anerkannter Wissenschaftler. Er hat auf seine Stellung vertraut, war sicher, an ihm werde niemand sich vergreifen. Das hat seine Familie das Leben gekostet. Seine Tochter war, glaube ich, ungefähr so alt wie Evas Kind.«
Etwas legte sich um Wilmas Herz, eine Klammer aus kaltem Metall. Von irgendwoher kam ihr eine Frage in den Sinn, die nicht warten konnte: »Paul, wer ist Erwin vom Rath?«
»Ernst«, korrigierte Paul wie vorhin der Nazi. »Ein deutscher Sekretär in der Botschaft von Paris, der gestern von einem Eindringling angeschossen worden ist. Von einem jüdischen Eindringling. Einem siebzehnjährigen Jungen, dessen Eltern vermutlich zu den Opfern der Polenaktion zählen.«
»Was für eine Polenaktion? Ich kann in letzter Zeit keine Zeitung mehr lesen, ich kriege Pickel vor Ekel davon.«
»Siebzehntausend polnischstämmige Juden«, sagte Paul dumpf. »Sie sind vor zwei Wochen über die Grenze nach Polen abgeschoben worden, wo aber höchstens ein Viertel von ihnen aufgenommen wurde. Der Rest haust im Niemandsland, ohne Betten, ohne Zelte. Scharen alter Leute. Vermutlich hat dieser Siebzehnjährige den Kopf verloren, und vermutlich sollte das jeder gesunde Mensch tun, dessen Eltern derart entwürdigt werden.«
Wilma verspürte auf einmal das Bedürfnis, sich an ihn zu lehnen. Er kam ihr vor wie der einzige Gesunde in einer Welt, die an allen Gliedern krank geworden war. »Würdest du es tun, Paulchen?«
Paul schüttelte den Kopf. »Ich bin ein Feigling. Ich würde gern jeden Nazi, der sich an alten Leuten vergreift, verprügeln, wie

es sich für einen Mann mit meinem Körperbau gehört. Aber ich habe dazu nicht den Mumm. Deshalb versuche ich, Eva und ihr Kind nach England zu schaffen. Es ist das Einzige, wozu ich fähig bin.«

Wilma berührte sein Gesicht, die Haut, die von Schweiß oder Regen feucht war. »Gegen Serner und Fidelis bist du ein Held.«

Er lächelte schwach.

»Du meinst, Hitler wird die Sache mit diesem Sekretär in Paris dazu benutzen, loszuschlagen, ja?«

Paul nickte. »Sollte Ernst vom Rath sterben, bricht hier die Sintflut los, und uns fehlt die Arche, um zwei von jeder Art an den Berg Ararat zu schaffen.«

»Und das Ausland bleibt auf seinem Hintern sitzen wie auf dieser Konferenz von Evian«, sagte Wilma. »Denen sind unsere Juden so egal wie die Tschechen im Sudetenland. Deine Armenier waren ihnen auch egal, was?«

«Weißt du, was Talât Pascha, der osmanische Innenminister, einem Botschafter ins Gesicht gesagt hat?«, fragte Paul. »›Was wollen Sie denn mit Ihrer Armenierfrage? In der Türkei gibt es doch gar keine Armenier mehr.‹«

Wilma, die einen Magen wie aus Stahl hatte, wurde es so übel, dass sie die *Gauloise* ausdrücken musste. »Was sollen wir denn tun? Wir können doch nicht auch auf unserm Hintern sitzen bleiben!«

Paul räusperte sich. »Wilma«, sagte er. »Ich habe es so satt, ein Feigling zu sein, der auf seinem Hintern sitzt. Nazis verprügeln kann ich nicht, aber wenn du willst, fälsche ich auf dem Antrag Evas Unterschrift.«

Es gab etwas, das Wilma am Leben liebte, auch wenn das Leben ein hinterfotziger Bastard war: Es brachte sie zum Lachen. »Unser Paulchen als Urkundenfälscher. Wenn mich das nicht so an das Schwein Serner erinnern würde, würde ich sagen, du bist dafür die falsche Besetzung.«

»Und wofür bin ich die richtige Besetzung?«
»Für den Mann hinterm Mond«, antwortete sie. »Für einen dieser komischen Wissenschaftler, die einem noch die Welt erklären wollen, wenn sie schon untergeht.«
»Und wenn sie sie nicht erklären können? Wem nützen sie dann?«
Wilma überlegte. Sie war Kneipenwirtin, und wenn sie hundertmal ihre Kartoffelkiste ein Bistro nannte. Gesoffen wurde auch in üblen Zeiten. Er aber, der sein halbes Leben auf irgendwelchen Schulbänken abgesessen hatte, um das Verhalten von Menschen zu begreifen, musste sich vorkommen wie ein Kropf: überflüssig. Eine Fehlkonstruktion. Sie steckte zwei neue *Gauloises* an und schob ihm eine zwischen die Lippen.
»Wenn einer Evas Unterschrift fälschen muss, dann ich. Aber noch schaff ich's nicht. Eva vertraut mir, und sie ist so verflucht allein. Wenn ich ihr Kind gegen ihren Willen wegschicke, kommt's mir vor, als würde ich sie auch noch verraten.«
Er nickte. »Warte noch ein paar Tage ab, vielleicht kommt sie ja zur Vernunft. Du gibst mir Bescheid, nicht wahr?«
»Worauf du Gift nehmen kannst.« Sie brachte ihn zur Tür und trug Chaja, die wieder einmal am Tresen eingeschlafen war, ins Bett. Dann kümmerte sie sich um die Handvoll Gäste, die ihr den Sturm ins Haus trugen, lag hinterher stundenlang wach und lauschte in die Finsternis.

Am nächsten Tag fühlte sich Wilma in der Enge des Bistros wie ein Zootier im Käfig. Sie wollte nach draußen, noch einmal zur jüdischen Gemeinde laufen, mit irgendwem sprechen, der die Gefahr besser einzuschätzen wusste. Immer wieder griff sie nach ihrem Mantel und entschied sich dann doch wieder anders. Falls Eva kam, durfte sie sie nicht verpassen, überdies war ihr nicht wohl dabei, Chaja mitzunehmen. Das Mädchen war verstört, und da draußen lauerte etwas, das groß genug war, um sie zu überrollen.

*Es ist schon einmal geschehen, wir sind dagegen nicht gefeit.*

Sie hängte das Schild mit der Aufschrift *Geschlossen* vor die Tür und verriegelte sie. Ihre Tür, die immer offen gestanden hatte, als flaniere vor der Schwelle das sonnenbeschienene Pariser Straßenleben vorbei. Obwohl das Wetter in Paris jetzt vermutlich so beschissen war wie hier. Der Lärm, der durch die Ritzen drang, war der nicht anders als sonst? Du spinnst, rief Wilma sich selbst zur Vernunft, *vieille bique,* du verlierst den Verstand. Als der trübe Tag verlosch und das Gelb der Straßenlaternen ins Fenster fiel, war ihre Geduld verbraucht.

»Ich muss was erledigen«, sagte sie zu Chaja. »Es dauert nicht lange, und wenn ich wiederkomme, schmieren wir zwei uns einen Haufen Stullen.«

Chaja nickte und spitzte ihren Farbstift.

»Du wartest hier auf mich, versprochen, *mon chou?* Du gehst nirgendwohin.« Das war Unsinn. Chaja war kein dummes Gör, sondern ihre kleine Gefährtin, mit der man wie mit einem vernünftigen Menschen reden konnte. Wilma zog sich zum fünften Mal an diesem Tag den Mantel an. Dann drehte sie sich noch einmal um.

»Nein, *mon chou,* das hier ist kein guter Platz.« Sie ging in die Knie, zerrte die Bodenklappe hoch und legte die Treppe in den Keller frei. Früher waren die angelieferten Kartoffeln geradewegs dort hinunter geschüttet worden, und das Prasseln musste sich angehört haben wie ein Hagelsturm. »Kannst du da unten warten? Bei meinen Gurkenfässern, was sagst du dazu? Gruseln tust du dich doch nicht, du bist ja schließlich kein Junge, und du darfst so viele Gurken naschen, wie du willst.«

Sie verlor tatsächlich den Verstand. Aber Chaja war an Erwachsene, die nicht richtig tickten, inzwischen gewöhnt. Sie drückte ihren Affen an sich und ließ sich, ohne zu murren, von Wilma die steile Treppe hinunterhelfen. Wilma gab ihr einen Kuss, dann verschloss sie die Klappe von oben und floh aus dem Bistro.

Licht, das zu grell war, zerschnitt das Hell-Dunkel-Geklimper des Berliner Abends. Aus dem Lärm filterten sich Einzelgeräusche, die sich eines nach dem anderen zuordnen ließen. Trampelnde Schuhsohlen, splitterndes Glas, dumpfer Aufprall schwerer Gewichte. Wilma lief blindlings, stürmte, ohne zu denken, die Straße entlang. Sie hatte schon den Savignyplatz und die halbe Kantstraße hinter sich, als sie sich Einhalt gebot. Nein, sie verlor nicht den Verstand, ihre überreizten Nerven spielten ihr keinen Streich. Etwas war nicht in Ordnung hier. Etwas war falsch.

Das grelle Licht, das den Himmel in zwei Hälften teilte, trieb ihr Tränen in die Augen, und die feuchte Nachtluft stank, wie wenn ihr beim Schwatzen ihr Schmalz verbrannte. Zehn Schritt weiter war das Schuhgeschäft, wo sie mit Chaja knallrote Lackschuhe gekauft hatte, zwei identische Paare, eines für *mon chou* und eines für *ma tante.* Vor dem Schaufenster standen drei Männer, und hinter ihnen drängten sich im Halbkreis Passanten, als würde Freibier ausgeschenkt. In Berlin brauchte es nicht mal Bier zu sein – wo's was umsonst gab, bildete sich ein Volksauflauf. Die Männer trugen Wollmäntel über weißen Kragen, wie um im *Theater des Westens* in der Loge zu sitzen. Nur die Äxte passten nicht. Die erste hieb ins Fenster, ließ Fontänen von Splittern spritzen. Kreischend schlangen die Gaffer die Arme um die Köpfe und flohen auf die Fahrbahn.

»Juda, verrecke!«, brüllte der zweite Mann und schwang seine Axt, doch die fand nichts mehr, das sie treffen konnte. Der Stiel entglitt ihm, und wie ein Geschoss flog das Werkzeug in den Ladenraum. Statt des Klirrens ertönte ein Krachen. Die Menge johlte.

Neben Wilma stand eine Frau im Großmutteralter, weißer Dutt, Kiepe voll Briketts auf dem Rücken, an der Hand einen Jungen mit Schiebermütze. Überall Kinder. Keines behütet. Und in Wilmas Keller saß Chaja mutterseelenallein.
»Da siehst du's«, sagte die Großmutter zu dem Jungen. »Das haben die sich gedacht, die Juden, dass sie's mit uns weiter so treiben können, aber einmal hat's ein Ende damit.«
»Die machen wir fertig, was, Oma?« Die Stimme des Jungen war glockenhell, viel höher als die von Chaja.
»Und ob wir das machen, mein Spatz.«
Wilma wollte brüllen: Du verfluchte Nazi-Vettel, nenn dein verfluchtes Nazi-Balg von mir aus Amsel, Drossel, Fink und Star, aber nicht Spatz!
Ein Spatz war ein rotzfreches, quicklebendiges Geschöpf, das in rotzfreche, quicklebendige Städte wie Paris und Berlin passte. Spatzen duckten sich nicht, heulten nicht mit dem Wind und glotzten nicht Beifall heischend zu Größeren auf. Wilmas eigener kleiner Spatz, *mon petit chou,* hätte das nie getan. Die dritte Axt flog jetzt in das zerschmetterte Schaufenster, dann wurden aus Gaffern Plünderer, die mit Gebrüll die Auslage stürmten. Wilma hob den Blick in den Himmel, weil sie den Jungen nicht mehr ertrug, der wie ein Christbaum strahlte.
Das gleißende Licht, das den Himmel geteilt hatte, verblich im Rauch. Durch die Schwaden glaubte Wilma die Form einer Halbkugel auszumachen, doch sie wusste ohnehin, was da brannte: die Synagoge in der Fasanenstraße. Das prunkvolle, fremdartige Gebäude mit den drei Kuppeln, das sie nie beachtet hatte.
»Hui, wie das brennt!«, rief die glockenhelle Stimme des Jungen. Wilma ballte die Fäuste, um ihm keine Backpfeife zu geben. Sie sah kaum noch etwas, konnte nicht mehr als Hell und Dunkel unterscheiden.
»Rache für Ernst vom Rath!«

Also war der gestorben, der Botschaftssekretär in Paris, erschossen von einem der Kinder ohne Kindheit. Und daheim, in ihrem Kartoffelkeller, hockte Chaja, die sich zu Tode ängstigen musste, sobald sie ein Echo der Geräusche vernahm.
Schwerfällig zwang sich Wilma, umzukehren und den Weg zurückzutaumeln. Erst jetzt bemerkte sie das zerbrochene Glas, das den Gehsteig bedeckte, die zerrissenen, nicht mehr lesbaren Papiere, die Fetzen von Kleidern, als hätte man sie Menschen direkt vom Leib gezerrt. Vor dem Haus, in dem die Ostjüdin wohnte, parkte ein Lastwagen. Ein Mann in Reitstiefeln trieb eine Kolonne von Männern auf die Ladefläche, schwang dabei seine Peitsche, als scheuche er müde Gäule. Die Männer schleppten sich, einer brach in die Knie. Die Peitsche, die auf seinem Rücken aufschlug, machte ein Geräusch, wie Wilma es noch nie gehört hatte. Als hätte der Hieb sie selbst getroffen, rannte sie los.
Von der Ecke leuchtete das *Babeurre* ihr entgegen. Hatte sie vergessen, das Licht zu löschen? Die Glasscherben, auf denen sie ausglitt, stammten von ihrem Fenster. Auf dem Pflaster lag verbeult das Blechschild, das sie an einem schönen Sommertag mit Yva und Eva gemalt hatte. Im Lichtschein, halb im Schutz des Gebäudes, stand Paul, der die sich windende Chaja in den Armen hielt. Was für ein stämmiger Mann er war, war ihr bisher nie aufgefallen, und sie hätte nicht erwartet, dass er brüllen konnte. »Wilma«, brüllte er so laut, dass sein Gesicht rot anlief. »Verflucht, wo warst du?«
Bei Wilma kam nichts an als Chajas Wimmern, gequetschte Laute, die bewiesen, dass das Mädchen lebte. Sie riss sie Paul aus den Armen und schwankte. Chaja schrie auf, als sie ihren Affen aus den Händen verlor.
Paul stützte Wilma und nahm ihr Chaja wieder ab. Das Mädchen wand sich, schrie, schlug mit trommelnden Fäusten um sich. Wilma bückte sich, hob den verdammten Affen wieder

auf und drückte ihn der zappelnden Chaja vors Gesicht. Die packte ihn, umklammerte ihn und sank erschöpft in Pauls Armen zusammen.

Schwer atmend lehnte Paul sich gegen die Hauswand. »Sprich endlich! Wo warst du, und was hast du dir dabei gedacht?«

»Wobei?«

»Wilma!« Seine atemlose Stimme kippte. »Das Kind war im Keller eingeschlossen. Ich habe die Klappe aufbrechen müssen!«

Sie musste verrückt geworden sein. »Wie kommst du denn überhaupt her?«, fragte sie.

»Ich habe mir Sorgen gemacht. Ernst vom Rath ist gestorben, und in der Stadt brennen alle Synagogen. Es gibt kein Halten mehr, in der Fasanenstraße zertrampeln Halbwüchsige die Thorarollen, und ganz gewöhnliche Leute, selbst Frauen, stürmen jüdische Geschäfte.«

»Meins auch?«, fragte Wilma, noch immer benommen. »Aber ich bin doch nicht jüdisch.«

»Und woran sieht man den Unterschied?«, fragte Paul. »Selbst wenn man nicht blind vom Blutrausch ist?«

Wilma starrte auf die Trümmer ihres winzigen Lebenswerks. Es war nicht mehr als ein verwüsteter Kartoffelladen. Ob er einer Jüdin, Armenierin, Bantunegerin oder blondbezopften Hitlerjüngerin gehörte, war beim besten Willen nicht festzustellen.

»Außerdem hatte der Volkszorn einen Wegweiser«, sagte Paul.

»Was meinst du?« Sie wandte sich ihm wieder zu. Sein Gesicht glänzte wächsern.

»Die Gestapo.«

Wilmas Herz verkrampfte sich. »Was wollen die denn von mir?«

»Von dir nichts«, sagte Paul. »Aber von Eva. Sie haben sie bis hierher verfolgt und dann verhaftet. Wie viel das Kind im Keller mitbekommen hat, weiß ich nicht.«

# DRITTER TEIL

## *Berlin, London, Paris*

»Ein Fremdling, stumm vor unerschlossenen Zonen,
Fror ich mich durch die finsteren Jahre.«

MASCHA KALÉKO

# 18

## PAUL
## BERLIN. NOVEMBER 1938

Die Frauen, die Paul begehrte, waren groß, schlank, gebildet und wortgewandt. Sie gaben ihm das Gefühl, der Unterlegene zu sein, und gingen mit Männern wie Martin Serner und Arman Artsruni durch, statt an Paul Vollmer hängen zu bleiben. Sooft er sich insgeheim eine von der anschmiegsamen Sorte gewünscht hatte, die mädchenhaft zu ihm aufblickte, hatte er sich prompt wieder an eine verloren, die sich ein paar Wochen lang gönnerhaft seiner annehmen mochte, der er auf Dauer aber nicht gewachsen war.

So war er allein geblieben und zu der Ansicht gelangt, er habe sich damit abgefunden. Jetzt aber fiel das Alleinsein über ihn her, als stürze ihm das Dach seines Hauses auf den Kopf. Er war nicht allein. Er war einsam. Von den Kollegen, die er in besserer Zeit seine Freunde genannt hatte, konnte er mit niemandem reden. Viele waren nicht mehr da, und von den übrigen durfte er keinem vertrauen. Der einzige Mensch, der seine Sorge teilte, war eine zu kurz geratene Kugel von Kneipenwirtin mit einer Schnauze, die Pauls Vater ihr mit Seife ausgewaschen hätte.

Er durfte Wilma Duvenage nicht allzu häufig besuchen. Ohne Zweifel standen sie längst unter Beobachtung, doch die Angst machte das Alleinsein zur Qual. Tagsüber fehlte ihm jede Konzentration, und nachts träumte er von den Fingern der jüdischen Studentin in der Tür. Wenn er von der zerquetschten Hand aufblickte, sah er in Evas Gesicht, sah in ihren Augen eine Anklage, die niemand zu Ende sprechen musste: *Warum hast du nicht …?*

Ihnen lief die Zeit davon. Seine Seminare waren von Tag zu Tag schlechter besucht. »Die Grippe«, bemerkte Karl Denitz mit einem Unterton, den Paul neuerdings dauernd zu hören glaubte. »Um diese Jahreszeit ist das ja nie viel anders, und so ausnehmend scheußlich war der November noch nie.«

Wann hatte der Dekan begonnen, vom Wetter zu schwatzen, wann hatten sie alle begonnen, im Bemühen um Unverfänglichkeit permanentes Geplapper zu erzeugen? Paul hielt es nicht aus, noch länger zu zögern. Nach der letzten Vorlesung machte er sich auf den Weg in die Bleibtreustraße.

Juden, deren Geschäfte in der Kristallnacht verwüstet worden waren, hatten für ihre Schäden selbst aufzukommen. Das Gesicht des eleganten Viertels um den Savignyplatz war nicht wiederzuerkennen. Zerstörte Schaufenster waren notdürftig mit Pappe vernagelt, belebte Einkaufstraßen blieben leer und still. Wie das Gesicht eines Menschen, durchfuhr es Paul. Er hatte von Greueln nur gehört, nie jemanden gesehen, der von Gestapo-Verhören zurückgekehrt war. In seinem Beruf hatte er gelegentlich mit Archäologen zu tun, die menschliche Schädel und Skelette auf Verletzungen untersuchten, und er war jedes Mal froh, dass dies nicht zu seinen Aufgaben gehörte. Amarnas Mann hatte ein hängendes Augenlid, das sein romantisches Äußeres eher betonte, als es zu entstellen. Als Amarna Paul einmal ins Gesicht geschrien hatte, woher es stammte, war ihm übel geworden.

Vermutlich steigerte er sich in etwas hinein. Eva war eine Frau. Kein Mann, auch kein Nationalsozialist, ging mit einer schönen Frau um wie mit seinesgleichen. Paul bog in die Straße ein, in der Eva wohnte, und glaubte, sie vor sich zu sehen, wie sie im *Babeurre* stand und alle Blicke auf sich zog, wie sie den Kopf mit dem glänzenden Haar in den Nacken warf und spöttisch lachte.

Beim nächsten Schritt löste das Bild sich auf und wurde überlagert von dem verzerrten Gesicht der Studentin mit den gebrochenen Fingern.

Wilma Duvenage stand vor der Tür ihrer Kneipe, die mehr denn je wie ein Kartoffelladen aussah, und gab einer Frau mit krummem Rücken ein Tuch, in das etwas geknotet war. Die Frau sah Paul kommen, drückte das Tuch an die Brust und lief weg. Wilma drehte sich zu ihm um. Sie trug ihr ewiges ›kleines Schwarzes‹, das über dem Kugelbauch spannte, und von ihren dicken Armen perlten Regentropfen.

»Wilma.«

»Paulchen.«

Ihren Blick hätte ein Blinder übersetzen können: *Hast du Nachricht von Eva?* Paul schüttelte den Kopf, und etwas in Wilmas Gesicht erlosch. »Komm rein.« Sie zog ihn in den Laden und schloss hastig die Tür. Zum Vernageln des Fensters hatte sie Bretter von Spirituosenkisten benutzt, die vom Licht der Straßenlaternen kaum etwas durchließen. Früher war in diesem Raum ein einziges Glitzern gewesen, das in Pauls Augen gebrannt und ihn verwirrt hatte: Glas und Licht und mit Klunkern behängte Hälse. Jetzt war von alledem nur noch der Geruch übrig: schwarzer Tabak, schweres Parfüm und angefaulte Kartoffeln.

»Wo ist das Kind?«, fragte Paul.

Wilma wies mit dem Kopf auf den Durchgang hinter dem Tresen. »Ich hab sie schon hingelegt. Essen wollte sie nicht, und letzte Nacht hat sie wieder kaum geschlafen.«

»Und du hast wirklich nichts gehört?«

»*Merde alors,* würd' ich sonst hier stehen und dich anglotzen, als hätt' ich noch nie einen blonden Kerl gesehen? Ich dachte, du hast was gehört. Als ich gesehen hab, wie du die Straße runtergetrottet kommst, hab ich gedacht: *Dieu merci,* das Paulchen hat den Arsch zusammengekniffen und dem Schwein Serner klargemacht, dass er unsere Eva da rausholen muss.«

»Ich tue es jetzt«, beschloss Paul. »Hast du das Visum für die Kleine bekommen?«

Wilma schüttelte den Kopf. »Ich war bei der Reichsvertretung der Juden, aber denen rennt die halbe Stadt die Bude ein. In dieser Kristallnacht haben sie ein ganzes Waisenhaus abgefackelt, und mit den Kindern, die das überlebt haben, sind schon die meisten Plätze besetzt. Mir haben sie gesagt, Chaja wird nicht mal bevorzugt behandelt, wenn sie die Königin von Saba wär'.«Sie steckte zwei Zigaretten an und gab Paul eine davon. »*Mon chou* ist die Prinzessin von Saba. Tu was, Paul, oder ich bring einen um.«

Er tat etwas. Hielt ein Taxi an und gab dem Fahrer Serners Adresse in Lichterfelde, dieses eine Mal, ohne lange zu fackeln. Unterwegs versuchte er, so schnell zu denken, dass ihm keine Zeit blieb, sich zu fürchten. Er fürchtete sich trotzdem. Als er ausstieg und den Kerl mit dem Hund hinter dem mannshohen Gartenzaun ausmachte, noch einmal umso mehr. ›Dem Paule rutscht das Herz in die Hose‹, hatte sein Vater das genannt. Es fühlte sich an, als sitze das Herz tatsächlich zwischen seinen Beinen und hämmere gegen den Stoff.

»Was wollen Sie denn?« Die Stimme des Mannes mit dem Hund war von trügerischer Gutmütigkeit. Mann und Hund hatten ähnlich platte Gesichter. Paul empfand gegen die gebleckten Zähne von Hunden beinahe so viel Widerwillen wie gegen den Streichriemen seines Vaters. Es bedurfte größter Überwindung, um näher an den Zaun zu treten.

»Der tut Ihnen nüscht.« Der Mann klang jetzt geradezu traurig. »Armes Vieh. Ich bin morgen hier weg. Aber den Hund mitnehmen darf ich nicht.«

»Wo sind Sie denn ab morgen?«

Der Mann rollte die fleischigen Schultern. »Holland. Hab da Verwandte. Kleiner Besuch zur Erholung.«

Der Blick, den er Paul zuwarf, erzählte eine andere Geschichte. Der Wachmann oder was immer er hier für eine Stellung versah, musste aus Hitlers Deutschland weg wie so viele. Hatte Martin Serner ihm geholfen? Wenn er dazu in der Lage war, musste er auch Eva helfen können!

»Um den Hund bricht's mir das Herz«, sagte der Wachmann. »Hugo heißt er. Feiner Kerl. Hat was mit Ihnen gemeinsam.«

»Mit mir? Was denn?«, fragte Paul.

Der Wachmann kraulte den Hund hinterm Ohr. »Ich hab ihn in der Gosse aufgelesen und was aus ihm gemacht, aber jetzt will keiner was von ihm wissen. Weil er aussieht wie ein Totmacher. Dabei tut er keiner Seele was zuleide. Ein bisschen wie Sie, oder?«

Ein bisschen wie ich, dachte Paul.

»Bist ja mein Bester, Hugo.« Der Wachmann kraulte den Hund. »Bist ja mein Allerbester.« Schräg von unten blickte er zu Paul. »Sie wissen wohl nicht zufällig jemanden, der einen guten Hund brauchen kann?«

Der Hund hieß Hugo. Wie Hugo Winckler, der die Hethiterstadt Hattuša entdeckt hatte. In Hattuša hatte Paul um die Liebe seines Lebens gekämpft und verloren, und hinterher hatte er über die Expedition seine Doktorarbeit und ein ziemlich talentloses Buch geschrieben. Er hätte sich alles lieber als einen Hund angeschafft, aber hätte er einen besessen, hätte der Name Hugo ihm gepasst.

Hugo hechelte. Zum ersten Mal sah Paul einem Hund ins Gesicht. Im Grunde gab es kein Tier, für das er viel übrig hatte.

Nach Hattuša waren sie auf Pferden geritten, und er hatte vor Angst schlotternd im Sattel festgeschnallt werden müssen, während sein Rivale mit wehendem Haar ins Herz von Pauls Mädchen galoppiert war. Sein Leben lang hatte sein Interesse einzig Menschen gegolten, die über die Fähigkeit, sich zu zivilisieren, verfügten. Deshalb faszinierten ihn die Städte bauenden Hochkulturen Mesopotamiens, während ihm Geschöpfe, die mit Fäusten, Zähnen oder Klauen kämpften, Angst einflößten. Als er jetzt in die Augen des Hundes sah, war er nicht mehr so sicher. Sie waren überraschend rund für das geplättete Gesicht, und die Stirnfalten verliehen ihm etwas seltsam Sanftes.

»Ich muss zu Herrn Serner«, rang er sich ab. »Es ist dringend.«

»Das sagen alle«, erwiderte der Mann. »All die Leute, die mal mit ihm gearbeitet haben und denken: Der Martin ist nicht wie die. Der Martin wird uns schon helfen. Recht haben die ja. Ich hab selbst mit ihm gearbeitet, Beleuchter war ich, und als die UFA mich an die Luft gesetzt hat, hat er dafür gesorgt, dass ich unterkam. Aber ein Gott ist der Martin nicht. Und er hat eben auch nur einen Hals.«

»Bitte glauben Sie mir, ich muss ihn wirklich sprechen!«

»Das sagen sie auch alle«, erwiderte der Mann. »Eben deshalb habe ich Anweisung, niemanden vorzulassen. Ohne Ausnahme. Keine heulenden Mütter mit Kindern, keine Greise, kein Nichts.«

»Anweisung von Martin Serner?«

»Von wem auch immer«, erwiderte der Mann. »Auch der Martin kann keine schiefe Welt aus den Angeln heben. Dass ich zu meinem Vetter nach Amsterdam komm, hat er geschafft, aber für den Hugo kann er nichts tun. Dem wird's hier schon gutgehen, sagt er. Hunden tun sie nichts an. Nur – wo soll er denn hin?«

»Ich mache Ihnen einen Vorschlag«, sagte Paul. »Sie sorgen dafür, dass ich Martin Serner sprechen kann, und ich sorge für

Ihren Hund.« Er konnte nicht glauben, dass er das gesagt hatte. Er hatte schon ein Kind am Hals, das nicht seines war, eine verhaftete Frau, die sich aus ihm nichts machte, und einen alten Mann, der nicht sein Vater war.

Der Wachmann wirkte höchstens eine Sekunde lang perplex. Dann handelte er. Zog eine Leine aus der Jackentasche und hakte den Karabiner am Halsband des Hundes fest, entriegelte das Tor und ließ Paul eintreten. »Sie werden's nicht bereuen.« Er hielt Paul die Leine hin. »Ist ein Guter, mein Hugo. In der Welt, in der wir leben, können Sie so einen brauchen.«

Paul zitterte der Arm, als er die Leine nahm. Er musste vollends den Verstand verloren haben, aber der Hund trottete neben ihm her, als hätte er das schon sein Leben lang so gemacht. Den schweren Kopf ließ er hängen, und von der Lefze tropfte ihm ein Speichelfaden.

»Viel Glück mit Ihrem Anliegen!«, rief ihm der Mann hinterher. An der Haustür betätigte er viel zu leise den Klopfer. Das Haus kam ihm leer vor, es gab kein einziges erleuchtetes Fenster. Dennoch dauerte es nicht lange, bis die Tür geöffnet wurde. Martin Serner verbarg sich dahinter, hielt ihm nur das Gesicht entgegen. Beneidenswert gutaussehend, fand Paul, wie stets, wenn er dem Mann begegnete. Er selbst galt dem Geschmack der Zeit nach als attraktiv, aber Martin Serners Züge besaßen Charakter. Etwas, das sich wie mit einem Meißel ins Gedächtnis prägte. Die müde Traurigkeit stand ihm so gut wie die düstere Beleuchtung. In der weiten Eingangshalle brannte nur eine schwache Wandlampe.

»Paul«, sagte er.

Sie waren stets ein wenig ungelenk miteinander umgegangen, was Paul bei zwei Männern, die die Muttermale derselben Frau kannten, nicht verwunderlich schien. »Darf ich hereinkommen?«

»Natürlich.«
»Den Hund hüte ich für deinen Wachmann«, sagte Paul entschuldigend, während das Tier ihm ins Haus folgte. *Gediegen* war das Wort, das ihm zur Einrichtung der Halle einfiel. Er verstand nichts von Möbeln, doch die Stücke schienen handverlesen, wenn sie auch nichts von der Ausstrahlung ihres Besitzers aufboten.
Martin beachtete den Hund gar nicht. »Du kommst wegen Eva?«
Paul nickte.
»Ist etwas passiert?«
»Das musst du doch wissen. Die Gestapo hat sie verhaftet.«
Gequält drehte Martin den Kopf zur Seite. »Ja, das ist mir bekannt. Ich hatte halb gehofft und halb gefürchtet, du wüsstest etwas Neues.«
»Wir sind ohne Nachricht«, sagte Paul. »Wilma hat alles versucht, um wenigstens herauszubekommen, wo sie sie hingeschafft haben, aber wenn man niemanden kennt, ist es praktisch unmöglich, etwas zu erfahren.«
Martin stützte eine Hand an der Wand ab, schloss die Augen und stöhnte. Er hatte das Gleiche in *Semiramis* getan, und die Nation hatte geweint. Paul war keiner, den Melodramen auf Zelluloid zum Schmelzen brachten, aber geweint hatte er ebenfalls. Warum, ließ sich schwer sagen. Wohl weil etwas so zerbrechlich Schönes, Verfeinertes nicht derart leiden durfte. »In die Prinz-Albrecht-Straße?«, raunte Martin gequält. »Sag mir die Wahrheit, Paul – haben sie meine Eva in die Prinz-Albrecht-Straße gebracht?«
Von der Gestapo-Zentrale wollte niemand mehr als Gerüchte gehört haben, aber jeder begann mit gesenktem Blick zu murmeln, sobald der Name der Straße fiel: »Prinz-Albrecht-Straße ... Sie wissen doch ...«

Wir wissen alle, dachte Paul, und wir wollen nicht wissen. Würde man mich dorthin verschleppen, dann würde ich mir wünschen, an der Angst zu sterben. »Wir müssen mit dem Schlimmsten rechnen«, sagte er zu Martin. Das war auch eine der Phrasen, zu der neuerdings jedermann griff.
»Das darf nicht sein.« Martin stöhnte. »Das dürfen sie ihr nicht antun.«
»Das denke ich auch«, erwiderte Paul. »Selbst diese Leute müssen irgendwelche Grenzen des Anstands kennen. Aber Gewissheit gibt es eben nicht, solange Eva nicht frei ist.«
»Du hast recht.« Martins Kiefer mahlten, wie um Worte zu erzeugen. Noch ehe es ihm gelang, knirschte der Schlüssel im Schloss. Der Hund, der flach auf dem Boden gelegen und den Paul schon fast vergessen hatte, sprang auf seine vier Beine und entließ aus seiner Kehle eine Mischung aus Knurren und Bellen.
»Schnauze halten«, sagte Hagen Fidelis, der die Tür einen Spaltbreit öffnete und sich hereinzwängte. Er schloss seinen Schirm und schüttelte sich. Offenbar hatte es draußen zu regnen begonnen. »Du hast Besuch, wie ich sehe«, sagte er zu Martin und wandte sich an Paul. »Sei mir nicht böse, aber ich hoffe, du bist nur auf einen Sprung hereingeschneit. Die Entscheidung über einen neuen Vertrag steht an, Martin und ich ersticken sozusagen in Gesprächsbedarf.«
»Ich gehe gleich wieder«, sagte Paul. Der Hund hatte aufgehört, zu knurren, aber er legte sich nicht wieder hin. »Ich bin nur gekommen, um Martin zu bitten, etwas für Eva zu tun.«
»Paul glaubt, sie ist in der Prinz-Albrecht-…«, begann Martin, brach aber ab, als Hagen ihm ein Handzeichen gab.
»Ich schneide ungern wohlmeinenden Menschen das Wort ab«, sagte Hagen zu Paul. »In diesem Fall aber will ich dich

davor bewahren, deinen Atem zu verschwenden. Was getan werden konnte, ist getan. Ohne Erfolg, so leid es mir tut, doch es gibt nun einmal Dinge, die sich so wenig zwingen lassen wie die Zeit.«

»Hagen!« Martin schoss so heftig herum, dass Paul zusammenfuhr. »Wir müssen etwas tun!«

»Ach ja?« Hagen wandte ihm das Gesicht zu, das er sich umständlich trockentupfte, und hob die Brauen über den Rand der Brillengläser. »Habe ich dir das nicht jahrelang wie ein Wanderprediger vorgebetet? Wir müssen etwas tun. Das holdselige Fräulein Löbel muss zu einer Art von Einsicht kommen. Hat es geholfen? Und stehe jetzt erneut ich als derjenige da, der die Säulen des Herakles aus ihren Grundfesten heben soll? Aber das funktioniert nicht, Martin. Du magst es wollen, und sogar ich mag es wollen, doch bei aller Liebe – es funktioniert nicht.«

»Es muss funktionieren.« Martin war kein Angsthase, der sich die Hosen vollpinkelte. Er stand kerzengerade und bot Hagen die Brust dar. »Ich kann Eva nicht diesen Monstern überlassen. Finde einen Weg, Hagen, egal, was es mich kostet.«

»Und wenn es dich den Film kostet?«, fragte Hagen. »Presse und Wochenschau feiern dich, aber dass das dem Befehl von höchster Stelle zu danken ist, weißt du selbst. Die, auf die's ankommt, die kleinen Leute, die ihr Herz ins Kino tragen, haben den *Atlantis*-Film nicht gemocht. Zu gewollt, zu flach, zu wenig lebenssüß.«

»Ich habe ihn auch nicht gemocht«, sagte Martin. »Es ist ein dummer kleiner Film.«

»Immer feste drauf, mein Guter. Leider klang das ein wenig anders, als er dir angeboten wurde, aber mit den Jahren lässt unser Gedächtnis eben nach. Also einigen wir uns auf Folgendes: Dein *Atlantis*-Film war ein Schuss in den Ofen. Viel mehr

als einen von der Sorte kannst du dir nicht leisten, oder du gehörst zur traurigen Gattung der sinkenden Sterne.«
Tief holte Martin Luft. »Scheiß darauf«, sagte er dann. »Scheiß auf meinen nächsten Film und auf was immer du willst. Hier geht es um die Frau, die ich liebe, Hagen.«
Hagen nickte, ging zu einer exquisit bezogenen Sitzbank an der Wand und setzte sich mit übereinandergeschlagenen Beinen. »Habe ich dich richtig verstanden? Du möchtest, dass ich deine Mitwirkung am neuen Film als Druckmittel benutze, um Eva Löbel aus dem Kerker freizukaufen?«
»Ja«, sagte Martin. »Das möchte ich.«
Bravo, dachte Paul. Er hatte sich in dem Mann getäuscht: Martin Serner gehörte doch nicht zu den Hosenscheißern, sondern zu den Helden.
Hagen zog einen silbernen Gegenstand aus der Tasche, der sich beim Aufklappen als tragbarer Aschenbecher entpuppte. Als Nächstes förderte er ein Etui zutage, dem er eine angeschnittene Zigarre entnahm. »Bei aller Liebe«, sagte er, nachdem er sie entzündet hatte. »Diesen Drachen tötest du ohne mich. Ihr zwei Königskinder, du und dein Burgfräulein, habt ihr auch nur einen Atemhauch lang begriffen, nach was für Regeln hier gespielt wird? Menschen sind ersetzbar, Martin. Auch König Ara von Urartu, dessen einziger tauglicher Film von der Erde getilgt ist, als hätte er nie existiert. Hitlers Lieblingsschauspieler ist der Rühmann, nicht der Serner, und Goebbels hat zwar ein Auge für Talent, aber wenig Geduld.«
»Was heißt das?«, fragte Martin.
»Dass es schon bald nicht mehr darum gehen könnte, wer hier noch Filme dreht, sondern wer in diesem Keller sitzt und sich das hübsche Gesicht zerschlagen lässt.«
Martins Kiefer mahlten. »Müsste das nicht ich sein? Eva ist eine Frau.«

»Männer sind auch nur Menschen«, sagte Hagen.
»Und wozu taugt ein Mann, der seine Frau nicht schützt? Mit welchem Recht bezeichnet der sich als Mann?«
»Ich verstehe.« Hagen zog an seiner Zigarre. »Und was willst du tun? Einem Diktator, der sich anschickt, nach der Weltherrschaft zu greifen, ein kleines Tauschgeschäft vorschlagen? Nehmen Sie mich, lassen Sie mich die Rolle des tragischen Helden spielen, und schenken Sie dafür der jüdischen Staatsfeindin die Freiheit. Nett gemeint, Martin. Nur hast du leider nichts anzubieten. Hitler schont dich, solange er Lust auf dich hat. Sollte ihm die vergehen, sackt er dich ohne Gegenleistung ein.«
»Soll das heißen, ich kann überhaupt nichts tun?«
»Genau das heißt es.«
Jäh überkam Paul das Gefühl, keiner Szene seines Lebens beizuwohnen, sondern einem Film, in dem der Regisseur ihn in die Richtung führte, wo er ihn haben wollte, ihm vorgaukelte, was er für bittere, unabänderliche Wahrheit halten sollte. Im Film setzten dazu dann Geigenklänge ein, aber Paul war unmusikalisch. »Herrgott, Sie plänkeln hier herum, und Eva wird gefoltert!«, schrie er.
Amarna hatte das einmal getan: Das Wort, und keine barmherzige Umschreibung, in den Raum geworfen, und auf einen Schlag war alles still gewesen. Jetzt war es genauso. Paul selbst hatte Mühe, weiterzusprechen. »Von den Künstlern, die mit ihr zusammen gegen die Vernichtung ihrer Bilder protestiert haben, sind fünf verhaftet worden. Bisher ist keiner zurückgekehrt.«
Mit drei langen, von Stöhnen begleiteten Schritten ging Martin zur Wand. Zuerst hieb er seine Fäuste dagegen, dann mit der gleichen Wucht seine Stirn. Der kleine Stich mit dem Jagdmotiv, der zu seiner Linken hing, hüpfte am Nagel, und der Hund knurrte.
»Sei nicht kindisch«, sagte Hagen.

Martin fuhr herum, die edlen Züge verzerrt. »Was weißt denn du?«, schrie er. »Hast du je etwas anderes geliebt als deine Provisionsabrechnung?«
»Nicht einmal die«, erwiderte Hagen. »Die großen Gefühle überleben nur Filmfiguren unverletzt.«
»Zur Hölle, ich hätte Eva heiraten sollen, statt auf dein kaltschnäuziges Gelaber zu hören.«
»Warum hast du es dann nicht getan?«, fragte Hagen und sah der Zigarre beim Ausglühen zu.
Martin starrte seine Hand an. Dann holte er aus und schlug sie sich klatschend über die Wange. Leute behaupteten allenthalben, sie könnten sich ohrfeigen, aber Paul hatte nie einen gesehen, der es tat. Geradezu sehnlich wünschte er sich, den Hund zu nehmen und diese zwei sich selbst zu überlassen. »Ihr bleibt also dabei, ihr wollt für Eva nichts tun?«, fragte er.
»Ich habe sie doch nach Paris bringen wollen«, rief Martin, die schönen Augen geschlossen, die Hand auf die Stirn gepresst. »In ihr geliebtes Paris, aber wenn es dafür doch zu spät ist – was bleibt mir denn?«
Für sie zu sterben, dachte Paul. Als Mann der Vernunft musste er solche Taten als sinnlos abtun, aber etwas in ihm hielt trotzig daran fest. »Dann helft uns wenigstens, das Kind in Sicherheit zu bringen«, sagte er. »Ich habe in London einen Bürgen für sie gefunden, aber die Warteliste ist endlos, und weder Wilma noch ich haben Beziehungen.«
»Chaja«, murmelte Martin und starrte in seine Hände. »Meine Prinzessin Chaja.«
»Wenn es also die Möglichkeit gäbe, der Kleinen einen Platz auf diesem Transport zu verschaffen, fände sich in England eine angemessene Unterkunft für sie?«, fragte Hagen.
Paul nickte. »Bei Bekannten von mir – diesem türkischen Bildhauer, der euch so begeistert hat, und seiner deutschen Frau.«

»Arman Artsruni?« Hagen sah aus wie ein kleines Raubtier, das Beute erspähte und Männchen machte. »Ist das dein Ernst?«
Noch einmal nickte Paul.
»Das ist allerdings zu bedenken«, murmelte Hagen auf Beutefang. »Also schön. Ich werde sehen, was sich tun lässt. Allerdings erwarte ich dafür ein gewisses Entgegenkommen.«
»Was für ein Entgegenkommen?«
Die Antwort kam prompt: »Lass Martin seine Arbeit tun. Dazu ist er auf der Welt, mit allem anderen ist er überfordert.«
So wie ich, dachte Paul. »Martin hat aber nun einmal Frau und Kind.«
»Ich weiß«, unterbrach ihn Hagen. »Und ich spreche mich nicht frei von Schuld. Dem Vulkan, den diese Liebschaft in ihm entfesselt hat, vermochte ich nicht zu widerstehen, und nach Abschluss der Dreharbeiten war ja alles zu spät. Ich werde ihm trotzdem nicht erlauben, sich den Hals zu brechen, und ich verlange von dir und der eminenten Mademoiselle Duvenage, dass ihr das respektiert.«
»Hör auf, von mir zu sprechen, als wäre ich nicht im Raum!«
Über die Schulter warf Hagen einen Blick zu seinem Schützling. »Soweit es mich betrifft, bist du auch nicht im Raum«, sagte er. »Jeder Drehbuchautor weiß das: Eine Figur, die in der Szene nicht gebraucht wird, schickt man ins Off.« Damit wandte er sich wieder Paul zu: »Martin kann spielen. Auf einen wie ihn habe ich mein Leben lang gewartet, und ich werde nicht darauf verzichten, ihn sein Potenzial erfüllen zu sehen, nur weil die Weltgeschichte sich diesen Hitler hat einfallen lassen. Geschmacklosigkeiten kommen und gehen. Manche machen nur mehr Dreck als andere.«
»Ich brauche die Reisepapiere für Evas Kind«, sagte Paul und ertappte sich dabei, wie er die Leine des Hundes umklammerte. »Wenn ich die habe, seht ihr mich nicht wieder.«

»Dein Ernst?«, fragte Hagen und übertönte Martin.
Paul nickte.
»Aber Eva!« Über Martins Gesicht rann eine einsame Träne. »Wir können doch Eva nicht diesen Schlächtern überlassen.«
»Martin.« Hagen drehte sich um, und seine Stimme klang beinahe liebevoll. »Tu mir einen Gefallen, geh ins Bett und lass die Erwachsenen reden. Deine Unordnung bekommen wir besser aufgeräumt, wenn du nicht mit dem Hintern eine neue machst.«

Zwei Tage später wurden Paul während einer Vorlesung über das Königtum der späthethitischen Phase die Reisepapiere für Chaja Christiane Löbel zugestellt. Evas Tochter würde mit dem ersten Kindertransport am 2. Dezember nach England fahren. Über Nacht würden die Kinder in Hoek van Holland bleiben, dann mit der Fähre übersetzen und insgesamt dreißig Stunden unterwegs sein. Mitgegeben werden durften ein Koffer und ein Rucksack, gefüllt mit Kleidung und Gebrauchsgegenständen, ein Erinnerungsfoto und zehn Reichsmark. Untersagt waren Schmuck, Musikinstrumente und Kameras. Jedes Kind hatte sich pünktlich um sieben Uhr am Bahnhof Friedrichstraße einzufinden, wer zu spät kam, verlor den kostbaren Platz.
Das Merkblatt, das die jüdische Gemeinde beigelegt hatte, war endlos, und Paul fragte sich, warum er es überhaupt durchlas. Die Kleine war nicht sein Kind, er war nicht einmal ihr Onkel oder echter Pate. Den Kindern war einzuschärfen, sich in England wohlerzogen zu betragen und somit Pflegeeltern für weitere Kinder zu werben. Eltern wurden noch einmal aufgefordert, zu unterschreiben, dass ihr Kind gesund und in keiner Weise verhaltensauffällig sei.
Was bedeutete das, verhaltensauffällig? Evas Kind hatte, in einen Keller gesperrt, mit anhören müssen, wie ein Raum in

Trümmer geschlagen und seine Mutter verschleppt worden war. Als Paul es befreit hatte, hatte es gebrüllt wie am Spieß. Was würden die Engländer tun, wenn es verhaltensauffällig wäre? Es zurückschicken?

Nicht Amarna, dachte Paul und glaubte ihren Mann vor sich zu sehen, der weder lachen noch weinen konnte, doch dafür tagelang schweigen. Evas Kind war im Vergleich dazu vermutlich eine Erholung für Amarna. Wie eines seiner Steinbildnisse wirkte er, selbst wenn er seine Frau in den Armen hielt, gab Menschen nicht die Hand und hatte irgendwelche Probleme mit dem Essen, die Amarna in Angst versetzten.

Paul erschrak. Wann immer etwas in ihm dagegen aufbegehrt hatte, dass die liebenswerteste Frau, die er kannte, mit einem so harten Schicksal geschlagen war, hatte er sich geschämt. Der Mann war so, weil er gefoltert worden war. Was das bedeutete, hatte er sich nie gefragt. Würde die strahlende, vor Selbstbewusstsein strotzende Eva, wenn sie aus diesen Kellern herauskam, Arman Artsruni ähneln? Einem Menschenwrack, das noch aufrecht ging, im Innern jedoch unwiderruflich zerstört war?

Paul brach die Vorlesung ab und nahm ein Taxi in die Bleibtreustraße. Er mochte seine Frauen schlank und gebildet wie Eva Löbel und Amarna Brandstätter, aber hatte er sich je einer näher gefühlt als Wilma Duvenage? »Die Papiere für das Kind sind da. In vier Tagen kannst du es in die Friedrichstraße bringen.«

Sie hatten sich das so sehr gewünscht, hatten mit allen Kräften gekämpft, und jetzt brach dieses Energiebündel Wilma zusammen und weinte: »In vier Tagen kommt *mon chou* schon weg? Das halt ich nicht aus.«

Paul umschlang sie und hielt ihren bebenden, üppigen Körper fest. Der Hund, den er in seine möblierte Wohnung nicht mitnehmen durfte und daher Wilma aufgenötigt hatte, strich um sie herum und beschnüffelte sie. Nie zuvor hatte Paul sich so stark gefühlt. Seine Frauen gaben ihm stets das Gefühl, der Unterlegene zu sein, aber jetzt, in dieser verfahrenen Lage und mit der dicken Wilma in den Armen, war er der Mann, der er immer hatte sein wollen. Er beruhigte sie, streichelte sie und redete sanft auf sie ein: »Sie ist dort in Sicherheit, Wilma. Meine Bekannte wird gut für sie sorgen, und wenn die Deutschen wieder zu Verstand kommen, bringt sie sie dir heil zurück.«

Als Wilma weiterweinte, schob Paul sich mit ihr hinter den Tresen, schenkte ihr den unvermeidlichen *Pernod* ein und fand für sich selbst einen erträglichen Cognac, von dem er ebenfalls großzügig einschenkte.

»Zigarette auch, Paulchen«, krächzte Wilma und rieb sich das Gesicht an seinem Ärmel trocken. »Du bist ein Engel, weißt du das?«

Er zündete zwei Zigaretten an, wie sonst sie es tat. Nach ein paar tiefen Zügen beruhigte sie sich, während die Schminke in Streifen über ihr Gesicht lief. »Nichts von *bijou?*«

»Von Eva?« Er schüttelte den Kopf und umfasste ihr Kinn, ehe sie neuerlich in Schluchzen ausbrechen konnte. »Daran dürfen wir jetzt nicht denken, hörst du? Sonst schaffen wir das alles nicht und verlieren den Platz für ihr Kind. Wir sind es ihr schuldig, dass wir das Kind in Sicherheit bringen, wir haben doch sonst nichts …«

Er brach ab, und ihr Gesicht unter seinen Fingern wurde schlaff. »Recht hast du«, sagte sie. »Wir haben doch sonst nichts. Nichts getan, um diesen Hitler-Dünnpfiff aufzuhalten, nichts getan, um unsere Freunde zu schützen, die sie einen nach dem andern abgeholt haben. Nicht mal was getan, um auf dieses Mädel aufzupassen, das mehr drauf hat als wir beide zusammen. Dabei versteh ich nicht mal viel von Malerei. Ich hab das nur im Gespür. Die ist was Besonderes, unsere Eva, und dass wir die nicht bewahrt haben, das verzeih ich uns nie.«

»Ich uns auch nicht«, sagte Paul und erkannte, dass er keine Wahl hatte, als um das Kind zu kämpfen. Es war die Zukunft, die denen, die nichts getan hatten, eines Tages nicht verzeihen würde.

»Wir bringen *mon chou* in Sicherheit, ja?« Wilma schniefte und paffte schwarzen Rauch aus. »Zu deinem Türken, der gar kein Türke ist. Der wird sich umgucken, der Türke. *Mon chou* ist begabter, als die Polizei erlaubt.«

»Was heißt das eigentlich, *mon chou?*«

Wilma hob die gezupften Brauen. »Du verstehst Sprachen auch nur, wenn sie mehr als tausend Jahre alt sind, *n'est-ce pas?*«

»Ich verstehe nur Bahnhof«, erwiderte Paul.

Sie heulten und lachten. Wilma blies Rauch aus und gab ihm einen schmierigen Lippenstiftkuss auf die Wange.

»Wir müssen jemanden vom Sicherheitsdienst kommen und den Koffer des Kindes versiegeln lassen«, sagte Paul. »Dann wird er an der Grenze nicht noch einmal kontrolliert.«

»Du steifer Schrat.« Sie boxte ihn. »Der beste Patenonkel der Welt bist du, aber kannst nicht mal Chaja sagen, statt *das Kind?*«

»Chaja«, sagte Paul. »Sie braucht Kleidung, möglichst warme und wasserfeste, denn in England ist grauenhaftes Wetter.«

»Hier auch. Sogar in Paris um diese Zeit.«

»Festes Schuhwerk, denke ich«, fuhr Paul fort. »Herrgott, ich weiß nicht, was Kinder brauchen.«

»Ich auch nicht.« Wilma lachte traurig. »Aber wir zwei stehen damit da wie mit dem sabbernden Hund.«

Sie zogen einer den anderen zu sich, und diesmal küsste Wilma ihn auf den Mund.

»Ein Foto darf sie mitnehmen«, sagte Paul. »Zur Erinnerung.«

»Von Eva? Ich hab ja keins, nur eine Zeichnung, die Eva von uns beiden vor meinem *Babeurre* gemacht hat …«

»Dann pack die ein. Und einen Brief dazu.«
»Soll ich ihr den schreiben, meinst du? Weil Eva es nicht kann?«
Paul nickte.
»Ihre Malsachen pack ich ein. Eva hat doch ständig diese sündhaft teuren Stifte für sie gekauft.« Als Wilma sich reckte, um ihn wieder zu küssen, schrammte ihr Bauch an seiner Taille entlang.
»Kein Schmuck«, sagte Paul.
»Kein Schmuck? Aber das Kettchen mit dem Judenstern muss ich ihr lassen. *Bijoux* hat's ihr umgehängt, als sie sie sonst kaum noch angefasst hat, und *mon chou* schreit, wenn ich's ihr abnehmen will.«
»Es ist nicht allzu wertvoll?«, fragte Paul. »Wenn es ihr abgenommen wird, wäre es keine Tragödie?«
Wilma schnaubte und boxte ihn gegen die Brust. »Was an alledem ist denn keine Tragödie, *doudou?*«
Sie hatte recht. »Bitte pack alles zusammen«, sagte er. »Wenn du willst, kümmere ich mich um den Rest.«
»Und kommst du her, wenn ich sie zum Bahnhof bringen muss?«
Als er nicht reagierte, packte sie seine Jackettaufschläge und hängte sich mit ganzem Gewicht daran, bis eine der Schulternähte aufplatzte. »Ich schaff's nicht allein, Paulchen. Wenn du nicht kommst und uns aus dem Haus wirfst, kneif ich und bring sie nicht weg.«
»Ich komme«, sagte Paul.
In dieser Nacht schlief er mit Wilma Duvenage.

An dem eisigen türkischen Morgen, an dem die Liebe seines Lebens ihm gesagt hatte, dass sie mit ihrem gemarterten Helden fortgehen würde, war Paul überzeugt gewesen, kein Morgen könnte jemals kälter, schwärzer und trostloser sein. An dem noch lichtlosen Morgen, als er vor Kälte in seinem Mantel schlotternd in die Bleibtreustraße kam, um Wilma zu helfen, Evas Kind auf den Weg zu bringen, wurde ihm klar, dass einer, der im anatolischen Frühling auf sich erwärmendem Sand lag und um seine Liebe weinte, jemand, der alle Zeit der Welt zum Weinen hatte, von Glück sagen konnte.

Der Morgen war eisig, aber windstill, der Himmel, obwohl noch nächtlich, eher gelb als grau. Schneehimmel. In einem Matsch aus Dreck und Regenwasser klebten die Reste zerfetzter Postkarten. Auf einer erkannte Paul den Eiffelturm. Die Scherben dazwischen schillerten wie das zerstoßene Eis, das Wilma sommers in bunte Getränke füllte, und der weiß emaillierte Kocher, auf dem sie ihre Schokolade anbrennen ließ, lag zerbeult auf dem Fahrdamm. Eine Limousine mit Chauffeur fuhr in einem Bogen außen herum.

Die Tür war aus den Angeln gerissen. Davor kauerte Wilma auf allen vieren und gab ein leises, nicht menschliches Geheul von sich. Auf den ersten Blick erkannte Paul sie nicht. Ihr Gesicht war eine blutig verformte Masse, aus der ein tränendes Auge ihn ansah. Das zweite war zugeschwollen, die Lippen aufgeplatzt, das Haar in Büscheln ausgerissen. Sie schwankte von einer Seite zur anderen wie ein leckes Schiff, links gegen den Türrahmen, rechts gegen den Hund, der versuchte, ihr Gesicht und Hände zu lecken.

Die schmale Gestalt des Kindes stand im Zwielicht hinter ihr und war stumm. Soweit Paul es erkennen konnte, war die Kleine unversehrt, nur ihr graues Mäntelchen war von der Brust bis zum Saum aufgerissen, regelrecht zerfetzt. Auf ihrer Wange war ein Fleck, der jedoch nach Schmutz, nicht nach Blut aussah. Paul erschrak erst, als er genauer hinsah, aber er beherrschte sich.

Bewahr die Ruhe, befahl Paul sich selbst. Er brauchte Wilma nicht zu fragen, was geschehen war, brauchte das Wort Gestapo nicht aus ihrem Mund zu hören. Stattdessen blickte er auf seine Uhr. Um rechtzeitig zum Bahnhof Friedrichstraße zu gelangen, blieb ihnen eine halbe Stunde.

Dass man sein Herz so hart machen konnte, dass es dem Unaussprechlichen standhielt, hatte er an jenem Morgen in Anatolien nicht gewusst. Jetzt wusste er es. Er machte sein Herz so hart wie eine Messerklinge, an der alles abglitt, kniete sich zu Wilma auf die Schwelle und gab ihr fünf Minuten Zeit, um zu reden. Dabei streichelte er den Streifen Haut unterm Haaransatz, der unverletzt war und war dankbar, nicht alles zu verstehen, was unter Schluchzen aus ihr heraussickerte. Nur das Wichtigste von dem, was geschehen war, seit die fünf Männer nach Mitternacht mit Gewehrkolben ihre Tür zerschlagen hatten. Sie hatten Papiere gesucht, von denen Wilma nichts wusste. »Sie haben gesagt, Eva hat gesagt, diese Papiere sind bei mir. Und ich bräuchte Eva nicht mehr zu schützen, weil sie tot ist, sie haben sie totgemacht, wegen irgendwelcher Papiere!«

Das Wichtigste war mehr als genug. Es würde für den Rest seines Lebens mehr als genug sein.

Sein Herz hielt stand. Als der Zeiger seiner Uhr um fünf Minuten vorgerückt war, fasste er Wilma unter die Achseln und hob sie auf die Füße. Vor Schmerz und Schwäche wimmerte sie.

»Hast du die Papiere?«, fragte er. »Die Reisepapiere für das Kind – haben sie dir die nicht weggenommen?«

Wilma heulte auf und spuckte Blut. Paul versuchte, ihr ins Gesicht zu sehen. »Das Kind ist alles, was wir haben«, sagte er. »Wenn wir das Kind nicht retten, haben wir nichts getan, sondern all dies geschehen lassen. Dann tragen wir Schuld, Wilma.«

Sie ließ zu, dass er sie an dem Kind vorbei in den Laden schob. Er lehnte sie gegen die Wand, half ihr, sich hinzusetzen. Kaum zu fassen war, dass Koffer und Rucksack unversehrt zwischen den zerschlagenen Möbeln, Gläsern und Flaschen standen. Sie trugen das Siegel des Sicherheitsdienstes – offenbar hackte eine Krähe der anderen kein Auge aus. Mitten im Raum lag wie ein Toter mit von sich gestreckten Gliedern der Affe, den Hagen Fidelis Evas Kind geschenkt hatte. Paul wollte gehen und ihn aufheben, aber der Hund war schneller. Als er mit dem Stofftier im Maul zurückkam, sah Paul, dass er mit der rechten Vorderpfote eine Blutspur hinterließ. Er musste in eine Scherbe getreten sein.

»Tut mir leid«, sagte Paul, nahm dem Hund das Spielzeug ab und kam sich grotesk vor, weil er mit einem Tier sprach. Er sah sich um, ging schließlich nach hinten und fand den Umschlag mit den Papieren auf Wilmas Bett zwischen aufgeschlitzten Decken.

»Ich kann's nicht.« Wilma weinte und war kaum zu verstehen. Das Kind und der Hund standen stumm im Raum.

»Nein«, sagte Paul. »Du kannst's nicht, und du musst es auch nicht mehr können, arme Wilma. Ich bringe sie an den Zug. Unterschreib nur noch einmal, dass sie ganz gesund ist, nicht verhaltensauffällig. Schreib *Eva Löbel* hier in diese Spalte, sei ein tapferes Mädchen.« Er hätte ihr gern einen *Pernod* gegeben, aber anders als in Professor Brandstätters Wohnung sah er sich hier vergeblich nach einer heil gebliebenen Flasche um.

Der Krakel, den sie in die Spalte malte, war unentzifferbar. Vermutlich hatten sie ihr die Finger gebrochen wie der Jüdin in der Universität, doch mit etwas Glück würde niemand die Unterschrift genau betrachten. »Gut gemacht«, lobte er sie. »Hast du für die Kleine einen anderen Mantel? Ihrer ist zerrissen, im Zug wird es kalt sein, und in England ist das Wetter noch übler als hier.«

Wilma wimmerte und wies mit dem Kopf auf den Durchgang. Wenn er vom Bahnhof kam, musste er sie zu einem Arzt schaf-

fen, zu irgendeinem Arzt, der keine Fragen stellte. Er ging noch einmal ins Schlafzimmer, wühlte sich durch Kleiderhaufen und fand einen roten Mantel, der warm wirkte. Als er zurückkam, hatte Wilma aufgehört zu weinen. »Du willst das wirklich tun, nicht wahr?«
»Ja«, sagte Paul. Du kannst das, beschwor er sich. Hinterher darfst du dir die Hose nass pinkeln, aber für diese eine Stunde kannst du alles, was du willst. Er drehte das Gesicht weg und sah den Hund an, während er dem Kind den kaputten Mantel aus und den heilen anzog. Das Kind versuchte sich zu entwinden, aber Paul hielt es fest. Als er fertig war, ließ er es los und gab ihm den Affen. Die Kleine schnappte sich das Spielzeug und floh hinter den Tresen.
»Ich muss jetzt gehen«, sagte Paul. »Warte hier und versuch, ruhig zu bleiben. Wenn ich zurückkomme, kümmere ich mich um dich.«
»Die Kette.« Wilmas Zähne schlugen aufeinander. »Die Kette mit dem Judenstern, von Evas Verwandten.«
Paul nickte. »Ich hole sie.« Er hatte so viel geschafft, und sein Herz hielt stand. Er würde auch das noch schaffen.

Eine halbe Stunde später stieg er mit dem Kind an der Hand und dem Hund an der Leine aus der S-Bahn und mischte sich in das Gewimmel auf dem Bahnhof. Warum er den Hund mitgenommen hatte, wusste er nicht. Er wusste überhaupt kaum, was er tat, und das war ihm recht: nicht denken, keine Fragen stellen, nichts als handeln. Das Kind hatte anfangs versucht, sich zu wehren, doch nach einiger Zeit ging es stumm an seiner Hand, als hätte es sich das Gleiche geschworen.
Die Haupthalle, in der sonst Geschäftsreisende mit Aktenkoffern zu ihren Zügen eilten, schien angefüllt mit Eltern und Kindern. Arme umklammerten Körper, bis sie aufgebogen

wurden, und von den hohen Wänden hallte Wehgeschrei. Wir sind verhaltensauffällig, dachte Paul. Dass wir ganz gesund sind, unterschreibt uns kein Mensch.
Ein Mann mit einer Ordnerbinde um den Oberarm trat ihnen in den Weg. Der Hund sprang ihn an, ehe Paul an der Leine ziehen und sich entschuldigen konnte, doch der Ordner war keineswegs ungehalten. Er liebkoste den Hund, ließ sich das Gesicht lecken, nannte ihn: »Guter Junge«, und: »Ja, wer wird denn so ein guter Junge sein?«
Einen Schritt rechts von Paul küsste eine weinende Frau abwechselnd zwei Mädchen mit Zöpfen.
»Der Name bitte.«
Paul erschrak. Der Ordner kraulte noch immer den Hund und lächelte ihm aufmunternd zu.
»Hugo«, stammelte Paul.
»Ach«, sagte der Ordner. »Ich dachte, es wäre ein Mädchen. Hugo und wie weiter?«
»Nein, nein«, rief Paul. »Hugo ist der Hund. Das Kind heißt …« Er war so verwirrt, dass er allen Ernstes überlegen musste. »Chaja heißt sie. Chaja Löbel.« Er übergab dem Ordner den Umschlag mit den Papieren.
Der Ordner blätterte Bogen für Bogen auf und studierte die Angaben. Paul spürte, wie ihm zwischen Hals und Schultern der Schweiß ausbrach und die Brust hinunterströmte. Er hatte versagt. Eine Frau, die er geliebt hatte, war in einer Gestapo-Zelle erschlagen worden, die andere lag halb totgeprügelt in ihrem zerstörten Geschäft. Er dagegen war auf seinem Hintern sitzen geblieben, bis die Sintflut seine Welt überrollt hatte. Dieses Kind war alles, was er noch auf eine Arche schaffen und an den Berg Ararat schicken konnte, damit nicht nur das Kind, sondern ein Stück von ihnen allen überlebte. Damit es einen Weg gab, irgendwann, ein Weitergehen auf getrocknetem

Land. Er hätte den Mann beschwören wollen: Sagen Sie nichts, schauen Sie nicht genau hin, drücken Sie die Augen zu, und lassen Sie uns gehen.

»Es tut mir leid, Herr Löbel«, sagte der Ordner.

Paul erschrak und drehte sich um. Dann begriff er. »Aber wir haben doch alles gemacht, wie es in dem Merkblatt stand …«

»Sie müssen sich hier von Ihrer Tochter verabschieden«, sagte der junge Mann. »Leider können wir den Eltern nicht gestatten, ihre Kinder zum Bahnsteig zu begleiten. Es wäre zu viel für die Kinder, Sie verstehen? Die Gefühlsausbrüche …« Er drückte einen Stempel auf Chajas Ausreisepapier, dann schob er den Umschlag in seine Mappe. Paul atmete so heftig auf, dass er glaubte, es pfeifen zu hören.

»Du musst deinem Vati und deinem hübschen Hund jetzt auf Wiedersehen sagen, Chaja«, forderte er das Kind auf. »Wenn du nach England kommst, schreibst du ihnen einen Brief, was sagst du dazu?«

Das Kind sagte nichts.

»Sie ist ganz gesund!«, rief Paul hastig. »Nur ein wenig müde.«

»Das ist ja kein Wunder.« Der Ordner winkte ab. »In England kannst du mit der U-Bahn fahren«, sagte er zu Chaja. »Und den König sehen, der mit seinen zwei Prinzessinnen auf dem Balkon steht und den Leuten winkt.«

Das Kind sagte nichts.

»Wünschen Sie ihr jetzt eine gute Reise, Herr Löbel.«

»Gute Reise«, sagte Paul. Von den Gleisen her pfiff ein Zug.

»Sie sollten sie mit ihrem Namen ansprechen«, sagte der Ordner. »Das letzte, was Sie zu ihr sagen, wird ihre Erinnerung, die ihr in ihrem neuen Leben Halt gibt.«

»Gute Reise, Chaja«, sagte Paul. Er umklammerte das Halsband des Hundes und sah dem Ordner nach, der mit dem Kind an der Hand davonging.

# 19

## AMARNA
## LONDON. DEZEMBER 1938

Ihre Tapferkeitsmedaille fürs Überleben der Sintflut hatte Doris sich in diesem Herbst redlich verdient. Der Himmel hing schwer, und der Regen peitschte in Schwaden auf das schwarze Wasser des Kanals. In ihren Mantel geduckt, schob sich die Nachbarin aus der Haustür, knotete sich im Laufen das Kopftuch fest und spannte den Schirm auf. Am Weg zwischen den Häusern blieb sie stehen, winkte Amarna mit der Einkaufstasche und rief etwas zu ihr hinauf. Amarna blieb nichts übrig, als vom Schreibtisch aufzustehen und das Fenster zu öffnen. Die Kälte ließ sie zurückweichen. Wind wirbelte ihre Papiere auf.

»In meinem nächsten Leben werde ich Nacktschnecke«, brüllte Doris durch das Getöse des Unwetters. »Soll ich dir was mitbringen?«

Amarna schüttelte den Kopf.

»Aber ihr müsst doch was essen!«, schrie Doris. »So geht das nicht weiter, *sugar pie,* das bringt ja das Kleine nicht zurück, wenn ihr zwei Lieben euch vor Kummer krank macht.«

»Dann kauf mir in Gottes Namen drei Pfund Kartoffeln«, schrie Amarna zurück, ehe Leute auf der Straße aufmerksam wurden. Dass Kathy Burgess, ihre Haushälterin, für sie einkaufte, und dass Arman ständig Lebensmittel zur Suppenküche fuhr, weil der Haushalt kaum die Hälfte verbrauchte, war Doris nicht beizubringen. So wenig wie die Tatsache, dass Amarna kein Kleines verloren, sondern nie eines erwartet hatte.

»Nur Kartoffeln? Ihr braucht doch was, das Kraft gibt!«
»Verdammt, Dee, kauf ein, was du willst.« Amarna fischte nach ihrer Geldbörse und schleuderte sie aus dem Fenster. Wenn sie im Kanal landete, war vielleicht wenigstens das Thema Einkauf beendet.
Doris hüpfte und fing die Börse auf. »Hättest du mir doch nachher geben können«, rief sie. »Ich bring dir ein schönes Stück Lamm, aus der Schulter. Und *Cadbury*-Nussschokolade. Gut für die Seele.« Sie stopfte die Börse in die Manteltasche, bot dem Wind die Stirn und stampfte den Uferweg hinauf.
Nun schön, dachte Amarna und schloss das Fenster. Lamm und Schokolade würden nicht gegessen werden, aber derart umsorgt zu sein, war ein Geschenk. Und Doris brauchte jemanden zum Umsorgen. Ihr alter Hund war gestorben, und ihre Tochter, die ihr Herz an Seb Farnshaw verloren hatte, verbrachte mehr Zeit in Amarnas Haus als unter den Fittichen ihrer Mutter. Amarna setzte sich wieder und bemühte sich, die durcheinandergewirbelten Papiere in Stöße zu sortieren. Einen Stoß für den Katalog der Artefakte, den sie für die Geheime Kommission erstellte, und einen, der die Grabung in Urartu betraf, die vorerst nicht stattfinden würde. Konzentrieren konnte sie sich auf keines von beiden.
Sie arbeitete jetzt häufig zu Hause. Ihr Arbeitszimmer war groß und hell, und Arman hatte einen Ingenieur vom *General Post Office* bestellt, der ihr eine Telefonleitung an den Schreibtisch verlegte. Ihren Schriftverkehr konnte sie hier ungestörter erledigen als im Museum, und außerdem war ihr danach zumute, sich in ihrer Höhle zu verkriechen. Im gesamten *Department* gab es keinen Kollegen, nicht einmal einen Wachmann, der ihr nicht zu dem Baby gratuliert hatte, das nicht existierte. Wenn sie durch die Gänge strich, hatte sie das Gefühl, die Gedanken der Vorbeieilenden wie Stiche im Rücken zu spüren:

*Ist die eigentlich ganz richtig im Kopf?*
*Der arme Mann kann einem ja leidtun.*
Dabei hatte Wally dafür gesorgt, dass sich die Geschichte herumsprach, auf die auch Doris pochte: Marnie Artsruni hatte eine Fehlgeburt erlitten und bedurfte der Schonung und des Mitgefühls.
Amarna wollte keine Schonung. Sie wollte an den südlichen Rand des Kaukasus reisen, ein verlassenes Hochtal erklimmen und mit dem Pickel hartgefrorenen Boden aufhacken. Nutzlose Kraft verbrauchen, um der Erde Erinnerung abzutrotzen. Aufblicken und durch Winterwolken den Gipfel erahnen, an dem die Arche mit den Überlebenden der Sintflut auf trockenes Land aufgelaufen war.
Eine wie sie hätte kein Archebauer an Bord nehmen dürfen, kein jüdischer Noah und kein sumerischer Uta-napišti. Beide hatten von ihren Göttern das Geschenk der Unsterblichkeit erhalten, weil sie den Samen des Menschengeschlechts bewahrt hatten. Mit einer wie Amarna ließ sich kein Geschlecht bewahren, in ihr war der kostbare Same des Überlebenden vergeudet. Vernünftig aufgehoben waren bei ihr nur ein paar Grabstelen und Tontafeln – statt lebendiger Fortführung ein steinernes Gedächtnis.
Sie hätte sofort fahren wollen, sich restlos verausgaben und zu etwas nütze sein. In einer Welt untertauchen, die sich seit dreitausend Jahren um das Gerangel von Menschen nicht scherte, und dabei vergessen, dass sie ihre eigene Welt am vergangenen Abend selbst in Stücke geschlagen hatte.
Aber sie würde nicht fahren. Die Aussichten für die Expedition standen schlecht. Dabei war die Urartu-Ausstellung ein Erfolg sondergleichen, wohl weil sie an etwas rührte, das inmitten von Kriegsgefahr Menschen den Schlaf raubte: die Angst, vergänglich zu sein. Noch immer trafen Sponsorengelder ein,

und längst war mehr zusammengekommen, als eine einjährige Grabung kosten würde. Amarna hatte dem Trust ihren Finanzplan vorgelegt. Wenn der britische Träger die Kosten stemmte, würden die türkischen Behörden Lizenz und Fundteilung kaum verweigern. Amarna wollte nur die Stelen, Mann und Frau, die in dem Tal gelebt hatten, und ein paar Tafelfunde, die über Urartus Schriftentwicklung Aufschluss gaben. Das Konzept war durchdacht und realistisch. Dennoch hatte Sir John Forsdyke es abgeschmettert.

Nicht bei Amarna persönlich. Er hatte Wally vorgeschickt. »Es ist kein guter Moment«, hatte der arme Bote sich abringen müssen.

»Warum nicht? Wir haben Geld, wir haben Frieden. In Hattuša graben die Deutschen, warum sollen wir es nicht in Urartu tun?«

»Das Museum muss diese Untersuchung von angelsächsischen Grabhügeln in Suffolk ausstatten …«

»In Suffolk?«, platzte Amarna los. »Ich arbeite mich ab, um eine Expedition an den Ararat zu finanzieren, und du erzählst mir etwas von Grabungen in Suffolk?«

»Ist eines denn weniger wert als das andere?«, entgegnete Wally matt. »Nur weil wir Altorientalisten sind, die für den Größenwahn früher Hochkulturen schwärmen und mit der Erdverbundenheit der Angelsachsen fremdeln?«

»Nein«, gab Amarna zu. »Aber die Grabung auf eigenem Boden hat ja wohl kaum diese Eile.«

Sie hatten im *Plough* gesessen, und Wally hatte in eine Pfütze aus Bier gestarrt. »Die Direktion ist der Ansicht, dass sie sehr wohl Eile hat. Einer dieser Hügel ist von einem Amateur geöffnet worden, die Fundstätte liegt ohne jeden Schutz da.«

»Verdammt, das tun meine Stelen am Ararat seit einer Ewigkeit!«

»Für deine Stelen am Ararat sind wir nicht verantwortlich«, sagte Wally.
»Doch«, erwiderte Amarna. »Ich finde, das sind wir. Deshalb habe ich diese Ausstellung durchgesetzt. Ich wollte zeigen, dass Urartu nicht eins von tausend Kleinreichen ist, die wir vergessen können, sondern unsere Wurzel darsellt. Ararat. Schicksalsberg. Der Ort, an dem wir nach fast völliger Vernichtung neu angefangen haben. Neu anfangen können Menschen nur, wenn noch ein Stück von ihnen übrig ist. Ich dachte, zumindest dir wäre das klar.«
»Es ist mir klar«, sagte Wally. »Ansonsten würde ich keine Kommission zum Schutz von Menschheitserbe im Krieg leiten, sondern meinem Direktor sagen, er könne mich küssen, wo ich schön bin, wenn er mich auf ein angelsächsisches Hügelgrab in Suffolk schicken will.«
Amarna verstand. »Wir sollen diese Fundstelle für den Kriegsfall sichern.«
»Noch nicht. Zuerst muss die Grabung gesichtet werden, und dann befindet ein Bezirksrichter in irgendeiner *Village Hall* darüber, wem die Funde gehören. Sie sind auf Privatbesitz entdeckt worden, aber falls sie uns zugesprochen werden, ja – dann haben wir dafür zu sorgen, dass sie sicher untergebracht sind.«
»Also hat das alles nichts genützt, Chamberlains Abkommen und sein Gerede von Frieden in unserer Zeit? Hat er gedacht, wenn er es nur laut genug behauptet, wird es wahr, so wie das Kind in meinem Bauch?«
»Zynismus steht dir nicht«, sagte Wally.
»Verdammt, das ist mir egal. Ich will wissen, ob mir morgen jemand meinen Mann vom Himmel schießt, weil ich ihn nicht vor sich selbst bewahrt habe. Ob der Körper des Kerls, von dem ich ein Kind wollte, am Boden zerschellt und verbrennt.«

Wally, der sich einen seiner zu großen Bissen in den Mund geschoben hatte, presste sich die Serviette vor den Mund. Für einen Kampfpiloten war er erstaunlich zart besaitet. »Ihr müsst reden, du und Arman. Lass ihn wissen, dass du dir Sorgen machst, versteif dich nicht schon wieder auf diese Grabung am Ararat.«

»Ich habe es satt, mir anzuhören, ich solle mich nicht versteifen«, versetzte Amarna. »Ich habe die erfolgreichste Ausstellung vorbereitet, die du je kuratiert hast. Ich habe Sponsorengelder für eine Grabung gesammelt, und ich werde den Sponsoren diese Grabung bieten. Zur Not auch ohne das Museum. Als Erstes schreibe ich Sedat Veysel in Doğubeyazıt und bitte ihn um Hilfe.« Sie trank ihr Bier aus und stand auf.

»Dein Zeitpunkt stinkt, Marnie!«, rief er ihr nach. »Die Türkei hängt in keinem Bündnis, und mit wem sie es im Weltkrieg hielt, ist ja bekannt. Deine Grabung bekommst du, das Museum steht hinter dir. Du sollst nur warten, bis die Wogen sich geglättet haben.«

»Urartus Hauptstadt Tušpa ist im Weltkrieg praktisch pulverisiert worden«, erwiderte Amarna. »Findest du wirklich, Urartu kann auf geglättete Wogen warten, während du Suppentöpfchen aus Suffolk in Bunker schleppst? Ich warte nicht, Wally. Ich will an den Ararat, und ich will, dass Arman mitkommt.«

»Zum Kuckuck, sprich mit ihm! Macht euch nicht einer für den anderen kaputt, sondern steht das zusammen durch. Meinst du nicht, Arman hat dein Vertrauen verdient? Wegen des Kindes hast du ihm nichts vorzuwerfen, ich finde, er hat sich vorbildlich benommen.«

»Das ist das Problem mit Arman«, hatte Amarna erwidert. »Er benimmt sich immer vorbildlich, und ich habe ihm nie etwas vorzuwerfen. Ich wünschte, er würde einmal fluchen, Geschirr zerschlagen und mir an den Kopf werfen, wie wütend er ist.«

Amarna starrte in den Vorhang aus Regen. Wally hatte recht. Arman hatte sich vorbildlich benommen, nachdem Wally ihm in Gegenwart seiner in Tränen aufgelösten Frau mitgeteilt hatte, dass er nicht Vater werden würde. Dass das Kind, für das er begonnen hatte, in seinem Kirschbaum ein Haus zu bauen, ein Hirngespinst war.
Wally hatte ihn von draußen, wo er mit Seb und Dexter eine Wand der Scheune instand gesetzt hatte, hereingeholt. Er wirkte gelöst, das Haar nass, das Gesicht gerötet, die Ärmel des Flanellhemds bis über die Ellbogen hochgekrempelt. Sobald Wally zu sprechen anhob, nahm er Habtachtstellung ein, und die kleine Narbe unter dem linken Auge, die Amarna kaum mehr bemerkte, zuckte.
»Es tut mir leid«, sagte er.
»Dir?«, schrie Amarna, der Tränen und Rotz übers Gesicht liefen. »Du hast doch nichts getan!«
»Ich muss dir ziemlich viel getan haben«, erwiderte er. »Ich wollte das nicht, aber davon kannst du dir nichts kaufen.«
»Nimm deine Frau in die Arme«, bellte Wally ihn zärtlich an. »Dass euch das passiert, ist eine verfluchte Ungerechtigkeit, daran ist irgendein abartiges Schicksal schuld, nicht einer von euch.«
Arman nahm nie einen Menschen in die Arme, ohne sicher zu sein, dass der es wollte. Sein Blick fragte Amarna um Erlaubnis, und Amarna dachte: Bitte tröste mich nicht, sondern schrei. Nimm einmal nicht klaglos hin, dass dir jemand in den Bauch tritt, dahin, wo der Schmerz dir den Atem raubt. Nicht jemand. Sondern ich.
Statt etwas zu sagen, nickte sie. Arman kam zu ihr und umarmte sie, wie ein vorbildlicher Ehemann seine leidende Ehefrau umarmte. »Ich lasse euch allein«, wisperte Wally und schlüpfte aus dem Zimmer.

Amarna heulte wie eine Wölfin. Arman hielt sie fest. Strich ihr übers Haar, bettete ihr Gesicht an den weichen, feuchten Stoff auf seiner Brust und stand stramm. Fels in der Brandung. Unerschütterlich. »Gibt es etwas, das ich für dich tun kann?«

»Fahr mich nach Hause«, sagte Amarna. »Nach London. Mach, dass ich keinen von den anderen sehen muss.« Sie unterbrach sich. »Nein, du musst ja die anderen auch nach Hause fahren. Ich darf das nicht von dir verlangen.«

»Wenn du nichts von mir verlangen dürftest, hätte ich dich nicht gefragt, ob ich etwas für dich tun kann«, sagte Arman und ging, um mit den anderen zu reden.

Kurz darauf kam er zurück und begann, ihre Sachen zu packen. »Kein Problem«, sagte er. »Wally fährt die Taylors, und Bülent bleibt mit Rehan und Seb über Nacht. Ich hole sie morgen früh ab.«

Amarna liebte es, ihm zuzusehen, wenn er sich umzog, die Teile seiner Rüstung sorgsam über jedes Glied streifte. An jenem Abend ging er ins Bad und kam wieder heraus, als wäre er im Dreiteiler, samt Krawattennadel und gescheiteltem Haar, geboren worden.

Durch Regen und Dunkelheit fuhren sie zurück in ihre Stadt. Eine Spur Trost lag im Näherkommen der Lichter, in der Gewissheit, dass Menschen sich hinter den Fenstern ihrer Häuser für die Nacht bereit machten, Menschen, die Schlimmeres überlebt hatten und sich dennoch am Abend schlafen legten, um am Morgen wieder aufzustehen. Amarna betrachtete ihr Gesicht im Taschenspiegel, sah die rotgeheulten Augen, die fleckigen Wangen, das schweißnasse Haar. »Geh mit mir tanzen«, sagte sie.

Arman fuhr mit ihr in einen *ballroom* an der Coventry Street, der *Café de Paris* hieß. Als sie noch kein Jahr in London waren und tanzen gelernt hatten, waren sie hierhergekommen, obwohl der lachhaft prächtige Saal, in dem an Tischen um die Tanzfläche geeiste Austern serviert wurden, viel zu teuer für sie gewesen war. Der Bandleader hieß Lee Stowe und war ein Geheimtipp. Er spielte weichen, sentimentalen Jazz, und Amarna hatte ihr Gesicht an Armans Anzugschulter gelehnt, die ein wenig abgeschabt glänzte. »Ich habe Angst, dir auf die Füße zu treten«, hatte er gesagt.

»Ach was.« Er hatte Tanzen gelernt, wie er alles lernte – gewissenhaft, perfektionistisch, und außerdem fand er an den meisten Dingen, die ihn seinen Körper spüren ließen, ein verstohlenes Vergnügen.

»Doch«, beharrte er. »Ich kann mich nicht konzentrieren.«

»Was ist denn so interessant, dass du dich auf deine Frau nicht konzentrieren kannst?«

»Die anderen Männer«, beteuerte Arman. »Jeder einzelne will mir den Hals umdrehen, weil er mich so fürchterlich beneidet.«

Wie glücklich wir waren, dachte Amarna, mit unserem Haus ohne Möbel und unserem Haufen Schulden. Manchmal waren sie den ganzen Weg bis an ihren Kanal durch die Nacht gelaufen, stundenlang, weil das Glück so viel Kraft freisetzte. In diesen Nächten hatten sie ein Kind nach dem anderen gemacht, und wenn doch keines gekommen war, waren sie tanzen gegangen. Amarna hatte die Hände um Armans Taille gelegt und gedacht: Macht nichts, mein Schöner. Dich noch eine kleine Weile lang für mich allein zu haben, ist so übel auch nicht.

Jetzt regnete es. Und, verdammt, in Paris regnete es jetzt ja auch. Hätte sie mit ihren verheulten Augen jemandem einreden können, dass sie noch immer glücklich war? Lee Stowes Band spielte einen dunkel verjazzten Tango. Zum Tanzen war kaum Platz. Amarna drängte sich in Armans Arme, duckte den Kopf unter sein Kinn, und er hielt sie, als wäre sie ihm um ein

Haar ertrunken. Fünf, sechs Leute, die ihn ansprachen, wies er ab: »Nicht jetzt, ich bitte Sie. Seien Sie mir nicht böse.«
Das Lokal war bis auf den letzten Platz besetzt, aber der Kellner zauberte ihnen dennoch einen Tisch aus dem Hut. Amarna wollte nichts essen, nur zu viel trinken und tanzen. Sich von ihrem Mann durch das Labyrinth sich wiegender Körper lenken lassen und ihm die Hemdbrust nass weinen. Dass ihn jemand beneidete, würde er jetzt nicht mehr denken. Die Blicke, die Männer wie Frauen ihnen sandten, troffen vor Mitleid.
Als Amarna wieder zum Tisch ging, um ein Glas Wein hinunterzustürzen, schwankte sie. Arman blieb dicht hinter ihr stehen und wartete, bis sie mit dem Trinken fertig war. Als die Musik wieder anhob, begannen sie von neuem zu tanzen.
»Amarna«, sagte er. »Kannst du mich einmal ansehen?«
»Warum?« Sie blickte auf, sah sein Gesicht verschwimmen, die hüpfenden Lichter des Tanzsaals wie kleine Stiche in die Augen.
»Du bist schön«, sagte er. »Ich liebe dich.«
Vorbildlich. Über jeden Vorwurf erhaben.

Er hatte sie nach Hause gebracht und auf ihrem Bett in Decken gewickelt, während draußen der Regen rauschte. Am Morgen hatte er sie ausschlafen lassen und war nach Folkstone gefahren, um die anderen zu holen. Anschließend fuhr er nach Hornchurch und meldete sich bei seiner Einheit. So lebten sie seither. Amarna erstellte Listen für die Kommission, und Arman schuf eine zweimal mannshohe Granitskulptur, die im Treppenhaus des Museums installiert werden sollte. Daneben absolvierte er Flugstunden, Bodentraining und Morsekurse. Er sprach nicht mit ihr darüber. Wenn sie etwas wissen wollte, musste sie Wally fragen. Zeit hatte er kaum, doch er schlief mit ihr, wann immer sie wollte.

Vorbildlich. Über jeden Vorwurf erhaben.
Anfang November wurde er eine Woche lang nach Schottland auf eine Waffenübung geschickt. Als er zurückkam, war sein Körper, an dem sie jede einzelne Narbe kannte, entstellt von frischen Spuren. Nacken und Hals waren wundgescheuert, auf der Schulter schillerte ein Bluterguss, und über der Hüfte blühte eine rot unterlaufene Druckstelle. »Was ist das?«
»Nichts.«
Sie umfasste den wunden Nacken so hart, dass er zusammenschreckte. »Verkauf mich nicht für blöd.«
»Beim Fliegen muss man ständig den Kopf drehen«, sagte er und wandte das Gesicht ab. »Die Kragen von diesen Overalls scheuern, und ich habe vergessen, ein Tuch mitzunehmen.«
Ich hätte es dir einpacken sollen, dachte Amarna. Die Frauen der übrigen Männer hatten es gewiss getan. »Und das andere?«
Er zuckte die angeschwollene Schulter. »Vom Gewehr. Vom Nahkampftraining. Ich habe mich dumm angestellt.«
Am nächsten Abend stellte sie Wally auf den Stufen des Museums. »Jetzt begreife ich, was bei euch mit meinem Mann gemacht wird. Von wegen Waffenübung. Ihr bringt ihm bei, wie man Menschen tötet!«
»Was dachtest du denn? Dass wir *Schweinchen in der Mitte* spielen?«
»Geh mit mir in den *Plough*, ich habe mit dir zu reden.«
»Ich habe keine Zeit.« Er wand sich.
»Verdammt, du hast mich schon tausendmal in diesen Pub geschleppt, obwohl ich keine Zeit hatte.«
Wally fügte sich. »Macht es dir etwas aus, wenn ich mir Käse bestelle? Ich komme um vor Hunger.«
»Du bestellst dir doch immer Käse. Solange es dir nichts ausmacht, dass mir der Appetit vergangen ist.«
»Weil Arman Waffen in die Hand nimmt?«

»Weil ihr aus meinem Mann, der's nicht erträgt, wenn ein Flegel eine gewischt bekommt, einen Mörder macht.«
Er holte zwei Teller von der Theke und stellte einen vor Amarna hin. »Sei nicht albern«, sagte er. »Ich bin Reserveoffizier in einem ziemlich niedrigen Rang, und Arman untersteht nicht meinem Befehl. Deinem übrigens auch nicht. Er entscheidet allein.«
Amarnas Empörung fiel in sich zusammen. »Hilf ihm, Wally. Er ist dafür nicht gemacht.«
»Die Leute, die mit ihm arbeiten, sind da anderer Ansicht«, erwiderte Wally. »Arman hat bisher jede Prüfung mit Bravour bestanden. Wenn er in ein paar Wochen den letzten Einsatztest absolviert, bekommt er seine *commission*.«
»Was heißt das?«
»Dass er als Offizier der Royal *Air Force* einem Schwadron zugeteilt wird. Es ist das, was er will, und nichts spricht dagegen. Er ist ein ausgezeichneter Pilot, er lernt die Abfolge von Codes im Schlaf, und dass er fit wie eine Sprungfeder ist, dürftest du am besten wissen. Noch erstaunlicher ist: Wir anderen mussten mühsam lernen, wo ein Mensch verwundbar ist. Dass man ein Kniegelenk aus der Pfanne hebeln kann, wenn man im richtigen Winkel zutritt. Dass man einen Mann bewusstlos macht, wenn man ihm gleichzeitig auf beide Ohren haut. Dass man ein Rückgrat über seinem Oberschenkel brechen kann, wenn man es schnell und hart genug krümmt. Arman weiß das instinktiv, er trifft ins Schwarze, ohne dass es ihm jemand erklärt.«
»Er weiß es, weil sein Körper es weiß«, sagte Amarna. »Diese Schläge, die er euch wie der Affe auf dem Leierkasten vorführt, sitzen ihm in den Knochen. Er weiß, wo man sie plaziert, weil er sie eingesteckt hat.«
»Damit, dass du mir das erzählst, tust du euch beiden keinen Gefallen«, sagte Wally. »Und mir auch nicht.«

»Verdammt, wie könnt ihr ihm denn erlauben, zu töten?«
»Verdammt, weil er töten will«, sagte Wally und schob endlich den Käseteller beiseite. »Ein Mann steht nicht still und lässt sich Ohrfeigen geben. Ein Mann schlägt zurück.«
»Gewehrschüsse sind keine Ohrfeigen, Wally.«
»Natürlich nicht«, gestand Wally müde ein. »Aber hinter beidem steht das Gleiche, die gesamte Weltgeschichte hindurch. Ganz egal, wie zivilisiert wir uns gebärden, von seiner Natur her ist ein Mann dazu gemacht, ein Täter und kein Opfer zu sein. Ich stamme aus einer Offiziersfamilie, mir ist das von klein auf eingebleut worden. Und wer imponiert denn euch Frauen? Ein Kerl, der sich verprügelt am Boden krümmt, oder einer, der sich wehrt?«
Amarna gab keine Antwort. Etwas unter ihren Rippen zuckte.
»Die Männer in Armans Volk sind entwaffnet worden«, sagte Wally. »Sie haben ohne ein Küchenmesser zusehen müssen, wie ihre Frauen und Kinder abgeschlachtet wurden. Tiefer kannst du einen Mann nicht demütigen. Du entmannst ihn damit.«
Amarna war nach Hause gegangen, Herz und Hirn schwer wie Blei. Sie nahm sich vor, sich auf Urartu zu konzentrieren, die Expedition vorzubereiten und Arman die Pistole auf die Brust zu setzen: Du hast versprochen, mit mir an den Masis zu fahren. Halte dein Wort, benimm dich vorbildlich, sei über jeden Vorwurf erhaben.
Zwei Tage später war klar, dass die Expedition warten musste: Mustafa Kemal, der sich *Atatürk,* Vater der Türken, nannte, starb, und der Nachfolger, Ismet Inönü, war nicht einzuschätzen. Er war 1915 Oberst unter Enver Pascha gewesen und galt als Nationalist. Ehe er nicht zumindest sein Gesicht gezeigt hatte, durfte nicht einmal sie von Arman verlangen, dass er in die Türkei fuhr. Zudem hatte dort derzeit keiner einen Kopf

für Grabungslizenzen. Amarna kam es vor, als habe die Lage der Welt sich gegen sie verschworen.

Aber solch ein Denken war Größenwahn. Die Lage der Welt scherte sich nicht um Amarna Artsruni und ihr kleines Leid. Die Lage der Welt scherte sich um gar nichts.

Noch immer räumte Arman seine Zeitungen, die *Times* und den *Standard,* außer Sichtweite, wie Amarna es von ihm verlangt hatte. An diesem Abend jedoch hatte er sie aufgeblättert auf dem Esstisch liegen lassen, und daneben stand seine Kaffeetasse, die er sonst immer ausspülte und ordentlich wegstellte. Es sah aus, als wäre er aus seinem Haus geflüchtet.

Kathy Burgess lachte. »Mr. Artsruni muss krank sein – er benimmt sich ja wie ein normaler Mann!«

Nicht Arman war krank, sondern die Welt. Das Land, in dem Amarna aufgewachsen war.

Der Artikel stand nicht auf der Titelseite, die dem *Remembrance Day* gewidmet war, der Feierstunde zum Gedenken ans Ende des Weltkriegs. Er stand auf Seite vierzehn, ein schlicht aufgemachter Bericht ohne Fotos: *Angriff auf Juden. Deutschlands Synagogen brennen.*

Um den Tod irgendeines Pariser Diplomaten zu rächen, waren Gotteshäuser in Brand gesteckt, Geschäfte verwüstet und Menschen zu Tausenden verschleppt worden. »Juda, verrecke«, hatten die jungen Männer in kurzen Hosen gebrüllt, die sich *Hitlerjugend* nannten und nicht älter als Seb waren. Die Details waren dünn, der Artikel umfasste knapp drei Spalten. Amarna genügte, was sie sah. Armans zerwühlte Zeitung und der erkaltete Kaffeerest, der am Tassenboden angetrocknet war.

Es war Krieg. Der Krieg, den Arman meinte. In Konstantinopel hatte es ähnlich begonnen, mit Berichten, die nur dünn ins Ausland tröpfelten: ein paar armenische Kirchen in Brand gesteckt, eine Anzahl Intellektueller verhaftet, ihre Familien misshandelt. Armans Mutter und seine Schwester waren dabei umgekommen. *Armenia, verrecke.* Arman hatte es keine Sekunde lang vergessen, die Erinnerung lauerte in seinem Blut und hatte dort gewartet: Er würde nicht noch einmal das zerquetschte Insekt sein.

Amarna hatte ihm das, was ihn aufgehalten hätte, nicht geben können. Wenn sie ihn jetzt noch hindern wollte, würde sie ihn entwaffnen müssen.

Sie hatte es getan. Drei Wochen lang hatte sie nach einer anderen Lösung gesucht, doch gestern Abend war der klägliche Rest ihrer Kraft wie eine Blase zerplatzt. Churchill, der frühere Kriegsminister, hatte in der BBC gewarnt, das Münchner Abkommen sei seine Tinte nicht wert, und Hitler bereite seine Wehrmacht darauf vor, den Rest der Tschechoslowakei zu besetzen. Amerika und der Westen Europas dürften ihm nicht zahm entgegentreten, sondern bis an die Zähne bewaffnet. Das Wort *bewaffnet* war Amarnas Signal. Sie war aufgesprungen und aus dem Haus gelaufen.

Noch einmal hatte sie Wally auf den Stufen des Museums abgefangen. »Heute habe ich wirklich keine Zeit«, begann er, aber Amarna schnitt ihm das Wort ab.

»Du bist Offizier der Reserve, du hast die Pflicht, meine Meldung anzuhören. Ihr müsst Armans Untersuchung wiederholen, ehe ihr ihm die *commission* ausstellt. Arman darf nicht fliegen.«

»Ich bitte dich, fang nicht schon wieder damit an. Ich wäre froh, wenn ich nur halb so zäh und gesund wäre wie Arman.«

»Arman ist zäh, aber nicht gesund. Er ist auf dem linken Ohr taub.«

»Zum Kuckuck, beruhige dich.« Wally hatte versucht, sie an den Armen zu packen. »Vor allem komm von diesen Stufen

weg, wo jeder Tom, Dick und Harry dich hören kann. Deine Angst verstehe ich. Seit sie in Deutschland völlig jedes Maß verloren haben, ist zu Arman kein Durchdringen mehr, aber das hier hat doch keinen Sinn. Das Gehör von Rekruten wird getestet, Marnie. Ein Mann, der auf einem Ohr taub ist, darf kein Flugzeug fliegen, weil sein Gleichgewichtssinn gestört ist …«
Wally stockte mitten im Wort. »Sag, dass das nicht wahr ist.«
»Es ist wahr. Er ist zu Boden geschlagen worden und so unglücklich gestürzt, dass das Trommelfell geplatzt ist. An dem Abszess wäre er um ein Haar gestorben, aber er ist ja zäh, also hat er nur das Gehör verloren.«
»Das ist unmöglich – jemand hätte es merken müssen!«
»Bei Arman merkt nie jemand etwas«, sagte Amarna. »Darum kämpft er mit Zähnen und Klauen. Ich wette, diesen Armeeärzten hat er mit seiner reizenden Fragerei Sand in die Augen gestreut, und dabei hat er ihnen vorgeführt, wie er sich mit den Füßen im Nacken kratzen kann.«
»Er kann sich nicht mit den Füßen …«
»Kann er doch. Arman kann mit seinem Körper alles tun, was er will. Er hat ihn so erzogen. Ohne Erbarmen.«
Sehr langsam kam bei Wally an, was das soeben Gehörte bedeutete. »Er riskiert sein Leben«, sagte er heiser. »Und das jedes anderen, der mit ihm fliegt, dazu. Meines zum Beispiel.«
»Nein«, rief Amarna. »Tu das nicht, dreh ihm keinen Strick daraus. Verdammt, er hat sich sein Ohr nicht selbst kaputt geprügelt, und er hat sein Volk nicht selbst ausgelöscht!«
»Aber er hat sich selbst in ein Flugzeug gesetzt.«
»Arman riskiert niemandes Leben«, sagte Amarna. »Er fährt nach einem Glas Wein nicht mal Auto. Wenn eure Leute die ganze Zeit über nichts gemerkt haben, dann, weil er mit einem Ohr fliegt wie andere mit zweien. Ihr dürft ihn nicht dafür bestrafen. Hast du nicht gesagt, ich könne einen Mann nicht tie-

fer demütigen, als ihn zu entwaffnen?« Sie konnte nicht weitersprechen, und sie konnte nicht fassen, was sie getan hatte.
»Ihr seid verrückt, du und Arman«, sagte Wally. »Ich muss jetzt gehen, und ohnehin glaube ich, ich ertrage heute Abend keinen von euch beiden.«
Amarna war ebenfalls gegangen, mit Schritten wie auf Eiern. Als Arman nach Hause kam, wollte er sich zu ihr legen, aber sie behauptete, sie habe Kopfschmerzen. Er schwang sich vom Bett und schloss sein Hemd bis zum Hals. »Früher haben wir uns darüber lustig gemacht, weißt du das noch?«, fragte er und ging. Amarna lag frierend im Bett, starrte auf seine Schulterblätter, über denen das Hemd spannte, und wünschte sich, vier Sprachen und Sex hätten ausgereicht, um ihn zurückzurufen. Ja, sie wusste es noch. Doris hatte ihr erzählt, sie täusche Kopfschmerzen vor, um Dexter im Zaum zu halten. »Das machen alle Frauen, *sugar pie.* Wie willst du bei *Black Beauty* denn sonst mal zur Ruhe kommen?«
Arman steckte gerade tief in ihr, als sie den bemerkenswerten Rat an ihn weitertratschte. Mit seiner staunenden Ernsthaftigkeit, die Amarna zum Prusten reizte, sah er an ihren Körpern hinunter. »Was hat denn dein Kopf damit zu tun, *lajvard?*« Dann hielt er inne. »Ich wünschte, du hättest mir das nicht erzählt. Wenn ich morgen Dexter über den Weg laufe, werde ich knallrot.«
»Bist du jetzt schon, Süßer.« Amarna grub die Hände in seine harten Hinterbacken und drückte ihn noch tiefer in sich hinein. »Du bist das reinste Aspirin, nur leider verschreibungspflichtig. Die arme Doris geht leer aus.«
Gestern Nacht war sie selbst leer ausgegangen. Blicklos starrte sie in den Regen, der sich allmählich zu Schnee verdichtete, und glaubte die Tür zu sehen, durch die ihr Mann verschwunden war. Ich habe auf deinen Rücken gestarrt und mich zum

tausendsten Mal gefragt, warum ein Mann mit so properen Schultern eine so zarte Taille haben darf. Ich hätte aufspringen und dich an diesem Witz von einer Taille zu mir zurückzerren wollen, mit dir unter die Decken kriechen, während der Regen auf unser Dach stürzt, und dich lieben, bis wir wieder wissen, wo wir zu Hause sind. Aber wie könnte ich das? Deine scheue Haut berühren, und zwischen uns liegt mein Verrat?

Sie hatte ihn weggeschickt, um ihn zu schützen. Nicht vor der Kälte der Welt, sondern vor seiner eigenen Frau.

Unter ihren Sohlen spürte sie ihn. Nur ganz leise. Er hatte alle Decken des Hauses isolieren lassen, damit sein Hämmern auf Stein die übrigen Bewohner des einstigen Lagerhauses nicht störte. Das Telefon läutete. Wally aus dem Museum, vermutete sie. Ihre Stimme klang fremd und brüchig, als sie sich meldete.

»Mrs. Artsruni? Sind Sie das? Ich hoffe, Sie sind nicht krank?«

Doch, dachte Amarna, sagte aber nichts.

»Hier spricht Lilly Greenstein. Ich rufe wegen des Kindes an.«

Woher wusste die Ärztin davon? Ging Wally damit hausieren? Im nächsten Atemzug fiel ihr ein, dass Lilly Greenstein nicht ihr Kind meinte, um das sie trauerte, obwohl es nie existiert hatte, sondern ein anderes, fremdes, dem sie einen Platz in ihrem Haus versprochen hatte. Warum hatte sie sich darauf nur eingelassen, was hatte sie sich davon erhofft? Trost? Hatte sie geglaubt, sie könne Armans Kind, dem er einen Hund hatte kaufen wollen, durch ein anderes ersetzen, das mit ihnen gar nichts zu tun hatte?

»Ich wollte Sie fragen, ob Sie mit mir nach Harwich fahren«, sagte Lilly Greenstein. »Die Kinder waren dreißig Stunden unterwegs und müssen am Ende ihrer Kräfte sein. Ein Zug steht zwar bereit, aber ich dachte, es könnte diesen kleinen Menschen helfen, wenn am Kai, beim ersten Schritt auf englischen Boden, jemand sie erwartet.«

Amarna hatte größte Mühe, der Frau zu folgen. »Um was für Kinder geht es? Ich denke, es gibt keine Visa, aus Deutschland kommt niemand ins Land.«

»Wir hatten alle Bürgen angeschrieben«, entgegnete Lilly Greenstein. »Haben Sie denn keinen Brief erhalten?«

»Nein.« Vielleicht hatte sie ihn weggeworfen, in diesen Wochen, in denen ihr Leben ihr entglitten war.

»Nach dem Brennen und Morden, das sie in Deutschland Kristallnacht nennen, haben wir noch einmal auf das Unterhaus eingewirkt«, sagte Lilly Greenstein. »Und da nun endgültig niemand mehr die Augen vor Hitlers Monstrosität verschließen kann, hat die Regierung sich bereit erklärt, die Immigrationsgesetze zu lockern. Kinder, für die wir Bürgen gefunden haben, dürfen einreisen. Mit dem ersten Transport kommen heute zweihundert Jungen und Mädchen zwischen vier und vierzehn Jahren in Harwich an.«

Bis zu diesem Augenblick war Amarna nicht klar gewesen, was die Aktion nach sich zog. Inmitten des Sturms, zu dem ihr Leben geworden war, hatte sie einen Brief von Paul Vollmer aus Berlin erhalten, der sie bat, für das Kind einer Bekannten zu bürgen. Irgendwo in ihrer Umnachtung musste sie geglaubt haben, sie könne dieses Kind zu ihrem machen, zu dem Kind, das sie Arman schenken wollte und das in ihrem Bauch nicht wuchs. Danach hatte sie es vergessen, und jetzt war es auf einmal da. War von seiner Mutter in einen Zug gesetzt worden, um dreißig Stunden durch Europa zu fahren und in der Obhut fremder Leute zu landen.

Ich kann das nicht machen, wollte sie rufen. Dieses Kind braucht einen, der es liebt, und ich liebe nur meines, das gestorben ist, ohne je gelebt zu haben. »Was geschieht mit denen, die niemand abholt?«

»Sie meinen die, für die wir nur Bürgen, aber keine Pflegeeltern haben? Fürs Erste bringen wir sie in einem Ferienlager in Dovercourt Bay unter. Ich habe mir das Gelände angesehen. Es ist nicht schlecht. Nur für den Winter nicht ideal.«

»Sie meinen, es ist nicht geheizt?«

Arman war in einem Lager gewesen, das aus unbeheizten Baracken bestand. In der Kälte einer Gebirgsnacht krümmte man sich zum Schlafen zusammen und erwachte eine Stunde später wieder, an einen steifgefrorenen Toten geschmiegt.

»Wir geben uns alle Mühe«, beteuerte Lilly Greenstein. »Aber die Anlage ist eben für den Sommer eingerichtet. Im Speisesaal ist das Dach nicht dicht. Wir können nur hoffen, dass es aufhört zu schneien.«

»Ich fahre mit Ihnen nach Harwich«, sagte Amarna. »Sagen Sie mir, wo ich hinkommen soll.«

»Ich komme zu Ihnen«, erwiderte Lilly Greenstein. »Mit dem Wagen, der mir zugesagt wurde, gab es nämlich leider ein Problem. Könnten wir wohl Ihren nehmen?«

»Aber ich kann gar nicht fahren!«, rief Amarna.

»Fährt nicht Ihr Mann?«

»Mein Mann kommt nicht mit. Er muss nach Hornchurch auf sein Aerodrom.« Und er hat keine Ahnung, dass ich dabei bin, ihm ein Ei ins Nest zu legen, das nicht seines ist, fügte sie in Gedanken hinzu.

»Oh«, sagte Lilly Greenstein. »Ich verstehe. Das ist schade, aber nicht zu ändern. Könnte dann vielleicht ich Ihren Wagen fahren?«

»Aber mein Mann braucht ihn doch«, fuhr Amarna auf. Dann fing sie sich wieder. »Bleiben Sie am Apparat. Ich gehe ihn fragen.«

Für gewöhnlich ließ Arman die Doppeltür zum Atelier unverriegelt, damit Seb sich hinein- und hinausstehlen konnte. Was er tat, wenn die Tür verschlossen war, wusste Amarna. Sie hätte ihm manchmal gern Einhalt geboten, aber sie hatte sich immer beherrscht.

Jetzt hämmerte sie gegen die Tür. »Arman, mach bitte auf! Ich muss mit dir sprechen.« Vermutlich vergeudete sie ihre Kraft. Er hatte alles getan, um den Schall zu isolieren, er hörte nur auf einem Ohr, und wenn er über dem Stein wütete, hörte er gar nichts. Aber er hörte Amarna.

Er entriegelte die Tür und zog einen Flügel einen Spaltweit auf. Schweiß lief ihm in Strömen über Gesicht und Hals, obwohl die Tore zum Hang hin offen standen und Schneeregen in Wogen hereintrieb. Das Hemd klebte ihm am Bauch, und sein Atem ging schwer. Rehans grünen Pullover trug er um den Hals geknotet.

»Hast du lange gewartet?«

Amarna schüttelte den Kopf. Die Skulptur für das Museum, die aufrecht bis an die Decke gereicht hatte, lag rücklings auf dem Boden, der Leib aus dem seltenen, rot schimmernden Kalktuff noch in den Schlingen der Flaschenzüge. Ihr unfertiges Gesicht hatte etwas von der Sanftmut assyrischer Schutzdämonen besessen, doch von dem Gesicht war jetzt nichts mehr da. Manchmal muss ich das tun, hatte er ihr vor Jahren erzählt. Eine Figur erschaffen, nur um sie gleich darauf kaputt zu schlagen.

Er hätte ihnen nie das Gesicht zerschlagen, dachte Amarna, er hätte nie eine so große, über Monate gewachsene Arbeit dazu verwendet, schon gar nicht eine, auf die das Museum wartete.

»Ist etwas passiert?«

Amarna starrte auf das zerstörte Bildnis, den gefällten Koloss.

»Kann ich den Wagen haben?«, presste sie hervor.

»Den Wagen?«

»Eine Bekannte würde ihn fahren«, murmelte sie. »Jemand vom Museum. Wir müssen für das Museum etwas aus Harwich holen.«

»Warum fragst du mich, ob du etwas, das uns gehört, haben kannst?« Arman ging, um die Schlüssel zu holen, und rieb sich

im Gehen den Schweiß vom Gesicht. »Du brauchst dir für mich auch keine Erklärung abzuringen.«
»Musst du nicht nach Hornchurch?«
»Ich bitte Wally, mich mitzunehmen.«
»Wieso fährt Wally heute nach Hornchurch?« Amarnas Herz begann, hohl und hart zu hämmern.
Er zuckte die Schultern. »Ich fliege meinen letzten Test, und Wally ist mein Kopilot. Mach dir darum keine Gedanken. Zur Not nehme ich ein Taxi.«
Sie hob die Hände, wagte jedoch nicht, sie nach ihm auszustrecken. Geh nicht, bleib bei mir, lass mich dich schützen. Wie konnte sie ihn arglos in die Falle laufen lassen, die sie selbst ihm gegraben hatte? Aber Arman war ein Mann und hatte sein Leben lang auf sich selbst aufgepasst. Am Kai von Harwich hingegen wartete ein Kind, das vielleicht zum ersten Mal ganz allein war. Amarna hatte keine Wahl.
Arman sah ihre verkrampften Hände und trat zurück. »Darf ich dir etwas sagen? Auch wenn es mich nichts angeht?«
»Bitte stell mir nicht solche Fragen!«
»Ich finde, du solltest deinen Vater zu Weihnachten einladen. Ich weiß, er ist all die Jahre nicht gekommen, aber du könntest ihm sagen, dass ich selten da bin und dass unser Haus groß genug ist, um sich aus dem Weg zu gehen. Er bräuchte mich gar nicht zu sehen. Und er könnte Dr. Vollmer mitbringen.«
Amarna stöhnte. »Ich muss gehen«, sagte sie. »Wir reden ein andermal darüber.«
»Ist gut.« Sein Blick war nicht zu deuten. »Hast du noch Kopfschmerzen? Und wenn nicht, darf ich dich dann küssen?«
Etwas in ihr, das vor Angst steinhart war, löste sich und wurde weich. Er nahm ihr Gesicht in die Hände und küsste sie auf den Mund. Als er sie losließ, sagte er nichts mehr, und ehe sie ihn berühren konnte, ging er zurück zu seinem Stein.

# 20

Der Schneeregen, der über die Scheiben strömte, nahm Amarna die Sicht. Lilly Greenstein steuerte Armans schönen, gepflegten Bentley, den er in der Hoffnung gekauft hatte, eine Familie darin herumzukutschieren. Sie würgte ständig den Motor ab, so dass der Wagen ruckte und Sätze vollführte, und jedes Mal kam es Amarna vor, als täte sie Arman damit weh. Sie wurde eindeutig hysterisch. In zwei Stunden würde sie ein Kind, das sie nicht kannte, in ihren Haushalt holen, der nichts davon ahnte. Das Auto war wahrlich ihre geringste Sorge.

»Sie müssen sich wegen der Religion keine Gedanken machen«, sagte Lilly Greenstein.

»Wegen welcher Religion?«

»Die kleine Chaja Löbel, die zu Ihnen kommt, ist nicht religiös erzogen«, erwiderte die Frau. »Ursprünglich war vorgesehen, nur jüdische Pflegeeltern zu akzeptieren, aber wir haben ohnehin zu wenig Freiwillige. Auch von dem Prinzip, nur Eltern mit eigenen Kindern auszuwählen, sind wir abgerückt.«

»Warum nur Eltern mit eigenen Kindern?«

»Weil …« Lilly Greenstein unterbrach sich und würgte den Motor erneut ab. »Ich habe Ihnen noch gar nicht gesagt, wie leid es mir tut, dass Sie Ihr Kind verloren haben. Darf ich Ihnen versichern, dass die meisten meiner Patientinnen, die einmal schwanger waren, es sehr rasch wieder werden? Ein wenig ist es so, als hätte der Körper plötzlich den Bogen raus.«

»Danke«, sagte Amarna. »Weshalb wollten Sie nur Pflegeeltern, die eigene Kinder haben?«

»Nun, sehen Sie«, begann die Ärztin. »Die Kinder, die wir vermitteln, sind ja keine Waisen. Wir hüten sie, um sie eines Tages ihren Eltern zurückzugeben, sei es in einem Deutschland, das wieder bei Sinnen ist, sei es in der Emigration. Für die Pflegeeltern bedeutet das, auf eine Trennung gefasst zu sein.«

»Natürlich«, sagte Amarna. Der Schneefall wurde feiner und hörte schließlich ganz auf. Die grauen Häuser von Harwich reihten sich an winterleere Straßen. Amarna bildete sich ein, das Meer zu riechen. Das Schiff war von der Zufahrtstraße aus sichtbar, weiß und mit hohem Bug, es lag am Parkeston Quay wie ihres damals, als sie in England angekommen waren.

»Sie sind schon da«, sagte Lilly Greenstein.

»Wie, sagten Sie, heißt das Kind?«

»Chaja Löbel. Fünf Jahre alt, eine kleine Berlinerin. Ich dachte, Sie wüssten durch Ihren Bekannten Bescheid.«

Soweit Amarna sich erinnerte, hatte Paul über das Kind nichts geschrieben, als dass seine Mutter Malerin sei und in höchster Gefahr schwebe. Aber sie hatte den Brief ja auch nicht sorgsam gelesen. Angst schnürte ihr die Kehle zu. Angst vor einem Kind von fünf Jahren.

»Wir haben Ihnen Chaja zugeteilt, weil Sie darum gebeten hatten«, sagte Lilly Greenstein. »Aber selbstverständlich lässt sich das ändern. Ich könnte Ihnen Fotos zeigen – vielleicht hätten Sie lieber einen kleinen Jungen?«

»Der Name ist schön«, sagte Amarna.

»Chaja? Es bedeutet Leben.«

»Es bedeutet *was?*«

»Leben«, antwortete Lilly Greenstein und parkte den Wagen. Das Schiff hatte die Gangway bereits heruntergelassen, und davor drängte sich ein Grüppchen Menschen, vorwiegend Frauen, die mit Taschentüchern winkten. Während Amarna und Lilly Greenstein auf das Schiff zuliefen, wurden die ersten Kinder an Land geführt. Amarna sah drei, vier Männer, die sich die kleinen Körper regelrecht zureichten, ohne die Gangway zu verlassen.

»Die Betreuer müssen auf der Stelle zurückreisen«, erklärte Lilly Greenstein. »Wenn nur die geringste Gefahr besteht, dass ein Erwachsener ohne Visum sich einschmuggeln könnte, werden die Transporte eingestellt.«
Amarna achtete nicht länger auf die Betreuer, denn etwas anderes zog ihren Blick auf sich: zwei Kameras. Ein riesiger Scheinwerfer und mehrere Kabelkästen mit dem Schriftzug *British Movietone.* »Huhu, Mrs. Artsruni!«, rief eine Frau, die ihre zimtbraunen Locken in einem Band trug wie Alice im Wunderland. »Helen Carlisle, wir kennen uns ja – wo ist denn Ihr Mann?«
Amarna verharrte mitten im Schritt. »Was soll das?«, fuhr sie Lilly Greenstein an.
»Es tut mir leid«, sagte die Frau. »Ich verstehe ja, dass Sie sich missbraucht fühlen, aber wir haben Publicity bitter nötig. Uns fehlen Pflegeeltern für so viele Kinder, ganz zu schweigen von denen, die in Deutschland noch verzweifelt auf Bürgen warten. Die BBC sendet unseren Aufruf, doch die Wochenschau ist noch einmal ein anderes Kaliber. Und das Traumpaar des jungen Britanniens, das ein Flüchtlingskind in sein hübsches Haus aufnimmt, ist die beste Werbung, die uns passieren kann.«
Amarna fühlte sich tatsächlich missbraucht, aber die Ärztin hatte recht. Auf wen sollte sie Rücksicht nehmen, auf die Gefühle einer verwöhnten Künstlergattin, oder auf einen Haufen entwurzelter Kinder, die in unbeheizten Speisesälen froren? Die Kameras wurden auf sie ausgerichtet, und das Scheinwerferlicht zerschnitt den grauen Tag. Amarna konnte nicht erkennen, was sich vor der Gangway abspielte, sah nur ein Menschenknäuel, um das die Aufnahmeleiterin herumscharwenzelte. »Welches von den Kleinen hat denn das Glück, bei Ihnen ein neues Heim zu finden?«
Chaja Löbel. Chaja bedeutet Leben.

Lilly Greenstein rief den Betreuern etwas zu. Aus einer der blendenden Lichtinseln wurde ein Kind in Amarnas Richtung gereicht. Sie sah es erst deutlich, als einer der Helfer es vor ihr auf dem Pflaster absetzte. Ein anderer brachte Koffer und Rucksack, die neben dem Kind geradezu gigantisch wirkten.
Amarna erschrak. Das Kind war zart, aus den Mantelärmeln ragten knochige Gelenke, und der schief geschnittene Bubikopf war schwarz. Es hielt ein Stofftier an die Brust gedrückt und sah mit riesigen Augen niemanden an. Das fremde Kind war nicht fremd: Auf den ersten Blick wäre es spielend als Armans Tochter durchgegangen.
Und sein Name bedeutete Leben.
Der Wind zerrte am Haar des Kindes und riss alles fort, was Amarna belastet hatte: Armans Prüfung in Hornchurch, ihren Verrat, die ahnungslose Familie und die Kameras von *British Movietone.* Übrig blieb ein schmales, verlassenes, sichtlich frierendes Kind. Bülent hatte Amarna erzählt, wie er Armans Körper aus den zerfetzten Kleidern geschält hatte: »Die Rippen, *sevgilim.* Und die Hüften. Auf den Knochen war die Haut wie Papier, ich hab gedacht, wenn ich die anfasse, platzt sie mir auf.«
Amarna dachte das Gleiche. Auch wenn die Kleider des Kindes nicht in Fetzen hingen.
Im Gegenteil. Das rote Mäntelchen mit den schwarzen Besätzen hatte zweifellos jemand ausgewählt, dem vor Stolz auf seine Tochter die Brust schwoll. So wie Arman, der Kataloge für Kindermoden unter seinen Zeitungen versteckt hatte. Das Kind war fürsorglich eingehüllt worden, um den Hals ein Schal, an den Händen Fäustlinge und an den Füßen pelzgefütterte Stiefel. Koffer und Rucksack waren aus festem Leder, und das Stofftier, das ein handgestricktes Kleidungsstück trug, wirkte abgeliebt, aber teuer. Die Kleine sah aus, wie sie und Arman ihr Kind für eine Reise ausgestattet hätten, nur hätten

sie ihr Kind nie allein auf Reisen geschickt. Und sie hätten ihm kein Pappschild mit einer Nummer um den Hals gehängt, an einer Schnur, die scheuern musste wie Armans Overallkragen. Chaja Löbel aus Berlin war das Kind mit der Nummer 152. Etwas Silbriges glänzte neben der Schnur, eine Kette aus venezianischen Gliedern wie die mit dem Kreuz, die Arman um den Hals trug. Sie hatte seinem Vater gehört, und dass er sie besaß, war ein unerhörter Glücksfall. Armenische Leichen waren gefleddert worden, selbst wenn sie zum Verrotten an Galgen hingen, Zahngold aus Kiefern gebrochen, Finger samt der Ringe abgehackt. Ein Henkersknecht mit einer seltsamen Regung von Gewissen hatte die Kette an sich genommen und sie jemandem gegeben, der sie für Arman aufbewahrte. Er legte sie niemals ab.

An der Kette des Kindes hing ein Davidstern.

»Willkommen in England«, sagte Amarna.

»Ach, stimmt«, sagte Lilly Greenstein. »Sie sprechen ja Deutsch.«

Das Kind sagte nichts. Es klapperte nur mit den Zähnen und hielt sich die Hand vor die Augen, als der Scheinwerfer von *British Movietone* es blendete.

»Ich bring dich hier weg«, sagte Amarna. »Ins Warme. In unserem Haus regnet es nicht.« War es nicht merkwürdig, dass man sich jahrelang ein Kind wünschte, ohne sich nur einmal zu fragen, wie man mit einem umging? Sie musste sich hinabbeugen, um nach der Hand des Kindes zu greifen. Es entwand sich und presste das Stofftier an sich. Ich pass auf dich auf, dachte Amarna. Auch wenn ich noch nicht weiß, wie man das macht.

Auf dem Weg nach London begann es wieder zu schneien. Amarna hatte Chaja auf eine der Rückbänke steigen lassen und neben ihr Platz nehmen wollen, doch als das Mädchen zurückwich, hatte sie sich auf die Bank gegenüber gesetzt. Lilly Greenstein fuhr an und begann, in einem fort zu reden. »London wird dir gefallen, Chaja. Die Artsrunis haben ein schönes Haus, es liegt an einem Kanal und hat einen großen Garten. Einmal in der Woche komme ich dich besuchen. Wenn du willst, bringe ich ein paar kleine Kameraden mit, die mit dir im Zug gefahren sind …«

Das Mädchen verstand sichtlich kein Wort Englisch, aber vermutlich spielte das keine Rolle. Amarna kam es vor, als plappere Lilly vor sich hin, um nicht Chaja, sondern sie beide zu beruhigen. Oder um das Klappern von Chajas Zähnen zu übertönen. Falls man Zähneklappern überhaupt hörte und sich das Geräusch nicht nur einbildete, während man den vibrierenden Kiefern zusah. Gegen das eingebildete Geräusch richtete Lillys Geplapper nichts aus.

Als die Dämmerung einsetzte, begann das Kind zu wimmern. Es krümmte sich vornüber und schlang die Arme um den Körper wie Arman im Schlaf. Instinktiv streckte Amarna die Hand aus. Das Kind schrie auf und versuchte, noch weiter zurückzuweichen.

»Es geht ihr nicht gut«, bemerkte Lilly Greenstein. »Manche dieser Kinder haben Furchtbares hinter sich. Wenn wir uns verschätzt haben und Sie sich überfordert fühlen, scheuen Sie sich bitte nicht, uns das mitzuteilen. Wir können ein anderes Kind für Sie finden, eines, das weniger stark geschädigt ist.«

Dasselbe hatte ihr Vater gesagt, als sie ihm erzählt hatte, dass sie Arman Artsruni heiraten würde: »Warte doch ab, Liebes. Er ist ein bewundernswerter Mann, ohne Frage, aber ich wünschte, du würdest jemanden finden, der weniger stark geschädigt ist.«

»Ich will Chaja«, sagte Amarna. Und damit stand es fest, auch für sie: *Ich will Chaja.*

Sie rührte Arman im Wachzustand nie an, wenn er die Arme um sich schlang, aber sie tat es manchmal, wenn er schlief. Zu der Qual seiner Träume hatte sie keinen Zugang, doch sie wollte ihm zu spüren geben, dass am Gitter seines Gefängnisses jemand rüttelte. Chaja schlief nicht, aber sie war in der Qual eines Traums gefangen. Während der Fahrt stand Amarna auf, setzte sich zu ihr und legte die Arme um sie. Das Kind erstarrte, und das Wimmern erstarb ihm im Hals. Amarna tat, was sie bei ihrem Mann getan hätte, strich ihm über die Stirn, den Kopf bis in den Nacken, beugte sich nieder und berührte mit den Lippen die Ader an der Schläfe. Chaja entspannte sich nicht, und Arman entspannte sich auch nie, aber einmal hatte er sie am Morgen stumm und dankbar umarmt.

Amarna zog Chaja dichter an sich und spürte Nässe, die nicht vom Regen kam.

»Halten Sie an«, sagte sie zu Lilly Greenstein.

»Was ist?«

»Ich muss an den Kofferraum. Halten Sie einfach an.«

Lilly Greenstein fuhr an den Straßenrand. Es war bereits fast dunkel, und in der Vorstadtstraße brannte keine Laterne. Sobald Amarna ausstieg, traf sie das Licht eines Scheinwerfers. Sie schoss herum und sah den Wagen von *British Movietone*, der hinter ihr zum Stehen kam. Fahrig riss sie die Heckklappe auf, zerrte die Versiegelung des Koffers herunter und öffnete ihn. Ein Duft nach Tabak und schwerem Parfüm kam ihr entgegen, und die Kleider waren so, wie Arman sie auch für seine Tochter ausgewählt hätte: Edle Stoffe in klaren Farben, aber zusammengeknäult, als hätte jemand die Habe des Kindes in höchster Eile in den Koffer gestopft.

Hatte die Mutter keine Zeit gehabt, oder war sie eine wie Amarna? Als sie das erste Mal mit Arman verreist war, hatte er ihren Koffer wieder ausgepackt. »Meine Güte, *lajvard*. Wer

soll denn uns in sein Hotel lassen, wenn wir aussehen, als hätten wir in den Kleidern geschlafen?«
Amarna hatte ihn ins Ohr gebissen – »An dir ist ein preußischer Beamter verlorengegangen!« – und ihn fortan ihre Koffer packen lassen. Hatte Chaja keinen Vater, dem jede Knitterfalte im Hemd peinlich war? Über den Vater des Mädchens hatte Paul noch weniger geschrieben als über ihre Mutter. Er hatte gar nichts geschrieben, und Amarna hatte nicht nachgefragt. Jetzt fragte sie sich umso mehr. Sie riss ein Paar Strumpfhosen aus dem Gewirr und warf Kofferdeckel und Heckklappe zu.
»Sagen Sie diesen Filmfritzen, sie sollen abhauen«, blaffte sie Lilly Greenstein an. »Ich lasse sie nicht in mein Haus.«
»Ich habe Ihnen doch zu erklären versucht, wie wichtig die Publicity für uns ist ...«
»Verdammte Scheiße«, sagte Amarna. »Ich bin keine werbewirksame Hälfte eines Traumpaars, sondern eine Irre, die ihrem Mann ein Kind vorlügt, obwohl sie gar nicht schwanger werden kann. Und die ihm als Nächstes einen Fremdling ins Haus schleppt, ohne ihm ein Wort zu sagen. Wollen Sie, dass Ihre Truppe von *British Movietone* das filmt? Ist das die Publicity, die Sie so dringend brauchen?«
»Natürlich nicht.« Lilly Greenstein drehte sich zu ihr um. »Ihr Mann ist schwer misshandelt worden, nicht wahr? Schläge mit Stöcken oder Knüppeln aufs Gesäß und den unteren Rücken, Tritte in den Bauch, in Schritt und Leisten?«
»Zum Teufel, weshalb stellen Sie mir solche Fragen? Ergötzen Sie sich daran?« Zu spät dachte Amarna an Chaja, die sich in ihrem Winkel an der Tür krümmte, als täte das Geschrei ihr weh.
»Ich bin Ärztin«, sagte Lilly Greenstein. »Mich an der Schändung des menschlichen Körpers zu ergötzen, liegt mir fern, und gefragt habe ich, weil ich daran zweifle, dass Sie nicht schwanger werden können. Womöglich werden Sie nur von

Ihrem Mann nicht schwanger. Das wäre bitter, aber es ist bei so schweren Verletzungen des Unterleibs leider nicht auszuschließen.« Sie entriegelte die Wagentür. »Ich sage den Leuten von der Wochenschau, dass sie abfahren sollen.«

Sekundenlang saß Amarna wie erstarrt. Das darf nicht sein, dachte sie. So ungerecht ist nicht einmal das Leben. Dann besann sie sich auf Chaja. Das Mädchen zitterte so heftig, dass die Sitzbank wackelte. Sie musste sie von der durchnässten Strumpfhose befreien, der Gestank erfüllte längst den Wagen. Scheu beschlich sie. Nun mach schon, fuhr sie sich an, wäre sie dein eigenes Kind, müsstest du so etwas ständig tun. Ohne hinzusehen, fasste sie nach der Hüfte des Mädchens. Chaja stieß ein kaum menschliches Fiepen aus und presste sich an die Tür.

»Ich will dir doch nichts tun«, sagte Amarna hilflos. »Dir nur etwas Trockenes anziehen.«

Sie versuchte, die Strumpfhose von den dünnen Beinen zu streifen, doch das Kind brüllte, als würde es verprügelt, boxte und trat nach ihr. Amarna machte weiter, spürte, wie hart sie das knochige Kinderbein umfasste, und kam sich vor wie eine Verbrecherin.

»Lassen Sie das bleiben!« Lilly Greenstein stieg ein und schlug die Tür zu.

»Aber ich will ihr doch nur die Strumpfhose wechseln! Sie ist klatschnass, sie hat sich …«

»Ich weiß, was sie hat, der Geruch ist ja unverkennbar. Außerdem ist es kein Wunder. Lassen Sie sie trotzdem los.«

»Ich kann sie doch nicht in bepinkelten Kleidern weiterfahren lassen!«

»Stellen Sie sich vor, jemand würde sich bei Ihrem Mann dort vergreifen, wo Sie es bei Chaja tun.«

Amarna ließ Chaja los. Augenblicklich floh das Mädchen wieder in seinen Winkel. Nun schön, dachte sie. Ich habe dich noch keine Stunde bei mir und habe schon auf ganzer Linie versagt. Vielleicht ist es ein Segen, dass ich kein Kind bekomme. Ein Segen für das Kind.

Schweigend fuhren sie durch die Stadt. Vor St. Paul's ragte der Weihnachtsbaum auf, trotz des üblen Wetters umringt von Eltern, die ihren Kindern die Lichter zeigten. Zwischen den Säulen am Portal des Museums stand ebenfalls einer, und in den nächsten Tagen würden Arman und Dexter einen auf dem Weg vor ihren Gärten aufstellen. Über dem Uferhang, der zu ihrem Haus führte, parkte ein Lastwagen. Amarna erkannte Dexter, der zwei Arbeitern half, mannshohe, flache Pakete von der Ladefläche zu hieven. Die Laterne über der Haustür war eingeschaltet, und im Lichtkegel standen Bülent und Rehan. Doris und Jordan standen unter einen Regenschirm geduckt an ihrem Zaun.

»Ach, meine Marnie!«, rief Doris. »Danke, danke, danke! Ich weiß gar nicht, wie oft ich danke sagen soll. Ihr seid die besten Nachbarn der Welt, und wenn ich könnte, würde ich euch ein Kind schenken.«

Jordan versetzte ihrer Mutter einen Knuff. »Ich kann ja gehen.«

Amarna hatte sich aus dem Wagen gewunden, und auch Lilly Greenstein war ausgestiegen. Dexter sagte etwas zu dem Arbeiter, mit dem er eines der Pakete die Rampe hinuntergeschleppt hatte, und sie lehnten ihre Last an den Transporter. »Hör nicht hin, was Dee redet«, sagte er zu Amarna. »Du kennst sie doch, du weißt, wie sie's meint. Wir sind einfach dankbar. Dass wir euch so wichtig sind, das geht uns nahe, weißt du?«

»Was ist denn los?«, fragte Amarna, die gern alle aus dem Weg gejagt und Doris' Schirm an sich gebracht hätte, um Chaja unbemerkt ins Haus zu lotsen. Wie es danach weitergehen sollte, wusste sie nicht und fühlte sich zu schwach, um darüber nachzudenken.

»Ach, du weißt es gar nicht?« Dexters Haar und seine Kleider trieften. »Dein Mann hat für euch einen dieser *Anderson Shelter* gekauft – und nicht nur für euch, sondern für uns gleich mit!«

Über seine lächelnden Lippen lief Regenwasser. Amarna hatte ihn immer gemocht, aber in diesem Augenblick gewann sie ihn lieb. »Was ist ein *Anderson Shelter?*«

Dexter wies auf die Pakete, die die Arbeiter vor den zwei Gartentoren stapelten. »Hat Arman dir nichts gesagt? Dann sag ich's dir auch nicht, Marnie, wenn er dich schonen will, fahre ich ihm nicht in die Parade. Ich hätt' meine Dee auch gern geschont, aber du weißt doch, wie sie ist.«

»Ja, weiß ich«, sagte Amarna. »Was ist ein *Anderson Shelter?*«

»Ein Bunker zum Selberbauen.« Dexter klappte sich den Kragen des Staubmantels vors Gesicht. »Am Wochenende graben Arman und ich sie in den Gärten ein, und dann soll der Hitler nur kommen. Ihr zwei, du und Dee, habt Männer, die auf euch aufpassen.«

»Du bist nass, Amarna!«, rief Rehan. »Ganz schrecklich nass, komm in unser Haus!«

Lilly Greenstein schob sich neben Amarna. »Kann ich helfen? Soll ich mit Ihren Familienangehörigen sprechen?«

»Nein«, sagte Amarna und wusste nicht, wozu sie ja gesagt hätte. Vielleicht zu einem, der ihr angeboten hätte: Soll ich Ihr Leben für die nächste halbe Stunde übernehmen? Sie hatte ein zitterndes, nassgepinkeltes Kind im Auto, und in ihrem Garten wurden Bunker installiert. Sie musste verdammt noch mal endlich aufwachen und wie eine Erwachsene handeln!

Kurzerhand ließ sie alle stehen und schob den Kopf in die Dunkelheit des Wagens. »Komm doch zu uns«, sagte sie in einer Tonlage, die deutlich über ihrer gewöhnlichen lag. Das Kind rührte sich nicht. Was blieb ihr zu tun? Sie konnte Chaja nicht im Auto lassen, aber noch weniger konnte sie sich ein weiteres Mal an ihr vergreifen, sie an Armen und Beinen aus ihrer Höhle zerren, während sie schrie wie um ihr Leben.

Lilly Greenstein drängte sich neben ihr in den Türspalt. »Chaja, magst du nicht zu uns nach draußen kommen?«, flötete sie mit der gleichen in die Höhe geschraubten Stimme wie Amarna. »Hier sind lauter nette Leute, die dich kennenlernen wollen.«

Ihr Gequieke hatte keine Wirkung auf Chaja, dafür aber eine unwiderstehliche auf Doris. »Was hast du denn da im Auto, *sugar pie*? Ein Hundchen? Das ist eine gute Idee, das hab ich neulich schon zu Dexter gesagt: Marnie und Arman sollten sich einen Hund anschaffen, dann haben sie was zum Liebhaben.«

Neugierig zwängte sie sich zwischen Amarna und Lilly Greenstein. »*Oh my giddy aunt.*« Sie schlug sich die Hand vor den Mund. »Das ist nicht wahr, oder? Marnie, sag, dass das nicht wahr ist.«

»Was ist nicht wahr?«

»Gesagt haben's ja viele«, murmelte Doris. »So ein Hengst wie *Black Beauty*, dem reicht eine Frau nicht, und da, wo der herkommt, haben die Männer doch alle einen Harem. Aber trotzdem – wenn ich von einem Mann geschworen hätte, der ist treu, dann war's deiner.«

»Sagen Sie mal, was reden Sie denn da?«, unterbrach Lilly Greenstein den Wortschwall.

»Die Kleine.« Stammelnd wies Doris in den Wagen. »Das sieht doch ein Blinder mit dem Krückstock, wessen Kind das ist.«

»Die Kleine ist ein jüdisches Kind aus Berlin, das mit einem Hilfstransport gekommen ist«, sagte Lilly Greenstein. »Die

Artsrunis geben ihr aus purer Nächstenliebe ein Zuhause, und Ihnen wäre ich dankbar, wenn Sie keine Gerüchte in die Welt setzten.«

Amarna sah Chaja an, die reglos an der Tür klebte. Sie reden über uns beide, als wären wir gar nicht vorhanden, dachte sie. Kann ich nicht zu dir kriechen und mich mit dir winzig klein machen?

»Marnie?«, fragte Doris fast bettelnd. »Ist das wahr, habt ihr das Kleine aufgenommen, weil ihr selbst keines habt und nette Leute seid?«

Amarna zog den Kopf aus dem Auto und nickte. Dicht hinter ihrer Stoßstange hielt ein Motorrad mit Beiwagen, wie sie auf dem Aerodrom verwendet wurden, um Menschen und Material von einem Ende des Geländes zum anderen zu schaffen. Arman schwang sich aus dem Sattel, riss sich Kappe und Brille vom Kopf und öffnete das Verdeck des Beiwagens. Blödmann, dachte Amarna sehnsüchtig. Gibt es irgendetwas Gefährliches, Motorisiertes, auf das du deinen formidablen Hintern nicht pflanzen musst?

Aus dem Beiwagen lud er einen Haufen Pakete, die wie Pappschachteln in Schläuchen aussahen, warf sie sich über die Schulter und trat auf sein Haus zu. Amarna wollte in seinem Gesicht lesen, wie es ihm ging, aber der Regen bildete zwischen ihnen einen Vorhang. Sie hätte zu ihm laufen wollen, halt mich fest, denn ich gerate ins Schlingern, doch das durfte sie nicht. Man konnte nicht jemandem ein Bein stellen und dann zu ihm sagen: Hilf mir auf.

Doris, Dexter und einer der Arbeiter umringten ihn mit einem Wortschwall. Amarna fiel auf, dass etwas fehlte. Nicht etwas, sondern jemand: Seb. Armans finster umwölkter Schatten. Lilly Greenstein hatte wieder begonnen, wie eine Gebetsmühle auf Chaja einzureden, und an Amarnas Mantelärmel zupfte jemand. Sie drehte sich um und fand Bülent hinter sich, ohne Schirm, das Wattehaar im Wind gebauscht. »Was ist denn los, *sevgilim?* Das Kindchen im Auto – wer ist das?«

»Ach, Bülent!« Amarna ließ sich ins Türkische fallen wie in ein Versteck, in dem keiner sie erreichen konnte. »Ich habe sie gefunden – so wie du Arman gefunden hast.«

»Verletzt?«

Amarna schüttelte den Kopf. »Ich glaub nicht.«

»Sie muss ins Warme«, sagte Bülent und reckte sich auf die Zehenspitzen. »Arman«, rief er, mit Betonung auf der letzten Silbe, wie kein Engländer es konnte. »Lass das Geschwätz mit den Nachbarn. Deine Frau braucht dich hier.«

Arman zählte drei der Schachteln in Schläuchen ab und gab sie Dexter. Dann trottete er zu ihnen herüber wie ein gefügiger Hund. Statt den Kopf ins Wageninnere zu stecken, sah er durch die Heckscheibe. »Sie will nicht raus?«

»Ich habe alles versucht.« Amarna spreizte die Hände. »Ich weiß nicht mehr, was ich machen soll.«

»Lass sie drinnen.«

»Aber sie friert doch! Sie hat nasse Kleider an, und es ist Winter.«

»Damals war auch Winter.« Unzart stieß Bülent Arman in die Seite. »Hätte ich dich vor meiner Tür liegen lassen sollen, weil ich Besseres zu tun hatte, oder weil du stur wie ein Hackklotz bist?«

Arman sah Bülent an, bis der alte Mann seinen Blick erwiderte. Diese zwei konnten einander mit den Augen umarmen, sie waren zueinander noch zärtlich, wenn Armans Körper keine Berührung ertrug. Wo lernte man das? In einem verrammelten Haus, auf dessen Dach Schnee und Stille drückten, während man betete, dass die Mörder an der Tür vorüberzogen? Bülent hatte Arman behütet. Seinen schmächtigen Körper hatte er als

Barriere vor den seines Findlings gelegt, er hätte ihn nicht preisgegeben, und er würde es auch jetzt nicht tun.
Sehr langsam schüttelte Arman den Kopf. »Du hattest keinen beheizbaren Wagen«, sagte er.
»Die können doch in diese Dinger nicht auch noch Heizungen einbauen.«
»In meines schon«, sagte Arman leise. »Es hat dafür ein Gebläse, es ist für eine Familie gedacht.«
»In wie vielen Wolken hast du eigentlich deinen Kopf?« Flüchtig streifte Bülent über Armans Wange, dann zupfte er an einer der Schachteln in Schläuchen. »Und was schleppst du da schon wieder herum?«
»Gasmasken.«
»Gasmasken, beheizte Autos, Bunker. Was kaufst du als Nächstes? Kommt Krieg?«
»Die Gasmasken habe ich nicht gekauft. Die Regierung gibt an jeden Bewohner des Landes eine aus, und ich habe unsere nur abgeholt. Wir haben aber keine für ...« Er drehte sich nach Amarna um. »Wie heißt das kleine Mädchen?«
»Chaja.«
»Wir haben keine für Chaja«, sagte Arman. »Es gibt ganz kleine in Rot und Blau, die Micky-Mouse-Masken heißen, damit die Kinder sich nicht fürchten. Ich gehe morgen zur Ausgabestelle und sage, dass wir so eine brauchen, auch wenn ich die Micky-Mouse-Maske mehr zum Fürchten finde als diese hier.«
»Arman«, rief Bülent ihn zur Ordnung, »Hör auf zu schwafeln, gib mir Antwort.«
»Ja«, sagte Arman. »Ja, ich glaube, es gibt Krieg.«
»Ich will das nicht«, sagte Bülent. »Ich hatte schon einen, der sich mein Leben zum Verrücktspielen ausgesucht hat. Mein Leben ist nur noch ganz klein, darin hat kein Krieg mehr Platz.«

»Nein«, sagte Arman. »Soll ich dich irgendwo hinbringen, wo er nicht so schnell hinkommt?«
»Soll ich dir ein paar an die Ohren geben, weil du mir dumme Fragen stellst? Ich bin alt, ich tue, was alte Leute tun: den Blödsinn mitmachen, den die Jungen für richtig halten.«
»Dann bleiben wir hier«, sagte Arman, zog sich das Tuch vom Hals und trocknete dem alten Mann die Stirn. »Das letzte Land, in dem ich im Krieg war, hat meinen Namen aus Listen gestrichen, noch ehe es mich totgeschlagen hatte. Dieses schenkt mir eine Gasmaske und lässt mich unterschreiben, dass ich die erhalten habe.«
Bülents Lippen formten ein Wort ohne Stimme, und Armans Lippen gaben Antwort. Dann wandte er sich zum Haus um. »Rehan, bringst du mir Decken? Die dicksten, die du für uns gemacht hast.«
Rehan drehte sich um, lief ins Haus und kehrte mit den Armen voller gewebter Decken zurück. Arman nahm sie ihr ab und trug sie zum Auto. Amarna fühlte sich inzwischen, als fresse sich die Kälte bis auf ihre Knochen durch.
»Guten Abend«, sagte Arman zu Lilly Greenstein. »Es tut mir leid, dass wir Ihnen Umstände machen. Wenn das kleine Mädchen versorgt ist, fahre ich Sie nach Hause.«
»Auf Ihrer Knatterkiste?« Lilly Greenstein lächelte. »Ich fürchte, das ist etwas für wilde Jungen, nicht für gesetzte Damen.«
Arman, der schon die Autotür geöffnet hatte, drehte sich um und wurde rot. »Ich kann Ihnen vorn an der Straße ein Taxi anhalten.«
Lilly Greenstein streckte die Hand nach Armans Schulter aus, doch Arman bog sich seitlich weg und presste sich an die Karosserie des Autos wie Chaja innen an die Tür. »Vielen Dank, Mr. Artsruni«, sagte sie. »Ich denke, das Taxi kann ich selbst anhalten, und Sie sollten jetzt bei Ihrer Familie sein.«

Arman nickte ihr zu, dann ließ er Rehan auf der Fahrerseite einsteigen und öffnete die Tür zu den Rückbänken. Über die Lehne hinweg langte er nach irgendwelchen Schaltern, um den Motor und das Gebläse der Heizung anzuwerfen. Rehan, die auf den Beifahrersitz durchrutschte, gab er eine Decke, ehe er sich Chaja zuwandte. Sein biegsamer Körper blieb an die Tür gedrängt und ließ Chaja so viel Raum wie möglich. »Guten Abend, Chaja«, sagte er auf Englisch. »Das ist Rehan. Sie webt Decken.«

»Ich dachte, Ihr Mann spricht auch Deutsch«, sagte Lilly Greenstein. »Wir sollten ihn wissen lassen, dass Chaja kein Englisch versteht.«

Amarna beachtete sie nicht, sondern starrte ins Innere des Wagens. Rehan beugte sich über die Sitzbank, und Arman begann, Decken um Chaja zu legen, ohne sie zu berühren. Es dauerte eine Weile, ehe Chaja reagierte, doch irgendwann rollte sie sich in der Wärme ein.

Arman wandte sich um. »Amarna«, sagte er. »Bitte steig mit Bülent ein oder geht ins Haus, aber bleibt nicht im Regen stehen.«

Amarna sah Bülent an. Bülent nickte, zog die Fahrertür auf und krabbelte auf den Sitz. Amarna öffnete die hintere Tür, und Arman hielt ihr eine der Decken entgegen. Ich bin so erschöpft, dachte sie. Fang mich auf, auch wenn ich dich verraten habe.

Arman nahm sie in die Arme und hüllte sie ein. Staunend erfasste sie, wie still es in dem Auto war, obgleich fünf Menschen atmeten, die Heizung blies und der Regen aufs Dach prallte. Durch nasse Kleider und Deckenwolle spürte sie Armans Schlüsselbeine, die Rippen und den Herzschlag. Sie wollte den Kopf in die Kuhle zwischen Hals und Schulter betten und war so entkräftet, dass sie es einfach tat. Lange saßen

sie reglos. Chaja blickte mit ihren großen Augen von einem zum anderen.
»Bülent«, raunte Arman, »nimm dir eine von den Decken.«
»Ich bin ein alter Mann«, schimpfte Bülent, »nicht dein Wickelkind.«
Arman beugte sich zu Bülent und schlang eine Decke um ihn. Bülent wehrte sich ein bisschen, weil er es genoss, mit Arman zu balgen, ihm kleine Knüffe und Klapse zu versetzen und das Vertrauen zu genießen, mit dem sein Findling sich ihm überließ.
»Du kannst das Licht anmachen«, sagte Arman. »Und das Radio, wenn du willst.« Er wies auf den Kasten zu Rehans Füßen.
»Was ist das hier? Dein Tanzpalast?«
»Ja, bitte mach Musik!«, rief Rehan.
Arman hängte sich über die Lehne und erklärte Rehan, wie sie den Empfänger anstellen musste. Eine Weile knirschte und rauschte es, dann erklang die schmelzende Stimme von Tony Martin, der *I Hadn't Anyone Till You* sang. Als das Licht anging, entspannte sich Chajas Gesicht. Arman ließ sich zurückgleiten und setzte sich Amarna gegenüber auf die Bank. Gleich darauf stürmte Doris ans Auto und brachte ihnen Ingwerkekse und Tee in zwei Thermoskannen. »Wollt ihr auch Sandwiches, ihr Süßen? Wollt ihr irgendwas? Ihr tut mir so leid, wie ihr hier bei dem Sauwetter im Auto hockt.«
»Ist Dr. Greenstein nach Hause gekommen?«, fragte Arman.
»Dexter hat ihr ein Taxi besorgt.«
»Danke«, sagte Arman.
»Du brauchst dich bei uns nicht zu bedanken«, sagte Doris. »Für nichts. Merk dir das. Und für das, was ich vorhin gesagt hab, sei mir bitte nicht bös.«
»Was hast du denn vorhin gesagt, Doris?«
»Na, dieses dumme Zeug«, murmelte Doris. »Dass das arme Wurm, das ihr bei euch aufnehmt, deine Tochter ist.«

»Bei mir musst du dich dafür nicht entschuldigen«, sagte Arman. »Eher bei Chajas Vater, aber der hat dich ja nicht gehört.«

»Dich gibt's auch nur einmal«, sagte Doris. »Sitzt da mit deiner Sippe in deinem singenden Auto, und unser ewiger Regen kann dich mal. Das eine sag ich dir, wer einem von euch ans Leder will, der kriegt's mit mir zu tun.«

»Ich liebe dich«, sagte Arman.

Doris gab ihm einen Klaps auf die Wange und ging.

Chaja gab keinen Laut mehr von sich, sah ihnen nur unverwandt zu. Als Amarna ihr Tee anbot, wich sie nicht zurück, sondern packte den Becher mit beiden Händen und schüttete das heiße Getränk in sich hinein. Mit ebensolcher Gier aß sie Kekse, verschluckte sich, hustete und aß sofort weiter. Danach rollte sie sich wieder in die Decken. Der Blick der großen Augen wanderte wieder von einem zum andern, bis sie ihr zufielen. Arman schaltete Licht und Radio aus. Als Nächste schlief Rehan ein und dann Bülent.

»Jetzt können wir sie ins Haus bringen«, sagte Arman.

»Aber wie?«

»Du hältst den Schirm, und ich trage einen nach dem andern.«

»Bülent auch?«

»Er wiegt ja nichts.«

»Können wir nicht noch hierbleiben?« Der warme Luftstrom der Heizung hatte ihre Kleider so gut wie getrocknet und wiegte sie in einer Sicherheit, von der sie selbst wusste, wie trügerisch sie war. Sie hatte die Bitte kaum geäußert, da bereute sie sie. Armans Lippen zitterten. »Ach Gott«, sagte Amarna. »Dir ist kalt, und du musst todmüde sein.«

»Wir sollten Chaja etwas Trockenes anziehen.« Arman saß mit gespreizten Beinen und senkte den Blick dazwischen zu Boden.

»Sie ist das Kind einer Bekannten von Paul Vollmer«, sagte Amarna. »Du hast gewusst, dass ich sie aufnehmen will, nicht wahr?«

Arman nickte.

»Woher?«

»Von Wally. Dr. Greenstein hat es ihm erzählt.«

»Bist du mir böse?«

Er hob den Kopf. Sein Blick tat ihr weh. »Wenn du nicht wagst, mir zu erzählen, dass du das Kind einer jüdischen Bekannten aufnehmen willst, hast wohl eher du Grund, mir böse zu sein.«

»Nicht!«, rief sie. »Gib dir nicht auch noch die Schuld.«

»Ich gebe mir gar nichts, ich überlege nur, ob ich sie habe.«

»Hast du nicht. In mir war ein solches Durcheinander, Arman.« Sie strich über sein Haar, und er fuhr zurück. Beide erschraken.

»Es tut mir leid«, sagte er. »Ich glaube, ich bin wirklich müde. Bringen wir die anderen ins Haus?«

Es tat weh, aber schön war es trotzdem. Ihre Familie ins Trockene bringen. Arman trug einen nach dem anderen ins Haus, und Amarna hielt den Schirm über ihn. Bülent wurde wach und zappelte ein bisschen, doch sobald Arman ihn in sein Bett legte, schnarchte er schon in tiefen Zügen. Rehan murmelte im Schlaf, wie sie es immer tat, und rollte sich in ihren Decken zusammen wie ein Tier.

»Wohin bringen wir Chaja?«, fragte Amarna

»Zu uns nach oben?«

Sie stieg hinter ihm die Treppe hinauf, und er lief noch einmal hinunter, um Chajas Gepäck zu holen. Dann betteten sie das schlafende Kind auf Armans Betthälfte und befreiten es aus den Kleidern. Es dauerte lange. Ihr Stofftier hielt Chaja so fest in den Arm geklemmt, dass sie nicht wagten, es ihr zu nehmen.

Ihr Körper war erbärmlich mager, und eine Hüfte war blau verfärbt.
Arman beugte sich über sie, löste die Schnur mit dem Schild von ihrem Hals und zupfte die Kette mit dem Davidstern zurecht. Sein schwarzes Haar fiel ihm über die Stirn, bis es Chajas schwarzes Haar berührte. Amarna hatte sein Gesicht immer zart gefunden, trotz der strengen Schärfe der Konturen, seine Lider wie Perlmutt, die Wangenknochen wie feine Sicheln. Chaja war anders. Ihre Wangen aber beschrieben zart und streng ähnliche Bögen.
Amarnas Herz zog sich zusammen. Wie unter Zwang sah sie an ihm hinunter und glaubte, Lilly Greensteins Stimme zu hören: *Womöglich werden Sie nur von Ihrem Mann nicht schwanger. Das wäre bitter, aber es ist bei so schweren Verletzungen des Unterleibs leider nicht auszuschließen.*
Eine Tochter von ihm hätte aussehen können wie Chaja. Hätte, würde, könnte. Keine erträumte Zukunft mehr, sondern eine Chance, die sie nie gehabt hatten. Sie wollte ihn umarmen, mit ihm schlafen, ihm beweisen, dass er ihr Mann war, an dem ihr nicht das Geringste fehlte. Wenn sie dir das angetan, dir auch das noch genommen haben, sorge ich dafür, dass du es nie erfährst.
Er legte das Nummernschild auf den Bücherstapel neben dem Bett und glättete es, als wäre es von Bedeutung, dass Chaja Löbel das Kind mit der Nummer 152 war. Dann deckte er sie zu und drehte sich um. »Wer kümmert sich morgen um Chaja? Wenn du im Museum bist?«
»O Gott, daran habe ich gar nicht gedacht. Ich werde Wally bitten müssen, mich zu entschuldigen. Dabei hatte ich morgen endlich einen Termin wegen Urartu bei Sir John.«
»Wenn du willst, kümmere ich mich um sie«, bot Arman mit leiser Stimme an. »Die anderen könnten mir helfen. Du müsstest dich nicht sorgen.«

»Ich sorge mich nicht!«, rief Amarna. »Nicht, wenn sie bei dir ist. Aber ich darf dir das nicht aufbürden.«
»Darfst du nicht? Als ich das letzte Mal in meinen Papieren nachgesehen habe, warst du noch meine Frau.«
Sie überwand die Distanz zwischen ihnen und schloss die Hände um seinen Nacken, ehe er ihr entkam. Als sie an den verspannten Muskeln entlangstrich, fiel ihr auf, dass er unter dem grünen Pullover noch seinen Fliegeroverall mit dem scheuernden Kragen trug. Musste er das Ding nicht abgeben wie alles, was die *Air Force* ihm in der Annahme, er sei tauglich, verliehen hatte? Ihre Gedanken jagten kreuz und quer, sie hätte ihm tausend Fragen stellen wollen und hatte doch Angst vor jeder einzelnen. Die, die ihr zuletzt einfiel, schien die ungefährlichste: »Wo ist Seb?«
»Zu Hause, hoffe ich.«
»Du meinst, bei Wallys Eltern?« Amarna war verblüfft. Sebs Zuhause war seit bald einem Jahr dieses Haus, er trottete hinter Arman her wie ein Jünger und machte aus seiner Verachtung für seine eigene Familie keinen Hehl.
»Wenn nicht, ist er bei Oswald Mosleys Leuten«, sagte Arman.
»Wer ist Oswald Mosley?«
Arman befreite sich aus ihrer Umarmung und richtete sich auf. »Der hochadelige Schreihals von der *British Union of Fascists*, der Seb sein hirnabtötendes Gift einträufelt.« Er sah aus, als hätte er Mühe, nicht auf den Boden zu spucken.
»Aber warum ist er denn nicht bei uns?«, rief Amarna. »Ich dachte, du hättest ihn von diesem Faschistenirrsinn wegbekommen.«
»Ich?« Arman ging zur Staffelei, nahm einen Stifthalter und spuckte hinein. »Dazu braucht's einen mit mehr Saft. Wenn nicht einmal ein Kerl wie Wally ihn halten kann, was soll er dann mit mir?«

Es war nicht die ungefährliche Frage gewesen. Vielleicht gab es keine ungefährlichen Fragen mehr. »Arman, der Junge betet dich an. Du strahlst heller als die Sonne für ihn.«

Arman zog die Lippen von den Zähnen. »Dann war das heute wohl eine Sonnenfinsternis.«

Sie hatte das Gefühl, ihr Rückgrat sei aus Gummi und sinke in sich zusammen. »Was ist passiert?«

Er wandte sich ihr zu, ohne eine Miene zu verziehen. »Das, was du wolltest. Der Stützpunkt in High Wycombe hat jemanden geschickt, um meinen Hörtest zu wiederholen, und Seb muss jetzt damit leben, dass er sich an einen Scharlatan gehängt hat, der nicht dazu taugt, für sein Land zu fliegen. Daraufhin ist ihm eingefallen, dass dieses Land ja gar nicht meines ist. Und dass die *Air Force* rassisch minderwertiges Material wie mich überhaupt nicht hätte ausbilden dürfen.«

»Hat er das gesagt?« Sie ging zu ihm, packte ihn, grub die Finger in seine Muskeln. Er wehrte sich nicht, war wie ein Gegenstand in ihren Händen. »Ich will ihn hier nicht mehr haben. Wenn er so von dir denkt, soll er zu seinem Hitler gehen.«

»Aber ich will ihn haben«, sagte Arman. »Er ist ein Kind, er hat keinen Vater, und von seinem Hitler hat er doch gar keine Ahnung. Er will nur, dass einer von uns Schlappschwänzen Stärke zeigt und ihm beibringt, wie Mannsein geht.«

»Und du hast dafür Verständnis? Von allen Menschen du?«

»Ja«, sagte Arman. »Wer sonst?«

»Und warum?«

»Warum wohl? Weil ich dasselbe wollte, als ich das Gesicht voller Pickel hatte. Einen, der aufsteht und alles zerschlägt.«

»Du hattest keine …«

»O doch. Ich war nur nicht so lang und hatte keine schönen goldbraunen Locken.«

Amarna hatte an Seb nie etwas schön gefunden. Seine schweigende, vorwurfsvolle Präsenz war ihr auf die Nerven gegangen, doch heute Nacht wollte sie nur, dass er nicht fehlte und dass ihr Mann nicht noch seinen Verlust verkraften musste.

»Willst du, dass ich mit Seb rede? Ihm erkläre, dass du nichts dafür kannst?«

»Will ich nicht«, fiel er ihr ins Wort und wand sich frei. »Bist du nicht müde?«

»Doch«, sagte Amarna, die vor Müdigkeit zu schwanken glaubte.

»Warum legst du dich nicht zu Chaja und versuchst zu schlafen?«

Der Gedanke war unwiderstehlich. Als zöge das Bett sie mit Armen zu sich. »Und du?«

Er zuckte die Schultern und sah zur Seite. »Ich gehe zu meinem Stein.«

Sie vertrat ihm den Weg. »Sag mir, was dir heute passiert ist.«

»Was soll mir passiert sein?«

»Die Leute von der *Air Force* – haben sie dich …?«

»Was haben sie mich?« Er warf ihr den Blick zu, der sie noch immer schockierte, weil etwas so Schönes nicht so hässlich werden durfte. »Zusammengestaucht, ja. Auf ein Kanonenrohr geschnallt und mit der neunschwänzigen Katze verprügelt, nein. Die *Navy* hat das abgeschafft, noch ehe die *Air Force* gegründet wurde.«

»Arman, hör auf! Ich will nicht, dass du solche Worte benutzt.« Sie wollte auch nicht, dass er solche Blicke benutzte, solchen zu Zorn gehärteten Schmerz.

»Natürlich nicht«, sagte er und senkte den Kopf. »Ich bitte um Entschuldigung.«

»Um Gottes willen, nein. Sei wütend. Ich würde rasen vor Wut, und dir muss ja langsam der Magen platzen.«

»Ist Wütendsein nicht Zeitverschwendung?«, fragte Arman. »Ich glaube, der Krieg kommt schnell.«

»Warum glaubst du das?«

»Weil die *Air Force* mich nicht rausgeschmissen hat.«

»Aber du darfst doch nicht …«

»Nein«, sagte er. »Fliegen, um mein Land zu schützen, darf ich nicht. Aber ich bin ja auch kein richtiger Brite, also hat das wohl seine Berechtigung. Sie haben mich gefragt, ob ich eine Schwadron von Sperrballons befehligen würde.«

»Was ist das?«

Wieder zuckte er die Schultern. »Fesselballons aus dieser Luftschifffabrik in Cardington steigen lassen, um der Flugabwehr zu assistieren. Eine Aufgabe, die man vorzugsweise an Frauen und alte Leute vergibt. Nicht schwer, nicht gefährlich, nicht tödlich. Das schaffe sogar ich.«

Sie hätte ihn zurechtweisen können, ihm an den Kopf werfen, dass Männer in todbringenden Flugzeugen durchaus nicht kostbarer waren als Frauen und alte Leute an nicht tödlichen Ballons. Aber an seinen Kopf, der die Schnauze irgendwann gestrichen voll haben musste, hatte er mehr als genug bekommen, sein Blick war glasig, und sie durfte nicht ewig und drei Tage von ihm fordern, einsichtiger als der Rest seines Geschlechts zu sein. *Du kannst einen Mann nicht tiefer demütigen,* hatte Wally gesagt. *Du entmannst ihn damit.*

Lilly Greensteins Stimme echote dazu: *Das wäre bitter, aber es ist bei so schweren Verletzungen des Unterleibs leider nicht auszuschließen.*

»Ich wollte nicht, dass dir weh getan wird«, sagte sie. »Ich habe es Wally gesagt, weil ich mir anders nicht zu helfen wusste.«

»Das kommt schon hin«, sagte er. »Ich glaube, ich weiß das. Gute Nacht, Amarna.«

»Du wirst das mit den Ballons nicht machen, nicht wahr? Es ist für dich keine Option.«

Er war schon mit einem Schritt aus dem Zimmer und wandte noch einmal den Kopf. »Natürlich werde ich es machen.« Sein Blick glitt über das Bett und blieb an Chajas Gesicht hängen, das bis zur Nase unter der Decke verborgen war. »Eltern aus Deutschland müssen ihre Kinder wie Pakete in die Fremde schicken. Das kommt mir nicht wie ein guter Zeitpunkt vor, um die beleidigte Leberwurst zu spielen.«

Amarna musste Luft holen. Hut ab und eins auf die Schulter, dachte sie. Dich entmannen können wir gar nicht, weder ich noch die *Air Force*, weil du weißt, wie Mannsein geht. Wenn Seb einen Kerl wie dich für einen Schlappschwanz hält, dann hat er noch nie einen Ständer gesehen.

»Kann ich jetzt gehen?«, fragte Arman.

Nein, dachte Amarna, niemals und schon gar nicht in der Nacht.

»Wenn ich nichts für dich tun kann«, sagte sie. »Bitte sag mir, wie es dir geht. Kommst du damit zurecht?«

»Aber ja«, sagte er. »Mir geht es ganz gut. Ich habe nur Kopfschmerzen.«

Das sehe ich, dachte Amarna. Beide Schläfenadern waren angeschwollen und pulsierten. Er ging ohne ein weiteres Wort. Sein Schritt auf der Treppe war leise.

Amarna brauchte mehrere Sekunden, um sich aus der Erstarrung zu reißen und ihm nachzulaufen. »Verdammt, bleib stehen«, rief sie. »Weißt du was, Herr Artsruni? Deine Kopfschmerzen sind mir scheißegal.«

Er drehte sich um, der Blick im Zwielicht des Treppenhauses dunkel. »Weißt du was, *lajvard?* Ich glaube, mir auch.«

# 21

## EVA
## BERLIN. DEZEMBER 1938

Früher einmal hatte einer der Kunstkritiker, die ihr gönnerhaft ein wenig Anerkennung zollten, über sie geschrieben: »Eva Löbel mag Angst in Gesichtern malen, und es fehlt ihr nicht an Beobachtungsgabe. Eva Löbel weiß nur leider nicht, was Angst ist.«

Jetzt wusste sie es. Um das Wesen der Angst zu malen, hätte sie nur einen Spiegel auftreiben und ihr Gesicht betrachten müssen, doch sie wollte ihr Gesicht nicht sehen.

Seit sie erwachsen war, hatte sie sich auf ihre Schönheit verlassen wie auf einen Schutzpanzer. Männer gefielen sich als Ritter, die schönen Frauen Steine aus dem Weg räumten. Wenn Eva die Miete für ihr Turmzimmer nicht hatte zahlen können, hatte sie an die Tür des Vermieters geklopft und gewusst, sie würde davonkommen. Der Mieter des Kellers wurde vor die Tür gesetzt, sie hingegen bekam eine väterliche Ermahnung und eine Flasche Likör mit auf den Weg, und der Mietrückstand wurde nie wieder erwähnt.

Ihre Schönheit hatte ihr Türen geöffnet. Sie hatte sich nie darauf ausruhen wollen, doch die Makellosigkeit ihres Äußeren hatte unter dem Seil, auf dem sie tanzte, ein Fangnetz gebildet. Männer fanden sich durch ihre Schönheit entwaffnet, und nicht selten hatten Eva und Wilma sich vor Lachen ausgeschüttet, wenn wieder ein aufgeblasener Wichtigtuer zum sabbernden Häuflein Anbetung wurde, weil eine schöne Frau ihm Paroli bot.

»Eine wie du sollte wenigstens brav sein, *bijou*«, hatte Wilma gesagt.

»Eine wie ich hat's nicht nötig, brav zu sein.«
»Recht so. Den armen Bürschlein schwillt der Blutdruck, während sie davon träumen, dich übers Knie zu legen.«
Eva hatte die Gedanken der Männer lesen können, das Begehren, das sich in ihnen zusammenbraute und sie aus dem Konzept brachte. Sie hatte sie kneten können wie das Wachs, mit dem sie ihre Modelle machte, und sie hatte daran ihren Spaß gehabt. Die Männer, die sie an dem Abend im November aufgegriffen und auf die Rückbank ihres Wagens geworfen hatten, hatte sie nicht lesen können, denn sie wandten ihr nicht lange genug die Gesichter zu. Sie fassten sie nicht an, wie Männer eine schöne Frau anfassten, weder schüchtern noch lüstern, sondern so wie Packer sich eine Last aufluden, die ihnen gleichgültig oder ein wenig widerlich war.
Ihr Körper war ihr größtes Kapital gewesen, ihr Pfund, mit dem sie nach Belieben wucherte, aber die Männer, die sie in den hinteren Eingang des Gebäudes zerrten, gönnten ihrem Pfund keinen Blick. Es interessierte sie nicht. Damit entmenschten sie sie. Aus der angeschmachteten Traumfrau war ein Paket geworden, das diese Burschen abzuliefern hatten. Damit es leichter zu handhaben war, verschnürten sie es, legten ihm Hand- und Fußfesseln an. In die Zelle stießen sie es so hart, dass es zu Boden stürzte. Einer der Männer, die Reithosen und Stiefel trugen, versetzte dem Paket einen Tritt. Das bin ich, versuchte Eva sich zu sagen, die mit dem Fuß in den Hintern getreten wird, das bin ich. Aber es konnte ja nicht sie sein. Es war das Paket, das der Mann mit seinem Tritt aus der Tür befördern wollte, ehe er sie krachend hinter sich schloss.
In der Zelle gab es nichts. Nur Licht. Nicht das kleinste Möbelstück, um vor dem Licht zu flüchten. Wenn das alles ist, halte ich das aus, versuchte sie sich zu beruhigen, obwohl der Fußtritt etwas in ihr eingerissen hatte, eine Barriere, von der sie

nicht gewusst hatte, dass es sie gab. Auf dem Steinboden konnte man nicht liegen, es war kalt, und das Licht begann in den Augen zu brennen, aber noch immer versicherte sie sich: Ich halte das aus. Ich habe nicht mehr getan, als mein Recht zu fordern, meine Bilder, und ich lasse mich von meinem Recht nicht abbringen. Ihr war flau im Magen, und ihr Herz schlug schnell, doch was Angst ist, wusste sie in dieser langen Nacht noch immer nicht.

Sie lernte es am Morgen, als die Männer wiederkamen. Diese und andere. Immer neue. Was die Männer ihr angetan hatten, würde sie nie einem Menschen erzählen können. Sie hatten Eva Löbel zerschlagen, vernichtet, aus der Liste derer, die sich Mensch nennen durften, gelöscht. Sie kamen jeden Tag. Oder nicht jeden Tag. Was Tag und was Nacht war, wusste Eva nicht länger zu trennen. Was Recht und was Unrecht war, auch nicht. Sie bekannte, was immer sie von ihr verlangten: Ihre Bilder waren Schund, eine Verletzung der Volksseele, sie mussten zerschmettert werden wie die Hände und der Geist, die sie ersonnen hatten. Sie schwor, dass sie und ihre Kollegen Nichtskönner waren, seelisch verweste Zerstörer, sie nannte jeden Namen, den sie kannte, jeden Ort, jede Absicht, sie erfand neue und sprudelte Worte wie Blut aus sich heraus. Was sie, Eva Löbel, ausgemacht hatte, ihr Talent, ihre Träume, die Liebe zu einem Mann, die Sehnsucht nach ihrem Kind, hatte keine Bedeutung mehr. Übrig war nichts als ein Körper, der vor Schmerzen brüllte. Sie hatte keinen Wunsch mehr bis auf einen: Es sollte aufhören. Alles. Nur keinen Körper mehr haben, der etwas fühlte, nur nicht mehr ertragen müssen, dass sie war, was sie war.

Das Wesen der Angst war nackt, ohne Namen und Vergleich. Bei jedem Geräusch erstarrte sie und flehte in die Leere: Lass es nicht mir gelten. Jedem anderen, aber nicht mir. Angst und Schmerz explodierten im Kopf, und daneben hatte kein ande-

res Gefühl mehr Platz. Sie hätte alles verkauft. Jeden Grundsatz, jeden Menschen. Nimm ihn. Nicht mich. Das Wesen der Angst kannte keinen Charakter.
Wenn die Tür dann geöffnet wurde, hieß das, dass sie wiederum vergeblich gefleht hatte. Man würde sie von ihrer Zelle, wo sie mit Fußtritten und Ohrfeigen davonkam, über die Treppe in den vierten Stock schleifen, in ein graugehaltenes Büro, wie es Tausende gab, in dem man einen Pass beantragen, sein Kind ins Geburtenregister eintragen oder eine Versicherungspolice kaufen konnte. Aber in dem grauen Büro wurde nicht mit Versicherungen und Geburtsurkunden gehandelt, sondern nur mit Schmerz. Und mit dem Schmerz war kein Handeln. Worte, mit denen sie ihn zu besänftigen hoffte, zerbarsten in Geschrei. Geschrei war das, was von ihrer Sprache übrig blieb, darin erkennbar nur noch einzelne Worte, die nicht verstanden wurden, sondern gespürt. Eine Platzwunde hieß Platzwunde, weil dabei etwas platzte, und das war ihre eigene Haut. Wenn die Peitsche auf der Haut auftraf, klatschte es, doch die Haut machte beim Platzen kein Geräusch.
Sie wollten von ihr wissen, wo die Flugblätter ihrer Gruppe gelagert waren, und dafür, dass sie es ihnen nicht sagte, verdiente sie Schmerz. Eva hätte ihnen alles gesagt, doch sie konnte es nicht. Es gab ja keine Flugblätter mehr, es gab nicht einmal eine Gruppe, nur ein Häuflein Künstler mit Zugang zu einer Druckerpresse. Sie glaubten ihr nicht. »Sie sind eine Lügnerin.« Weil sie eine Lügnerin war, zeigten sie ihr, wie Schmerz sich steigern ließ.
Sie würde es niemandem erzählen können. Mit keinem menschlichen Wort beschreiben. Das Wesen der Angst war bodenlose Einsamkeit.
»Wilma Duvenage«, hatte sie gekreischt. »Suchen Sie die Papiere im *Babeurre* bei Wilma Duvenage.« Nehmen Sie sie.

Nicht mich. Sie hatte die göttlichste Freundin verraten, die eine Frau je haben konnte, und es ließ sie kalt. Das Wesen der Angst wusste nichts von Freunden, kannte weder Mitleid noch Treue. Als das Geräusch ertönte, mit dem der Bolzen vor der Tür zurückgezogen wurde, erschrak sie und krümmte sich zusammen. Einst war ihr Körper der schützende Panzer gewesen, hinter dem ihre Seele sich verkriechen konnte. Jetzt zählte die Seele nichts mehr, vielleicht gab es gar keine, sondern nur einen Körper, der umhüllte, was am meisten weh tat.

Die Tür wurde aufgezogen. Eva wagte nicht, den Kopf zu heben. Aus den Augenwinkeln sah sie Stiefelspitzen.

»Kleider für dich«, sagte eine der Männerstimmen, die sie nicht voneinander unterscheiden konnte. »Zieh dich an. In einer Viertelstunde holt einer dich ab.«

Das gehörte auch zur Angst: Sich über Befehle nicht zu wundern, sondern sie so hastig wie möglich zu befolgen. Die Kleider waren zum Bündel gerollt. Ein derber Rock, eine Bluse und eine Joppe, wie Hildchen Serner sie trug. Sogar ein Kopftuch, ohne das Martins Mutter nicht aus dem Haus ging. Nicht einmal zu ihren Schweinen. Die Eva, die es nicht mehr gab und die es womöglich nie gegeben hatte, hätte über solche Kleider die Nase gerümpft und gefragt, ob das ihr Kostüm für den Faschingsball bei Reimann sein solle.

Sie zog alles an. Den rauhen Stoff über aufgeschürfte Haut zu streifen, tat so weh, als bohrten sich Nadeln in alle Poren. Dass sie verdreckt war, sich besudelt hatte und zum Himmel stank, war egal. Früher wäre sie ohne Parfüm sowenig zu den Schweinen gegangen wie Hildchen Serner ohne Kopftuch, jetzt stand sie da und wartete in vollgepissten Strümpfen.

Der Mann, der sie abholte, war ein brandenburgischer Bauer. Ein Gerhard Serner im Miniaturformat, die Kappe in die Stirn gezogen und das Halstuch bis an den Mund. Sein Gesicht war verschwommen. Eva sah nicht mehr gut, all das Licht Tag und Nacht hatte ihr die Augen verätzt. Er sagte nichts. Es war der andere, der Wärter, der ihr die Handfessel anlegte und sie aus der Zelle zerrte.

Sie durchquerten den Gang, dann stiegen sie die Treppe ins Erdgeschoss hinauf, wo mit jeder Stufe ihre Schritte schwerer wurden. Der Körper duckte sich vornüber, erwartete Stöße in den Rücken, Schläge in die Kniekehlen, hatte vergessen, dass ihm einst Blicke des Begehrens gefolgt waren. Was der Bauer von ihr wollte, fragte sie sich nicht. Fragen waren für Menschen mit Rückgrat, sie hingegen war eine mit Gallertmasse gefüllte Hülle, die bei jeder Bewegung bibberte.

Durch die Halle im Erdgeschoss fegten Männer mit Hakenkreuzbinden auf den Ärmeln und Akten unter den Armen, Männer, für die dies ein gewöhnlicher Tag war und die keinen Grund hatten, ein graues Büro im vierten Stock zu fürchten. Für Eva gab es nicht länger gewöhnliche Tage. Sie hätte mit jedem dieser Männer getauscht.

Am Fuß der Treppe erlaubte der Wärter ihr, stehen zu bleiben. Statt sie wie sonst vorwärtszustoßen, ließ er sie los und ging allein die Stufen hinauf. Eva starrte ihm nach, den sich bauschenden Hosenbeinen in den hohen Stiefeln. Sie befahl sich, ihm zu folgen, der Bauer stand ja noch neben ihr und würde sie schlagen, wenn sie sich nicht rührte. In ihren Beinen aber kam der Befehl nicht an. Die Beine fühlten sich an wie Halme, die umknicken und zerbrechen würden, wenn sie sie zwang, einen Schritt zu tun.

»Eva.«

Seit Wochen hatte kein Mensch sie mehr bei ihrem Namen genannt. Sie wandte den Kopf. Jäh flammte die alte Gewohnheit auf, sich selbst mit den Augen des Gegenübers zu sehen, der sie früher sooft amüsiert hatte. Heute erschrak sie. Ihre Zunge fuhr über die verschorften Lippen, dann über das geschwollene Zahnfleisch und den scharfen Zacken, der von ihrem Schneidezahn geblieben war. Sie schloss den Mund. Die Augen schloss sie auch, als könnte sie dadurch verhindern, dass der Bauer das Wrack sah, das aus Eva Löbel, dem Sündenfall auf langen Beinen, geworden war.

Der Bauer war Hagen Fidelis.

»Geh vor mir her«, sagte er. »Unauffällig. So, als würde ich dich stoßen.« Als sie keine Anstalten machte, stieß er sie. Eva stolperte vorwärts, nicht die Treppe hinauf, sondern in einen der Gänge, die in den hinteren Teil des Gebäudes führten. Am Ende des Gangs wischte Hagen an Eva vorbei und öffnete die Hintertür. »Ich habe einen Wagen draußen«, raunte er ihr zu. »Sag nichts, steig einfach ein und leg dich hin.«

Der Wagen war Martins nachtblauer Zwölfzylinder. Die hinteren Fenster waren verdunkelt. Eva kroch hinein, ließ sich auf die Rückbank fallen, und Hagen zog eine Decke bis über ihren Kopf. Dann warf er die Tür zu. Kurz darauf fuhr der Wagen an.

Ihr Körper würde nie wieder Liebkosungen spüren, doch die Dunkelheit war zärtlicher als jedes Streicheln. Wärme umfing sie. Angst und Schmerz hatten für Kälte keinen Raum gelassen, jetzt aber spürte sie, wie sehr sie gefroren hatte, und begann unkontrolliert zu zittern. »Auf dem Boden steht eine Thermosflasche mit Tee«, war Hagens Stimme zu vernehmen. »In der Papiertüte sind Butterbrote.«

Beim Gedanken an heißen, gezuckerten Tee und mit Butter bestrichenes Brot verkrampfte sich ihr Magen. Für Hunger schien neben Angst und Schmerz so wenig Raum wie für Kälte, doch vage erinnerte sie sich, dass sie einen Wärter auf Knien angebettelt hatte, ihr einen verschimmelten Kanten Brot zu überlassen, den er vor ihrem Gesicht geschwenkt hatte. Mit schmerzenden Fingern tastete sie nach Thermosflasche und

Tüte, konnte sich aber nicht entscheiden, nach welchem sie zuerst greifen sollte. Als sie sich schließlich für das Brot entschied, konnte sie nicht mehr als zwei Bissen essen, dann wurde ihr übel, und an dem Tee verschluckte sie sich.
»Wenn du dich übergeben musst, halte ich an«, warnte Hagen. »Spuck mir nicht die Polster voll. Ich fahre dich bis nach Wiesbaden und muss in dem Auto dann wieder zurück nach Berlin.«
Eva schluckte, unterdrückte das Würgen. Ihr Magen krampfte. »Wiesbaden«, wiederholte sie. In den Ort fuhren Leute wie ihre Eltern auf Kur oder in die Sommerfrische, während sie nie gewusst hatte, was sie da sollte.
»Dort setze ich dich in den Zug«, sagte Hagen. »In deiner Tasche steckt ein ziemlich guter Pass auf den Namen Sandrine Clermont, Volksschullehrerin aus Paris, die in Berlin einen Deutschkurs absolviert hat. Die Grenzkontrolle musst du allein durchstehen, aus diesem Fenster hänge ich mich nicht auch noch. Hast du das hinter dir, fährst du durch bis Paris.«
»Paris«, wiederholte Eva. Aus den Nebeln in ihrem Kopf schälte sich etwas, eine Erinnerung an blühende Kastanienbäume, die den *Quai de la Tournelle* säumten, an Händler, die auf grünen Holztischen staubbedeckte Bücher feilboten, an hohe Fassaden mit schmiedeeisernen Balkonen, die sich im dunklen Wasser der Seine spiegelten. Sie hatten inmitten der Menschenmenge getanzt, in jeder Drehung einen Kuss, nach jedem Kuss ein Lachen, und in ihre Champagnerkelche tropfte Sommerregen. Die Erinnerung besaß sogar einen Duft, und durch das Glitzern des Regens lächelten graublaue Augen ihr zu, aber es konnte nicht sie gewesen sein, die das erlebt hatte. Es war eine andere, eine, die den Kopf in den Nacken warf, dass das seidige Haar ihr über den Rücken streichelte, eine, deren Körper nichts kannte als Verwöhnen und Schmeicheln.

»Hinten im Wagen liegen ein Koffer und eine Handtasche«, sagte Hagen. »Das Nötigste. Hättest du dich früher entschieden, meinen Rat anzunehmen, hättest du es luxuriöser haben können, doch jetzt heißt es eben, sich zu bescheiden. In der Tasche findest du alle Papiere, die du brauchst, und Geld. Vorerst solltest du damit zurechtkommen, und ich werde tun, was in meiner Macht steht, um mehr zu transferieren. Auf Dauer wirst du dich jedoch auf eigene Füße stellen müssen. Wer heutzutage Geld aus Deutschland herausschafft, erregt Verdacht, und das haben Martin und ich bereits zur Genüge getan. Das Zimmer ist für sechs Monate im Voraus bezahlt. Natürlich nicht im *Hotel Claude Le Jeune.* Die Adresse ist aber gut, und du hast das Bad auf der Etage. Die meisten Emigranten müssen sich mit weit weniger arrangieren.«

»Warum nicht im *Claude Le Jeune?*«, fragte Eva, obwohl nichts von dem, was Hagen sagte, mit ihr zu tun haben konnte.

»Weil die Gefahr zu groß ist, dass dich dort jemand wiedererkennt, so oft wie du Martin in diesen überteuerten Kasten geschleift hast. Ich hoffe, dir ist wenigstens annähernd klar, welches Risiko wir um deinetwillen eingehen. Ich habe dich seit Jahren angefleht, Rücksicht auf Martin zu nehmen, und habe tauben Ohren gepredigt, doch ich hoffe, ich finde wenigstens diesmal Gehör: Verhalte dich unauffällig, lass nirgendwo unsere Namen fallen und tu nichts, das dich mit uns in Verbindung bringen könnte. Dass die Regierung überall Spitzel rekrutiert, ist ein offenes Geheimnis, und Martin ist kein Niemand. Du bist Sandrine Clermont, du kennst in Berlin keinen Menschen, Politik interessiert dich nicht. Ich habe dir geholfen, Eva. Sei so gut und dreh mir daraus keinen Strick.«

Zu Evas Entsetzen löste sich aus ihrer Kehle ein hoher, hysterischer Laut, der ohne Zweifel ein Lachen war. Sie würde nie wieder etwas komisch finden, aber auf einmal erschien die Welt ihr endlos lächerlich. Nahm dieser Mann tatsächlich an, er habe von ihr etwas zu befürchten? Von einem zerschlagenen Wrack, dem beim Trinken der Tee aus dem Mund lief, das nur noch ein Auge öffnen konnte und nicht mehr wusste, wie man aufrecht ging? Hagen drehte sich nicht zu ihr um, doch was er dachte, erriet sie auch so: Jetzt hat sie endgültig den Verstand verloren. Gewarnt habe ich Martin ja immer, aber jetzt muss er mir endlich glauben. Sie lachte weiter. Das Lachen war einfach nicht aufzuhalten in dem verdunkelten Wagen, der die neu erbaute Autobahn entlangglitt. Sowenig wie in der sardischen Morgendämmerung vor Tausenden von Jahren. Hatten die Söhne und Töchter, die ihre Eltern dem Henker übergaben, je wieder aufgehört zu lachen, und würde sie je wieder aufhören?

»Hör auf!«, schrie Hagen.

Eva riss die Arme hoch, presste sich die Hände auf die Ohren und verstummte. In ihrem Kopf dröhnten die Schreie und das Lachen jedoch weiter. Sie ließ die Hände wieder fallen.

»Du könntest dich zumindest fragen, warum ich dir überhaupt helfe«, sagte Hagen.

»Warum hilfst du mir?«, fragte Eva. Lieber hätte sie gefragt: Warum gibst du mir kein Messer, damit ich mir die Kehle durchschneide, oder noch besser, warum tust du es nicht für mich? Mach ein Ende, Hagen. Davon, dass du einen atmenden Kadaver quer durchs Land karrst, wird der Kadaver nicht wieder lebendig, und das willst du doch auch gar nicht. Du willst ihn nicht nur aus Deutschland fortbringen. Du willst ihn aus der Welt haben.

»Ich helfe nicht dir, sondern Martin«, erklärte Hagen. »Weißt du noch, wie du mich gefragt hast, ob er der ist, der wie ein Halbgott aussieht?«

Nein, dachte Eva, ich weiß nichts mehr. Frag eine andere, nicht mich.

»Er war ein halber Gott, und er hätte das Zeug zu einem ganzen gehabt«, sagte Hagen. »Jetzt ist er erloschen und wird vermutlich über saftlose Schmonzetten nicht mehr hinauskommen. Aber fallen lassen kann ich ihn trotzdem nicht. Eine Hoffnung, die so hoch geflogen ist, gibt niemand auf, zumindest niemand in meinem Alter.«
Eva gab keine Antwort. Sie wusste nichts über Hoffnungen und besaß nichts, das sie nicht hätte aufgeben wollen.
»Was für ein Urteil du über ihn fällst, vermag ich mir vorzustellen«, sagte Hagen. »Du und Wilma Duvenage, ihr hattet beim Aburteilen doch immer die Nase vorn. Ich nehme an, über Martin fühlst du dich moralisch erhaben. In deinen Augen ist er ein Feigling, ein Opportunist, und was der Diffamierungen mehr ist. Aber du täuschst dich, meine Teure. Ich hätte Martin eine Frau gewünscht, die durch die hübsche Schale in die Tiefe sieht.«
Deshalb habe ich ihn geliebt, dachte Eva. Weil ich in seiner Tiefe etwas zu sehen glaubte, was kein anderer sah. Und er in meiner. Ob es da war, bei ihm wie bei mir, weiß ich nicht, und es kümmert mich nicht mehr.
»Martin hat mich erpresst«, sagte Hagen. »Deshalb helfe ich dir. Er hat zu mir gesagt: Hol Eva da raus und schaff sie in Sicherheit. Wenn sie sie umbringen, bringen sie mich gleich mit um.«
Eva musste schon wieder lachen. Ach, Martin, dachte sie und kämpfte gegen das Kitzeln in der Kehle. Du und deine erhabenen Plattitüden, die zu deinem Augenaufschlag klangen wie Weisheit, die die Welt bewegt. Du hast ja keine Ahnung, wie es sich anfühlt, umgebracht zu werden. Und wie hart es ist, weiterzuleben, wenn man umgebracht worden ist.
»Er ist dir verfallen«, sagte Hagen.
Aber sicher doch. Martin Serner, Deutschlands sternenäugiger Herzensbrecher, ist einem Weib mit Zahnstummeln im Mund

und eingeschlagener Nase verfallen, das keinem Mann mehr Hintern und Schenkel zeigen kann und älter aussieht als seine Mutter.

»Hätte ich nicht versprochen, mich auf diesen Wahnsinn einzulassen, hätte er sich aufgegeben. Keinen Film mehr gedreht, auch wenn er ohne das Surren der Kameras nicht leben kann.«

Du würdest dich wundern, ohne was alles man leben kann, mein Liebster. Ohne Körper, ohne Würde, ohne Namen. Ohne Erinnerung, ohne Woher und Wohin, ohne Ziel und Traum.

»Denk daran, wenn du in Paris bist«, mahnte Hagen. »Obwohl du sämtliche Warnungen in den Wind geschlagen hast, bekommst du doch noch die Möglichkeit, dir ein neues Leben aufzubauen, weil dieser Mann dich auf eine Weise liebt, die in ein Leinwanddrama gehört, nicht ins wirkliche Leben. Denk daran, ehe du in deiner Ich-Besessenheit alle Vorsicht über den Haufen wirfst. Martin hat dein Leben gerettet. Dafür verdient er wohl, dass du seines schonst.«

Und deines, dachte Eva. Als Hagen sie damals angerufen hatte, hätte sie darauf gewettet, dass die beiden schwul waren. In Wahrheit waren sie mehr als das. Vater und Sohn, Talent und Förderer, Liebhaber im Geist – so wie Hagen Fidelis seinen Martin Serner liebte, hatte nie ein Mensch Eva geliebt, und sie war neidisch darauf. Jetzt mehr denn je. Hagens Liebe hielt alles aus. Hätte er Martin aus der Zelle befreit, es wäre ihm egal gewesen, ob der das Gesicht eines Monsters hatte, Zähne, die nicht mehr zu gebrauchen waren, und getrocknete Pisse an den Beinen. Er hätte ihn umarmt, ihm das verklebte Haar gestreichelt und über sein Leid geweint.

»Die Kleine ist auch in Sicherheit«, sagte Hagen. »Nach der fragt ihr beide nicht viel, was im Grunde bedauerlich ist. Ich war nie scharf auf Vermehrung, ein Akt, in dem Karnickel und Ratten uns spielend übertrumpfen. Ich mache auch keinen

Hehl daraus, dass ich Martin seinerzeit gefragt habe, ob sich das Ärgernis nicht entfernen ließe. Heute aber erscheint mir der Gedanke an ein Kind von ihm geradezu tröstlich. Martins Jahrhunderttalent käme mir weniger verschwendet vor, wenn die Kleine etwas davon erfüllen könnte – wenn auch auf anderem Gebiet.«

Eva fror und zog die Decke fester um sich. Sie hatte geglaubt, ihr könne nur noch die Hülle, aber nichts mehr im Innern weh tun, doch der Schmerz breitete sich in ihr aus wie ein Brand.

»Mit Hilfe deines überraschend findigen Ex-Liebhabers habe ich Martins Tochter angemessen untergebracht«, fuhr Hagen fort. »Unter dem Dach eines weiteren Jahrhunderttalents. Von Kindern verstehe ich nichts, aber Förderung wird sie dort sicher erhalten.«

Der Brand fraß sich in ihre Rippen, verschlang Eva von innen heraus. »Wo ist Chaja?«

»Paul Vollmer hat sich um den Kontakt bemüht, und Wilma Duvenage hat sie an den Zug gebracht, nachdem meine Wenigkeit für die nötigen Papiere gesorgt hatte«, sagte Hagen.

Sie hatten ihr Kind weggeschafft, ohne sie zu fragen, hatten ihr das Recht einer Mutter geraubt. »Wo ist Chaja?«, wiederholte sie.

»In England«, sagte Hagen. »Bei dem Türken, der in Stein haut, was Martin auf Zelluloid hätte stellen können: eine Welt, der ihr Himmel einstürzt. Der Mann ist eines jener Talente, die wir sorgsamer bergen und hätscheln sollten als antike Nadeln im Heuhaufen. Stattdessen verheizen wir sie. Und ein Mann wie ich, dessen Talent in nichts anderem besteht, als Talente zu entdecken, steht mit leeren Händen da.«

Eva erinnerte sich wieder. Wilma hatte gedrängt, sie solle Chaja nach England schicken, doch Eva hatte an nichts als ihre Bil-

der denken können und war kaum fähig gewesen, hinzuhören. Jetzt war sie noch weniger fähig, wurde mit jedem Atemzug schwächer und tauchte zwischen lichten Momenten immer wieder in Schwärze ab. Aber etwas kam bei ihr an: Chaja war in England, und sobald sie die Kraft dazu fand, würde sie sie zu sich zurückholen. Sie hatten ihr alles genommen, ihre Bilder, ihre Schönheit, ihr Leben, doch das Kind, das sie geboren hatte, würde sie sich nicht nehmen lassen.
»Es war das Beste für sie«, sagte Hagen.
Eva schwieg.
»Vielleicht hatte ich insgeheim erwartet, dass du dich bedankst«, sagte er. »Aber das war ja noch nie deine Art.«

# 22

## PARIS. APRIL 1939

Die Kastanien, die die Straßen am Flussufer säumten, standen wieder in Blüte. Daran erkannte Eva, dass die Zeit, die sich endlos um sich selbst zu wälzen schien, tatsächlich verstrich. Als sie im Dezember hier angekommen war, waren die Bäume kahl gewesen, und bis an die schmiedeeisernen Geländer hatte sich Schnee getürmt.
In der Tasche findest du alle Papiere, die du brauchst, hatte Hagen gesagt. Eva hatte auf dem *Gare du Nord* gestanden und in der Tasche gewühlt, ohne sich zu fragen, wonach sie suchte. Ihre geschwollenen Beine wollten sie nicht länger tragen, und der Koffer, der nicht einmal sonderlich groß war, kam ihr vor

wie mit Blei gefüllt. Sechsmal war sie zuvor schon auf diesem Bahnhof angekommen, immer am Arm eines Mannes, nach dem die Frauen die Köpfe drehten, der aber für keine andere Augen hatte als für sie. Damals war ihr nichts daran verwunderlich erschienen. Sein Blick, sein Kuss, sein Verlangen standen ihr zu, so wie das Lachen, das über den Bahnhof hallte, der Champagner, der im Hotelzimmer kalt gestellt war, die Frühlingssonne, die den Fluss vor der *Pont Neuf* wie mit Goldstaub besprenkelt glitzern ließ.

Sie hatte ihren leichten, wollweißen Mantel über dem Arm getragen und hätte sich gern die Schuhe ausgezogen, um barfuß mit ihrem Liebsten zu tanzen. Als sie jetzt zum siebten Mal am *Gare du Nord* ankam, trug sie eine schäbige, zu dünne Joppe, in der sie erbärmlich fror. Die sechs Male zuvor waren Kofferträger herbeigeeilt, um ihr behilflich zu sein, und ein Mitreisender im Abendanzug hatte ihr die Staffelei hinterhergetragen. Beim siebten Mal rührte sich kein Mensch. Eva war unsichtbar geworden, wie sie es Martin einmal erklärt hatte: »Wir huldigen nur der Schönheit. Was wir für hässlich erklären, ist uns keinen Blick wert, und wenn ich es nicht male, bleibt es unsichtbar.«

Sie würde sich selbst nicht malen, sondern unsichtbar bleiben. Auch unhörbar. Vor Anstrengung keuchend, schleppte sie ihren Koffer durch die Menge, ohne dass jemand sie beachtete. Sie aber achtete auf die anderen, all die Menschen, die zusammengehörten, in Paaren, Gruppen, Trauben. Auf einer Plakatwand wurde für den Film *Le Quai de brumes* geworben, Jean Gabin und Michèle Morgan bedachten einander mit verlangenden Blicken, und im Schaukasten der *SNCF* hing das Bild einer Frau, die sechs Kinder im Gänsemarsch in einen Zug dirigierte. Der Mensch war ein Herdentier, kein Einzelgänger, der Pariser schon gar nicht. Wer wollte allein sein in einer Stadt, die dazu einlud, sich bei den Händen zu fassen und von einem Ende zum anderen zu tanzen? Zumindest im Frühling. Als Eva zum siebten Mal ankam, war es Winter, und vor den Toren des *Gare du Nord* fiel Schneeregen. Keine Zeit zum Alleinsein. Allein war nur Eva.

Das Hotel lag nicht auf dem vor Leben sprühenden linken Seine-Ufer, wo Eva sich gefühlt hatte wie auf einem eigens für sie gestalteten Tummelplatz. Es lag auf dem gesetzten, schwerblütigen *Rive Droite,* im ersten *Arrondissement*, wo Menschen morgens zur Arbeit und abends nach Hause eilten und nur selten jemand stehen blieb. Die Straße hieß *rue Bertin Poirée*, und das Hotel war ein schmalbrüstiges, zwischen zwei Bürgerhäuser gequetschtes Gebäude mit Namen *Graindorge.* Die Bezeichnung Hotel war geprahlt, das Etablissement war ein in Mietzimmer aufgeteiltes Wohnhaus mit schmalen Fenstern und schiefgetretenen Treppen. Dennoch hatte Hagen recht: Evas Zimmer war sauber, sie teilte sich das Bad mit nur einem weiteren Mieter, und gewiss mussten zahllose Emigranten sich mit weit weniger arrangieren.

Nur waren die zahllosen Emigranten in ihren schlechteren Arrangements nicht allein. Nicht so allein wie Sandrine Clermont, die es nicht gab und nicht geben konnte: Sandrine Clermont war Lehrerin, ihrem Pass nach in Paris geboren, aber sie sprach nicht mehr Französisch als die paar Brocken, um ein Abendessen zu bestellen oder mit Wilma im *Babeurre* Paris zu spielen.

Das hier war kein Spiel. Es war tödlicher Ernst. Und tödliches Schweigen.

Anfangs war sie über das Alleinsein und das Schweigen froh gewesen. In ihrem Zimmer hing ein Spiegel, der nicht trüb genug war, um die Wahrheit zu verschweigen, und die war in der Düsternis des Zimmers am besten aufgehoben. Ihr Vermieter,

Monsieur Graindorge, sprach kein Wort, das entbehrlich war. Er war so lang, dass er aussah, als falte er sich unter den Türstöcken seines Hauses zusammen, und seine mürrische Miene trug er umher wie ein Rangabzeichen.

Der Mieter, der sich im vierten und obersten Stockwerk Bad und Flur mit Eva teilte, verlangte ihr ebenfalls kein Gespräch ab. Er war schmächtig und ältlich und handelte mit Vögeln, trug sie aus seinem Zimmer, in dem es unentwegt zwitscherte, in Käfigen die Treppe hinunter und stieg irgendwann mit leeren Käfigen wieder hinauf. Die gesamte Etage stank nach Vogelscheiße, doch das störte Eva nicht, solange sie still auf ihrem Bett liegen und lernen konnte, dass es für Angst und Schmerz keinen Grund mehr gab.

Sie lernte es nicht. Die Wunden auf ihrem Körper heilten, doch das Gefühl, gesund zu sein, stellte sich nicht wieder ein. Früher hatte sie über die Teile ihres Körpers kaum nachgedacht, während sie ihr jetzt ohne Unterlass bewusst waren: ein Kopf, in dem anhaltender Schmerz pochte, eine Schulter, die sich nicht drehen ließ, eine Hüfte, die sich steif und eckig bewegte wie die einer alten Frau. Wenn die Kälte durch die Ritzen kroch, kroch ihr der Schmerz in die Glieder wie eine hämische Mahnung: Glaube nur ja nicht, du seist entkommen. Du bist eine Geschlagene und bleibst es auch. Wer dir in dein hässliches Gesicht sieht, weiß Bescheid.

Um die Angst stand es noch ärger. Eva konnte sich hundertmal beschwören, dass das harte Klopfen an der Tür nur die *femme de chambre* ankündigte, die die Brioches und den Kaffee zum Frühstück oder den Teller verkochter *blanquette* zu Mittag brachte. Sie fuhr dennoch zusammen, atmete in kurzen Stößen und presste die Hände auf das rasende Herz. Verkrampft, vornübergebeugt kauerte sie auf dem Bett und rang nach Luft, bis sie sich endlich durchringen konnte, die Tür zu öffnen. In der Zwischenzeit hatte das Mädchen, das so lang und übellaunig, wie es war, Monsieur Graindorges Tochter sein musste, etliche weitere Male an die Tür gehämmert und die Angst damit in immer neue Höhen gepeitscht.

In der Nacht wuchs aus der Angst Entsetzen. Wenn Eva aus dem Wahnsinn ihrer Träume schreckte und ihr Herz ihr den Brustkorb sprengen wollte, wurde aus dem Schrecken, der sich mit Worten eingrenzen ließ, Unaussprechliches. In der Nacht noch mehr als bei Tag hätte sie froh sein müssen, allein zu sein, ungesehen und nicht zu Erklärungen gezwungen. Sie hätte weder Worte noch Berührungen ertragen, und doch wünschte sie sich so verzweifelt einen Menschen, dass sie fürchtete, sie werde im Pyjama aus dem Zimmer laufen, zu dem Alten mit den Vögeln oder zu Monsieur Graindorge, und sie anflehen, es bei ihr auszuhalten.

Dennoch forderte das Leben eine Rückkehr in eine Art von Normalität. Es ließ sich nicht erklären, dass ein Mensch, der keine Identität mehr besaß, keinen normalen Alltag bestehen konnte, sondern es beharrte darauf, dass es Hunger hatte, an die Luft wollte und Beschäftigung brauchte, um abends in den Schlaf zu finden. Kaffee und Gebäck am Morgen sowie die geschmacklosen Mittagsmahlzeiten waren in der Miete für das Zimmer enthalten, und anfangs wurde Evas ausgehungerter Magen daran satt. Sie aß alles auf, kratzte die klumpige Soße aus der Schüssel, auch wenn sie anfangs das meiste wieder erbrach. Nach ein paar Tagen hielt ihr Magen stand, die Ausbuchtungen unter Rippen und Hüftknochen begannen sich aufzufüllen, und ihre Gier verlangte nach mehr.

Nach einem Abendessen. Nach Fleisch, das nicht in Mehlsoße ertrank. Nach der Schärfe von Pfeffer und nach einem Glas Wein, dem wie mit Zitrone gespritzten *Chablis*, den Martin im Restaurant des *Claude Le Jeune* für sie bestellt hatte. Sie hatten sich daran berauscht, aber nie so sehr betrunken, dass der schillernde Glanz des nächtlichen Paris im Nebel verschwamm. Der herbe *Chablis* hatte ihr ebenso Lust bereitet wie der göttliche Mann an ihrer Seite.

Heute wollte sie keine Lust, sondern Vergessen. Sie würde einen schwereren Wein wählen, keine Frische von Zitronen darin, sondern Dunkelheit und Erde. Sie würde nicht ein oder zwei Gläser trinken, sondern so viele, bis sie rücklings aufs Bett fiel und schlief, doch dazu musste sie erst einmal eine Flasche zu kaufen bekommen. Also blieb ihr nichts anderes übrig, als in dem muffigen Bad eine Schüssel mit Wasser zu füllen, sich zu waschen und anzuziehen.

Wenn sie mit Martin nach Paris gefahren war, hatte sie zuvor mit Wilma aus dem Chaos ihrer drei Kleiderschränke einen Armvoll Lieblingsstücke gewählt oder war mit ihr durch die Geschäfte um den Savignyplatz gezogen, um sich etwas Neues zu kaufen.

»In Paris kannst du nicht rumlaufen wie eine Landpomeranze.«

»Ich bin keine Landpomeranze! Ich bin eine Berlinerin.«

»In Paris ist das das Gleiche, *bijou.* Eine *boche*, die sich anzuziehen weiß, ist für einen Pariser wie eine Elefantenkuh, die tanzen kann.«

Sie war eine tanzende Elefantenkuh gewesen, und ihr Elefantentanz hatte in den *salles de danse* entlang des *Quai de la Tournelle* und des *Quai Voltaire* für Furore gesorgt. Jetzt streifte sie dicke Strümpfe über ihre geschwollenen Beine und zog zwei der Hildchen-Serner-Blusen übereinander, teils um nicht zu frieren, teils um ihren Körper vor Blicken abzuschirmen. Das Kopftuch legte sie ebenfalls um. Es passte zur teigigen Haut und zum strohigen Haar. Als Landpomeranze machte sie sich auf den Weg durch Paris, doch ihr erster Ausgang verschreckte sie so sehr, dass sie zurück in ihr abgedunkeltes Zimmer floh. Auf dem zweiten aber entdeckte sie eine winzige *épicerie*, in deren verschmiertem Schaufenster ein Regal mit Weinflaschen stand.

Als sie zum dritten Mal ausging, zwang sie sich, den Laden zu betreten, und kaufte, was ihr Französisch hergab: eine Schachtel Hartkekse, zwei Dosen Fleischkonserven, ein Glas Kirschkompott und eine Halbliterflasche eines schwarzen Weins. Ihr erstes Abendessen. Auf dem Rückweg fiel ihr der abgenadelte Weihnachtsbaum unter dem Vordach einer Kapelle auf. Er war mit verschrumpelten Äpfeln und von Regen durchweichten Oblaten geschmückt. In der Krippe darunter lagen die geschnitzten Figuren durcheinandergeworfen, aber Eva erkannte trotzdem, wie schön sie waren. Die alte Eva, die Schönheit im Gesicht einer Vettel erkannt und auf ihrem Skizzenblock festgehalten hatte.

Das Schnitzwerk war grob, aber klar und markant. Außer Maria, Josef und dem Jesuskind gab es nur noch einen Hirten und einen Engel, alle übrigen Figuren waren Tiere: Ochsen, Schafe, Esel, ein Kamel und ein Affe. Was der in der Krippe zu suchen hatte, wusste sie nicht. Sie wusste nicht einmal, seit wann Weihnachten vorbei war. Aber der Affe war die gelungenste Figur, sein Gesicht feiner gezeichnet als die der Menschen. Spontan steckte sie ihn in die Tasche ihrer Joppe und rannte, bis sie außer Atem beim Hotel ankam. In dieser Nacht schlief sie mit vollem Bauch, ein wenig betäubt vom Wein und mit dem hölzernen Affen in der Faust. Als die Träume sie wachschreckten, umklammerte sie den Affen noch fester und wünschte, sie hätte sich von dem Wein etwas aufgehoben.

Also ging sie am nächsten Tag wieder los und am übernächsten, und als ihr die Fleischkonserven zum Hals heraushingen, wagte sie sich noch ein Stück weiter und fand eine *boulangerie*, wo sie ein zartes Stangenweißbrot und ein Stück Schokoladenkuchen kaufte. Auf dem Rückweg verlief sie sich, geriet auf einen der *boulevards* entlang der Seine und entdeckte die Insel mit der Kathedrale von *Notre-Dame*, vor der sie mit Martin gestanden und sich stolz gefühlt hatte, ein Mensch zu sein. Diese Stadt ragte so unbekümmert in den Himmel, als könne kein Irrsinn von Menschen an ihr rütteln, und ehe Eva es sich versah, liefen ihr Tränen über die Wangen. Sie wusste nicht, wann sie zuletzt geweint hatte, sie erinnerte sich unter den Schlägen der Gestapo an Gebrüll, Rotz und Pisse, aber nicht an Tränen.

Dort, wo sie stehen geblieben war, sprach ein Mann sie an. Seit sie hier wohnte, seit Gott weiß wie vielen Wochen, hatte niemand das Wort an sie gerichtet. Der Mann war ein *bouquiniste,* wie sie sie vom anderen Seine-Ufer her kannte, er hatte auf der Kaimauer seinen Stand aus grünbemaltem Holz und ein paar Stapel Bücher aufgebaut. Sehnsucht zog Eva das Herz zusammen. Wer kein Buch hatte, keine Zeitung, kein geschriebenes Wort, war noch einsamer als einer, der mit niemandem sprach. Kurzerhand kaufte sie dem Mann zwei Bücher ab, Victor Hugos *Die Elenden* und Guy de Maupassants *Bel-Ami,* die sie als Mädchen geliebt hatte.

Daheim in ihrem gesichtslosen Zimmer musste sie feststellen, dass Einsamkeit sich steigern ließ wie Schmerz: Vor ihr lagen die vertrauten Geschichten, die Menschenschicksale, die sie förmlich in die Seiten hineingezogen hatten, doch in der fremden Sprache wiesen sie Eva ab. Sie war ein Gast, der zum Fest nicht mehr geladen war. In der Nacht heulte sie sich in den Schlaf, und am Morgen schmerzte ihr linkes Auge, das sie ihr Matschauge nannte, weil sie damit seit den Schlägen der Gestapo sah wie durch Brei.

Sie hatte bald andere Sorgen. Vielleicht war dies das Geheimnis des Überlebens, dass man nach allem, was einen zur Verzweiflung trieb, bald noch drängendere Sorgen hatte: Ihr Geld ging zur Neige. Und selbst wenn die Zeit ihr wie zäher Teig schien, war es draußen Frühling geworden, und ab Ende Mai war ihr Zimmer nicht mehr bezahlt.

Sie musste etwas unternehmen. Sich auf eigene Füße stellen, wie Hagen es ausgedrückt hatte, sich eine Arbeit suchen. Sandrine Clermont besaß einen Pass, ein Arbeitszeugnis und eine Geburtsurkunde, mehr als sie in Berlin hatte vorzeigen müssen, um eine Stellung als Kellnerin zu ergattern. Damals hatte sie noch mit ihren Pfunden wuchern können: Schönheit, Jugend und Entschlossenheit, sich die Welt zu erobern. Heute hatte sie nichts mehr. Nur einen hölzernen Affen und den Wunsch, das Fenster zu schließen, weil sich die nach Vogelscheiße stinkende Enge besser ertragen ließ als der Duft von blühenden Kastanien. Warum wartete sie nicht einfach, bis sie keinen Wein und kein Weißbrot mehr kaufen konnte, bis Monsieur Graindorge sie auf die Straße setzte und sie auf irgendeine Art verreckte?

Vielleicht weil es nachts noch immer kalt war, weil es qualvoll sein musste, vor Hunger zu sterben, und weil sie nicht aufhören konnte, sich zu schämen. Vielleicht weil der Mensch eben so gemacht war: Wer nicht starb, kämpfte ums Überleben. Ich werde tun, was in meiner Macht steht, um Geld zu transferieren, hatte Hagen gesagt, und unter den Papieren in der Tasche hatte sich eine Karte mit einer Adresse befunden. *Auberge Buvette. rue des Deux-Boules. Nach Lucien fragen.* Dorthin sollte sie sich im Notfall wenden, um Geld und sonstige Hilfe. »Versprechen kann ich dir nichts. Aber zumindest hat man mir diesen Lucien als vertrauenswürdig empfohlen.«

Eva nahm ihren Mut zusammen und fragte den Vogelmann auf der Treppe nach dem Weg. Der hatte eine hohe, zirpende Stimme, als hätte er das Sprechen von seinen Nachtigallen gelernt, und war selbst kein Franzose, eher Italiener oder Portugiese. Der Weg, den er ihr beschrieb, war ein Katzensprung, und nach ihrem Namen fragte er nicht. Eva brach auf. Der Abend war mild, und durch die Straßen hasteten Menschen, auf die irgendwer wartete. Die *rue des Deux-Boules* aber war still und leer. Die wenigen Geschäfte hatten schon geschlossen, und vor dem einzigen Lokal, der *Auberge Buvette,* standen nur zwei Tische.

An einem saßen zwei Männer bei Suppe und Wein, der zweite war leer, und der Sog, der Eva erfasste, war übermächtig: Sie hatte im *Graindorge* bereits ihre übliche Mahlzeit verzehrt, doch der Zwiebelduft der Suppe machte sie hungrig. Sie hatte einen klaren Kopf behalten wollen, doch das Funkeln des Rotweins in den dicken Gläsern weckte den Wunsch nach Trunkenheit. Sie tat am besten daran, für sich zu bleiben, doch das Stimmengewirr aus dem Gasthaus zog sie an wie Sirenengesang.

Ehe sie nachdenken konnte, hatte sie sich an den leeren Tisch gesetzt, und als der *garçon* kam, bestellte sie ein komplettes Abendessen, Suppe, Braten und Dessert und dazu eine Karaffe Tischwein. Der *garçon* war blutjung, gewiss zehn Jahre jünger als sie, und er sah aus wie einer, den Wilma mit Zungenschnalzen einen *poilu ragoûtant* genannt hätte, einen leckeren kleinen Soldaten: vierschrötig, mit braunem, zu Stoppeln geschnittenem Haar, das einen kräftigen Nacken frei ließ. Er servierte Eva ihren Wein, zupfte im Brotkörbchen die karierte Serviette zurecht, und als er sie anlächelte, wurde ihr die Kehle eng.

»Sie sind noch nicht lange hier, *n'est-ce pas?*«

Eva schüttelte den Kopf.

»Kennen Sie noch niemanden in Paris?«

Wieder ein Kopfschütteln.

»Es sind jetzt viele Fremde in der Stadt«, sagte er und legte das Besteck vor sie auf den Tisch. »Und die warmen Abende kom-

men. Da schließt man schnell Freundschaft, bleibt nicht lange allein.«
Drinnen riefen Gäste nach ihm, doch gleich darauf kam er zurück und brachte ihre Suppe, dann ihren Braten mit winzigen Kartoffeln und schließlich ihre *crème brûlée,* goldbraun und mit einem Minzblatt dekoriert. Jedes Mal verweilte er etwas länger als nötig und wechselte ein paar Worte mit ihr. Eva hatte vergessen, dass Essen so gut schmecken konnte. Wenn sie die Scheine, die in der Tasche knisterten, verprasst hatte, würde sie kein Geld mehr haben, und trotzdem bestellte sie noch mehr Wein und hinterher einen Calvados, der ihr den Knoten in der Kehle löste.
»Sie sollten nicht so viel trinken«, sagte der *garçon.*
»Das geht Sie nichts an.«
»Nein«, sagte er, »aber es tut mir leid, wenn eine Dame einen Narren aus sich macht, weil sie sich einsam fühlt. Gegen die Einsamkeit lässt sich ja was tun.«
Er bietet sich mir an, durchfuhr es sie. Was würde er dafür wollen, was verlangte ein ansehnlicher Bursche wie er, der mit abgetakelten Frauen schlief? Eva tastete nach den Geldscheinen. Sie wollte es versuchen – sich diesen Mann kaufen und spüren, dass sie noch am Leben war.
»Sie sind Sandrine, nicht wahr?«
»Ich? Nein …« Dann fiel es ihr ein. »Woher wissen Sie das?«
»Die haben mir ein Bild von Ihnen gezeigt«, sagte er, setzte sich ihr gegenüber und nahm einen Schluck von ihrem Wein. »Ich bin Lucien, ich habe ein Paket für Sie. Es ist schon vor Wochen gebracht worden. Haben Sie Zeit, wollen Sie auf mich warten? Wenn die Gäste weg sind, hole ich es Ihnen.«
Es wurde kühl und rasch dunkel. Lucien trug Evas Wein ins Lokal, stellte ihn auf den Tresen und rückte ihr einen Hocker zurecht. Dabei tätschelte er kurz ihre Hüfte, ein wenig plump,

doch in der Not fraß der Teufel Fliegen. Er brachte ihr noch einen Calvados. Sie war betrunken genug, um an nichts zu denken, nur an diesen jungen Kerl mit seinem Nacken wie ein hübscher Stier, der träge die letzten Gäste bediente, ein paar Gläser abräumte und schließlich die Riegel innen vor die Tür schob.
»Das Paket«, sagte Eva.
»Ich hab's oben.« Er wies zur Zimmerdecke.
Sie nickte, rutschte vom Hocker und tastete dabei nach dem Geld in ihrer Tasche. Weil sie auf die falsche Seite fasste, erwischte sie das hölzerne Tier aus der Krippe. Chaja liebte Affen, sie hatte in den Zoo immer ihren Block mitgenommen, um welche zu zeichnen. Im selben Augenblick sah sie das Plakat an der Wand. Es setzte sich aus zwei Fotografien zusammen, in der oberen Hälfte das Bild einer Galerie und in der unteren eine Skulptur, die ihren Herzschlag stocken ließ. »Was ist das?«
Lucien zuckte die Schultern. »Mein Cousin hängt so was hier auf. Der hat's mit Kunst, kennt einen Haufen Maler, Dichter und so.«
Eva starrte auf das Bild der Skulptur. An ihre Steinriesen hatte sie nie mehr denken wollen, an den Schmerz in ihren Gesichtern, den sie damals nur hatte erahnen können, an ihre Körper, über die die Raupe walzte. Jetzt sah sie einen ihrer Brüder, der sich mit aufgerissenem Leib am Boden krümmte, und sah ihre eigene Qual, die sie nicht aussprechen konnte. Das Gesicht des Gequälten war ausgelöscht, doch die Augen stierten durch die Zerstörung hindurch, nicht fähig zu fassen, was ihnen angetan worden war. Den leeren Armstumpf reckte er vergeblich. Die Hand war abgehackt.
»Wo hat dein Cousin das her?«
»Steht doch da.« Lucien wies auf den Schriftzug, den Eva übersehen hatte. *New Burlington Galleries. London.* Der Name war ihr vertraut: Die renommierte Londoner Galerie hatte eine

Ausstellung zusammengebracht, um gegen Hitlers Vorgehen zu protestieren. *Banned German Art – Verbotene deutsche Kunst.* Wie viele ihrer Kollegen hatte auch Eva einen verzweifelten Brief geschrieben, um in Erfahrung zu bringen, ob eines ihrer Bilder dorthin gerettet worden war, hatte jedoch keine Antwort erhalten.

Nicht meine Bilder sind in London gelandet, blitzte es durch die Nebelschwaden in ihrem Kopf. Aber mein Kind. Der Mann, der es hat, der Türke, der das sardonische Lachen der untergehenden Welt einfängt, stellt jetzt dort aus. Ich muss ihn finden. Ich muss nach London und mir mein Kind wiederholen.

Noch immer starrte sie auf das Bild der Skulptur, das ihr wie ein Spiegel vorkam. Sie konnte den Blick nicht lösen, und den Jungen, der an ihrem Ärmel zupfte, hätte sie am liebsten abgeschüttelt wie ein Insekt. »Dein Bruder war in London?«

»Mein Cousin«, stellte Lucien richtig. »Michel. In London war der nicht. Der kennt einen Haufen Leute in Künstlerkreisen, die sind alle wild auf das Zeug von diesem Engländer. Die wollen das hierher zu uns holen. *Galerie Linossier*, sagt dir das was? Die kümmern sich darum.«

Eva nickte. Die Galerie lag auf dem *Quai Voltaire*, nicht weit vom *Hotel Claude Le Jeune*. Sie hatte dort mit Martin eine Kubisten-Ausstellung besucht, damals, als sie an der Welt der Kunst noch teilhatte, als sie noch jedes Werk mit ihrem eigenen verglich.

»Gefällt dir das?«, fragte Lucien.

Eva gab keine Antwort. Sie wünschte sich, die Skulptur zu berühren, auf die Wunden im Stein ihre Finger zu legen.

»Für mich ist das nichts«, sagte Lucien. »So was Kaputtes will ich nicht sehen, die beschissene Welt ist mir kaputt genug.«

»Entartet?«, fuhr Eva auf.

Verständnislos glotzte der Junge sie an. »*Pardon?*«

Eva riss sich zusammen. »Vergiss es. Mir ist gesagt worden, du könnest mir bei ein paar Sachen behilflich sein.«
Er nickte. *»Bien sûr.«*
»Ich müsste einen Brief nach Deutschland schicken. Nicht auf dem üblichen Weg, sondern so, dass er auf keinen Fall geöffnet wird.« Sie würde Wilma schreiben und sie zwingen, ihr die Wahrheit zu sagen: Hast du Chaja wie ein Stück Fracht verschickt, hast du mein Kind dem Türken geschenkt, ohne mich zu fragen, habe ich nicht einmal mehr als Mutter noch ein Recht?
»Ich weiß schon«, sagte Lucien. »Gib mir den Brief, ich hab Erfahrung damit.«
»Ich muss ihn erst schreiben.«
»Dann bring ihn her, wenn du ihn geschrieben hast. Willst du, dass wir jetzt das Paket holen?«
Er wies zur Hintertür, und sie folgte ihm. Die enge Stiege führte hinauf zu seiner Wohnung, die nur aus einem Zimmer und einem Abtritt bestand. Den größten Teil des Raums nahm das Bett ein, das wie der Junge selbst recht sauber wirkte.
»Setz dich doch hin.«
Sie setzte sich auf die Bettkante, und er setzte sich neben sie, legte den Arm um sie und begann, ihre Taille und ihre Hüfte zu streicheln, nicht die steife Hüfte, sondern die andere, die nur ein paar Schläge mit der Peitsche abbekommen hatte. Als seine Hand darüberstrich, begannen die verheilten Striemen zu brennen, so dass sie durch den Stoff hätte nachzeichnen können, wo jede einzelne saß. Eva erstarrte. »Das Paket«, stieß sie hervor.
»Gleich. Hat doch Zeit.« Er begann, an ihren Kleidern zu nesteln, die Bluse aus dem Rock zu zupfen, den Rockbund zu öffnen, mit feuchten Fingern nach dem Strumpfhalter zu tasten.
»Erst das Paket.« Fast kreischte sie es.
Seufzend stand er auf und ging zum Waschtisch beim Fenster. Das Paket lehnte darunter an der Wand. Als er sich danach

bückte, sah sie die kräftigen, eindeutig männlichen Schenkel und den Hintern, und im blassen Licht kam es ihr vor, als trüge er bauschige Reithosen und hohe Schaftstiefel. Ihr wurde übel. Sie konnte ihm nicht ihren Körper ausliefern, wenn er sie noch einmal berührte, würde sie schreien oder fliehen.

Aber ich will es doch. Ich bin doch noch eine junge Frau, ich will tun, was junge Frauen im Frühling tun, nicht von Schergen in Stiefeln träumen, sondern von hübschen Jungen in Pariser Dachzimmern. Ich will mich noch einmal fühlen, wie eine Frau sich fühlt, mich auf einem Bett räkeln, begehrt werden von einem Mann. Früher habe ich darauf bestanden, das Licht anzulassen, damit keine schöne Linie verschwendet war, heute kann ich es ausmachen und mir einbilden, die Verwüstung wäre kaum zu sehen.

Sie wollte es. Und sie ertrug es nicht. Sie wollte in den Armen eines Mannes liegen, sich gegen Angst und Einsamkeit von ihm lieben lassen und wusste doch, dass sie keinem Mann mehr erlauben durfte, sie anzufassen. Sie würde schreien. Ihre Haut würde in Flammen stehen, und sie würde den Verstand verlieren.

Er brachte ihr das Paket. Als er sich wieder neben sie setzen wollte, rückte sie von ihm ab. »Nicht.«

»Ich dachte, du fühlst dich allein.« Er zog ein gekränktes Gesicht. »Aber mir soll's recht sein. Wer nicht will, der hat schon.«

Eva sah in das Paket. Es war ein dicker, bräunlicher Umschlag, vollgestopft mit Banknoten. Französischen Francs. Dass er geöffnet worden war, sah ein Blinder. Der Junge hatte sich auf den Rand des Bettes gesetzt und streckte scheu noch einmal den Arm nach ihr aus. Eva rückte noch weiter ab und wühlte in den knisternden Scheinen nach einem Brief.

»Ist das alles?«, fragte sie. Sie hatte mit einem Mann schlafen wollen und hatte versagt. Sie würde nie wieder mit einem Mann schlafen. Verzweifelt hoffte sie auf die kleinste Nachricht, sogar auf ein paar zynische Zeilen von Hagen, einen Beweis, dass noch jemand sie kannte, dass sie nicht völlig ausgelöscht war. Dass jemand sich erinnerte, wer sie war. Hätte nicht Wilma ihr schreiben müssen, ihr zu erklären versuchen, was mit ihrem Kind geschehen war?

»Ich brauch auch meinen Anteil«, murmelte der Junge. »Was dein Liebhaber, oder wer immer er ist, zahlt, reicht hinten und vorne nicht. Was wir hier machen, ist gefährlich, und wir helfen einer Menge Leuten, die weniger haben als du. Michel tut's für die Sache, der ist ein Idealist, aber was ist mit mir?«

»Das ist schon in Ordnung.« Eva zog sich den Gürtel am Rockbund so eng, dass er ihr ins Fleisch schnitt. »Ich muss jetzt gehen.« Ihr graute davor, allein durch die Nacht zu streifen, sie war müde und fühlte sich elend, doch alles andere wäre schlimmer gewesen. »Wenn es dir recht ist, bringe ich in den nächsten Tagen den Brief.«

*»Bien sûr.«*

Auf schwachen Beinen stand sie auf und ging zur Tür.

»Du«, rief er leise. »Sandrine. Stimmt was nicht mit dir?«

Evas Mund wurde trocken. Sie trat von einem Fuß auf den andern wie als Kind vor ihrem Vater und konnte nichts dagegen tun. Auch nichts sagen. Kein Wort.

»Ist ja nicht schlimm«, versuchte er, sie zu trösten. »Mit vielen, denen wir helfen, stimmt was nicht, da ist so mancher am Arsch. Komm ruhig trotzdem wieder. Freitags ist Michel da, der bringt oft Leute von der Galerie mit.«

Eva nickte, schob ihren Umschlag unter die Jacke und floh die Treppe hinunter. Draußen verlief sie sich, irrte durch leere Straßen und landete wieder am Fluss. Die beiden Türme der Kathedrale auf der *Île* ragten in die Nacht. Jetzt war sie endgültig allein. Wie stellten es die an, die sich Jahr um Jahr hier ins

Wasser stürzten? Eva beneidete sie. Ein Sprung, und die Qual wäre vorbei. Wovor hatte sie Angst? Vor dem Tod, vor der Kälte, davor, morgen nicht aufzuwachen?

Wozu sollte sie aufwachen? Sie würde kein Bild mehr malen, es gab keinen Menschen mehr, der auf sie wartete, und nicht einmal einen, dessen Berührung sie ertrug.

Doch.

Einen gab es.

Sie starrte in das schwarze Flusswasser, schob die kalten Hände in die Taschen und ertastete den Affen. Wenn man diesen Fluss entlangfuhr, kam man irgendwann ans Meer, an den Ärmelkanal, und konnte nach England übersetzen.

In England war Chaja.

Eva wollte nicht sterben. Sie wollte nach England fahren und sich zurückholen, was sie ihr genommen hatten. Nicht Martins Tochter, sondern ihre. Der einzige Mensch, der noch wissen würde, wer sie war.

# 23

## AMARNA
## LONDON. 1939

Im Januar hatte es so heftig geschneit, dass die neu errichteten Bunker im Schnee verschwanden. Wegen des Unwetters kam Arman nicht nach Stanmore Park, wo das Ballon-Kommando der *Air Force* stationiert war, und sein Training wurde unterbrochen. Stattdessen stand er mit Dexter am Gartenweg und schippte Schnee, hatte rote Wangen und trug eine komische Pudelmütze, die Doris ihm gekauft hatte, »weil er gesagt hat, ihm frieren die Ohren ab«. Als er Chaja in der Tür stehen sah, watete er durch kniehohen Schnee zum Haus, zog ihr die Stiefel und den roten Mantel an und setzte sie sich auf die Schultern.

Menschen können das ganz von selbst, wunderte sich Amarna. Ihr Vater hatte sie sich auf die Schultern gesetzt, um sie durch übles Wetter zu tragen, aber niemand hatte es je mit Arman getan. Sie stand mit Doris am Fenster, sah dem Getümmel im Schnee zu und dachte: Lass es immer schneien.

Im Februar kam Seb zurück. Er sprach nicht mit Arman, war jedoch nicht fähig, ihn aus den Augen zu lassen, sondern drückte sich in seiner Nähe herum, gezwungen, ihm beim Zeichnen zuzusehen, und wie gebannt von Armans Weigerung, um ihn zu buhlen.

»Meinetwegen kommt er nicht«, sagte Arman.

»Doch, das tut er. Was glaubst du denn, wer ihn hierher zurücklockt? Die arme Jordan etwa?«

»Rehan«, sagte Arman.

»Aber Rehan ist doch …«

Erschrocken brach sie ab, und ihre Blicke trafen sich. »Sie ist schön, oder nicht?«

»Natürlich. Aber sie ist zehn Jahre älter als er, und im Innern …« Wieder brach sie ab. Sie ist ein Kindchen, hatte Bülent gesagt.

»Sie sieht in ihm keinen Mann, aber das hält ihn nicht davon ab, in ihr eine Frau zu sehen«, sagte Arman.

»Kann sie das? In einem Mann einen Mann sehen?«

»Ich weiß es nicht«, sagte er traurig. »Ich wünsche ihr, dass sie es kann. Sie weiß nicht einmal, wie blödsinnig glücklich es macht, sich einen Kuss zu wünschen und ihn zu bekommen.«

Er hatte den grauen Wollmantel, der zu seiner Uniform gehörte, übergeworfen und war gegangen, und sie hätte ihn zurückrufen wollen, weil er zu viele Küsse, die er sich wünschte, nicht bekam. Kurz darauf schmolz der Schnee.

Im März hatten die Nazis das getan, was Chamberlain für unmöglich erklärt hatte: Sie hatten die tschechoslowakische Republik annektiert. Hitler schlief im Hradschin. Der Rest der Welt wünschte ihm gute Nacht.

»Der ist wie ein Hund«, sagte Dexter. »Gib dem einen ordentlichen Knochen, und er geht dir nicht an die Käseplatte.«

»Solchen Blödsinn kann auch nur einer von sich geben, der schon zu lange keinen Hund mehr im Haus hat«, versetzte Doris. »So blöd war meine Betsy nicht. Die hat den Knochen in ihr Versteck geschleppt und sich dann über den Käse hergemacht.«

Trotz des Sinnierens über Hunde feierten die Bewohner der Häuser am Kanal eine Party: Wenn ihm der Appetit nach Krieg stand, würde Hitler nach Osten gehen, nicht nach Westen. Nur Chaja und Arman feierten nicht mit. Chaja weinte die Nächte durch und schlief am Tag vor Erschöpfung, und Arman war auf einem Lehrgang. Als er wiederkam, ging er, noch in Uniform, ins Atelier, legte den Riegel vor und zerhackte mit dem Bossentreiber, was seine Hände geschaffen hatten. Er konnte unmöglich etwas hören, aber er hörte Chaja, die an der Tür rüttelte. Er ließ sie ein und legte den Riegel wieder vor.

Im April wurde Amarna vor die Direktion des Museums bestellt: John Forsdyke und seine Flügelmänner, Piers Towneley und Maxwell Clarke. »Wir möchten Sie nicht mit Reden um den heißen Brei aufhalten, Mrs. Artsruni«, sagte Towneley, der mit Wallys Eltern befreundet war. »Es geht um die Skulptur Ihres Mannes.«

»Was ist damit los?« Amarna wusste sehr wohl, was mit der wie lebendig schimmernden Skulptur los war, die von einem Lastwagen des Museums abgeholt worden war, aber sie würde diesen selbstgefälligen Amtsinhabern nicht erlauben, Arman zu demütigen. Er hatte Chaja an sein Spitzeisen gelassen, und zu zweit hatten sie auf die Skulptur eingeschlagen. Amarna hatte es gehasst. Kinder spielten mit Bauklötzen und Plüschtieren, aber sie zertrümmerten nicht den Bauch einer Statue, die mehr als jedes andere von Armans Werken wie ein Mensch aussah. Sie war kurz davor gewesen, Arman zurechtzuweisen, ihm die Verantwortung für das Kind um die Ohren zu hauen, aber sie fand, sie hatte dazu kein Recht.

»Wenn Ihnen die Skulptur nicht gefällt, nehmen wir sie zurück«, sagte sie, ohne eine Ahnung zu haben, wie sie das anstellen sollten. Das Museum hatte ein Vermögen bezahlt, und Arman gab es aus, um das Haus zu sichern, als stünde Hitlers Armee in London, nicht in Prag.

»Darum, dass sie uns nicht gefällt, geht es nicht, meine Liebe«, sagte Towneley. »Sondern darum, dass wir uns leider nicht in der Lage sehen, sie auszustellen.«

»Warum nicht?«

»Warum nicht«, echote Sir John, obgleich offensichtlich Towneley zum Sprecher ernannt worden war. »Weil wir für eine erhabene Männerfigur bezahlt haben, die als Symbol für ein siegesgewisses Europa präsentiert werden sollte. Bekommen haben wir einen todwunden Menschenwurm, der sich in Qualen windet. In seinem eigenen Dreck, nehme ich an, sofern die Gedärme, die aus der Wunde hängen, das noch hergeben.«

»Wegen Ihrer erhabenen Männlichkeit wenden Sie sich an Arno Breker«, rief Amarna, blind vor Wut. »Hitlers Lieblingsbildhauer. Vor dem Berliner Olympiastadion können Sie seine schmerzfreien Helden bewundern. Meinem Mann bleiben Sie damit vom Hals. Wenn Ihnen das, was er zu geben hat, nicht taugt, sind vielleicht Arman Artsruni und dieses Museum nicht füreinander geschaffen.«

Amarna holte Atem. Sie hatte Arman selbst packen und zur Vernunft schütteln wollen, ehe er die teuerste Skulptur seiner Laufbahn entstellte, und erst jetzt fiel ihr auf, wie sehr sie sie mochte. Wie sehr sie Arman mochte. Seinen Rücken, der sich nicht brechen ließ.

Maxwell Clarke, der ewig schweigende Dritte, stand auf. »Ich glaube, Sie missverstehen uns«, sagte er. »Das Problem mit der Skulptur liegt nicht in ihrer Qualität. Sie ist nicht schwach, sondern allzu stark, sie zeigt zu deutlich, was wir den Londonern in dieser Krisenzeit ersparen wollen.«

Krieg, dachte Amarna. Arman kann von dem Krieg in sich nicht sprechen, aber wenn er auf Stein einschlägt, kommt Krieg heraus. Arman weiß, wie Krieg sich anfühlt, und Chaja, fünf Jahre alt, weiß es auch. Der Krieg, den wir alle nicht meinen und der uns am Hintern vorbeigehen soll. »Mit Gefallen hat das nichts zu tun«, betonte Clarke. »Bitte sagen Sie das Ihrem Mann.«

Bitte sagen Sie das Ihrem Mann, klatschen Sie es ihm links und rechts ins Gesicht: Mit Gefallen hat das nichts zu tun. Nur mit deinem lästigen Krieg, der uns die Stimmung versaut.

Jetzt stand auch Sir John auf, der für gewöhnlich in seinen ceylonesischen Tee starrte, als dürfe er mit Banalitäten nicht behelligt werden. »Sie gefällt mir«, sagte er. »Das möchte ich festgehalten wissen. Meine Verpflichtung dem Museum gegenüber zwingt mich jedoch, Ihren Mann um Erlaubnis zum Weiterverkauf des Kunstwerks zu bitten, was uns vertraglich untersagt ist.«

»Wir erstatten Ihnen die Kosten zurück«, rief Amarna.

Sir John beachtete sie nicht. »Zudem ist es anderswo besser aufgehoben«, sagte er. »Wenn auf dieses Museum Bomben fallen, hätte ich nicht gern etwas Unwiederbringliches hier.«

Im Mai reiste Hitler nach Italien und unterzeichnete mit Mussolini einen Freundschaftspakt, der militärische Hilfe einschloss. *Pakt des Blutes* nannte ihn Hitler, *Pakt aus Stahl* der subtilere Duce. Mit windstiller, schweißtreibender Hitze und leuchtendem Himmel begann, einen Monat zu früh, der Sommer.

Im Juni war Arman mehr in Stanmore Park als zu Hause, doch an manchen der goldenen Abende kam er, wenn sie alle auf der Terrasse saßen, blieb am Uferhang stehen und sah minutenlang stumm auf sie herab. »He, *Black Beauty*«, rief Doris. »Übst du für dein nächstes Leben als Säulenheiliger?«

Arman kam den Hang herunter, die Uniformjacke bedeckt mit Hundehaaren und unter jedem Arm einen Terrierwelpen. Den weißen setzte er Doris in den Schoß und den schwarzen Chaja. Augenblicklich hob ein Gejohle an, als hätte keiner von ihnen je einen Hund gesehen, Begeisterung über rosige Zungen, weiche Ohren, viel zu große Pfoten. Selbst Seb und Jordan, sonst darauf bedacht, sich erhaben und erwachsen zu geben, betrugen sich wie Kinder. Chaja aber teilte ihr Geschenk nicht, sondern drückte den kleinen Hund an sich wie ihren Affen aus Stoff.

»Du musst ihr beibringen, dass ein Tier kein Ding zum Spielen ist«, sagte Bülent zu Arman. »So wie ich es dir beigebracht habe.«

»Das kommt schon hin«, sagte Arman. »Sie ist viel kleiner, als ich es war, und hat weniger Kraft. Wenn es ihm zu viel wird, entwischt er.«

»Du Angeber hattest nicht mehr Kraft als ein Halm«, schimpfte Bülent. »Aber Kemals Hirtenhund hast du trotzdem erdrückt.«

»Nur fast«, sagte Arman. »Dann hat er mir in die Nase gebissen.«

»Geschah dir recht.«

»Und ob.«
Doris hatte ihr Gesicht im Fell des Hundes vergraben und schniefte. »Meine Betsy hat mir so gefehlt. Außer dir hat das keiner gemerkt.«
»Außer dir merkt ja auch niemand, wenn bei uns Salz und Mehl fehlen«, sagte Arman.
Kathy Burgess protestierte, aber niemand hörte hin, weil alle durcheinanderalberten. Als sie mitsamt der kleinen Hunde ins Haus umzogen, um das Neun-Uhr-Bulletin der BBC zu hören, das Amarna die Es-ist-noch-immer-kein-Krieg-Nachrichten nannte, hielt sie Arman zurück. »Ich hätte längst mit dir sprechen müssen«, sagte sie. »Es ist wegen des Museums.«
»Ich weiß Bescheid«, sagte er.
»Arman, es tut mir leid. Ich hätte Sir John und die zwei anderen Popanze am liebsten mit den Köpfen zusammengestoßen.«
»Ich dachte, du hättest gern meinen Kopf und den von meiner Skulptur zusammengestoßen.«
»Ja, das auch«, gab sie zu. »Aber ich lieb dich, weil du dich davon nicht schrecken lässt.«
»Ich tue nur so«, sagte er. »In Wirklichkeit will ich mich vor Schreck in einem Loch verkriechen. Kannst du das bitte trotzdem noch einmal zu mir sagen?«
»Was?«
»Dass du mich noch liebst. Wenigstens manchmal.«
»Idiot. Geh und verkriech dich in deinem Bunker.« Sie schlang die Arme um ihn und küsste die klopfende Ader am Hals. »Arman, wenn wir Geldprobleme haben, wenn wir etwas verkaufen müssen – ich will, dass du weißt, mir macht es überhaupt nichts aus.«
»Habe ich nicht versprochen, wir bekommen das hin, auch wenn ich kein idealer Kandidat bin? Ich habe dich gebeten, dich nicht darum zu sorgen.«

»Aber das war, als ich dich belogen habe«, rief sie. »Als du geglaubt hast, wir bekämen ein Kind.«
»Wir haben Chaja«, sagte er. »Wir müssen auf Chaja achtgeben.«
Als die anderen wie die Sektkorken wieder aus dem Haus ploppten, küssten sich Arman und Amarna unter dem glasklaren Sternenhimmel wie blödsinnig glückliche Oberschüler. »Und es regnet nicht mal«, jubelte Doris. »In meinem nächsten Leben bin ich auch verliebt, und in diesem küss ich meinen Hund.«
Japanische Truppen hatten britische Niederlassungen im chinesischen Hafen Tientsin besetzt, doch der Konflikt war glimpflich ausgegangen, mit der Sowjetunion gab es irgendein Gezänk um Worte, und Englands Kricket-Team hatte ein Testspiel gegen die Favoriten von den Westindischen Inseln gewonnen. Es war noch immer kein Krieg, der Sommer fing erst an, und Amarna stellte verblüfft fest, dass in ihr ein Glück wuchs, aller Angst und Sorge, aller Ratlosigkeit zum Trotz.
Die Ratlosigkeit wuchs jedoch ebenfalls. Im Juli kam sie nicht mehr umhin, der Realität ins Auge zu sehen: In den bald acht Monaten, die Chaja bei ihnen lebte, hatte sie kein einziges Wort gesprochen. Amarna nahm sich Urlaub, weil sie mehr Zeit mit ihr verbringen wollte, und genoss die Tage. Sosehr sie sich auch ein Kind gewünscht hatte, sie hatte sich nie für eine mütterliche Frau gehalten, wie sie auch ihren Mann liebte, ohne den Wunsch zu hegen, ihm Schals zu stricken oder Brote zu schmieren. Sie ließ Kathy Burgess für Chaja die Mahlzeiten zubereiten und Arman ihre Kleider bügeln, und doch hatte sie eine geradezu heilige Freude daran, für sie zu sorgen.
Sie bat Arman, Chaja ein Kinderfahrrad zu kaufen, und fuhr mit ihr und dem Hund zum Lido in den *Victoria Park*. Chaja konnte weder radeln noch schwimmen, aber sie lernte schnell, und Amarna machte es Spaß, es ihr beizubringen. Leute, die

ihnen begegneten, lächelten, und Amarna las auf ihrer Stirn, was sie dachten: Mutter und Tochter. Was für ein reizendes Gespann. Der Mann muss platzen vor Stolz.

Sie nahmen ein Picknick mit, und bald fand Chaja Vergnügen daran, aus der Speisekammer zu holen, was ihr schmeckte, und es zu Kathy in die Küche zu tragen. Sie aß mit der gleichen Seligkeit, mit der Arman Zärtlichkeit genoss, schloss die Augen, wenn sie sich ein Solei in den Mund stopfte, und gab einen kleinen Laut des Wohlbehagens von sich. Ihr zuzusehen war ein Geschenk des Himmels. Wenn sie nicht aßen, badeten sie, und wenn sie nicht badeten, lagen sie in der Sonne und schauten sich Bücher an, die sie hinterher in der Leihbücherei austauschten. Drei Bücher auf einmal durfte man mitnehmen, und Chaja wollte jeden Tag neue. Nur Sprechen lernte sie nicht. Kein einziges Wort.

Der Hund tat ihr gut. Noch immer vermied sie jede Berührung mit Menschen, auch wenn die Mitglieder der Familie ihr inzwischen beim Anziehen helfen durften, doch bei dem Hund fiel alle Scheu von ihr ab. Wenn Arman über die Terrasse nach Hause kam, ging er auf die Knie, damit das Tier ihm Hände und Gesicht lecken konnte. Chaja lief dem Hund hinterher und warf sich ebenfalls zu Boden, und Rehan sprang vom Tisch auf, wo sie mit Seb und Jordan gesessen hatte, und kniete sich dazu. Der Hund rollte sich auf den Rücken, sie kraulten ihm zu dritt den Bauch, und wenn ihre Hände sich berührten, zog Chaja ihre nicht fort.

»Willst du deinem Hund keinen Namen geben?«, fragte Amarna. »Der von Doris heißt *Snow White*, vielleicht suchst du etwas aus, das dazu passt?«

Chaja sagte nichts und vergrub die Hand im Hundefell.

»Er könnte Neville heißen«, sagte Rehan, die es liebte, wenn alle um das Radio saßen und Neville Chamberlains honoriger Stimme lauschten. »Neville ist schön.«

»Er gehört Chaja«, sagte Arman. »Solange sie ihm keinen Namen gibt, muss er ohne leben.«
Der Hund musste ohne Namen leben und die Familie ohne ein Wort von Chaja. Das Weinen in der Nacht kannte Amarna von Arman, aber mit Arman konnte sie am Morgen sprechen, konnte ihn in die Arme nehmen und sich vergewissern, dass er wieder bei ihr war, dass das Dunkel ihn freigegeben hatte und ihn nicht länger quälte. Mit Chaja konnte sie nichts davon. Selbst wenn sie im sonnenglitzernden Wasser mit ihr planschte, wenn sie sich Erdbeeren, *scones* und Sahne teilten, wusste sie nie, ob Chaja Nähe spürte oder sich fühlte wie von aller Welt verlassen.
In den schlimmsten Nächten, wenn Arman sich vor Schmerzen krümmte und sie ihm nicht helfen konnte, hatte sie manchmal gedacht: Ich halte das nicht aus. Aber Arman war ein Mann und gut darin, sich selbst zu helfen. Chaja war gerade sechs Jahre alt und auf die Hilfe Fremder angewiesen. Bitte sag es mir doch, wollte Amarna sie anflehen. Sag mir oder irgendeinem von uns, was dir angetan worden ist, bleib in diesem Grauen nicht allein.
Lilly Greenstein kam noch immer allwöchentlich und lobte Amarna in zu hohen Tönen: »Versuchen Sie doch, sich nicht solche Sorgen zu machen. Sie isst gut, das sieht man ihr ja an, und ihr fehlt es an nichts, Sie haben ihr dieses wunderschöne Zimmer eingerichtet, ich wünschte, alle meine Kinder hätten es so gut getroffen.«
»Warum sprechen Sie so mit mir?«, fragte Amarna. »So, als wäre ich Ihre Schülerin, der Sie gut zureden müssen, damit sie brav ihre Hausaufgaben macht?«
Lilly Greenstein stöhnte. »Weil es schwierig ist«, sagte sie. »Viel schwieriger, als wir gedacht haben. Wir haben an die zehntausend Kinder aus Deutschland herausgeholt, wir bräuchten Plätze für die dreifache oder zehnfache Zahl, und

wir haben Angst, dass jeden Augenblick die Transporte eingestellt werden. Viele Kinder sind noch immer in Lagern, und etliche Paare bringen uns Kinder zurück, weil sie mit den Problemen heillos überfordert sind. Heute früh mussten wir eine Zehnjährige von einem Pflegevater wegholen, der sie mit dem Gürtel schlug. Sie macht das Bett nass. Jede Nacht. Die nimmt keiner mehr auf. Wenn ich dann noch fürchten muss, eine Familie wie Ihre zu verlieren, bekomme ich das Gefühl, mir wächst das alles über den Kopf.«

»Sie verlieren uns nicht«, sagte Amarna, auch wenn sie Angst bekam: Hielt ihre Familie das aus, ertrugen sie das schweigende Kind auf Dauer, von dem nichts zurückkam? »Chaja bleibt bei uns.«

Chaja machte ebenfalls ihr Bett nass. Nicht in jeder Nacht, aber in den meisten. Anders als über ihr Schweigen hatte Amarna darauf jedoch keinen Gedanken verschwendet. Sie lud die beschmutzte Wäsche morgens in einen Korb, mit dem Kathy Burgess zur Wäscherei radelte, und zog frische auf. Geld machte vieles leichter, aber es konnte Chaja nicht die Möglichkeit kaufen, mit Menschen Kontakt aufzunehmen. Im Herbst würde sie zur Schule gehen. Was stand einem zarten, schwarzäugigen Fremdling bevor, der stumm inmitten einer Horde sommersprossiger Londoner Kinder stand?

Lilly Greenstein streckte den Arm aus, drückte Amarna kurz an sich und ließ sie wieder los. »Danke«, murmelte sie. »Und bitte glauben Sie mir: Ich würde Chaja nicht bei Ihnen lassen, wenn ich nicht wüsste, dass sie es gut hat. Mein Mitarbeiter wollte heute früh nicht einmal das zehnjährige Mädchen abholen. Prügel mit dem Gürtel habe ich auch bezogen, hat er gesagt, davon stirbt man nicht. Kann denn niemand begreifen, dass diese Kinder erlebt haben, wie man an Prügeln sehr wohl stirbt, dass sie nicht noch tiefer erniedrigt und geängstigt werden dürfen, dass sie sonst ihre Lebenskraft verlieren? Ich habe den Eltern doch mein Wort gegeben. Bei jedem Kind stelle ich mir vor, es sei meines, ich hätte es aus seinem Bett reißen und in einen Zug setzen müssen, damit niemand ihm noch mehr Leid zufügt. Wie kann ich es Leuten überlassen, bei denen es Prügel bekommt, weil es nicht *funktioniert?*«

Amarna schüttelte sich und wünschte, sie hätte Chaja bei sich, die im Garten mit Rehan und dem Hund spielte, hätte sie umarmen und ihr zu verstehen geben dürfen, dass sie nicht zu funktionieren brauchte. Wir funktionieren alle nicht so richtig, hätte sie ihr sagen wollen, in unserem Haus braucht keiner zu fürchten, dass ihm dafür weh getan wird.

»Bitte haben Sie Geduld«, sagte Lilly Greenstein. »In Chajas Papieren steht nichts von Verhaltensauffälligkeiten, sie wird als lebhaftes, aufgewecktes Kind geschildert. Vielleicht ist ihr Verstummen ja der Sprachenvielfalt in Ihrem Haus geschuldet? Warum versuchen Sie nicht, diese Fülle eine Zeitlang einzuschränken, um es ihr leichter zu machen?«

»Mein Schwiegervater spricht nur Türkisch«, sagte Amarna. »Und meine Schwägerin nur Armenisch und Englisch, um die Fülle kommen wir also nicht herum.«

Lilly Greenstein blickte interessiert auf. »Bemerkenswert. Und wie verständigen Sie sich?«

Amarna überlegte. »Ich weiß es nicht«, gestand sie. »Wir tun es eben. Von Rehan hört man nie ein türkisches Wort, aber irgendwie versteht sie, was Bülent sagt.«

»Dann werden Sie auch mit Chaja einen Weg finden«, sagte Lilly Greenstein. »Sie schließt sich sehr an Ihren Mann an, nicht wahr? Sagen Sie ihm, er soll Deutsch mit ihr sprechen, das mag helfen.«

Amarna beschloss, mit Arman zu sprechen, sobald er am Freitag nach Hause kam. Inzwischen war es so heiß, dass die Sonne den Asphalt schmolz und man mit der Schuhsohle daran kleben blieb. An der Straße hielt das Eiscreme-Fahrrad von *Wall's* mit der Aufschrift *Halt mich an und kauf dir eins*, und im Nu standen die Kinder Schlange. An jenem Freitag hatte Jordan ihren letzten Schultag. Sie wusste nicht, was sie nach der Schule anfangen sollte, hatte darauf gehofft, bis dahin verlobt zu sein, und war in Tränen aufgelöst, als sie mit Doris vor Amarnas Tür stand. Ihre Schuluniform platzte aus allen Nähten, und auf ihren Wangen blühten noch immer Pickel.

»Herzlichen Glückwunsch, Jordan«, sagte Amarna, bereute, nichts vorbereitet zu haben, und bemerkte, wie gern sie das Mädchen hatte. Als sie eingezogen waren, war sie eine pummelige Elfjährige mit Zöpfen gewesen, die für die neuen Nachbarn am Uferhang Blumen gepflückt hatte.

»Das dumme Ding«, schimpfte Doris. »Heult sich die Augen aus, weil *Mr. Right* nicht da ist, um ihr zu gratulieren. Dass *Mr. Right* sich nichts aus ihr macht, das will sie nicht hören, und dass man sich damit abfinden muss und erst im nächsten Leben als Jean Harlow zur Welt kommen kann, gleich gar nicht.«

Amarna wusste nichts zu sagen. Das Leben war voll von kleinen Tragödien, die der Rest der Menschheit nicht bemerkte. Hatte ein Mädchen mit Liebeskummer, Pickeln und Speckfalten Zeit für einen drohenden Krieg? »Arman und ich wollen dir etwas schenken, Jordan«, sagte sie und wünschte, sie hätte den Anflug einer Idee. »Eine Überraschung. Du bekommst es morgen.«

»Sag wenigstens danke.« Doris gab Jordan einen Schubs. »Sei ihr nicht böse, *sugar pie.* Dass ihre alte Mutter ihr oben bei *Wall's* ein Eis spendieren will, ist ihr auch nicht recht.«

Amarna lachte. »Ich glaube, das wär's mir auch nicht gewesen. Wie wäre es stattdessen mit Rotwein aus der Gironde? Mit der alten Mutter und der alten Nachbarin obendrein?«

Schlagartig hellte Jordans Miene sich auf.

»Da sagen wir nicht nein«, befand Doris.
Sie zogen auf die Terrasse, Cathy richtete ihnen ein paar Platten mit Roastbeef, Lachs und grünem Spargel, und wie sooft in diesem Sommer fanden sich im Handumdrehen Menschen ein, um eine Party zu feiern. Jemand musste Wally angerufen haben, der die Bergung des angelsächsischen Schiffsgrabes in Suffolk beaufsichtigte und ewig nicht bei ihnen gewesen war, ein paar Leute von *New Burlington* wollten Arman sprechen und schwatzten sich fest, und Rehan und Chaja hatten eine Schar Kinder aus der Umgebung aufgegabelt, deren Eltern sich nach und nach dazugesellten. Dexter kam in seinem Overall der *Baxton Gas Works* herangetrottet und lebte auf, sobald er das erste Glas Wein geleert hatte. »Wein wie die Franzosen«, rief er, »das kannten wir hier ja gar nicht. Ohne euch, liebe Marnie, war die Welt viel kleiner.«
Als die Sonne unterging, kam Arman und hatte Seb im Schlepptau wie in alten Zeiten. Über der Schulter trug er die Feldtasche, die verriet, dass er über das Wochenende bleiben würde.
»Auf Jordan!«, rief Amarna und lief ihnen mit Gläsern entgegen. »Auf die schönste Schulabgängerin vom *Regent's Canal.*«
Arman sah müde aus. Unter schweren Lidern umarmte sie sein Blick. »Wir müssen Jordan etwas schenken.«
»Das habe ich auch gedacht. Aber wir haben nichts.«
»Doch«, sagte Arman, schlang die Arme um sie und ließ seine Stirn einen Atemzug lang auf ihrer Schulter ruhen.
Während Doris *For She's a Jolly Good Fellow* dirigierte, tuschelte Arman mit Dexter, dann liefen beide ins Haus und schleppten das Grammophon samt Batterie auf die Terrasse.
»Tanz mit Jordan«, sagte Arman zu Seb.
»Ich kann nicht tanzen.«
»Warum soll es dir besser ergehen als uns?«, fragte Arman. »Nur keine Sorge. Frauen sind Kummer gewohnt.«

Amarna zog ihn zu sich. »Deine Frau liebt Kummer. Tanz mit mir.«
Tommy Dorseys Posaune spielte *Indian Summer*, und sie drängte sich an ihn, wie es sich für kein gesittetes englisches Paar gehörte. Aber die vor Wärme flirrende Nacht gehörte sich ja auch nicht für einen gesitteten englischen Sommer. Bald tanzten alle. Bis die Batterie den Geist aufgab und sie merkten, wie erschöpft sie waren. Wie auf einen Streich mit dem Zauberstab war das Fest zu Ende. Lachend und winkend zogen die Gäste ins Dunkel davon.
»Wir gehen auch, ihr Süßen!« Doris, den schwankenden Dexter am einen, die widerstrebende Jordan am anderen Arm, blies einen Kuss in die Luft.
»Wartet«, rief Arman. »Ich muss nächsten Monat nach Paris. Kommt ihr mit?«
»In *unser* Paris?«, stammelte Doris. »Mit meiner Badewanne im Hotel? Aber wieso denn wieder mit uns?«
»*New Burlington* hat diese Kalktuff-Skulptur verliehen«, sagte Arman. »An eine französische Galerie. Warum die unbedingt mich mit ausleihen wollen, weiß ich nicht, aber mein Agent hat mir verboten, nein zu sagen, und ohne euch will ich nicht fahren.«
»Ohne wen?«, fragte Jordan fassungslos.
Arman senkte die Lider und schenkte ihr einen seiner Klosterschülerblicke. »Ohne dich.«
»Mich will doch nie jemand dabeihaben«, stammelte das Mädchen. »Ich war noch nie in Paris, und ich komme bestimmt auch nie hin.«
»Armes Paris«, sagte Arman. »Bitte komm mit.«
Amarna packte ihn im Nacken und zwang ihn, sie anzusehen. »Was soll das? Weshalb kann *New Burlington* deine Skulptur verleihen?«

Arman verzog den Mund. »Sie haben sie dem Museum abgekauft. Schon im April. Ein Drittel des Geldes ist für uns.«
»Warum hast du mir das nicht erzählt?«
»Ich hab's vergessen«, behauptete er. »Bitte reiß mir den Kopf nicht ab und fahr mit mir nach Paris.«
Sie ließ ihn los. »Was ist mit Chaja?«
»Meinst du nicht, ihr könnte Paris gefallen?«
Jäh blitzte vor ihr ein Bild auf: Sie und ihr Mann auf der Uferpromenade mit den Kastanienbäumen, zwischen sich, an ihren Händen, das Kind.
»Marnie, dein Mann ist dem Wahnsinn verfallen«, sagte Doris. »Er kann doch nicht ständig seine alten Nachbarn einladen.«
»Kann er doch«, sagte Amarna. »Ohne seine Doris fährt er nirgendwo mehr hin. Dexter, wenn die beiden uns durchbrennen, heiratest du mich, nicht wahr?«
Dexter bemühte sich um eine Verbeugung und küsste ihr die Hand. »Da ließe ich mich nicht lumpen, liebe Marnie.«
Sie umarmten sich alle, wünschten sich eine gute Nacht, und im Gehen hörte Amarna, wie Jordan *Indian Summer* summte.
Im Haus schaltete Arman eine kleine Lampe an, und Amarna sah wieder, wie müde er war. »Lügst du mich an?«, fragte sie.
»Ich liebe dich«, sagte er.
»Das ist keine Antwort.«
»Doch.«
Sie wollte auf etwas beharren, doch ehe sie ein Wort herausbekam, küsste er sie, dieses eine Mal ohne ihr die Chance zu lassen, sich zu wehren. Als er sie freigab, sah sie, dass seine Wimpern glänzten.
»Arman, was ist los?«
Er schüttelte den Kopf. »Fahr mit mir nach Paris. Lass uns Chaja mitnehmen. Die *Air Force* stellt mich zwei Wochen lang frei, und es soll den ganzen August nicht regnen.«

Amarna seufzte und wies hinüber zum Wohnzimmer. »Trink noch ein Glas Wein mit mir. Ich habe mit dir zu reden.«
Rehan hatte Chaja zu Bett gebracht, wie sie es oft tat, als wäre die Kleine ihre Schwester, aber Bülent saß noch am Tisch und schnarchte vor sich hin. Zu seinen Füßen hatte sich der Hund zusammengerollt, der aufsprang, als Arman und Amarna eintraten. Arman holte die angebrochene Flasche Wein vom Sideboard, und sie setzten sich dicht zueinander, damit leises Sprechen genügte.
»Ich würde dir gern für deine Lügerei die Hölle heißmachen«, sagte sie. »Aber das wäre, wie im Glashaus zu sitzen und mit Steinen zu werfen, nicht wahr?«
Er sah sie an. Seine umschatteten Augen kamen ihr im schwachen Licht riesig vor. »Bitte lass mich in dein Glashaus, *lajvard*.«
»Kannst du mir versprechen, dass du so ehrlich zu mir bist, wie es geht?«
»Ich versuch's«, sagte er.
»Ich muss über Chaja reden«, sagte sie. »Darüber, dass sie nicht spricht. Vielleicht ist es nicht gut, sie mit nach Paris zu nehmen, wo sie noch eine andere Sprache zu hören bekommt. Lilly Greenstein meint, du solltest Deutsch mit ihr sprechen, weil all die Sprachen sie verwirren.«
Er überlegte. »Ich glaube, das kann ich nicht«, sagte er dann.
»Aber warum denn nicht? Du sprichst doch auch Deutsch mit mir.«
»Ich kann's nicht, weil …«, begann er, senkte den Kopf und starrte zwischen seinen Beinen auf den Boden, »… ich kann's nicht, weil ich Angst davor hatte. Weil ich nicht will, dass Chaja Angst vor mir hat.«
»Wovor hattest du Angst?«
»Vor Leuten, die Türkisch sprachen. Vor einem, der zu mir sagt: *Verreck doch, du armenisches Stück Scheiße.*«

Mit dem Wechsel ins Türkische änderte sich seine Stimme. Amarna hatte das Hunderte von Malen erlebt: den Wunsch, seine Hand zu nehmen, und das Schild, das zwischen ihnen hochschnellte: *Rühr mich nicht an.*

»Vergiss, was ich gesagt habe«, sagte sie. »Geh mit Chaja um, wie du es für richtig hältst. Du findest es nicht zu schwierig, oder? Sie um dich zu haben, obwohl sie nicht spricht?«

»Warum sollte ich es schwierig finden?«

»Lilly Greenstein hat erzählt, viele Eltern bringen die Kinder zurück, weil sie es nicht ertragen«, sagte Amarna. »Ich dachte, ihr wünscht euch vielleicht, ich hätte sie nicht hergebracht.«

Er blickte auf, sah aber nur Amarna an und bemerkte nicht, dass Bülent wach geworden war und ihn mit blanken Augen betrachtete. »Ich habe sie gern hier«, sagte er. »Ich wäre gern mit euch beiden in Paris. Dass sie nicht spricht, macht mir nichts aus. Rehan hat gesprochen, aber nicht zu mir, sondern so, als würde sie Geräusche von sich geben, um die Stille totzuschlagen.«

Amarna fand, dass Rehan noch immer manchmal so sprach. Sie selbst ertappte sich immer häufiger dabei, so mit Chaja zu sprechen: reden, reden, reden, Worte plätschern lassen, nur um lauter zu sein als die Stille. »Es hat dir nichts ausgemacht?«

Arman zuckte die Schultern. »Ich hatte sie gern bei mir. Besser so als gar nicht.«

»Und was hast du getan, damit sie mit dir spricht?«

»Nichts«, sagte er. »Eines Tages hat sie meinen Namen gesagt und mich beim Sprechen angesehen. Ich habe mich gefühlt, als hätte ich einen Orden bekommen.«

»Ha! Der Herr hat gut reden.« Bülent setzte sich auf, Arman zuckte zusammen, und der alte Mann knuffte ihm den Ellbogen in die Seite. »Wie lange hast denn du mich angeschwiegen, hmmh? Ein halbes Jahr, ein ganzes? Tag für Tag große Augen, die den Blick nicht halten konnten, und Stille wie im Grab, das war alles, was ich bekommen habe. Und in der Nacht das Weinen, dass einem Mann das Herz im Leib gefriert.«

Als er sah, wie Arman reagierte, hörte er auf, ihn mit dem Ellbogen zu knuffen. »Wie hast du das ausgehalten?«, rief Amarna und bereute es sofort.

»Ich frage mich das auch«, sagte Arman. Sein Blick ging flackernd ins Leere, er krampfte die Hände zusammen und bohrte sich die Nägel in die Haut. »Ich habe mich das immer gefragt. Die Eltern, die Dr. Greenstein vermittelt, schicken die Kinder zurück.«

»Und wohin hätte ich dich zurückschicken sollen? Zu den Schindern, denen du ausgebüxt bist, damit sie dich doch noch hätten zu Tode prügeln können?«

Arman presste die Lippen aufeinander und nickte. Die Fingernägel bohrten sich tiefer in die Handrücken, und seine Schultern begannen zu beben.

»Na, na. Jetzt mal Schluss.« Bülent griff nach den gepeinigten Händen und trennte sie. »Ist ja schon gut, *küçügüm*, mein Kleiner, ich hätte doch keinem erlaubt, dir ein Haar zu krümmen.« Er legte sich Armans Hand auf die Knie, schob die Manschette zurück und strich mit seinen verkrümmten Fingern über den fliegenden Puls. »Es war mir eine Ehre, hörst du? Jedes Löffelchen Grütze, das ich dir eingeträufelt habe, jedes Tröpfchen Salbe, jedes frische Laken, und wenn aus deinem großen Mund nie ein Wort gekommen wär', wär's mir noch immer eine Ehre gewesen. Geschwafelt wird sowieso genug, und was richtet ein Mann denn so Großes aus in der Welt? Wenn er ihr ein Menschenkind gehütet hat, darf er mit sich zufrieden sein.«

Arman glitt auf die Knie und küsste Bülents Hände, wie er es jeden Morgen tat. Bülent hielt Armans Kopf im Schoß und

kämmte ihm mit den Fingern durch das Haar im Nacken. »Bringen die euch bei den Fliegern eigentlich nicht bei, euch ordentlich die Haare zu schneiden? Als wir Soldaten waren, hätt's ein Dutzend auf die Fußsohlen gegeben für solches Gestrüpp.«
Als Arman den Kopf heben wollte, drückte Bülent ihn nieder und liebkoste ihn weiter, streichelte ihm den Hinterkopf, den Nacken und die Schultern. Mir ist es auch eine Ehre, dachte Amarna. Egal, was wird. Zu Bülent sagte sie: »Wirst du im August zwei Wochen lang mit diesem Haushalt allein fertig?«
»Mit dem Volk, das hier ständig rein- und rausläuft?« Entsetzt riss Bülent die Augen auf. »Und mit der Kocherei von dieser Frau?«
»Mit allem«, sagte Amarna. »Arman und ich fahren mit Chaja nach Paris.«

# 24

## PARIS. AUGUST 1939

Am 18. August fuhren sie vor dem ersten Tageslicht nach Portsmouth und setzten auf derselben Fähre, auf der auch die Skulptur transportiert wurde, nach Le Havre über. Als das Schiff ablegte, ging die Sonne auf, und es erwachte ein strahlender Tag, vielleicht der strahlendste des ganzen Sommers. »Es regnet wieder nicht«, rief Doris, »bald glaub ich, es regnet überhaupt nie mehr.« Über die Schönheit des Wetters konnte sie sich nicht beruhigen, und sie sollte zwei Wochen lang keinen Grund dazu haben.

Das Team von *British Movietone* durfte die Einschiffung filmen, wurde jedoch von Uniformierten, von denen es im Hafen wimmelte, am Betreten des Schiffes gehindert. Amarna glaubte, das Blaugrau der *Air Force* zu erkennen, aber es war zu dunkel, um sicher sein zu können, und es gab tausend Dinge, die wichtiger waren. Dexter legte sich schlafen, und Doris und Jordan zogen los, um das Schiff zu erkunden, aber Amarna wollte an Deck bleiben und in der Morgenkälte dem Meer zusehen. Arman brachte Decken und Kaffee, und sie setzten sich auf eine Bank, Mann, Frau und Kind, mit den Gesichtern zum Meer. Zu ihren Füßen lag der Hund, von dem Chaja sich nicht hatte trennen wollen.

»Spielen wir: Wer sieht Frankreich zuerst?«

Sie hatten das gespielt, als sie nach England übergesetzt waren, und Arman hatte auch damals geklungen wie ein Junge von höchstens zehn. Er hatte sein England gesehen, lange bevor Amarna auch nur damit rechnete.

»Und was bekommt der, der Frankreich zuerst sieht?«

»Was immer er sich wünscht.«

Genauso hatten sie es damals gespielt, und als sie von Bord gegangen waren, hatte sie Arman geküsst, ohne dass er den Wunsch in Worte fassen musste. Damals hatten sie an Bord der Fähre begonnen, englisch zu sprechen, und heute taten sie das Gleiche, auch wenn Amarna sonst zu Chaja deutsch sprach.

Die Überfahrt dauerte fünf Stunden. Zwischendurch schlief Chaja ein, und Amarna spürte das Gewicht des Kindes an ihrem Arm. Sie wagte nicht, sich zu bewegen. Irgendwann legte sie den Kopf an Armans Schulter und schlief ebenfalls ein. Als sie erwachte, saßen sie noch immer so da: einer an den anderen gelehnt. Die Luft begann sich zu erwärmen, und Arman las in einem Buch. Amarna nahm es ihm aus der Hand: Victor Hugo. *Les Misérables.* »Aber du kannst doch gar kein Französisch«, rief sie.

Vor Jahren hatten sie einander erzählt, wie sie an dieser Sprache gescheitert waren. Amarna hatte ihren Französischlehrer einen näselnden Pinguin geschimpft, und anstatt sie zu bestrafen, hatte ihr Vater sie vom Unterricht abgemeldet. Armans Schwester, die mit fünf Jahren in drei Alphabeten schreiben konnte, hatte bereits Fabeln von La Fontaine gelesen – irgendetwas über Raben, die mit Käse auf Bäumen saßen –, als die Mörder ihr den Kopf abgeschlagen hatten. Arman hatte seinen Kopf behalten dürfen, also sollte er um jeden Preis Französisch lernen. »Aber ich war zu blöd«, hatte er Amarna erzählt. »Bei mir saß der Käse auf dem Raben, und wo ich den Baum hinstecken sollte, wusste ich nicht.«
Jetzt drehte er den Kopf zur Seite. »Ich dachte, ich versuche, mir ein paar Wörter beizubringen.«
»Ein paar Wörter? Mit Victor Hugo? Für wie dumm willst du mich verkaufen?« Sie blätterte durch das Buch und fand den Stempel der Leihbücherei, in die sie mit Chaja ging. Statt sich einen eigenen zu besorgen, hatte er ihren Büchereiausweis geklaut. Englisch hatte er sich ebenfalls auf diese Weise beigebracht, sämtliche englische Bücher aus Istanbuls Büchereien zusammengeklaubt und ganze Nächte durch gelesen. »Sag mir die Wahrheit: Weshalb lernst du auf einmal Französisch?«
»Wenn die Leute von dieser Galerie Geld dafür bezahlen, dass ich ihnen den Clown mache …«
»Ist das dein Ernst?«
Er presste die Lippen aufeinander und schüttelte den Kopf. Sie sah die Verzweiflung und ließ von ihm ab. »Bitte hör auf, mich anzulügen. Lieber sag mir, ich soll dir keine Fragen mehr stellen.«
»Kannst du die Fragen aufschieben?« Er wandte ihr das Gesicht zu, und sein Blick flehte sie an. »Kannst du zwei Wochen lang mit mir in Paris sein, als gäbe es sonst nichts, nur Paris und uns?«

Sie sah ihn sich an. Wie hohl seine Wangen geworden waren, war ihr nicht aufgefallen. »Paris ist die Hauptstadt der *haute cuisine*«, sagte sie. »Wenn du mir versprichst, mich dort nicht mit deinem Hungerleiden zu blamieren, verspreche ich dir, meine Fragen zu schlucken. Sind wir im Geschäft?«
Erlöst nickte er und zog sie an sich. Sie hatte vergessen, wie sacht er küssen konnte, federzart, wie unberührt und trotzdem kein bisschen anständig. Sie hätte ihm jetzt sofort, mitten auf dem Schiff, in den Schritt fassen wollen, ihn auf den Rücken biegen, die zu weiten Hosen herunterzerren und die verdammte Wahrheit, die er wie einen Klumpen in sich herumtrug, aus ihm herauslieben. Oder sich auf den Rücken legen und ihn anzischen: Mach's mir. Bis ich vergesse, dass die verdammte Wahrheit wartet und uns irgendwann erwischt.
Etwas an ihrem Arm bewegte sich und rückte von ihr ab. Sie drehte sich um. Chaja war nicht nur erwacht, sondern von der Bank gesprungen. Mit ihrem dünnen Arm zeigte sie nach vorn. Passagiere stürmten an ihnen vorbei an die Reling und brachen in »Ahh«- und »Ohh«-Rufe aus. Auf den Planken des Decks klangen ihre Schritte wie das Trampeln einer Elefantenherde.
»Frankreich«, konstatierte Arman. Er ging in die Hocke, schloss die Hände so sacht um Chajas Schultern, wie er Amarna geküsst hatte, und drehte sie zu ihnen herum. »Du warst die Erste, du kannst dir von uns wünschen, was du willst.«
Amarna wollte einen Freudenschrei ausstoßen, so laut, dass man ihn bis nach Paris hörte. Auf dem schmalen Gesicht des Kindes lag ein Strahlen, und zwischen den Lippen blitzten weiße Zähnchen. Sie sah, wie Armans Armmuskeln zuckten, wie er sich beherrschen musste, um sie nicht hochzuheben und herumzuwirbeln. Amarna legte ihm die Hand auf die Schulter, und er wandte den Kopf. Sein Gesicht war ein Abbild von Chajas Gesicht, seine Zähne genauso weiß und sein Strahlen genauso triumphal.

Ich wollte ein Kind von dir, dachte Amarna. Chaja heißt Leben.
Der kleine Hund warf sich in die Brust und bellte Frankreich an.

Sie bewohnten zwei Suiten in dem verwunschenen Hotel nahe der Seine, benannt nach einem Musiker der Renaissance, weshalb jeden Abend eine Stunde lang zirpende Musik durch die Flure perlte. Die Suiten bestanden aus Salon und Schlafzimmer, und in die Salons hatte der Inhaber je ein zusätzliches Bett stellen lassen, eines für Jordan und eines für Chaja. Die Taylors wohnten in der Flitterwochen-Suite, aber in Doris' Wanne war diesmal kein Champagner.
»Sei mir nicht böse«, sagte Arman. »Ich fand, es ist nicht die richtige Zeit, um so viel Geld in den Abfluss zu schütten.«
Stattdessen lag in der Wanne ein silbernes Etuikleid, wie die Prinzessin in der Frauenzeitschrift es getragen hatte. Es war für Doris' Größe angefertigt worden, und sie weigerte sich, etwas anderes zu tragen, während sie durch Paris streiften, durch Museen und Kunstgalerien, durch Restaurants und Bistros, durch das Kaufhaus *Galeries Lafayette,* wo sie für Jordan einen Koffer voll Garderobe aussuchten, durch Theater, über Märkte und durch den kürzlich eröffneten Zoo. Auf dem *Quai de la Tournelle*, wo man den unglaublichen Sternenhimmel über den Türmen von *Notre-Dame* bewundern konnte, küsste sie Amarna auf den Mund. Ihr Abendessen hatte aus fünf Gängen bestanden, und Doris' Kuss schmeckte nach Käse und Zwiebeln.
»Gib das *Black Beauty* von mir, ja?«
»Kannst du ihm selbst geben.«
Doris schüttelte den Kopf. »Den hab ich so lieb wie meinen Bruder, der bekäme überallhin einen Kuss von mir. Aber der Mund ist für die Liebste, und Schluss.«

Die Seine glänzte wie Öl und zog viel langsamer vorbei als die Themse, so, als führe ein Fluss in Paris kein hektisches Leben.

»Ich wusste gar nicht, dass du einen Bruder hast, Dee.«

»Edward hieß er«, sagte Doris. »Mein Zwilling, aber das hat man gar nicht gesehen. Teddy war so ein schlanker, fescher Kerl wie dein Süßer, dem hat auch die Uniformhose auf den Hüften gesessen, dass unsereinem der Mund wässrig wird.«

»Dein Bruder war Soldat?«

Doris nickte. »Im letzten Kriegsjahr haben die den noch geholt.«

»Und er ist nicht wiedergekommen?«

Sie beugten sich über das Geländer und sahen den spiegelnden Lichtern auf dem Fluss zu. »Ich hab mir immer gesagt, wenn ich mal einen Jungen hab, wird das ein Ted«, sagte Doris. »Aber wie dann ein Mädchen kam, hab ich gedacht: Mein Teddy, der ist übern Jordan, und dabei ist es geblieben.«

Amarna nahm Doris' Gesicht in die Hände und küsste sie auf den Mund. »Lieb dich, Dee.«

Arman und Amarna waren darauf eingestellt, dass Chaja nachts schreien und einer von ihnen zu ihr gehen würde wie daheim in London. Stattdessen sprang sie in der ersten Nacht aus dem Bett und flitzte auf nackten Füßen zu ihnen ins Schlafzimmer herüber, den Affen in der Hand und den Hund auf den Fersen. Amarna war noch wach. Arman schlief so tief in ihren Armen, wie er nur manchmal nach der Liebe schlief, und hatte Mühe, zu sich zu kommen. Sie rückten auseinander, und Amarna klopfte auf den freien Platz zwischen ihnen. »Komm zu uns.«

Schlaftrunken rollte Arman sich aus dem Bett und stieg in seine Hose.

»Was machst du?«, fragte Amarna.

Er schüttelte sich, um wach zu werden, sagte aber nichts, sondern beobachtete Chaja. Nach kurzem Zögern stieg sie ins Bett und legte sich neben Amarna, ohne sie zu berühren. Der Hund rollte sich an ihrem Fußende ein und schlief weiter. Arman zog sich den Gürtel zu, ohne den Blick von Chaja zu wenden. Als sie den Kopf bewegte, ließ er sich mit einem Knie auf das Bett nieder, hielt ihren Blick und wartete ab. Sie bewegte erneut den Kopf, und er legte sich an den Bettrand, wollte die Decke über sich ziehen, doch sie hinderte ihn. Gebannt, eher neugierig als ängstlich, sah sie auf seine nackte Brust. Irgendwann streckte sie die Hand aus, zupfte an seinem schwarzen Brusthaar und zog sich dann wieder zurück. Wenig später rollte sie sich zusammen wie der Hund und schlief ein.

Von da an schlief sie jede Nacht zwischen ihnen im Bett. Nach drei Nächten half sie Amarna, ihr Bettzeug aus dem Salon ins Schlafzimmer hinüberzutragen und die Kissen und Decken zu verteilen. Arman und Amarna schlichen sich frühmorgens hinüber, um sich auf dem Kinderbett zu lieben, wobei sie sich unentwegt küssten, um keinen Laut von sich zu geben.

Die Vernissage in der *Galerie Linossier* war ausverkauft, obwohl Pariser, die es sich leisten konnten, im Hochsommer aus der Stadt flohen. Bis weit über die an der Seine gelegene Straße drängten sich Leute, die hofften, noch Zutritt zu erhalten, und im Inneren der Galerie wimmelte es von Fotografen und Presseleuten. In dem langen Raum mit der verglasten Front zum Fluss hin stand die Skulptur, deren roter Tuffstein in der Beleuchtung schimmerte wie Blut unter der Haut, daneben nichts als Armans leerer Sockel und die Menschenscharen mit ihren Gläsern, ihrem Gelächter und ihrem Geschwätz. Etwas daran bereitete Amarna Unbehagen. Sie hatte auch Mühe, die Skulptur anzusehen, die anders war, als sie sie aus dem Atelier in Erinnerung hatte. Der erste Blick war erschreckend: Arman hatte ihr nicht nur den Bauch und das Gesicht eingeschlagen, sondern beide Füße und die rechte Hand abgehackt.

Jetzt allerdings wirkte er eher wie ein veritabler Filou als wie ein Gepeinigter, der seinen stimmlosen Schrei in roten Stein schlug. Amarna sah zu, wie er mit den Reportern Französisch sprach, und drohte ihm mit Doris' Geste: in der Luft eins hinter die Ohren. Warum muss das hier ernst sein?, fragte sie sich, warum kann ich nicht einfach ein bisschen böse auf dich sein, was sogar Spaß machen könnte, wenn du mir etwas Harmloses verschweigen würdest?
Er ließ die Reporter stehen und kam zu ihr. »Bitte nicht.«
»Was?«
Er schüttelte den Kopf, legte den Arm um sie und führte sie in den Kreis. »*C'est ma femme*«, stellte er sie vor. »Meine Frau spricht kaum besser Französisch als ich. Vielleicht könnten wir Englisch sprechen?«
Einer der Männer, ein noch junger, stämmig gebauter Kerl, der ein Barett trug, wandte sich mit glänzenden Augen an sie. »Willkommen in Paris, *madame*. Wollen Sie uns wohl behilflich sein?« Sein Englisch war kaum gebrochen, sein Akzent charmant.
»Wenn ich dazu in der Lage bin«, sagte Amarna.
Der junge Mann lachte. »Wer, wenn nicht Sie?« Dann fuhr er herum und rief in einem Französisch, das sie knapp verstand: »Pierre, Pierre, Madame Artsruni hat keinen Wein mehr, was ist das für eine Wirtschaft? Sollen unsere Gäste denken, weil wir Kommunisten sind, wüssten wir nichts von Gastfreundschaft?«
Der als Pierre Angesprochene eilte mit einer Flasche herbei und füllte Amarnas Glas, bis es überlief. »*Ma belle dame*«, sagte er, trat beiseite und überließ dem anderen das Feld.
»Ich bin Michel«, sagte der. »Wir sind Genossen, sprechen einander bei den Vornamen an. Ihr Mann hat gesagt, wir dürfen seinen benutzen.«

»Meinen auch«, sagte Amarna
*»Merci. Mais comment …«*
Arman, der leise mit einem Mann mit vernarbtem Gesicht und schwarzem Haar gesprochen hatte, drehte sich um. *»Elle s'appelle Amarna«*, sagte er und betonte ihren Namen französisch, auf der letzten Silbe.
»Das ist ein hübscher Name«, sagte Michel. »Bitte helfen Sie uns, Amarna. Wir haben die Leute von *New Burlington* nach dem Namen des Werkes gefragt, aber sie wussten ihn nicht und sagten, wir sollten Ihren Mann fragen. Nun haben wir ihn gefragt, und er sagt, es habe keinen Namen. Er spricht mit uns, als wolle er sich über uns lustig machen!« Der junge Mann rupfte sich das Barett vom Kopf, dann zog er Arman von dem Dunkelhaarigen fort. »Aber irgendetwas müssen wir der Presse erzählen! Armand, Armand, wiederhol bitte für deine Frau den Unsinn, den du uns erzählt hast, lass sehen, ob sie dich zur Vernunft bringen kann.«
Die Versammelten amüsierten sich. Dass Arman das nicht tat, bekam niemand mit. Amarna schob ihren Arm unter sein Jackett und klopfte ihm die Taille. »Na, komm schon«, sagte sie auf Deutsch. »Zeig deinen neuen Freunden, was für ein sturer Bock du bist.«
»Ich habe keine neuen Freunde …«, begann Arman auf Deutsch.
»Halt bloß den Schnabel.« Amarna fletschte die Zähne. »Jetzt für alle. Zum Mitschreiben.«
»Ich habe gesagt, sie können meine Sachen nennen, wie sie wollen«, sagte Arman auf Englisch. »Ich weiß ihre Namen nicht. Wenn ich sie wüsste, bräuchte ich sie nicht in Stein zu hauen.«
»Fein«, sagte Amarna auf Deutsch. »Und das Gleiche noch einmal auf Französisch, das du angeblich nicht kannst.«

»Ich fürchte mich, heute Nacht mit dir nach Hause zu gehen«, sagte er.
»Solltest du auch. Sobald Chaja schläft, mache ich dich fertig.«
Er wiederholte alles auf Französisch, die Reporter drangen mit Fragen auf ihn ein, und im Saal entstand ein Tumult. Pierre, Michel und ihre Genossen kamen mit dem Ausschenken von Wein nicht nach, Besucher drängten herein, während andere gingen, und in einem Winkel küssten sich Doris und Dexter wie blödsinnig glückliche Oberschüler. Chaja kauerte mit Jordan und einem jungen Mann, die sich bei den Händen hielten, vor der Skulptur und zeigte, wo sie mit dem Spitzeisen hingeschlagen hatte. Auf Armans leerem Sockel saß eine Frau mit zwei Männern, die sie abwechselnd küsste.
Amarna bekam Komplimente von allen Seiten. Als sie Chaja einfing, um das todmüde Kind zu Bett zu bringen, flötete ihr ein Spalier von Menschen zu, ihre kleine Tochter sei *»une beauté, jolie comme sa maman«*, eine Schönheit, so hübsch wie die Mama. Arman redete wieder mit dem Schwarzhaarigen. Amarna war zu weit entfernt, um etwas zu verstehen, doch sie hätte darauf gewettet, dass sie Armenisch sprachen. Als Arman sie sah, riss er sich los und schlug sich zu ihr und Chaja durch.
»Wurde auch Zeit«, blaffte Amarna.
»Hör endlich auf zu schimpfen«, sagte er, ging mit ihr in die Hocke, damit sie Chaja nicht überragten, und küsste sie vor allen Leuten auf den Mund. Paris war nicht England. Paris war Paris, und die Nacht, die folgte, war so süß, dass Amarna ihren Geschmack auf der Zunge behalten würde wie eine kleine Narbe, ein Zeichen von Paris. Zeitungen las sie nicht, und Radio hörte sie nicht, denn es gab ja nur Paris und sie. Deshalb erfuhr sie erst Tage später, dass die Skulptur in der Nacht einen Namen erhalten hatte.
*La guerre.* Auf Französisch klang sogar Krieg kokett.

Der junge Mann, den Jordan kennengelernt hatte, hieß Lucien und war ein Cousin von Michel, der mit den Leuten von der Galerie in Verbindung stand. Sie machte mit ihm Spaziergänge auf die *Île de Saint-Louis* und wurde abends von ihm und seinen Freunden auf ihren Motorrädern abgeholt. »Ich sollte es ihr verbieten«, sagte Doris, »aber das arme Ding hat's in der Liebe doch so schwer. Meinst du, ich mache den größten Fehler meines Lebens?«
»Vielleicht«, sagte Amarna. »Aber was würde es nützen, wenn du ihn nicht machtest?«
»Dexter kümmert sich ja wie üblich nicht«, jammerte Doris. »Der schwatzt mit *Black Beauty* über Politik, trinkt diesen mörderischen Apfelschnaps und lässt es sich wohl ergehen wie Gott in Frankreich. Wenn es eure Kleine wäre – *Black Beauty* würde dem die Gurgel durchschneiden, oder? Der ist aus dem Orient, dem ginge so schnell kein windiger Franzmann mit seiner Tochter durch.«
Amarna küsste Doris und sagte: »Wenn du so weitermachst, habe ich dich bald öfter geküsst als meinen Mann. Genieß die Tage, Dee, und lass sie Jordan auch genießen. Über das, was vernünftige Menschen tun, machen wir uns Gedanken, wenn wir wieder zu Hause sind.«
Am letzten Augusttag luden die Leute von der Galerie sie zu einem Picknick unter der *Pont Saint-Michel* ein. In Paris blieben ihnen nur noch zwei Tage, aber daran wollte Amarna nicht denken. Es roch nach dem Wasser vom Fluss, nach trockenem Gras und schmelzendem Asphalt, sie aßen Brot und etliche Sorten Käse und teilten sich Wein aus zu wenigen Gläsern. Arman sprach wieder mit dem Schwarzhaarigen, der ein ebenso dunkles, sehr süßes und sehr junges Mädchen mitgebracht hatte. Amarna warf ihm einen warnenden Blick zu, und er kam mit dem Mann und dem Mädchen ganz friedlich zu ihr getrottet.

»Das ist meine Frau Amarna«, sagte er auf Armenisch. »Amarna, das sind Missak und seine Frau Melinée.« Alle Franzosen, denen sie vorgestellt worden war, hatten sie angelächelt, aber Missak und Melinée lächelten nicht. Melinée, die Amarna nicht älter als Jordan vorkam, streckte jedoch die Hand nach Chaja aus, die eine Butterblume betrachtete. »Ist das dein kleines Mädchen?« Vom Armenischen fiel sie ins Französische: »*Un ange!* Ich hätte auch gern ein Kind. So ein schönes Mädchen wie deines.«
Sie tranken noch ein Glas, dann legten die meisten sich müde von Wein und Hitze schlafen, während Michel ein Akkordeon auf den Schoß nahm und leise darauf spielte. Chaja lief mit dem Hund hinter die Bäume davon, und Paare lehnten sich aneinander, auch Doris und Dexter und Jordan mit ihrem Lucien. Dexter schnarchte. Das Mädchen Melinée saß allein. Ihr Mann stand mit anderen Männern weiter unten am Fluss, mit bloßen Füßen im Wasser, und spie Worte aus wie Gewehrsalven. Nach einer Weile wandte Arman sich von ihnen ab und stieg vom Ufer hinauf zu Amarna.
Er war schön: das Haar wild, die Haut sonnenverbrannt, das weiße Hemd am Hals offen und die Hosenbeine an den Waden hochgerollt. Sein Blick, der auf ihr ruhte, war vor Sehnsucht schwer. »Wer sind die Leute?«, fragte Amarna. »Die beiden Armenier?«
»Missak übersetzt Baudelaire.«
»Ins Armenische? Brauchst du nicht. Du kannst ja Französisch lesen. Also raus damit – was macht er, wenn er Baudelaire eine Pause gönnt?«
»Noch nicht«, sagte er. »Erst in zwei Tagen.«
»Was?«
»Fragen.«
Er legte sich rücklings ins Gras und bettete seinen Kopf in ihren Schoß, umfing mit einem trägen Arm ihre Taille und schob

ihr die Hand unter den Rockbund. Statt ihm auf den Leim zu gehen, hätte sie ihm den Marsch blasen sollen, aber sie hatte dazu nicht die geringste Lust. Er schloss halb die Augen, streichelte die bloße Haut auf ihrer Hüfte, und sie streichelte sein Haar. Sein Lächeln war ein Schmetterling, der um seine Lippen spielte, sich nicht niederließ, aber auch nicht davonflog. Falls ich dich irgendwann nicht mehr ganz so sehr liebe wie heute, dachte Amarna, fahr mit mir nach Paris, und alles ist wieder da. Oben am Brückengeländer stand eine Frau, die trotz der Hitze ein Kopftuch trug und seit längerem auf sie herunterstarrte. Ihr Kleid war schäbig, das Gesicht ungesund bleich. Amarna tat das Herz weh. Warum ließ Glück sich nicht teilen? Wenn sie die Hälfte von ihrem der Frau schenken würde, wäre sie noch immer besoffen vor Glück. Aber Glück war kein Käse, von dem man Scheiben schneiden konnte, und die Frau musste leider todunglücklich bleiben. Amarna lachte, so traurig der Gedanke auch war, weil man etwas wie *Glück ist kein Käse* nur dachte, wenn man zu viel Glück und zu viel Wein intus hatte. Dafür, dass die Frau sie auch noch lachen sah, schämte sie sich. Dann war die unglückliche Fremde fort, von irgendwoher tauchte Chaja auf, und Amarna vergaß sie.

Chaja setzte sich zu ihnen, so dicht, dass sie Arman hätte berühren können. »Hast du noch Hunger?«, fragte Amarna.

Chaja sagte nichts, sondern betrachtete die Stelle, wo Armans Hemd am Hals offen stand. Arman rührte sich nicht, und Chaja sah unbeirrt dorthin. Dann streckte sie die Hand aus und umfing das goldene Kreuz auf seiner Brust. »Ich darf was wünschen«, sagte sie, Wort für Wort auf Englisch. »Ich wünsch mir das.«

Amarna erschrak so sehr, dass ihr Herz einen Satz machte. »Chaja«, stammelte sie und musste eine Hand mit der anderen festhalten, um sie nicht anzufassen. Sie würde ihr sagen müssen, dass sie das Kreuz nicht haben konnte, aber sie wollte nicht. Sie fühlte sich, als hätte sie einen Orden bekommen, als hätte sie in der Welt etwas Großes ausgerichtet und dürfe mit sich zufrieden sein.

Chaja hielt Armans Kreuz fest, so, wie Kinder Dinge festhielten, die sie nicht haben durften und um jeden Preis wollten. In ihre Augen quollen Tränen. »Warte«, sagte Arman, griff sich in den Nacken und hakte den Verschluss auf. Blitzschnell zog Chaja die Kette zu sich und schloss die Hände darum wie eine kleine Diebin.

Arman wartete mehrere Minuten. »Wenn du willst, helfe ich dir, es anzulegen«, sagte er dann.

Ihr Blick flog von ihren Händen zu seinen, sichtlich voller Angst, die kostbare Beute loszulassen.

»Es gehört dir«, sagte Arman. »Du hast Frankreich entdeckt, du hast es dir verdient.«

Langsam öffnete Chaja die Hände. Arman nahm die Kette, zog sie aus der Öse am Kreuz und schob sie sich in die Hosentasche. Dann öffnete er den Verschluss an Chajas Kette und zog das Kreuz daran auf. Es glitt über die Glieder hinunter und blieb an dem Davidstern hängen. Nebeneinander schimmerten beide Anhänger auf Chajas blaugepunkteter Bluse.

Sie verrenkte den Hals, um es sich anzusehen. Erst jetzt schien ihr aufzugehen, dass Arman sich von dem Kreuz hatte trennen müssen, damit sie es bekam. »Du kannst meins haben«, sagte sie.

Arman schüttelte den Kopf. »Der, der es dir geschenkt hat, wollte, dass du es hast.«

»Und deins?«

»Das kommt schon hin. Mir hat es niemand geschenkt.«

Chaja überlegte. Dann langte sie in seine Hosentasche, fischte seine Kette heraus und begann, an dem Verschluss in ihrem

Nacken zu zerren. Als Arman begriff, dass ihre Kette in Gefahr war, zu reißen, kam er ihr zu Hilfe, hakte den Verschluss wieder auf und zog den Davidstern ab. »Bist du dir sicher?«, fragte er zweifelnd. »Du bekommst es zurück, wann immer du willst.«

Sie schüttelte den Kopf so wie er zuvor. »Ich schenk's dir.«

»Danke«, sagte Arman, fädelte den Davidstern auf seine Kette und legte sie sich wieder um den Hals.

In dieser Nacht genügten keine vier Sprachen, und auch die fünfte, die ihr kleptomanischer Mann sich heimlich einverleibt hatte, richtete nichts aus. Vor dem Morgengrauen erwachten sie umschlungen auf Chajas schmalem Bett, beide wund, beide erschöpft, und als Arman in ihren Armen die Augen aufschlug, errötete er bis über die Ohren. Es war der erste September. Ihr letzter Tag in Paris.

Die Stadt kam Amarna nervöser vor, nicht mehr so träge und sommerlich, was daran liegen mochte, dass die Pariser begannen, aus ihren Sommerhäusern zu Arbeit und Alltag zurückzuströmen, und dass ihnen dasselbe bevorstand. Auch Arman und sogar Dexter wirkten in Gedanken wie schon auf dem Weg. Macht nichts, dachte Amarna. Wir sind jeder für sich mit einem Packen Einsamkeit aufgebrochen, und fahren als Familie nach Hause. Ich werde Wally sagen, dass ich eine Zeitlang weniger arbeiten will, um Chaja zu helfen, sich in der Schule einzufinden. Ich werde Sedat Veysel in Doğubeyazıt schreiben, er soll mir Urartu hüten, weil ich derzeit nichts vorantreiben kann. Ich werde Arman sagen, dass wir uns nicht mehr anlügen dürfen, weil wir voneinander nichts zu befürchten haben.

Pierre von der *Galerie Linossier* fuhr sie in der Frühe zum Bahnhof, an ihren Zug nach Le Havre. Jordan hatte nicht mitkommen wollen, war von ihrem Vater regelrecht ins Auto gezerrt worden und weinte stumm vor sich hin. Arman und Dex-

ter schwiegen ebenfalls. Nur Doris saß am Fenster, sah hinaus in die erwachende Stadt und redete in einem fort.
»Auf Wiedersehen, mein Paris«, sagte sie, »und danke, danke, danke. Wenn ich das nächste Mal komme, ziehe ich mein silbernes Kleid wieder an, aber ich bringe mir längere Beine mit und blondere Haare und weniger Falten. Wenn ich das nächste Mal komme, wackle ich auf der *Champs Eliza* oder wie die heißt mit den Hüften und sage *Oh, là, là!*, zu jedem feschen Bengel, der mir über den Weg läuft. Das versprech ich dir, mein Paris, wenn ich das nächste Mal komme, bin ich zwanzig Jahre alt und schlank wie eine Gerte.«
»Wie willst du das denn anstellen, Dee?«, fragte Dexter mit einer Stimme, die klang wie zerdrückt.
»In meinem nächsten Leben«, antwortete Doris. »Da kann ich alles, was ich will.«
In Le Havre verpassten sie aus Gründen, die für Amarna nicht durchschaubar waren, die Fähre und mussten eine andere nehmen, die bei Nacht ablegte. Als sie im Morgengrauen in Portsmouth von Bord gingen, war die Zeit ohne Radio, Zeitungen und Fragen vorüber. Doris sah den *Sandwich Man* mit der Schlagzeile auf dem Bauch zuerst und schrie auf. »Aber doch nicht jetzt, wo alles so schön ist und sogar das Wetter gut!!«
Arman nahm Amarna in die Arme, legte ihr seine Hand vor die Augen und hielt sie fest, sosehr sie zappelte und nach ihm schlug.
»Hast du das gewusst?«, schrie sie. »Hast du das die ganze Zeit gewusst?«
»Ja«, sagte er.
»Seit wann?«
»So, wie du es sagst«, erwiderte er. »Die ganze Zeit. Als Hitler und Stalin ihren Nichtangriffspakt unterzeichnet haben, war klar, dass es nicht mehr lange dauern würde. Ich muss jetzt

gehen, *lajvard*. Dexter fährt euch nach Hause. Er bringt euch auch nach Kent, wenn ich nicht zurückkommen kann, um euch selbst zu fahren. Schaff die Familie nach Kent, *lajvard*, versprich mir das, auch wenn du mich hasst.«

»Und wohin gehst du?«

»Zu meiner Einheit«, sagte er.

»In Stanmore Park«, rief sie und krallte sich an seine Schultern. »Da kannst du mit uns fahren. Du hast gesagt, du lässt Ballons steigen in Stanmore Park.«

»Ich habe gelogen«, sagte er, küsste ihr Haar und machte sich los.

Sie stand wie versteinert, unfähig, den Blick zu wenden, auch als ihr Mann längst verschwunden war.

Es waren Doris und Dexter, die sie wie besorgte Eltern in die Mitte nahmen und sie mehr zum Auto schoben als führten.

»Da ist doch nichts zu machen, Marnie«, sagte Dexter. »Hat er nicht das Recht, für dieses Land zu kämpfen? Wenn du mich fragst, hat er das nicht weniger als wir. Er hat Frau und Kind hier, er kann die Heimat seiner Familie nicht von dem Hitler überrennen lassen wie das arme Polen. Ich weiß, wie das ist, hab ja selbst Frau und Kind.«

»Und du gehst auch?«, fragte Amarna.

Hilflos zuckte Dexter die Schultern. »Ich bin über der Altersgrenze. Außerdem haben die Gaswerke uns unabkömmlich gestellt.«

»Jetzt komm erst mal nach Hause, *sugar pie*«, sagte Doris. »Du brauchst einen Tee mit vier Löffeln Zucker, und dann hören wir uns die Bescherung im Radio an. So schlimm wird's schon nicht werden. Stell dir vor, der *Sandwich Man* sagt, die BBC hat unsere schönen Regionalprogramme zusammengelegt, meine Frauensendung gibt's nicht mehr, sondern nur noch diesen *Home Service*, aber der sendet dafür den ganzen Tag.«

Sie fuhren nach London. In ihr Haus am Kanal. Die Erklärung von Premierminister Chamberlain war um kurz nach elf Uhr aus *Downing Street 10* übertragen worden und wurde stündlich wiederholt. Amarna setzte sich vor den Empfänger, um sie sich anzuhören, vielleicht weil sie nicht sicher war, ob sie es andernfalls glauben konnte.
Chamberlain sprach mit der honorigen Stimme, die Rehan so gern mochte. Am Morgen des 1. September waren Hitlers Truppen ohne Kriegserklärung nach Polen einmarschiert. Einen Tag später hatten Großbritannien und Frankreich dem Deutschen Reich ein Ultimatum gestellt und den sofortigen Abzug der Truppen verlangt. Heute um elf Uhr war das Ultimatum ausgelaufen.
»Ich muss Ihnen nun mitteilen, dass wir keine entsprechende Antwort erhalten haben«, sagte Chamberlain grabesschwer. »Infolgedessen steht dieses Land im Krieg mit Deutschland.«

# VIERTER TEIL

## *Paris, London, Doğubeyazıt, Berlin*

»Den eig'nen Tod, den stirbt man nur,
doch mit dem Tod der andern muss man leben.«

MASCHA KALÉKO

# 25

## EVA
## FRÜHLING 1940

Der Krieg war lustig, fanden die Pariser. *Drôle de guerre* nannten sie ihn, den komischen Krieg. Was daran komisch war, entging Eva. Sie hatte ihren Humor verloren wie ihre Frechheit, wie den Drang, zu malen, und die Lust, einen Mann in den Armen zu halten. Vielleicht war nur komisch daran, dass man vom Krieg nichts spürte, dass die Leute weiter zur Arbeit und wieder nach Hause gingen, Theater und Kinos besuchten, an Tischen, die Gastwirte auf die Straße räumten, Wein tranken und am Flussufer ihre Picknicks abhielten. Es gab Tage, an denen Eva sich wünschte, der Krieg wäre zu spüren, damit den Parisern ihre ewige Lustigkeit verging. Damit das Volk, das um sie herum Tänzchen aufführte, begriff, was in ihrem Innern angerichtet worden war.

Zerstörung und Leere. In ihrem Kopf war ein Bild, obwohl sie nie mehr malen würde, Schluchten aus zerbombten Mauern, die einst zu Häusern gehört hatten, Straßen aus Schotter, in die kein Mensch zurückkehren würde, weiße Knochen, keinem Geschöpf mehr zuzuordnen. Es war ihr einziges Bild, und hätte sie es malen wollen, hätte sie keine Farbe gebraucht. Das hätte sie den mit dem Schicksal flirtenden Parisern in ihre vom Weinlaub umflorten Schädel blasen wollen: Der Krieg, den ihr

komisch findet, geht in mir nie zu Ende. Mein Leben hat keine Farbe mehr, und das Einzige, das ihm noch einmal einen Ton verleihen könnte, einen Schatten von Rot oder Blau, ist jenseits des Meeres. Meine eigenen Freunde haben es verscherbelt, und der Krieg, den ihr komisch findet, hindert mich, es zurückzuholen.
Sie hatte den Türken, der sich ihr Kind unter den Nagel gerissen hatte, gesehen, nicht aus der Nähe, weil in die Galerie kein Hineinkommen gewesen war, aber von einer Brücke. Sie hatte hinuntergeblickt ins lauschige Grün, wo das Völkchen bei Brot und Wein turtelte. Der Türke, den sie sich wie einen Vulkan aus wütender Schöpferkraft vorgestellt hatte, war ein handzahmer Musterknabe des Kunstadels, zu dessen Füßen Jungfern in Ohnmacht sanken. Martin Serner in dunkel. Nicht hübsch und golden, sondern düster-exotisch. Seine Frau war eine rotmähnige Liebesgöttin, die den Rock ausbreitete, um sein Haupt in ihren Schoß zu betten und ihm den Schopf zu kraulen.
Eva hätte gern gespuckt. Oder einen Stein genommen und ihn diesen herzigen Götterlieblingen in ihr Idyll geschleudert. Welches Recht hatten die an ihrem Kind? Waren sie bessere Eltern für Chaja, weil sie auf keiner Liste von auszumerzendem Ungeziefer standen, weil sie im distinguierten England lebten, wo Faschismus als unappetitlich im Keim erstickt wurde, weil niemand gewagt hätte, ihren verzärtelten Gliedern ein Leid zuzufügen? Vermutlich bekamen sie obendrein die Schultern geklopft, weil sie so barmherzig waren, ein Waisenkind bei sich aufzunehmen. Aber Chaja war kein Waisenkind, und die beiden waren überhaupt keine Eltern für sie. Chaja war die kleine Königin der Bleibtreustraße, sie hatte Audienzen gewährt und Barmherzigkeit nicht gebraucht.
Hatte dieses malerische Bilderbuchpaar ein Recht auf Chaja, weil ihr Inneres nicht von Krieg verwüstet war? »Wir bieten

dem armen Wurm ein Heim«, mochten sie sagen und ohne sardonischen Zug in eine Kamera strahlen. Aber Chaja hatte ein Heim. Ihr Heim war hier, bei Eva, in ihrem verwüsteten Herzen. Von denen da unten mag bleiben was will, doch von mir bleibt nichts als du.

Dem Türken mit seinem Gang wie ein Swingtänzer, der fragte, was die Welt kostete, küsste die Kunstszene die Fußsohlen. Eva dagegen hatte sie ausgespien. Um einen Blick auf eines seiner Werke zu erhaschen, stand halb Paris Schlange, und über seinen albernen leeren Sockel wurde getuschelt wie über die Libido des Papstes. Evas Werke hingegen waren verbrannt und plattgewalzt worden. Seine Wiesenelfe hauchte ihm Küsse in den Nacken, als wollte sie ihn mitten unter seinen Anbetern entkleiden. Eva war auch in den Nacken geküsst und im hohen Gras entkleidet worden, ihr Halbgott hatte über ihrer Schönheit die Fassung verloren, doch das war vorüber. Der Türke hatte alles. Sie hatte nichts, nur einen hölzernen Affen in der Tasche.

Wenn er glaubte, das gebe ihm das Recht, sich ihr Kind einzuverleiben, erkannte sie sein Recht nicht an. Sollte er hundert Haremsdamen die Bäuche mit Kindern füllen, dieses eine war ihres, und sie gab es nicht her.

In ihren schlimmsten Nächten malte sie sich aus, wie sie sich Chaja holte und fortging. Wohin, wusste sie nicht. Wenn sie erst Chaja hatte, war das egal. Nirgendwo wartete jemand auf sie, doch sie würden aufeinander warten. Wenn sie es sich fest genug vorstellte, glaubte sie, in ihrem muffigen Bettzeug den Duft nach Honigmilch und Seife wahrzunehmen. Sie wollte das Geld, das Hagen ihr geschickt hatte, für die Reise nach England sparen, doch von irgendetwas musste sie leben. Ihr Zimmer bezahlen, den Wein, den sie zum Einschlafen brauchte. Also suchte sie sich Arbeit.

Da sie sonst niemanden um Hilfe bitten konnte, half ihr Lucien oder eher dessen Cousin Michel, der alle möglichen Leute kannte. Einer seiner Freunde, ein finster wirkender Kerl mit Narben im Gesicht, den Eva ein paarmal in der *Auberge* gesehen hatte, war Dreher in der Autofabrik von *Citroën*, dort wurden Helferinnen für die Betriebskantine gesucht. Sandrine Clermonts Papiere wurden nicht allzu genau überprüft, und zum Kartoffelschälen brauchte man kein Französisch. Von den Frauen, die ihre Schicht teilten, konnte es kaum eine, und Michels Freund, der Dreher, sprach es mit schwerem Akzent.

Es war scheußliche Arbeit. Erniedrigend. Aber um wie viel tiefer konnte eine wie Eva noch sinken? Schlimmer war, dass die Bezahlung jämmerlich war. Ihr blieb nichts übrig, als doch auf das Geld von Hagen zurückzugreifen, und die Fahrt nach England rückte in immer weitere Ferne. Sie hätte ihren Körper verkaufen sollen, aber wer würde für das Wrack auch nur einen Sou bezahlen? Zudem hätte sie den Mann, der nach ihrem Körper griff, womöglich umgebracht.

Sie hatte Wilma geschrieben, dann Paul. Die beiden hatten Chaja gestohlen, sie mussten ihr helfen, sie wiederzubekommen. Aber Wilma und Paul hatten nicht einmal geantwortet. Stattdessen war der Türke nach Paris gekommen. Lucien hatte Eva zugesagt, ihr eine Karte für die Vernissage in der Galerie zu besorgen, doch dann war er bei einem seiner Mädchen hängen geblieben und hatte es vergessen. Sie hätte den Türken am Fluss zur Rede stellen können, aber während sie auf der Brücke stand und auf das Gemälde dieser Sommerfrischler hinuntersah, wurde ihr klar, dass sie sich ins eigene Fleisch schnitt, wenn sie Chaja hier in Paris von ihm zurückforderte.

Er würde wohl kaum postwendend heimfahren, um sie zu holen. Eher würde er ihr wie ein honoriger Seelsorger ins Ohr säuseln, dass sie bei seiner Rotgelockten besser aufgehoben sei, Eva

solle an das Wohl des Kindes denken, und er empfehle sich. Wer würde ihr helfen? Sie konnte zu keiner Behörde laufen und melden, ein ausländischer Ehrengast habe ihr Kind gestohlen. Sie war Sandrine Clermont und hatte kein Kind. Nach England zu fahren und sich Chaja zurückzuholen war ihre einzige Chance.
Das war das Härteste: den Mann seiner Wege ziehen zu lassen. Drei Tage später begann der *drôle de guerre,* der komische Krieg. Der Weg war versperrt.
Sie ging wieder zu Lucien, weil sie noch immer niemanden hatte, an den sie sich wenden konnte. Nur einen Jungen von zwanzig, der von Flüchtlingen Geld stahl und sich mehr oder weniger verkaufte. »Du musst mir helfen«, beschwor sie ihn. »Ich muss nach England.«
Lucien hüstelte und klang nicht länger wie zwanzig. »Dahin müssen wir alle. Aber dahin kommen wir so leicht wie ins Himmelreich.«
Als sie ihn bedrängte, packte er sie hart am Arm. »Hör auf mit dem Quatsch, besinn dich endlich. Du bist nicht erst seit gestern hier, du hättest dir Verbindungen schaffen können. Aber das hast du nicht gemacht, du hast nicht einmal richtig Französisch gelernt. Stattdessen hast du dich auf uns verlassen, und jetzt stehst du da, weil wir dir nicht mehr helfen können. Wir sind froh, wenn wir uns selbst helfen können und nicht im selben Lager landen wie du.«
»In was für einem Lager?«
»Le Vernet«, spuckte er aus. »In den beschissenen Pyrenäen, am beschissenen Ende der Welt.«
»Und wer landet da?«
»Du hast nichts im Kopf als die Soße, in der du schmorst, richtig? Wir sind im Krieg, schon vergessen? Im Krieg mit eurem beschissenen Hitler. Seit Jahren haben wir Leuten geholfen, die der sonst massakriert hätte, wir haben gehofft, es ließe sich hier

zusammen etwas aufbauen, vereinter Widerstand, der dieses Monstrum aufhält, aber es gab zu viele wie dich, denen das am Arsch vorbeiging. Und da sind wir jetzt alle. Am Arsch.«
Eva brauchte Wochen, um zu begreifen, wie tief die Falle war, in der sie saß: Deutsche Flüchtlinge wurden fortan als feindliche Ausländer betrachtet und in einem Internierungslager im entlegenen Süden zusammengepfercht. Männer wie Lucien und Michel, die der Kommunistischen Partei angehörten, wurden in Scharen verhaftet und ebenfalls verschleppt. »Wir gelten genauso als Feinde wie die Faschisten«, spie Lucien gallebitter aus. »Am Ende werfen sie uns zu denen in die Zelle – lieber verhungere ich, bevor ich aus deren Blechnapf fresse. Da hat man mal gedacht, man hat ein bisschen Glück, und schon ist alles am Arsch.«
Das bisschen Glück war ein Mädchen aus London. »Nicht hübsch. Dicke Beine, Gesicht wie ein *Crêpe*. Aber darauf zu achten muss man sich leisten können. Die Leute haben Geld. Wär' ich zu ihr gegangen, hätten sie mir sicher geholfen, mir was aufzubauen. Dann hätt' ich dich rüberholen können. Damit ist's Essig.«
Er musste verschwinden. Der Mann mit dem schweren Akzent, der bei *Citroën* als Dreher arbeitete, nahm ihn und Michel mit in den Norden, nach Rouen, wo sie untertauchen konnten. Die *Auberge* vernagelten sie mit Brettern. Eva kam es vor, als würde ihr das Fenster ihres Kerkers zugenagelt. Lucien bedeutete ihr nichts, Michel kannte sie kaum, und in Gegenwart des Drehers war ihr unbehaglich, aber sie hatte einen Ort gehabt, an dem sie ein paar Worte wechseln konnte, wenn ihr das Schweigen über den Kopf wuchs. Zudem gab es jetzt niemanden mehr, den sie um Hilfe bitten konnte.
Aus der Kantinenküche verschwand die Hälfte der Frauen. Der Mann mit den Vögeln wurde verhaftet und schreiend die Treppe hinuntergezerrt. »*Étrangers indésirables*«, zischte

Graindorges Tochter. Unerwünschte Ausländer. »Was machen die alle auf einmal bei uns?« Der Mann war Jude aus Turin, was Eva erst jetzt erfuhr, wo sie ihn nie wiedersehen würde. Für unsere Länder sind wir Feinde, die es hinauszujagen gilt, dachte sie. Und im Ausland sind wir Feinde, weil wir aus diesen Ländern stammen. Sollen wir auf den Mond? Ins Meer? Hat irgendwer sich überlegt, was mit uns geschehen soll? Wohin die Vögel des Italieners verschwanden, blieb ein Rätsel. Tagelang konnte Eva ihre *blanquette* nicht essen, weil sie fürchtete, Graindorges Tochter hätte die Vögel darin verhackstückt.
Sie selbst hatte vorerst Glück. Sie besaß einen französischen Pass, musste sich jedoch unauffällig verhalten, um keine Kontrolle herauszufordern. Zudem galt der Pass nicht ewig. Was zu tun war, wenn er ablief, wusste sie nicht.
Dafür wusste sie etwas anderes: Sie würde in kein Lager gehen, würde sich nicht noch einmal einsperren lassen. Hätte sie Chaja bei sich gehabt, wäre sie mit ihr geflohen, irgendwohin, wo es keine Menschen, keine Lager, keine Zellen gab. Aber sie hatte Chaja nicht bei sich. Sie musste ausharren und den Kopf einziehen, um niemandes Misstrauen zu erregen. Lucien hatte recht: Warum nur hatte sie in all den Monaten, die sie hier lebte, nicht einmal Französisch gelernt?
In den Monaten, die sie hier lebte? *Lebte?*
Was sie tat, war kein Leben. Nur Überleben. Warten auf Chaja. Einerseits verging die Zeit nicht, sondern trat endlos auf der Stelle, andererseits war es unglaublich, wie viel schon verstrichen war. Herbst und Winter gingen. Eva zwang sich, täglich *Le Temps* zu kaufen, ihr Französisch zu verbessern und zu erfassen, was außerhalb ihrer leeren Welt geschah. Hitler hatte Polen überrannt und Stalin einen Streifen davon abgegeben. Dass Großbritannien und Frankreich ihre Beteiligung an diesem Krieg erklärt hatten, schien in Vergessenheit geraten zu

sein. Es gab ein Scharmützel im Saarland, das nach wenigen Tagen abgebrochen wurde. Junge Männer, die eingezogen worden waren, kehrten nach Paris zurück.
Als die Kastanien wieder blühten und Eva klarwurde, wie lange sie Chaja nicht gesehen hatte, musste sie mitten auf der Brücke stehen bleiben und sich am Geländer festhalten. Chaja war fünf gewesen und war jetzt fast sieben. Eva hatte nicht einmal ein Bild von ihr, und Chaja hatte kein Bild von Eva. Wusste sie noch, wie ihre Mutter ausgesehen hatte, wenn sie sich über ihr Bett gebeugt hatte? Klang ihr im Ohr noch ihre Stimme, die als Erstes ihren Namen gerufen hatte, von wo auch immer sie heimgekommen war? Evas Leib schmerzte, als platze er wie eine Wunde. Jäh musste sie an die Skulptur auf dem Plakat denken, den aufgetriebenen Bauch, aus dem etwas herausgerissen worden war.
»Frau.« Jemand nahm ihren Arm, eine Französin, wohl im Alter ihrer Mutter. »Kriegen Sie ein Kind, geht es los, brauchen Sie einen Arzt?«
Nein, ich kriege kein Kind. Ich habe nur ein einziges gekriegt, von dem einzigen Mann, und er hat mir versprochen, seine Liebe halte alles aus. Die Nazis haben mir meine Bilder weggenommen und mein Ich kaputt geschlagen, aber mein Kind haben mein Geliebter und meine Freunde an den Türken verkauft. Der hat eine Skulptur davon gemacht: einen Menschen mit zertrümmertem Gesicht und zerrissenem Leib, die Hand, die nach dem Kind greifen wollte, abgehackt.
»Was sagen Sie?«, fragte die Frau. »Sie sind nicht von hier, was? Warten Sie, ich sehe nach, ob ich vorn an der Straße jemanden finde, der den Arzt ruft.«
Eva schüttelte den Kopf, wagte nicht, zu sprechen und sich vollends zu verraten.
»Verstehen kein Französisch?«, fragte die Frau mitfühlend. »Norwegerin?«

Verblüffung betäubte den Schmerz: »Wie kommen Sie denn darauf?«
»Na, da sind die Deutschen doch jetzt auch«, sagte die Frau. »Wo wir die Polen haben, werden wir ja sicher als Nächstes die Norweger kriegen.«
»Ja«, murmelte Eva. »Sicher.«
»Bald tummelt sich hier halb Europa. Die Deutschen kriegen doch den Hals nicht voll, aber zu uns kommen sie nicht rein. Mein Mann sagt: An der Maginot-Linie rennen sie sich die Köpfe ein.«
Eva nickte. *»Bien sûr.«*
»Geht's Ihnen besser? Kommt das Kind noch nicht?«
»Nein«, sagte Eva. »Es kommt noch nicht.«
»Dann alles Gute.«
Wie bescheiden man wurde. Früher hätte sie vermutlich mit Wilma über den Topfhut, den die Frau trug, gelästert, heute war sie dankbar für die paar freundlichen Worte. Ihr Kind kam noch nicht. Es würde den Tag feiern, an dem Eva es geboren hatte, und sie würde nicht bei ihm sein.
Die Erinnerung, die sonst zu schnell verblasste, bekam ein flüchtiges Leuchten: An Chajas viertem Geburtstag war Eva mit ihr zu ihrem Händler für Künstlerbedarf gegangen, und sie hatte sich aussuchen dürfen, was sie wollte. »Eine Staffelei, ich will meine eigene Staffelei!« Hinterher hatten sie sich mit Wilma zu *Kranzler* gesetzt, neben sich die Staffelei, auf die Chaja ihr geliebtes Bild vom *traurigen Clown* gestellt hatte, und auf ihren Wunsch hin hatten sie »so viel Kuchen gegessen, wie in uns reinpasst«. In Wilma hatte bedeutend mehr Kuchen reingepasst als in Eva und Chaja zusammen.
Später war Martin mit Hagen zu ihnen gestoßen, und sie waren mit Champagner ins *Babeurre* umgezogen. »Auf meine Prinzessin, das schönste Mädchen, das je geboren worden ist.«

In Martins Augen hatten Tränen geglänzt. Sie hatte ihn dafür geliebt, er war ein Bild von einem Mann, er konnte sich erlauben, wie ein Schlosshund zu heulen. »Danke für das wundervollste Geschenk meines Lebens – ich war nichts, bevor ihr beide kamt, ich weiß nicht, wie ich gelebt habe.« Dann hatte er Eva geküsst.

Bist du jetzt wieder nichts, Martin? Warum hast du es nicht bei dir behalten, das wundervollste Geschenk deines Lebens? Wäre Chaja bei ihrem Vater, ich könnte ertragen, sie nicht bei mir zu haben, ich könnte ertragen, an sie zu denken und mir vorzustellen, wie du ihr von mir erzählst, ihr meinen Namen nennst und ihr mein Gesicht auf Bildern zeigst. Sie würde auf mich warten und nicht vergessen, dass ich ihre Mutter bin.

Ich wäre nicht ausgelöscht, als hätte es mich nie gegeben – im Leben meines Kindes wäre ich noch da.

Die deutsche Wehrmacht besetzte Norwegen und Dänemark, und in London geriet darüber die Regierung ins Wanken. Irgendein früherer Kriegsminister hatte nicht länger still sitzen, sondern Norwegen selbst besetzen und Hitler entgegentreten wollen. Er war nicht gehört worden, und jetzt warf die Opposition Premierminister Chamberlain vor, er habe eine Flutwelle über Europa rollen lassen, ohne zumindest einen Damm zu bauen. Eva betrachtete das körnige Zeitungsfoto. Früher hätte ich ihn malen wollen, dachte sie. Der Mann sah nicht aus wie ein Kriegsminister, sondern wie jedermanns Großonkel, ein verfetteter Bassethund mit Zigarre. Nur die Augen und der schiefgezogene Mund verrieten, welch ein Orkan in ihm auf seinen Ausbruch wartete.

Drei Tage später kannte seinen Namen die ganze Welt. Er hieß Winston Churchill und löste Chamberlain als Premierminister ab, er war der Mann, der die Kartoffeln aus dem Feuer holen sollte. Am selben Tag marschierten deutsche Truppen in die Niederlande, nach Belgien und Luxemburg ein. Eva ging zur Arbeit. In der mit Dampf gefüllten Großküche stand jede Helferin für sich und starrte auf Schälgut und Schälmesser, zu verängstigt, um den Kopf zu heben. Als Eva ins Hotel zurückkehrte, beschlich sie der Eindruck, die Franzosen zögen ihre Köpfe ein wie die fremden Arbeiterinnen.

Rotterdam ergab sich nicht. Warschau hatte sich ebenfalls nicht ergeben. In den Zeitungen waren Bilder von beiden Städten, nachdem deutsche Bomber sie zum Aufgeben gezwungen hatten. Warschau und Rotterdam glichen dem Bild in Evas Kopf. Früher hatte sie einmal zu Martin gesagt: »Vielleicht brauche ich Krieg, um weiterzukommen. Um Gesichter zu schaffen wie dein Türke, muss ich vielleicht einen Schmerz darin sehen, den ich mir ohne Krieg nicht vorstellen kann.«

Jetzt dachte sie: Wenn ich ein Bild vom Krieg malen würde, wäre kein Gesicht mehr darin. Nichts Menschliches. Sie hätte eine Leinwand grau anmalen und sie Warschau und Rotterdam nennen können.

Nur Warschau und Rotterdam?

Zwei Tage später fielen Bomben auf Sedan hinter der belgischen Grenze. Deutsche Panzerdivisionen folgten. Statt sich die Köpfe an der Maginot-Linie einzuschlagen, kamen sie über die Ardennen, die nach Einschätzung der französischen Heerführung unpassierbar waren. Die Stadt wurde eingenommen. Am nächsten Tag flog Churchill nach Paris, um mit dem französischen Ministerpräsidenten Reynaud zu sprechen. Als Eva zur Fabrik kam, wurden sie und die anderen Frauen an den Toren abgewiesen. Es gab keine Arbeit mehr, die Betriebsküche war geschlossen, und ausstehender Lohn verfiel. Zu protestieren wagte keine der Frauen. Sie gingen mit eingezogenen Köpfen ihrer Wege.

Was sollte werden, wenn die Küche sie nicht wieder aufnahm, wo sollte sie Arbeit finden, wie sollte sie leben? In ihrer *épicerie*, wo sie, um zu sparen, keine Lebensmittel, sondern nur Wein kaufte, blieben die Kunden zum Schwatzen, weil niemand das Alleinsein aushielt. »Jetzt kommen ja die Briten«, dozierte ein selbsternannter Redner. »Die richten's schon. Der Spuk ist bald vorbei.«

»Ha, die *boches* nach Hause schicken, das könnten wir selbst«, protestierte das pomadisierte Männchen, das den Laden betrieb. »Dazu braucht's keine Briten, sondern einen anderen Mann an der Spitze. Reynaud ist ein müdes Füchslein, das nichts vom Krieg versteht, aber wenn wir Pétain die Zügel in die Hand geben, lehrt er die *boches* das Fürchten, wie er's schon einmal getan hat.«

Eine Frau, die mit ihren zwei Einkaufstaschen schon an der Tür war, drehte sich um. »Damals sind die *boches* aber nicht über Sedan hinausgekommen«, sagte sie. »Heute sollen sie schon vorm Kanal sein, und Maréchal Pétain ist kein schneidiger Kriegsheld mehr, sondern ein Greis mit Mitte achtzig. Was für Wunder soll der wirken, er oder der lasche General Weygand, den sie nun plötzlich als Oberkommandanten aus Syrien herbeizitieren?«

»Seit wann verstehen Frauen was vom Militär?«, brummte der Ladenbesitzer. »Habt ihr mit Einkauf und Kindern nicht genug zu tun?«

»*Voilà.*« Die Frau hob die prallen Taschen. »Mein Einkauf ist gemacht. Und mit den Kindern fahre ich morgen ins Sommerhaus. Wenn die *boches* hierherkommen, in ihren scheußlichen Uniformen, dann steh ich nicht da und heiße die willkommen.«

»Hierher?« Der Redenschwinger wandte sich ihr zu, und der Ladeninhaber ruckte an seiner Brille. »*Ma belle dame,* dies hier ist Paris, die Hauptstadt von Frankreich. Wenn die *boches* hierherkommen wollen, um sich eine Tracht Prügel abzuholen, sollen sie's nur versuchen. Aber die Prügel beziehen sie schon im Norden, so war's das erste Mal, und so kommt's diesmal wieder. Bis es Zeit für die Sommerhäuser wird, ist der Krieg vorbei.«

Vielleicht würde der Krieg vorbei sein, doch mit welchem Ausgang? Die Gespräche in den Straßen wurden stiller, die Kinos schlossen, in der strahlenden Frühlingssonne picknickte kein Mensch mehr am Fluss. Am 4. Juni nahm die deutsche Wehrmacht Dünkirchen ein. Mehr als 300 000 Soldaten, Briten wie Franzosen, flohen zu Schiff über den Ärmelkanal nach England.

Eva ging weiterhin jeden Morgen zur *Citroën*-Fabrik. Nicht sosehr weil sie hoffte, die Tore würden sich wieder öffnen, sondern weil sie sonst nichts zu tun hatte und nicht den ganzen Tag in dem stickigen Zimmer sitzen bleiben konnte. Als sie zwei Tage nach der Besetzung von Dünkirchen zurück ins Hotel kam, fand sie ihren Koffer und die Tasche, mit denen sie vor anderthalb Jahren angekommen war, auf der Treppe vor der Tür. Ihre Habe war achtlos hineingestopft.

»Was soll das?«, schrie sie auf Deutsch und hämmerte mit den Fäusten an die Tür. Dann besann sie sich und griff nach dem Türklopfer. »Monsieur Graindorge! Machen Sie mir auf! Sie können mich nicht rauswerfen, meine Miete ist bis zum nächsten Ersten bezahlt …«

Sie schrie und bettelte. Ihr Geld ging zur Neige, und sie hatte keine Arbeit – was sollte werden, wenn sie auch noch ihr Zimmer verlor? Alles, was sie dachte, war: Chaja. Wenn ich kein Zimmer habe, kann ich mich nicht waschen, wenn ich mich nicht waschen kann, finde ich keine Arbeit, wenn ich keine Arbeit habe, komme ich nicht zu Chaja.

Ich muss zu Chaja. Sie hämmerte gegen die Tür.

Irgendwann gab Graindorge nach, wohl um zu vermeiden, dass Anwohner die Polizei riefen. Er zog die Tür auf und stand mit seiner Tochter dahinter. Der dünne Arm, den er um die Hüften der Tochter schlang, machte deutlich, dass die mürrische Frau, die ihm wie ein Zerrbild glich, sicher nicht seine Tochter war.
»Mach, dass du wegkommst«, sagte Graindorge, der sie anderthalb Jahre lang gesiezt hatte. »Glaubst du, ich weiß nicht, dass du eine *boche* bist, glaubst du, ich will dich hier noch haben? Ich mag keinen Ärger. Sonst würde ich dich der Fremdenpolizei melden, und wenn du nicht gleich weg bist, überleg ich's mir.«
»Aber ich habe doch niemanden, zu dem ich gehen kann«, rief Eva. Selbstverachtung ergoss sich wie ein Kübel voll Abwasser über sie. Sie war die Frau, die sich vor der Gestapo auf der Erde gewälzt und die Schinder angebettelt hatte, sie war die Frau, die sich vor diesem schmierigen Absteigenwirt wälzte, sie war ohne Wert, ohne Würde, kein Mensch, mit dem man Mitleid hatte, sondern ein Insekt, das man wegschnipste. Wenn Chaja sie so sah – würde sie nicht vor Scham davonlaufen, zurück in die Arme ihres Türken, der im Gras lag und Wein schlürfte, ohne einen Fleck auf seinem schneeweißen Hemd?
»Yves hat dir gesagt, du sollst verschwinden«, keifte die Frau. »Jetzt mach schon die Tür zu, Yves.«
»Und was ist mit meinem Geld?«, rief Eva. »Ich habe bis zum Ersten bezahlt, lassen Sie mich zumindest bis zum Ersten bleiben!«
»Dein Drecksgeld macht unseren Verlust nicht wett«, erwiderte die Frau. »Yves muss neues Bettzeug kaufen, in Laken, in denen eine *boche* geschlafen hat, schläft kein Mensch mit Anstand mehr.«
»Ich bin keine *boche*«, schrie Eva. »Ich bin Jüdin!«
Sie hatte das nie gedacht. Es hatte keine Bedeutung gehabt, doch jetzt hatte es eine: Ich bin gehetzt und ohnmächtig. Ein

Opfer, das sich nicht helfen kann. Sie dachte an den Davidstern um Chajas Hals, und auf einmal fragte sie sich: Was ist mit meiner Schwester, mit meinen Eltern in Niedernhausen?
»Glaubst du, wir wissen nicht, was du bist?«, fragte Graindorge.
»Hau endlich ab.«
»Komm da weg, Mädchen«, sagte jemand mit einem schweren Akzent. »Beeil dich. Bring die Leute nicht gegen dich auf.«
Eva drehte sich um, wandte ihr verheultes Gesicht dem Mann zu, der hinter ihr stand. Es war der Dreher, Michels Freund, der ihr die Arbeit bei *Citroën* vermittelt hatte. Sie sah sein Gesicht nicht gern an. Früher hätte sie es zweifellos malen wollen, doch seit es kein Malen mehr für sie gab, machten solche Gesichter ihr Angst. Es war sehr dunkel, geradezu finster, das Haar wuchs schwer in die Stirn, und auf Wange und Nasenwurzel prangten Narben. Die Augen lagen in tiefen Höhlen und waren zu schwarz, um sie zu lesen, eher Tier- als Menschenaugen. Er war schlecht rasiert und trug eine Krawatte mit Punkten zum gestreiften Hemd. Flüchtig glaubte sie Wilma zu hören, die einen Witz darüber riss.
»Deine Freundin, Mann?«, fragte Yves Graindorge. »Dann tust du gut dran, sie wegzuschaffen. Euch beide am besten, algerisches Kroppzeug kann ich vor meiner Tür auch nicht brauchen.« Er wedelte mit der Hand und machte: »Ksch«, als ob er Tauben verjagen wollte.
Der Mann hob Evas Gepäck auf und führte sie in die Seitenstraße. »Er hatte bisher nie etwas dagegen, dass ich bei ihm wohne«, stammelte sie, als schulde sie dem Fremden eine Erklärung. »Er wusste nicht einmal, dass ich Deutsche bin.«
»Gewusst wird er's wohl haben«, sagte der Mann. »Aber es war ihm egal, solange du bezahlt hast.«
»Ich habe jetzt auch bezahlt!«

»Jetzt stinkt dein Geld«, sagte er. Seine Stimme war dumpf und fremd, so wenig angenehm wie sein Gesicht. »Die Deutschen marschieren auf Paris. Bis sie da sind, muss eine wie du hier weg.«

»Hier weg?«, fragte Eva. »Aber wo soll ich denn hin?«

»Das wissen die meisten nicht«, sagte der Mann. »Die Straßen sind voll mit Leuten, die flüchten, acht Millionen oder mehr. Wenn deutsche Panzer kommen, rollen sie die platt.«

»Dann wird in Paris gekämpft?« Sie dachte an *Notre-Dame*, an die ganze stolze Unbekümmertheit der Stadt, die ihr unzerstörbar erschienen war, hochmütig und hübsch, wie sie selbst es einmal gewesen war.

»Nein«, sagte der Mann, der vermutlich im Leben noch nie gelacht hatte. »Paris wird zur offenen Stadt erklärt, damit sie nicht endet wie Warschau und Rotterdam.«

»Das heißt, die Deutschen marschieren hier ein? Und niemand hindert sie daran?«

»Niemand«, sagte der Mann. »Entweder du bist vorher weg oder wirst geschnappt und nach Deutschland geschafft. Entscheide du. Wenn du nicht willst, kann ich den Platz im Wagen jemand anders geben.«

»In was für einem Wagen?« Sie würde nicht nach Deutschland zurückgehen, würde eher sterben, als sich einfangen lassen. Aber wenn sie starb, würde Chaja vergessen, wer ihre Mutter war. Sie würde die rothaarige Liebesgöttin des Türken für die Frau halten, die sie geboren hatte, und Eva Löbel gab es nicht mehr.

»Ich bring ein paar Leute im Wagen nach Süden«, sagte der Mann. »Leute wie dich. Die dringend rausmüssen. Wie weit wir kommen, kann ich dir nicht versprechen, es will ja jeder weg, die Straßen sind verstopft. Aber wir versuchen es.«

Sie waren immer weiter gegangen, durch ausgestorbene Straßen, ohne dass Eva auf den Weg geachtet hatte. An einem der kleinen

Plätze, wo sonst Alte ihren *Pernod* tranken und Jungen einen Ball kickten, war es totenstill . Ein kleiner Lastwagen, wie Blumenhändler ihn benutzten, war mit geschlossener Plane am Rinnstein geparkt. Im Näherkommen erkannte Eva, dass unter die Plane Tiere gepfercht waren, die in der Enge hin und her huschten. Als sie noch näher kamen, sah sie, dass es Menschen waren.
»Wir sind zu sechst«, sagte der Mann. »Viel Platz gibt es nicht.«
»Warum helfen Sie mir?«, fragte Eva. »Wir kennen uns nicht.«
Der Mann zuckte die Schultern. »Mir geht's nicht ums Kennen. Ich nehme mit, wer in Gefahr ist. Michel hat mir eine Liste gegeben. Jetzt steig ein oder geh.«
Eva trat auf den Wagen zu. »Warum tun Sie das?«, fragte sie. »Sie sind Algerier. Warum gehen Sie nicht zurück in Ihr Land?«
»Weil ich keines habe«, sagte er, hob die Plane und half Eva hinauf.

# 26

## WALLY
## LONDON, JUNI 1940

Dies ist der *Home Service* der BBC. Es folgt eine Ansprache auf Französisch, die für unsere französischen Hörer von größter Bedeutung ist. Zu Ihnen spricht General Charles de Gaulle, Staatssekretär von Frankreich und zuständig für die britisch-französische Kooperation.«
Der Sprecher wiederholte die Ansage auf Französisch, dann begann der General zu sprechen. Die ersten Worte gingen un-

ter, weil das Baby zu schreien anhob. »*For heaven's sake*«, fuhr Dexter Taylor auf. »Ausgerechnet jetzt. Kannst du ihn nicht rausbringen?«

»Du kannst doch sowieso kein Französisch. Edu und mich betrifft das hier mehr als dich.«

»Zum Kuckuck«, entfuhr es Wally.

Resolut stand Doris Taylor auf, lud sich das Baby auf den Arm und stampfte mit ihm aus dem Zimmer.

»Glauben Sie mir«, sagte die schöne Stimme von General de Gaulle, die Wally an einen blankgeriebenen Gewehrlauf erinnerte. »Nichts ist verloren für Frankreich. Die gleichen Mittel, die uns besiegt haben, können eines Tages den Sieg erringen. Denn Frankreich ist nicht allein! Es ist nicht allein! Es ist nicht allein!«

Dazu gehörten Nerven, dachte Wally. Das Land dieses Mannes hatte gerade seine Hauptstadt der Lawine der Nazis ausgeliefert und um einen Waffenstillstand gebettelt. Es hatte einen vierundachtzigjährigen Greis, der entweder an Altersschwachsinn litt oder ein verkappter Faschist war, zum Staatsoberhaupt ernannt und ihm die Geschicke des geschundenen Landes anvertraut. Marschall Pétain war ein gefeierter Kriegsveteran, der Held von Verdun, der etlichen Franzosen wie der Retter in der Not erschien, weil sie statt des Hirns den Bauch zum Denken benutzten. Hatten aber die Hirndenker nicht die verdammte Pflicht, die mit den denkenden Gedärmen vor sich selbst zu bewahren?

Premierminister Reynaud hatte eine Fortsetzung des Kampfes gefordert, hatte daran erinnert, dass etliche französische Einheiten nach England evakuiert worden waren, dass Frankreich und Britannien eine Einheit bildeten, die überrumpelt worden war, aber erstarkt zurückschlagen konnte. Natürlich war derlei Optimismus lächerlich. Die Franzosen hatten keinerlei Reser-

ve, und sie selbst hatten sich mit der Kriegsvorbereitung zu viel Zeit gelassen. Die *Air Force* keuchte, um den Abstand aufzuholen, aber die moderne Luftstreitkraft, die Hitler und sein Oberbefehlshaber Göring über Jahre hatten aufbauen können, war ihr nicht nur zahlenmäßig um Längen voraus. Wally wollte nicht in einen Krieg ziehen, der Gedanke an Gewalt, an Waffen, an Leben in Baracken war ihm schon als Junge zuwider gewesen, aber welche Wahl hatten sie?
Krieg bedeutete Zerstörung. Faschismus bedeutete Krieg ohne Ende.
Zu Reynauds Forderung gab es keine Alternative. Die, die ihn aus dem Amt drängten, den unsäglichen Pétain auf den Stuhl hievten und seine Bitte um Waffenstillstand duldeten, hatten mit dem Bauch gedacht.
»Dieser Krieg ist nicht durch die Schlacht um Frankreich entschieden«, sagte General de Gaulle, der am Vortag im Flugzeug von Bordeaux nach London geflohen war. »Dieser Krieg ist ein Weltkrieg. Das Schicksal der Welt steht auf dem Spiel.«
»Was für ein Prachtkerl«, sagte Dexter Taylor. »Mit dem schaffen wir's, was?«
»Weil er quatschen kann? Außer Fahnenflucht hat er doch nichts vorzuweisen, Hitler hat ihn und seine feigen Franzen vorgeführt wie Schießbudenfiguren.«
Wally sprang auf. Seb war achtzehn, ellenlang und hatte einen frischen Musterungsbefehl in der Tasche, aber das änderte nichts an seinem Wunsch, ihn mit einer Ohrfeige zum Schweigen zu bringen. Er kam nicht dazu. Die Ohrfeige klatschte, aber Wally war nicht der, der sie ausgeteilt hatte.
Seb hielt sich die Wange. Vor ihm hatte sich Jordan Taylor aufgebaut, den Bauch, der aussah, als hätte man ein Kind darin vergessen, über dem Rockbund, die Hände in die Hüften gestemmt. »Das heißt nicht Franzen«, sagte sie. »Und wenn's um

Feigheit geht, machst du weichgekochtes Ei besser die Klappe zu.«
»Ich, General de Gaulle, rufe alle französischen Offiziere und Soldaten, die sich auf britischem Gebiet befinden, alle Ingenieure und Rüstungsarbeiter auf, sich mit mir in Verbindung zu setzen«, sagte Charles de Gaulle.
Seb sprang auf und hob die Hand, aber ehe Wally einschreiten konnte, hatte Dexter Taylor ihn am Arm zurückgerissen. »Meine Tochter schlägst du nicht, hast du verstanden? Das hier ist das Haus meines Freundes, und solange mein Freund nicht hier sein kann, vertrete ich sein Recht als Hausherr. So was würde er nicht dulden, Beleidigungen gegen unsere französischen Verbündeten und Drohungen gegen Frauen, also dulde ich es auch nicht.«
Seb spuckte allen Ernstes auf den Boden, auf das schöne, rötliche Tafelparkett. »Der Armenier. Mühe gibt er sich ja, aber bei dem stimmt's vom Blut her nicht. Solche Völker, diese ewigen Opfer, taugen nicht als Führer, nur als Untergebene.«
Jetzt holte Taylor aus. Wally sprang vor und drängte ihn beiseite. »Es tut mir leid, diesen Flegel in euer Haus gebracht zu haben«, rief er und wollte zuschlagen, aber jemand zog ihn zurück. Marnie. Seb hatte die Faust geballt, doch Marnie schob sich zwischen die beiden. Ein paar Sekunden lang standen alle still.
»Was auch geschieht, die Flamme des französischen Widerstands darf nicht erlöschen. Es lebe das freie Frankreich, seine Ehre und Unabhängigkeit. Ich werde morgen wie heute zu Ihnen sprechen und danke dem Premierminister Britanniens, der mir dies ermöglicht.«
*»Merci et bonne chance, Monsieur le Général«*, sagte Marnie. »Was Seb betrifft, so ist er Armans Gast, daher verlange ich von jedem hier, dass er ihn respektiert. Wäre er meiner, würde ich ihn rausschmeißen.«

Wally sah sie an und fand sie lieblich, ein lachhaft altmodisches Wort und doch das einzige, das zutraf. Sie trug einen bodenlangen blauen Rock, darüber eines von Armans Hemden und ihre Brombeerhecke von Haar. Sie hatte in dem schönen Ohrensessel gesessen, jeden Arm um ein Mädchen geschlungen, im Schoß ein Buch und um die Füße der Scotchterrier. Aus dem Bild hätte Wally eine Postkarte machen und an die Soldaten an der Front verschicken wollen: Das ist es, wofür ihr kämpft. Lasst euch nicht einreden, es sei irgendetwas anderes. Die, die mit Frostbeulen und Todesangst *There'll Always Be an England* sangen, sollten dieses Bild vor Augen haben und sonst nichts.

Doris Taylor kam mit dem Baby, das jetzt selig schlief, ins Zimmer zurück. »Ist er fertig? Hat er gut gesprochen?«

»Er hat soeben das freie Frankreich begründet, Dee«, erklärte Dexter. »So eine Art französischer Kriegstruppe in unserem Land.«

»Recht so. Der holt mir mein Paris schon zurück. Unser Churchill redet ja auch das Blaue vom Himmel mit seinem Blut, Schweiß und Tränen, aber diese Franzosen – wer da nicht schmilzt, hat doch kein Herz.«

»Wie hast du denn das geschafft?«, fragte ihre Tochter und wies mit dem Kopf auf das teigige Gesicht des Säuglings. »Bei mir tut er den ganzen Tag nichts als quengeln.«

»Der älteste Trick im Buch, *dearie.* Finger in den Zuckernapf, Finger in Babys Mund, fertig ist der Lack.«

»Sei sparsam mit dem Zucker, Dee«, warnte ihr Mann. »Du weißt, ohne deinen Tee funktionierst du so wenig wie all die dicken Autos, die jetzt ohne Benzin dastehen.«

»Bringt *Black Beauty* eigentlich auch so schmeichelhafte Vergleiche zustande?«, wandte sich Doris an Marnie. »Ach du liebe Zeit, *sugar pie,* nicht weinen! Ich weiß, wer seinen Stoffel heil und rund bei sich sitzen hat, darf nicht jammern, und ich steh wieder mal in einem Fettnapf, der die Schmalzration für einen ganzen Monat enthält.«

Die Rationierung von Benzin und Lebensmitteln war sofort nach Kriegsbeginn eingeführt worden. Ein Nachteil eines Inselstaats bestand darin, dass die meisten Güter übers Meer importiert werden mussten, und die deutsche U-Boot-Offensive drohte diesen Zufluss abzuschneiden. Der Vorteil dieses Inselstaats bestand jedoch in Menschen wie Doris Taylor, die sich mit Gleichmut in ihr Schicksal fügten, *The Kitchen Front* im Radio hörten und Schafsherzen in Streifen als Frühstücksspeck servierten. Der Doppelhaushalt am *Regent's Canal* erweckte nicht den Eindruck, als litte er irgendeinen Mangel, nur weil Käse und Orangenmarmelade knapp wurden.

»Schon gut, Dee.« Amarna, die sich wieder zwischen die beiden Mädchen gesetzt hatte, lächelte tapfer. »Bei Arman wäre so ein Autovergleich ein Kompliment. Wenn er die Heckflossen von einem *Rolls-Royce* anschmachtet, kann meine Kehrseite einpacken.«

Sie beugte den Kopf über das Buch und bemühte sich redlich. Dann jedoch gab sie auf und erhob sich. »Kann ich dich sprechen, Wally? Allein?«

»Das ist doch keine Frage.«

»Komm«, sagte sie und ging ihm voraus in Richtung Atelier. Sie hatte es abgeriegelt wie ein Heiligtum, doch am Ende befand sich ein durch eine separate Tür zugänglicher Bereich, in dem Arman seinen Schreibtisch hatte. Der war eine Augenweide. *Gillows of Lancaster,* Mahagoni und Walnuss, ein Einzelstück in Übergröße. Sämtliche Papiere darauf in ordentlichen Stapeln, Servierwagen und Zeitungsständer im gleichen klaren Design, das die Schönheit des Holzes betonte. Neben dem Ständer lagen schwarze Vorhänge, um das Panoramafenster der Vorschrift gemäß zu verdunkeln. Amarna setzte sich an den Tisch und bot Wally den Sessel an.

»Warum gehen wir nicht in dein Arbeitszimmer?«, fragte Wally.

»Weil ich gern hier sitze«, sagte sie.

»Was Seb gesagt hat, war ekelerregend«, sagte Wally. »Ich muss mich für ihn entschuldigen.«

»Musst du nicht«, sagte Amarna. »Du bist nicht er.«

»Aber ich gehöre zu den Leuten, die ihn erzogen haben, oder besser: zu denen, die genau das versäumt haben.«

»Vielleicht verwächst es sich. Arman war der grässlichste Flegel von ganz Boğazköy.«

»Glaubst du das?«

»Was? Dass Arman ein Flegel war? Unbesehen. Dass sich das, was Seb tut, verwächst? Ich weiß nicht, Wally. Es scheint eine so fürchterlich ungute Zeit, um jung zu sein. Bitte schlag ihn nicht mehr. Arman dreht sich der Magen um, wenn er nur daran denkt.«

»Mit Verlaub, Armans Magen kann mich in dieser Sache mal gernhaben. Seb hat Schlimmeres verdient als ein paar Ohrfeigen.«

»Er bekommt ja auch Schlimmeres, oder? Hast nicht du mir erklärt, ein Mann lässt sich nicht ohrfeigen? Und genau das möchte Seb so furchtbar gern sein – ein Mann.«

»Dann soll er sich wie einer benehmen.«

»Herrgott, er muss es doch erst einmal lernen! Weißt du, was Bülent mit Arman gemacht hat? Ihm vorgelebt, wie Mannsein geht. Mit Schlägen hat er es auch versucht, weil er Angst hatte, dass er ihm sonst verdirbt, aber er hatte wochenlang alles getan, um Armans Schmerzen zu lindern, es schien ihm völlig absurd, ihm neue zuzufügen. Und Arman hatte keine Schläge nötig. Er wollte Bülent gefällig sein, nicht weil der ihm drohte, sondern weil er ihm imponierte. Wenn Seb niemanden hat, der ihm das gibt, muss sich auch niemand wundern, dass er meint, er brauche um jeden Preis einen *Matilda*-Panzer, um ein Mann zu sein.«

»Vielleicht hilft ihm der«, sagte Wally, dem das Gespräch über Seb ebenso an den Nerven zerrte wie das ständige Grübeln darüber, was er an dem Jungen versäumt hatte. »Zumindest wird ihm der Drill nicht schaden, und Sorge bereitet mir nur, er könnte zu den Nazis überlaufen.«

Marnies bemerkenswerte Augen wurden schmal. »Manchmal kann ich von euch Männern wirklich nur Bülent ertragen«, sagte sie.

»Tut mir leid«, beeilte er sich zu murmeln. »Sprechen wir von etwas anderem. Es ist schön, dass du wieder da bist. Du hast nicht nur mir gefehlt, sondern dem ganzen Museum. Ganz London, glaube ich.« Sie war wochenlang in Kent gewesen. Seit sie das Kind aufgenommen hatte, arbeitete sie nur noch sporadisch, und sobald Warnung erging, die Kriegslage könne sich zuspitzen, zog sie mit ihrem ganzen Haushalt nach Kent. Bei einer anderen hätte er sich womöglich empört, sie vergeude ihr Können an Eintopf und Strickstrümpfe. Ihr aber stand es. Sie würde immer Marnie sein und das, was ihr am Herzen lag, mit Überzeugung tun, ob sie nun um Grabstelen aus Urartu kämpfte oder mit ihrer kunterbunten Herde im *Anderson Shelter* Haferplätzchen aß.

Sie fehlte ihm trotzdem. Die Fachgespräche so sehr wie die Abende im *Plough*.

»Wir hatten gehofft, du würdest uns in Kent besuchen kommen.«

»Ich war zu oft in Suffolk, fürchte ich.«

»Ist die Überführung denn jetzt abgeschlossen?«

Wally schüttelte den Kopf. »Der Löwenanteil der Artefakte ist geborgen, aber die Katalogisierung dauert an.« Das angelsäch-

sische Schiffsgrab von Sutton Hoo war zweifellos der sensationellste Fund, der zu Wallys Lebzeiten gemacht werden würde. Dass man ihn mit der Bergung betraut hatte, ehrte ihn, auch wenn es nicht sein Fachgebiet betraf.
»Was du leistest, ist großartig«, sagte Marnie.
»Mein Vater findet, es ist die Ausrede eines Drückebergers, dem die Courage fehlt, sein Land mit der Waffe zu verteidigen.«
»Wenn niemand bewahrt, was dieses Land ausmacht, gibt es nichts mehr zu verteidigen«, erwiderte Marnie. »Die Scharen von Freiwilligen, die Sand in Säcke stopfen und sie um Londons Denkmäler auftürmen – kämpfen die etwa nicht für ihr Land? Und falls dein Vater unbedingt jemanden braucht, der für die Ehre der Farnshaws den Heldentod stirbt, hat er jetzt ja Seb.«
»Zynismus hat dir noch nie gestanden«, sagte Wally, obwohl er nicht mehr sicher war, ob er wirklich noch dieser Ansicht war.
»Ich bin nicht zynisch. Ich habe Angst.«
Kurz schwiegen beide. »Es wird jetzt ernst, nicht wahr?«, fragte sie dann.
»Ich nehme an, du hast diese Frage deinem Mann schon gestellt«, sagte Wally, »aber keine befriedigende Antwort erhalten.«
»Ich will mich noch immer nicht mit dir über meine Ehe unterhalten«, sagte Marnie. »Nicht mal im Krieg. Ich will wissen, was Arman tut. Von dir als meinem Freund.«
»Und wenn ich es auch nicht weiß?«
»Du weißt es«, erwiderte sie.
Automatisch fuhr seine Hand unter sein Jackett. »Darf ich hier rauchen?«
Sie stand auf und ging zum Servierwagen. »Darfst du. Einen Brandy bekommst du auch. Calvados, *Age Inconnu*, dreißig Jahre alt. Mein Mann ist der geborene Snob.«
»In der Tat. Zumal er das Zeug offenbar nicht trinkt, sondern nur zu Dekorationszwecken anschafft.«

Sie lachten beide. Dann fuhr Amarna herum. »Wally, hilf mir. Ich habe für Kinder zu sorgen, ich kann der Angst nicht gestatten, mir die Luft abzudrücken. Chaja hat seit bald drei Monaten nicht mehr in der Nacht geweint, ich will nicht, dass sie wieder damit anfängt. Und der kleine Édouard, unser Pariser Souvenir, braucht den besten Start, den er bekommen kann.«

»Édouard.« Wally pfiff durch die Zähne. »Eine Nummer kleiner hätte nicht gereicht, was?«

»Doris wollte gern Edward«, sagte Marnie. »Aber Jordan bestand darauf, der Name müsse französisch sein.«

»Ich verstehe. Und wer ist das Mädchen mit den Rattenschwänzen, das vorhin bei dir saß? Ein weiterer Neuzugang?«

»Deirdre, Chajas Schulfreundin«, sagte Marnie. »Die beiden haben sich wochenlang nicht gesehen, also bleibt sie ein paar Tage bei uns.«

Wally lächelte. »Ihr sammelt Menschen wie andere Briefmarken. Aber man kann es denen, die bei euch kleben bleiben, nicht verdenken. Deine kleine Jüdin ist bildhübsch. Mein Kompliment, Marnie.«

»Ich habe sie nicht gemacht«, blaffte sie. »Und wie du *deine kleine Jüdin* sagst, klingt es, als meintest du Claude-Jeune.«

»Wer ist Claude-Jeune?«

»Chajas Hund. Sie heißt Chaja, Wally. Chaja. Nicht Jüdin.«

»Ist ja gut. Ich hatte nichts Böses im Sinn. Es macht mir nur ein wenig Sorge, dass ihr das Mädchen betrachtet, als wäre sie euer Kind.«

»Das tun wir nicht«, entgegnete sie scharf. Sie langte über den Schreibtisch, nahm ein Blatt von einem der Stapel und hielt es ihm hin. »Hier. Sieh dir das an.«

»Was ist das?« Es war eine von Armans Zeichnungen, die er Gekritzel nannte, wohl weil er beim Zeichnen kaum hinsah.

Aber diese war anders. Detaillierter, lebensnaher. Außerdem enthielt sie Farbe, die Arman sonst nie benutzte. Sie zeigte zwei Frauen, von denen eine auf einer Bordsteinkante saß und die andere dahinter stand. Die Sitzende war schlank, hielt den Kopf vornüber gebeugt und hatte langes Haar. Die Stehende hatte einen Kugelbauch und eine Frisur, die ebenfalls einer Kugel glich. Die Umgebung – Häuser, Bäume, Autos – war genauer gezeichnet als die Menschen, was für Arman völlig untypisch war. Ein paar Einzelheiten waren in kindlichen Strichen bunt gemalt: das Blau des Himmels, die Lippen der Stehenden und ihre roten Schuhe.

»Chaja hatte eine Zeichnung im Koffer, als sie ankam«, sagte Marnie. »Auch einen Brief, nicht von ihren Eltern, aber von einer Tante. Dr. Greenstein schärft uns ein wie ein Wanderprediger, wir sollen mit Chaja über ihre Familie reden, und ich habe mehrmals versucht, den Brief mit ihr zu lesen. Aber sie wollte nicht. Sie fing an zu weinen, wollte auch die Zeichnung nicht sehen und hat versucht, sie zu zerreißen. Ich habe es nicht mehr ausgehalten, und Bülent hat gesagt: Warum lässt du das Kindchen nicht in Frieden? Ich hätte Arman nie so gequält, ich hab ihn Holz hacken lassen und Ziegen hüten, da hat er sich ausgetobt und konnte besser schlafen.«

»Aber das kannst du doch nicht vergleichen!«, rief Wally entsetzt. »Arman war fast erwachsen, außerdem hatte er ja keine Eltern, zu denen er hätte zurückgehen können.«

»Ich vergleiche gar nichts«, versetzte Marnie. »Aber Chaja ist glücklich, wenn sie schwimmt und Rad fährt und mit Claude-Jeune durch die Felder tobt. Nicht wenn sie gezwungen wird, Briefe von Leuten zu lesen, die sie lieber vergessen will. Ich will, dass es ihr gutgeht, wie ich will, dass es Arman gutgeht. Ich habe ihn nie gezwungen, von seiner Mutter zu sprechen, weshalb sollte ich Chaja zwingen?«

»Zum Kuckuck, weil ihre Mutter nicht tot ist! Zumindest hoffe ich das, und du und Arman, ihr hofft es doch wohl auch.«

»Was denkst du eigentlich von uns?«, fragte Marnie. »Dass wir uns wünschen, die Nazis sollten diese fremde Frau umbringen, damit wir uns ihr Kind unter den Nagel reißen können?«

»Natürlich nicht, aber ...«

»Ehe der Krieg ausbrach, habe ich meinem Freund Paul, der Chajas Eltern kennt, einen Brief geschrieben«, unterbrach ihn Marnie. »Ich wollte mehr über die Eltern erfahren, und dass in der Antwort nur Herumgedruckse stand, ist nicht meine Schuld. Das ist eben Paul. Immer um den heißen Brei. Ich kann aber mit Chaja nicht über ihre Eltern sprechen, wenn ich nichts von diesen Eltern weiß.«

»Das habe ich doch nicht gesagt ...«

»Arman hat sie gefragt, ob sie die Zeichnung nicht mag, weil sie im Koffer beschädigt worden ist«, fuhr Marnie einfach fort. »Und ob sie eine neue mit ihm machen wolle. Also haben sie die da gemacht. Chaja hat ihm gesagt, was er zeichnen soll, und er hat es aufs Papier gebracht. Ihren Vater wollte sie aber nicht dazu malen, und in ihrem Zimmer wollte sie die Zeichnung auch nicht haben. Arman hat sie hierhergelegt und ihr gesagt, sie kann sie sich holen, wann immer sie sie sehen will. Wir nehmen Chaja nicht ihre Eltern weg, Wally. Aber wir lieben sie. Es ist uns einfach passiert, ist das denn falsch? Dürfen wir sie nicht lieben, weil wir sie, wenn der Krieg zu Ende ist, wieder hergeben müssen?«

»Darauf weiß ich keine Antwort«, sagte Wally und starrte auf die Zigarette, die er noch immer nicht angezündet hatte.

»Vielleicht hast du recht«, sagte Marnie tonlos. »Manchmal möchte ich in den Nächten schreien, wie Chaja früher geschrien hat. Dann denke ich: Welches Recht haben wir, dieses Kind zu lieben, wenn wir ihm keine Sicherheit geben? Ich, die ich nicht weiß, was mein Mann tut, und Arman, der vielleicht nicht wiederkommt.«

Die letzten Silben entglitten ihr. Wally reichte ihr die Hand hin, aber Marnie wich ihm aus. »Natürlich kommt er wieder«, murmelte er. Vermutlich gab es im Krieg keinen dümmeren Satz. »Wie lange hast du ihn jetzt nicht gesehen?«

»Zwei Wochen.« Ihre Stimme zitterte. »Er ist aus Kent abgefahren, als Jordans Kind auf der Welt war und Dünkirchen fiel. So macht er es, seit der Krieg begonnen hat. Er kommt und geht, und ich weiß nicht, wo er ist. Zu Anfang habe ich gedacht, ich werde irre, aber man gewöhnt sich an die absurdesten Dinge.« Sie lachte auf. »Das ganze Land hat sich daran gewöhnt, diese Gasmasken herumzuschleppen, Doris hat sich daran gewöhnt, dass ihre geliebte Wettervorhersage im Radio verboten worden ist, damit der Feind daraus keinen Nutzen zieht, und ich habe mir eben eingeredet, dass mein Mann etwas tut, das nicht gefährlicher ist als das Märchen von den Ballons zur Flugabwehr, das er mir ins Ohr gesäuselt hat.«

Wally steckte sich endlich die Zigarette an und trank von dem Brandy. Er schmeckte nach einer beschaulichen Zeit in Herrensalons, die es vielleicht nie gegeben hatte. »Es ist kein Märchen«, sagte er. »Du hast recht, das Kriegsspiel ist vorbei. Vermutlich müsst ihr bald zurück nach Kent, und diesmal ist es kein falscher Alarm. Die Schlacht um Frankreich ist zu Ende, hat Churchill gesagt, er erwartet, dass die Schlacht um Britannien beginnt. Diese Stadt wird mit großer Wahrscheinlichkeit bombardiert werden, Marnie. Sperrballons, die Bomber in Flughöhen zwingen, aus denen sie nicht zielen können, leisten dabei unschätzbare Dienste.«

»Daran zweifle ich nicht«, erwiderte Marnie müde. »Nur daran, dass mein Mann eine solche Schwadron befehligt.«

»Er hat es monatelang getan«, sagte Wally. »Dass Offiziere, die über ungewöhnliche Fähigkeiten verfügen, für Spezialaufgaben abgeworben werden, kommt immer wieder vor.«
»Was für Spezialaufgaben?«, fuhr sie auf. »Was für ungewöhnliche Fähigkeiten? Willst du mir erzählen, dass die *Air Force* Männer braucht, die Gesichter in Stein hauen?«
»Das würde ich dir ziemlich gern erzählen«, sagte Wally. »Vielleicht brauchen wir solche Leute mehr als alles andere, damit nach diesem Krieg von uns etwas übrig bleibt.«
*»Chatschkar«,* murmelte Marnie.
»Wie bitte?«
*»Chatschkar«*, wiederholte sie. »Vergiss es. Ich zeige es dir ein andermal. Jetzt erklär mir, was Arman für obskure Fähigkeiten hat, die ihn für diese Spezialaufgaben geeignet machen. Einmal ist er mit einer Brandwunde nach Hause gekommen, als hätte ihm jemand eine Zigarette auf dem Arm ausgedrückt.«
»Ihm hat jemand eine Zigarette auf dem Arm ausgedrückt«, erwiderte Wally und drückte seine in den Aschenbecher.
»Seid ihr verrückt? Allesamt?«
»Ja«, sagte Wally. »Allesamt. Aber ich weiß nicht, ob das unsere Schuld ist. Irgendwie scheint es nicht mehr möglich, vernünftige, unaufgeregte Entscheidungen zu treffen. Wir tun, was uns einfällt, Marnie. Du, ich, Arman, Winston Churchill, Charles de Gaulle – wir haben uns alle diese Lage nicht ausgesucht und nie behauptet, uns besonders gut damit auszukennen. Ich bin ein unabkömmlich gestellter Reserveoffizier, woher soll ich das, was du von mir hören willst, eigentlich wissen? Und wenn ich es wüsste? Wenn du es wüsstest? Bist du inzwischen nicht oft genug gescheitert, um zu begreifen, dass Arman sich nicht aufhalten lässt?«
»Bin ich«, sagte Marnie mit erstickter Stimme. »Aber wie kann ich denn aufhören? Er ist mein Mann, ich muss wissen, warum

ihn jemand mit brennenden Zigaretten quält und warum er sich das gefallen lässt. Und wenn das, was er tut, gefährlich ist, muss ich alles tun, um ihn daran zu hindern. Oder wenigstens wissen, wo er ist, damit ich bei ihm sein kann, wenn er stirbt.«

*»God in heaven«,* entfuhr es Wally. Er ging zu ihr und legte die Arme um sie. »Niemand quält ihn«, sagte er sacht. »Es war nur ein Test, und er stirbt nicht. Beruhige dich.«

»Lull mich nicht ein, sondern rede. Du weißt alles, ja?«

Wally nickte. »Ich gehöre zu denen, die über ihn befragt wurden, ehe sie ihn rekrutiert haben. Sie machen das immer so, sie befragen vertrauenswürdige Bekannte, und ich mit meiner Sippe von Offizieren und meiner kriegswichtigen Kommission bin die Vertrauenswürdigkeit in Person. Was Arman macht, ist gefährlich, der ganze Krieg ist gefährlich, aber er könnte schlimmer dran sein. Das Riskanteste, was er in den nächsten Wochen tun dürfte, ist, in einer *Westland Lysander* über dem besetzten Teil Frankreichs mitzufliegen und Flugblätter mit dem Aufruf de Gaulles zur Gründung von *France libre* abzuwerfen. Dabei kann er abgeschossen werden. Wahrscheinlicher ist aber, dass du ihn wohlbehalten zurückbekommst und ihm die Leviten lesen kannst.«

»Dazu braucht er keine außergewöhnlichen Fähigkeiten«, sagte Marnie. »Und schon gar nicht muss ihm dafür jemand den Arm verbrennen.«

»Nein.«

»Verdammt, sag's mir.«

Wally sah aus dem Fenster, hinaus in den Tag, der seine strahlende Schönheit vergeudete. »Sie suchen Leute, die sprachbegabt, anpassungsfähig und an seelische Belastungen gewöhnt sind. Leute, die ihren Körpern mehr abverlangen können als andere. Sich mit den Füßen im Nacken kratzen, von mir aus. Mit einem Ohr ein Flugzeug steuern, sich auf gebrochenen

Beinen voranschleppen, ohne Waffen töten. Unter der Folter standhalten, damit die Kameraden sich retten können.«

»Das ist nicht dein Ernst.«

»Doch, Marnie.«

»Arman tut etwas, wobei er riskiert, gefangen genommen und gefoltert zu werden? Noch einmal? Das hält er nicht aus.«

»Ich will dir nicht wieder Vorträge über seine Zähigkeit halten. Soweit ich weiß, waren seine Prüfer über das, was er aushält, verblüfft.«

»Und wofür? Was ist denn das wert?«

»Ich glaube, das weißt du besser als ich. Oder keiner von uns. Frag deinen Mann. Glaub mir, ich kann dir nicht mehr sagen, aber ich versuche jetzt sofort, ihn zu finden, und sage ihm, dass er in Gottes Namen mit dir sprechen muss.«

»Danke.« Sie straffte sich, stand auf und ging zum Servierwagen. »Richtest du ihm bitte etwas von mir aus?«

»Natürlich«, sagte er, obwohl er nicht die geringste Lust verspürte, Arman auszurichten, wie sehr seine Frau ihn liebte. Marnie füllte ihr Brandyglas und schwang herum. »Arman weiß übrigens nicht, dass wir hier sind«, sagte sie. »Er hat uns bekniet, wir sollten um jeden Preis in Kent bleiben, er hat Chaja bereits dort in der Schule angemeldet. Bitte sag ihm von mir: Liebster Herr Artsruni, vermutlich bist du stolz wie Oskar darauf, der Meister der Vertragsbrecher zu sein. Leider muss ich dir mitteilen: Auf diesem Klavier können zwei spielen.«

Das Hauptquartier der SOE lag in der *Baker Street* wie die Wohnung des imaginären Sherlock Holmes. Besser gesagt, es würde dort liegen, wenn die SOE offiziell begründet war. Offiziell, was nicht bedeutete: öffentlich. Die Mehrheit der Briten hatte keine Ahnung, dass von der nächsten Woche an drei bestehende Geheimorganisationen zu einer einzigen, neuen namens SOE – *Special Operation Executive* – zusammengefasst werden sollten, und wenn es nach Churchill ging, würde das auch so bleiben. Eine Organisation für Spezialeinsätze war in dem Krieg, den sie zu führen hatten, unentbehrlich, aber der Seelenruhe der Menschen war es zuträglicher, wenn sie von deren Arbeit keine Vorstellung hatten. Gerade der Seelenruhe von Menschen, deren Männer, Söhne, Brüder diese Arbeit verrichteten.

Marnie war eine Ausnahme, und wenn Wally ehrlich zu sich war, machte es ihn zornig, dass Arman das nicht honorierte. Wallys Mutter wäre im Leben nicht auf den Gedanken gekommen, seinen Vater zu fragen, was er bei der Artillerie zu bestehen hatte, und Isabel hatte Wally nicht nach seinem Einsatz in Mesopotamien gefragt. Es war ihnen egal. Wäre einer von ihnen gefallen, hätten sie ohne Zweifel gewusst, bei welchem Floristen man den Kranz bestellte.

Marnie wusste nichts von Kränzen, Sitten und Traditionen, sondern fragte ihrem Mann Löcher in den mageren Bauch. Sie war die begabteste Frau, die er kannte, kein hohles Ding, das einen markigen Kerl als Achse brauchte, um den ihre Welt kreisen konnte. Aber sie war auch stark genug, vor der Liebe keine Angst zu haben und sich ohne Vorbehalt darauf einzulassen. Ein Mann, der so geliebt wurde, war ein verdammter Glückspilz, und wenn Arman es ihr nicht dankte, dann hatte er sie nicht verdient.

Du bist neidisch, durchfuhr es Wally.

Ja, das war er. Neidisch und wütend. Arman hatte ihn ebenso betrogen wie Marnie, und sie hatten ihn mit einem Klaps auf die Finger davonkommen lassen, aber das Vertrauen, das sie dafür hätten ernten sollen, blieb er ihnen schuldig. Ihre Freundschaft hatte gelitten, auch wenn Wally sich nach wie vor zu ihm hingezogen fühlte. Arman hatte das Zeug zum Helden, ein knallharter Bursche, der sich kalt lächelnd ein Loch in den Arm brennen ließ, aber das Zeug zum Menschenführer fehlte ihm. Das Weiche, das sich berühren ließ, Blut, Schweiß und Tränen, von denen Churchill sprach und Millionen mitriss. Arman war ein Aal. Wenn man glaubte, man habe ihn gepackt, entschlüpfte er. Aus seinem Todeslager war er auch entschlüpft. Gewiss war er deshalb so. Ohne Wurzeln, an denen er sich verfing, ohne Bindung, nicht zu fassen.

Die Eingangshalle war bewacht. Wally wurde abgewimmelt, als wollte er Staubsauger verkaufen. Er musste seinen Vater, seinen Onkel und seine gesammelten Kommandanten aufbieten, ehe der Wachmann sich breitschlagen ließ, seine Anfrage weiterzuleiten. Kurz darauf erschien Thomas Halliday, frisch befördert zum *Group Captain* und tief ins Gründungsgeflecht der neuen Spezialeinheit verstrickt. Wally war sicher, dass der einstige *Wing Commander* Arman den SOE-Leuten zur Rekrutierung empfohlen hatte. Betrogen fühlte sich zweifellos auch er, doch statt wie Wally gekränkt zu sein, hatte er erkannt, wo derart windschnittige Betrüger ihren Nutzen hatten.

»Ah, *Officer.*« *Group Captain* Halliday klang alles andere als erfreut. »Lassen Sie mich raten: Ihr Museum will uns eine Mumie zum Transport von sensiblem Material verkaufen? Nein? Dann wollen Sie sich vielleicht verfügbar melden? Sehr löblich, nur wären Sie hier ja an der falschen Adresse. Also bleibt nur drittens: Sie möchten sich zum hundertsten Mal um eine Stellung als *Flight Lieutenant* Artsrunis Kindermädchen bewerben. Ich bedaure, Farnshaw. Gehen Sie kriegswichtige Mumien putzen, Ihr Schützling ist flügge und hat Sie im wahrsten Sinne des Wortes überflügelt.«

Das merke ich, dachte Wally. Krieg war eine Startbahn für Überflieger, und einen neuen Rang bekam man schneller verpasst als ein frisches Hemd. Über sich selbst konnte er nur hämisch lachen: Einst hatte er Marnie in seine Kommission berufen, damit sie im Kriegsfall nicht als feindliche Ausländerin Probleme bekäme. Sie hatte seinen lachhaften Schutz nicht nötig gehabt. Ihr Mann würde zweifellos demnächst dekoriert und sie zu den Kaffeekränzchen eingeladen werden, die seine Mutter für Offiziersfrauen gab. »Ich muss Arman sprechen«, sagte er zu Halliday. »Es ist dringend. Ich habe eine Nachricht von seiner Frau.«

»Das sollten Sie doch wissen«, sagte Halliday. »Frauen kommen bei uns nur vor, wenn die Post ausgeteilt wird oder wenn wir die Adresse für die Todesnachricht brauchen. Jetzt lassen Sie mich bitte meiner Arbeit nachgehen. Wir haben übrigens Krieg.«

Ich bin ein Trottel, dachte Wally. Hätte ich behauptet, ich wolle mich mit Arman zum Kricket verabreden, hätte er mich mit Sicherheit vorgelassen. Fieberhaft suchte er nach einem Weg, seinen Patzer auszuwetzen, da kam Arman die Treppe herunter, aufgeräumt, wie aus dem Ei gepellt, unerschütterlich wie immer.

Wie *fast* immer, durchfuhr es ihn, und eine Erinnerung an einen Tag in Hornchurch blitzte auf. Es schien ein Leben lang her zu sein.

»Sie werden sehnlichst erwartet, *Lieutenant«*, knurrte Halliday. »Ich dachte, Sie wären schon auf dem Weg zum Aerodrom.«

»Ich bin spät dran«, sagte Arman. »Die Besprechung hat länger gedauert, aber das hole ich unterwegs wieder auf.«

»Ich bin sicher, das tun Sie.«

»Grüß dich, Wally.«

»Du fährst nach Hornchurch?«, fragte Wally. »Dann fahre ich mit dir.«

»Ich fahre nicht nach Hornchurch«, sagte Arman. »Aber ich kann dich am Museum absetzen.«

Ja, dachte Wally, setzt mich am Museum ab und schickt mich meine Mumien putzen. »Wohin fährst du?«, fragte er.
Arman und Halliday schwiegen. Irgendwann klopfte Halliday Arman aufs Schulterblatt und trat an ihnen vorbei. »Ich habe zu tun. Hals- und Beinbruch, *Lieutenant.*«
Arman bedankte sich und ging mit Wally hinaus zu einem schwarzen *Austin Tourer*. Jedes Mal, wenn sie sich trafen, schien er ein neues Fahrzeug zu haben. »Ich muss mich beeilen, aber zum Museum schaffen wir es noch.«
»Ich will gar nicht zum Museum«, sagte Wally, sobald sie im Auto saßen. »Ich habe mit dir zu reden, und ich steige aus deiner dämlichen Armeekutsche nicht aus, bis das geklärt ist. Fahr zu. Wo ich lande, ist mir egal.«
Arman startete den Wagen. »Cheshire«, sagte er leise.
»Ringway?«
Arman gab Gas und nickte.
Wally zündete sich eine Zigarette an. Der Rauch breitete sich im Wagen aus, und Arman fing an zu husten. »Sei nicht so ein Weichei«, sagte Wally. »Oder setz deine Gasmaske auf. Wenn du das mit Ringway um jeden Preis durchziehen willst, fahr vorher nach Hause und sprich mit deiner Frau. Einen Anpfiff, weil du dein Training zu spät antrittst, wirst du wohl einstecken können.«
Ringway war das neu ausgebaute Aerodrom bei Manchester, das die Fallschirmspringerschule der RAF und die Schwadronen der Fallschirmjäger beherbergte.
»Zu spät kommen kann ich nicht«, sagte Arman. »Die Maschine wartet. Mein Training habe ich im Februar abgeschlossen.«
Wally musste sich am Türgriff des Autos festhalten. Natürlich hatte er gewusst, dass die SOE schnellstmöglich versuchen würde, Leute in die besetzten Länder einzuschleusen, Spione, Saboteure, Verbindungsleute. Er hatte auch gewusst, dass zwi-

schen *France libre* und den Widerstandsbewegungen in Frankreich Kontakte geschaffen werden mussten, aber er hatte nicht gewusst, wie weit Arman gehen würde. Durch die Rauchschwaden betrachtete er sein Profil, dunkel und mager, angespannt und sauber rasiert. »Wenn du nicht fahren würdest, würde ich dir eine runterhauen«, sagte Wally. »Und diesmal täte es mir nicht leid.«

»Ich kann an die Seite fahren«, sagte Arman. »Wir müssen uns aber beeilen und sollten uns möglichst nur an Stellen verletzen, die man nicht sieht.«

»Fahr weiter«, sagte Wally. »Ich kann nicht fassen, dass du in der Lage bist, deiner Frau das anzutun. Du springst über feindlichem Gebiet ab. Heute. Du meldest dich freiwillig zu einer dieser Selbstmordaktionen, bei denen deine Chancen, in einer Nazi-Folterzelle zu enden, weit besser stehen als die, mich auf dem Kricket-Feld beim ersten *inning* aus dem Spiel zu werfen – und du sagst Marnie nicht einmal auf Wiedersehen. Weißt du, was sie zu mir gesagt hat? Ich muss doch bei ihm sein, wenn er stirbt. Und weißt du, was du dafür verdient hast? Nicht, dass ich dir eins in deine blöde versteinerte Visage verpasse. Sondern dass deine Frau dich verlässt.«

Arman konzentrierte sich mehrere Minuten lang auf den Verkehr, dann fuhr er aus der Stadt hinaus, und die Straße war frei. »Ja«, sagte er.

Wally kurbelte das Fenster herunter, warf die Zigarettenkippe hinaus und steckte sich eine neue an, sobald er das Fenster wieder geschlossen hatte. Arman hustete, bis ihm Tränen aus den Augen schossen und über die Wangen liefen. Von wegen harter Brocken, dachte Wally verächtlich vor Zorn. Seine Schwachstelle hat jeder. Lasst bei dem da die Peitsche stecken, qualmt ihn zu, und er verrät seine eigene Großmutter. Er ekelte sich. Vor Arman und vor sich selbst.

»Und wozu das alles?«, fragte er. »Um heute Rache zu nehmen, weil dir vor zwanzig Jahren übel mitgespielt worden ist? Weißt du eigentlich, dass du seitdem mehr Glück hattest, als es sich für einen einzelnen Menschen gehört? Du bist so begabt, du bräuchtest nur mit dem Finger zu schnippen, und ein Heer von Zuständigen würde dich für den gesamten Krieg unabkömmlich stempeln. Mein Museum versucht verzweifelt, deine Skulptur zurückzukaufen, weil die Leute danach gieren, weil sie ihre Not darin wiedererkennen, für die sie selbst keinen Ausdruck haben. Du könntest ihnen eine neue machen. Statt dich für ein paar klägliche Informationen verheizen zu lassen, könntest du etwas schaffen, das von uns übrig bleibt. Das eines Tages von Menschen mit Sandsäcken geschützt wird, die dafür kein Geld, keine Orden und gar nichts wollen, sondern es freiwillig tun, weil ihnen die Werke Hoffnung geben, weil sie ein Teil von ihnen sind.«
Er zog an der Zigarette und hielt sich mit starren Fingern daran fest. »Ich bin Kurator in einem Museum«, sagte er. »Statt tapfer mein Land zu verteidigen, organisiere ich den Transport von Kunstwerken in U-Bahn-Schächte und unterkellerte Bibliotheken. Ich lasse mich von meinem Vater Drückeberger schimpfen, weil ich weiß, es war den vielen Menschen, die irgendwelche Scheißkriege nicht überlebt haben, wichtig, dass von ihnen etwas übrig blieb. Dass sie nicht vergessen sind. So, wie es den vielen Menschen, die diesen Scheißkrieg nicht überleben werden, wichtig ist.«
Arman verlangsamte die Fahrt. Die Benutzung von Hupen war neuerdings verboten, damit niemand das Geräusch mit der Sirene der Bombenwarnung verwechselte, aber hinter ihnen trötete dennoch jemand in voller Lautstärke.
»Deiner Frau ist es auch wichtig«, sagte er. »Sie legt sich krumm, um diese Stelen vom Ararat zu retten, weil sie geglaubt

hat, dass es *dir* wichtig ist. Aber dir geht das am Hintern vorbei, habe ich recht? Dich interessiert nur die Gelegenheit, deine Legende unvergesslich zu machen, der todesmutige Rächer, der zwanzig Jahre später zurückschlägt, blind, ohne Rücksicht auf Verluste, aber bereit, unter der Folter den Heldentod zu sterben. Stell dich auf deinen leeren Sockel, Arman. Was liegt dir an der warmen, lebendigen Liebe deiner Frau, wenn du dein eigenes eiskaltes Denkmal sein kannst.«

Armans Gesicht zuckte zur Seite, als hätte er tatsächlich eine Ohrfeige kassiert. Du kannst gleich noch eine haben, dachte Wally. Eine, die sich gewaschen hat. Wenn die nicht trifft, dann trifft gar nichts. »Marnie und euer Clan sind übrigens in London«, sagte er. »Ich soll dir ausrichten, solange du nicht mit ihr über deine Pläne sprichst, sieht sie keine Veranlassung, deine Wünsche zu erfüllen und auf dem Land zu versauern. Stattdessen plant sie, dem Kollegen Veysel in Doğubeyazıt zu schreiben, um die Expedition an den Ararat privat zu organisieren. Die Sponsorengelder liegen ja bereit, und wenn Veysel ihr mit der Lizenz hilft, könnte sie jederzeit fahren.«

Der Motor des Austin gab blaffende Geräusche von sich, die Armans Husten glichen. Der Wagen machte Sprünge, kam aber kaum noch voran. Wally setzte nach: »Demnächst werde ich Marnie fragen, ob sie in Kent eigentlich mal nachgesehen hat, was in der Riesenscheune hinter eurem Haus herumsteht. Was hast du ihr denn dazu für ein Märchen erzählt? Dass du dir einen Traktor angeschafft hast, weil du bei *Dig for Victory* mitmachst und dir deine blöde Weizenpampe neuerdings selbst anbaust?«

Arman hielt das Steuerrad umklammert, den Oberkörper vornübergebeugt, und sein Kehlkopf zuckte. Mit äußerster Mühe fuhr er an den Straßenrand und hielt an. »Entschuldige«, presste er hervor, schlug sich in den Grünstreifen und erbrach.

Anfangs saß Wally still, in einer Art von Schreckstarre. Als aber der andere nicht aufhörte, sich in Krämpfen zu winden und zu erbrechen, stieg er aus und ging zu ihm. »Arman, kann ich dir helfen? Sag mir, was ich tun soll.«
Arman fiel im Gras auf die Knie und krümmte sich. Er erbrach Galle und blutigen Schleim, sein Magen war längst völlig entleert. Wally überwand seine Scheu, klopfte ihm den zuckenden Rücken und erschrak. Arman sah in Kleidern so gut aus, dass andere vor Neid mit den Zähnen knirschten. Aber unter dem Stoff war er nur Haut und Knochen.
»Lass doch dieses dämliche Heldspielen«, sagte er. »Dafür können sie andere finden. Ein Spion, der das Kotzen kriegt, sobald ein Nazi sich einen Glimmstengel ansteckt, taugt sowieso eher schlecht als recht.«
Arman wandte ihm mühsam das Gesicht zu. Die Narbe zuckte, das Weiße in den Augen war rot von geplatzten Adern.
»Daran war nicht mein Rauch schuld, oder?«
Arman schüttelte den Kopf.
»Was dann?«
»Angst.«
Wally klopfte ihm den Rücken. »Geh nach Hause«, sagte er. »Lass dir von deiner Frau gehörig den Kopf zurechtsetzen und dich dann ebenso gehörig in die Arme nehmen. So viel Liebe, wie Marnie für dich hat, kriegen wir gewöhnlichen Toms, Dicks und Harrys im Leben nicht ab. Hat sie dafür etwa verdient, dass du dich beträgst, als wäre dir alles, was ihr habt, nichts wert? Sie gibt sich doch die Schuld daran, meint, wenn sie dir ein Kind schenken könnte, würdest du dein Leben nicht sinnlos wegwerfen. Warum sonst, glaubst du, hat sie diese Lüge mit der Schwangerschaft erfunden?«
Armans Körper zuckte nach vorn, er fiel flach ins Gras und erbrach einen Klumpen blutigen Schleim. Dann kam aus seiner

Kehle nichts mehr, nur matte, um Atem ringende Laute. Er rappelte sich hoch, trat bis an den Waldrand zurück und klopfte seine Kleidung sauber.

»Sie hätte dich heiraten sollen«, sagte er, die Stimme wie durch den Fleischwolf gedreht. »Ich hab's ihr gesagt, aber damals kannten wir dich gerade mal sechs Wochen, und sie hat gedacht, ich mache Witze. Wenn sie dich geheiratet hätte, hätte sie ein Kind.«

»Das ist Quatsch«, sagte Wally mühsam. »Kinder kann sie nun mal nicht bekommen.«

»Amarna könnte Kinder bekommen. Der, der keine haben kann, bin ich.«

»Wer sagt dir das?«

»Es lag nahe«, sagte Arman und zog die vulgäre Grimasse, von der Wally nie glauben konnte, dass sie zu dem Mann gehörte, der *La Guerre* geschaffen hatte. »Bei Frauen ist Blut pissen meines Wissens normal. Bei Männern nicht.«

»Scheiße«, entfuhr es Wally. »Bist du zu einem Arzt gegangen?«

»Eine Ärztin, die mit Amarna befreundet ist, hat mich zu einem Kollegen geschickt, der Leute von innen fotografiert. Genaues sagen kann man nicht, und die Details meines Bauchraums behielte ich gern für mich. Ich sehe von innen aber offenbar nicht besser aus als von außen, und eine Zeugungsfähigkeit ist unwahrscheinlich.«

»Scheiße«, sagte Wally noch einmal. »Hast du es Marnie erzählt?«

»Dazu bin ich zu feige«, sagte Arman und würgte wieder. »Erzähl du's ihr. Mein eigenes Grab kann ich mir nicht schaufeln.«

»Ich erzähl's ihr auch nicht«, sagte Wally. »Das versteht sich ja wohl von selbst. Marnie liebt dich. Fahr nach Hause, trag sie auf Händen, und alles ist gut. Ich hatte dafür nie Talent. Aber du hast es, und du kannst auch ohne Kind eine glückliche Frau aus ihr machen, wenn du diesen Quatsch hier bleiben lässt. Warum musst du denn um jeden Preis der SOE die Kohlen aus dem Feuer holen? Die Toten sind tot, Arman, für die kannst du nichts mehr tun. Die, die leben, brauchen dich.«

»Ja«, sagte er und begann, noch immer würgend, zum Auto zu trotten. »Danke, dass du mir Bescheid gesagt hast. Ich fahre dich in die Stadt zurück.«

»Und du?«

Arman lehnte am Wagen und versuchte, seinen zitternden Körper unter Kontrolle zu bekommen. »Ringway«, sagte er.

»Aber warum denn, zum Kuckuck?«

Arman schüttelte den Kopf, stieg in den Wagen, und Wally blieb nichts anderes übrig, als es ihm gleichzutun. Beim Einsteigen sah er das Welbike auf dem Rücksitz, einen Prototyp des neuen faltbaren Motorrads, das demnächst als Fortbewegungsmittel an Fallschirmspringer ausgegeben werden würde. Sie fuhren schweigend. Armans Hände zitterten noch, aber er lenkte das Auto versiert wie gewohnt. »Du sagst mir nicht, wie es ihnen geht, oder?«, fragte er, als sie in die Stadt hineinfuhren. »Amarna? Chaja? Hat sie sich gefreut, in London Deirdre Shultz zu sehen? Und Jordan, findet sie sich zurecht? Ich fand sie wie ein Kind, das ein Kind bekommt.«

»Du hast recht«, sagte Wally, »ich sage dir kein Wort. Fahr nach Hause und frag sie selbst, oder es geht dich nichts mehr an.«

Arman nickte und fuhr weiter. Wally, der ihn nicht aus den Augen lassen konnte, sah, dass die Kette, die er immer trug, ihm vorn aus dem Hemdkragen hing und dass das blassgoldene Kreuz nicht mehr daran befestigt war. Er hatte es durch einen Davidstern ersetzt. »Du hast kein Recht, das zu tragen«, sagte Wally. »Nicht mal als Kleptomane darfst du das Leid anderer Menschen stehlen, damit keiner merkt, dass es dir seit zwanzig Jahren blendend geht.«

Arman schwieg, ließ die Kette hängen, wo sie war, und fuhr weiter. Am *Russel Square*, vor den schmiedeeisernen Toren zum Vorhof des *British Museum*, hielt er an. »Schön, das zu sehen«, sagte er, griff über Wally hinweg und öffnete ihm von innen die Tür.
Beim Aussteigen fühlte Wally sich unendlich schwer, jedes Glied bleiern, jeder Muskel schlaff. »Bitte«, sagte Arman, ehe es ihm gelang, sich hochzustemmen. Wally drehte sich noch einmal um.
Arman senkte den Kopf. »Das, was hier bevorsteht, wird schlimm«, sagte Arman. »Bitte bring Amarna und die Familie nach Kent. Wenn du dazu mit ihr schlafen musst, dann tu's.«
Ich schlag zu, dachte Wally. Nicht mit der Hand, sondern mit der Faust, und zwar so, dass du deine zwanzig Jahre alten Wehwehchen vergisst. Als aber der andere den Kopf hob und ihre Blicke sich trafen, hielt er inne und öffnete die Faust.

# 27

## SEDAT
## DOĞUBEYAZIT. AUGUST 1940

*Liebe Amarna,*
*Masha' Allah, Gott möge Dich beschützen. Es hat mich und Emine unendlich gefreut, von Dir zu hören, und umso mehr, als die Nachrichten von Euch, die mit Verspätung zu uns dringen, alles andere als beruhigend sind. Seit Anfang Juli wird berichtet, Deutsche und Italiener attackieren Euer Land aus der Luft, beschießen*

*die Stützpunkte Eurer Luftstreitkraft und versuchen auf diese Weise, Großbritannien anzutun, was sie bereits dem mächtigen Frankreich und so vielen Ländern Europas angetan haben. Wir fragen uns, wie Arman das aufnimmt, war ihm doch Großbritannien der Inbegriff der zivilisierten, völkerrechtlich gesicherten Welt. Dass britische Geschütze auf Konstantinopel gerichtet blieben, bis die Urteile über die Mörder an seinem Volk gefällt waren, hat ihm anrührend viel bedeutet, auch wenn wir alle wissen, dass diese Urteile nie vollstreckt worden sind. Und wir fragen uns, wie Du es aufnimmst, dass nun Deine neue und Deine alte Heimat gegeneinander kämpfen. Wir beten, dass man Dir in deinem neuen Land nicht anlastet, was Deutschland der Welt zufügt, und dass Du keine Sorge um Verwandte und Freunde haben musst. Gern wüssten wir, wie es Deinem Vater und Herrn Dr. Vollmer ergeht, die wir damals in Hattuša kennenlernten. Möget Ihr alle verbunden und in der Obhut Gottes sein.*

*Wir wissen hier nicht gut über Eure Verhältnisse Bescheid. Du kennst uns, wir leben an einem Berg am Ende der Welt, ich vergrabe mich gern in meine Forschung und vergesse die Zeit, in der ich lebe. Die Post braucht lange, selbst aus Istanbul und Ankara, und umso mehr aus dem im Krieg befindlichen Europa. Liebe Amarna, wenn Du kannst, schreibe uns doch wieder und lass uns wissen, wie es um Euch steht und ob wir – obgleich so weit entfernt – helfen können.*

*Trete ich morgens in meinen Garten, sehe ich den in seine Nebel gehüllten weißen Berg, und es ist schwer vorstellbar, dass in einem anderen Teil der Welt, dort, wo meine Freunde sind, Krieg herrscht. Aber ich weiß, selbst der*

*Friede des Berges, der die Überlebenden der Sintflut aufnahm, ist trügerisch. Unsere Stadt ist aus blutgetränktem Boden gestampft, und die Wände unserer Häuser sind aus den Steinen von Ruinen erbaut. Sooft ich im Museum von Van zu tun habe, nehme ich mir die Zeit, auf die Insel Aghtamar, die Königspfalz der Artsrunis, überzusetzen und vor dem zertrümmerten armenischen Heiligtum zu beten. Dann wünschte ich, wir, die zerstrittenen Völker der Welt, könnten hier zusammen trauern und daran eines Tages gesunden.*
*Könnte ich aus meinem Garten weitersehen, durch die Nebel des von Gletschern weißen Berges hindurch, würde ich die Grenze entdecken, die niemand, nicht einmal ein altes Weib mit einem Esel, übertreten darf. Könnte ich weitersehen, fände ich den Gipfel des Aragat, der der höchste Berg des Staates Armenien ist und doch nie der Berg der Armenier sein kann, wie es der weiße Berg ist, Masis, Ararat, den sie unser Berg nennen.*
*Arman hat sich ja immer gesträubt, uns armenische Mythen und Legenden zu erzählen, sosehr wir ihn auch drängten. Vielleicht stimmt ja, was er behauptet, vielleicht sind ihm einfach nicht viele erzählt worden, aber sicher war ich mir nie. Als Geschichtswissenschaftler scheint es uns eben ganz unmöglich, dieses dichtgesponnene Gewebe, aus dem ein Volk sich selbst erschafft, aufzugeben, denn wenn das Gewebe verloren ist, kann das verstreute Volk nicht wieder zusammenfinden und irrt heimatlos durch die Welt. Hätte der Heilige Mesrop das nicht gewusst, hätte er sich kaum an die Schaffung eines Alphabets und die Übersetzung der Bibel gemacht, die seine Armenier in der Diaspora zusammenhielten wie die Erinnerung an ihren Berg.*

*Einmal habe ich zu Arman gesagt, er komme mir selbst vor wie der Masis, immer in seine Nebel gehüllt, und schließlich rückte er damit heraus, dass einer armenischen Legende nach Masis und Aragat Schwestern seien. Seit eine Grenze sie trennt, verhüllen sie sich. Dagegen, dass wir sie getrennt haben, können sie sich nicht wehren, aber sie zeigen uns ihre Gesichter nicht mehr, die Nebel sind Schleier, aus ihren Tränen gewebt. Mir gefällt das. Ich bin froh, mit meiner Familie hierhergegangen zu sein, um das Erbe eines fremden Volkes zu hüten, und ich wünsche mir, dass wir uns alle hier wiedersehen, wenn der Krieg zu Ende ist.*
*Aber verzeih mir. Ich schreibe, was mir in den Sinn kommt, eine Schwäche von Menschen, die in stiller Gegend leben, bei der Arbeit schweigen und ihre Freunde zu selten sehen. Dabei wollte ich Dir auf Deine Fragen Antwort geben: Was einen Besuch hier betrifft, so kann ich Dich zunächst beruhigen. Darüber, dass unser Land sich der einen oder der anderen Seite zuschlagen und in den Krieg eintreten könnte, wird ängstlich gemunkelt, auch darüber, dass Hitler, wenn er nach den Ölfeldern des Kaukasus giert, vermutlich zuerst die Türkei überrollt. Womöglich weiten Hitler und Stalin ihren Nichtangriffspakt sogar zu einer Allianz aus und verschlingen uns mit einem einzigen Bissen. Selbst uns Schläfern im Bergschatten ist bewusst, dass dieser Krieg nicht morgen zu Ende sein wird und dass Grenzen und Gesetze, die wir von Kriegen bislang zu kennen glauben, für diesen nicht gelten. Vorerst aber herrscht hier, auf diesem so oft umkämpften Boden, noch Stille, und Du wärst in Sicherheit. Ich müsste Dir also raten: Komm zu uns. Lass Dich ein wenig hätscheln und über die Schrecken hinwegtrösten.*

*Was allerdings die Sicherheit der Reise durch einen kriegsgeschüttelten Kontinent betrifft, so sage ich Dir: Wärst Du meine Frau, würde ich es Dir verbieten, und ohne Zweifel täte Arman es auch. Du aber bist eine Europäerin und wirst Dir nichts verbieten lassen. So kann ich Dir nur raten: Es herrscht Krieg, der die Menschen auseinanderreißt. Bürde Deinem Mann nicht noch mehr Sorge auf und trenne Dich nicht von ihm, wenn es nicht zwingend nötig ist. Nun wirst Du fragen: Ist es denn nicht zwingend nötig? Wenn Gefahr besteht, dass der Krieg auch hierherkommt, sollte dann nicht das urartäische Gräberfeld, eines der letzten seiner Art, geborgen werden, so schnell und sicher wie es Euch mit diesem erstaunlichen Schiffsgrab nahe Eurer Nordseeküste gelungen ist? Euer Museum ist darin ganz erstaunlich, und ja, Amarna, wenn es die Möglichkeit gäbe, dass Ihr eine Expedition ausstattet, wäre ich froh. Warte dann aber ab, bis die Lizenz erteilt ist, denn Du weißt, unsere Mühlen mahlen langsam, und überlege gut, ob Du selbst dabei sein musst. Ich wäre glücklich, wieder mit Dir zu arbeiten wie zu unserer Zeit in Hattuša, aber ich wüsste Deinen Mann nicht gern allein und in Sorge um Dich. Es geht mich nichts an, und ich werde jede Entscheidung, die Du triffst, respektieren. Ich schreibe Dir nur, was ich empfinde.*

*Einen Antrag für eine private Expedition betrachte ich als aussichtslos. Wir sprechen nicht vom effizienten London, sondern von einem weiten, leeren Land mit mehr Chaos als Kommunikation. Für die Lizenz einer Privatperson würde sich niemand die Zeit nehmen. Wenn Du trotzdem kämst, würde ich natürlich tun, was ich kann, um Dich zu unterstützen, als Freund Deines Mannes, als der Deine*

*und als Kollege, der sich derselben Kultur verschrieben hat und Deine Arbeit schätzt. Dennoch rate ich Dir noch einmal: Komm nicht allein, bleibt beieinander und umarmt Euch, sooft Ihr könnt. Das Gräberfeld von Urartu ist kostbar und unwiederbringlich, und doch zählt jedes Leben mehr als Stein. Selbst für uns.*
*Neulich fragte mich ein Mitglied einer amerikanischen Reisegruppe, ob es zutreffe, dass die Armenier ihr Land Hayastan nennen und ob es Land aus Stein bedeute. Mir gefiel das. Ich musste an Arman denken, an in Stein verwandelte Drachen und in Felsen geschlagene Gotteshäuser. Aber Hayastan bedeutet nicht Land aus Stein, es bedeutet Land des Hayk, der ein Mensch war und seinem Volk am Fuß des Berges eine Heimat suchte.*
*Ich habe den Amerikaner gefragt, ob die Streitkräfte seines Landes Euch zu Hilfe kommen würden, doch er schüttelte betrübt den Kopf und sagte, mit Material und Geld werde man wohl aushelfen, aber die Friedensbewegung in den USA sei machtvoll, und die Aussendung amerikanischer Truppen in einen zweiten Krieg auf fremdem Boden bekäme Präsident Roosevelt nicht durch den Kongress. Mir schien das traurig. Müsste es nicht Sache der ganzen Welt sein, Hitler Einhalt zu gebieten, statt ihn seine Raserei fortsetzen zu lassen, bis Europa menschenleer ist? Aber wir sitzen ja genauso tatenlos, jeder denkt an seine eigene Haut und ist froh über den Winkel Frieden, den er hat.*
*Ich wünsche Dir und Arman Kraft und Schutz und Segen. Wenn Ihr eines Tages wieder hierherkommt, wünsche ich mir, dass wir nach Aghtamar gehen, um zu weinen und neu anzufangen. Ich wünsche mir, dass dann der weiße Berg uns sein Gesicht zeigt und seinen Rücken*

*mit der buckligen Erhebung der Arche, die uns versichert, dass die Welt nie menschenleer sein wird und dass wir auch diese Sintflut überlebt haben.*
*Wir halten Euch in Gedanken und Gebeten.*
*Eure Freunde, Sedat und Emine.*
*PS: Emine legt Fotografien von den Kindern bei, unsere fünfte Tochter, Hayat, habt Ihr noch nie gesehen. Emine lässt Euch sagen, wie es sie freut, dass Ihr ein kleines Mädchen zu Euch genommen habt.*

# 28

## AMARNA
## LONDON. SEPTEMBER 1940

Chaja und Deirdre sammelten die Bilder der Filmstarserie aus den *Abdulla*-Zigarettenschachteln. Sie zogen etliche Male um den Tisch, und fragten jeden, der rauchte, ob sie das Bild aus seiner Schachtel haben dürften.
Es war Doris' Geburtstag. Obwohl es nicht mehr warm war, saßen sie auf der Terrasse, wie sie es immer getan hatten, nur waren fast ausschließlich Frauen und Kinder versammelt. Doris und Kathy Burgess hatten sich alle Mühe mit dem Essen gegeben. Doris verfolgte täglich im Radio die Sendung *The Kitchen Front*, in der zwei emsige Schwestern beteuerten, jede Hausfrau könne zum Triumph über Hitler beitragen, indem sie Butter durch Talg, Brot durch Kartoffeln und Sahne durch Halbmilch ersetzte. Doris ersetzte mit Begeisterung. Außer-

dem hatte sie das Plakat der *Dig-for-Victory*-Kampagne an ihren Zaun gehängt, ihre Zinkwanne zum Kartoffelanbau nach draußen geschleppt und ihren Garten rund um den Bunker in ein Gemüsebeet verwandelt. »Der Kleine braucht schließlich sein Grünzeug, erst recht wo er ein halber Pariser ist.«
Der halbe Pariser mit dem überhöhten Grünzeugbedarf war drei Monate alt und zufrieden mit der Milch, für die Jordan zusätzliche Bezugsscheine bekam. Doris aber sorgte vor. Da die Reifung des Gemüses mehr Zeit in Anspruch nahm, als sie erwartet hatte, befolgte sie einen weiteren Rat der Küchenfront-Schwestern und kommandierte Jordan und Seb, der vom Kriegsdienst zurückgestellt worden war, zum Löwenzahnpflücken ab. Die Ausbeute der Pflücker servierte sie als Salat. »Gert und Daisy sagen, bring Löwenzahn auf den Tisch, und du kannst Kopfsalat perfekt ersetzen – kein Mensch merkt den Unterschied.«
Da Doris vor der Rationierung überhaupt keinen Salat auf den Tisch gebracht hatte, gab es auch keinen Unterschied zu merken, doch niemand machte sie darauf aufmerksam. Sowenig wie ihr jemand sagte, dass keiner Kaffeesatzkuchen essen wollte, dass es nicht nötig war, die Zutaten für *Apple Crumble* zu ersetzen, weil sie überreichlich im Haus waren, und dass niemandem der Sinn nach Partys stand. Das, was Churchill die Schlacht um Britannien genannt hatte, war seit zwei Monaten in vollem Gange. In der Luft, über den Köpfen der Einwohner. Hitler und Göring waren entschlossen, die *Air Force* zu zerstören, ehe sie Panzer und Infanterie übers Meer schickten und das Land, das sie ihren gefährlichsten Gegner nannten, besetzten.
Seit bald tausend Jahren war der Inselstaat nicht eingenommen worden. Waren die tausend Jahre um, brach ein neues Jahrtausend an, würden sie sich den Scharen von Flüchtlingen an-

schließen, die Hitler quer durch Europa hetzte? Inzwischen waren auch die Londoner Bahnhöfe voller Eltern, die ihre Kinder mit Pappschildern um den Hals in Züge setzten. Zur Evakuierung aufs Land, erklärten sie ihnen, nur für ein paar Monate, doch auch diese Eltern wussten nicht, ob sie ihre Kinder wiedersahen.

Amarna hätte Chaja wegschicken sollen. Aber sich von Chaja zu trennen, war nicht vorstellbar. Hastig sah sie sich nach dem Mädchen um, das von einem der Gäste ein Zigarettenbildchen von Jean Harlow ergattert hatte und es stolz Deirdre zeigte: »Guck mal. Ist sie nicht hübsch? So blond.«

»Wie ich«, erwiderte Deirdre noch stolzer und fuhr sich durch ihre dünnen Strähnen. Deirdre und Chaja waren ein Freundinnengespann wie aus dem Bilderbuch – in einem Moment unzertrennlich, und im nächsten gingen sie sich eifersüchtig an die Kehle. Nur stammte die Zeit, in der sie lebten, nicht aus dem Bilderbuch. Derzeit stritten sie nicht um Rhabarberbonbons und Schulnoten, sondern um ihre Väter. Deirdres Vater war bei der *Navy*, und seit Mrs. Watford, die Klassenlehrerin, den Kindern Churchills Loblied auf die *Royal Air Force* vorgelesen hatte, ließ sie das Gefühl der Zurücksetzung an Chaja aus.

Auch jetzt war es ihr offenbar gelungen, das Gespräch von blonden Filmstars auf ihren ebenfalls blonden Vater zu lenken. »Ich bin jedenfalls froh, dass Dad bei der *Navy* ist«, verkündete sie. »Wenn er bei der *Air Force* wäre, bekämen wir nämlich bald so einen gelben Brief, in dem steht, dass er gefallen ist. Mein Onkel Herbert sagt: Der Deutsche hat zweimal so viele Flugzeuge wie wir, der schießt mit seinen Stukas unsere Kisten alle aus dem Himmel.«

Chaja trat zurück, versuchte, sich in die Brust zu werfen und Deirdre die passende Antwort zu geben, doch ihre Augen füllten sich mit Tränen.

»Aber Chaja«, sagte Deirdre. »Du musst doch nicht heulen. Dein Dad kann nicht abgeschossen werden – du hast ja gar keinen!«

Der Zorn, der Amarna in die Kehle wallte, war unangebracht. Kinder redeten so. Und immerhin kam Chajas Freundinnen nie in den Sinn, dass Chaja selbst Deutsche war. So wie es auch bei mir keinem in den Sinn kommt, dachte Amarna, und dafür muss ich dankbar sein. Deutsche ohne britischen Pass wanderten in Internierungslager, darunter sogar Kinder aus Lilly Greensteins Transporten, sobald sie sechzehn Jahre alt waren. Lilly, die seit Kriegsbeginn keine Kinder mehr aus Deutschland herausbekam, kämpfte verzweifelt darum, wenigstens diese Jungen zu befreien. Amarna half ihr, brachte den Jungen Lebensmittel und Kleidung in die Lager. Sie hatte angefangen, Lilly zu mögen. Ich verdanke ihr das, was mich hält, dachte sie und öffnete die Arme. Chaja, die verstört an ihren nicht blonden Haaren gezerrt hatte, um nicht noch mehr zu weinen, lief los und warf sich an ihre Brust.

Du machst, dass etwas in mir weich bleibt, kleiner Mensch, auch wenn alles sich hart anfühlt. Chaja trug ihre Schuluniform, über der weißen Bluse einen marineblauen Pullover mit der Aufschrift *St John on Bethnal Green Primary School,* den grauen Rock und blankpolierte Schnallenschuhe. Eine kleine Engländerin, perfekter als jede ihrer Kameradinnen. Wenn aber Amarna sie von der Schule abholte, starrten die anderen Eltern dem Kind mit den tintenschwarzen Haaren nach. Nicht böswillig. Sie starrten ja auch Arman nicht böswillig nach, sondern eher fasziniert, sogar lüstern und ohne Verständnis dafür, dass ein Mensch sich danach sehnen konnte, in der Masse unterzutauchen.

»Ich finde dein Haar hübscher als das von Jean Harlow«, sagte Amarna und vergrub die Nase im seidigen, duftenden Schwarz.

Dem Gespräch über Haare fühlte sie sich gerade noch gewachsen. Dem über Väter nicht.
»Wirklich?« Chajas Miene hellte sich auf.
»Ganz wirklich.«
»Aber blond ist so goldig – wie bei den Engeln.«
»In Paris hat jemand dich einen Engel genannt«, erwiderte Amarna. »*Un ange.* Erinnerst du dich? Das heißt ein Engel.«
Chaja überlegte. »Schwarz sieht jüdisch aus«, sagte sie dann. »Und Juden sind keine Engel.«
Amarna legte die Arme um sie, wie um sie nicht nur vor der Welt, sondern auch vor ihren Gedanken zu schützen. »Schau mal, wie schwarz Rehans Haar ist – und sie ist keine Jüdin. Das sind alles nur Sachen, die Leute reden, weil ihnen die Welt weniger Angst macht, wenn sie ordentlich ist.«
»So wie Armans Schreibtisch?«
Amarna musste lachen, auch wenn der Name ihres Mannes sie traf wie ein Schlag. »Genau so«, sagte sie. »Arman räumt immerzu irgendetwas auf, weil er sich dann sicherer fühlt.«
»Ich find's schön, wenn's aufgeräumt ist«, sagte Chaja. »Sind Juden unordentlich?«
»Quatsch. Du bist das ordentlichste Kind, das mir je begegnet ist. Und ich war das unordentlichste.«
Chaja sah sie an. Als Amarna sich in Arman verliebt hatte, hätte sie Stunden damit verbringen können, seinen Augen zuzusehen, und jetzt ging es ihr so mit Chaja. »Wenn man kein Jude ist, darf man unordentlich sein«, sagte Chaja und warf die Arme um Amarna. »Kannst nicht du meine Mum sein? Wenn du meine Mum bist, bin ich keine Jüdin mehr.«
Ja, dachte Amarna, ich kann das sein, und ich will es. Ich dachte, dass das nicht möglich ist, aber es ist ganz einfach. »Du hast doch schon eine Mum«, zwang sie sich zu antworten. »Deine Mum wäre sehr traurig, wenn du sie gegen eine andere austau-

schen würdest.« Es war einer der antrainierten Sätze, die Lilly Greenstein ihr vorgebetet hatte. In ihrem Kopf hämmerte es: Ob diese fremde Frau traurig ist, ist mir egal, es ist mir, verdammt noch mal, egal.

»Meine Mutter wollte mich nicht«, sagte Chaja.

Auch darauf hatte Lilly sie vorbereitet. Viele Kinder glaubten, ihre Eltern hätten sie loswerden wollen, aber Chaja hatte dergleichen nie geäußert. Sie hatte sich in den knapp zwei Jahren benommen, als wäre sie mitten in England aus einem Ei gekrochen. Die Zeichnung, die sie mit Arman gemacht hatte, war der einzige Beweis, dass sie vor ihrer Ankunft in Harwich schon ein Leben gehabt hatte. Die Zeichnung und das *Chatschkar.*

»Chaja, so etwas darfst du nicht sagen.«

»Warum nicht? Arman sagt, ich darf alles sagen, was in meinem Kopf ist. Das ist gut, sagt er, weil dann in meinen Kopf nicht solche Unordnung kommt.«

Meine zwei preußischen Beamten, dachte Amarna und hätte etwas kaputt schlagen wollen, weil der Gedanke so weh tat.

»Nun schön«, sagte sie. »Aber solche Gedanken haben in deinem Kopf nichts zu suchen, weil sie nämlich nicht wahr sind. Deine Mutter will dich. Sie hat getan, was für dich das Beste war …«

»Mir macht's nichts aus, dass sie mich nicht will«, fiel ihr Chaja ins Wort. »Ich will sie auch nicht. Ich will dich.«

Und ich dich. Warum dürfen wir uns nicht wollen?

»Und Arman«, sagte Chaja. »Amarna, stimmt das, was Deirdre sagt, schießt der Deutsche Arman aus dem Himmel?« Ihr Blick wurde unstet. Ihre Lippen bebten.

»Arman fliegt nicht«, sagte Amarna so bestimmt, wie sie konnte. »Viele RAF-Offiziere arbeiten am Boden, weißt du.« Das war nicht gelogen, zumindest hoffte sie, dass es nicht gelogen war. Sie wollte Chaja nicht anlügen, sie lag nächtelang wach mit dem Gedanken, dass ihr Mann vielleicht starb und dass dann das Letzte, das sie von ihm hatte, seine Lügen waren. Ich habe dich so geliebt, Arman, ich habe unsere Liebe so geliebt. Wenn du schwierig warst und wenn ich schwierig war, wenn du mein Wildschwein warst und ich deine Gewitterhexe, ich wollte nie einen anderen, nie eine andere Liebe als unsere: ohne falschen Ton. Ich habe anderen Paaren zugesehen und gedacht: Ich bin eine glückliche Frau, ich beneide mich selbst, ich muss vor Sehnsucht nach Hause rennen.

Schlimm war, dass die Sehnsucht nicht aufhörte. Wenn ihr nur die Lügen blieben und die Vertrauensbrüche, würde sie sich noch immer nach einem Mann sehnen, den sie vielleicht nicht einmal gekannt hatte.

»Am Boden arbeiten ist nicht gefährlich?«, fragte Chaja. »Da schießt der Deutsche nicht?« *Der Deutsche,* wie Chaja und ihre Freunde es deren Eltern nachplapperten, schoss auf die Stützpunkte der *Air Force* ohne Unterlass. In Hornchurch, wo Arman Fliegen gelernt hatte, war das Rollfeld durch Brandbomben zerstört worden. Es hatte Tote gegeben. Es gab ständig Tote. Wenn die BBC die Namen der Aerodrome bekanntgab, die beschossen worden waren, saßen Menschen, die ihre Angehörigen bei der *Air Force* hatten, starr vor Schreck vor den Radiogeräten und beteten, der eine Name möge nicht genannt werden. Amarna aber wusste nicht, auf welchen Namen sie hätte warten sollen. Wally hatte ihr von Fallschirmsprüngen und eingeschleusten Spionen erzählt, doch wo Arman sich aufhielt, konnte er ihr nicht sagen. »Er ist ein Mann«, hatte er gemeint, als wäre er selber keiner. »Vermutlich erscheint ihm Spionage als das große Abenteuer, bei dem er beweisen kann, dass er kein geprügeltes Opfer, sondern ein Täter mit stählernen Nerven ist.«

Chaja wartete noch immer auf ihre Antwort. Amarna wollte sie wieder an sich ziehen, doch sie machte sich los, wie Arman es tat, wenn er sich nicht länger sicher fühlte. Vor ein paar Wochen hatte sie wieder angefangen, in der Nacht zu weinen. Jetzt stand sie auf und warf Amarna einen misstrauischen Blick zu. Ihre kleine Hand schloss sich um das Kreuz an ihrem Hals.

»Ich will, dass Arman mein Dad ist«, rief Chaja. »Du musst Deirdre sagen, sie wird bestraft, wenn sie erzählt, dass ich keinen Dad habe, weil mein Dad bei der *Air Force* ist, und unsere tapfere *Air Force* darf niemand beleidigen. Mrs. Watford hat uns vorgelesen, was Premierminister Churchill gesagt hat: *Never was so much owed by so many to so few.*« Noch nie hatten so viele so vieles so wenigen zu verdanken. Das ganze Land wiederholte den Satz aus Churchills Ansprache wie ein Gebet. »Die wenigen, das sind die von der *Air Force*«, sagte Chaja stolz. »Die retten die Welt vor Hitler, und einer davon ist mein Dad.« Sie warf ihr unenglisch schwarzes, von einer *Union-Jack*-Spange gehaltenes Haar in den Nacken. Amarna brach es das Herz.

»Dein Vater wäre furchtbar traurig ...«, begann sie. Dann brach sie ab. Scheiß auf den traurigen Vater, scheiß auf Lilly Greensteins Verhaltensregeln, und scheiß auf Armans Verrat. Hier ging es um Chaja, eine Siebenjährige, der der Wahn von Erwachsenen die Wurzeln ausgerissen hatte und die sich irgendwo festhalten wollte. »Arman und ich sind hier in England deine Eltern«, sagte sie. »Wir sorgen für dich, wir passen auf dich auf, und wir haben dich lieb. Dieses Haus ist dein Zuhause, und all die verdrehten Leute hier sind deine Familie.«

»Doris auch?«

»Klar«, sagte Amarna. »Doris besonders.«

»Doris' Salat schmeckt nicht«, sagte Chaja.

»Ich weiß«, antwortete Amarna. »Das meiste, was Doris kocht, schmeckt nicht. Sie sollte in der *Kitchen Front* auftreten: Alles lässt sich ersetzen, und man merkt überhaupt keinen Unterschied.«

»Redet ihr über mich?«, fragte Doris.
»Ja«, antworteten Amarna und Chaja im Chor.
»Was Schlechtes?«
»Nie im Leben«, sagte Amarna. »Wir haben nur festgestellt, dass du Britanniens beste Ersetzerin bist. Wenn wir alle so gut ersetzen könnten wie du, hätten wir Hitler längst das Fürchten gelehrt. *Happy birthday*, Dee. Ich liebe dich.«
»Du kannst auch gut ersetzen«, sagte Doris. »Du hast dich angehört wie *Black Beauty.*« Dann schlug sie die Hand vor den Mund. »Und wieder mal sitz ich im Fettnapf. Die Männer kriegen wir nicht ersetzt. Ich meine, so im Allgemeinen kommt man ja ohne die klar, aber wenn man nicht tanzen kann, ist das doch keine richtige Party. Und mein *Yorkshire Pudding* stirbt mir am Herzkasper, wenn ich den noch mal zum *Slow Fox* schleife.«
Amarna wollte gehen und Seb als Tanzpartner für Doris organisieren, doch Chaja hielt sie am Rock zurück. »Arman kommt doch wieder und macht mit mir unser *Chatschkar* fertig, oder? Er verlässt uns doch nicht und kommt nicht mehr?«
»Quatsch mit Soße«, sagte Doris. »Schufte gibt's überall, denk bloß nicht, hier in England hätten wir keine, und ein treues Herz kann auch einer haben, der aus dem Orient kommt. *Black Beauty* verlässt euch im Leben nicht. Eher würde er sterben.« Erschrocken hielt sie die Luft an. »*Oh my giddy aunt.* Können die meine Fettnäpfe nicht mal auf die Rationierungsliste setzen?«
Chaja aber hatte mit Doris' Fauxpas kein Problem. »Dann ist es ja gut«, sagte sie zufrieden. »So einen Dad, dem seine Kinder nicht wichtig sind, den will ich nämlich nicht.«
Amarna horchte auf. Nicht zum ersten Mal sandte sie einen Fluch zu Paul Vollmer, der ihr, was Chajas Vater betraf, nicht mehr an die Hand gegeben hatte als beredtes Schweigen.

Sekunden später schrie am Tisch jemand auf, so schrill, dass die Stimme nicht erkennbar war. Amarna fuhr herum und sah Rehan, die vom Stuhl sprang und ihren Webrahmen, auf dem sie für Chaja ein Schultertuch webte, fallen ließ. Die Hunde, *Snow White* und *Claude-Jeune*, sprangen ebenfalls auf und rannten mit ihr den Uferhang hoch.

»Halleluja«, sagte Doris. »Wenn man vom Teufel spricht …«

Chaja ließ sie stehen und stürmte los.

Amarna blieb stehen und sah ihn sich an, die paar Sekunden lang, ehe Rehan ihm in die Arme fiel. Er sah furchtbar aus. Hohlwangig, bleich, zerrauft, nicht einmal ganz sauber. Ihr Herz schlug. Dem Himmel sei Dank, dachte sie und sah hinauf in das verdämmernde Graublau, über das sich dieses eine Mal keine Kondensstreifen von Flugzeugen zogen. Seit der Krieg begonnen hatte, dachten alle möglichen Leute, die nie in eine Kirche gegangen waren, an Himmel. Sie wusste nicht, was sie zu ihm sagen und wie sie noch mit ihm leben sollte. Nur dass sie es wollte. Lieber dich hassen als dich verlieren. Ich will dir weh tun, zurückschlagen, dir zu spüren geben, was du mir getan hast, ich will das so sehr, dass es mich erschreckt. Aber ich will nicht, dass es ein anderer tut.

Er versuchte, sich in der Hocke zu halten, wie er es sonst tat, doch ihm fehlte die Kraft. Rehan, Chaja und die Hunde warfen ihn hintüber. Die anderen liefen ebenfalls den Hang hinauf, Doris allen voran, Jordan mit dem kleinen Édouard, Dexter, Seb, Deirdre, Kathy Burgess, die Frauen und Kinder aus der Nachbarschaft. Am Tisch blieb nur einer sitzen. Bülent. Es dämmerte, bald würde es Zeit für die Verdunkelung sein. Im schwachen Licht sah der alte Mann so zart aus, dass er fast durchsichtig schien, sein Haar wie Spinnweben, das Gesicht wächsern und tränennass. Amarna ging zu ihm und setzte sich neben ihn auf die Bank.

»Geh und begrüß deinen Mann, *sevgilim*«, sagte Bülent. »Behandle ihn nicht wie einen Verbrecher.«
Amarna küsste seinen Schopf. »Ich bin ihm böse, Bülent.«
»Da, wo ich herkomme, brauchen wir keine Schwüre zu leisten, wenn wir heiraten«, sagte Bülent. »Was wir als Mann und Frau zu tun haben, bringen uns unsere Eltern bei, wir gehen zur *nikah,* und das genügt. Aber du hast deinen Mann in dieser riesigen englischen Kirche geheiratet und einen Schwur geleistet.«
Arman hatte das gewollt. Heiraten in der Kirche beim U-Bahnhof, in die er sonntags zur Messe trottete, um zu tun, was Engländer taten, nicht weil ihm Kirchen, Schwüre und der Himmel etwas bedeuteten. Er spielte Kricket, er schnitt seinen Rasen, er betete in der anglikanischen Kirche ein paar Vaterunser, deren Inhalt ihm sichtlich so gleichgültig war wie die Frage, ob er ein Kreuz oder einen Davidstern um den Hals trug.
»Ich weiß nicht, was dein Schwur bedeutet«, sagte Bülent. »Bevor ich zu meiner *nikah*, meiner Hochzeit, gegangen bin, hat mein Vater mir gesagt: Begrüße deine Frau, wenn du heimkommst, sag: Friede sei mit dir. Wer seiner Frau keinen Respekt erweist, erweist sich selbst keinen. Der Vater meiner Braut hat ihr dasselbe gesagt. Erweise deinem Mann Respekt. Wenn du deinen Mann wie einen Verbrecher behandelst, wer bist dann du? Die Frau von einem Verbrecher?«
»Ist es respektvoll, seine Frau zu belügen, Bülent?«
»Ich mag dieses Hin-und-her-Reden nicht«, sagte Bülent. »Ich habe dir gesagt, was ich dir zu sagen hatte, und wenn du mir nicht zuhören willst, dann nützt kein Wiederholen mit anderen Worten. Also versuche ich es bei Arman, und wenn der auch nicht hören will, geht beide in eure große Kirche und schwört, was ihr wollt.« Er hatte Mühe, aufzustehen, reckte sein zartes, nasses Gesicht zum Himmel und rief Armans Namen.

Arman löste sich aus dem Knäuel und kam zu ihnen. Er ging mit gesenktem Kopf und blieb zwei Schritte vor ihnen stehen. Aus der Nähe wirkte er nicht nur erschöpft, sondern krank.
»*Selamün aleyküm*«, sagte er.
»Aley*küm selam*«, sagte Bülent.
Arman küsste Bülents Hand und legte sie sich über Stirn und Augen. Dann ließ er sie los und strich ihm die Tränen von den Wangen. »Ich bin schmutzig.«
»Das sehe ich. Deine Frau ist nicht zufrieden mit dir. Es ist Krieg, Arman, wir müssen auf die Kinder achten, und ich sollte nicht so viel Sorge haben, weil ihr beide euch nicht vertragt.«
Arman wandte Amarna sein Gesicht zu. Er war wirklich schmutzig. Schlecht rasiert, die Haut auf der Wange aufgeschürft. So, als hätte er sich aus einem dieser Gräben des Weltkriegs, den die Briten den großen Krieg nannten, gerappelt und wäre bis hierher zu Fuß gelaufen. Amarna hielt inne. Die Engländer würden den Weltkrieg nicht mehr den großen Krieg, sondern den letzten Krieg nennen. Vielleicht würden sie ihn nicht einmal mehr den Weltkrieg nennen, sondern Weltkrieg Nummer eins.
»Wir müssen in die Bunker«, sagte Arman mit seiner leisen Orientalenstimme, mit der er ihr Liebeserklärungen gemacht und sie weichgekocht hatte, wenn sie ihm den Marsch hätte blasen wollen. »Wir müssen das üben. Alle wichtigen Papiere in eine Tasche packen, an die Tür stellen, was ihr parat haben wollt. Chajas Hagen, deine Urartu-Mappen, Rehans Webrahmen, Gasmasken, Medikamente, Alben mit Fotos, die nicht verlorengehen dürfen …«
»Arman«, sagte Bülent, »Du bist siebenunddreißig Jahre alt, du bist Soldat, und das Metall auf deiner Brust hat dir dein Land ja wohl für Tapferkeit verliehen. Ich schäme mich, wenn du dich wie ein Feigling benimmst. Lass das Geschwafel. Bitte deine Frau um Verzeihung.«

»Nicht!«, rief Amarna.
»Warum nicht?«, fragte Bülent.
»Weil ich ihm nicht verzeihen kann«, sagte Amarna.
»Bitte lass uns jetzt diese Sachen für den Bunker packen«, sagte Arman. »Lass uns alle Leute, die Tickets für den öffentlichen Schutzraum oder eigene Bunker haben, nach Hause treiben. Die anderen können sich heute mit in unsere zwängen, aber bis morgen sollten wir prüfen, wer wo unterkommt, und ihr müsst so schnell wie möglich nach Kent …«
»Arman!«, rief Bülent, reckte sich mühsam und zog ihn am Revers zu sich. »Reiß dich endlich zusammen!«
Arman legte Bülent den Arm um die Schultern und die freie Hand über den Mund. »Nein, *babacığım*«, sagte er. Mein Väterchen. Amarna hatte ihn das noch nie zu Bülent sagen hören. »Wir müssen jetzt alle Leute in Bunker schaffen, wir müssen versuchen, den Kindern möglichst wenig Angst zu machen, und alles andere hat zu warten.«
Chaja kam angelaufen und zerrte Arman am Ärmel. »Du musst Deirdre sagen, dass du mein Dad bist. Sie glaubt's mir nicht. Deirdre ist nicht mehr meine Freundin, sie ist eine viel zu dumme Kuh!«
»Wir zwei bringen Deirdre und die anderen Kinder nach Hause, ja?« Arman nahm sie bei der Hand. »Ich fürchte, die meisten dummen Kühe glauben nur, was sie sehen.«
Hand in Hand, gefolgt von Frauen, Kindern und Hunden, liefen sie den Hang hinauf, als die Sirenen zu heulen begannen. Niemand, der sie hörte, würde das Geräusch je vergessen. Die Vorstellung, jemand könne es mit einer Autohupe verwechseln, war absurd.
»Alle mal herhören!«, rief Doris. »In jeden Bunker passen sechs Mann, wir sind aber noch sechzehn, also macht euch dünn. Jeder schnappt sich, was er unbedingt braucht, und dann

husch, husch ins Körbchen. Futter schleppt bitte keiner an, das hat *Black Beauty* gehortet, an dem ist ein Hamster verlorengegangen.«

Es musste schnell gehen, und das war gut so. Amarna raffte zusammen, was ihr in die Hände fiel, Chajas Plüschaffen, ihre Lichtbilder aus Urartu, eine kleine Keilschrifttafel, die Arman in Hattuša gestohlen hatte, und den Brief von Sedat Veysel. Als sie in ihr Schlafzimmer kam, drehte sie gleich wieder um. Der ganze Raum war ihre Liebe, acht Jahre Leben mit einem Mann, der kaum je lächeln konnte und deshalb das Zimmer, in dem er seine Liebste empfing, in ein Lächeln verwandelte. Sinnlos, einen Teil davon bewahren zu wollen. Nur ein zerknittertes Krokodil aus Papier, das er ihr an einem Morgen gefaltet hatte, schob sie sich ohne nachzudenken in die Rocktasche.

In den mit Gras getarnten Bunker mit den Bänken, die sich zu Bettstellen ausklappen ließen, schoben sie sich zu acht: Rehan, Bülent, Kathy, Seb, Jordan mit Edu, Amarna und Doris, deren eigener Bunker überfüllt gewesen war, ehe sie darin hatte abtauchen können. Zwischen ihren Füßen türmten sich Taschen, Koffer, Bündel, übereinandergeworfene Kleider und die Hunde. Arman hatte recht: Sie würden das üben müssen. »Wir quetschen uns schon zurecht«, verkündete Doris. »Bei uns kommen ja nur noch Chaja und *Black Beauty* dazu, und deren Hinterteile nehmen nicht mehr Platz weg als zwei Kaffeeböhnchen.«

Sie schaltete ihre Taschenlampe ein und zog die Tür des Bunkers zu, ohne den Bolzen vorzuschieben. Die Sirene heulte ununterbrochen. Amarna hatte das Gefühl, sämtliche Haare am Körper stünden ihr zu Berge, und ihr Inneres fühlte sich ebenso stachlig an. »Mach mal da unten auf, *sugar pie.*« Doris wies auf die Klappe im Boden. Die *Anderson Shelter* wurden in Standardfertigung geliefert, diese Vorrichtung mussten Arman

und Dexter selbst hinzugefügt haben. Doris strahlte. »Wir haben einen Bunker unter dem Bunker. Dein Süßer hat gesagt, da ist sein Autoradio mit Batterie drin, damit ich Gert und Daisy hören kann, falls es länger dauert.«
Amarna zog die Klappe in die Höhe, und alle beugten sich über die Öffnung, aus der Doris wie ein Zauberkünstler Stück um Stück zutage förderte. Neben dem Radio und einem Erste-Hilfe-Koffer fanden sich weitere Taschenlampen, Konserven, Milchpulver, Trockenfleisch, sechs Tafeln *Cadbury*-Nussschokolade, vier Flaschen Wein aus der Gironde, ein Campingkocher, Armans Kaffeetopf, Spielkarten, zwei Gedichtbände aus der Bücherei, ein verschließbarer Nachttopf und eine glänzende armlange Metallzange.
»Was ist denn das?«, kreischte Doris auf.
»Ein Geburtsbesteck«, antwortete Jordan lakonisch. »Er hat das hier zusammengepackt, bevor Edu geboren war.«
»An *Black Beauty* ist dieser Kerl mit dem Boot verlorengegangen«, sagte Doris. »Du weißt doch, der aus der Bibel, der mit dem ganzen Viehzeug durch die Sintflut geschippert ist.«
»Er ist sein Nachfahre«, sagte Amarna. Das Heulen der Sirene ging ihr durch Mark und Bein. Als die Detonation losbrach, schrien sie alle auf, beugten sich vornüber und verschränkten die Hände im Nacken. Edu brüllte, *Claude-Jeune* und *Snow White* kläfften. Doris stieß die Tür auf und zog Chaja und Arman mit solchem Schwung in den Bunker, dass sie über die Beine der übrigen stolperten. Amarna packte Chaja und drückte sie viel zu fest an sich. Arman fing sich an der oberen Bettstatt und schob den Bolzen vor. Das kleine Blechgehäuse schien zu wanken. »Mund auflassen!«, schrie Arman. »Sonst platzt das Trommelfell.«
Eine Detonation folgte auf die andere, die Koffer und Taschen hüpften, und die Menschen klammerten sich aneinander fest.

Es war die Hölle, es war nicht auszuhalten, und es war so, wie wenn man durch einen Hagelsturm lief: In dem Augenblick, in dem man glaubte, jetzt streckt es mich nieder, wurden die Schläge schwächer und verebbten schließlich, um nur noch vereinzelt aufzubranden.
Sie alle zitterten, wie Amarna noch keinen Menschen hatte zittern sehen. Jordan weinte, Edu und Rehan wimmerten, Seb sah aus wie ein Gespenst und gab würgende Laute von sich.
Chaja saß auf Amarnas Schoß, streifte sich deren Arme ab und wandte sich zur Tür. »Setz dich zu uns«, sagte sie zu Arman. »Deine Beine biegen sich. Wie die Dampfwürste von Doris.«
Arman sandte ihr einen Blick und klammerte sich fester an die Bettstatt. Auf der Bank war kein Platz mehr. Über sein Gesicht rann Schweiß.
»Lass *Black Beauty* sich hinsetzen und euch beide auf den Schoß nehmen«, sagte Doris. »Ihr hattet euch so lange nicht, ihr habt's bestimmt gern eng.« Das Grinsen misslang. Amarna hatte selbst daran gedacht, dass das die naheliegende Lösung wäre, und Chaja rutschte von ihrem Schoß, doch sie selbst rührte sich nicht.
»Das kommt schon hin«, sagte Arman. Seine Zähne klapperten.
»Jetzt reicht's mir.« Doris stand auf. »Wo habt ihr eigentlich alle euren Anstand? Hört tagein, tagaus Churchills Reden, und dann lasst ihr den Mann, der aus dem Krieg kommt, sich noch nicht mal setzen? Was soll er denn denken? Dass er hier nicht mehr zu Hause ist?«
Chaja schubste sich zu Arman durch und umschlang seine Hüften. Doris legte ihm die Hände auf die Schultern und drückte ihn nieder auf die Bank. »Du setzt dich jetzt hier hin«, sagte sie. »Ich mach dir mit diesem Kochdings einen Tee, wenn du willst. Oder – warte mal.« Sie schob alles, was auf dem Bo-

den herumlag, beiseite, öffnete die Klappe und hielt eine Schokoladetafel wie eine Trophäe in die Höhe. »Die?«
Arman schüttelte den Kopf und sah aus wie kurz vor einem Lächeln. Er schloss die Arme um Chaja, die sich wie ein Äffchen auf seinem Schoß rollte. »Du musst dich wieder hinsetzen, Doris«, sagte er. »Das hier dauert lange. Wir können die oberen Betten ausklappen, und die, die müde sind, können sich schlafen legen.«
»O ja, bitte!«, rief Jordan, die Edu fortwährend stillte, um ihn ruhig zu halten, und sichtlich am Ende ihrer Kraft war.
»Aber wie passen wir denn dann noch drunter?«, fragte Doris.
»Wir ducken uns«, sagte Arman. Die letzte Silbe wurde von einer Detonation verschluckt, die den Boden zum Beben brachte. Doris plumpste neben Chaja auf Armans Schoß, und wiederum saßen sie eine gefühlte Ewigkeit lang vornübergebeugt, mit offenen Mündern, und hörten nach zehn oder zwölf Einschlägen auf, zu zählen.
»Unsere Häuser«, murmelte Doris, als sich die Einschläge endlich entfernten. »Wenn das hier vorbei ist – ob dann draußen noch was so ist, wie's war?«
»Wenn dich das ablenkt, können wir das Radio anmachen«, sagte Arman. »Du könntest auch *For She's a Jolly Good Fellow* singen, oder ich könnte dir ein neues Lied beibringen. Ein unanständiges. Alles, was dich daran hindert, dir diese Frage zu stellen, denn sonst verlierst du den Verstand.«
»Das glaub ich nicht«, sagte Doris. »Dass du's fertig bringst, ein unanständiges Lied zu singen.«
Arman sang überhaupt nie Lieder. Zumindest nicht, solange Gefahr bestand, dass irgendwer ihn hörte.
»Nicht ehe die Kinder im Bett sind«, sagte Arman. »Ganz zu schweigen von Bülent.«
»Vor dem hast du nichts zu befürchten«, sagte Doris und deutete auf Bülent, der in einem Winkel schnarchte. Arman bettete

ihn in eine bequemere Lage und deckte ihn zu. »Er ist so dünn geworden«, sagte er.
»Hast du dir in letzter Zeit mal an die eigene Nase gefasst?«, fragte Doris.
Sie klappten miteinander die Betten aus und bereiteten auf einer Seite ein Lager für Chaja und Rehan und auf der anderen eines für Kathy, Jordan und ihr Baby. Rehan weinte an Armans Brust, ehe sie in seinen Armen einschlief. Wie hatte er sie im Stich lassen können? Er war ihr Anker in der Welt. Ohne ihn verkroch sie sich in sich selbst und blieb dort mutterseelenallein.
Er deckte sie zu, streichelte Chajas Haar und wandte sich nach der anderen Seite. »Ich habe einen Brief für dich«, sagte er zu Jordan, gab ihr eine der Taschenlampen und zog aus der Brusttasche einen dünnen, viermal gefalteten Umschlag.
Im Lichtkegel sah Amarna die Bewegung, die über Jordans müdes, aufgedunsenes Gesicht glitt. »Von Lucien?«
Arman nickte. »Wenn du ihm antworten willst, gibt es Möglichkeiten, den Brief zurückzuschaffen. Es dauert nur eine Weile. Wir könnten ein Foto von dir und Édouard machen lassen.«
Jordan starrte ihren Brief an, bis sie mitten in den Detonationen in Schlaf fiel.
»Für dich habe ich auch einen Brief«, sagte Arman zu Amarna. Sie erschrak und wusste nicht wovor. Vor seiner Stimme, in der die Sehnsucht nackt war. Vor ihrem Zorn. Bis zum Schluss hatte sie gehofft, dass Wally falsch lag, aber er hatte recht behalten: Arman war irgendwo im Gebirge, hinter feindlichen Linien, mit dem Fallschirm abgesprungen, um als geheimer Verbindungsmann zu Leuten zu agieren, die im Untergrund gegen die Nazis kämpften. Um zu beweisen, dass er kein zerquetschtes Insekt war, sondern eine stählerne Waffe, die keine Furcht kannte, keinen Schmerz, keinen Tod. Er hielt ihr den Brief hin.

»Ich will ihn nicht haben«, sagte sie. »Steck ihn wieder ein.«
»Bitte nimm ihn«, sagte er. »Er ist von Melinée, sie fand dich und Chaja so schön. Sie ist eine Waise wie Rehan, sie ist jetzt ganz allein und hätte so gern ein Kind gehabt.«
»Wo ist ihr Mann?«
Arman zuckte die Schultern, und die Detonationen begannen von neuem. Wenn das Brandbomben waren, musste die Welt in Flammen stehen. Arman stand reglos und hielt ihr noch immer den Brief hin. Im Getöse begann er wieder zu sprechen. Sie konnte ihn nicht hören, aber sie verstand. »Bitte verzeih mir. Bitte geht nach Kent. Ich halte das nicht aus.«
»Ich halte auch manches nicht aus, Arman. Warum bist du nicht in Frankreich geblieben, wenn das für deine Nerven besser ist?«
»Weil abzusehen war, dass Hitler nicht länger unsere Stützpunkte beschießen lassen würde. Sondern unsere Städte. Weil ich euch nach Kent bringen wollte.«
Dann wurde es endgültig zu laut für Worte. In einer Explosion, die klang, als würde der kleine Bunker auseinanderbrechen, warf sich Seb von der Bank, umklammerte seine Knie und begann zu brüllen. Arman ging zu ihm, umarmte ihn mit aller Kraft und klopfte ihm den Rücken. Als die Detonationen abklangen, hing Seb, der Arman um einen halben Kopf überragte, wie leblos in seinen Armen. »Es ist nur der Krach, ich bin sonst völlig okay. Mir macht nur der Krach den Kopf kaputt. Ich hatte das schon in der verdammten Schule, die haben angefangen zu brüllen, und mir ist mein Kopf geplatzt, ich hab nichts mehr gehört. Das ist doch nichts weiter. Aber dieser blöde Quacksalber sagt, ich kann nicht kämpfen, wenn ich das hab.«
»Doch«, sagte Arman. »Du kannst. Nur nicht da, wo Krach ist. Versuch zu schlafen. Wir reden morgen darüber. Wenn du weißt, warum du kämpfen willst, weißt du auch, was dir zu tun bleibt.«

»Dagegen muss man doch was machen können, irgendein Mittel nehmen, damit das mit dem Kopf in Ordnung kommt.«
»Nein«, sagte Arman. »Dagegen kann man nichts machen. Aber man kann sich drum herummanövrieren.«
»Woher willst du denn das wissen?«
»Ich hab es auch«, sagte Arman. »Ich habe alles ausprobiert, aber es geht nicht weg.«
Seb starrte auf Armans Brust. Arman angelte den Pullover, den Rehan ihm gewebt hatte, aus den Kleiderhaufen, und zog ihn sich über, so dass die sternenförmige Medaille am blauen Band nicht länger zu sehen war. Sie redeten nicht mehr. Nach einer Weile ließ Seb sich in die Ecke gegenüber von Bülent führen, verkroch sich in eine Decke und schlief ein wie ein Kind. Die drei übrigen duckten sich unter die ausgeklappten Liegen. Doris hatte eine Flasche Wein entkorkt und ihn in Teetassen gefüllt. »Das Ritz ist es nicht gerade.«
»Ich weiß«, sagte Arman. »Am Stil muss ich noch feilen. Aber mein Wein ist gut. Leider geht der Vorrat zur Neige.«
Sie tranken.
Verdammt, ich will mich nicht so mit dir fühlen, dachte Amarna. So vertraut, so verliebt, so, als käme alles ins Lot. Hör auf, mich anzusehen. Davon kann ich mir nichts kaufen. Wenn du morgen weiter an deiner Legende zimmerst, vergisst du mich. Du hast ein Kind zeugen wollen, aber wir haben keines bekommen. Du hast etwas in Stein hinterlassen wollen, aber dein Sockel bleibt leer. Jetzt trägst du den Namen deiner toten Familie eben anders in die Ewigkeit. Arman Artsruni, gestorben im tapferen Kampf gegen Völkermord. Mein Name bleibt eine Randnotiz.
»Und was ist jetzt mit meinem schmutzigen Lied?«, fragte Doris.
»Ich trau mich nicht«, sagte Arman.

»Aber du hast es mir versprochen. Die Kinder schlafen und dein Bülent auch, der zieht dir schon nicht die Hammelbeine lang.«
»Ich schäme mich vor meiner Frau.«
»Dann flüstere es mir ins Ohr!«, rief Doris.
Arman stand auf, setzte sich neben sie und wurde rot. »Wenn du jemals Bülent erzählst, dass ich dir solche Lieder beibringe, rede ich nie wieder ein Wort mit dir«, sagte er. Dann beugte er sich zu ihr, schirmte seinen Mund mit der Hand ab und flüsterte in ihr Ohr. Die Detonationen begannen von neuem, Arman klappte Doris den Kiefer herunter und flüsterte weiter, wobei er mit jedem Wort tiefer errötete. Doris fing mit offenem Mund an zu kichern, Arman wand sich vor Verlegenheit, und als er fertig war, ging sein Atem schwer, als wäre er gerannt, während Doris sich prustend vor Lachen die Hände auf den Bauch presste.
»Das ist göttlich«, rief sie. »Das bringe ich allen bei. Von jetzt an, bis wir diesen Krieg überstanden haben, singe ich nur noch das.«
»Das darfst du nicht«, bettelte Arman. »Ich bleibe hier im Bunker sitzen und traue mich nie wieder auf die Straße.«
»Ich sag doch keinem, von wem ich das habe, *silly.* Mach dir keine Sorgen. Du bist der Letzte, dem irgendwer so was zutraut, die denken alle, du Chorknabe kennst nicht mal solche Worte.«
»Ich habe mir das doch nicht ausgedacht«, verteidigte sich Arman. »So etwas geht auf Stützpunkten eben herum.«
Doris brach in eine weitere Lachsalve aus. »Da lassen wir dich nie wieder hin. Die können uns doch nicht unseren letzten anständigen Mann versauen.«
»Ich will das Lied jetzt auch hören«, sagte Amarna und verfluchte ihre Neugier.

»Niemals.« Er wandte ihr sein tiefrotes Gesicht zu. »Das geht wirklich nicht, Amarna.«
»Warum nicht?«
»Nicht lachen«, sagte er leise. »Auch wenn du's nicht glaubst. Weil ich noch immer versuche, vor dir einen guten Eindruck zu machen.«
Sie lachte nicht. Und sie glaubte ihm. Sie wollte ihm weh tun, weil sie sich wünschte, zu ihm zu laufen und ihn in die Arme zu nehmen. Weil er mit seinem Seidenblick hoffen konnte, davonzukommen, und weil er nicht davonkommen durfte. Weil alles in ihr weh tat. So, als hätte ihr Mann, an dem sie Kraft und Sanftmut und Zärtlichkeit geliebt hatte, sie mit Füßen getreten.
»Du machst doch immer einen guten Eindruck.« Doris küsste ihn auf die Wange. »Jetzt ruh dich mal aus. Setz dich zu deiner Marnie und schnapp dir eine Mütze voll Schlaf.«
Doris, die den Wahnwitz der ersten Bombennacht mit Bravour bestanden hatte, brauchte selbst Schlaf. Sie hatten sich kaum gute Nacht gewünscht, da sackte sie schon gegen die Bunkerwand und begann zu schnarchen.
Armans Blick ließ Amarna nicht los. »Du fehlst mir.«
Jetzt, befahl sie sich. Schlag zu.
»Bitte«, sagte er. »Kann ich einen Kuss haben? Nur einen. Ich spüle mir den Mund sauber.«
»Du brauchst doch keinen«, sagte sie. »Du hast ja einen Orden.«
Er zuckte zusammen und zog den Kopf ein. Amarna musste sich abwenden.
»Habe ich dir in Frankreich auch gefehlt?«, fragte sie. »Als du auf deinem Faltrad durch die Gegend geflitzt bist, bereit, mit deinen geheimen Informationen die Welt zu retten, und mutig genug, dir von der Gestapo die Haut abziehen zu lassen? Wenn dir so viel an mir liegt, könntest du denen ja vielleicht meine

Adresse geben, damit sie mir schicken, was sie von dir übrig lassen. Dann habe ich etwas, das ich Chaja zeigen kann, die weint, weil sie schon einmal einen Vater hatte, dem sie nicht wichtig war. Vielleicht könnte ich ihr erzählen, du hast dich um ihretwillen zu Tode foltern lassen? Meinst du, das würde sie mir glauben? «

»Tu das nicht«, sagte Arman. »Bitte hör auf.«

»Warum denn? Bin ich respektlos? Undankbar, weil ich vor meinem Helden mit dem Blechstern auf der Brust nicht in schmachtende Bewunderung ausbreche? Warum rufst du nicht *British Movietone* an, wenn wir morgen noch ein Telefon haben? Ich bin sicher, die kommen liebend gern und filmen dich mit dem Ding. Was ist es überhaupt? Eine Tapferkeitsmedaille, ja?«

*»Distinguished Flying Cross«,* murmelte er mit gesenktem Kopf. »Die geben das jedem. Churchill meint …«

»Ich kann's nicht mehr hören«, fiel ihm Amarna ins Wort. »Jedes Kind weiß hier, was Churchill meint. Unsere Piloten von der *Air Force* sind die tapferen wenigen, denen wir vielen alles verdanken. Und weil dir auf einem Ohr das Gehör fehlt und du sowieso immer alles perfekter machen musst als gewöhnliche Sterbliche, setzt du noch eins drauf und spionierst die Nazis aus. Du bist der eine, dem wir noch viel mehr als alles zu verdanken haben.«

»Amarna.«

Sie ließ ihm keine Chance, ihr in den Arm zu fallen. »Dass du scharf auf diese Medaillen bist, hätte ich nie erwartet. Ich dachte, das wäre etwas für grüne Bürschlein wie Seb. Aber weißt du was? Ich hätte dir auch eine gegeben. Der Mann, der Wein und Geburtszangen in Bunker schleppt, Seb tröstliche Märchen erzählt und mit Doris schmutzige Lieder singt, hätte in meinen Augen eine verdient. Er hat mir imponiert, ich fand ihn mutig, klug und menschlich, und ich hätte ihm gern etwas noch Schöneres gegeben. Ich wollte ein Kind von ihm. Den, der sich ohne Abschied von seiner Familie fortstiehlt, um zu beweisen, dass er mit seinen Heldentaten die Welt vor Hitler retten kann, den finde ich lächerlich, feige und selbstsüchtig. Dass ich von dem kein Kind habe, hat seinen Sinn.«

Sie rang nach Atem. Er blieb still. Sie hieb nach.

»Oder tust du das gar nicht für dich selbst?«, fragte sie. »Für wen dann? Etwa für deine Mutter?«

Arman entfuhr ein Laut, und er sprang auf.

Amarna sah nicht hin, sondern schlug blindlings zu. »Und für deine Schwester, das Wunderkind, das noch mit dem letzten Atemzug drei Alphabete murmeln konnte? Ich hoffe, du bist mir nicht böse, doch mir steht diese ganze Vergangenheit, dieses ewige Leben mit Toten bis zum Hals. Unser Kind wäre doch auch nur zur Welt gekommen, um den Namen deines toten Geschlechts fortzuführen. Zählen die Lebenden gar nichts? Nun denn, hol dir deinen Lohn von den Toten. Ich wette, deine Mutter ist mächtig stolz auf ihr Söhnchen, das seine Familie im Stich lässt, es auf dem Faltrad mit Hitler aufnimmt und zu ihren Ehren den Heldentod stirbt.«

Ganz nah, vielleicht direkt hinter der Wand, explodierte eine Bombe. Amarna fuhr zusammen und blickte auf. Arman starrte mit glasigen Augen ins Leere und schlang die Arme um den Leib. Sie musste von ihm ablassen, kein gesunder Mensch schlug einen Gegner, der nichts mehr einstecken konnte. Nur eins noch, beschwor sie sich. Dann ist es vorbei. »Was die Bomben betrifft, hast du recht«, sagte sie und musste die nächste Detonation abwarten. »Ich will die Familie nicht gefährden. Kannst du dich darum kümmern, dass alle nach Kent kommen? Mich und Chaja musst du nicht mit einplanen. Sedat hat mir geschrieben, dass dort unten alles friedlich ist und ich ihm und Emine jederzeit willkommen bin. Selbst wenn ich keine Lizenz habe, sondern nur sondiere, wie es um die Stelen steht. Ich fahre mit Chaja an den Ararat.«

»Bitte nicht«, sagte Arman, setzte sich hin, stand wieder auf, ging ein paar Schritte und kehrte zurück. Ein Gefangener in einem zu kleinen Käfig, in dem er den Schlägen nicht ausweichen konnte. Er setzte sich, stützte die Ellbogen auf die Knie und den Kopf in die Hände. »Bitte bleib bei mir, Amarna. Ich bin nicht mutig, ich bin nicht tapfer, ich bin müde, mir ist kalt, und ich muss kotzen vor Angst. Wenn ich verspreche, nicht mehr nach Frankreich zu gehen, nimmst du mich dann zurück? Ich gebe klein bei. Ich halte es nicht aus, dich zu verlieren.«

Die Bombe, die draußen einschlug, schien in Wirklichkeit mitten im Raum zu explodieren. Ihre Wucht warf Amarna bis an die Wand zurück. Sie konnte nicht glauben, dass er das gesagt hatte. Er hatte sich von ihr erpressen lassen, machte ihr keine absurden Angebote wie das, ihn statt mit Worten mit einer Holzlatte zu schlagen, sondern streckte einfach die Waffen. Sie hatte gewonnen, und der Sieg schmeckte schal. »Ich halt's doch auch nicht aus, dich zu verlieren«, krächzte sie. »Bitte komm zu mir, Arman. Spül dir nicht den Mund aus.«

Verstört und blicklos starrte er sie an, als wäre in seinem Kopf zu viel Unordnung, um klar zu sehen. »Lass gut sein.«

»Lasse ich nicht.« Sie wollte ihn küssen, wollte ihm sagen, dass sie ihn dafür, dass er kapituliert hatte, nicht weniger achtete, doch vermutlich nützte das nichts, weil er ihr gerade seine Selbstachtung geopfert hatte. Außerdem klang ihr das Wort Achtung für das, was zwischen ihnen geschehen war, wie Hohn. Wie ist das nur möglich?, dachte sie. Wie konnten wir in solch eine Lage geraten? Wir sind nette Leute, wir hatten uns vom ersten Tag an lieb, und wir haben Freunde wie Sedat und

Emine Veysel, die gern mit uns unter ihren Zypressen Tee trinken würden. Warum müssen irgendwelche Spinner, die Völker auslöschen, statt Kricket zu spielen, in unserem Leben herumwüten?

Völker auslöschen.

Sie stand auf, ging zu Arman und wollte die Arme um ihn legen, doch sie konnte es nicht. Manche Leute küssten ihre Kinder, nachdem sie ihnen Prügel verabreicht hatten, und sagten: Na, siehst du? Geht doch. Arman war kein Kind. Er war ihr Mann und verdiente Respekt.

»Es tut mir leid«, sagte sie. »Ich brauchte das von dir, aber ich bin übers Ziel hinausgeschossen. Ich hätte dich nicht so verletzen dürfen.«

»Das kommt schon hin«, sagte er.

»Ich wollte dich gerade bitten, alles zu sagen, nur nicht das.«

»Das sage ich doch immer«, murmelte er. »Aber hier passt es. Im Krieg geht es genauso: Wenn du zuschlagen willst, musst du es richtig machen, sonst vergeudest du nur deine Kraft.«

Zaudernd legte sie die Hand an seine Wange, spürte Hitze und kalten Schweiß. Er bekam immer Fieber, wenn er völlig erschöpft war, es war die Art seines Körpers, sich zu wehren. »Du hast das, was du gesagt hast, auch so gemeint, nicht wahr? Du weißt, dass ich es nicht ertragen würde, wenn du mich noch einmal belügst.«

»Ja«, sagte er.

»Lass uns darüber reden, Arman. Nach einem Weg suchen, mit dem wir beide leben können. Dass du nicht tatenlos zusehen kannst, verstehe ich. Wir wollen alle kämpfen, Doris mit ihrer *Kitchen Front*, Chajas Schulklasse, die den Soldaten Päckchen packt, Seb, auch wenn er Kriegslärm nicht aushält, und Dexter, der sich mit seinem Kricketschläger zur *Home Guard* gemeldet hat. Ist das etwa nichts wert? Bewirkt deine selbstmörderische Spionagearbeit wirklich mehr, oder bringt sie dir nur mehr Ruhm ein?«

Wally hatte gesagt: »Dass er so ist, wirst du hinnehmen müssen. Er spielt besser Kricket als ich, und sogar sein Brandy ist älter als meiner. Vermutlich ist er fest entschlossen, eines Tages vom König in den Adelsstand erhoben zu werden, damit er uns als Superbrite alle in den Schatten stellt.«

Lilly Greenstein hatte erzählt, dass viele ihrer Kinder sich in der Schule vor Ehrgeiz zerfraßen. Sie waren die Überlebenden der Sintflut, sie mussten beweisen, dass sie ihren Platz auf der Arche mehr verdient hatten als die, die in den Fluten versanken. In dem Brief, den Chajas Tante geschrieben hatte, stand: »Du gehst zwar alleine, aber du gehst für uns alle. Zeig denen da drüben auf der nassen Insel, wozu eine Berlinerin aus der Bleibtreustraße imstande ist.« Arman hatte keine drei Alphabete lesen und französischem Käse auf Bäumen keinen Sinn abgewinnen können. Er kam sich sein Leben lang vor wie einer, der seiner Schwester den rettenden Platz auf der Arche gestohlen hatte.

Sie hatte gesagt, sie habe das Leben mit den Toten satt, doch tatsächlich war sie es, die sich nach Archäologenart die Teile zusammengesucht und von anderen Leuten erfragt hatte. Arman hatte nur ein einziges Mal in ein paar Sätzen darüber gesprochen. »Ich habe den Kopf eingezogen«, hatte er gesagt, »und das Beil hat Tuma getroffen.«

»Lieb dich«, sagte Amarna und umarmte ihn. Er war schlaff und schlotterte, brauchte ein warmes Bad, eine Mahlzeit, die nicht Doris' *Kitchen Front* entstammte, und viele Stunden Schlaf. »Schließ einen Kompromiss mit mir, ja? Es muss doch nicht das Gefährlichste sein. Wally hat gesagt, du könntest in einer Maschine mitfliegen, die Flugblätter abwirft …«

»Ich könnte auch Papierboote falten«, sagte er. »Oder Keksdosen anmalen.«

»Ach, Herr Artsruni.« Sie gab ihm eine weiche Kopfnuss, ein Tappen auf seinen schön geformten Schädel. »Warum habe ich dich nur so furchtbar lieb?«
»Das weiß ich nicht.«
Eine Sirene ertönte.
»Was ist das?«
»Entwarnung«, sagte Arman.
»Das heißt, es ist vorbei? Wir dürfen wieder nach draußen?«
»Aber vorsichtig«, sagte er. »Beim Auftreten aufpassen, keine beschädigten Gebäude betreten, unbekannte Objekte melden. Die *ARP* gibt euch übrigens Broschüren aus, damit ihr sie lest, nicht damit Doris sie sich an ihren Gartenzaun klebt.«
Sie schenkte ihm ein Lächeln und nahm seine Hand. Seite an Seite traten sie aus dem Bunker, in den erwachenden Morgen. Ihre beiden Häuser, in die Senke für den Kanal geschmiegt wie in eine schützende Hand, waren unbeschädigt, und drüben, im Garten der Taylors, rappelte sich der schlaftrunkene Dexter aus der Tür seines Bunkers. Hang und Gartenweg waren von Schutt übersät. Vorn an der Straße, wo ein Haus mit vier Stockwerken ihnen den Blick in Richtung der Docks versperrt hatte, war jetzt freie Sicht. Von den Docks aber war nichts zu erkennen, kein Schiffsschornstein, keines der aufragenden Lagerhäuser. Der gesamte Distrikt war eingehüllt in eine riesige Qualmwolke, deren Gestank die Luft dick machte.
Arman hustete.
»Willst du deine Gasmaske?«
»Nein«, sagte er. »Auch zur Benutzung der Gasmaske habt ihr übrigens eine Broschüre erhalten.«
»Ja, mein Liebling«, sagte Amarna. »Und du hättest jedes Recht, mir die Hölle genauso heißzumachen wie ich dir. Wir waren beide sträflich leichtsinnig, aber wir haben diese Nacht überstanden und werden künftig mit unserem Leben sorgsa-

mer umgehen, einverstanden?« Sie verschränkte die Hände in seinem Nacken, küsste ihn auf den Mund und hatte das unbehagliche Gefühl, *British Movietone* könne hinter der Hecke lauern.

Als sie ihn freigab, sagte er: »Amarna, ich habe eine Bitte.«

»Spuck's aus.« Sie streichelte ihn und war entschlossen, für ihn zu tun, was immer er sich wünschte.

»Ich mache mir Sorgen um deinen Vater«, sagte er. »Können wir bitte in Kent mal darüber reden?«

»Du bist ein komischer Mann«, sagte sie. »Was juckt dich eigentlich mein Vater?«

»Er juckt mich nicht. Mir fällt nur jedes Mal, wenn ich an ihn denke, eine Geschichte aus Sardinien ein, die mir jemand erzählt hat, und das macht mich nervös.«

»Wen kennst du denn in Sardinien?«

»Niemanden. Es war jemand aus Berlin, vom Film, er wollte irgendwelches Zeug von mir kaufen, und es ist schon ewig her. Um noch einmal auf deinen Vater zurückzukommen …«

»Arman«, sagte sie und gab ihm noch einen Kuss. »Gönn deinem Kopf jetzt mal eine Pause. Ich liebe dich, und von mir aus reden wir in Kent über Gott, die Welt und den König von England.«

Kurz darauf trennten sich ihre Wege. Arman ging, um nachzusehen, ob von ihren Bekannten an der Straße jemand Hilfe brauchte, und um Benzin für die Fahrt nach Kent zu beschaffen. Amarna kehrte in den Bunker zurück, um die anderen zu wecken und dann aufzuräumen. Während sie in Kent waren, konnten Nachbarn den *Anderson Shelter* nutzen und sich den Weg zum überfüllten Luftschutzraum auf dem U-Bahnhof Bethnal Green sparen.

Sie hatten überlebt. Sie hatte ihren Mann wieder und würde mit ihm und Chaja in ihr schönes Haus auf dem Land fahren, wo sie sich erholen und diese Monate hinter sich lassen konn-

ten. Doris, die erwachte, begann vor Freude, den *Colonel Bogey March* zu summen. »Das ist doch das Lied, von dem er mir gestern den schmutzigen Text beigebracht hat. Gott, das vergesse ich mein Lebtag nicht. Soll ich's dir vorsingen?«
»Später, Dee.«
»Habt ihr zwei Süßen eure Kabbelei denn ausgestanden?«
»Ja.«
»Gut so. Ist doch schon Krieg genug.«
Warum sie das Unbehagen nicht abschütteln konnte, war Amarna nicht klar. Sicher lag es an der Bombennacht und an der Erkenntnis, dass dies erst der Anfang war. Während sie verstreute Kleider aufsammelte, entdeckte sie unter der Bank einen Umschlag aus dünnem Papier. Der Brief, den die Armenierin Melinée ihr geschrieben hatte, weil sie fand, Chaja sei ein Engel und sie beide so schön.
Im Licht des Morgens erschien es Amarna rührend. Der Mann des Mädchens war zweifellos in den Widerstand verwickelt, und sie musste unsägliche Angst um ihn ausstehen. »Sie ist eine Waise wie Rehan«, hatte Arman gesagt. Das bedeutete, ihre Familie war auch ausgelöscht worden, sie hatte niemanden als ihren Mann, der nicht bei ihr sein konnte. Ihren armenischen Mann, von dem sie sich vergeblich ein Kind wünschte. Vielleicht hatte sie Amarna geschrieben, um die Hand nach einem Menschen auszustrecken. Dass sie den Brief nicht hatte haben wollen, um Arman eins auszuwischen, kam ihr jetzt kindisch und gehässig vor.
Sie riss den Umschlag auf. Der Brief war auf Armenisch abgefasst, dessen uraltes Alphabet sie noch immer schwierig zu lesen fand. Ihr fiel ein, was sie zu Arman über seine Schwester gesagt hatte, und sie schämte sich. Den Brief schob sie in ihre Rocktasche, um ihn später zu lesen, wollte zuerst in Chajas Schule Bescheid geben, dass Chaja vorläufig nicht kam.

Mit dem Brief in der Tasche lief sie los. Warum sie sich weiterhin unbehaglich fühlte und warum der Brief dieses Gefühl verstärkte, verstand sie nicht.

# 29

## PAUL
## BERLIN. OKTOBER 1941

Mit den Wochen, die verstrichen, war Pauls Kreis immer kleiner geworden. Menschen, mit denen er verkehrt hatte, verschwanden, und an ihre Stelle traten andere, denen er nicht vertrauen durfte. Manche, mit denen er im Beruf hätte zu tun haben wollen, begannen ihn zu meiden. Sein Dekan Karl Denitz gehörte dazu. Solange es ums Fachliche ging, sprach sich Denitz weiterhin mit ihm ab, doch er drängte Paul nie wieder, mit ihm auf ein Bier zu Mutter Wiechert zu gehen. Paul bekam natürlich mit, dass die übrigen Lehrkräfte privat verkehrten, er sah sie in Gruppen in ihr Stammlokal ziehen, doch an ihm gingen sie vorüber, als wäre er Luft.

Studenten, mit denen ihm die Arbeit Freude machte, gab es so gut wie gar nicht mehr. Überhaupt wurde die Verweildauer an der Universität kürzer, weil junge Leute schnellstmöglich an die Front oder in kriegswichtige Aufgaben überstellt werden sollten, und Pauls Seminare wurden immer leerer. Wenn es so weiter ging, musste er um seine Unabkömmlichkeit fürchten. Denitz hatte ihn bereits darauf aufmerksam gemacht: »Dass Rektor Hoppe seine Probleme mit Ihnen hat, ist Ihnen ja nicht neu. Dass Ihre Seminare schlecht besucht sind, auch nicht. Ich möchte nicht drohen. Nur andeuten, dass man hier zwei und zwei zusammenzählen und fünf herausbekommen könnte.«

Paul nahm es zur Kenntnis und beließ es dabei. Wenn man ihn einberief, würde er etwas tun müssen. Etwas anderes als in den Krieg ziehen. Aber die Frage, was dieses andere sein könnte, schob er von sich. Immerhin saßen die beiden jüdischen Studenten, die an der Fakultät verblieben waren, getreulich in seinen Vorlesungen. Sie mussten seit Beginn des Semesters einen gelben Stern an der Kleidung tragen, und immer häufiger kam es Paul so vor, als trage er selbst diesen Stern, als starrten die Leute ihm aufs Revers und dachten: Das ist der Vollmer. Der hat's mit Juden. Mit dem macht man sich besser nicht gemein.

Einmal hörte er hinter einer Tür seine beiden Doktoranden miteinander tuscheln: »Hast du mal seine Freundin gesehen?«

»Hat er denn eine?«

»Und ob. Eine Vettel mit Hakennase und krummen Beinen. Besser, ich suche mir einen anderen Doktorvater, denn wenn der Vollmer nicht aufpasst, kriegen sie ihn wegen Rassenschande dran.«

Seine Vermieterin kündigte ihm nicht, obwohl er gegen die Hausordnung verstieß. Stattdessen erhöhte sie die Miete, doch da Paul anstandslos zahlte, durfte er bleiben. Die Nachbarn schnitten ihn. Paul gewöhnte sich daran, im Hausflur nicht mehr gegrüßt zu werden, und grüßte nach ein paar Tagen selbst nicht mehr.

Die Künstlerkreise, in die er durch Eva geraten war, hatten sich aufgelöst, und in der Orientgesellschaft saßen *Ahnenerben* und Atlantis-Sucher. Pauls Kreis war winzig geworden. Er bestand nur noch aus drei Menschen, und sobald er über diese Feststellung nachdachte, fiel ihm ein, dass von den dreien einer ein Hund war. Er hätte sich einsam fühlen müssen. Stattdessen fragte er sich, ob diese furchtbaren Jahre, 1940 und 1941, mit ihrem Krieg, ihrer Schuld, ihrer ständigen Angst und ihrem ständigen Verschweigen, nicht die erste Zeit in seinem Leben waren, in der er *nicht* einsam war.

Als junger Mann hatte er sich einen Freund gewünscht, einen jener sportlichen, kameradschaftlichen Burschen, deren Schneid auf ihn hätte abfärben sollen. Er hatte sich eine Frau gewünscht, schlank, gebildet und leidenschaftlich wie Amarna Brandstätter, aber beides hatte er nie bekommen. Sein Kreis war winzig. Ein Hund, ein Freund, eine Frau. Drei Geschöpfe, vor denen er nicht die mindeste Angst empfand. Hugo, der Boxerrüde. Professor Tilman Brandstätter. Wilma Duvenage.

Drei Geschöpfe, die ihn brauchten. Es kam ihm vor, als hätte er seine Jahre als Anhängsel verbracht, als hätte ihn nie zuvor ein Mensch gebraucht.

An jenem Morgen auf dem Bahnhof Friedrichstraße, hatte er gelernt, was Angst war. Er, der Feigling Paul, der sein Leben lang so viel Angst vor nichts gehabt hatte. Den Weg zurück war er gerannt, aus der Bahn gesprungen, hatte sich blindlings durch Ströme von Menschen gedrängt. In einer endlosen Schleife dachte er immer wieder dasselbe: Lass sie noch da sein, lass sie am Leben sein, lass die Gestapo nicht zurückgekommen sein.

Die Erleichterung war so groß wie die Angst. Sie war allein, sie war aus dem Ladenraum in ihr verwüstetes Schlafzimmer gekrochen und hob den Kopf, als er eintrat. Um einen Arzt aufzusuchen, war sie zu schwach. Sie wollte auch nicht, dass er einen holte, doch er tat es trotzdem. Einen Krankenbehandler, wie jüdische Ärzte sich neuerdings nennen mussten. Der Arzt durfte arische Patienten nicht behandeln, aber Paul bekniete ihn und bot ihm sämtliches Geld, das er bei sich trug. Er untersuchte Wilma, versorgte ihre Wunden, stellte keine Fragen.

»Die Bagatellverletzungen werden heilen«, sagte er. »Es ist das Bein, das mir Sorgen macht. Es ist eingeklemmt worden, ich befürchte einen Bruch. Sie sollten sie ins Krankenhaus bringen.«
Das Krankenhaus kam nicht in Frage. Wilmas Anschluss war zerstört, also lief Paul in eine Telefonzelle, rief in der Universität an und meldete sich krank. Kaufte ein, verrammelte, so gut es ging, den zerstörten Kartoffelladen, richtete das zerfetzte Bett und kroch mit Wilma hinein. Sie zitterten beide vor Kälte und Entsetzen und klammerten sich aneinander. Über das Kind sprachen sie nicht. Sie sprachen überhaupt kaum. Hielten sich nur fest und heulten. Am Fußende rollte sich Hugo zusammen, wärmte ihnen die Beine und gab ihnen das Gefühl, nicht völlig ohne Schutz zu sein.
Der Hund war träge und friedfertig, aber Paul war sicher, er wäre jedem, der ihm und Wilma zu nahe getreten wäre, an die Gurgel gegangen.
Er konnte so wenig für Wilma tun. Ihr Alkohol einflößen, wenn die Schmerzen schlimmer wurden, ihr Zigaretten anzünden, mit ihr schlafen. *Pernod* gab es nicht mehr, *Gauloises* auch nicht, stattdessen tranken sie Himbeergeist und rauchten filterlose Eckstein-Zigaretten. Als Flasche und Schachteln leer waren, zog Paul sich an und ging, um Nachschub zu besorgen.
»Beeil dich, Paulchen. Ich halt's nicht aus, allein zu sein.«
»Ich auch nicht.« Paul rannte den ganzen Weg. Er brachte ihr Schokolade mit, fütterte sie, schlief mit ihr, wollte alles tun, um sie zu trösten. Und um sich selbst zu trösten. Wenn die Gedanken kamen, tranken sie mehr Schnaps. Zwischendurch wechselte Paul Wilmas Verbände und trug Salbe auf ihre Wunden auf. Er war ungeschickt. Tat ihr weh. »Entschuldige.«
»Unsinn«, sagte sie. »Es gibt Sachen, für die kann man sich nicht entschuldigen, und die, für die man's könnte, sind dagegen ein Klacks, über den man nicht zu reden braucht.«

Er kochte ihr Suppe. Ein verbeulter Topf ließ sich noch gebrauchen. Paul hatte nie zuvor Suppe gekocht, aber er wollte ihr etwas Gutes tun. Mutter Wiechert hatte ihm Löffelerbsen serviert, wenn er »durch den Wind« war, und eine ganze Bockwurst hineingeschnitten. »Damit der Wind Sie nicht wegpustet.« Paul zerschnitt zwei Würste. Der Wind, der ihn und Wilma wegzupusten drohte, war ein Sturm, und er ließ keinen Stein auf dem anderen.

In der dritten Nacht musste Paul sich endlich darum kümmern, das Schlimmste zu beseitigen. Er hatte es Wilma versprochen. »Verlass dich auf mich.« Das war die Zauberformel. Vor Angst, dem Grauen zu begegnen, konnte er kaum schlucken und würgte dennoch ein ganzes Wasserglas voll Schnaps hinunter. Er würde es schaffen. Wilma verließ sich auf ihn.

Wozu Menschen fähig waren, hatte er bei seinen Studien oft genug erfahren, aber nichts davon betraf ihn selbst. Wozu Paul Vollmer fähig war, lernte er in jener Nacht. Hugo war bei ihm. Wich ihm nicht von der Seite. Als er danach durchnässt und an allen Gliedern schlotternd ins Bett zurückkehrte, war Wilma wach und wartete. »Das vergess ich dir nie.«

Ihre Wunden heilten. Nur ihr Bein heilte nicht. Vielleicht war die Verletzung nicht so dramatisch, wie der jüdische Arzt es vermutet hatte, aber sie konnte jedenfalls nicht aufstehen, konnte das Bein nicht im mindesten belasten. Paul ging noch einmal zu dem Arzt, aber das Schild mit der Aufschrift *Dr. Julius Herwald. Krankenbehandler* war nicht mehr da. Er musste zurück an die Universität, wenn er sich nicht sein eigenes Grab schaufeln wollte. Der Ausdruck ließ ihn schaudern. Außerdem machte er sich Sorgen um Professor Brandstätter.

»Geh nur«, sagte Wilma, »ich komme zurecht.«

»Aber du kannst doch nicht aufstehen. Dir nicht mal eine Tasse Milch aufwärmen.«

»Wer trinkt denn aufgewärmte Milch, Paulchen?«
»Ich manchmal. Früher, wenn ich krank war. Meine Oma hat mir Honig hineingerührt.«
»Du bist so ein Schatz«, sagte Wilma traurig. »Der Name *doudou* hat zu dir gepasst.«
»Was heißt das?«
»Kuscheltier.«
»Du kannst das zu mir sagen, wenn du willst«, sagte Paul.
Sie schüttelte den Kopf, zog ihr verlebtes, zerschlagenes Gesicht in Kummerfalten. »Ich will's nicht mehr. Die Zeiten von *petit Paris* sind vorbei. Ich bin in Deutschland angekommen.«
Er hasste es, sie allein zu lassen, aber wenn er der Arbeit noch länger fernblieb, würde er Verdacht erregen. »Ich komme morgen Abend wieder.«
»Tust du das? Wie sind eigentlich wir beide ausgerechnet miteinander in diesen Schlamassel geraten? Wir kannten uns kaum. Ich habe zu Eva gesagt: Warst du wirklich mit dem Goldjungen im Bett, der im Geist noch kurze Höschen trägt? Und du hast vermutlich zu ihr gesagt: Was gibst du dich mit der vulgären, überfütterten Schlampe ab?«
»Ich habe nie …«
»Nein, du hast nie. Um zu sagen, was du denkst, bist du viel zu nett. Komm morgen wieder, wenn du kannst. Komm, solange es geht. Bald kann ich die Miete für diese Bruchbude nicht mehr bezahlen, und was dann wird, weiß der Teufel. Aber bis dahin: komm. Ich ertrage diesen Wahnsinn nicht, ich ertrage mich selbst nicht, ich glaube, du und dein Köter, ihr seid das Einzige, was ich ertrage.«
»Deine Miete zahle ich«, sagte Paul. »Ich habe immer ganz ordentlich verdient und nie gewusst, wofür ich Geld ausgeben sollte.«
Sie küsste ihn. »Du bist unbezahlbar.«

Professor Brandstätter sagte etwas Ähnliches: »Wenn ich Sie nicht hätte, Paul, ich weiß nicht, wozu ich in der Lage wäre. Vielleicht würde ich längst zu jenen Unglücklichen gehören, die ihrem Leben mit einer Dosis Strychnin ein Ende setzen. Und warum das alles? Ich habe doch nie etwas für Sie getan.«
Der Professor war ständigen Schikanen ausgesetzt. Man hatte ihm aus diffusen Gründen die Pension gestrichen und sein Konto gesperrt, so dass er gezwungen war, Ersparnisse aufzubrauchen und von der Hand in den Mund zu leben. Zweimal war er verhaftet und verhört worden, befragt zu Zusammenhängen, die er nicht einmal durchblickte. Er tat ja nichts, als seine fachliche Ansicht zu äußern, wie er es seine gesamte Laufbahn hindurch getan hatte. Seinen Peinigern war er ein Dorn im Auge, weil er seine Thesen nicht auf verquaste Schwärmerei, sondern auf wissenschaftliche Arbeit stützte, und weil er sich vor keinen Wagen spannen ließ. Zwar waren sie nicht so weit gegangen, den alten Mann zu misshandeln, doch die Nächte in der Zelle, die Drohungen und gebellten Befehle waren einschüchternd genug gewesen. Brandstätter verstand die Welt nicht mehr, er tappte wie ein verwirrtes Kind durchs Labyrinth.
Paul erledigte seine Behördengänge und kaufte für ihn ein. Die Frage, warum er all das für den Vater einer verlorenen Liebe tat, konnte er nicht beantworten. Ihm war klar, dass er die Schlinge um seinen eigenen Hals damit fester zog, und die Angst ließ nicht nach. Im Gegenteil, sie schnürte ihm die Kehle zu und würde eines Tages siegen. Der Wunsch, ein Mensch zu bleiben und zu tun, was Menschen taten, verlieh jedoch unerwartete Kraft. Ein Mensch bemühte sich, Kinder in Sicherheit zu bringen, ein Mensch lieferte nicht alte Leute und kranke Frauen einem Henker aus, ein Mensch sorgte für ein ihm anvertrautes Tier. Mit ihrem Bein konnte Wilma sich nicht um Hugo kümmern, also nahm Paul ihn mit in seine Wohnung. Als seine Wir-

tin ein Gezeter anfing, sagte er: »Ich zahle Miete, mein Hund ist ruhig, und ich halte ihn sauber. Wenn wir Ihnen nicht recht sind, suchen wir uns zum nächsten Ersten etwas Neues.«

Er bekam eine weitere Mieterhöhung aufgebrummt, dazu die Drohung, »das Vieh auf die Straße zu setzen, wenn das auch nur einmal kläfft«, aber sonst geschah nichts. Er, Paul der Hosenscheißer, hatte jemandem die Stirn geboten, und der Himmel war ihm nicht auf den Kopf gestürzt.

»Für euch drei sorge ich«, sagte Paul zu Hugo. »Verlasst euch auf mich.« Daran hielt er sich fest. Wenn er allein war, quälte ihn die Furcht, einen von ihnen zu verlieren, eines Tage in eine leere Wohnung oder einen leeren Kartoffelladen zu kommen und nicht zu wissen, was mit seinen Schützlingen geschehen war. Sich vorzustellen, dass er sie nicht bewahrt hatte und dass sie gestorben waren wie Eva.

Bis sie erfuhren, dass Eva gar nicht gestorben war.

Als der erste Brief kam, war Wilma so weit genesen, dass sie umherhumpeln und ihren Haushalt halbwegs meistern konnte. Ihr Bein würde vermutlich steif und verdreht bleiben, doch das schreckte sie nicht. »Was soll mich noch schrecken?«, hatte sie gefragt. »Mir ist mein Schrecken in die Knochen gefahren, und da sitzt er, bis ich ins Gras beiße. Dass das olle Bein nicht mehr will, ist das kleinste Übel. In mir will alles nicht mehr, und ich tanz ja nicht wieder mit meiner Eva auf dem *Quai de la Tournelle*. Meine Eva gibt's nicht mehr, also gibt's auch kein Paris mehr für mich.«

Paul hätte ihr etwas Tröstliches sagen wollen, aber ihm fiel nichts ein. Es wird alles gut? Das war nicht länger möglich. Es geht vorbei? Das war noch unmöglicher.

Wilma kam nie zu ihm. In seiner Wohnung war Damenbesuch nicht erlaubt, und ihre seltsame, nicht zu erklärende Beziehung gehörte ins Hinterzimmer des Kartoffelladens. Als er jedoch

an diesem Abend nach Hause kam, stand sie vor seiner Tür. Dahinter winselte der Hund, der sonst geduldig auf Pauls Heimkehr wartete. Wilma, für die der Weg eine Strapaze gewesen sein musste, war bleich und hielt den Brief in der Hand.
»Eva lebt. Sie will wissen, was wir mit ihrem Kind gemacht haben.«
Sie sahen sich an und wussten nichts zu sagen. Statt froh zu sein, dass Eva lebte, spürte Paul einen eisigen Griff um sein Herz. Was sie in bester Absicht getan hatten, erschien ihm jäh wie eine Monstrosität, weil die Voraussetzungen nicht mehr stimmten. Ungeschehen machen ließ sich die Tat nicht, sie blieb in der Welt und hatte längst neue Tatsachen geschaffen.
Paul schloss die Tür auf, schob Wilma in die Wohnung, und sie stürzten einander in die Arme, die dicke Wilma und der linkische Paul, wie ein Liebespaar im Film. Über den Brief, über Eva und das Kind ließ sich nicht reden, jedes Wort war ein Schnitt. Alles, was sie tun konnten, war, das Wissen um ihre Tat zusammen auszuhalten, Schnaps zu trinken und miteinander zu schlafen. Vier Wochen später bekam Paul selbst einen Brief. Sie ließen beide Briefe ohne Antwort, denn es gab keine.
Als der Sommer zu Ende ging, begann der Krieg. Der Briefverkehr zwischen Deutschland und Frankreich kam zum Erliegen, aber Evas Briefe waren ohnehin nicht auf dem Postweg gekommen. Der Mann, der sie gebracht hatte, hatte Paul die Karte eines Lokals in Kreuzberg gegeben. »Bringen Sie die Antwort dorthin. Setzen Sie sich an einen Einzeltisch, bestellen Sie sich Tee, ich finde Sie.«
Paul warf die Karte weg, da sie Eva weder jetzt noch später antworten würden. Beantwortet hatte er den Brief von Amarna, der vor Kriegsausbruch angekommen war. Auch darum hätte er sich lieber gedrückt, aber wie konnte er Amarna mit der Last, die er ihr aufgebürdet hatte, allein lassen? Sie war

überzeugt, dem Kind nicht helfen zu können, weil sie nicht wusste, was es hinter sich hatte.

Ihre Fragen ignorieren durfte er nicht. Sie war allein mit einem Mann, mit dem sie über solche Dinge nicht würde sprechen können, und einem verhaltensauffälligen Kind. Also rang er sich eine Antwort ab. Schrieb so, dass er niemanden gefährdete, keine der Klippen streifte, und kam sich am Ende vor, als hätte er gar nichts gesagt. Fast glaubte er, Amarna vor sich zu sehen, die den Brief verärgert auf den Tisch warf, und war froh, dass der Krieg ihr eine Antwort unmöglich machte. Das aber verschärfte das Problem mit Professor Brandstätter, der wieder vom Sicherheitsdienst verhört worden war.

»Ist Ihre Tochter in Sicherheit?«, fragte er ihn bei seinem nächsten Besuch. »Ihr Schwiegersohn ist Armenier, ihn wird man wohl kaum internieren – und sie damit auch nicht, oder?«

»Mein Schwiegersohn ist einer, der seine Schäfchen ins Trockene bringt«, sagte Brandstätter. »Er hat längst dafür gesorgt, dass er und Amarna eingebürgert wurden, seine Arbeiten gewinnen ständig irgendwelche Preise, und für den Fall, dass Hitler Großbritannien überrennen sollte, hat er ohne Frage bereits seine Übersiedlung ins nächste Land organisiert.«

»Sprechen Sie um Gottes willen leiser«, sagte Paul, der selbst flüsterte. In diese Wohnung kamen ständig Schergen, die Fragen stellten und Räume durchsuchten, wer wollte wissen, ob die Wände nicht Ohren hatten? »Halten Sie das für möglich? Dass Hitler Großbritannien überrennt?«

»Ja«, erwiderte Brandstätter. »Was Hitler betrifft, halte ich inzwischen alles für möglich. Dass er die Welt überrennt. Dass er erst haltmacht, wenn sein Reich von der Erde getilgt ist wie Atlantis, mit dem er es so gern vergleicht.«

»Sie sollten trotzdem nach England ausreisen. Ich wünschte, es gäbe einen Weg, Sie dorthin zu schaffen.«

Der alte Mann sah ihn an, und seine wässrigen Augen flatterten. »Ich auch«, sagte er. »Ich wünschte, ich hätte zur rechten Zeit auf Sie gehört. Wenn es einen solchen Weg gäbe – würden Sie mitkommen, Paul?«

»Ich kann nicht«, antwortete Paul, dem bei der Vorstellung, Amarnas Haus zu betreten, kalt wurde. Dann aber erwachte die Angst: Die Nazis würden ihn an die Front schicken. Oder sie würden ihn in eine Zelle werfen und schlagen, bis von seiner winzig kleinen Selbstachtung nichts übrig war. »Doch, ich würde mitkommen«, entfuhr es ihm.

Professor Brandstätter drückte ihm die Hände. »Ich wünschte, ich hätte den Schneid, diesen Mann um Hilfe zu bitten. Sie sind ein so feiner Kerl, Paul, es dauert mich, dass ich nicht wenigstens Ihnen helfen kann.«

Hitler überrannte sieben Länder, zwang Frankreich in die Knie und griff Großbritannien an. Aus den Volksempfängern schallte beständiger Jubel. Hatten vor kurzem noch Skepsis und Furcht geherrscht, Hitler habe sich in einem Anfall von Größenwahn übernommen, so feierte man ihn nach dem Sieg über Frankreich als strategisches Genie. Was immer er sich vornahm, würde er im Triumph zu Ende führen. Wie die Wasserratten sollten die Briten aus Dünkirchen geflüchtet sein, und die Eroberung der hochmütigen Insel war nur eine Frage der Zeit.

Die Schlacht um England begann. Berichten zufolge vernichtete Görings Luftwaffe einen Stützpunkt der *Royal Air Force* nach dem anderen, und binnen Tagen würden die Briten keine Luftstreitkräfte mehr besitzen. Aber die Schlacht dauerte an. Nach den raschen ersten Siegen sorgte das für Unruhe. An der Universität kam es zu Krawallen. Einer von Pauls Studenten wurde von Kommilitonen zusammengeschlagen und tags darauf verhaftet, weil er gesagt hatte, er halte einen deutschen Sieg

für fraglich. Er kam nicht zurück. Die beiden jüdischen Studenten kamen auch nicht wieder. Auf deutsche Städte fielen Bomben, erst auf Mönchengladbach, dann auf Berlin.
Voller Angst wartete Paul im Luftschutzkeller der Universität. Er musste zu Wilma, im Augenblick der Entwarnung stürmte er mit Hugo an der Leine los. »Moment mal.« Der Luftschutzwart stellte sich ihm in den Weg. »Ich habe heute ein Auge zugedrückt. Aber wenn ich das Vieh noch mal hier sehe, muss ich Meldung machen.«
»Wir gehen beide nicht mehr hin«, sagte Paul im Laufen zu Hugo. »Wenn nur Wilma nichts passiert ist, dann lasse ich keinen von euch noch einmal allein.«
Der Kartoffelladen stand noch, das Eckhaus war unbeschädigt. Stumm hielt ihm Wilma einen Zettel entgegen, kaum dass sie ihn in den Raum gezerrt hatte. Auf dem dünnen Papier war ein Bildnis aus Stein abgedruckt, ein Sterbender mit aufgetriebenem Leib und zerschmettertem Gesicht, der einen Arm ohne Hand ausstreckte. Über dem Bild stand in roten Großbuchstaben *Krieg* und darunter:

*Denk bei jeder Bombe dran.*
*Das fing Adolf Hitler an.*

»Das hat auf der Straße gelegen«, sagte Wilma. »Einer von den Engländern muss es abgeworfen haben.«
Paul drehte den Zettel um. »Wir werden diesen Krieg gewinnen«, stand auf der Rückseite. »Wir sind im Begriff, Hitler zum Rückzug zu zwingen. Deutsche, wehrt euch. Hört die Sondersendungen der BBC in deutscher Sprache.« Darunter waren die Sendezeiten und die Frequenzen aufgelistet, auf die man seinen Volksempfänger einstellen musste, um den britischen Sender zu empfangen. Außerdem gab es die Warnung,

sich auf keinen Fall erwischen zu lassen, da das Abhören feindlicher Sender neuerdings als Landesverrat gelte und mit dem Tod bestraft werde.

»Kopf ab«, murmelte Wilma. »Fürs Radiohören. Aber ich mach's trotzdem. Der da auf dem Bild sieht aus, als würde er uns die Hand hinstrecken, auch wenn er keine mehr hat.«

Paul zog sie in seine Arme. Sie kam ihm zart und schutzbedürftig vor, so füllig, wie sie war. »Bitte sei vorsichtig. Ich werde verrückt, wenn sie dich erwischen.«

Verblüfft blickte sie zu ihm auf, und dann lachte sie, was er nicht mehr von ihr gehört hatte, seit das Kind fort war. »Du, Paulchen? Du wirst verrückt, wenn sie die olle Wilma Hinkebein einen Kopp kürzer machen?«

»Sprich nicht so!«

Sie lachte wieder. »Das ist der Wahnsinn in Tüten. Mitten im Weltuntergang hat die Vogelscheuche Wilma Duvenage ein Kerlchen im Arm, nach dem so manche Hübsche sich die Finger lecken würde.«

Er küsste sie, und sie küsste ihn mit einer Leidenschaft zurück, die seine Träume verblassen ließ. Es war verrückt, glücklich zu sein, obwohl um einen herum die Wände einstürzten, obwohl man Schuld auf sich geladen hatte, die nicht zu tilgen war. Sie gingen ins Bett. Mit ihr zu schlafen tat gut, und hinterher blieb er in ihren Armen liegen. Sein Kopf ruhte an ihrer Schulter, wie Arman Artsrunis Kopf an Amarna Brandstätters Schulter geruht hatte. Amarna hatte dem Rivalen den Nacken gestreichelt, ihr herrliches Haar hatte sich über seinen Rücken ergossen, und Paul war vor Neid vergangen. Jetzt spürte er in seinem Nacken die Hand von Wilma, die über den dünnen Fransenhaaren keine Perücke mehr trug, das Ganze hatte etwas Absurdes, und er dachte: Sicher würde ich immer noch mit ihm tauschen. Aber nicht jetzt. Nicht heute. Nicht so bald.

Kurz darauf begannen sie, in ihrem Hinterzimmer Sendungen der BBC abzuhören. Deutsche Bomber beschossen London sechzig Nächte hintereinander, manchmal bis zu acht Stunden lang mit bis zu vierhundert Bombern. London brannte. Menschen starben zu Hunderten, Häuser stürzten ein, und auch das *British Museum* bekam einen Treffer ab. Aber London hielt stand. Die Luftabwehr, die in den deutschen Nachrichten als lachhaft verhöhnt wurde, erhielt Verstärkung durch einen Ring von Sperrballons und Abwehrjägern für den Nachteinsatz. Churchill hielt unermüdlich Reden, beschwor das britische Volk, dass dieser Krieg nicht abgebrochen, sondern nur gewonnen werden dürfe, weil die Freiheit der Welt auf dem Spiel stünde: »Wir werden unsere Insel verteidigen, was auch immer die Kosten sein mögen. Wir werden an den Stränden kämpfen, wir werden auf den Landeplätzen kämpfen, wir werden auf den Feldern und auf den Straßen kämpfen. Wir werden niemals aufgeben.«

Bomben hagelten auf London, Bomben hagelten auf Berlin. Weihnachten verbrachten Wilma, Paul und Hugo unter dem Bett. Paul hatte nicht in den Keller gehen wollen, weil Hugo nicht mitdurfte, und Wilma sagte: »Wenn du Dummerjan nicht in den Keller gehst, bleiben wir eben alle hier.«

Schlimm war, dass Professor Brandstätter ebenfalls keinen Keller aufsuchte. Er war dort in einer der ersten Bombennächte von Nachbarn beschimpft worden, weil er den Hitlergruß nicht entboten hatte, und weigerte sich nun, einen Aufenthalt im Luftschutzraum auch nur zu erwägen. »In meinem ganzen Leben habe ich mir nichts Derartiges anhören müssen, wie es mir in dieser Stunde an den Kopf geworfen wurde. Nein, Paul, ich kann es Ihnen nicht wiederholen, solche Worte nehme ich nicht in den Mund. Ich habe noch immer das Gefühl, ich wate in Jauche, und werde es für den Rest meines Lebens haben.«

Brandstätter war krank vor Angst, er sah überall Männer des Sicherheitsdienstes, Spitzel, Denunzianten und Schläger, und vermutlich bildete er sich das meiste nicht ein. Paul hatte Angst um ihn und noch mehr um Wilma, die nicht zur Vorsicht zu ermahnen war. Sie sammelte die Flugblätter mit der Steinskulptur, auf denen sich neuerdings auch Karikaturen fanden, und klebte sie bei Nacht an Hauswände. »Die sind ein bisschen krakelig, aber sie erinnern mich an das, was ich mit Eva gemacht habe: Hitler nicht ernst genommen. Ihn einfach weggelacht.«
Sie hörte BBC, ohne die Fenster zu schließen, und legte sich mit Pimpfen an, die einen jüdischen Alten am Bart rissen. »Du darfst dich so nicht benehmen. Du hast die Pflicht, auf dich aufzupassen.«
»Ach, Paulchen«, sagte sie. »Wovor soll ich nach dem, was passiert ist, denn noch Angst haben?«
»Willst du wieder geschlagen werden?«, fuhr er sie an. »Diesmal bis du tot bist?«
»Schlagen lass ich mich nicht mehr«, sagte sie. »Tot mach ich mich selbst.«
Paul kannte sie inzwischen gut genug, um zu wissen, dass sie so etwas nicht grundlos aussprach. Es kam ihm vor, als flitze er mit seinem Hund zwischen Wilma und Brandstätter hin und her, jedes Mal schwach vor Angst, zu spät zu kommen, einen von ihnen verloren zu haben. Seine Arbeit litt. Es ging so nicht weiter. Als es Frühling wurde und die Angriffe auf Großbritannien ausdünnten, suchte Paul wie besessen nach einem Weg, Wilma und Brandstätter nach London zu schaffen.
Hitler wandte sich für den Augenblick von Britannien ab und griff im Juni die Sowjetunion an. Paul hatte sein letztes Seminar ausfallen lassen und sich auf den Weg in die Bleibtreustraße machen wollen, doch im Lichthof der Universität hielt Denitz ihn auf. »Zweifrontenkrieg«, sagte er ohne Begrüßung. »Das

bedeutet, es werden doppelt so viele Männer gebraucht wie bisher.«

»Ich bin nicht sicher, was Sie mir damit sagen wollen«, erwiderte Paul.

»Ich glaube, das sind Sie sehr wohl«, sagte der Dekan. »Sie sind ein gesunder Mann im besten Alter, der dem NS-Dozentenbund nicht angehört und in seinem Beruf so gut wie unbrauchbar geworden ist. Schönen Feierabend, Herr Kollege.«

Er hat gemeldet, dass er mich nicht mehr braucht, durchfuhr es Paul. Dass ich an die Front geschickt werden kann, wo sie mir die Gedärme aus dem Leib schießen, bis ich mich krümme wie der Steinerne auf dem Flugblatt der BBC. Anderthalb Jahre lang hatte er sich so heftig um andere geängstigt, dass für die Angst um ihn selbst kaum Raum gewesen war. Jetzt aber kehrte sie mit wütender Kraft zurück.

Der Sommer ging vorüber. Im September standen deutsche Truppen vor Leningrad. Im Oktober, zu Beginn des neuen Semesters, wurde Paul der Bescheid über seine Entlassung aus dem Hochschuldienst zugestellt. Binnen kurzem würde er kein Geld mehr haben, um sich und Wilma zu erhalten. Er würde zur Wehrmacht eingezogen werden, ein fast vierzigjähriger Mann, der aussah wie ein Schwerathlet, aber sich sein Leben lang in keine Schlägerei gewagt hatte. Ein Mann, der sich wie ein Kind vor ein paar Klapsen mit dem Streichriemen fürchtete. Der keine Schmerzen ertrug. Der sich die Hosen nass machte.

Er fuhr nicht zu Wilma, wie er es versprochen hatte, sondern verkroch sich mit Hugo in seiner Wohnung, zog sich ein Kissen über den Kopf und wimmerte. Seine Enttäuschung war grenzenlos. Was hatte er erwartet? Dass es ihm erginge wie bei Heraklit, der den Krieg den *Vater aller Dinge* genannt hatte? *»Die einen macht er zu Göttern, die anderen zu Menschen, die einen zu Sklaven, die anderen zu Freien.«* Hatte er wirklich gehofft, der Krieg mache einen Freien aus ihm, zwar keinen Gott, aber einen *Mann?* Ein heulendes Elend wie er besaß nicht die Substanz, aus der ein Mann gemacht werden konnte, war nicht aus Stein, sondern aus Pappe, die im Regen aufweichte.

Er gehörte in die Klasse der Martin Serners, albern genug, sich selbst zu ohrfeigen. Paul trat vor den Spiegel, sah sein verheultes Gesicht an, und der Wunsch, hineinzuschlagen, wurde so heftig, dass er Serners jämmerliche Geste von damals verstand. Hinter ihm ließ Hugo ein Winseln hören. Über seinem Selbstmitleid hatte er vergessen, seinem Hund Wasser hinzustellen. Statt sich nutzlose Ohrfeigen zu verpassen, ging er, tränkte Hugo und verfütterte ein kostbares Viertelpfund Bierwurst an ihn. »Lass es dir schmecken, ja? Wenn es einer von uns zweien verdient, dann du.«

Es klingelte an der Tür. Sofort setzte das verhasste Hämmern des Herzens, das Schwitzen der Handflächen, der Druck auf die Blase ein: Vor der Tür stand sein Vater mit dem Riemen, vor der Tür stand der Zusteller mit dem Einberufungsbefehl. *Unser Paule war kein artiger Junge, unser Paule kriegt jetzt seine Senge.*

Er wollte nicht aufmachen. Hugo aber sprang an der Tür hoch und bellte sie an. Wenn er nicht aufhörte, würde seine Wirtin mit dem Zweitschlüssel kommen und seinen Hund auf die Straße setzen. Paul ging und öffnete. Im Zwielicht des Treppenhauses stand Professor Brandstätter.

»Paul? Bitte entschuldigen Sie, dass ich Sie störe. Und bitte halten Sie Ihren Hund zurück.«

Paul fasste Hugo am Halsband. »Was machen denn Sie hier?«, Brandstätter hatte seine Wohnung seit Monaten nicht verlassen, jedes Päckchen *Kathreiner Malzkaffee* musste Paul ihm besorgen. *Amarna,* durchfuhr es ihn. »Ist etwas mit Ihrer Tochter?«

Der alte Mann nickte. »Darf ich bitte hereinkommen?«
»Natürlich!« Eilig trat Paul zur Seite und führte Brandstätter in sein Wohnzimmer, für das er sich schämte. Er hatte sich immer ein Zuhause voll Stil und Gediegenheit gewünscht, doch über möblierte Wohnungen war er nie hinausgekommen. Letztlich hatte er nicht einmal die Energie aufgebracht, die scheußlichen Häkeldeckchen von den scheußlichen Möbeln zu entfernen.
Professor Brandstätter schien sich daran nicht zu stören. »Wie sicher sind wir hier?«, fragte er beim Hinsetzen.
Mit einer Handbewegung deutete Paul ihm an, die Stimme zu dämpfen, dann nickte er ihm zu.
»Ich habe einen Brief bekommen«, sagte der Professor. »Auf Gott weiß welchen Wegen.«
Er wollte Paul den Brief zuschieben, doch dann zögerte er und zog ihn zurück. »Es ist beschämend, jemandes Hilfe annehmen zu müssen, dem man Unrecht getan hat«, sagte er. »Sie wissen, wie ich über den Mann gesprochen habe. Es gibt jedoch etwas, das Sie nicht wissen: Als meine Tochter ihn heiraten wollte, hat er mich gebeten, sie zum Altar zu führen. Ich habe mich geweigert. Dein Vater war mein Freund, habe ich gesagt, ein Wissenschaftler mit einem Verstand wie ein geschliffenes Schwert. Der würde sich im Grab umdrehen, wenn er wüsste, dass sein einziger überlebender Nachkomme diesen verlogenen Firlefanz mitmacht. Obendrein merkst du nicht einmal, dass du in die falsche Kirche rennst.«
Brandstätter holte Atem, und Paul zündete sich eine Zigarette an. Er konnte nur eines denken: Bitte lehne nicht ab. Egal, wie beschämend es ist, wir müssen hier weg, und dieses Gerede über Kirchen und tote Väter kann auf friedliche Zeiten warten.
»In Wahrheit wollte ich nicht, dass er meine Tochter heiratet«, fuhr Brandstätter fort. »Zur Hochzeit bin ich gar nicht gefah-

ren. Amarna war außer sich, sie sagte, ich sei für sie gestorben, doch in den folgenden Jahren schrieb sie mir noch zwei Briefe. Sie wollte mich wissen lassen, wie gut er für sie sorgte. Das wusste ich längst. Sie ist mein Leben, ein Mann kann sein Augenlicht nicht so sehr lieben wie sein einziges Kind. Ich war über jeden Schritt, den er getan hat, jedes Haus, in das er meine Tochter gebracht hat, informiert. Sie hörte dann tatsächlich auf, mit mir zu verkehren, weil ich nicht tat, was sie sich sosehr wünschte: über den Kanal reisen, ihm einen Klaps auf die Schulter geben und ihm sagen, dass er ihr ein braver Mann ist.«
Das alles ist mir so unsäglich gleichgültig, dachte Paul. Sag ihm, er ist der bravste Mann der Welt, er soll uns nur hier rausholen. Sobald wir in England sind, stelle ich sicher, dass wir ihn nicht mehr zu Gesicht bekommen, ich finde einen Weg, für uns zu sorgen, aber erst müssen wir hier weg! »Amarna hat ihn geheiratet«, presste er sich ab. »Und wenn er sie ordentlich behandelt und sie sich wünscht, dass Ihr Vater ihn anerkennt, spricht doch nichts dagegen.«
»Er behandelt sie mehr als ordentlich«, sagte Brandstätter. »Dafür, dass dieser schillernde Verstand seines Vaters nicht auf ihn, sondern auf das tragisch verlorene kleine Mädchen übergegangen ist, kann er nichts, und dafür, dass er die Erziehung seines Vaters nicht genießen durfte, kann er erst recht nichts. Für das, was er trotz allem aus sich gemacht hat, hätte er den Klaps auf die Schulter redlich verdient. Ich habe dem Mann nichts vorzuwerfen. Nichts als eines.«
»Und was?« Lass es nichts Unüberwindliches sein, flehte Paul. Ich kann ihm und Amarna selbst nicht unter die Augen treten, ich sende ihm sein Schulterklopfen schriftlich, aber ich muss hier raus!
»Er war eine solche Enttäuschung«, sagte Brandstätter. »Liebenswert wie eine Kakerlake, eines dieser Kinder, an die nicht

einmal eine Betschwester ihr Herz verliert. Ich hätte mich kümmern müssen, begreifen, dass Gaspar, den der Tod seiner Familie zerriss, nicht fähig war, sich dieses Früchtchen zur Brust zu nehmen. Und dann ist Gaspar umgekommen. Es wäre meine Pflicht gewesen, dem Jungen Schutz zu gewähren, auch wenn er mir nicht angenehm war. Stattdessen haben wir Humanisten, wir Philanthropen uns weggedreht und dieses halbe Kind in ein Lager schleppen lassen, wie sie jetzt wohl auch in unserem eigenen Land errichtet werden. Ich habe mir vorzuwerfen, dass ich ihm nicht geholfen habe. Die Narben in seinem Gesicht kann ich nicht ansehen, ohne zu denken: Gott im Himmel, welche Hölle hätte ich dir ersparen können?«

Gott im Himmel, dachte auch Paul. Bitte sag mir endlich: Holt er uns hier heraus?

»Ein Mensch, der so etwas hinter sich hat, kann sich im Grunde nur nach einem sehnen: nach dem Tod«, sagte Brandstätter. »Irgendwann wird dieses Selbstmörderische in ihm die Oberhand gewinnen. Ich habe seit Jahren Angst, dass er meine Tochter mitreißt und dass ich auch noch die Schuld daran trage.«

»So ist es doch nicht …«, stammelte Paul lahm.

Brandstätter verzog flüchtig den Mund zu einem bitteren Grinsen. »Lassen wir das, es ist ja nicht Ihr Problem«, sagte er. »Es ist nicht angenehm, jemandem dankbar sein zu müssen, den man schlecht behandelt hat, aber Bettler haben nun einmal keine Wahl. Mein Schwiegersohn will, dass wir mit dem Zug nach Konstanz fahren, wo uns jemand über den Bodensee in die Schweiz bringt. Bei Nacht. Wir sollen warme Kleidung mitnehmen. Unsere Weiterreise erfolgt mit dem Flugzeug. Sind Sie schon einmal geflogen, Paul?«

Paul atmete in schweren Zügen, spürte, wie ihm die Erleichterung aus allen Poren strömte. »Nein. Bisher nicht.«

»Aber Sie werden mich doch begleiten?«
»Das habe ich ja versprochen«, beeilte er sich zu antworten.
»Der Fluchthelfer ist auf drei Passagiere eingerichtet«, sagte Brandstätter. »Sie, mich und Frau Vollmer. Dass es die gar nicht gibt, kann Amarnas Mann natürlich nicht wissen.«
»Nein, die gibt es nicht«, sagte Paul, »aber da wäre eine Bekannte …«
Das Gesicht des Professors hellte sich auf. »Oh, Paul, das freut mich für Sie.«
»Es ist nicht, was Sie denken«, murmelte Paul. »Nur jemand, den ich über drei Ecken kenne und der das Land verlassen muss.«
»Wie auch immer«, erwiderte Brandstätter. »Wenn Sie die Dame mitnehmen wollen, ist sie willkommen. Ich verdanke Ihnen, dass ich noch lebe, und das werde ich auch kundtun, wenn ich statt des Herrn Artsruni endlich meine Tochter zu sprechen bekomme. In England ist Ihnen Hilfe gewiss, und bis Sie Fuß fassen, wird sich im Haus meiner Tochter Platz finden.«
Ich werde dieses Haus nie betreten, dachte Paul, doch im Augenblick zählte nur die Flucht, alles andere war zweitrangig. Alles, bis auf eines. »Da wäre außerdem noch mein Hund …«
Brandstätter warf einen Blick auf Hugo. »Das meinen Sie jetzt aber nicht ernst, oder? Fluchthelfer riskieren ihr Leben, um Menschen zu retten, aber doch nicht Tiere. Ich meine, Ihr Hund ist ja auch nicht mehr sonderlich jung …«
Du auch nicht, wäre es Paul fast entschlüpft, aber er beherrschte sich und streichelte Hugo den Kopf. Gewiss, dem Hund drohte keine Gefahr, die Nazis verfolgten keine Hunde, schon gar keine rassereinen, in Deutschland gezüchteten Boxer. Er durfte jetzt nicht sentimental sein, ein Menschenleben zählte mehr, und jemand würde sich finden, der dem Hund ein gutes

Heim bot. Aber Hugo war sein Freund gewesen. Sosehr Paul sich wehrte, es ging ihm nicht aus dem Kopf: Was immer Professor Brandstätter mit Arman Artsruni getan oder nicht getan hatte, mit Hugo wäre derlei nicht möglich gewesen. Hätte jemand Paul in ein Lager schleppen und ihn ins Gesicht schlagen wollen, hätte er den Hund vorher töten müssen.

Zwei Tage später fuhr er in den Kartoffelladen. Wilma stand in der winzigen Küche und briet Kartoffeln mit Rührei aus Eipulver. Sie sah besonders unattraktiv aus, der Rockbund schnitt in den Speck an der Taille, die Haare hingen fransig herunter, und eine Wade war dicker als die andere. Dass sie sich mühsam auf dem verkrüppelten Bein hielt, war ihr anzusehen. Sie drehte sich um und grinste fast wie früher. »Paulchen! Irgendein Vögelchen hat mir geflüstert, du würdest kommen und Kohldampf schieben.«

»Es tut mir leid, dass ich es die letzten Tage nicht geschafft habe.«

»Dummerjan.« Sie legte den Rührlöffel weg. Er wollte ihr ausweichen, es schien ihm auf einmal nicht mehr recht, sich von ihr liebkosen zu lassen, aber die Bedenken verflogen, sobald sie die Arme um ihn schlang. »Erst Kuss, dann Bauernfrühstück?« Sie war ein Segen. Seine komische Art von Glück.

Er sagte es ihr, nachdem sie gegessen und miteinander geschlafen hatten: »Ich bin entlassen worden. Das bedeutet, ich muss täglich damit rechnen, eingezogen zu werden. Vermutlich nicht mal an die Westfront, sondern nach Osten. Ich weiß, ein Mann sollte das aushalten, aber ich bin dazu nicht gemacht.«

*»Merde alors.«* Sie hatte das nicht mehr getan, seit das Kind weg war, ihre französischen Brocken eingeworfen und dabei die Nase gekraust. Hatte er früher überhaupt bemerkt, wie allerliebst sie die Nase krauste? »Ein Mann ist aus dem gleichen

weichen Material gemacht wie wir. In Teilen sogar weicher.« Sie griff nach seinem erschlafften Glied. »Dich dürfen die nicht an ihrer beschissenen Front verheizen. Reicht es nicht, dass die jeden Juden aus dieser Straße weggeholt haben, dass uns ein ganzes Volk fehlen wird, wenn die mit uns fertig sind?« Während der letzten Worte ging ihr die Luft aus. Paul schloss sie in die Arme und wiegte sie.

»Yva und ihren Mann holen sie auch ab.«

»Wer ist Yva?«

»Yva Neuländer-Simon. Weißt du nicht mehr? Die hat damals diese himmlisch versauten Fotos von Eva gemacht. Sie und ihr Mann wollten ausreisen, aber nicht eine von diesen menschenfreundlichen Regierungen hat sich erbarmt und ihnen ein Visum gegeben. Jetzt haben sie den Bescheid bekommen, dass sie sich einfinden müssen. In der Sammelstelle. Zum Transport in eines von diesen Lagern.«

Er ließ sie eine Zeitlang weinen, dann putzte er ihr die Nase. »Uns wird kein ganzes Volk fehlen, Wilma. Es wird sein wie bei der Arche – deshalb haben wir das Kind doch in den Zug gesetzt.«

Ihre Blicke trafen sich. Sie nahm seine Hand und küsste die Innenfläche.

»Und wir gehen auch weg. Nach England. Es ist alles vorbereitet, wir werden mit einem Boot in die Schweiz geschmuggelt, und von dort holt uns jemand ab.«

»Gott sei Dank.« Sie packte sein Gesicht so fest, dass es weh tat, und drückte ihm einen Kuss auf den Mund. »Du musst hier weg, Paulchen. Einen süßen Bengel, der die olle Wilma aufmischt und trotzdem im Kopf noch kurze Hosen trägt, können die doch nicht mit einem Schießprügel in ihr Irrenhaus schicken. Ich hätte die totgeschlagen. Die hätten dich nur über meine Leiche abholen können.«

Das Lachen, das Paul sich abringen wollte, steckte wie ein Pfropfen in seiner Kehle fest.
»Aber du gehst ja nach England«, sagte Wilma. »Das kriegst du hin, oder?«
»Du kommst mit.«
»Ich, Paulchen?« Sie richtete sich halb auf und betrachtete ihn. »Sag mal, du Schokoladenkeks, du meinst das ernst, was du da redest, oder? Und dir ist wirklich nicht klar, dass dir demnächst was Hübscheres passieren wird als Wilma Duvenage?«
Ehe er etwas erwidern konnte, hielt sie ihm den Mund zu. »Danke, mein Schatz. Ich glaube, das ist das Netteste, was mir im Leben passiert ist. Nach England fährst du trotzdem allein, denn schau, das kann ich ja nicht. Mich vom Acker machen, nach dem, was wir getan haben. Dahin gehen, wo die Kleine ist.«
»Aber wir brauchen doch gar nicht dorthin …«
Wieder legte sie ihm die Hand auf den Mund. »Wirklich, es geht nicht. Ich komme mit diesem vermasselten Bein ja auch kaum voran und wäre dir eine Last. Mit dem, was ich gemacht hab, gibt's keinen Neuanfang. Ich werd immer vor mir sehen, wie ich Evas Unterschrift auf diesem Wisch gefälscht hab. Du gehst allein. Ich hatte trotzdem mehr Glück, als die Polizei erlaubt.«
Er wollte widersprechen, doch sie küsste ihn, bis er einsah, dass er sie nicht würde umstimmen können. Das Herz tat ihm weh. Aber vermutlich hatte sie recht. »Wilma?«
»Ja, Kleiner?«
»Wenn du wirklich nicht mitkommen willst – kannst du dann den Hund bei dir behalten? Er ist alt, es wäre nicht gut, ihn zu verpflanzen, und Artsrunis Helfer können ihn nicht transportieren.«
Sie streichelte ihm die Wange. »Und ob ich den bei mir behalte. Wenn dein Köter bei mir ist und mir in der Nacht ins Ohr sabbert, wird's mir sein, als wärst du noch da.«

Sie fuhren im Morgengrauen wie damals, als er das Kind zum Zug gebracht hatte. »Vom Bahnhof Friedrichstraße?«, hatte Wilma gefragt. »Sei mir nicht böse, Paulchen, aber da komm ich nicht mit. Das schaff ich nicht.«
Paul war ihr nicht böse. Sie schlief noch, als er aufbrach, hatte den Hund im Arm und grunzte, als er sie beide küsste. Am Abend zuvor hatte sie ihm einen Brief gegeben. »Wie heißt die eigentlich, diese Freundin von dir, die mit dem Türken, der kein Türke ist, verheiratet ist?«
»Amarna.«
»Schick. Ist sie hübsch?«
»Sie ist die schönste Frau, die ich kenne.«
»Armes Paulchen. Warst du ganz fürchterlich in sie verliebt?«
»Ganz fürchterlich.«
»Und der Armenier hat sie dir weggeschnappt?«
»Ja.«
Sie küsste ihn. »Sag ihr, mit dir würde sie keinen üblen Tausch machen, und wenn ihr Armenier noch so genial diese ganze sinnlose Traurigkeit in Stein hauen kann. Und gib ihr den hier, ja?«
»Du hast Amarna einen Brief geschrieben?«
»Nicht Amarna«, sagte Wilma. »Die soll ihn nur aufbewahren für den Fall, dass hier …« Sie sprach nicht weiter, und Paul fragte nichts, denn er wusste ja alles. Nur sie beide wussten alles. Er schob den Umschlag mit dem Schriftzug *Chaja* in seinen Koffer, und dort steckte er, als er ging.
Professor Brandstätter wartete in einem grauen Mantel und mit einem einzigen Koffer am Bahnsteig. Paul trug ebenfalls einen grauen Mantel und hatte einen einzigen Koffer. In ihren Reisepapieren standen zur Sicherheit bereits falsche Namen.
»Ihre Bekannte?«

Paul schüttelte den Kopf. Es war ihm nahezu unmöglich, zu sprechen, und so erging es ihm die ganze Fahrt über. Brandstätter sagte auch fast nichts, murmelte nur auf den einzelnen Bahnhöfen die Namen der Städte, die auf den Schildern standen. Dass er sie wiedersehen würde, war unwahrscheinlich. Er war über siebzig, und mit einer Wende im Kriegsgeschehen war nicht zu rechnen, nachdem die Amerikaner erklärt hatten, ein Eingreifen komme für sie nicht in Frage. Aber er hatte seine Tochter, die in London auf ihn wartete. Er bekam eine Familie. Wenn er dazu nichts weiter tun musste, als Arman Artsruni auf die Schulter zu klopfen, konnte Paul ihn nicht sonderlich bemitleiden. Die meisten Leute waren im Herbst des Jahres 1941 vor schlimmere Aufgaben gestellt.

Auf ihn, Paul, wartete niemand. Aber ich habe in Deutschland ja auch nicht viel gehabt, sagte er sich. Einen Beruf, in dem die Luft immer dünner wurde und den man mir zum Schluss genommen hat. Einen pensionierten Kollegen, der auch fortgeht.

Eine humpelnde Kneipenwirtin ohne Kneipe und einen alten Hund.

*Ich hätte die totgeschlagen. Die hätten dich nur über meine Leiche abholen können.*

*Wenn du Dummerjan nicht in den Keller gehst, bleiben wir eben alle hier.*

Es war dunkel, als sie in Konstanz ausstiegen. Auf dem Bahnhof stand ein Wurstverkäufer, der ihnen seinen Bauchladen in den Weg schob. »Lutzimanns Bodensee-Würste sind besser als die in Berlin«, sagte er. Das war die vereinbarte Losung. Gemächlich trottete der Wurstverkäufer aus der Bahnhofshalle, und noch gemächlicher folgten Brandstätter und Paul. Sie würden ein paar Stunden in einem Versteck abwarten, bis ihr Helfer sie gefahrlos ans Ufer des Sees bringen konnte.

Damals war Professor Brandstätter aus Istanbul, das noch Konstantinopel hieß, abgereist und hatte den Jungen, der so liebenswert wie eine Kakerlake war, seinem Schicksal überlassen. Nach mir die Sintflut. Er hatte eine Entscheidung getroffen, und Paul konnte seine ebenfalls treffen. Der Krieg hatte einen Freien aus ihm gemacht. Er hatte das Leben immer kompliziert gefunden, aber vielleicht sah es nur so aus, weil man mehr suchte als das, was glasklar vor Augen lag: Wenn niemand auf einen wartete, mochte es daran liegen, dass man in die falsche Richtung fuhr.

Eine humpelnde Kneipenwirtin und einen alten Hund.

*Ich hätte die totgeschlagen. Die hätten dich nur über meine Leiche abholen können.*

*Wenn du Dummerjan nicht in den Keller gehst, bleiben wir eben alle hier.*

»Herr Professor«, sagte Paul, »jetzt, wo wir unseren Helfer gefunden haben, meinen Sie, Sie kommen allein zurecht? Sobald Sie in der Schweiz sind, fliegen Sie ja zu Ihrer Familie.«

»Ich wünschte, es wäre so einfach.«

»Das wünsche ich Ihnen auch.« Paul öffnete den Koffer und nahm Wilmas Brief heraus. »Ich komme doch nicht mit. Bitte geben Sie diesen Brief Amarna für das kleine Mädchen. Sie soll ihn aufheben, bis sie erwachsen ist – für den Fall, dass das mit Deutschland nicht mehr in Ordnung kommt. Grüßen Sie sie bitte von mir, wünschen Sie ihr alles Gute, und sagen Sie Arman vielen Dank. Dass jemand das Herz hat, nicht wegzuschauen, gibt Hoffnung. Auch denen, die es bis an den Ararat, auf die getrocknete Erde, nicht schaffen.«

»Aber was ist denn mit Ihnen?« Perplex nahm der Professor seine Brille ab und polierte die Gläser. »Sie bringen sich doch in Teufels Küche – was ist, wenn Ihr Einberufungsbefehl bereits heute zugestellt wurde?«

»Dann werde ich mir auch nicht gleich die Hosen nass machen«, sagte Paul. »Jetzt muss ich sehen, dass ich noch einen Zug erwische. Ich werde zu Hause erwartet.«
»Geht es um diese Bekannte von Ihnen?«
»Sie ist keine Bekannte«, sagte Paul. »Sie heißt Wilma. Sie ist meine Frau.«

# 30

## AMARNA
## DEZEMBER 1941

Mit einer Schubkarre zogen Doris, Amarna, Deirdre und Chaja auf den Blumenmarkt in der *Columbia Road*, um so viel Grün nach Hause zu schleppen, wie in die Karre passte. Stechpalme, Misteln, Efeu und Tanne. Sie wollten Girlanden flechten, das Haus schmücken, ein Fest feiern. Gründe gab es genug: Sie lebten noch. Es war Weihnachten. Truthähne waren nicht zu bekommen, aber Doris hatte bei Gert und Daisy von der *Kitchen Front* gelernt, wie man sich aus einem großen Stück Lammschulter einen formen konnte.
Die Monate, in denen London ununterbrochen beschossen worden war, hatten sie in der Sicherheit ihres Hauses in Kent verbracht, hatten drinnen Bridge, *Flinch* und Scharaden und draußen Tennis und Krocket gespielt. Wenn Arman da gewesen war, hatte er mit den Kindern eine Sandkiste gebaut und Chaja gezeigt, wie man einen Kricketschläger handhabte. Die *Hood*, der Schlachtkreuzer, auf dem Deirdres Vater gedient

hatte, war von einem deutschen Schlachtschiff versenkt worden, und Deirdres Mutter musste mit ihrer Trauer und den Anforderungen eines Lebens als Witwe fertigwerden. Amarna, die endlich Autofahren gelernt hatte, war nach London gefahren, um Deirdre abzuholen, damit die verzweifelte Frau sich nicht auch noch um das Mädchen sorgen musste. Chaja und Deirdre hatten sich zu Schwestern erklärt, und der kleine Edu war ihr Bruder, dem sie in der Sandkiste zoologische Gärten bauten.

Am Ende des Sommers tobte der Krieg auf dem Balkan, Hitler hatte die Sowjetunion angegriffen, und die Londoner konnten in ihre Stadt zurückkehren. Noch immer gab es Bombennächte im *Anderson Shelter*, doch dazwischen blieb Zeit zum Leben. Amarna arbeitete wieder. Das Museum hatte einen Treffer durchs Hauptdach abbekommen, der die *Duveen Gallery* zerstört hatte. Die unschätzbaren *Elgin Marbles*, Phidias' Skulpturen von der Akropolis, befanden sich jedoch in Sicherheit auf dem U-Bahnhof Aldwych. Wally liebte sie mindestens so sehr wie Sir John, er hatte sie einmal das Hohelied auf die menschliche Schönheit genannt und fand, sie müssten um jeden Preis bewahrt bleiben. »Nach all der Hässlichkeit, die dieser Krieg uns beibringt, werden wir sie brauchen«, hatte er erklärt.

Mit der Unterbringung der Artefakte hatte er ganze Arbeit geleistet, und das tat er weiterhin.

Und das tat er weiterhin. Er rieb sich auf, um das Museum in Betrieb zu halten, und Amarna half ihm dabei. Sie hielt wieder ihre Vorträge, erzählte von Krieg und Frieden in Urartu und von Gedenken in Stein. Vor einer Handvoll gelangweilter Kuratorsgattinnen sprach sie nie wieder. Die Leute wollten ihre Geschichten vom Überleben hören, von Krieg, der vorbeiging, von Menschen, die ihre Städte wieder aufbauten, von Toten, die unvergessen waren. Es machte ihnen Hoffnung: Auch die Bombenkrater, in denen Londons Busse versanken, würden

eines Tages zugeschüttet, die Häuser bewohnbar gemacht und die Toten in Würde begraben sein.
Armans rote Skulptur, die die Pariser *La Guerre* getauft hatten, befand sich als permanente Leihgabe auf dem Absatz der Haupttreppe. Auf einem Schild stand in Großbuchstaben *Nicht berühren*, aber niemand scherte sich darum. Die Leute wollten den Sterbenden, der nicht starb, sondern immer noch da war, wenn sie wiederkamen, berühren, streicheln, trösten, wie sie sich selbst trösten wollten.
Die Skulptur war ein Symbol für den Kampfgeist geworden, von dem Churchill im Radio sprach. Ihr Bild hing auf Bahnhöfen und an Plakatwänden, und die BBC ließ es auf Flugblätter drucken, die die *Air Force* über Deutschland und den besetzten Ländern abwarf. Wegen der Unterbringung im Museum hatte es einigen Protest gegeben. Etliche Kunstliebhaber forderten, ein Werk von solchem Wert dürfe nicht schutzlos in einem weithin sichtbaren Gebäude stehen, sondern müsse in Sicherheit gebracht werden. Arman aber hatte die Bedenken zerstreut. »Wenn die Leute es gern hier haben, hat es doch seinen Zweck erfüllt. Außerdem heißt es sowieso *Krieg*, und im Krieg gehen Sachen kaputt.«
Amarna hatte angeboten, wenigstens den leeren Sockel, der dahinter stand, absperren und mit Sandsäcken schützen zu lassen, aber auch das hatte Arman nicht gewollt. »Sicher verletzt es dich, wenn unsere Besucher deinen Sockel anfassen, nachdem sie ihren Käse-Lunch gegessen haben. Oder du hast Angst, er könnte zerstört werden.«
»Weshalb sollte ich davor Angst haben?«, fragte Arman. »Und was soll mich an Käse-Lunch kratzen? Es ist ein Block aus Gabbro, Doris hat mir ein Tuch zum Abwischen gegeben, und versichert ist er auch. Wenn er kaputt geht, mache ich mir einen neuen.«

Sie legte den Arm um ihn und lächelte ihn an. »Du hörst nie auf, mich zu überraschen.«

»Ich weiß nicht, warum«, sagte er zerstreut. »Ich sage doch immer das Gleiche.«

Amarna streichelte sein Gesicht. Ihre Zärtlichkeit drang kaum zu ihm, er war müde, bekam so viel Schlimmes zu hören und hatte zu wenig Zeit. Die Woche über war er bei seinen Sperrballons in Stanmore Park, und zudem arbeitete er weiter für die SOE, hielt Verbindung mit *France libre*. Auf seinem Schreibtisch stapelten sich französische Papiere. Was genau er tat, durfte er Amarna nicht sagen, doch er sprach mit ihr ab, was für sie erträglich war, und betrug sich erwachsen: bereit, Kompromisse zu schließen.

Noch immer lastete jene Nacht im *Anderson Shelter* auf ihrem Gewissen, noch immer wünschte sie, sie hätte ihn nicht so hart angefasst, doch das Ergebnis sprach für sich. Seit damals hatten sie nie mehr gestritten. Er hielt sein Versprechen, riskierte sein Leben nicht mehr und log sie nicht an. Wenn er bei ihr war, verbrachten sie Tage voller Wärme, sorgten gut für ihre Familie, waren glücklich mit Chaja. »Ich muss Ihnen ein Lob aussprechen«, hatte Lilly Greenstein zu Amarna gesagt. »Niemand, der dieses Mädchen hier erlebt, würde in ihr das Häuflein Elend erkennen, das vor drei Jahren mit nassen Strümpfen hier ankam. Niemand würde glauben, sie könnte etwas anderes sein als Ihre glückliche kleine Tochter.«

Sie ist es, dachte Amarna und sah Chaja nach, die mit Deirdre von Stand zu Stand streifte, als gehöre ihr der Markt. Amarna wollte nicht von Lilly gelobt werden, weil kein Mensch Eltern dafür lobte, dass sie sich liebevoll um ihre Tochter kümmerten. Man konnte nicht Menschen einander anvertrauen und ihnen verbieten, sich ineinander zu verlieben. Sie taten es einfach, und vor Chaja gab es kein Entrinnen. Sie konnte die Brauen über zornblitzenden Augen zusammenziehen wie Arman und zerwühlte sich das Haar wie Amarna, wenn sie Vorträge hielt. Sie war gewitzt, hatte einen hinreißend bösen Humor, liebte Hunde und Pferde, schwamm wie ein Fisch, war clever und faul, loyal und rotzfrech. Vor dem Besuch auf dem Blumenmarkt hatte sie in die Kirche am U-Bahnhof gewollt, in die Arman mit ihr ging, und als Amarna sich weigerte, hatte sie mit dem Fuß aufgestampft.

»Dafür bist du mit deinen acht Jahren zu groß«, hatte Amarna gesagt.

»Quatsch«, hatte Chaja erwidert. »Je größer ich bin, desto lauter kann ich stampfen.«

Amarna wusste, sie hätte sie zurechtweisen sollen, doch sie musste lachen. Sie wies sie nie zurecht, und Arman schon gar nicht, für ihn gab es nichts an ihr auszusetzen. »Der ist gar kein Mann, der ist so ein Raubtiervater«, hatte Doris gesagt, während sie am Fenster standen und die beiden durch den Garten tollen sahen. »Einer, der sich auf den Rücken legt, die Kleinen auf seinem Bauch rumturnen lässt, und dabei schnurrt vor Glück. Meinem war ja der ganze Kinderkram zu viel, der hat sich lieber hinter seiner Zeitung verkrochen, aber deinen kannst du glatt mit der Brut allein lassen.«

Die arme Jordan, die sich oft einsam fühlte und sich nach etwas sehnte, das sie nur aus Frauenzeitschriften und Kinofilmen kannte, hatte gesagt: »Marnie kann Arman mit allem allein lassen. Er ist verliebt in sie und macht, was sie will.«

Doris hatte gelacht. »Stimmt. Den hast du prima abgerichtet. Wie du das hingekriegt hast, musst du mir mal verraten.«

Erpressung, durchfuhr es Amarna. Schlagen auf ungedeckte Weichteile. Dann hatte sie den Gedanken abgeschüttelt. Sie hatte ihren Mann nicht verletzt, um ihm ihren Willen aufzuzwingen, sondern um ihn zu schützen. Vor zwei Monaten hatte er

sich mit einem Mann getroffen, der unter dem Decknamen Joseph Mercier in einem Flugzeug eingeschmuggelt worden war, einem Kämpfer der *Résistance*, vielleicht dem meistgesuchten Mann im besetzten Frankreich. Mercier, der eigentlich Jean Moulin, hieß, erhielt von de Gaulle den Auftrag, die zersplitterten Widerstandsgruppen zusammenzuführen, und ließ sich wieder zurückschmuggeln, wohl wissend, was ihm bevorstand, wenn man ihn schnappte. Über Nazi-Foltermethoden waren zahllose Greuelberichte im Umlauf: Nadeln unter die Fingernägel, in Türen zerquetschte Hände, ausgeschlagene Zähne, blindgebrannte Augen, Schläge mit Stahlruten bis zum Tod.
War sie ein schlechter Mensch, weil sie ihrem Mann verbot, sich das antun zu lassen, war seinem Körper nicht genug zugemutet worden? Diesen Krieg hatten weder sie noch er erfunden, und Joseph Mercier war nicht verheiratet. Komm nach Hause, dachte Amarna sehnsüchtig, und ich sorge dafür, dass es dir gutgeht. Es ist fast Weihnachten, wenn du heute kommst, darf ich dich zehn Tage lang bei mir behalten, unsere Häuser sind warm, wir sind nicht ausgebombt, und vielleicht nimmt der Krieg ja doch noch eine Wende: Vor zwei Wochen, als sie zu den Neun-Uhr-Nachrichten am Radio saßen, hatte der Sprecher verkündet: »Soeben erhalten wir eine Eilmeldung: Japanische Flugzeuge haben Pearl Harbor angegriffen, den amerikanischen Flottenstützpunkt auf Hawaii.«
Damit war dies kein Kampf auf fremdem Boden mehr, an dem die Amerikaner sich nicht beteiligen wollten. Vier Tage später hatte der Kongress nach Japan auch Deutschland den Krieg erklärt, wie Churchill es erhofft hatte, und fast erloschene Hoffnung flammte neu auf.
»Woran denkst du denn, *sugar pie?*« Doris schob ihren Arm unter den von Amarna. »Machst du dir wieder mal Sorgen?«
Amarna lachte. »Nicht zu sehr. Höchstens darüber, dass sie

uns hier behalten, weil wir das, was diese Kinder aufhäufen, nicht bezahlen können.«
»Dann kommt dein Süßer und löst uns aus. Der ist bestimmt schon zu Hause, oder? Wenn's zu seiner Marnie geht, lässt der sich doch nicht aufhalten.«
Wieder lachte Amarna. Arman hatte sie am Morgen aus Hornchurch angerufen, um ihr zu sagen, dass er gelandet sei und sie sich nicht ängstigen müsse. Er hatte sie gebeten, ihm diesen einen Flug zu gestatten, Flüchtlinge aus der Schweiz zu holen, die dort seit Wochen festsaßen. »Es ist jemand ausgefallen. Und die *Air Force* kann keine Piloten dafür abstellen.«
»Warum können die Leute denn nicht in der Schweiz bleiben?«
»Weil die Schweiz keine Flüchtlinge mehr aufnimmt«, hatte Arman gesagt. »Wenn wir sie nicht holen, werden sie interniert und womöglich zurück nach Deutschland geschickt.«
»Nun schön. Dann hast du meinen Segen.« Sie war nicht glücklich gewesen, aber auch sie war bereit, Kompromisse zu schließen. Die Schweiz war neutral, in ihrem Luftraum wurde nicht geschossen, und Arman hatte ja bewiesen, dass er trotz seines Hörproblems fliegen konnte. In der Schweiz brauchte er nicht auf einem winzigen Streifen zwischen Felsen niederzugehen, sondern konnte auf einem gewöhnlichen Flugfeld landen. Alles war gut gelaufen, er würde nach Hause kommen, sobald die Flüchtlinge versorgt waren, und heute Abend würden sie in ein Konzert in der *Albert Hall* gehen. Die Karten hatte Doris sich von Arman zu Weihnachten gewünscht.
»Ich wusste nicht, dass du dich für Musik interessierst, Doris.«
»Tu ich auch nicht. Aber das wird live in der BBC übertragen. Ich wollt doch schon immer mal im Radio auftreten – in meinem nächsten Leben hab ich meine eigene Sendung, so wie Gert und Daisy. Wollen wir jetzt diese Küken einfangen und

nach Hause gehen? Ich sehe doch, dass du keine Ruhe mehr hast.«

»Danke, Dee. Ich würde gern nach Bülent und Rehan schauen.«

»Ja, die kleine Weberin sieht in letzter Zeit noch ein bisschen mehr aus wie ein Reh, das sich verlaufen hat«, stimmte Doris zu.

»Das tut sie immer, wenn Arman nicht da ist«, sagte Amarna. »Bei Rehan denke ich oft, ich müsste mich mehr um sie kümmern, aber weil sie es nie verlangt, komme ich über den Vorsatz nie hinaus. Jetzt, wo Jordan so viel mit Edu zu tun hat und Seb mit seinen Flugblättern beschäftigt ist, ist sie zu viel allein.«

»Der ist aufgeblüht wie eine Frühlingsprimel, euer Seb«, stellte Doris fest. »Ein richtiger Herzensbrecher ist das geworden, dabei dachte ich, der ist bestimmt noch mit vierzig ein Rüpel mit einem Gesicht wie Streuselkuchen. Mach dir nicht so viele Gedanken, *sugar pie,* bei euch wird doch alles und jeder wieder heil, auch das kleine Webermädchen. Und dein Bülent wird dir was erzählen, wenn du dich um den sorgst. Der überlebt uns alle und ist noch da, wenn uns schon die Knochen rosten.«

»Ich weiß, was du meinst«, erwiderte Amarna. »Mir kommt es auch so vor, als müsse er für immer da sein, aber er ist sechsundachtzig, und er hat seit Wochen diesen Husten, der nicht weggeht. Manchmal bekomme ich Angst.«

»Stimmt«, sagte Doris. »Das ist wie mit Paris.«

»Wie meinst du das, es ist wie mit Paris?«

»Paris hat Hitler, der nicht weggeht«, erwiderte Doris. »Damals, bevor der Krieg anfing, hab ich gedacht: Das war so schön in Paris, das passiert mir nicht noch mal, aber das macht ja nichts, denn Paris ist noch da, wenn ich's nicht mehr bin, und im nächsten Leben komm ich wieder. Aber jetzt denk ich: Vielleicht ist es weg, bevor ich's bin. Vielleicht denkt Edu eines Tages, wir haben uns diese Stadt, die Paris hieß, nur ausgedacht.«

»Ach, Dee!« Amarna legt den Arm um sie. »So was darfst du nicht denken. Es heißt, nicht mal Hitler hat es gewagt, sich an Paris zu vergreifen, und Charles de Gaulle sagt, mit den Amerikanern im Boot werden die Karten neu gemischt. Wenn Paris befreit wird, fahren wir wieder hin, abgemacht?« Durch das diesige Grau des Wintertages glaubte sie das Flussufer vor sich zu sehen, Armans Kopf in ihrem Schoß, die vertrauensvoll geschlossenen Lider und das Schmetterlingslächeln.

»Wirklich?« Doris strahlte. »Das machen wir. Auch wenn wir zwei alte Schachteln sind. Und auch wenn's regnet.«

Sie sammelten Kinder und Hunde ein und schoben die Karre mit dem Grün für den Weihnachtsschmuck nach Hause.

Der schwarze *Tourer*, den die SOE Arman zur Verfügung stellte, stand schon an der Straße. Amarna ließ den Griff der Karre fahren und rannte los. Chaja rannte auch, und für gewöhnlich ließ Amarna sie gewinnen, aber diesmal lief sie mit den Hunden vorneweg. Eine einzige Sekunde, einen Kuss lang wollte sie Arman für sich allein. Ein Mann stieg aus dem Auto, nicht auf der Fahrerseite, sondern aus der Beifahrertür. Er war hoch gewachsen, schlank, trug einen Hut und einen grauen Mantel. Amarna entfuhr ein Schrei.

»Vater!«

Arman hatte ihr ständig damit in den Ohren gelegen, er wolle ihren Vater und Paul aus Deutschland holen, und sie hatte ihr Bestes getan, um nicht zuzuhören. Der Gedanke, ihr Vater könne in Deutschland gefährdet sein, war ihr nie gekommen, denn welche Art von Regierung hätte ihr alter, am Weltgeschehen völlig desinteressierter Vater stören sollen? Jetzt fühlte sie sich schuldig. Statt zu verdrängen, hätte sie sich kundig machen müssen. Kinder kümmerten sich um ihre Eltern, aber

sie hatte immer das Gefühl gehabt, sie müsse sich für einen der beiden Männer entscheiden. Wie konnte sie mit ihrem Vater verkehren, ohne ihren Mann zu verraten? Ihr Mann, der einem Volk entstammte, das Vätern morgens die Hände küsste, hatte sich offenbar diese Frage nicht gestellt. Sie begriff, wie sehr ihr Vater ihr gefehlt hatte, und fiel ihm um den Hals.
»Amarna. Mein kleines Mädchen.«
Ihr Vater weinte. Er war uralt geworden und hatte sich dennoch nicht verändert. Ich habe ihn noch nicht gesehen, seit ich selbst ein kleines Mädchen habe, dachte sie, er kennt mein wundervolles kleines Mädchen nicht. Sie drehte sich um und rief nach Chaja, die argwöhnisch hinter ihr stand und auf ihrem Daumennagel kaute. »Chaja, das ist mein Dad.« Sie wechselte ins Deutsche. »Vater, das ist unsere Chaja.«
»Spricht sie kein Deutsch?«, fragte ihr Vater. »Paul Vollmer hat mir erzählt, dass ihr ein Kind aus Deutschland aufgenommen habt.«
Amarnas Herz setzte aus. Paul Vollmer. Saß er noch bei Arman im Auto? Ihre Glieder schienen sich zu sträuben, von dem Wagen wegzustreben, und ihre Hand schloss sich um Chajas Arm. Irgendwann in diesen drei Jahren hatte sie aufgehört, darüber nachzudenken, wie sie Chaja bekommen hatte. Sie war einfach da, gehörte zu ihnen, ging hinter dem Park zur Schule, rief »Mum«, wenn Amarna am Schultor stand und gab ihr Minuten später eine freche Antwort. Aber es war Paul gewesen, der sie ihr geschickt hatte. Was, wenn er gekommen war, um sie wieder wegzuholen?
Der Gedanke war absurd. Eine Hälfte ihres Hirns funktionierte reibungslos weiter und sagte ihr, dass Chajas Mutter eine Jüdin war, die Paul lediglich um Vermittlung gebeten hatte. Paul hatte weder ein Recht noch ein Interesse an Chaja, er war einer von zahllosen Menschen, die unter den Nazis nicht leben konnten, und deshalb war er hier. Ihre Panik war unbegründet.

Sie würde die Gäste ins Haus bitten und ihrem Arman einen Kuss geben. Friede sei mit dir.
Die andere Hälfte ihres Hirns dachte genau zwei Dinge im Wechsel: Ist Paul Chajas Vater? und: Egal, wer er ist – ich gebe Chaja nicht her.
»Du tust mir weh«, protestierte Chaja. »Lass mich los. Ich will zu meinem Dad.«
Nein, wollte Amarna rufen, dann begriff sie, dass Chaja Arman meinte, und ließ sie gehen. Chaja rannte zum Auto, riss die Fahrertür auf und warf sich Arman in die Arme.
»Was ist denn los?«, fragte Amarnas Vater.
»Nichts«, antwortete Amarna, die sah, dass niemand mehr auf der Rückbank saß. Sie drehte sich um und entdeckte Doris bei der Schubkarre, ihre unbezahlbare Doris, die der Himmel schickte. »Dee«, rief sie, »lass mich dich vorstellen. Das hier ist mein Vater, er ist eben aus der Schweiz angekommen. Kannst du ihn ins Haus begleiten und dafür sorgen, dass er etwas Warmes zu trinken bekommt? Er liebt Tee. Und Ahornsirup.«
Doris war in ihrem Element, und ihr Vater hätte sich eher gegen eine Lawine stemmen können als gegen die taylorsche Herzlichkeit. Amarna sah sie losziehen, kroch zu Chaja und Arman ins Auto und warf die Tür zu. »Du bist verrückt, Herr Artsruni«, sagte sie, »du müsstest verboten werden, aber wer dich verbietet, kann sich den Kampf um die verdammte Menschheit sparen.« Sie küsste ihm das Gesicht nass, schlang einen Arm um ihren Mann, den anderen um ihr Kind und dachte: Wir drei. Nur wir drei.

Ihr Vater musste nicht in ein Internierungslager, es war alles geregelt, er war geborgen in ihrem Haus. Das füllte sich: Kathy Burgess war samt ihrer ausgebombten Schwester Susan und deren zwei kleinen Söhnen bei ihnen untergekrochen, Seb hatte sein Domizil im Souterrain, und Amarnas Vater bezog ein Zimmer im zweiten Stock. Den letzten freien Raum hätte Paul erhalten sollen, der jedoch in Berlin geblieben war. »Gott sei Dank, dass du ein großes Haus hast«, sagte ihr Vater. »Ich hätte es in Deutschland nicht länger ausgehalten, Amarna.«

»Gott sei Dank, dass ich einen entschlossenen Mann habe«, sagte Amarna. »Du wärst bei mir auch in einem kleinen Zimmer untergekommen, aber ich hätte nicht gewusst, wie ich dich hätte herausholen sollen. Arman hat sich nicht davon abbringen lassen.«

»Ja«, sagte ihr Vater in Gedanken. »Er konnte wohl nicht anders, bei der Vergangenheit, die er hat, und das war mein Glück. Aber für dich kann es nicht leicht zu ertragen sein.«

»Wie meinst du das?«

»Amarna«, sagte ihr Vater. »Ich habe dich immer gewarnt. Ein Mensch übersteht so etwas nicht unbeschadet, dafür kann er nichts, aber du bist die, die damit leben muss. Bist du abgesichert? Ich habe all mein Geld verloren und werde dir nicht helfen können.«

»Ich brauche kein Geld von dir«, versetzte Amarna. »Ich habe mein eigenes Einkommen, und Arman verdient mehr, als wir jemals ausgeben können, auch wenn er derzeit keine Skulptur macht.«

»Und wenn er stirbt?«

Amarna fuhr zusammen. »Ich habe mich gefreut, dass du gekommen bist«, sagte sie. »Aber wenn du vorhast, einen Keil zwischen Arman und mich zu treiben, dann will ich, dass du gehst. Arman ist mein Mann, wir führen ein glückliches Leben, und ich kann mir beim besten Willen nicht vorstellen, in zwanzig Jahren ins Haus meiner Tochter zu schneien und sie zu fragen: Was machst du, wenn dein Mann stirbt?«

»Was für eine Tochter?«, fragte ihr Vater.

»Chaja.«
»Das jüdische Mädchen.« Ihr Vater nickte. »Ich habe einen Brief für sie. Von ihrer Mutter, glaube ich.«
Amarna sah auf ihren Arm, auf dem das Haar sich sträubte, obwohl Kathy im Zimmer das Kaminfeuer angefacht hatte.
»Und über deinen Mann habe ich nichts Schlechtes sagen wollen«, fuhr ihr Vater fort. »Ich finde das, was er für mich getan hat, nobel, ich mache mir nur Sorgen, weil er dir all diese Leute ins Haus holt und du allein damit fertig werden musst, wenn ihm etwas passiert.«
»Warum sollte ihm etwas passieren?«
»Amarna«, drängte ihr Vater, »dieser Mann ist ein Besessener, der nicht anders kann. Flüchtlinge durch die Schweiz zu schleusen ist harmlos, das Schlimmste, was er sich einhandeln kann, sind ein paar Wochen Arrest wegen Verletzung der Einreisebestimmungen. Wenn er dagegen in Frankreich erwischt wird, bringen sie ihn entweder vor Ort um, oder sie schicken ihn nach Deutschland, und wo es sich sanfter stirbt, ziehe ich vor, nicht zu wissen.«
»Wie kommst du auf Frankreich?«
»Juden«, sagte ihr Vater. »Im Europa der Nazis soll es keine mehr geben, so wenig wie Armenier im Reich der Jungtürken. Hitler lässt sie in den besetzten Gebieten zusammentreiben wie in Deutschland, und dein Mann wird nicht danebensitzen und zusehen. Dieses Selbstmörderische hat er in sich, das hältst du nicht auf, und vermutlich hat er eine Art von Sinn in allem gefunden, wenn er für diese Sache endlich sterben kann.«
Amarna stand auf. Ihre Beine zitterten, doch sie wollte ihren Vater nichts merken lassen. »Ich habe so etwas in unserem Haus zum letzten Mal gehört«, sagte sie. »Du bist mein Vater, aber an unserem Leben lasse ich von niemandem rütteln. Wir gehen jetzt mit unseren Nachbarn ins Konzert. Essen kannst

du unten mit den anderen oder allein in deinem Zimmer, lass Kathy einfach wissen, was dir lieber ist.«

Sie ging nach oben in ihr Schlafzimmer, wo Arman damit beschäftigt war, sich umzuziehen. Es kam ihr vor, als hätte ihr Vater ihr Gift ins Blut geträufelt, das sich langsam verteilte. Sie wollte es aufhalten, ihr Mann hatte ihr keinen Grund mehr gegeben, ihm zu misstrauen. Sie lief zu ihm und schmiegte sich an ihn. »Halt mich fest, ja?«

Er legte zögernd die Arme um sie. »Kann ich nicht erst meine Hose anziehen?«

»Kannst du nicht. Was ist denn das für eine blöde Frage?«

Sie rieb sich an ihm, zog den Rock aus, liebte ihn im Stehen. Jedes Wort, das ihr Vater gesagt hatte, sollte er ihr aus dem Kopf lieben. »Ich habe keine Lust, in die *Albert Hall* zu gehen. Ich will mit dir allein sein.« Etwas brach aus ihr heraus. »Bitte nimm den Schleier von Traurigkeit weg. Ich wünschte, wir könnten noch einmal nach Paris.«

Das Wort war ein Signal. Bis eben war es ihr vorgekommen, als wäre er nicht richtig bei ihr, jetzt aber drückte er sie an sich und hielt sie so fest wie sie ihn. Es gab ihr Kraft. »Ich will dich nicht kränken«, sagte sie. »Du tust, was du mir versprochen hast, nicht wahr? Passt auf dich auf, sprichst mit mir, ehe du dich in Gefahr begibst?«

»Ja«, sagte er.

»Aber du organisierst solche Fluchten wie die von meinem Vater?«

»Von hier.« Er ließ sie los und hob die Hände. »Ich fliege nicht selbst. Nur dieses eine Mal, weil einer unserer Piloten abgeschossen wurde und die Gruppe mit deinem Vater seit Wochen in der Schweiz festsaß. Es ist nicht mehr einfach, jemanden zu finden, es werden immer mehr Menschen, es …« Er brach ab, ließ hilflos die Arme sinken.

Amarnas Mund war trocken. »Ist schon gut«, sagte sie. »Ich verstehe, was du sagen willst.« Etwas anderes verstand sie auch: Er konnte mit ihr nicht reden, er hatte Angst vor ihr, und er hatte dazu allen Grund. »Zieh deine Hose an, Süßer, oder du kommst mit mir heute nicht in dieses Konzert.«
Er stieg in die Hose, ohne hinzusehen, legte den Kummerbund um die Taille und sah unverwandt Amarna an. Sie ging zu dem Ständer, auf dem ihre Kleider hingen, schob die Bügel hin und her und suchte nach einem Stück, um neben ihrem eleganten Mann gut auszusehen, aber sie fand nichts. Ihre Hand blieb an ihrem roten Wollrock hängen, den sie schon ewig nicht getragen hatte. »Macht es dir etwas aus, wenn ich heute so aussehe, als würdest du gerade eine Bäuerin in Stein schlagen und dein Modell mit ins Konzert nehmen?«
»Amarna«, sagte er. »Bitte sei mir nicht böse, aber ich sehe das gar nicht, was du anhast. Ich weiß, Doris schimpft, weil Männer solche Ignoranten sind, und ich nehme mir immer vor, darauf zu achten, aber ich sehe nur dich.«
Sie ging zu ihm zurück und schloss die Hände um seine Wangen. »Ich bin dir kein bisschen böse«, sagte sie. »Danke, dass du meinen Vater hergeholt hast, danke, dass du mit mir dieses vollbesetzte Schiff durch die Sintflut manövrierst. Wir schlingern gerade ganz furchtbar, und ich glaube, wir wissen beide nicht so richtig, ob wir zuerst Wasser ausschöpfen oder nach dem Leck suchen sollen. Aber ich will, dass du eines weißt: Ich hätte mich mit keinem anderen getraut, auch nur abzulegen. Wenn ich irgendwem zutraue, diesen Haufen an den Ararat zu bringen, dann dir, und – Arman, bitte werde nicht rot, denn sonst muss ich dich noch einmal ausziehen, und unten höre ich schon Doris kreischen.«
Er wurde rot. Wie rot auch seine Lider wurden, hatte sie zuvor nie bemerkt. »So was kannst du doch nicht zu mir sagen, *lajvard*.«

»Sollte ich öfter tun. Und du hast, glaube ich, ein Jahr lang zu mir nicht *lajvard* gesagt.«
Sie zog ihren roten Wollrock an und pfiff auf die Kleiderordnung. Der Mann, den sie sich geangelt hatte, war ohnehin das eleganteste Accessoire, das irgendwer im Kriegs-London zu bieten hatte. Doris trug ihr Etuikleid aus Paris, das sich spannte, als würden die Ersatzrezepte der *Kitchen Front* binnen kurzem die nächste Größe erfordern, und Dexter sah aus wie in seinen Hochzeitsanzug gezwängt. Wir sind die schönsten, fand Amarna, wir sind London, wir sind die verdammte Menschheit, für die sich der Kampf lohnt.
Sie küssten die Kinder zum Abschied, Chaja, Deirdre und Edu. Seb, der an einer seiner Karikaturen für die Flugblätter zeichnete, und Jordan, die danebensaß, waren zu groß, um sich küssen zu lassen, und Rehan war nicht aufzufinden. Bülent schimpfte, Kathy kochte, ihr Vater hatte sich hingelegt. Die Welt war in Ordnung, soweit sie es sein konnte nach zwei Jahren Krieg. Die Loge in der *Albert Hall*, in der der knapp gewordene Champagner serviert wurde, war dekadenter Luxus, Elgars Cellokonzert ließ sich ertragen, und Arman roch gut, nach seinem edlen *After Shave* und hastig abgewischtem Sex.
Aufgrund des Kriegseintritts der Amerikaner gab es nach der Pause eine Programmänderung. Eingefügt wurde Dvořáks neunte Sinfonie, die *Aus der Neuen Welt* hieß und die Amarna noch nie gehört hatte. Sie verstand nichts von Musik, aber diese legte eine Schwere aufs Herz, die still machte. Eine Sinfonie für Heimatlose, für solche, die sich nicht mehr erinnerten, die nur noch ein Lied hörten und nicht wussten, wer es ihnen vorgesungen hatte. Wer war Chajas Vater? Wer war Rehans Vater? Jäh war sie froh, ihren eigenen Vater zu Hause zu wissen, mochte er sein, wie er war. Arman saß so angespannt, als stünde er, und Doris hörte auf, Konfekt zu essen.

Als die Sinfonie zu Ende war, sprangen die Leute in der vollbesetzten Konzerthalle auf, applaudierten und setzten sich nicht wieder. Es folgten die Nationalhymne und *Rule Britannia,* und mehrere Gäste versuchten, dem Orchester, das in Stimmung geriet, etwas zuzurufen. Eine von ihnen war Doris.

Der Dirigent trat ans Mikrofon. »Guten Abend, Mr. Artsruni«, sagte er. »Herzlich willkommen in der *Albert Hall.* Wie es den Anschein hat, können wir den Damen in Ihrer Loge mit einem Musikwunsch eine Freude bereiten?«

Frenetischer Applaus brach los, während Doris an der Brüstung hüpfte. »Wie heißt das noch mal? Du weißt schon, was ich meine, wie heißt das?«

»Ach, Doris«, sagte Arman, »das muss doch nicht sein.«

»Bitte!«, rief Doris selig. »Stimmt's, Marnie, wenn man zu *Black Beauty* bitte sagt, kann der einem nichts abschlagen.«

Der Dirigent wartete, bis der Beifall verrauscht war, dann wandte er sich wieder ihrer Loge zu.

*»Colonel Bogey March«*, sagte Arman gottergeben, ohne den Mann anzusehen.

Der Applaus brandete sofort wieder auf, und als das Orchester endlich anfangen konnte, den altgedienten Militärmarsch zu spielen, begann das gesamte Publikum der vollbesetzten Halle zu singen:

*»Hitler has only got one ball,*
*The other is in the Albert Hall*
*Himmler's got something sim'lar,*
*And only Goebbels has no balls at all.«*

Der Einzige unter achttausend Konzertbesuchern, der nicht sprang und die Arme hochriss, als wäre das siegreiche Ende des Krieges verkündet worden, war Arman. Es nützte ihm nichts.

»Das ist das Lied, das er mir beigebracht hat, *sugar pie!*«, teilte Doris jubelnd der Halle und den Übertragungsmikrofonen mit. »Damals im Bunker, wo ihr euch gestritten habt.«
»Ja, Dee.«
»Guck doch mal, wie puterrot er wird.«
»Ich weiß, Dee, ich bin mit ihm verheiratet.«
»Wir gewinnen den Krieg.«
Der Ruf pflanzte sich fort, die achttausend Menschen spreizten Zeige- und Mittelfinger zu Churchills *Victory*-Zeichen, und das Orchester spielte den Marsch mit dem neuen anstößigen Text noch einmal von vorn.
Amarna, zwischen Weinen und Lachen, setzte sich in ihren Sessel und legte den Arm um ihren Mann.
»Es ist mir so peinlich, Amarna.«
»Ist nicht zu übersehen.«
»Ich wollte sie doch nur beruhigen. In dieser Broschüre von der ARP stand: Ehe Panik ausbricht, singen Sie erbauliche Lieder.«
»Sehr löblich, mein Herz.«
»Schämst du dich?«
»Weil ich einen Mann geheiratet habe, der sittenloses Liedgut verbreitet?« Sie knuffte ihn in die Seite. »Und wie. Komm du mir mal nach Hause. Und weißt du, was noch? Heute habe ich mich zum ersten Mal nicht nur in dich, sondern auch in deine Briten verliebt, die überzeugt sind, sie gewinnen den Krieg, weil Hitler nur ein Ei hat.«
Zu viert gingen sie zum Auto. Amarna schob die Hände in die Rocktaschen und ertastete ein Stück Papier. Sie zog es erst heraus, als sie mit Doris auf der Rückbank des Bentley saß und Doris den Marsch zu summen begann. »Bitte sag deiner Frau, sie soll aufhören«, flehte Arman Dexter an. »Ich biete ihr dafür, was immer sie sich wünscht.«

»Dee, bitte hör doch mal auf«, sagte Dexter.

Doris brach in prustendes Gelächter aus. »Weißt du, was ich mir wünsche, *Black Beauty?* Dass wir den Krieg gewinnen, dass wir in unser Paris fahren, über die *Champs Eliza* spazieren und das hier singen: *Hitler has only got ...«*

»Doris!« Arman klang so gequält, dass sie aufhörte.

Während alldem las Amarna das Blatt Papier, das sie in ihrer Rocktasche gefunden hatte, den Brief der Armenierin Melinée:

»Sehr verehrte Madame.

Wir haben Sie um Verzeihung zu bitten, und keiner von den Männern wird es tun. Ich habe Sie so nett gefunden, ich hätte mir gewünscht, dass wir uns unter anderen Umständen begegnet wären, deshalb tue ich es. Wir, ein paar zerraufte Flüchtlinge in Frankreich, nehmen Ihnen und Ihrer kleinen Tochter den Mann weg. Was Sie denken, glaube ich zu wissen. Sie fanden mich recht niedlich, und von meinem Brief erwarten Sie mädchenhaftes Geplapper. Ich bin aber eine von denen, die sich selbst nicht kennen und deren Geplapper keinen Boden hat. Was Sie jetzt denken, glaube ich schon wieder zu wissen. Warum ist die nicht still, warum lebt die nicht in ihrem Winkel ihr Leben? Die ist doch gerettet, die ist doch gar nicht gemeint, der will doch diesmal niemand Böses.

Sie haben recht. Wir sollten unser gerettetes Leben genießen, und wenn ich von meinem Mann ein Kind hätte, würde ich das vielleicht tun. Aber ich wüsste doch immer: Ich bin noch hier, weil ein anderer aus seinem behaglichen Leben aufgesprungen ist, mich gepackt und aus den Händen der Mörder in Sicherheit gezerrt hat. Es wäre so leicht, zu sagen: Uns gehen die Juden nichts an. Es wäre für unsere Retter so leicht gewesen, zu sagen: Uns gehen die Armenier nichts an. Aber wer ein Volk auslöscht, begeht ein Verbrechen, das uns alle angeht. Wenn wir anders denken, wer weiß, vielleicht haben wir irgendwann kein

Volk mehr übrig. Deshalb bitte ich Sie um Verzeihung. Ihr Mann hat ein zartes Herz, und er isst schlecht. Ich verspreche, wir werden so gut, wie wir können, auf ihn achten.«

Amarna ließ den Brief sinken. Das hast du damals getan, dachte sie. Du bist in den südfranzösischen Bergen abgesprungen, um jüdische Menschen in Verstecke zu führen, damit sie nach England ausgeflogen werden können. Und dafür lässt du dich von mir beschimpfen? Du sitzt mir still gegenüber und steckst eine Beleidigung nach der anderen ein, ohne mir das Wort abzuschneiden und mir zu erklären, dass ich im Irrtum bin? Dass dir Heldentum so egal ist wie Bülent, dass du Menschen in Sicherheit bringen wolltest, wie Bülent dich in Sicherheit gebracht hat? Was waren das für Menschen? Kinder? Alte? Weißt du, in welches Unrecht du mich damit gesetzt hast? Wie sollst du mir denn verzeihen, wie soll ich mir selbst verzeihen können?

Arman parkte das Auto. In dem Augenblick, in dem er den Frauen den Schlag öffnete, begann die Sirene zu heulen. »*Oh my giddy aunt*«, rief Doris. »Bombenalarm, gerade jetzt, wo's so schön war. Aber Hitler hat nur ein Ei. Den kriegen wir schon klein, und unser Paris holen wir uns wieder.«

Sie mussten sich beeilen. Seit die Deutschen ihre Angriffe nicht mehr mit schweren, langsamen Bombern, sondern mit leichteren Maschinen flogen, blieb nach Ertönen der Sirenen kaum noch Zeit. Die Türen der Häuser schwangen auf. Aus dem der Taylors taumelte die schlaftrunkene Kathy Burgess mit Edu auf den Armen. Aus dem ihren schwappte das übliche Knäuel von Menschen, die Familie der Haushälterin, Amarnas Vater, dann Bülent mit Chaja und Deirdre. Chaja hielt den Affen namens Hagen im Arm, und *Claude-Jeune* folgte ihr auf dem Fuß.

Es ging alles so schnell. So unglaublich schnell. »Rehan!«, rief Arman und rannte los. »Jordan!«, schrie Doris und stürmte ebenfalls auf die Häuser zu, torkelte aber von zu viel Champagner und siegestrunkenen Liedern. Jordan und Seb kamen aus der Haustür und liefen an Doris vorbei auf den Bunker zu. Doris sah ihre Tochter auf der einen, ihren Enkelsohn auf der anderen Seite und nahm erleichtert ihren Posten vor dem Bunker ein. »Alle Mann reinspaziert. Hier gibt's heute Nacht wieder Freibier!«

Amarnas Vater und Bülent mit den Kindern schoben sich hinein, Kathy Burgess samt Familie folgte. Wir werden wieder zu viele in einem Bunker sein, dachte Amarna, wieso kleben wir eigentlich so aufeinander, anstatt den zweiten auch zu benutzen? Als Jordan und der lange Seb in den Bunker abtauchten, sah sie, dass sie sich an den Händen hielten.

»Los, los!«, schrie Doris. »Trödeln könnt ihr morgen wieder!«

In dem Augenblick fiel Amarna auf, dass Rehan noch fehlte, und dass Arman im Haus verschwunden war. Laut hörte sie ihn Rehans Namen und eine Flut armenischer Worte rufen.

»Doris!«, brüllte Dexter. »Geh in das verfluchte Ding rein!«

Dann ließ die Detonation sie verstummen. Der Boden bebte. Wer noch nicht flach lag, wurde niedergeworfen. Als es Amarna gelang, sich hoch zu kämpfen, fand sie sich in einer Rauchwolke und presste sich ihren Schal vor den Mund. Die Bombe musste in unmittelbarer Nähe eingeschlagen sein, vielleicht in der Querstraße, die zum U-Bahnhof führte. Jemand schrie, und der Rauch begann sich zu legen. Durch die Schwaden erkannte Amarna Rehan, die um das Haus schoss wie ein aufgescheuchtes wildes Tier. Arman irrte noch immer rufend durchs Haus, aber Doris hatte Rehan entdeckt, ließ den Bunker Bunker sein und rannte hinter ihr den Hang hinauf. »Rehan, Rehan! Bleib stehen, *sweetheart,* davon dass man sich das Herz bricht, geht doch die Welt nicht unter!«

Wie gelähmt sah Amarna ihren Mann aus dem Haus kommen. Er raste den Frauen hinterher und hatte Doris bis auf zwei

Schritte eingeholt, als diese auf die Straße trat. In derselben Sekunde zerriss die zweite Detonation das Bild und alle Geräusche.

In der Broschüre der ARP, die Amarna nur überflogen hatte, stand, die Chancen, von einer Bombe direkt getroffen zu werden, seien verschwindend gering. Sie und Doris hatten darüber gelästert: »Wenn *Black Beauty* so gern möchte, dass wir das ordentlich lesen, dann lernen wir es auswendig und sagen es ihm auf: *Die Chancen, von einer Bombe direkt getroffen zu werden, sind verschwindend gering.* Und was nützt mir das, wenn ich die Chance beim Schopf packe? Bin ich verschwindend gering dann weniger tot?«

Doris gehörte nicht zu denen, die die Chance beim Schopf gepackt hatten. Die beiden anderen auch nicht. Die Bombe, vermutlich keine sehr große, schlug in die Straße ein und riss einen Krater auf, als wäre mitten in London ein Vulkan ausgebrochen. Gesteinsbrocken spritzten. Einer zischte an Amarnas Kopf vorbei, und sie wurde durch den Druck zur Seite geschleudert. Als sie zu sich kam, konnte sie kaum fassen, dass der Klumpen sie nicht getroffen hatte und dass ihr Kopf unversehrt war.

Nur das Atmen tat weh, vermutlich bedingt durch den Rauch. Während sie nach Luft rang, kehrte die Erinnerung zurück. Mühsam rief sie alle drei Namen, »Arman, Rehan, Doris«, doch heraus kam nicht mehr als ein Krächzen. Im Sturz war sie zwei, drei Schritte den Hang hinuntergerutscht, jetzt stolperte sie wieder hinauf.

Ihren Mann sah sie als Ersten. Woran sie seinen Rücken, seine Schultern, seinen Hinterkopf erkannte, hätte sie nicht einmal sich selbst erklären können. »Arman!« Sie rief ihn bei sämtlichen Namen, allen Liebesworten, bei denen sie ihn je genannt hatte, er hatte sie immer gehört, doch er hörte sie jetzt nicht

und wandte auch nicht den Kopf. Die anderen rannten an ihr vorbei. Sie hatten sich nicht an die Regeln der Broschüre gehalten: *Verlassen Sie den Bunker erst mehrere Minuten nach der Entwarnung, gehen Sie langsam, treten Sie vorsichtig auf, berühren Sie keine unbekannten Objekte.*
Auf der anderen Straßenseite sah sie Doris' Haar, das sie mit so viel Mühe zu blondieren versucht hatte und das am Ende wie Zuckerwatte aussah. Ihr Gesicht war fast unversehrt, nur geschwärzt, und allein in den Zuckerwatte-Haaren klebte Blut. Ihr Hund *Snow White,* auf den niemand geachtet hatte, lief winselnd vor ihrem Gesicht auf und ab und leckte ihr die Wangen. Vielleicht fragte er sich: Warum leckt sie mich eigentlich nicht zurück?
In Paris, dachte Amarna, im Innern starr vor Schreck, in Paris regnet es doch jetzt auch.
Hinter Arman stand Bülent, stieß einen Laut aus und riss den viel größeren Seb zurück. Was er auf Türkisch brüllte, konnte Seb nicht verstehen, aber Antwort gab er dennoch: »Ich wollt doch nur helfen, Mann. Jordie und ich, wir haben doch Rehan gleich gesucht, als der Alarm losging, aber darauf, dass sie im Atelier war, sind wir nicht gekommen.«
Bülent versetzte ihm einen Stoß, stieß auch die anderen samt der weinenden Chaja zurück und schrie auf Türkisch: »Keiner kommt ihm nahe, versteht ihr? Keiner rührt ihn mir an!«
Blut sickerte auf die Straße. Es schien Arman aus beiden Händen, über den Kopf und aus der Brust zu strömen. Vom Park her ertönte das Heulen und Knattern des Flugabwehrgeschützes wie ein Protest gegen etwas, das nicht mehr umkehrbar war. Sekunden später herrschte Stille – bis auf eine Stimme, bis auf das Klagelied, das die Nacht um Erbarmen anschrie.
»Was ist das?« Die Sprache war fremd und vertraut wie die Kindheit eines Menschen, den man nur als Erwachsenen kennt.

*»Krapar«*, sagte Bülent und schob Amarna zurück. »Die alte Sprache, in der sein Volk seine Gebete spricht. Woher er's kann, weiß ich nicht, ich hab's ihn ja schlecht lehren können. Aber ich bin ein frommer Mann, er ist von einem frommen Mann erzogen worden. Lass ihn jetzt mit seiner Kleinen allein.«

# LETZTER TEIL

## *Sainte-Cécile-les-Vignes, London, Doğubeyazıt, Aghtamar*

»Nicht, dass ich weine, Liebster, darf dich wundern.
Nur, dass ich manchmal ohne Träne bin.«

MASCHA KALÉKO

# 31

## EVA
## SAINTE-CÉCILE-LES-VIGNES. SEPTEMBER 1942

Der Ort lag zwischen Weinbergen, in seine Ebene gebettet wie ein Kind in seine Wiege. Chajas Wiege hatte Eva in den Nächten vor ihrer Geburt bemalt. Mit Menschenfiguren. Etwas anderes malte sie nie. Ob Chaja manchmal von der Wiege träumte?

Das silbrige Glitzern der Olivenbäume, die mittelalterlichen Mauerreste, die in der Sonne schliefen, die Kegel von Mückenschwärmen über schwarzen Teichen, nichts davon hätte die alte Eva je dazu verlockt, zu Pinseln und Palette zu greifen. Jetzt wünschte sie sich zuweilen, sie hätte etwas wie diesen vergessenen Flecken Erde im *Département Vaucluse* gemalt, etwas, das dem Weltgeschehen gänzlich gleichgültig war und das deshalb eine Art von Frieden ausstrahlte.

Frieden, das hatte Eva gelernt, war die Abwesenheit von Menschen. Die aber gab es nicht einmal hier, so selten auch ein vereinzeltes Menschenwesen den buckligen Pfad hinunter ins Dorf trottete. Hätten nicht Menschen über das verschlafene Nest wie über die wimmelnden Promenaden von Paris geherrscht, so hätten sich andere – solche wie sie – nicht in den dunklen Winkeln von Scheunen verstecken müssen.

In der Scheune lebte Eva, seit der Armenier sie in seinem Wagen hergebracht hatte. Als sie mit den fünf anderen von der Ladefläche getorkelt war, hatte sie geglaubt, sich aufzulösen, in Strömen von Schweiß und schmelzender Lebenskraft zu zerfließen. Sie konnten nicht alle bleiben. Manche mussten zu Fuß bis in den nächsten Ort weiter. »Ich kann nicht mehr«, sagte Eva. Die Worte brachte sie gerade noch heraus, ehe sie zusammenbrach.
Also war ihr in der Scheune ein kleiner Verschlag überlassen worden, in dem Rechen, Forken und Schaufeln aufbewahrt wurden. Dass die Deutschen drei Tage später Paris besetzt hatten, erfuhr sie erst nach etlichen Wochen. Frankreichs Regierung hatte um Waffenstillstand gebettelt, und Hitler hatte sich einen Spaß daraus gemacht, ihre Unterhändler den Vertrag in Compiègne unterzeichnen zu lassen, im selben Eisenbahnwaggon, in dem Deutschland nach dem Ersten Weltkrieg seine Kapitulation hatte unterzeichnen müssen.
Hitlers Truppen besetzten Frankreichs Norden und seine Mitte, überließen den Süden jedoch den Greisenhänden ihres willfährigen Erfüllungsgehilfen *Maréchal* Pétain, der seinen Regierungssitz in dem beschaulichen Kurort Vichy errichtet hatte. »Das heißt aber nicht, dass ihr Juden hier im Süden willkommener seid«, hatte der Armenier erklärt. »Manche sagen, die Herren von Vichy, die in den Luxushotels wie in Palästen Hof halten, geben sich alle Mühe, die Deutschen in ihrem Hass zu übertreffen. Wir haben es hier unten nur leichter, weil die Franzosen nicht so wirkungsvoll erfassen und organisieren können wie die Deutschen. Es heißt, so war es auch bei den Osmanen. Viel dünn besiedeltes Land, viel Misswirtschaft und Chaos, daher ein paar mehr Maschen im Netz, durch die einige Glückliche schlüpfen konnten.«
Die Masche im Netz, durch die der Armenier hatte schlüpfen können, war ein Waisenhaus im französischen Protektorat Li-

banon gewesen, in das eine kurdische Familie ihn und seinen Bruder geschafft hatte, nachdem sein Vater erschlagen worden und seine Mutter verhungert war. »Dort bekamen wir zu essen und mussten keine Angst mehr haben«, sagte er. »Wir waren dankbar.«

Eva wusste, sie hätte ebenfalls dankbar sein sollen. Weder der Armenier noch das Bauernpaar, das ihr seinen Verschlag in der Scheune zur Verfügung stellte, schuldeten ihr etwas. Sie riskierten ihr Leben, aber Eva war nicht fähig, Dankbarkeit zu empfinden. Wer in eigenem Leid fast ertrank, hatte keinen Raum für das von anderen. Sie hörte dem, was der Armenier erzählte, kaum zu und vergaß es gleich wieder.

Einst hatte sie sich aus eigener Kraft ein Leben erkämpft, den Platz in der Welt, der ihr gefiel und an den sie passte, sie hatte Schönheit, Grips und Talent besessen und sich in ihre Arbeit gestürzt, ohne auf jemandes Hilfe angewiesen zu sein. Warum musste ein Mensch wie sie, der keinen Hagen Fidelis gebraucht hatte, sondern seinen Weg allein gegangen war, ein paar Jahre später dankbar für ein paar alte Laken in einem Heuschober sein, für hartes Brot und Wasser, das sie sich nach Sonnenuntergang aus dem Brunnen schöpfen durfte? Was hatte sie getan, dass sie sich jetzt für ein Leben bedanken sollte, in dem sie nicht mehr war als eine Ziege, mit der niemand sprach?

An manchen Tagen wäre sie dankbar für einen Strick gewesen, um ihn am Dachbalken festzuknüpfen und ein Ende zu machen. Dann aber flammte der Chaja-Hunger auf, die Gewissheit, dass sie sich Chaja zurückholen und dafür am Leben bleiben musste. Sie war eine Frau, der alles genommen worden war, sogar ihr eigenes Kind. Sie hatte keinen Grund, irgendeinem Menschen dankbar zu sein.

In Paris war die Zeit zugleich zu langsam und zu schnell vergangen. Hier verging sie gar nicht und war dabei schon um.

Ziegen rupften Gras, und über Nacht schien es nachzuwachsen. Regen fiel selten und versickerte gleich wieder. Unvorstellbar war, dass anderswo Zeit eine Bedeutung hatte, dass sie aus einem kleinen Kind ein Schulmädchen machte, das vielleicht eine Zeichenmappe unter dem Arm trug, vielleicht schiefe, *entartete* Gesichter malte und dafür Schläge auf Herz und Mut bekam. Versuchten der Türke und seine rotgelockte Frau, aus ihrer begabten Tochter eine Spießerin zu machen, die im Faltenröckchen zur Hauswirtschaftsstunde ging?
Ihr Verstand sagte ihr, dass der Türke ein Künstler war, zwar ihr Feind, der Dieb, der ihr vier Jahre mit ihrem Kind geraubt hatte, doch immerhin in der Lage, ein Talent wie das von Chaja zu erkennen und zu fördern. Aber wer sagte ihr das? War der Mann, der sich fraglos für einen Gottbegnadeten hielt, bereit, die Begabung eines andern neben seiner eigenen stehen zu lassen, noch dazu die eines kleinen Mädchens? Und selbst wenn – es war nicht sein Recht, Chaja auf ihrem Weg in die Kunst zu begleiten, das Recht dazu hätte allein Eva zugestanden!
In einer einzigen Nacht träumte sie von Chaja und erwachte mit tränennassem Gesicht. Der Traum war eine Aneinanderreihung von Erinnerungen, die bei Tag allzu schnell verblassten: Chaja, die von Eva den ersten Kasten Farbstifte bekam und jede einzelne Farbe betrachtete, Chaja, die sich in der Kunsthandlung die Staffelei auswählte und Evas Bild daraufstellte, das sie *den traurigen Clown* nannte, und schließlich Chaja an dem Tag, an dem ihre Welt zerbrochen war, Chaja, die Eva versprach: »Meine Bilder schenke ich dir, Mama. Und morgen male ich dir neue.«
Würde Chaja jetzt ihre neuen Bilder der Frau des Türken schenken?
Eva sehnte sich danach, noch einmal von ihr zu träumen, doch es geschah nie wieder. Oft sprach sie über Wochen mit nieman-

dem ein Wort. Die Tochter des Bauern, die ihr Essen brachte, flüchtete stets hastig wieder, als glaube sie, Eva sei eine Hexe, die in der Besenkammer hauste. Der Bauer ließ sie ab und an bei der Arbeit helfen, Trauben stampfen, Heu bündeln, Wäsche waschen, es war eine Wohltat, aber es geschah nicht oft. Alle paar Monate kamen Michel, der Armenier oder ein anderer Helfer, die Flüchtlinge brachten oder abholten. Auch dabei wurde kaum geredet, oft sprachen die Leute, die eine Zeitlang bei dem Bauern unterschlüpften, nur Polnisch oder sie trauten keinem als einander. Eva fragte sich, wohin die, die abgeholt wurden, wohl kamen. Mit dem Armenier sprach sie nicht darüber, doch als ihr zweiter Herbst in der Scheune anbrach, kam Lucien.

Es war fast, wie einen Freund wiederzusehen, obwohl Lucien ihr gleichgültig war. Er war jemand, der sie kannte, der wusste, dass sie Sandrine hieß, und dass sie nicht so hieß, spielte kaum eine Rolle. Er war heiter, geradezu aufgedreht. »Das mit den *boches* hat bald ein Ende, du wirst sehen. Wir haben de Gaulle. Wir haben die Engländer, die uns nicht hängenlassen. Aber vor allem haben wir einen Helden wie Jean Moulin. Wir schlagen jetzt erst richtig los.«

Noch etwas anderes begeisterte ihn mindestens so sehr wie der *Résistance*-Führer, der nach England geflogen war, um mit den Leuten von *France libre* zu sprechen: »Stell dir vor, ich hab einen Sohn. Mit dem Mädel, von dem ich dir erzählt hab, der dicken Londonerin mit den Eltern, die Geld haben. Wenn wir die *boches* vertrieben haben, fahr ich dahin. Bau mir was auf. Édouard heißt mein Junge, er kann schon laufen.«

Er zeigte ihr eine Fotografie, auf der ein übergewichtiges, mondgesichtiges Mädchen und ein übergewichtiges, mondgesichtiges Baby in die Kamera grinsten. Evas Herz verkrampfte sich, so heftig wünschte sie sich, sie hätte ein Bild von Chaja besessen oder wenigstens erzählen können, dass es Chaja gab.

»Schau ihn dir an. Kommt mehr nach mir als nach der *maman*, was?«

Eva schaute, und ihr Herz verkrampfte sich noch stärker. Nicht wegen des Kindes, sondern wegen dessen Mutter. Eva war Malerin gewesen, sie hatte einen Blick für Gesichter und vergaß nie eines. Das wenig attraktive Mädchen auf dem Foto und seine Mutter im silbernen Etuikleid hatten zum Gefolge des Türken gehört.

»Ich hab ihr von mir auch ein Bild geschickt«, sagte Lucien. »Für meinen Jungen. Damit er seinen Vater erkennt, wenn ich komm.«

»Wie hast du ihr das denn geschickt?«

Lucien zuckte die Schultern. »Ich darf dir nichts sagen. Je weniger man weiß, desto weniger kann man verraten. Die Engländer, die euch rausholen, nehmen was mit, wenn sie können. Ist alles nicht sicher und dauert ewig, ist aber besser als nichts.«

»Was für Engländer?«, fragte Eva.

Noch einmal zuckte Lucien die Schultern, sich wohl bewusst, dass er bereits zu viel sagte, und doch nicht in der Lage, zu schweigen. Menschen waren zum Schweigen nicht gemacht, sie waren in dieser Zeit des Schweigens wie Hunde, denen man die Schwänze kupiert hatte und die deshalb mit den Ärschen wackelten. »Die Engländer sind unsere Verbündeten«, versuchte er, sich lapidar herauszuwinden. Dann senkte er die Stimme. »Die schicken Flugzeuge und Fallschirmspringer rüber, Agenten, die uns helfen. Die landen in den Alpilles, und wenn einer von uns rausmuss, nehmen sie den mit. Sonst holen sie nur Juden. Michel, mein Cousin, hängt da groß mit drin. Ein paar von denen sind Freunde von ihm, dieses Kunstvolk von der Galerie.«

»Lucien«, sagte Eva und wünschte, sie hätte ihre Schönheit noch gehabt, ihr Pfund, oder irgendeine andere Waffe. »Sag

Michel, die Engländer sollen mich auch rausholen. Es ist dringend, es geht um Leben und Tod, und ich zahle es euch zurück.«

Lucien lachte auf. »Darum geht's bei allen. Worum denn sonst?«

»Bei mir geht es um mehr.«

»Ich seh, was ich tun kann«, sagte er. »Aber Frauen mit Kindern kommen erst dran. Das musst du verstehen.«

Schweigen tat weh. Bei Menschen nützte kein Arschwackeln.

Die Hoffnung hatte sie über den Winter gebracht. In den Stürmen konnte kein Flugzeug in den Bergen landen, doch wenn der Frühling kam, würde auch Lucien wiederkommen und ihr sagen, wann sie abgeholt wurde.

Sie sah Lucien nicht wieder. Es wurde Juli, bis endlich jemand kam, den sie kannte, Michel, Luciens Cousin, der eine alte polnische Jüdin und zwei Kinder mitbrachte. Eva hielt das Schweigen nicht länger aus.

»Wann kommt Lucien?«

Michel wirkte, als hätte er seit Tagen nicht geschlafen. »Lucien kommt nicht mehr.«

»Wo ist er?«

Als er die Schultern zuckte, wirkte er wie sein Cousin, obwohl er gewiss fünfzehn Jahre älter war. »Das weiß kein Mensch. Wir wissen es von so vielen nicht. Seit Dezember haben sie mehr als fünftausend von uns verhaftet und fortgeschafft. Nach Deutschland wohl. Oder in den Osten. Luciens Mutter hat überall angefragt, ist zu allen Behörden gelaufen, hat gebettelt, aber niemand konnte ihr etwas sagen. Sie ist keine von uns, keine Kommunistin, nur eine französische Mutter. Die hätten ihr schon helfen wollen, aber die wissen selbst nichts. Leute wie Lucien kommen als NN-Gefangene in die Lager, als Ge-

fangene ohne Namen, ohne Papiere, damit niemand je herausfinden kann, was mit ihnen geschehen ist. Damit bestrafen sie uns. Nicht nur indem sie uns umbringen, sondern indem sie sagen, uns hat's nie gegeben.«
»Aber Lucien wollte mir helfen«, entfuhr es Eva. »Er hat versprochen, er sorgt dafür, dass ich nach England komme, er kann mich doch nicht hängenlassen.«
In Michels Blick las sie dieselbe Verachtung, die sie auch im Blick der Bauerntochter und in dem des Armeniers fand. Sie wusste, wie die Gedanken hinter diesen Blicken lauteten: Was wagt die es, noch Forderungen zu stellen? Die hat doch dankbar zu sein.
»Schämst du dich nicht?«, fragte Michel. »Lucien war erst dreiundzwanzig, und er hatte in London einen kleinen Sohn.«
Ich habe in London eine kleine Tochter. Schämen sich die, die sie mir gestohlen haben? Nein, sie schämte sich nicht. Dass sie sich schämen sollte, hatte ihr Vater von ihr verlangt, und sie hatte es auch damals nicht getan. Wofür sich schämen? Dafür dass ich malen wollte, dafür dass ich leben wollte, dafür dass ich jetzt nichts mehr will als mein eigenes Kind? Schämen sich die, die uns entmenscht haben, schämt sich in dieser gottverfluchten Welt je einer, der Grund dazu hat?
»Dass du auf die Liste zum Ausfliegen sollst, hat er mir gesagt«, murmelte Michel. »Du wärst auch dran gewesen. Aber Hitler kennt jetzt kein Halten mehr. In Paris haben sie dreizehntausend Juden wie Vieh zusammengetrieben und in die Radrennhalle gepfercht. Etliche Kinder sind dabei, die schicken sie in ihre Todeslager. Auschwitz. Hast du den Namen schon gehört?«
Eva schüttelte den Kopf.
»Ein paar haben wir warnen, ein paar verstecken können. Danuta hier hat ihren Mann und ihre Tochter verloren, nur sie

und die Enkel sind noch da. Auf dem Platz im Flugzeug, der für dich vorgesehen war, kommen jetzt sie und die Kleinen raus.«

Eva verschlug es die Sprache. Was hätte es auch zu sagen gegeben? Dass sie ihre Tochter seit vier Jahren nicht gesehen hatte, dass sie seit vier Jahren für nichts mehr lebte als für das Wiedersehen mit ihrem Kind? Die polnische Jüdin wirkte halb tot, die Kinder kaum kräftiger. Eva konnte nichts sagen.

»Wer weiß, wie lange wir überhaupt noch jemanden rausbekommen«, sagte Michel. »Es wird wieder gemunkelt, die Faschisten könnten auch die Freie Zone besetzen. Dann wird kein Brite mehr seinen Hals hier riskieren wollen.«

»Verflucht, warum bekommen die Briten und all die anderen diesen Hitler denn nicht endlich klein?«

Wieder zuckte Michel die Schultern wie Lucien. »Ich bin Kommunist, ich glaub nicht an den Teufel. Aber vielleicht war genau das unser Fehler.«

Als er fort war, hatte Eva nichts mehr. Keine Hoffnung, keine Tränen, keine Träume. Sie hätte sich von dem Bauern einen Strick stehlen wollen, aber der Gedanke, dass sie eine NN-Gefangene war, dass ihre Tochter nicht einmal erfahren würde, wo ihre Mutter gestorben war, raubte ihr die Kraft.

Die alte Jüdin mit den Enkeln wurde von einem Mann abgeholt, den Eva nicht kannte. Sie war wieder allein in der Scheune und froh darum, da Alleinsein neben Menschen, die miteinander, aber nicht mit ihr sprechen konnten, noch härter war. Auf den lähmend heißen August folgte ein September, der überraschenderweise Abkühlung, Regen und Stürme brachte. In der zweiten Woche des Monats kam der Armenier und inspizierte die Scheune.

»Ich brauche hier etwas Platz«, sagte er und schob Evas kläglichen Besitz an die Wand. »Ich muss einen Verwundeten herbringen, einen Piloten, der sich bei der Landung verletzt hat und ein paar Wochen Erholung braucht, ehe er wieder abfliegen kann.«

»Einen Engländer?« Evas Herz schlug in raschen Sätzen.

Der Armenier, dessen düsteres, vernarbtes Gesicht kaum je eine Regung zeigte, blickte verwundert. »Einen Landsmann«, sagte er. Und nach einer Pause: »Einen Freund.«

Die Enttäuschung war kaum zu ertragen. Eva taumelte in dem kleinen Raum bis an die Wand zurück. Wie sollte sie diese Enge mit einem Mann teilen? Bisher waren Frauen, Kinder und Greise mit ihr hier gewesen, aber keine Männer wie der Armenier, dessen Fremdheit die Kammer zu sprengen drohte.

»Er kommt aus England«, sagte der Armenier. »Wenn es ihm bessergeht, fliegt er zurück.«

Von den Umschwüngen wurde Eva schwindelig. Verzweiflung. Hoffnung, Verzweiflung, Hoffnung. Sie stützte sich an der Wand ab. Das Pendel stand wieder auf Hoffnung. Sie würde sie diesmal festhalten.

»Wenn er zurückfliegt«, begann sie zögernd, »nimmt er Passagiere mit?«

Der Armenier nickte. »Er holt einen jüdischen Wissenschaftler mit seiner Frau und seinem Kind aus Séguret. Einen Physiker, von dem die britische Regierung sich Hilfe verspricht.«

O nein, dachte Eva, das wird er nicht tun. Was immer es mich kostet, ihn dazu zu bringen, er wird keine Leute von irgendwo holen, keinen gottverfluchten Physiker, sondern mich. Sein Flugzeug war vielleicht das letzte, das aus Frankreich startete, ehe die Deutschen die Freie Zone besetzten und die Falle endgültig zuschnappen ließen. Das letzte Flugzeug zu Chaja. Es gab keine Tat, die sie für den Platz darin nicht begangen hätte.

»Wann kommt der Mann?«, fragte sie den Armenier.

»In der Nacht.«

»Wenn er verletzt ist, wird er Pflege brauchen. Ich kümmere mich um ihn.«
Der Armenier warf ihr einen seiner beklemmenden Blicke zu und ging. An diesem Abend tat Eva etwas, das sie in der ganzen Zeit nie getan hatte, sie bat die Bauerntochter, die ihr Brot brachte, um ein Stück Seife. Als es dämmerte, stahl sie sich aus der Scheune, ging nicht zum Brunnen, wo sie sonst für ihre Katzenwäsche Wasser geschöpft hatte, sondern zum Bach und wusch sich mit klopfendem Herzen ihr Haar.

# 32

## AMARNA
## LONDON 1942

Wir, dachte Amarna, wir, wir, wir. Wir vom *Regent's Canal.*
Als Studentin hatte sie ihre Magisterarbeit über den Königsgedanken im *Gilgamesch-Epos* schreiben wollen. Dann aber war sie nach Hattuša gefahren, hatte sich in Arman Artsruni verliebt und gelernt, dass der größte Zauber des Epos in der Liebe zwischen Gilgamesch, dem König, und seinem Freund, dem Wilden Enkidu, bestand. Gilgamesch hatte sich verlieren müssen, um sich zu finden, er hatte Enkidu verlieren müssen, um zu lernen, was Trauer, was Mitgefühl, was Menschsein war. Amarna hatte darüber geschrieben. Hätte sie ihrer Magisterarbeit etwas anfügen können, hätte sie über den Doppelhaushalt vom *Regent's Canal* schreiben wollen. Über Schmerz, der zerriss und zusammenfügte.

Das hier ist mein Zuhause.
Nicht weil ich Hymnen singe, nicht weil ich Grenzen verschließe, sondern weil hier meine Menschen sind.
Sie hatten Doris und Rehan nebeneinander begraben. Doris brauchte immer jemanden, um den sie sich kümmern konnte, und um Rehan hätten sie alle sich kümmern sollen. Wegen des Grabsteins hatte Arman mit Dexter geredet, sie hatten sich über die Bezahlung gestritten, und schließlich hatte Arman die beiden Namen in das *Chatschkar* gemeißelt, das er mit Chaja gemacht hatte, und sie hatten es im *Tourer* zum Friedhof gefahren. Das *Chatschkar* war ein Gedenkkreuz, umschlungen von Pflanzenranken und geometrischen Mustern, wie armenische Bildhauer es im Hochmittelalter fertigten, ein steinernes Kunstwerk, das Erinnerung am Leben halten sollte. Es war ein Nachfolger jener Grabstelen der Urartäer, die geglaubt hatten, die Seele eines Verstorbenen ließe sich bewahren, indem man sein Gesicht in Stein schlug. Die Armenier des Mittelalters hatten die urartäische Liebe zum Stein geerbt, doch sie waren Christen geworden, hatten Gott für die Bewahrung von Seelen zuständig erklärt und aufgehört, Gesichter in ihre *Chatschkar*s zu schlagen.
Arman und Chaja aber hatten ein Menschenbild in den Stein geschlagen. Es war das Gesicht einer Frau mit großen Augen und einem Tuch um ihr Haar. Sie war weder Doris noch Rehan, aber sie war so schön, dass alle fanden, sie könnten Doris und Rehan in ihr sehen. Während der Beerdigung regnete es. *British Movietone* war gekommen, und Amarna wollte sie zum Teufel jagen, aber Dexter sagte: »Bitte, lass sie bleiben. Dee wollte doch immer im Radio auftreten, und jetzt ist sie sogar in der Wochenschau.«
Da niemand sonst sich dazu in der Lage sah, hatte Dexter Amarna gebeten, ein paar Worte zu sagen. Amarna legte die

Hand auf die schönen Särge, die Arman gekauft hatte, und sagte: »Der soll was anderes kaufen. Kann der nicht Paris kaufen? Ach nein, in Paris regnet's ja jetzt auch.«
Arman und Chaja blieben im Regen am Grab stehen, während die Trauergäste den Friedhof verließen. Arman trug Rehans grünen Pullover unterm schwarzen Jackett. Amarna ging zu ihnen und betrachtete die schöne Frau auf dem *Chatschkar*.
»Wer ist sie?«, fragte sie.
Arman und Chaja standen mit gesenkten Köpfen vor ihr wie begossene Pudel, und Amarna wünschte sich nichts mehr, als es ihnen leichter zu machen.
»Wir wissen das nicht«, sagte Chaja schließlich und schob ihre Hand in die von Arman.
»Ist gut«, sagte Amarna, gab ihnen beiden einen Kuss und ließ sie allein.
Zum Leichenschmaus hatten Kathy, Amarna sowie sämtliche Frauen aus der Nachbarschaft ein Büfett aus Gerichten von Gert und Daisy zusammengestellt, dazu gab es die letzten Flaschen Wein aus der Gironde. Während des Essens stand Seb plötzlich auf und sagte zu Dexter: »Ich heirate Jordie, Mr. Taylor. Jordie und Edu werden jemanden brauchen, und ich bin für sie da.«
»Ich weiß jetzt nicht, was ich dazu sagen soll«, sagte der tapfere Dexter zu Arman, und Arman lächelte und sagte zu Seb: »Das macht man so nicht. Nicht im Stehen. Kannst du's allein, oder soll ich's dir vormachen?«
Seb sah aus, als hätte er sich gern an Arman festgehalten. Aber er konnte es allein. Also waren sie einen Monat nach dem Begräbnis von neuem in die Kirche am U-Bahnhof gezogen. Von den Farnshaws erschien nur Wally, doch dafür verstopfte halb Bethnal Green die Bänke. Amarna bestand darauf, Bülent den Schwur zu übersetzen, und als der versuchte, sich die Ohren

zuzuhalten, zog sie ihm die Hände herunter: »Du hörst mir jetzt endlich mal zu, du sturer alter Holzklotz: Ich, Sebastian, nehme dich, Jordan, zu meiner angetrauten Frau, dich zu haben und zu halten, im Guten wie im Bösen, in Reichtum und Armut, in Gesundheit und Krankheit, dich zu lieben und zu ehren, bis der Tod uns scheidet.«

Wir vom *Regent's Canal*. Wir, wir, wir.

Lucien, Edus Vater, war verschollen, aller Wahrscheinlichkeit nach tot. »Eigentlich hab ich ihn gar nicht gekannt«, sagte Jordan. »Ich versteh ja kein Französisch. Aber traurig ist es trotzdem.«

Traurig war es trotzdem. Traurig würde es immer sein.

»Sag mal, Marnie, meinst du, Dee hätte das gefallen?«, fragte Dexter, als sie diesmal mit den Hochzeitsgästen bei einem Büfett von Gert und Daisy saßen. »Hätte sie gefunden, dass unsere Jordan bei dem jungen Mann gut aufgehoben ist?«

»Ja«, sagte Amarna, ohne zu zögern. »Mach dir keine Sorgen, Dex. Ganz so, wie du entschieden hast, hätte Dee es auch getan.« Jordan Taylor und Sebastian Farnshaw waren gewiss keine im Himmel geschlossene Verbindung eingegangen, aber er hatte gelernt, wie Mannsein ging. Wegen seines Nervenleidens durfte er nicht an die Front und musste damit leben, dass sein Großvater in ihm den zweiten Drückeberger der Familie sah. Seine Karikaturen erschienen inzwischen jedoch nicht nur auf Flugblättern, sondern in den Sonntagsausgaben der Tageszeitungen. Den Leuten gefielen sie. Sie waren ein bisschen wie Doris' Version vom *Colonel Bogey March* – sie erlaubten, über Dinge zu lachen, die trotzdem traurig waren.

In der Nacht, in der Rehan und Doris gestorben waren, hatte Seb ausgeharrt, bis Arman sein Totengebet gesprochen und Bülent ihn endlich vorgelassen hatte. »Ich muss dir was sagen«, hatte Seb gestammelt. »Dass sie weggelaufen ist, ist meine

Schuld, und dass sie tot ist, auch. Ich war scharf auf sie, seit Jahren schon, ich dachte, aus einem wie mir, da macht sie sich nichts, aber dann, vor drei Wochen, hab ich mit ihr, ich meine, in der Nacht …«

Arman, der immer noch bei Rehan kniete, wandte ihm sein tränennasses Gesicht zu und sagte: »Ja.«

»Aber es war nicht so, wie ich gedacht habe, es war … ich weiß nicht, wie ich es sagen soll.«

»Du musst es nicht sagen«, sagte Arman.

»Aber du musst es wissen.«

»Ich weiß es.«

»Ich bin ein Schwein«, sagte Seb. »Weil es mit ihr so komisch war und weil mir das alles auf die Nerven ging, hab ich mit Jordan angebändelt, und heute Abend hat Rehan uns erwischt. Sie ist einfach mit ihrem ewigen Webzeug in mein Zimmer gekommen und hat gefragt, ob wir *Flinch* spielen.«

»Wenn du zu Jordan nicht anständig bist, bekommst du Ärger«, sagte Arman. »Großen. Für das andere kannst du nichts, und das Schwein bist nicht du.«

»Arman«, sagte Seb.

»Das kommt schon hin«, sagte Arman hilflos. »Geh zu Jordan. Ich kann jetzt nicht.«

Seb ging zu ihm, und als Arman ihn wegschieben wollte, hielt er ihn einfach fest, so wie Arman ihn in der Nacht im *Anderson Shelter* festgehalten hatte, gab ihm diese kräftige, robuste Umarmung, die Männer einander geben, und ließ ihn los. »Ich würde dir gern helfen. Aber das kann ich nicht, oder?«

»Doch«, sagte Arman. »Verständige die Leute von der ARP. Sag, Dexter und ich waren vor Trauer von Sinnen, du hast uns nicht hindern können, die Toten zu bewegen, und sie sollen kommen und die Einschussstelle sichern, ehe jemand sich verletzt.«

Seb klopfte Arman auf die Schulter, dann ging er. Arman hob Rehan auf die Arme und trug sie zurück ins Haus, wie er sie unzählige Male getragen hatte, wenn sie wieder einmal irgendwo eingeschlafen war, weil sie immer gern sitzen wollte, wo ihre Menschen saßen, aber ein Schlafbedürfnis hatte wie ein Kind. Sie ist ein Kindchen, hatte Bülent gesagt.
Arman tat nichts, um sein Gesicht, über das Tränen strömten, vor Blicken zu schützen. Amarna sah ihn mit dem Mädchen, das er zu seiner Schwester erwählt hatte, und in ihren Ohren hallte nach, was sie über seine leibliche Schwester zu ihm gesagt hatte. Sie war starr vor Scham und Traurigkeit. In ein paar Schritten Entfernung, wo eben noch Rehans Kopf gelegen hatte, stand Bülent.
»Geh doch zu ihm«, bat Amarna. »Hilf ihm.«
»Er ist ein Mann«, sagte Bülent.
»Muss er deshalb allein sein?«
»Ich lass ihn nicht allein«, sagte Bülent, »und das weiß er. Ich nehm ihn mir her wie meinen kleinen Jungen, er bekommt die ganze Nacht das Haar gestreichelt und den Rücken geklopft, wenn er das will. Aber das will er nicht.«
»Was dann, Bülent? Wir müssen ihm doch helfen!«
»Ein Vater, der seinen Sohn gut erzieht, tut es so, dass sein Sohn ihn eines Tages nicht mehr braucht«, sagte Bülent. »Ich kann ihm nicht helfen. Du kannst.«
»Und wie?«
»Lass ihn gehen.«
Arman kam zurück und half dem lauthals schluchzenden Dexter, die schwere Doris im silbernen Kleid auf die Arme zu nehmen und ins Haus zu tragen. Neben ihm ging Chaja, die Hand an seinem Bein, todernst wie eine Hüterin. Kann bitte jemand unseren Männern eine verdammte Tapferkeitsmedaille verleihen?, dachte Amarna. Allen, auch dem kleinen Edu, für die

verdammt unmögliche Pflicht, in einer verdammt unmöglichen Zeit ein Mann zu sein.

Nach Neujahr musste Arman zu seiner Einheit zurück, doch er kam wie bisher an freien Tagen nach Hause und kümmerte sich um Chaja, um Dexter und das Haus. Zu Amarna war er, wie sie es befürchtet hatte: vorbildlich. Über jeden Vorwurf erhaben. Es wäre an ihr gewesen, den Abstand zu überbrücken, ihn um Verzeihung zu bitten und ihm zu sagen, was Bülent ihr geraten hatte: Dir ist deine Familie geraubt worden, auch das Kind, das du dir gewünscht hast, und die Schwester, die du anstelle der verlorenen hüten wolltest. Ich kann dir nicht das Haar streicheln, dich nicht auf jedes Stück Haut an deinem Körper küssen und verlangen, dass du dich damit tröstest. Ich muss dich deinen eigenen Trost suchen lassen. Also geh und tu, was du tun musst. Was Melinées Mann tut. Jean Moulin. Michel und Lucien.

Sie wollte es ihm jeden Tag sagen, aber die trotzige andere Stimme in ihr beharrte: warum? Ich habe sein Versprechen, das er nicht brechen darf, ich habe ein Recht, ihn bei mir zu behalten. Sind nicht schon genug gestorben? Die Leute lieben seine Arbeit, das Bild von seiner Skulptur geht um den ganzen gequälten Kontinent – kann er nicht unzähligen Menschen mehr geben, als wenn er einen oder zwei vor dem Tod bewahrt?

Aber wie konnte sie so denken, wie konnte sie von Arman verlangen, dass er so dachte? Die ein oder zwei Menschen hätten Doris und Rehan sein können, seine Schwester Tuma und seine Mutter mit dem ungenannten Namen. Die ein oder zwei waren Arman und Chaja, bewahrt von Bülent und Paul – hätte sie gewollt, dass Bülent und Paul Skulpturen für den gequälten Kontinent schufen und dafür Arman und Chaja zum Teufel gehen ließen?

Sie versuchte zu arbeiten. Für gewöhnlich blieb sie im Museum, bis Chaja aus der Schule kam, doch an Dienstagen ging Chajas Klasse in der *York Hall* zum Schwimmen, und Amarna

war bis zum Abend frei. Wenn sie nicht zu viel zu tun hatte, fuhr sie zum Friedhof. Das Wetter war abscheulich.
»*Oh my giddy aunt*«, sagte sie zu Doris. »Werde keine Nacktschnecke in deinem nächsten Leben, versprich mir das, auch wenn ich dich verstehe. Ich will dich wiederhaben, du fehlst mir, und ich finde einen Krieg, der einem so prächtige Menschen wegnimmt, nichts als hirnlos und widerlich. Sag mir, Dee, wie kann ich denn auch noch deinen Freund *Black Beauty* über die Klinge springen lassen, statt ihn auf sein Versprechen festzunageln? Ist es nicht egal, ob ich eine verständnislose Xanthippe bin, ein Biest, das seinen reizenden Mann nicht verdient hat, wenn ich dafür sorge, dass er reizend am Leben bleibt? Dass er noch da ist, wenn wir mit unserer Handvoll Überlebender am Ararat landen und die von Hitler zerdroschene Welt einen Kerl, der so viel Mumm hat, braucht?«
Doris gab keine Antwort. Über das Frauengesicht auf dem *Chatschkar* strömte der Regen. »Solche wie Melinées Mann und Jean Moulin und den kleinen Lucien, sollen wir die alle verheizen? Kerle, die Bunker für ihre Kinder bauen, Frauen schmutzige Lieder ins Ohr singen und weinend ihre Toten begraben – was soll denn aus uns werden, wenn uns stattdessen nur Waschlappen bleiben?«
Sie setzte sich in die schlammige Erde vor dem Grab und heulte. Im Regen war das eine Wohltat. Alles zerfloss, nicht nur sie.
»Marnie.« Hinter ihr stand Wally.
»Was machst du denn hier? Schleichst du mir nach?«
Wally schüttelte den Kopf.
»Du hast Rehan und Doris doch kaum gekannt.«
»Aber wie du weißt, liebe ich Plastiken.« Er nickte in Richtung des *Chatschkar*. »Dafür dass ich entdeckt habe, wie verflucht begabt der Bursche ist, sollte der König mich, nicht ihn in den Adelsstand erheben.«

»Was soll das Gerede über Adelsstand?«, wehrte Amarna ab.
»Das steht an, keine Frage«, sagte Wally. »Wenn du mit dem Brimborium nicht zurechtkommst, lässt du dich besser scheiden. Sieh dir das hier doch an. Eines Tages macht er die Denkmäler für die, die dieses Land verloren hat.«
»Eines Tages ist er nicht mehr da.«
Wally kam auf sie zu. »Das ist nicht dein Ernst. Hat er noch nicht genug, versteht er nicht, dass er dir das nicht noch einmal zumuten darf?«
»Hör auf!«, schrie sie und wich zurück, wobei sie über einen Kranz stolperte, den die Initiatoren der *Dig-for-Victory*-Kampagne gestiftet hatten. Mit fünfzig Gläsern Marmelade aus selbstgepflückten Hagebutten hatte Doris dort einen Bezirkspreis errungen. »Wie hast du nur so über Arman sprechen können? Ich dachte, du bist sein Freund, und ich habe dir auch noch geglaubt. Was sind wir beide nur für Freunde?«
Wally trug einen Stockschirm bei sich, doch er spannte ihn nicht auf. Über sein Gesicht lief der Regen wie über Amarnas und das der Frau auf dem *Chatschkar*. »Scheiße«, sagte er. »Freunde sind auch nur Menschen.«
»Solche Scheißfreunde, die auch nur Menschen sind, hatte Arman genug.«
»Erzähl's mir.« Er setzte sich mit ihr auf die Ummauerung des Grabes und spannte nun doch den Schirm auf.
»Was denkst du denn?«, fragte Amarna. »Dass man das erzählen kann, wie man einer Kummerkastentante in diesen Frauenzeitschriften schreibt? Mein Name ist Amarna Artsruni, ich bin seit bald zehn Jahren mit einem überlebenden Westarmenier verheiratet, den ich als selbstsüchtigen Feigling beschimpft habe, weil er einen Fluchtweg für jüdische Frauen und Kinder organisieren wollte?«
»*God in heaven.*« Wally zog sie unter den Schirm. »Also gut,

wir haben uns gehörig vergaloppiert. Aber Arman hätte auch mal den Mund aufmachen können, oder? Ist man seinen Freunden das nicht schuldig?«

»Versucht er ja. Ist nicht leicht.«

Wally drückte sie an sich. »Fürwahr nicht. Er versucht's, und wir versuchen's auch. Stemple dich nicht zum Unmenschen, Mädel. Also gut, du hast ihm ein bisschen zugesetzt, weil er dir lebendig lieber ist als tot. Wenn sein zartes Gemüt das nicht aushält, kann er gern mit mir tauschen. Meine Mutter hat mir gerade erklärt, wie stolz ihre Cousine auf ihren Sohn sein muss, der auf dem Feld der Ehre geblieben ist. Die kann erhobenen Hauptes zum Tee bei der Herzogin von Wellington gehen. Meine Frau ist rechtzeitig mit einem *Group Captain* durchgegangen, ansonsten hätte sie mir sicher nichts anderes erzählt.«

Amarna erwiderte seine Umarmung. »Tut mir leid.«

»Schon gut. Die Gesunden sind doch wir, oder nicht?«

Ja, dachte Amarna, die Gesunden sind wir. Mein Mann liebt seidene Hemden und Küsse auf die Schulter, er liegt gern mit seiner Chaja rücklings in der Sonne und spielt *Ich sehe was, was du nicht siehst,* er faltet heimlich Papiertiere und jault, wenn er sich bei der Arbeit auf den Daumen schlägt. »Ich geh nach Hause«, sagte sie. »Ich behalte ihn bei mir. Danke, Wally.«

»Schon gut«, sagte er noch einmal und betrachtete wieder das Relief auf dem *Chatschkar.* »Hat das wirklich die Kleine mit ihm zusammen gemacht?«

»Die Kleine heißt Chaja. Und ja: Sie hat's mit ihm zusammen gemacht.«

»Kaum zu glauben, dass er nicht ihr leiblicher Vater ist«, brummte Wally. »Wie's aussieht, hast du zwei Genies unter deinem Dach und solltest zu dir ein bisschen milder sein.«

Kurz darauf hielt Chajas Lehrerin Amarna am Schultor an. »Ich hätte Sie gern gesprochen, Mrs. Artsruni.«
»Natürlich«, erwiderte Amarna.
»Ohne Chaja«, sagte Mrs. Watford. »Und wenn es sich einrichten lässt, hätte ich gern auch Ihren Mann dabei.«
Es geht um ihre Begabung, dachte Amarna. Ich muss mehr tun, um sie zu fördern, auch wenn Arman nicht da ist, ich muss dafür sorgen, dass sie Farben hat, Stifte, was immer Künstlerkinder brauchen. Sie vereinbarte einen Termin für Freitagabend, wenn Arman aus Stanmore Park kam, und fing ihn ab, kaum dass er aus dem Auto stieg.
»Ich weiß Ihre Mühe zu schätzen«, sagte Mrs. Watford und sprach Arman mit seinem Rang an. »Ihre Pflegetochter würde gern an den Schulgottesdiensten teilnehmen wie ihre Freundinnen. Father Edmund und ich waren uns nicht sicher, wie Sie dazu stehen, zumal Chaja jüdischen Glaubens ist.«
»Sie weiß nicht, welchen Glaubens sie ist«, sagte Arman. »Bitte schließen Sie sie nicht aus.«
Die Lehrerin starrte auf Chajas Schülerbogen. »Wir haben sie gern dabei«, sagte sie. »Wenn Sie es wünschen, bestünde die Möglichkeit, den Bischof von Stepney kommen und sie taufen zu lassen.«
Amarna hatte sich mit der Frage nie befasst. Ob sie zu einer Kirche gehörte, war für sie ohne Belang, doch auf einmal sah sie Arman über Rehans Leichnam auf der Straße knien und hörte ihn in der liturgischen Sprache seines Volkes beten. Es war mir nicht wichtig, weil ich mich nicht fragen musste, wohin ich gehöre, stellte sie fest.
»Lassen Sie uns abwarten«, bat Arman und begann, mit dem Davidstern über seinem Uniformkragen zu spielen. »Ich hätte gern, dass auch ein Rabbiner mit Chaja spricht, aber im Augenblick will sie nichts davon wissen. Nur sein wie die ande-

ren. Kann sie eine Zeitlang in Ihren Gottesdienst gehen, ohne sich zu entscheiden?«

Mrs. Watford nickte und setzte eine Notiz in den Bogen. »Sie haben recht«, sagte sie. »Chaja möchte sein wie unsere englischen Kinder. Sie hat bereits mehrmals geweint, weil ihr Name sich so schwer aussprechen lässt und sie damit ständig auffällt.«

»Chaja?«, fragte Amarna bestürzt. »Aber so heißt sie einfach, es bedeutet Leben, und es ist der schönste Name der Welt.«

»Ich glaube, um den Namen Chaja geht es weniger als um den Namen Löbel«, sagte Mrs. Watford und sprach ihn so aus, dass er kaum erkennbar war. »Er klingt deutsch. Darin liegt das Problem. Auch heute gab es wieder einen Zwischenfall deswegen. Sie hat getobt und geschrien, es sei nicht ihr Name, und sie wolle nicht mehr damit angesprochen werden. Ich habe sie bestrafen müssen, weil sie sich betragen hat wie ein kleines Kind.«

Armans Hände schossen nach vorn. Im letzten Augenblick beherrschte er sich. »Sie ist ein kleines Kind«, sagte er gefährlich sanft. »Ihre Eltern haben sie hergeschickt, damit sie sich wie eines betragen kann, und wenn sie lieber Claire Miller heißen will, werde ich dafür sorgen, dass kein Mensch sie dafür bestraft.«

Die Lehrerin blickte auf und wirkte beinahe amüsiert. »Soweit ich weiß, war Miller nicht im Gespräch. Sie hätte gern Ihren Namen, *Sir.*«

»Findet sie den unauffällig?«, fragte Arman verblüfft.

»Für Chaja ist er das«, erwiderte Mrs. Watford. »Es ist der Name ihrer Familie, sie hört ihn tagein, tagaus.«

»Es ist unser Name«, entfuhr es Amarna. »Es muss sie verletzen, dass sie ihn als Einzige nicht trägt.« Amarna fiel ein, wie Chaja vor dem *Chatschkar* gestanden und Rehans Namen gelesen hatte. Sie bemerkte Armans Unsicherheit und begegnete seinem Blick. »Warum würdest du dafür kämpfen, dass sie Miller heißen darf, aber nicht Artsruni?«

Erschrocken sah sie, wie er die Schultern hob und den Kopf einzog, die Geste, von der sie gehofft hatte, dass sein Körper sie eines Tages verlernt haben würde. »Weil ich mir ein Kind gewünscht habe, das meinen Namen trägt«, sagte er leise. »Und weil ich glaube, ich würde denjenigen umbringen, der ihm meinen Namen wieder wegnimmt.«

Verdammt, du stiehlst doch sonst alles, dachte Amarna, und ein weiteres Mal blitzte die Erkenntnis in ihr auf: Sie würde Chaja nicht hergeben. Wie konnte irgendwer auf die Idee kommen, das Kind aus der Familie, in die es hineingewachsen war, herauszureißen? »Chaja will sich sicher fühlen«, sagte sie zu Arman. »Wir nehmen ihr nichts weg, sondern geben ihr nur ein Zeichen, dass wir sie nicht wieder wegschicken.«

Arman überlegte, dann nickte er und wandte sich wieder der Lehrerin zu. »Ist gut. Solange wir nichts in Stein meißeln, lassen Sie es uns so handhaben.«

Zufrieden machte die Lehrerin einen weiteren Vermerk. »Ich danke Ihnen. Ich bin sicher, das wird manches vereinfachen.«

»Ist sonst alles in Ordnung?«, fragte Arman. »Geht es Chaja in der Schule gut?«

»Sie ist klein und zart für ihr Alter«, sagte Mrs. Watford. »Aber ihre Sportlichkeit macht das wett, und die Butter lässt sie sich nicht vom Brot nehmen.«

Amarna musste lachen, weil sie sich erinnerte, was Bülent von Arman erzählt hatte: »Mit zwölf sah er aus wie neun. Aber wen er einmal gebissen hatte, der wusste, wie alt er war.«

Sie standen auf und verabschiedeten sich. An der Tür fiel Amarna noch etwas ein. »Ist Chaja eigentlich begabt?«, fragte sie. »Ich meine, sollten wir etwas tun, um sie zu fördern?«

Die Lehrerin schien nicht sicher, ob sie sie richtig verstanden hatte. »Ich denke nicht, dass das nötig ist«, sagte sie. »Unsere Schule legt Wert auf Sport und fördert alle Kinder, aber wenn Sie dafür bezahlen, kann ich sie zu zusätzlichen Schwimmstunden melden.«

Vor der Schule hakte Amarna sich bei Arman ein. Es war April, der erste Abend, an dem Doris festgestellt hätte, dass es nicht länger regnete. Vom Park her, wo die große Flak stand, duftete das Gras. »Gehst du mit mir in den Pavillon? Auf einen Krug *Pimm's?*« Sie waren nicht mehr aus gewesen, seit Doris und Rehan gestorben waren.

»Bitte sei mir nicht böse«, sagte Arman. »Ich kann dir zu Hause *Pimm's* machen. Ich möchte gern zu Chaja.«

»Ich auch«, erkannte Amarna. »Außerdem schmeckt dein *Pimm's* besser als der im Pavillon.«

Sie gingen ein paar Schritte, dann fragte sie: »Du glaubst auch, dass Chaja begabt ist, oder? Nicht beim Schwimmen, sondern in der Kunst?«

Er überlegte. »Ich glaube nicht, dass ich das beurteilen kann.«

»Tiefstapler. Wer sonst?«

»Ich weiß nicht«, erwiderte er ausweichend. »Sie schlägt auf Stein ein. So wie ich. Es ist nur der Wunsch, Kraft zu spüren, das Gefühl, kaputt machen zu können, was oder wen man wollte.«

»Das ist Unsinn!«, rief sie. »Das *Chatschkar*, das ihr gemacht habt, ist nicht kaputt. Es ist zerbrechlich, hat etwas Verstörtes, es ist nicht frei, aber heil.«

»Amarna«, sagte er. »Das *Chatschkar* habe ich gemacht. So wie die Zeichnung von dieser Straße in Berlin. Chaja erzählt mir, was ich machen soll, und manchmal kann sie es nicht erzählen, dann muss sie es mir zeigen. Aber sie selbst mag Werkzeug nur in die Hand nehmen, wenn wir etwas in Trümmer schlagen. Seb war ganz anders. Ich habe jahrelang ständig meine Zeichenkohle gesucht, weil Seb sie sich angeeignet hatte.«

»Du meinst, sie will gar nicht zeichnen oder bildhauern oder was auch immer?«

»Sie hätte lieber ein Pony«, sagte Arman.

»Und das stört dich nicht?«

»Wieso sollte es? Ich hätte auch gern eines.«

Sie hatten den Hang, der hinunter zu ihren Häusern führte, fast erreicht. In ihrer Straße klaffte der Krater, das Loch, das die Bombe in ihr Leben gerissen hatte. Amarna verstellte Arman den Weg und legte die Arme um seinen Hals. »Ich bin immer gerannt, wenn ich auf dem Heimweg hier entlangkam«, sagte sie. »Jetzt bin ich immer traurig, aber glücklich bin ich auch.«

Chaja saß, von den Hunden umtanzt, auf der Schaukel, sah sie kommen und winkte. Die Hunde jagten den Hang hinauf und sprangen an ihnen hoch. »Ich bin froh, dass sie nicht begabt ist«, sagte Amarna. »Dass sie nicht das Talent von dieser fremden Frau hat.«

»Sie hat Talente von der fremden Frau«, sagte Arman. »Sie weiß nur nicht, welche, und manchmal macht ihr das Angst.«

»Ich weiß, das ist monströs«, sagte Amarna. »Aber ich wünschte, diese fremde Frau hätte gar nicht existiert. Du nicht? Denkst du das nie?«

»Doch.« Arman streichelte Doris' Hund *Snow White* und schnitt Chaja Grimassen. Chaja lachte und brachte die Schaukel in Schwung. »Monströs ist es trotzdem.«

»Es wäre grausam, Chaja hier wegzuholen. Sie ist zu lange bei uns.«

»Ja«, murmelte Arman.

»Was denkst du?«

»Dass es grausam sein muss, sein Kind zu verlieren, weil Hitler zu lange in der Welt herumgewütet hat.«
»Liebling, bitte«, sagte sie, »müssen wir immer edel und gerecht sein, dürfen wir nicht einfach mal das Falsche denken?«
»Da fragst du den Falschen.«
Sie zupfte ihn am Ohr. »Weshalb bekomme ich dich heute eigentlich nicht zu fassen?«
»Weil ich das Falsche denke.«
»Und was?«
»Dass ich nicht mehr halte, was ich dir versprochen habe«, sagte er. »Wir bekommen von der *Air Force* keine Maschinen mehr, wir haben kaum noch jemanden, der fliegt, wir haben kaum noch Zeit. Ich muss wieder nach Frankreich.«

# 33

## EVA
## SAINTE-CÉCILE-LES-VIGNES. OKTOBER 1942

Sie hatte gedacht, sie würden den verletzten Mann hereintragen, wie sie Flüchtlinge hereingetragen hatten, die auf eigenen Beinen nicht mehr laufen konnten. Aber der Mann stand auf seinen Beinen, als Eva vom Bach zurückkam. Es war dunkel, sie sah nicht mehr als seine Silhouette beim Heu. »Erschrecken Sie nicht«, sagte er und hob die rechte Hand.
Eva erschrak, weil sie so lange kein Deutsch mehr gehört hatte. Ihr Haar war nass, draußen war ein scharfer Wind aufgekommen und sie fror bis in die Knochen.

»Ich würde es mir an Ihrer Stelle auch nicht glauben, aber ich will Ihnen nichts tun«, sagte der Mann. »Ich muss nur ein paar Tage hier schlafen, dann sind Sie mich los.«
Aber du mich nicht, dachte Eva. Los bist du mich erst, wenn du mich nach England gebracht hast, so lange werde ich dich bezirzen, bis du weich bist. Auch wenn ich nicht mehr weiß, wie man das anfängt. Auch wenn ich Angst davor habe. Auch wenn ein bisschen Haarewaschen mir nichts wiedergibt.
»Nichts für ungut«, sagte der Mann und drehte ihr den Rücken zu. Er hatte einen Rucksack auf den Heuballen gestellt und machte sich daran zu schaffen. Nur mit der Rechten. Den linken Arm trug er in einer Schlinge. Eva hatte Menschen gemalt. Sie hatte noch immer ein gutes Auge und erfasste Wesentliches, selbst in dem kümmerlichen Rest von Licht. Der Mann trug Halbstiefel, dunkle Hosen, ein weißes Hemd, hatte über einen weiteren Stapel von Heuballen einen Mantel gebreitet, den Eva sich am liebsten geschnappt hätte, weil er wunderbar warm aussah. Er war überschlank und von mittlerer Größe, hatte aber etwas, das aus dem Rahmen fiel und das sie anstarren musste.
Es lag in der Haltung, in der zurückgenommenen, geraden Schulterpartie, dem Hals, dem Kopf – sie war nicht sicher. Vielleicht war sie zu lange keinem selbstsicheren Mann mehr begegnet. Ihr Blick glitt seinen Rücken hinunter und blieb in der Mitte, an der schmalsten Stelle hängen. Sie wollte, dass er sich wieder umdrehte.
»Sie sind Deutscher?«, fragte sie, obgleich sicher, dass er keiner war.
»Nein«, sagte er und drehte sich nicht um. »Ich muss nicht deutsch sprechen, wenn Sie nicht wollen. Ich muss überhaupt nicht sprechen.«

»Darf ich Ihren Mantel haben?« Stellte man solche Fragen, wenn man es nicht mehr gewohnt war, mit Menschen umzugehen?

Der Mann nahm den Mantel mit der unverletzten Hand, strich ein, zwei Halme herunter und brachte ihn ihr. Eva hielt den Atem an. Er legte ihr den Mantel um die Schultern. Etwas kam zu ihr zurück. Die Wärme, die Weichheit des Wollstoffs, der streichelnd an ihr herabfiel, der Duft von Menschen, die Zeit haben, sich und ihre Kleider zu pflegen. Eine Sekunde lang war sein Gesicht vor ihrem. »Bitte halten Sie still«, sagte sie.

Früher, in ihrem anderen Leben, hätte sie ihn sich irgendwo geschnappt, ihm frech in die Augen gesehen und gesagt: »Ich will Sie malen.«

Er hielt ein paar Augenblicke lang still, wie sie ihn gebeten hatte, sah sie verwundert an, dann trat er zurück. »Warum setzen Sie sich nicht hin?«

Eva zitterte. Nur ein bisschen, aber sie wusste, es würde heftiger werden, bis ihr ganzer Körper schlotterte. Alle Kraft verließ sie, alle Entschlossenheit, mit der sie eben noch losgezogen war, um sich ihr Haar zu waschen, um den englischen Piloten dazu zu bringen, sie mitzunehmen. Jetzt stürzte alles über ihr zusammen. Die Last von vier Jahren Leben, das keines war.

Der englische Pilot hatte ein Gesicht, das ihr Inneres umpflügte: das Stillhalten, das Schweigen, die Erstarrung. Der englische Pilot war der Türke. Sie hatte ihn nie aus der Nähe gesehen, sie sagte sich, dass das nicht möglich sei, aber sie hatte keinen Zweifel. Sie hatte den Mann vor sich, auf den sie vier Jahre lang ihren Hass gerichtet hatte, den Zorn, der ihr die Kraft verliehen hatte, weiterzumachen, und jetzt verpufften Hass und Zorn und machten Eva leer.

»Sie müssen sich hinsetzen«, sagte er und half ihr, schob sie, bis sie den Rücken gegen einen der Ballen stützen konnte, drängte sie nieder, zog seinen Mantel um sie. Es tat unglaublich wohl. Sie wollte den Kopf an seine Schulter lehnen, an die sehnigen Muskeln von der Arbeit mit Stein, die sie unter dem Hemdstoff spürte, und sich ausruhen, von der Einsamkeit, der Berührungslosigkeit.

Seine Schulter glitt unter ihrer Wange weg. »Wollen Sie etwas essen?«

Als sie den Kopf schüttelte, bemerkte sie, dass ihr Tränen aus den Augen liefen, und fand nichts daran verwunderlich. Vier Jahre Warten waren zu Ende. Es war Unsinn gewesen, den Mann zu hassen, ein Wahn, in den sie sich hatte steigern müssen, um zu überleben. »Sie müssen mir helfen«, sagte sie. »Ich muss nach England.«

»Ja«, sagte er, »ich denke, das müssen Sie.«

»Sie dürfen nicht diese anderen Passagiere abholen, Sie müssen mich nehmen, ich habe vier Jahre lang darauf gewartet.«

»Professor Bernard?«, fragte er. »Den muss ich auch holen. Wenn es den Alliierten gelingt, Algerien einzunehmen, werden die Deutschen die Freie Zone sichern. Dann wird es schwierig für uns, also nutzen wir besser jeden Platz.«

»Ich dachte, in diese Maschinen passen nur drei Passagiere.«

»Ja, in die *Westfield Lysander*«, sagte er mit einer Art von Stolz, die ihn jung erscheinen ließ. »Meine ist eine große *Blenheim*, der macht einer mehr oder weniger nichts aus. Schwieriger ist, dass ich meine Landung verpatzt habe.« Er hob den verletzten Arm.

»Und das Flugzeug?«, fragte Eva. Es durfte nicht sein, dass sie jetzt noch einmal scheiterte, dass die Hoffnung wieder zerstob.

»Nur Bagatellschäden«, sagte er. »Eine *Bristol Blenheim* bekommt auch ein Trottel nicht so schnell kaputt.«

»Und Ihr Arm? Ist der gebrochen?«

»Die Speiche«, antwortete er unverändert stolz. »Die Elle ist heil geblieben, Missak hat gesagt, die muss mindestens aus

Stahl sein. Dumm ist nur, dass so etwas vier Wochen dauert. Mehr Zeit, als wir haben.«

»Die Deutschen sind in weniger als vier Wochen hier? Und wir kommen nicht weg, weil Sie sich den Arm gebrochen haben, wir fallen denen vor die Füße?« Sie wusste, sie durfte in dem Heuschober nicht schreien, sie hätte auch hier nicht mit ihm sitzen dürfen, sondern hatte Anweisung, sich in dem Verschlag versteckt zu halten, aber die Furcht ging mit ihr durch. »Haben Sie eine Ahnung, was die mit uns machen, mit Ihnen genauso wie mit mir?«

»Leider ja.«

»Sie haben keine!«, schrie Eva. »Niemand, der das nicht erlebt hat, hat eine, und man kann es niemandem erzählen. Dagegen ist das mit ihrem verfluchten Arm Kinderkram.«

Erschrocken fuhr er zusammen, hatte sich aber gleich wieder in der Gewalt. »Wir warten nicht hier«, sagte er. »Die Deutschen erwischen uns nicht. Ich brauche nur ein paar Tage, um mit dem Arm zu üben, wir haben in der Ausbildung solche Situationen trainiert. Wie der Ochse vorm neuen Tor fühle ich mich zwar trotzdem, aber das wird sich schon finden.«

Eva schnaubte. »Ihre Nerven hätte ich gern.«

Er verzog das Gesicht und stand auf. »Ich nicht.« Um ein Haar hätte Eva ihn zurückgehalten. Gerade noch war ihr warm gewesen, als hätte sein Körper sie beschützt.

»Stört es Sie, wenn ich Licht mache?«

»Nein.«

Er holte eine Stabtaschenlampe aus dem Rucksack, schaltete sie ein und tauchte die Scheune in gelbes Licht.

»Wollen Sie noch eine Decke?«

»Was ist das da?«, fragte Eva zurück. »Ihre Zauberkiste? Was haben Sie noch alles da drin? Alkohol?«

»Calvados«, sagte er. »Wollen Sie?«
»Das ist nicht Ihr Ernst.«
Er zog die Flasche aus dem Rucksack. »Missak hat ihn mir geschenkt, weil er mir kein Schmerzmittel geben konnte.«
Mit der Flasche, einer Decke und einem Pullover kam er zurück. Die Decke gab er ihr, den Pullover legte er sich um die Schultern, bemüht, den verletzten Arm nicht zu streifen.
»Haben Sie Schmerzen?«
Erstaunt blickte er auf. »Das kommt schon hin.« Er zog den Deckel, der sich als Becher verwenden ließ, von der Flasche, füllte ihn ziemlich geschickt mit einer Hand und gab ihn ihr.
Eva trank, hüllte sich in Decke und Mantel, spürte Wärme auf der Haut und Wärme, die ihr durch die Kehle rann. »Hören Sie«, sagte sie, »Sie müssen mich für furchtbar unhöflich halten …«
»Nein«, sagte er. »Ich halte Sie für eine Berlinerin.«
»Woher wissen Sie denn das?«, fragte Eva verblüfft.
Über sein Gesicht glitt eine Bewegung und machte es für den Bruchteil einer Sekunde nichts als schön. Seine Hand, die in sein Haar fuhr, war auch schön. »Meine Frau ist eine.«
Sie sah seinen Trauring, der ihm ein bisschen zu weit war. »Ich habe für Höflichkeit keine Zeit«, sagte sie. »Ich sitze hier und werde langsam, aber sicher verrückt.«
»Das wäre ich an Ihrer Stelle längst.«
»Sie wissen nicht, was Sie an meiner Stelle wären«, sagte sie. »Sie sind nämlich nicht an meiner Stelle, und Sie können sich nicht vorstellen, es zu sein.«
»Nein.«
»Geben Sie mir noch Calvados?«
Als er sich vorbeugte, um den Becher zu füllen, sah Eva das Glitzern in seinem Hemdausschnitt und schrie auf. »Woher haben Sie das?«

Sein Gesicht verschloss sich. Er nahm den Davidstern und schob ihn sich unter das Hemd. »Dazu will ich nichts sagen.«
»Dann sage ich es Ihnen«, herrschte sie ihn an. »Der Anhänger gehört meiner Tochter Chaja, und sie hätte sich nie davon getrennt.«
Chaja. Der Name ihres Kindes. Vier Jahre schon ruhte er in ihrer Kehle wie ein Stein.
»Chaja ist Ihre Tochter?«
»Was ist mit ihr?«, fuhr Eva auf. »Warum tragen Sie den Stern, den meine Schwester ihr zur Geburt geschenkt hat? Ist sie … ist meine Chaja …«
»Es geht ihr gut«, sagte er.
Das war der Satz, auf den sie vier Jahre lang gewartet hatte. Die Wärme des Calvados durchflutete sie. Der Mann war kein Dieb. Männer stahlen keine Kinder, sie sahen eher zu, dass sie sie loswurden, selbst wenn sie sie *Prinzessin* nannten oder *größtes Geschenk meines Lebens*. Er hatte Chaja für sie gehütet und würde sie ihr zurückgeben. Die Zeit der Leere war vorüber. Sie würde wieder jemand sein. Chajas Mutter. Das Schluchzen, das aus ihrer Kehle drang, war ein fremder, tierhafter Laut, und ihr Körper hielt der Wucht nicht stand.
Der Mann rückte näher zu ihr und legte den gesunden Arm um sie. Eva stürzte ihm an die Brust und fühlte sich gehalten. Sachte wiegte er sie und murmelte kleine, beruhigende Laute. Sie weinte, wollte nie mehr aufhören und war sicher, sie hatte in ihrem ganzen Leben keine solche Zärtlichkeit gespürt.
Als sie wieder zu Atem kam, ließ er sie los, ging noch einmal zu seinem Rucksack und kehrte mit einem Packen Fotografien zurück. »Können Sie mich noch einmal halten?«, fragte Eva. »Macht es Ihnen etwas aus?«
»Es macht mir nichts aus«, sagte er, legte den Arm um sie und gab ihr die Bilder. Eva konnte ihren Augen nicht trauen, sich nicht

sattsehen und zugleich nicht fassen, was sie sah. Ein schmales Mädchen, das in einem Garten stand und mit einer Zahnlücke in die Kamera lachte. Das schmale Mädchen mit zwei kleinen Hunden. Das schmale Mädchen neben einem zweiten, robusteren Mädchen mit Sommersprossen. Das schmale Mädchen, das Kerzen auf einer Geburtstagstorte ausblies.
Beim nächsten Bild stockte sie. Auf einer hölzernen Terrasse vor einem hohen Haus saß eine Frau und hielt das schmale Mädchen auf dem Schoß. Beide lächelten. Es war eines dieser Bilder, die sich Männer gerahmt auf ihre Schreibtische stellten. Martin hatte ein ähnliches in seiner Garderobe bei der UFA gehabt. Obwohl die Bilder natürlich keine Farben zeigten, erkannte Eva die Frau mit den roten Locken sofort.
Er nahm ihr die Bilder weg, ehe sie das nächste betrachten konnte, blätterte sie rasch durch und zog etwa die Hälfte aus dem Packen. Dann gab er ihr die übrigen zurück. Was auf denen war, die er an sich genommen hatte, konnte sie sich denken: die Frau. Die Rotgelockte, die das schmale Mädchen im Arm hielt, als gehöre es ihr. Aber es gehörte nicht ihr. Es war Evas Mädchen. Keine andere durfte es haben.
Sie versuchte, nicht mehr an die Frau zu denken, und blätterte wieder und wieder durch die Bilder. Das schmale Mädchen in glitzerndem Wasser. Das schmale Mädchen an einem Schultor. Das schmale Mädchen, das durch ein hohes Rapsfeld lief, so dass nur ihr Kopf hervorschaute. Erst beim dritten oder vierten Durchsehen fiel ihr auf, wie schlecht die Bilder waren – aufgenommen von einem Verliebten, der ohne Blick für Wirkung an seinem Objekt festhing und eine Aufnahme nach der anderen verwackelte.
»Wer hat die gemacht?«
»Ich«, sagte er stolz. »Nur dieses nicht. Das hat Chaja selbst gemacht, als wir den Selbstauslöser gekauft hatten.«

Das Bild mit dem Selbstauslöser war noch verwackelter als der Rest. Man konnte kaum erkennen, wo das schmale Mädchen saß. Wo Chaja saß. Nur dass sie strahlte, war erkennbar, dass sie auf dem Gesicht etwas von dem Stolz trug, mit dem der Mann sprach: »Das ist auf dem Aerodrom. Chaja wollte gern sehen, wie Sperrballons steigen.«
»Sie ist dünn«, sagte Eva. »Isst sie schlecht? Gibt es durch den Krieg bei Ihnen nichts zu essen?«
»Sie isst gut«, sagte er. »Uns fehlt es an nichts. Sie ist nur zart und treibt ständig Sport.«
Ohne es zu wollen, sah sie an ihm hinunter. Vermutlich trieb er auch ständig Sport. Als sie wieder aufsah, fand sie, dass sein Gesicht etwas Ausgehungertes hatte. Sie hatte so dunkle Augen nie gemocht, sie schienen ihr besser zu Tieren zu passen als zu Menschen, weil darin nichts zu lesen war. In seinen war auch nichts zu lesen, aber sie hatten etwas geradezu lächerlich Menschliches: Wimpern wie Seide, lange Lider, die sich ständig senkten, müde Verletzlichkeit.
»Sie bringen mich zu ihr, nicht wahr? Sie sind doch nicht zu schwer verwundet, um zu fliegen? Ich wollte nicht mehr leben, mir ist das ganze Leben eine solche Qual, aber ich habe mich weitergequält, weil es Chaja gab. Ich muss Chaja wiederhaben, sonst nichts. Wenn ich sie wiederhabe, gehe ich mit ihr fort von allem.«
»Ich bringe Sie nach England«, sagte er. »Das verspreche ich Ihnen. Wollen wir uns schlafen legen?«
»Ich kann nicht schlafen«, rief Eva. »Die Nächte sind die Hölle. Ich sitze den ganzen Tag still, und in der Nacht kommen die Bilder, die Angst, die Erinnerungen.«
»Ja«, sagte er.
»Die Geräusche. Das Klatschen, das Knacken, das Schreien. Das Nicht-glauben-Können, dass ich das bin, die so schreit.«

Es kam alles auf einmal, wie so oft. Der süßliche Geruch nach Gewehröl und Blut, der Schmerz, der den Körperteilen die Namen zerschlug, nicht mehr Rücken, Hintern, Schenkel, nur noch Schmerz, Schmerz, Schmerz. Tritte. Gelächter. Der Wunsch, aufzuspringen und sich den Schädel an der Wand einzurennen.
»He, he.« Der Mann breitete den gesunden Arm aus und ließ Eva sich an seiner Brust vergraben. »Es ist ja gut. Hierher kommen sie nicht. Niemand kommt und tut Ihnen weh.«
Die ganze Zeit hatte sie sich nichts gewünscht, als dass jemand sie halten möge, sich nicht ekeln, sich nicht befremdet abwenden. Jetzt brach alles aus ihr heraus, alles, was sie mit ihr gemacht hatten, von der ersten Ohrfeige, die nicht einmal weh getan hatte, weil sie nicht fassen konnte, dass das geschehen war. Sie hatten ihr gegenüber am Tisch gesessen, zwei Männer in Reitstiefeln vor einer schönen Frau, sie hatten ihr Fragen gestellt, und Eva hatte ihnen Antwort gegeben, wie sie Männern meistens Antwort gab, ein bisschen spöttisch, ein bisschen kokett, frei von Angst.
»Ihre Baukastenträume sind mir egal. Ich will nur wissen, wohin Sie meine Bilder geschleppt haben, die Sie dazu ja wohl kaum brauchen werden.«
Der Mann hatte ausgeholt und ihr klatschend übers Gesicht geschlagen. Über ihr schönes Gesicht, von dem Martin gesagt hatte, es sei das der majestätischen Semiramis, und König Ara hätte sein Reich, seine in Stein gehauenen Paläste dafür gegeben.
Sie hatte aufspringen wollen, zurückschlagen, zeigen, dass sie kein Niemand war und sich nicht wie eine dumme Göre hauen ließ. Die zweite Ohrfeige hatte sie auf ihren Schemel zurückgeworfen. »Du bleibst sitzen, Schlampe. Mucks dich noch mal, und es kracht.«
Es hatte gekracht. Unter ein paar Ohrfeigen zerbrach ihr Bild von sich. Sie hatte sich nicht mehr gemuckst, und es hatte wei-

ter gekracht. In ihren Ohren rauschte das Blut und ertränkte ihr Bild von einer Welt, die ihre Auster war.

»Wir haben noch nicht mal angefangen, und du flennst? Wart's ab, wie du heulst, wenn wir mit dir fertig sind, du jüdisches Stück Dreck.«

Sie heulte auch jetzt. Rotz und Wasser. Wenn sie kurz zu Atem kam, spürte sie an ihrer Wange den Herzschlag des Mannes. Er hielt sie und streichelte ihren Rücken. Stundenlang. Zwischendurch gab er ihr Wasser und verdünnten Calvados. Sie erzählte ihm alles, ließ nichts aus bis auf eines. Das eine wollte sie auch erzählen, damit es aus ihr heraus war, damit ein Mensch es teilte und nicht angewidert floh, aber es war, als hätte sie ein Stück Eisen im Mund, über das die Worte nicht rollten.

»Das ist noch nicht alles. Aber ich kann's nicht sagen.«

»Ich weiß«, sagte er.

»Das können Sie doch nicht wissen.«

»Doch«, sagte er. »Ist schon gut. Ich würde gern nach draußen gehen und noch mehr Wasser holen, damit wir Ihnen die Stirn und die Augen kühlen können. Sonst platzt Ihnen morgen der Schädel, und wir haben kein Schmerzmittel. Können Sie hier warten? Halten Sie das aus?«

»Ich glaube nicht«, sagte Eva.

»Dann kommen Sie mit mir. Die Nachtluft tut Ihnen gut.«

Er half ihr auf, stützte sie, ging mit ihr in die Nacht. Der Wind hatte sich gelegt, die Kälte war sacht, und am Himmel standen tausend Sterne. Er hatte recht. Es tat gut. Mit dem Wasser kehrten sie in die Scheune zurück, er ließ sie sich auf den Rücken legen und breitete ihr feuchte Tücher über ihre Stirn und Augen. Als ihre Zähne zu klappern begannen, deckte er sie zu.

»Sie müssen mich für verrückt halten, dass ich so etwas einem Wildfremden erzähle.«

»Wem soll man es denn sonst erzählen? Denen, die man nicht verlieren will?«
Evas Gedankenfluss stockte. Er hatte auch darin recht. Sie hatte nur noch Chaja, die sie nicht verlieren wollte, und ihr würde sie es niemals erzählen. Für Chaja würde sie eine andere Mutter sein, nicht das Wrack, für das Chaja sich schämen musste und vor dem sie zu der Rotgelockten fliehen würde. Sie würde die Mutter, die sie gewesen war, aus der Kiste holen und so tun, als ließe sie sich wie eine zerbrochene Puppe kleben.
»Es macht Ihnen nichts aus, dass ich es Ihnen erzählt habe?«
»Nicht so viel, dass ich es nicht aushalten könnte.«
Seine Stimme war schön. Eva nahm sich das Tuch von den Augen und sah zu ihm auf. Sein Gesicht war auch schön. Fremd, zart, schön. Seine Augen hatten nichts Tierisches.
»Ekeln Sie sich?«
»Nein.«
»Ich weiß nicht, ob ich Ihnen das glaube. Aber Sie sind sehr nett. Warum tun Sie das?«
»Weil es das ist, was Menschen tun, oder nicht?« Er wandte sein Gesicht von ihr ab. »Weil es uns den Verstand rettet. Weil jemand nett zu mir war.«
Sie wünschte, er würde sie wieder ansehen. »Ich weiß nicht einmal, wie Sie heißen.«
»Ist das nicht gleichgültig?«
»Bitte sagen Sie es mir.«
»Arman.«
»Ist das türkisch?«
»Nein.«
»Ich bin Eva.«
»Ich weiß. Es steht in Chajas Papieren.«
»Wir fanden das amüsant, Martin und ich. Chaja heißt Leben, und Eva heißt *die, die Leben gibt*. Ein kleiner Archäologe, mit

dem ich einmal ein Techtelmechtel hatte, hat uns das erklärt. So habe ich damals gelebt. Wie die Made im Speck. Es kommt mir alles so unwirklich vor.«

»Chajas Vater heißt Martin? Das steht nicht in ihren Papieren.«

»Er hat es nicht eintragen lassen«, sagte Eva. »Sein Agent hatte Angst, es könne seiner Karriere schaden, wenn er ein Kind mit einer Jüdin hat.« Es kam ihr auf einmal so erniedrigend vor wie die Schläge ins Gesicht. Warum war ihr nie aufgefallen, wie erniedrigend es war? »Er hat mich gefragt: ›Weißt du, was widerlicher ist, als mit Schweinen zu verkehren? Ein Schwein zu sein.‹«

Der Mann sagte nichts und sah Eva noch immer nicht an.

»Ekeln Sie sich jetzt?«

»Nein.«

»Woran denken Sie?«

»Das wollen Sie nicht wissen.«

»Sagen Sie's mir.«

»An Gregor den Erleuchter«, sagte er.

»An wen bitte schön?« Sie setzte sich auf, und das Tuch rutschte ihr von der Stirn.

»Ein Heiliger«, sagte er. »Einer, der vierzehn Jahre lang in einem Loch eingesperrt war, das *Khor Virap*, tiefer Brunnen, heißt, und vermutlich dachte, er kommt da im Leben nicht mehr raus.«

»Warum war er denn da drin?«

Er zuckte die unverletzte Schulter. »Das Übliche. Er war irgendwas, was die anderen nicht waren und was ihnen nicht gepasst hat. Christ. Das alles soll im dritten Jahrhundert passiert sein.«

»Und ist er wieder rausgekommen?«

Sein Mundwinkel zuckte. »Angeblich hat sich König Trdat, der ihn dort eingesperrt hatte, in ein Wildschwein verwandelt, und brauchte unbedingt Gregor den Erleuchter, um wieder ein Mensch zu werden.«

»Also hat er ihn rausgelassen?«, fragte Eva und verspürte einen Anflug von etwas, das sie ganz vergessen hatte. Amüsement. »Sie haben eine ziemlich eigenwillige Art, Geschichten zu erzählen. Man muss Ihnen alles aus der Nase ziehen.«

»Das sagt Chaja auch.«

»Haben Sie Chaja das von Ihrem erleuchteten Gregor erzählt?«

»Ja.«

»Ist es eine türkische Legende?«

»Nein.«

»Zum Teufel, jetzt reicht's mir«, schnauzte sie ihn an. »Ja, nein, ja, nein – sprechen Sie irgendwann auch mal in ganzen Sätzen?«

Er erschrak und zog den Kopf ein. Eva glaubte, die Bewegung zwischen den eigenen Schultern zu spüren.

»Du lieber Himmel«, sagte sie, hob die Hand und wollte seine Wange berühren, aber er wich zurück. »Ich hab's nicht böse gemeint. Ich rede immer so mit Leuten, frei nach Schnauze, ich meine, ich habe früher so mit Leuten geredet …«

»Sie sind ja auch aus Berlin«, sagte er.

Eva musste lächeln. »Geboren bin ich in Frankfurt. Aber Berlin, fand ich, war meine Stadt.«

»Das finde ich auch.«

»Danke«, sagte Eva. »Dort, wo ich gewohnt habe, in der Bleibtreustraße, haben wir ziemlich lange geglaubt, wir würden uns unser Berlin nicht wegnehmen lassen, und diese komischen Schweinchen in ihren braunen Hemden bräuchten unbedingt uns, um sich wieder in Menschen zu verwandeln. Vor allem habe ich gedacht, ich könnte Martin wieder in einen Menschen verwandeln. Er war ein so schöner Mensch, aber ich war keine Heilige. Warum haben Sie Chaja die Geschichte von Ihrem Erleuchter erzählt?«

»Ich weiß nicht.«

»Ich raunze Sie nicht wieder an«, sagte Eva. »Ich habe gesehen, dass Sie das ganz und gar nicht mögen. Aber dafür geben Sie sich jetzt Mühe und sagen ein bisschen mehr als ja, nein, weiß nicht, einverstanden? Na los. Warum haben Sie's Chaja erzählt?«

»Ich weiß wirklich nicht«, sagte er. »Vielleicht weil ich das dachte, was Sie gesagt haben: dass ich mir Khor Virap nicht wegnehmen lasse. Chaja gefallen meine komischen Geschichten. Sie denkt sich immer aus, wie sie weitergehen könnten.«

»Wo ist das denn, Khor Virap?«, fragte Eva.

»Am Berg Ararat.«

Eva erschrak. Wann hatte sie das Wort zuletzt gehört? In Martins Villa, damals im Herbst 1937, als er ihr erzählt hatte, dass ihre Steinriesen und ihr Film vernichtet worden waren, weil Hitler nicht wollte, dass jemand nach dem Volk vom Berg Ararat fragte.

Sie sah ihn an. Eines seiner Lider hing tiefer als das andere, und unter dem Auge grub sich eine Narbe ins Fleisch. »Sie sind kein Türke.«

»Was sind Sie?«, fragte er. »Deutsche?«

Eva überlegte.

»Vielleicht dachte ich, ich sei Türke«, sagte er. »Als Kind hatte ich einen von Jungtürken ausgestellten Inlandspass, aber dann durfte ich ihn nicht mehr haben. Ich war nicht türkisch genug für meinen türkischen Pass.«

»So wie ich?«

»Ich glaub.«

Dann sagten sie nichts mehr. Sie waren völlig erschöpft, und Eva konnte nicht fassen, dass sie in einer einzigen Nacht das alles gesagt hatte.

»Schlafen?«, frage er leise.

Eva nickte.

»Sie behalten den Verschlag für sich. Ich lege mich ins Heu.«
»Das brauchen Sie nicht.«
»Ich finde es ganz schön.«
Sie hätte es schön gefunden, ihn im Schlafen bei sich zu haben. Nichts an ihm war ihr zuwider, nichts versetzte ihren Körper in Angst. Sie hatte noch nie an einem Mann so dichtes Haar gesehen und hätte gern gewusst, wie es sich anfühlte.
»Gute Nacht«, sagte er.
Eva lächelte. »Gute Nacht, Gregor der Erleuchter. Ich glaube, Sie haben mich in diesen letzten Stunden wieder in einen Menschen verwandelt.«
»Sie waren ja kein Wildschwein.«
»Ein Wurm«, sagte Eva. »Eine Kakerlake. Irgendein Ungeziefer, das kein Mensch mit der Hand anfasst, wenn er nicht muss.«
Er presste die Lippen aufeinander, schüttelte den Kopf und ging.

# 34

## AMARNA
## LONDON. DEZEMBER 1942

An eine Hölle glaube ich nicht, weil jeder Mensch seine eigene hat«, hatte ihr Vater ihr beigebracht. Wenn das zutraf, dann waren Amarnas Hölle die zwei Monate, die hinter ihr lagen. Ihr dritter Monat in der Hölle begann, als vor der von Bomben beschädigten Kathedrale St. Paul's der Weihnachtsbaum aufgestellt wurde. Den Alliierten, samt de Gaulles

*France libre,* war die Landung in Nordafrika geglückt, nach all den entmutigenden Niederlagen ein erster, wenn auch schütterer Sieg. Londoner tanzten in den Straßen und sangen Doris' Lied. Drei Tage später, am 11. November, erfolgte die Reaktion: Deutsche und italienische Truppen marschierten in Frankreichs Süden ein, in die Freie Zone, in der die SOE-Piloten sich ihre Landeplätze suchten. Sprecher von *France libre* berichteten über Festnahmen, Gefangene ohne Namen, deren Frauen, Eltern, Kinder nie in Erfahrung bringen würden, was mit ihnen geschehen war.

»Vielleicht ist das besser so«, sagte Kathy. Die Haushälterin hatte dick verheulte Augen, und Amarna war dankbar für ihre Loyalität. Ein *Résistance*-Kämpfer, der wie durch ein Wunder entkommen war, verlas mit tonloser Stimme im Radio, was den Angehörigen erspart blieb: Viele Verhaftete wurden nicht erst nach Deutschland gesandt, sondern an Ort und Stelle zu Tode gefoltert. Nackt ausgezogen, mit Peitschen und Knüppeln blutig geschlagen, mit Schürhaken und Schneidbrennern gebrandmarkt, mit kochendem Wasser übergossen und auf eine Weise missbraucht, vor der Worte zurückschreckten. Die Schändung dauerte Tage. Je zäher ein Mensch war, desto langsamer kam er um.

Vielleicht war es besser, das nicht zu wissen.

Es war nicht besser.

Amarna wusste nicht, wo Arman war.

Wally hatte alle Hebel in Bewegung gesetzt, um in Erfahrung zu bringen, was nach seinem Abflug im Oktober geschehen war, aber Arman war mit der *Blenheim* geflogen, und es gab kein Protokoll. »Dieser verfluchte Hund und seine Alleingänge! Wenn er keinen in seine Machenschaften einweiht, hat auch keiner die Chance, ihn rauszuhauen. Es sind schon Gefangene ausgetauscht worden, und unsere Regierung würde sich ihren fluchthelfenden Lieblingsbildhauer ja durchaus was kosten lassen, aber was bleibt den Leuten zu tun, wenn der Herr deines Herzens auf Teufel komm raus sein eigenes Süppchen kocht? Dafür gebührt ihm kein Orden, dafür gehört er vors Kriegsgericht.«

Amarna fühlte sich am Ende ihrer Kräfte. Es wurde von Tag zu Tag schwieriger, ihre Angst vor den anderen, vor allem vor Chaja und Bülent, zu verbergen, und an Schlaf war kaum noch zu denken. Sie war Wally dankbar, weil er sich Abend um Abend für sie freihielt, weil er mit ihr in den *Plough* ging, wo sie für sich waren, oder sich so wie jetzt mit ihr in Armans Schreibzimmer setzte, wenn der alte Mann und die Kinder schliefen. Oft redeten sie, bis der lichtlose Morgen graute. Amarna wusste nicht, wie sie ohne Wallys Beistand hätte durchhalten sollen, aber manche seiner Reden taten so weh, dass sie ihm am liebsten die Tür gewiesen hätte.

»Ich will nicht, dass du so über Arman sprichst«, sagte sie. »Wenn ich bemerkt hätte, wie sehr er sich quält, hätte er keinen Alleingang nötig gehabt. Aber ich wollte ja nichts merken. Er hat ja so schön funktioniert und mir an diesen Kanal meine heile Welt gestellt.«

»Das tut ein Mann nun einmal für eine Frau, die er liebt.«

»Von einer Frau, die er liebt, kann ein Mann erwarten, dass sie sein Freund ist«, erwiderte Amarna. »Dass Arman mich als seinen Freund betrachtet hat, war meine größte Ehre, aber ich bin ihr nicht gerecht geworden.«

»Ist man seinen Freunden keine Erklärung schuldig?«

»Er hat mir auf so viele Arten zu erklären versucht, was er mir mit Worten nicht sagen kann, dass ich irgendwann hätte begreifen müssen«, sagte Amarna. »Habe ich mir diese Skulpturen, die er macht, je richtig angesehen, oder lebe ich nur in Saus und Braus von dem Geld, das sie einbringen? Ich wollte meine rosarote Insel inmitten von Nazi-Europa behalten, und wenn mein Mann, mit seinem Völkermord im Nacken, dazu nicht fähig war, habe ich ihm tüchtig eins übergebraten, und er hat wieder gespurt. Zuletzt habe ich ihm an den Kopf geworfen, ich hätte sein Leben mit den Toten und der Vergangenheit satt.«

»Wir sagen viel, wenn der Tag lang ist. Du bist keine Heilige, Marnie.«

»Nein. Das hat Arman auch gesagt: Das kommt schon hin. Und dann hat er sich wieder vor den Karren gespannt, so wie ich ihn haben wollte. Vielleicht hätte er das bis zum Umfallen gemacht, wenn Rehan und Doris nicht gestorben wären.«

»Ich höre mir nicht länger an, wie du dich fertigmachst«, sagte Wally und füllte ihre Gläser. Sie tranken zu viel. Whisky. Wein war kaum noch zu bekommen, Bier war zu schwach in der Wirkung, und von Armans Calvados, den er sich damals aus Frankreich hatte schicken lassen, war nichts mehr da. Wally stürzte sein Glas hinunter und schenkte es gleich wieder voll. »Du kannst mir glauben, ich will nicht, dass er diesem Schlächter von Lyon in die Hände fällt, der Gefangene häutet, ich kämpfe mit allen Mitteln, um das zu verhindern. Mein Vater ist ebenfalls von früh bis spät mit dem Fall beschäftigt. Er würde Arman übrigens gern adoptieren, da sein Weichei von Sohn sich ja weigert, sich heldenhaft durch den faschistischen Fleischwolf drehen zu lassen.«

»Du bist eifersüchtig«, sagte Amarna. »Kommst du dir kein bisschen schäbig vor?«

»Doch«, sagte Wally. »Aber das nützt nichts. Ja, ich bin eifersüchtig. Die Folter der Nazis will ich ihm ersparen, weil er hinterher nur noch unerreichbarer auf seinem leeren Sockel stünde. Persönlich würde ich ihm allerdings liebend gern eine gesalzene Tracht Prügel verpassen.«

»Und wofür? Dafür, dass dein Vater ihn bewundert? Wie alt bist du eigentlich?«
»Fünfundvierzig«, sagte Wally und stand auf. »Das ist mir neulich selbst mit Schrecken aufgefallen. Das Leben ist an uns vorbeigerauscht, und als wir es uns endlich schnappen wollten, hatte Adolf Hitler die Nase vorn.« Sein Gang war unsicher, und seine Stimme klang belegt. »Mein Vater darf Arman weiter in den Himmel heben. Das ganze Land darf es. Glaub's mir oder nicht – ich kann ihn im Grunde gut leiden und hätte mich als klassischer Zweite-Reihe-Mensch ganz gern weiter in seinem Glanz gesonnt. Er hat nur ein Problem.«
»Welches?«
»Dich.«
Ehe Amarna erfasste, was geschah, hatte er sie zu sich gezogen und seine Lippen auf ihre gepresst, die sich unwillkürlich öffneten. Ob sie zu überrumpelt oder zu betrunken war, um sich zu wehren, war ihr nicht klar. Sie kam erst wieder zu sich, als Wallys Hände sich um ihren Hintern schlossen. Heftig riss sie sich los und hob die Hand, um ihn zu ohrfeigen. Dann ließ sie sie wieder sinken.
»Bitte tu's«, sagte Wally. »Es ist viel zu melodramatisch, um es sich entgehen zu lassen: Der heldenhafte Ehemann liegt im Nazi-Kerker unter der Folter, der skrupellose Hausfreund rückt ein, und die tugendsame Gattin teilt Ohrfeigen aus, um sich dem eigenen Wunsch nicht zu stellen. Kaum zu fassen, dass wir noch vor ein paar Jahren herzlich langweilige Leute waren, die auf verstaubten Tontafeln Keilschrift entzifferten.«
»Zynismus steht dir nicht«, fauchte Amarna. »Verlass mein Haus, Wally. Ich kann nicht fassen, dass du dazu fähig bist.«
»Ich liebe dich«, sagte Wally. »Daran bin ich so wenig schuld wie du oder Arman. Faszinierenderweise ist nicht einmal Adolf Hitler daran schuld, obwohl – wer weiß das schon so genau?«

Irgendein Lärm drang durch die schallisolierten Wände, Läuten, Schreien und Tappen, dann Hämmern von Fäusten an der Tür. Amarna rannte. Draußen stand Chaja, barfuß, im weißen Nachthemd, das ihr bis auf die Knöchel fiel.
»Du sollst doch deine Pantoffeln anziehen«, platzte Amarna heraus.
»Mum«, rief Chaja, »in deinem Zimmer hat das Telefon geklingelt. Da ist so ein Mann dran, der Bertram-irgendwas heißt, der pustet beim Sprechen und sagt mir nicht, was er will.«
»Mein Vater.« Auf einen Schlag wirkte Wally nüchtern.
»Er hat eine Nachricht von meinem Dad, nicht wahr?« Mit flackernden Augen sah Chaja zu Amarna auf. »So spät in der Nacht ruft ja nur einer an, der eine wichtige Nachricht hat.«
Amarna schloss sie in die Arme und spürte durch den Stoff die knochigen Schultern. »Bestimmt.« Deirdres Mutter war spät in der Nacht angerufen worden. Einfache Soldatenfrauen mussten sich mit gelben Postzustellungen begnügen, doch die Gattinnen hoher Offiziere durften hoffen, vorab telefonisch informiert zu werden.
»Ich komme mit.«
Mit Chaja an der Hand lief Amarna die Treppe hinauf. Nach Wally drehte sie sich nicht um, doch sie vernahm seinen Schritt. Das Telefon stand auf dem Schreibtisch, den Arman einem Trödler abgeschwatzt und restauriert hatte, als sie ohne einen Penny hier eingezogen waren. Ich hätte dir noch so vieles sagen wollen. Habe ich dir gesagt, dass die Angst mich blind gemacht hat, als ich dich blutüberströmt auf der Straße liegen sah? Und wie erleichtert ich war, als ich dich beten hörte, als ich begriff, dass es nicht dein Blut war? In all den Jahren habe ich jeden Tag gedacht: Ich kann alles verlieren, nur nicht Arman und Chaja. Solange ich euch beide hatte, hatte ich ein Lächeln in mir und hätte es an den Ararat geschafft.

Sie nahm den Hörer. »Mrs. Artsruni? Bertram Farnshaw hier. Ich hoffe, die Dringlichkeit meines Anrufs rechtfertigt die späte Störung – ich habe eine Nachricht für Sie, die keinen Aufschub duldet.«
»Ich höre«, murmelte Amarna.
»Wir haben Ihren Mann hier in England«, rief Wallys Vater. »Samt Professor Bernard, den anderen Flüchtlingen und der glorreichen *Bristol Blenheim*.« Er klang wie ein Sprecher von *British Movietone*, der demnächst das Flugzeug zur Erhebung in den Adelsstand empfehlen würde. »Sie sind natürlich alle rechtschaffen erschöpft, aber wohlauf und dankbar, endlich wieder englischen Boden unter den Füßen zu spüren.«
Die *Blenheim* auch?, dachte Amarna und fragte sich, warum sie den Kopf so voller absurder Gedanken hatte.
»Liebe Mrs. Artsruni, wir alle hier in Hornchurch freuen uns mit Ihnen und wünschen Ihnen von Herzen gesegnete Weihnachten.«
Wieso war der Alte in Hornchurch und nicht daheim in seinem Bett? Wieso waren Gott und die Welt in Hornchurch, und nur sie war hier? »Ich möchte meinen Mann sprechen«, sagte sie.
»Ich denke, Ihren Mann lassen wir seinen Bericht abliefern und sich gründlich ausschlafen. Morgen früh dürfen Sie ihn dann wohlbehalten in die Arme schließen.«
»Mein Mann kann für sich allein denken«, blaffte Amarna. »Ich will ihn sprechen. Jetzt.«
Chaja hüpfte an der Schreibtischkante auf und nieder, als wäre sie nicht fast zehn, sondern höchstens fünf. »Mein Dad kommt nach Hause! Mein Dad schenkt mir zu Weihnachten ein Pony!«
Bertram Farnshaw schien mit der kompletten Nachtbesatzung des Aerodroms Hornchurch zu konferieren. Irgendwann verstummte das Knacken in der Leitung, und sie vernahm Armans Stimme. »Amarna.«

Amarna hörte sich atmen. Ich habe dich im Blut, flüsterte ihr Atem, du gehst mir unter die Haut. Dort, wo du mich findest, kennt mich kein Mensch, und wenn es hundertmal mit anderen leichter wäre. »Grüß dich, Herr Artsruni«, sagte sie. »Bist du in einem Stück? Ist an dir alles dran?«

»So ziemlich.«

»Gut«, sagte sie, »dann komm nach Hause. Ob du müde bist, interessiert mich nicht, und ob du deine *Bristol Blenheim* in den Schlaf singen musst, schon gar nicht. Ich will dich innerhalb der nächsten Stunde hier in diesem Haus …«

»Amarna …«

»Schnabel halten. Schwing dich auf dein Motorrad, und wenn du dazu nicht in der Lage bist, soll einer von deinen Anbetern dich in sein Auto laden und bei mir abliefern. Ich muss dich hier haben, Arman. Zum Anfassen. Ich kann sonst nicht glauben, dass ich noch einmal eine Chance bekomme.«

»Amarna, bitte hör mir doch eine Minute lang zu. Ich habe ziemlichen Mist gebaut …«

»Und das kannst du mir nicht von Angesicht zu Angesicht erzählen? Hast du Angst, ich reiße dir den Kopf ab? Hab ich ein bisschen zu oft gemacht, weiß ich. Mach ich aber nicht wieder. Was immer es ist, es ist vergeben und vergessen, hörst du? Du hast bei mir etwas gut. Schon lange. Also pfeif auf den Mist und komm nach Hause in dein Bett.«

Er seufzte. Sie wollte ihm Beine machen, wollte mit Mann und Kind unter Decken kriechen und ganz langsam begreifen, dass sie auch diesmal gerettet waren.

»Danke«, sagte er. »Das mit dem Mist erkläre ich dir später, und wenn du mir doch den Kopf abreißen willst, dann helfe ich dir.«

»Will ich nicht. Kannst du allein machen.« Sie atmete auf und sandte Chaja ein V-Zeichen. Wally stand noch immer in der Tür.

»Ich kann trotzdem nicht kommen«, sagte er. »Nicht jetzt und vielleicht auch nicht morgen. Bist du allein, Amarna?«
»Bin ich. Mein Mann hockt in Hornchurch und schwingt Volksreden. Aber ansonsten – wann ist man in diesem Haus schon mal allein?«
»Ist Chaja bei dir?«
»Was denkst du denn?«
»Halt die Hand über die Muschel«, sagte er. »Sorg dafür, dass sie mich nicht hört.«
»Ist dir klar, dass du mich in den Wahnsinn treibst? Jetzt erzähl mir in drei Teufels Namen den Mist, den du gebaut hast, wenn du sonst keine Luft bekommst.«
»Ich habe mein Flugzeug zweimal dermaßen niedergebrettert, dass alle, die darin saßen, hätten draufgehen können. Beim zweiten Mal sind wir unter den anfliegenden Nazis praktisch weggetaucht, und hätten wir nicht solches Glück gehabt und die Maschine startklar bekommen, hätten die vier anderen genauso dran glauben müssen wie ich. Professor Bernards Sohn kann Latein und ist so alt wie Chaja. Ich darf nicht mehr fliegen, Amarna. Mein Ohr macht das nicht mit.«
Amarna weinte. Chaja schob ihre Hand in ihre, und Amarna bedeutete ihr mit einem verrutschten Lächeln, dass ihre Welt in Ordnung war. »Lieb dich«, sagte sie. »Komm nach Hause. Ich sag's nicht Bülent, ich sag's keinem Menschen, ich will nur, dass dieser Irrsinn aufhört und mein kluger, wohlmeinender Mann sich einen Fehler leisten darf, ohne dass davon die Welt untergeht.«
»Ist das dein Ernst?«
»Ist es. Im Guten wie im Bösen, Enkidu. Kommst du da draußen zurecht oder kriegst du das Fell über die Ohren gezogen?«
»Kein bisschen«, brummte er zerknirscht. »Das ist das Peinlichste. Ich verzapfe tödlichen Bockmist, und alles bejubelt mich, als wäre ich Kronprinzessin Elizabeth auf dem Balkon.«

»Damit muss ein Volksheld fertig werden, Süßer. Kronprinzessin Elizabeth kann einpacken – Churchill ist der bessere Redner, und du hast die hübscheren Beine. Ist dir jetzt leichter? Kommst du zu mir?«

»Nein, *lajvard*«, sagte er, schwer von Trauer und Zärtlichkeit. »Ich kann nicht. Ich habe jemanden hier, den ich daran hindern muss, heute Nacht noch zu uns zu kommen. Ich fahre mit ihr nach Kent und versuche, sie dazu zu bringen, uns Zeit zu geben.«

»Mit *ihr?*«

»Mit Chajas Mutter«, sagte Arman.

# 35

## EVA
## ZWISCHEN ORTEN. ZWISCHEN ZEITEN.

Eva war hebräisch und bedeutete *die, die Leben gibt.* Arman war dem Persischen entlehnt und bedeutete Traum. Als Kind hatte Eva es gehasst, gepflegt zu werden. Ihre Mutter hatte dazu kein Talent gehabt, hatte ihr den Löffel mit Hustensirup in den Hals gestoßen und war mit einem *wird schon wieder* aus dem Zimmer geflüchtet. Eva hatte auch kein Talent dazu. Mit Fräulein Podewils' Hilfe hatte sie Chaja während ihrer Mumpserkrankung versorgt, war aber heilfroh gewesen, als sie nach drei Tagen wieder auf den Beinen war. Martins Angina überließ sie Frau Klagenfurt. Sie wollte seinen Hals nicht pinseln, ihm nicht den verschwitzten Pyjama wechseln und freute sich auf seine Küsse, wenn sie wieder nach frisch geputzten Zähnen schmeckten.

Erwachsene brauchten keine Pflege, Erwachsene wurden mit Dingen fertig. Aber in den Wochen in der Scheune von Sainte-Cécile-les-Vignes pflegte Arman sie ins Leben zurück. Er hatte Hände, die etwas ins Gedächtnis riefen. Eva bedeutete *die, die Leben gibt*. Arman bedeutete Traum.

Das Fieber war über sie gekommen, als hätte ihr Körper sich für die Jahre rächen wollen, in denen er nicht hatte krank werden dürfen. Jetzt, wo ihr Mut seinen Kampf fast gewonnen hatte, machte das Wrack von einem Körper schlapp. Ihr tat alles weh, der Hals, der Kopf, die Knochen, sie war so krank, dass jede Bewegung zu viel Kraft kostete. Ich halte das nicht aus, dachte sie. Mich ausliefern, mich von einem Menschen anfassen lassen und wehrlos sein. Aber sie hielt es aus. Berührungen, die unberührt ließen, die nichts als behutsam waren, bemüht, den misshandelten Körper zu schonen, ihm nicht den kleinsten zusätzlichen Schmerz zuzufügen. Berührungen, die den geschändeten Körper achteten. Ihn ihr wiedergaben.

Er hielt ihr den Kopf, während er ihr Wasser einflößte, er wusch sie und rieb ihr die Stirn ab, er half ihr mit seinen kühlen, schönen, sauberen Händen, wenn sie danach verlangte, dann jedoch zog er sich sofort zurück und behelligte sie nicht. Sooft sie ihn brauchte, rief sie ihn, und er tauchte aus dem Dunkel des Schobers auf. Sie fing an, ihn zu rufen, auch wenn sie ihn nicht brauchte. Bei allem, was er tat, wollte sie ihm zusehen, ob er mit seinem Taschenmesser Käse in Würfel schnitt oder an dem trüben Fenster stand und sich mit dem bisschen Spiegelbild rasierte. Dabei gefiel er ihr nicht einmal. Sie hatte ihre Männer groß und golden gemocht, aber sie wurde süchtig nach dem Einklang, in dem sich sein Körper befand, nach der Wohlgestalt, mit der eines zum anderen passte, und der ab-

sichtslosen Grazie. Seine Sinnlichkeit heischte nach niemandes Aufmerksamkeit. Er war lautlos. Er gehörte sich selbst.
»Was machen Sie da im Dunkeln?«
»Nichts.«
»Was heißt *nichts*, für Menschen wie mich übersetzt?«
»Auf meinem Papier herumkritzeln.«
»Zeichnen? Aber Sie haben doch hier überhaupt kein Licht!«
Er überlegte. Sträubte sich. »Ich versuche, welches im Kopf zu haben.«
»Was meinen Sie damit?«, fragte sie und erschrak, als sie die Antwort ahnte.
»Erinnerung«, sagte er.
In der Nacht, wenn sie von ihrem Weinen erwachte, saß er an ihrer Seite. Im Licht der Taschenlampe waren seine Augen weit. Als er sah, dass sie wach war, wandte er ihr sein Gesicht zu. Er berührte sie nicht, aber sein Blick war bei ihr, sein Mitgefühl und seine Traurigkeit.
Sie weinte. »Es ist so schlimm«, sagte sie. »Es hört nicht auf, ich weiß nicht, wie ich damit leben soll.«
»Ich auch nicht«, sagte er. »Aber es geht. Wir leben trotzdem, Eva.«
»Warum?«
»Weil die anderen tot sind und nicht sterben wollten.«
»Aber kann denn irgendetwas gut und schön und lebenswert in einer Welt sein, in der Menschen so etwas einander antun? Ist noch irgendetwas freundlich, muss man vor irgendetwas nicht auf der Hut sein?«
Er zog die Decken um sie, so dass sie sich jäh behütet fühlte, dann tauchte er das Leintuch in Wasser und kühlte ihr die Stirn. »Ja«, sagte er.
Du, dachte Eva. Wenn an einem Schicksal, das seine Menschen zerschmettert, etwas freundlich ist, wenn es etwas gibt, das es

gut meint, dann hat es mir dich geschickt. »Was bedeutet Ihr Name, Arman?«
»Ist das wichtig?«
»Es tut nicht weh, es mir zu sagen, oder?«
»Traum«, sagte er.
Sie erholte sich. Nicht nur von der Grippe. Wenn sie ihm zusah, erwachte von Neuem der für unmöglich gehaltene Wunsch, und sie spürte, dass sie am Leben war. Sie wusste, sie musste dringend gesund werden, er musste die Leute aus Séguret holen und sie aus Frankreich herausbringen, ehe die Nazis kamen. Vier Jahre lang hatte sie sich nach dem Augenblick gesehnt, in dem sie Frankreich verlassen und zu Chaja reisen würde, doch jetzt zögerte sie ihn hinaus. Wenn Arman sie morgens fragte, ob sie sich besser fühle, schüttelte sie den Kopf. Sie machte ihm Sorgen, das sah sie ihm an. Er hatte ein wundervoll sprechendes Gesicht, sooft er vergaß, es in Schweigen zu hüllen.
»Sie lassen mich nicht hier, nicht wahr? Sie gehen nicht ohne mich nach Séguret?«
»Das werde ich müssen, Eva. Uns wird die Zeit knapp, und Sie sind für den Weg zu schwach. Es wird nicht länger als ein paar Stunden dauern, dann bin ich mit Professor Bernards Familie zurück, und wir schaffen Sie ins Bergland, zum Flugzeug.«
»Das halte ich nicht aus. Ich werde verrückt.«
Er seufzte. »Warten wir ab, was die Nacht bringt, sehen wir morgen weiter.«
Es tat ihr leid, ihn zu quälen, aber es war zu köstlich, um zu widerstehen. Sie hatte vergessen, wie es sich anfühlte, wenn ein attraktiver Mann nicht fähig war, nein zu ihr zu sagen. Ich liege in einer Scheune und spiele ein Spiel mit diesem Traumtänzer aus Tausendundeiner Nacht. Als hätte ich meine Zähne noch, als hätte ich noch heile Knochen, als hätte ich noch mein Herz

und meinen Mut. In ein, zwei Tagen muss ich ihn an die Wirklichkeit abtreten, aber die Tage auszukosten, fühlt sich an, als werde etwas heil.
Als sie endlich beschloss, ihn gehen zu lassen, damit sie nicht den Nazis in die Hände fielen, überraschte sie der Schmerz. Sie würde ihn nie mehr für sich allein haben, der Wunsch, den er in ihr geweckt hatte, würde wieder versiegen. »Ich fühle mich besser«, rang sie sich ab. »Wenn Sie morgen früh nach Séguret wollen, werde ich mein Bestes tun, um durchzuhalten.«
Erleichtert atmete er auf. »Danke, Eva.«
»Vorher tun Sie noch etwas für mich, nicht wahr?«
»Wenn ich kann.«
»Zeigen Sie mir Ihre Zeichnungen.«
»Das kann ich leider nicht. Ich wusste ja nicht, dass Sie die sehen wollen, und wenn niemand sie braucht, werfe ich sie weg.«
»Sind Sie verrückt?« Sekundenlang war sie blind vor Zorn und versucht, ihn zu schlagen. »Wissen Sie, wie es sich anfühlt, wenn Ihre Bilder vernichtet werden, haben Sie die leiseste Ahnung? Es ist, als würden Sie mit der Wurzel ausgerissen, als würde zertreten, was Sie sich erkämpft haben, und Sie können nie mehr von vorn anfangen, weil alles sinnlos ist. Das ist es, was uns in Deutschland angetan worden ist. Unsere Kunst ist als entartet diffamiert und aus der Welt gelöscht, und Sie sitzen auf Ihrer Insel, schöpfen aus dem Vollen und werfen einfach weg, was Sie nicht brauchen.«
Er zog den Kopf ein, doch in den schwarzen Augen blitzte ein Zorn, der dem ihren in nichts nachstand. »Was mit Ihren Bildern geschehen ist, tut mir weh. Aber mit meinen kann ich machen, was ich will.«
»Aber begreifen Sie denn, verflucht noch mal, nicht, dass …«
»Doch«, fiel er ihr ins Wort, die Stimme wie eine Peitsche. »Ich begreife, verflucht noch mal, genau, was Sie mir erklärt haben.

Ich habe mich so gefühlt, als mir klargeworden ist, dass ich meiner Frau kein Kind machen und sie nicht behalten kann. Ich habe mich so gefühlt, als das kleine Waisenmädchen, das ich in Istanbul aus einem Bordell gestohlen habe, von einer Nazi-Bombe zerrissen worden ist und die grandiose Dame, die zehn Jahre lang nichts als nett zu uns war, gleich mit. Ich verstehe, dass Sie mit Ihrer Wut irgendwohin müssen, aber ich lasse mich nicht von Ihnen anschreien, weil ich bekritzelte Zettel zerreiße. Das ist meine Sache. Es macht mich nicht zu einem Nazi, der Leben zerstört.«

Er ging und begann Sachen in seinen Rucksack zu stopfen.

»Bitte kommen Sie zurück«, sagte Eva. »Es tut mir leid.« Hatte sie das je zu einem Menschen gesagt, hatte sie es je gedacht?

»Das kommt schon hin«, sagte er. »Sie brauchen sich nicht zu entschuldigen, und ich entschuldige mich auch nicht. Wir sind eben wütend. Besser, man passt auf und reizt uns nicht.«

Zögernd lachte sie. »Von Ihnen hätte ich gedacht, dass Sie gar nicht wütend werden können.«

»Wenn ich keinen Stein habe, werde ich ziemlich schnell wütend«, sagte er. »Manchmal erschrecke ich mich selbst.«

»Das müssen Sie nicht. Sie waren im Recht, und Sie haben mir nichts getan. Wir Berlinerinnen sind gegen Geschrei nicht so empfindlich wie Sie aus Gefilden, wo man leiser auftritt.«

Er drehte sich um. »Das sagt meine Frau auch. Es treibt sie zum Wahnsinn, dass ich so ein blöder Hund bin, der nicht zurückbellt, sondern überall seine Knochen vergräbt.«

»Wenn Sie nicht vor meinem Geschrei geflüchtet wären, würde ich Sie jetzt in die Arme nehmen«, sagte Eva. »Was Sie mir erzählt haben, tut mir leid, Arman.« Vor allem das mit dem Kind, dachte sie. Sie hätte geschworen, sie sei für jegliches Mitgefühl zu verwundet, aber dass ein derart bezaubernder Entwurf zu einem Mann kein Kind zeugen konnte, war eine himmelschreiende Verschwendung. Umso mehr würde es ihm weh tun, Chaja zu verlieren. Sooft er von Chaja sprach, versank er in seine Gedanken und sah aus, als würde etwas in ihm lächeln.

»Vergessen Sie's«, sagte er. »Das ist das Blödeste an der Wut – man spuckt lauter Zeug aus, das man besser im Hals behalten hätte.«

Ihr Blick blieb an seinem Kehlkopf hängen. »Ihr Hals ist sehr schlank«, sagte sie. »Vielleicht hat er sich Luft machen müssen. Und ich bin viel weniger wütend als enttäuscht.«

»Warum?«

»Weil ich Ihre Arbeit kenne, zumindest von Fotografien. Ich habe mich vor etlichen Jahren in Ihre Skulpturen verliebt, ich habe sie angestarrt und gedacht: Jetzt weiß ich, worum es geht. Ich hätte mir gern angesehen, was der Mann, der solche Urgewalt dem Stein abringt, zehn Jahre später auf dem Papier schafft. «

»Ich war unhöflich zu Ihnen und bekomme dafür ein Kompliment«, sagte er. »Besonders fair ist das nicht.« Er zog eine Blechschachtel aus seinem Rucksack, nahm einen Stapel Papierbögen von einem der Heuballen und trug beides zu ihr. Einen der Bögen schob er ihr zu, klappte die Blechschachtel auf und bot sie ihr an. Zeichenkohle. Evas Herz klopfte.

Er nahm ein Stück, hielt es über das Papier und sandte Eva unter halb geschlossenen Lidern einen Blick. Dann senkte er den Kopf und begann, das Blatt mit schwarzen Linien zu bedecken. Eva sah ihm zu wie gebannt, den Wangen, die er einzog, den gefurchten Brauen, der Stirn, über die dichte Haarsträhnen fielen, und der Wunsch in ihr erwachte mit ungeahnter Kraft. Sie griff ebenfalls nach einem Stück Kohle, setzte es auf, spürte den Widerstand des Papiers, der noch vertraut war, und zog eine Linie. Dann noch eine. Und noch eine. Sie blickte auf, sah ihr Modell an und brach ab. Zu denken, er gefiele ihr nicht, war lächerlich.

Als er fertig war, schob er das Blatt zu ihr hin, ohne den Kopf zu heben. »Hier. Für Sie.«
Sie hob es auf. Es war nur eine Skizze, hingeworfene Linien und Flächen, doch die Figur in der Mitte des Bildes war scharf, wie in Stein gekerbt. Der Kopf geduckt, das Gesicht zum Grinsen verzerrt, der Körper in Zimmermannskluft vornüber gekrümmt. Nur angedeutet waren der Wagen und die zwei Gestalten, denen der Mann hinaufhalf. Statt sie anzusehen, ging sein Blick ins Leere. Der Mann auf der Zeichnung war Evas trauriger Clown.
Jemand erinnerte sich. Ihr Bild war verloren, aber es hatte existiert. »Woher …«
»Es war bei *New Burlington* ausgestellt«, sagte er. »Wenn das da Sie verletzt, nehme ich es weg.«
»Unterstehen Sie sich.« Sie fing seine Hand, die nach dem Blatt greifen wollte, und hielt sie fest, obwohl er versuchte, sie ihr zu entziehen. In dieser Nacht erzählte sie ihm von *Semiramis*, von den Steinriesen, von der Zeichenlehrerin, die ihre Bilder zerrissen hatte, und von ihrem Vater. Vor dem Morgengrauen, ehe er aufbrach, deckte er sie zu. Sie war zu Tode erschöpft und hoffte, schlafen zu können, bis er wiederkam. »Ich lasse die Kohle hier, Eva. Wenn Sie es sich zutrauen, können Sie wieder zeichnen.«
»Ich will Sie zeichnen«, sagte sie.
Er gab einen verlegenen Laut von sich. »Missak hat eine Zeitlang als Modell gearbeitet, aber ich …«
»Ich will nicht Missak zeichnen, wer immer das ist, sondern Sie«, sagte Eva und entließ ihn ins Morgengrauen.

Mit der jüdischen Familie war er am Abend zurückgekommen. Der Sohn des Wissenschaftlers war ein bebrillter Zehnjähriger, der sich mit Arman ununterbrochen auf Französisch unter-

hielt. Armans Französisch war schnell, rauh und offenbar durchsetzt von Fehlern, die der Junge altklug, samt Herleitung aus dem Lateinischen, verbesserte. Kaum zu glauben, dass Chaja so alt sein sollte wie dieser Stutzer in Jackett und kurzen Hosen. Eifersucht überfiel Eva. Diese Leute hatten den Zauber gestohlen, der ihr gehört und an dem sie sich starkgetrunken hatte wie ein hungernder Säugling an Milch.
Sie hatten bereits zu viel Zeit verloren und brachen noch am Abend auf. Zwei Stunden lang schlugen sie sich über Schleichwege ins Vorgebirge, bis auf die schmale, hinter eine Kuppe geduckte Ebene, auf der das Flugzeug verborgen lag. Es war größer, als Eva es sich vorgestellt hatte, doch der Passagierraum war eng und besaß keinen Ausblick. Eva hätte gern oben auf dem offenen Sitz hinter dem Piloten gesessen, aber dort nahm der unsägliche Junge Platz. Sie würde weit fort von Arman und fremd und allein sein, wenn sie nach England kam.
Stattdessen hatten sie notlanden müssen, kaum dass sie gestartet waren. Eva hatte nichts gesehen und erfuhr erst später, als der Junge es immer wieder erzählte, dass das italienische Flugzeuggeschwader von vorn, von Süden, wie aus dem Nichts vor ihnen aufgetaucht war. Arman hatte versucht, auszuweichen und zugleich an Höhe zu gewinnen, war aber gescheitert und hatte nichts tun können, als die Maschine geradezu im Sturzflug zu Boden zu bringen. Der Aufprall wirbelte Menschen und Gepäck durcheinander. Sekundenlang war Eva überzeugt, es wäre das Ende, sie würde Chaja und Arman nicht wiedersehen. Gleich darauf kam sie zu sich, alle Glieder schmerzend, aber unversehrt.
»Eine Fehlleistung auf ganzer Linie«, lautete das Urteil des Jungen, der Christophe hieß. »Das Manöver war im Grunde nicht schwierig, der Feind war weit genug weg, den Schwenk nach links und nach oben hätte auch ein Anfänger hinbekommen müssen.«

Eva hätte dem Bengel gern den Hintern versohlt, und sein Vater verbot ihm peinlich berührt das Wort, aber Arman schüttelte den Kopf. »Die Wahrheit zu sagen muss erlaubt sein.«
»Ihr Arm ist verletzt, und Sie waren todmüde«, sagte die Frau des Wissenschaftlers, »Wir hätten nicht aufbrechen dürfen, ohne Sie vorher schlafen zu lassen, wir können von Menschen nicht mehr verlangen, als dass sie Ihr Bestes geben.«
»Es ist sehr nett von Ihnen, dass Sie das sagen«, erwiderte Arman. »Leider können Sie sich dafür nichts kaufen, wenn die Nazis uns erwischen. Ich habe Ihre Lage nicht besser, sondern schlimmer gemacht.«
»Das haben Sie nicht«, erwiderte der Professor. »Wenn wir hier sterben, haben wir es wenigstens nicht kampflos getan.«
Arman stand auf. »Und das tun wir auch jetzt nicht«, sagte er. »Wir bekommen sie flott, wir kommen hier heraus.«
Sie zogen die Maschine ins Dickicht, wo die Männer versuchen würden, die Schäden zu beheben, und bedeckten die Flügel mit Zweigen. Zu ihrer Verwunderung verspürte Eva überhaupt keine Angst, sondern war erfüllt von einem seltsamen Glücksgefühl. Sie würden nicht verhungern. Es gab einen Notvorrat an Zwieback und Fleischkonserven im Flugzeug, es gab einen klaren Bach und jede Menge Beeren und Pilze. Die Männer würden unter einem Felsvorsprung und die Frauen mit Christophe im Flugzeug schlafen, sie hatten Decken und warme Kleider. Nach vier Jahren, in denen sie für niemanden existiert hatte, gehörte sie zu einer Gruppe von Menschen, die um ihr Überleben kämpften.
Vor allem aber: Sie kehrten nicht in die Wirklichkeit zurück. Der Zauber lebte noch einmal auf und war stark genug, sich gegen die Zeit zu stemmen.
In der Nacht schlich sie sich zu Arman. Er saß vor dem Felsvorsprung im Dunkel, eine Decke um seine Schultern. »Können Sie nicht schlafen?«

»Nein.«
»Haben Sie Angst?«
»Ja.«
»Glauben Sie, Sie bekommen das Flugzeug nicht startklar?«
»Doch«, sagte er, »die Schäden sind nicht erheblich, und der Professor ist ein Genie. Ich habe Angst, ich bekomme sie vom Boden nicht weg. Es gibt so gut wie keinen freien Platz, und die *Blenheim* ist viel schwerer als die *Lysander*, die für den Start auf kurzem Feld gebaut ist. Ich werde dieses Gehölz hier niedermähen müssen wie ein deutscher Panzer und beten, dass ihre Nase sich hochreißen lässt.«
Sie versuchte zu lachen. »Beten hilft?«
»Wer weiß. Zumindest bringt es Sie nicht in Teufels Küche wie das, was ich Ihnen als meine Flugkünste angedreht habe.«
»Hören Sie sofort auf«, wies sie ihn zurecht. »Sie haben einen Fehler gemacht, das soll in den besten Familien vorkommen.«
Er starrte zwischen seinen Beinen zu Boden. »Es war ein fataler Fehler, und er war vorhersehbar. Ich bin nicht tauglich, Eva. Alle möglichen Leute, die etwas davon verstehen, haben mich davor gewarnt, zu fliegen.«
»Und warum haben Sie es trotzdem getan?«
»Ich halte das nicht aus«, murmelte er kaum hörbar. »Auf meiner mit Gasmasken beschenkten Insel sitzen. Wissen, was passiert, und warten. Jeden Tag in ausgelöschten Menschen zählen.«
Sie rückte zu ihm und schlang die Arme um ihn. »Professor Bernard hat recht«, flüsterte sie ihm zu. »Wenn wir hier sterben, tun wir es nicht kampflos, nicht hoffnungslos und nicht in der Finsternis.« Sie wies an den schwarzen Himmel, der von Sternen übersät war. »Es tut so gut zu wissen, dass es nicht der ganzen Welt egal ist, wenn es uns nicht mehr gibt.«
Er versuchte, sich zu befreien, doch ehe es ihm gelang, gab sie ihm einen Kuss auf seinen hohen Wangenknochen. Er

rückte von ihr ab, sah sie verwirrt an und strich sich über die Augen.
»Warum tun Sie das?«, rief sie. »Ich wollte Sie trösten, und Sie stoßen mich weg. Sie ekeln sich vor mir.«
»Bitte glauben Sie das nicht. Es hat nichts mit Ihnen zu tun, nur mit mir. Ich bin nicht gut darin.«
»Worin?«
Er presste die Lippen zusammen und schüttelte den Kopf.
»Darin, sich von Menschen berühren zu lassen?«, fragte Eva. »Ich bin auch nicht gut. Ich dachte, ich ertrage es nie wieder, mein Körper ist für immer mein Gefängnis, in dem kein Mensch mich erreicht. Aber Sie erreichen mich. Ich will, dass Sie mich berühren, Arman.«
Er saß starr, den Blick zu Boden gesenkt. Sie streichelte seine Wange, die Haut samtig, leicht erhitzt, doch sie hätte genauso gut Stein streicheln können. Die Luft war nebelfeucht und roch nach dem Herbst des Waldes, nach Erde und zerfallendem Laub, aber die Kraft, die der Natur entströmte, half ihr nicht. »Bitte, Arman«, raunte sie. »Kommen Sie zu mir, in meine Einsamkeit, legen Sie Ihren Kopf an meine Schulter, und lassen Sie uns zusammen durch diese Kronen, die sich wiegen, in den Himmel sehen. Sternenlicht durch Nebel. Zärtlichkeit, damit das Hassgebrüll im Kopf fünf Minuten lang verstummt.«
Er rührte sich nicht.
»Ich war nicht immer eine Bettlerin«, sagte sie. »Einmal hat eine Fotografin mich nackt und blau gefroren zwischen kahlen Dornenzweigen fotografiert, weil sie fand, mein Sex lege Flächenbrände, der brauche Winterlicht. Die Bilder hingen in ihrem Atelier, und ein vor Geld stinkender Industrieller, der ein Vermögen in Hitlers Wahlkampf gepumpt hat, hat zu der Fotografin gesagt: Hol mir diese Eiskönigin für eine einzige Nacht in mein Bett, und ich pumpe mein Vermögen in dich.

Ich war nicht immer eine Bettlerin mit Zahnlücke und steifer Hüfte. Ich war einmal eine schöne Frau.«

Er wand sich aus ihrer Umarmung und drehte ihr sein Gesicht zu. »Sie sind eine schöne Frau, Eva.«

»Ha! Und wie beweisen Sie mir das?« Auf einmal schrie sie, ohne daran zu denken, dass sie die Bernards, den Wald, die Nazis aufwecken konnte. »Sie sind kein Kostverächter, oder? Sie sind ein orientalischer Mann, der seit Wochen keinen Sex bekommen hat, und hier ist eine Frau, die sich Ihnen aufdrängt und von der Sie behaupten, Sie fänden sie schön. Aber Sie rühren sie nicht an. Sie zucken zusammen wie eine Jungfrau, wenn sie Ihnen nahe kommt. Was gibt es dafür wohl für einen gottverfluchten Grund?«

»Das habe ich Ihnen doch gesagt. Es liegt an mir, nicht an Ihnen.«

»Ihr Gerede können Sie sich sonst wohin stecken, in Ihren hübschen, verkniffenen Arsch! Ich will meinen Sex zurück, ich will von allem, was mir genommen wurde, wenigstens das zurück, aber der einzige Mann, den ich ertrage, wird vor Ekel starr wie ein Brett, wenn ich ihm nahe komme.«

»Nicht vor Ekel …«

»Halten Sie den Mund«, schrie sie. »Sehen Sie mich an, na los, haben Sie wenigstens dazu den Schneid, und dann lügen Sie mir noch einmal ins Gesicht und sagen mir, Sie ekeln sich nicht.«

Sie zerrte sich den Mantel herunter, riss sich Bluse und Hemd auf und entblößte die Brust. Die Narbe, die sich quer darüber zog, geschlagen mit dem Geflecht aus Ledersträngen, das ihr Peiniger Nilpferdpeitsche genannt hatte, war nie verblasst, sondern rot und wulstig geblieben. Sie riss weiter, zeigte ihm ihren Bauch, der flach und straff gewesen war, über dem Martin gestöhnt hatte: »In welchen Zaubermitteln badest du? Du hast ein

Kind geboren, aber an deinem Königinnenkörper bleibt keine Spur.« Die Spuren, die jetzt auf ihrem Königinnenkörper prangten, hatten die flache Bauchdecke zerschnitten. Das Fleisch dazwischen war schlaff und aufgequollen, obwohl sie damals geschwelgt hatte und heute schlecht ernährt war.
Sie warf ihm einen Blick zu, erwartete, dass er sie aufhalten, sogar mit Gewalt am Weitermachen hindern würde, aber er saß still und sah ihr zu. Sie streifte sich Rock und Unterrock ab, lieferte ihm Hüften, Scham und Schenkel aus und drehte sich um. »Sieh's dir an, und dann lüg mir weiter vor, du fändest mich schön. Wenn du kotzen musst, halte ich dir das Eimerchen, und wenn's noch nicht reicht, kriegst du das obendrein: Du hast schon recht. Dein Schwänzchen ist sicher so hübsch und zart wie dein Hals, das steckst du besser nicht in meinen Pfuhl. Wie viele Nazi-Hengste da vor dir drin waren, kann ich dir nicht sagen, denn als ich ohnmächtig wurde, habe ich aufgehört zu zählen.«
Sie stand reglos, spürte die kalte Luft der Nacht auf ihrer nackten Haut und begriff, was sie getan hatte. Sie hatte alles zerstört. Jede noch so schmale Chance. Sie würde einsamer sein als zuvor, und hätte doch, wäre die Zeit umkehrbar gewesen, nicht anders handeln können.
Gehen Sie unter Ihren Felsvorsprung, wollte Sie zu ihm sagen, legen Sie sich schlafen, vergessen Sie Eva Löbel. Sie sind ein feiner, vornehmer Mann, schöne Manieren, noch schöneres Herz, Sie haben jedes Recht, sich zu ekeln und zu denken, dass Chaja eine solche Mutter nicht verdient. Lassen Sie Eva Löbel hier krepieren. Sie ist schon vor vier Jahren gestorben, sie hat sich nur geweigert, tot zu sein.
Seine Hände umfassten ihre Schultern, die verletzte Linke noch nicht sicher, die Rechte fest. Er drehte sie zu sich und sah ihr in die Augen, sein Gesicht keine Handbreit vor ihrem.

Dann küsste er sie. Erst auf den Mund, dann auf die Narbe auf der Brust und zuletzt auf die tiefste, knapp über ihrer Scham. Sie sah seinen Kopf in ihrem Schoß, spürte seine Lippen auf der geschändeten Haut und vernahm die vertraute Sprache, mit der ihr Körper Antwort gab. Küss mich, Ara, König von Armenien, ich will noch einmal Semiramis sein und dir verfallen. Zeichnen will ich dich, so schön, wie du bist, so heilsam und stark. Tröste meine Haut. Wo deine Lippen sind, verliert die Peitsche der Schergen ihre Macht.
Als sie ihn umarmen wollte, richtete er sich auf, trat zurück und hob die Hand. »Sie sind schön«, sagte er. »Wert, dass etliche vor Geld stinkende Kerle viel mehr als ihr Vermögen in Sie pumpen. Es liegt an mir. Das orientalische Tier in mir funktioniert nicht mehr. Es tut mir leid.«
Er ließ die Decke an sich herabgleiten und begann, sein Hemd aufzuknöpfen. Als er es sich von den Schultern streifte, entfuhr Eva ein Laut. Licht war gefährlich, sie mussten mit dem von Mond und Sternen vorliebnehmen, und darüber war sie froh. Es war viel mehr als genug.
Wie schön er gebaut war, wie schön er hätte sein können, erfasste sie jetzt, wo sie sah, dass er es nicht war. Auf seiner Brust spross schwarzes Haar. Auf der Haut, die dazwischen sichtbar blieb, war jeder Streifen von Striemen zerpflügt. Er stand gelenkig auf, ohne die Hände zu benutzen, löste seinen Gürtel und strich sich allen Stoff von den Hüften, ohne einen Knopf zu öffnen. Sie wollte nicht hinsehen, seinem Körper ihren Blick nicht antun, aber sie konnte sich nicht daran hindern. Einige der Narben, die die Haut auf den schlanken Schenkeln entstellten, waren großflächig wie Kontinente auf einer Landkarte. Mit welchem Instrument verabreichte man solche Schläge?
Er bemerkte, wo sie hinsah. »Die entstehen einfach«, sagte er. »Ohne Zutun. Das Fleisch macht schlapp und platzt auf.«

An dir ist doch gar kein Fleisch, dachte sie. Nur oben, an Schultern und Oberarmen, da siehst du aus wie ein Mann, der die, die ihn foltern, zu Boden hätte werfen können und sich über ihnen aufrichten. Der Rest gehört einem Jungen, der nachts mit blutendem Rücken auf einer steinernen Pritsche liegt und keinen Schlaf findet, weil er nie weiß, wann sie wiederkommen.

»Wie lange?«, flüsterte sie.

Er zuckte die gesunde Schulter. Durch die andere, an der der Arm noch bandagiert war, zog sich eine zwei Finger breite Narbe. »Drei Jahre. Ich hatte Glück. So lange hat es kaum einer gemacht. Ist es jetzt gut? Glauben Sie mir, kann ich mich wieder anziehen?«

»Wie hältst du das aus?«, stieß sie hervor. »Tag für Tag.«

»Das kommt schon hin«, sagte er. »Es ist vorbei, es tut mir nichts mehr. Ich mag nur nicht, wenn jemand es anfasst.«

»Niemand?« Es tat so weh. Er bückte sich nach seinem Hemd, und sie schämte sich, weil sie die schöne Kurve, die geschmeidige Bewegung bemerkte, weil sie dachte: Er ist für die Liebe gemacht, er darf doch für die Liebe nicht verloren sein.

»Doch«, sagte er, schloss den Gürtel und straffte den Rücken.

»Wer?«

»Meine Frau. Der Mann, der mich durchgebracht hat. Chaja.« Er wollte gehen, nicht unter den Vorsprung, sondern in die duftende, windbewegte Schwärze des Waldes, doch nach zwei Schritten drehte er sich um. »Ich hatte Glück«, wiederholte er. »Solange Sie am Leben bleiben, können Sie auch welches haben.«

»Wie kannst du das Glück nennen, was dir angetan worden ist? Bitte komm zurück, erzähl's mir. Auch wenn es schwer ist. Ich muss wissen, wie du das geschafft hast, wie du damit leben kannst.«

»Ich habe ja nichts geschafft«, sagte er. »Nicht allein.« Er trottete die zwei Schritte zurück und half Eva, ihre Kleider zu ordnen, seine Hände sacht und kühl wie die eines Arztes. Sie setzten sich wieder miteinander ins Moos, und er breitete den Mantel um sie.

»Wie bist du da herausgekommen?«, fragte sie.

»Ausgebrochen.«

»Ich wollte, ich hätte das fertiggebracht«, murmelte sie.

»Die Türken sind nicht so ordentlich wie die Deutschen«, sagte er. »Es war Krieg, und überall Durcheinander. Außerdem haben mich nicht etliche vergewaltigt, sondern nur einer, nicht vor meinen Augen, nur in meinen hübschen, verkniffenen Arsch. Ich bin nicht ohnmächtig geworden, sondern hatte noch Zeit, zu denken: Entweder ich haue jetzt ab, oder ich gehe drauf.«

Eva entfuhr ein schriller Laut. »Wie alt warst du?«

»Zwölf.«

Sie wollte noch etwas sagen, doch er legte sich einen Finger auf die Lippen. »Lass. Wir haben einmal Worte darum gemacht, damit ist es genug.«

»Warum wolltest du nicht draufgehen, Arman? Warum, verflucht noch mal, nicht?«

»Ich wollte zurück nach Boğazköy«, sagte er. »An den Ort, wo mein Vater verhaftet worden war. Ich wollte wissen, was mit ihm passiert war, und ich wollte den Leuten sagen, dass er das Verbrechen, das man ihm vorwarf, nicht begangen hatte. Über das, was danach mit mir wird, habe ich mir keine Gedanken gemacht.«

»Und was ist danach mit dir geworden?«

»Nichts.« Statt bitter aufzulachen, wie es die meisten Leute taten, spreizte er die leeren Hände. »Mit meinen großen Plänen bin ich ja nicht weit gekommen, sondern vor einer Haustür liegen geblieben, weil ich nicht weiter konnte. Der Mann, der dort wohnte, hat mich in sein Haus geschleppt und sechs Jahre lang bei sich behalten. Hätte man ihn dabei erwischt, dass er einen Armenier versteckte, wäre er gehängt oder zu Tode gequält worden.«

»Arman«, sagte sie scheu. »Woran sieht man denn, ob jemand Armenier oder Türke ist? Martin und ich haben gedacht, du seist Türke …«

Er hatte einen Stock aufgehoben und scharrte zwischen seinen Füßen im Sand. »Man sieht es, wenn man ihnen die Hosen runterzieht. Armenier sind nicht beschnitten.«

Sie fuhr zusammen. »Und warum hat der Mann, der dich versteckt hat, nicht … ich meine, hätte er dich nicht …?«

»Mich beschneiden lassen können? Doch. Viele Leute, die armenische Kinder gerettet haben, haben das gemacht. Aber Bülent wollte es nicht. Er ist ein frommer Mann, er hat gesagt, die Religion eines anderen ist ihm heilig, daran vergreift er sich nicht, und an mir hätten sich schon zu viele vergriffen. Ich wusste gar nicht, was das ist, Religion. Mein Vater fand, es sei rückständiger Quatsch für Narren ohne Bildung.«

»Das finde ich auch.«

Er warf ihr einen raschen Blick zu und umfasste etwas an seinem Hals. Chajas Davidstern. »Ich bin ein Narr ohne Bildung.«

»Das stimmt nicht.«

»Doch. Ich bin aus so vielen Schulen geflogen, dass mein Vater es irgendwann aufgegeben hat. Für mich war das, was Bülent getan hat, gut.«

»Glaubst du an einen Gott?«, fragte sie, und es klang, als hätte sie ihn gefragt: Bist du ein Kalb mit vier Köpfen?

»Ich weiß nicht«, sagte er. »Darüber habe ich nicht nachgedacht. Ich war nichts, ein zusammengedroschener Haufen Unrat, und Bülent hat mir etwas gegeben, das mir gehörte. Etwas, das er heilig fand. Für mich war das gut.«

Danach hört es sich an, dachte sie und verspürte eine Sehnsucht ohne Namen. »Warum hat dieser Bülent das getan?«, fragte sie. »Warum hat er sein Leben riskiert?«

»Das habe ich ihn hundertmal gefragt«, sagte Arman. »Er gibt mir darauf keine Antwort, sondern fragt zurück: ›Hätte ich dich liegen lassen sollen? Es war doch Winter.‹ Ich habe ihn jahrelang gequält, weil ich sicher war, früher oder später werde er mich vor die Tür setzen. Erst habe ich ewig geschwiegen, dann habe ich mich so übel danebenbenommen wie nur möglich. Ich hatte Talent dazu. Aber bei Bülent habe ich mich selbst übertroffen.«

Eva musste lachen. »Wenn ich mir von einem Menschen nicht vorstellen kann, dass er sich danebenbenimmt, dann von dir.«

»Bülent brauchte es sich nicht vorzustellen«, sagte Arman. »Er hatte das Theater von früh bis spät in seinem Haus. Irgendwann war ich so sicher, er muss mich jetzt rausschmeißen, dass ich gehen wollte, ehe er die Chance dazu bekam.«

»Und er?«

»Er hat mich am Kragen gepackt und gesagt: ›Die Tür bleibt zu, Freundchen. Deinen Unarten kommen wir bei, wie mein Vater meinen beigekommen ist.‹«

»Er hat dich geschlagen?« Der Gedanke, die zerschundene Haut könne noch einmal misshandelt worden sein, ließ sie schaudern.

»Ich glaube eher nicht«, antwortete Arman zärtlich, amüsiert oder beides. »Er hat von seiner Pistazie den dünnsten Stock geschnitten und mit seinem Messer jede Unebenheit daran glatt geschabt. Als ich mein Hemd ausziehen wollte, hat er es mir wieder in die Hose gestopft, und dann hat er mir seinen Stock sechsmal über die Schultern gezogen, ganz vorsichtig, so wie er alles mit mir gemacht hat: als wäre ich aus Glas. Ich habe mich furchtbar geschämt, also habe ich ihm gesagt, ich bin ein harter Brocken, und er muss mich fester und weiter unten schlagen, oder er tut mir nicht weh.«

»Weiter unten?« Sie presste sich eine Hand auf die rechte Niere, weil sie jäh glaubte, den schwindelerregenden Schmerz noch einmal zu spüren. »Hat er das getan?«

»Nein. Nie.« Er hielt inne und lächelte, nicht ihr ins Gesicht, sondern still für sich. »Er hat seine Augen aufgerissen, und mit diesen weiten, nassen Augen zu mir gesagt: ›Du bist kein harter Brocken, sondern ein großer Esel, Arman. Genügt es dir nicht, dass es mir weh tut? Wenn ich dich nicht in Ehren halte, wie soll ich dich lehren, Gott und die Welt in Ehren zu halten?‹ Ich habe ihm geschworen, ich reiße mich am Riemen, ich tue ihm im Leben nicht mehr weh, und er hat seinen Stock in fingerlange Stücke zerbrochen und gesagt: ›Na, na. Nicht gleich übertreiben.‹«

Das Lächeln erstarb, er konnte nicht weitersprechen, und der Wunsch, ihn in die Arme zu nehmen, wurde in Eva übermächtig. Diesmal aber beherrschte sie sich. »Danke, dass du es mir erzählt hast. Ich war sicher, du redest Unsinn, aber du hattest tatsächlich Glück.«

Ich mache dasselbe wie du, dachte sie. Benehme mich daneben, versuche, dich dazu zu zwingen, mich rauszuwerfen, doch stattdessen schenkst du die Achtung, die du erfahren hast, an mich weiter. Ich hätte auch Glück. Mein Pech ist nur: Ich bin kein ungezogener Halbwüchsiger, und du bist kein weiser alter Mann.

»Und was ist mit deiner Frau?«, fragte sie leise und sah die Rotgelockte vor sich, die im Gras saß und seinen Kopf im Schoß hielt. Sie hatte mit Wilma über Frauen gelacht, die ihr aus Eifersucht an die Gurgel wollten, aber heute lachte sie nicht mehr. Die hat mein Kind, dachte sie. Und die hat den Mann, den ich will. Sie braucht sie beide nicht, sie kann sich morgen einen Neuen anlachen, der heile Haut hat und ihr ein neues Kind macht. Für mich ist dieser der Einzige. Wenn er nicht mit mir schlafen kann, soll es mir egal sein. Vielleicht kann ich es auch nicht, sosehr ich es will. Ich will in seinen Armen sein, ich will ihn Tag und Nacht um mich, damit ich mich zurück ins Leben tasten kann, ich will seine Sanftmut, seine Stärke, seinen Schutz.

»Jetzt ist es genug«, sagte er mühsam. »Gehen wir schlafen, Eva. Meine Frau geht niemanden etwas an.«

»Warum weinst du?« Hoffnung flammte in ihr auf. Er hatte gesagt, er könne die Rotgelockte nicht behalten, weil er ihr kein Kind machen konnte. Gewiss war sie eine von den Frauen, die ohne Frucht ihres Leibes nicht zu leben vermochten, und wenn sie noch Chaja verlor, würde sie ihn verlassen. Komm zu mir, dachte sie, ruh dich aus, vergiss all die Forderungen, die du nicht erfüllen kannst.

»Warum weinst du?«

Er stieß einen Zischlaut aus. »Warum hören Sie nie zu, wenn ich sage, es ist jetzt genug, warum fragen Sie immer weiter? Was wollen Sie? Dass ich in Ihren Wunden herumrühre, dass ich Ihnen unter die Nase reibe, was ich habe und Sie nicht?«

»Sag's mir. Und hör auf, mich zu siezen. Bitte.«

Er stand auf und wandte sich zum Wald. »Ich will nach Hause«, sagte er. »Ich weine, weil sie mir fehlen, Bülent, Amarna, Chaja. An den Erinnerungen werde ich nicht verrückt, aber an der Angst, Menschen nicht schützen zu können und sie zu verlieren.«

»Du hast ihn bei dir in London?«, fragte Eva verblüfft. »Diesen alten Mann aus der Türkei?«

»Wo denn sonst?«, fragte Arman noch verblüffter zurück. »Sein einziges Kind ist seit langem tot, er hat nur Amarna und mich. Er gehört zu uns.«

»Er hat auch Glück«, sagte Eva. »Nicht nur du.«
»Das hat er zu mir gesagt, bevor ich losgeflogen bin.« Über sein Gesicht strömten Tränen. »Er hat mich gesegnet und gesagt, ich war ein Segen in seinem Leben. Ich habe gedacht, er sagt das, weil er fühlt, dass er stirbt, und bis dahin bin ich zurück. Aber ich bin nicht zurück. Vielleicht stirbt er, und ich bin nicht bei ihm.«
Und wenn?, fragte sich Eva. In einer Welt voller Mord und Qual, was ist da zum Weinen an einem alten Mann, der stirbt? Du bist das Gegenteil von den sardonischen Kindern, dachte sie, und jäh wurde ihr kalt. »Du warst ein Segen in meinem Leben«, murmelte sie. »Wie kann ein Mensch etwas so Schönes zu einem anderen sagen?«
»Ich will es zu Chaja sagen«, sagte er. »Bevor sie von uns weggeht.«
Von dir muss sie nicht weggehen, dachte Eva, betrachtete seine Silhouette in der Schwärze der Nacht und berauschte sich an der Vorstellung, er könnte Chajas Vater sein, nach all der Einsamkeit könnte sie mit diesem Mann und ihrem Kind ein Zuhause teilen. Keine Bleibtreustraße. Ein Haus, fern von Menschen, das sie abends verriegeln würden. Mit dir fange ich wieder an zu malen. Du und ich, wir könnten die Verbrechen, die an uns begangen worden sind, für die, die nach uns kommen, festhalten. Die Skulptur auf dem Plakat fiel ihr ein, die alle Welt *La Guerre* nannte. Glaubst du, deine Frau versteht dich? Ich bin Künstler wie du, ich höre mehr, als du mit Worten preisgibst. Hat dich je ein Mensch verstanden, wie wir beide uns verstehen?
»Gute Nacht, Eva«, sagte er.
Sie sprang auf, stellte sich vor ihn, legte ihm die Hände auf die Schultern. »Die Skulptur aus rotem Stein, mit der du in Paris warst – das ist kein Bild vom Krieg, nicht wahr?«
»Doch.«

»Aber du hättest sie nicht *Krieg* genannt.«
»Doch. Warum nicht? Ich gebe ihnen nie Namen.«
Er wich zurück, und sie folgte. »Wer ist der mit dem aufgerissenen Bauch, dem nicht mehr kenntlichen Gesicht und der abgehackten Hand?«
Er wich weiter zurück wie ein in die Enge getriebenes Tier, prallte gegen einen Baum und hob die Hände.
»Sag's mir.«
»Mein Vater.«
Evas Herz jagte. »Du hast herausgefunden, was mit ihm geschehen ist, ja?«
Er schloss die Augen, presste den Rücken an den Stamm und drehte das Gesicht von ihr fort. »Bitte lass mich.«
»Sag's mir. Ich muss es wissen. Ich habe meinen Vater noch in Deutschland, ich habe keine Ahnung, was mit ihm ist – was sie mit deinem Volk getan haben, das tun sie jetzt mit meinem.«
»Ein Freund von ihm war dabei«, sagte Arman. »Sein Sohn hat es mir Jahre später erzählt. Er hat auch das Kreuz aufgehoben, das mein Vater um den Hals trug. Ich wünschte, ich wüsste, warum er es überhaupt hatte.«
»Was ist mit ihm passiert? Was hat dieser Sohn dir erzählt?«
»Er sollte am Galgen sterben, doch er war schon tot, als sie ihn aufgehängt haben«, sagte Arman mit abgewandtem Gesicht. »Er ist am Boden gestorben. Zu Tode gequält. Sein Bauch war aufgeschlitzt, und als er daran nicht gestorben ist, sondern noch gebrüllt hat, hat ihm einer die Hand abgehackt und in den Mund gestopft. Das Gesicht haben sie ihm erst zertrümmert, als er tot war. Meine Frau hat mir das erklärt, sie ist Altorientalistin und hat mir in Mesopotamien zerschlagene Gesichter von Statuen gezeigt. So wie die Urartäer sie in Stein meißeln wollten, um im Bild ihr Leben zu bewahren, wollen die, die sie zerschlagen, auslöschen, dass sie gelebt haben.«

Sein Körper krümmte sich, und er würgte. Als sie ihm helfen wollte, stieß er sie weg, riss sich zusammen und richtete sich auf. Seine Bauchdecke krampfte. Er presste die Hände darauf.
»Arman, lass mich dir helfen.«
»Das kommt schon hin.« Seine Augen funkelten, dann trat er an ihr vorbei auf den Felsvorsprung zu. »Lass mich jetzt schlafen, ja?«
»Warum darf ich dir nicht helfen? Warum erlaubst du deiner Frau, dich anzufassen, und mir nicht?«
Es war, als hätte sie ihm in den Magen geschlagen, so dass er noch immer gegen den Würgereiz kämpfte, und jetzt holte er aus und schlug zurück. »Weil ich in sie verliebt bin«, sagte er tückisch. »Nicht wie ein armes Schwein, sondern wie ein orientalisches Tier, das zu lange keinen Sex bekommen hat. Weil sie mich nie angeglotzt hat wie eine Monstrosität, sondern wie einen Kerl, den sie aufs Kreuz legen will. Weil sie meinen Namen tragen und mein Kind bekommen wollte. Weil sie mit mir an den Ararat gefahren ist und mich gehindert hat, Bomben auf Städte zu werfen, weil sie mehr über mich als über meine dummen Witze lacht, und weil sie mir Chaja gebracht hat. Weil sie an allen Tagen mit mir lebt, auch dann, wenn sie mich nicht erträgt.«
Er ließ sie stehen und ging weiter, sein Rücken abweisend, hübsch, arrogant, von der Erschütterung nichts mehr zu spüren. Stattdessen presste Eva sich die Hände auf den Bauch. Das bekommst du zurück, dachte sie. Ich mache mir dich gefügig, ich tue es mit aller Süße, aber wenn es sein muss, schabe ich die Unebenheiten vom Stock nicht ab. Ich habe alles verloren. Ich werde diesmal nicht die Verliererin sein.
Vier Tage später war die Maschine startklar. Arman bekam sie knapp über dem Waldsaum hoch, und buchstäblich unter den Augen der anrückenden Nazis entkamen sie nach England.

# 36

## AMARNA
## LONDON. SOMMER 1943

»War es nicht schön im Zoo, mein Kartoffelkäfer?«

»Nein, es war blöd«, sagte Chaja wütend, als wolle sie auch mit zehn Jahren noch mit dem Fuß aufstampfen. »Ich mag keine eingesperrten Tiere sehen, und außerdem haben die Tiere keinen Luftschutzkeller, und für den Holzkram, mit dem Edu spielt, bin ich schon lange zu groß.«

Sie griff in ihre Rocktasche und zeigte Amarna die geschnitzte Figur eines Affen, ein kleines Kunstwerk, das als Spielzeug für den tapsigen Edu eindeutig ungeeignet war. Vermutlich hatte Eva es selbst für ihre Tochter gemacht, während Amarna mit ihren zwei linken Händen ihr nicht einmal bei Bastelarbeiten für die Schule helfen konnte. Aber Chaja hatte selbst zwei linke Hände. Meistens hatten sie sich über ihre hoffnungslosen Versuche eine Weile lang totgelacht und das Gebastelte dann für Arman liegen lassen. »Du hast die zwei rechten Hände von mir und Mum«, hatte Chaja zu ihm gesagt. »Dich können wir nicht mal eine Kartoffel schälen lassen, weil du daraus Männchen schnitzt.«

Arman hatte für Chaja einen ganzen Zoo aus Kartoffeln geschnitzt, aber hinterher darauf bestanden, dass sie die Kartoffeltiere kochten und aßen. »Das ist sonst Verschwendung, Chaja. Die meisten Leute haben nichts zu essen.«

»Wir sind aber nicht die meisten Leute!«, hatte Chaja gerufen, war ihm auf den Schoß gesprungen und hatte ihm das Haar zerwühlt. »Du bist so lustig mit deiner Sparerei. Wir haben doch Doris' Zinkbadewanne, uns kommen die Kartoffeln aus den Ohren!«

Wie schön unser Leben war, dachte Amarna, inmitten von Krieg und Tod. Wie schön es war, bevor du gekommen bist. Chaja will deinen Zoo und deine Holztiere nicht, sie hat das, was sie will, bei uns. Wir sind ihre Familie. Sie geht mit dem Autoradio zum Friedhof und spielt Doris die *Kitchen Front* vor, ihr sind unsere Toten näher als du ihr im Leben. Amarna hielt inne und schämte sich für ihre Häme. Eva Löbel konnte nichts dafür, dass ihr Kind ihr fremd war, dass sie seine Wünsche nicht kannte, und Amarna hatte Lilly Greenstein versprochen, zu Evas Gunsten auf Chaja einzuwirken.
»Um Sie blutet mir das Herz«, hatte die Ärztin gesagt. »Aber es steht nicht in meiner Macht, hier zu helfen. Sie haben von Anfang an gewusst, dass wir diese Kinder in Obhut nehmen, um sie im glücklichsten Fall ihren Eltern wohlbehalten zurückzugeben.«
Ja, das haben wir, aber Chaja ist nicht eines von *diesen Kindern*. Sie ist mein Kind. Meines und Armans, der sie an die fremde Frau verraten hat. Dieser letzte Gedanke war der ungerechteste. Hätte Arman Eva Löbel nicht dazu überredet, vorerst nach Kent zu ziehen, und würde er nicht unentwegt auf sie einwirken, damit sie Chaja Zeit ließ, sich an die veränderte Lage zu gewöhnen, wäre ihnen ihr Kind längst entrissen worden. Es war nicht Armans Schuld, dass unter den Millionen von Menschen, die in Hitlers Europa vom Tod bedroht waren, ausgerechnet Chajas Mutter die Flucht nach Frankreich gelungen war und dass ihr Name auf einer der Listen stand, die Michel an die FTP-Gruppe von Melinées Mann Missak weitergab, damit sie nach England ausgeflogen wurde.
Es war der letzte Flug gewesen. Der kleine Sieg in Algerien, der im letzten Jahr gefeiert worden war, hatte die Deutschen zum Einmarsch in die Freie Zone getrieben. In Frankreich gab es keinen unbesetzten Flecken Land mehr, und die FTP, die

militärisch geschulten Partisanen, die von *France libre* und der SOE mit Waffen beliefert worden waren, konnten sich nicht länger an Fluchthilfeaktionen beteiligen. Sie wurden in Paris gebraucht, wo sie mit Attentaten und Sabotageakten gegen die Besatzer kämpften. Melinées Mann Missak, dem Arman mit einer stillen Wärme zugetan war, gehörte zu denen, die in der ersten Reihe standen. Der Gedanke an Melinée, die Waise, die sich ein Kind wünschte, tat weh. Amarna hätte ihr gern geschrieben, was Sedat Veysel ihr geschrieben hatte: Ich wünsche mir, dass wir uns eines Tages wiedersehen, am Berg Ararat, und dass der weiße Berg uns dann sein Gesicht und seinen Rücken zeigt.

Arman wäre ohnehin nicht mehr geflogen. Es war nicht seine Schuld, dass ihm auf seinem letzten Flug, der der Familie des Physikprofessors gegolten hatte, Eva Löbel untergeschoben worden war. Was hätte er tun sollen? Sie in Frankreich lassen, damit sie den Nazis in die Hände fiel und aus Chaja ein Waisenkind wurde, das sie im Schnellverfahren adoptieren konnten? Arman war noch einmal dekoriert und befördert worden, er saß in einer strategischen Schaltstelle der SOE und hatte das Lieblingskunstwerk der kriegsgeschüttelten Nation geschaffen. Wenn er sich um jeden Preis ein schlaksiges jüdisches Mädchen wünschte, hätte man ihm die nötigen Papiere in den Schoß geworfen und gesagt: »Aber gern doch, *Sir* – wenn's weiter nichts ist.«

Amarna selbst leitete das *Middle East Department* des Museums, weil Wally sich verfügbar gemeldet hatte. Da die Sammlungen in sicheren Verstecken lagerten, kuratierte sie die Ersatzausstellung rund um *La Guerre,* in die die Londoner unablässig strömten. Wir sind noch immer die Vorzeigeflüchtlinge, die jede Nation sich aus dem Katalog aussuchen würde, dachte sie. Wir geben noch immer unsere Partys, wir haben keinen

Gironde-Wein mehr, aber stärken die Moral und den antifaschistischen Kampfgeist mit *Pimm's* und Kartoffelsalat aus Doris' Zinkwanne. Uns gäbe man ein Waisenkind mit Kusshand. Auch Lilly Greenstein hatte gesagt: »Wenn Sie noch einmal einem kleinen Menschen so viel Gutes angedeihen lassen wollen wie Chaja – wir haben etliche Kinder, die aus den Heimen nie herausgekommen sind und endlos dankbar wären.«
Wir lassen Kindern gern Wohltaten angedeihen, dachte Amarna. Wir haben wenig Zeit, aber unser Haus steht offen und hallt wider vor Kinderlärm. Arman hatte das Atelier mehr oder minder aufgegeben, damit Hugh und Freddy, die Söhne von Kathys Schwester Susan, mit Edu darin toben konnten, Deirdre war tagein, tagaus bei ihnen, und Jordan war wieder schwanger. »In sämtlichen Sintflut-Versionen wird die Arche mit Vierbeinern beladen«, hatte Amarnas Vater gesagt. »Meine Tochter dagegen lädt die zweibeinigen Völker der Erde ein.«
Wenn das möglich wäre, fände ich es schön, hatte Amarna gedacht. Wenn sich auf solche Weise sicherstellen ließe, dass der Welt kein Menschenvolk verlorenginge, rückten wir in unserem Arche-Haus noch dichter zusammen. Ein Kind, für das Lilly ein Heim sucht, fände problemlos Platz. Aber es könnte uns unser Kind nicht ersetzen. Das bedeutet es, wenn man einen Menschen »mein« oder »unser« nennt – dass es für ihn keinen Ersatz gibt. Arman ist mein Mann, wenn ich ihn nicht mehr hätte, hätte ich keinen mehr. Und unser Kind, Armans und meines, ist Chaja.
Amarna wollte nicht ungerecht zu Arman sein, der zwischen seinem Büro in der *Baker Street*, dem Haus in Kent und ihrem Haus am Kanal hin- und herfuhr, darum rang, alle ruhig zu halten, und sich zwischen ihnen aufrieb. Er war, wie er immer war, vorbildlich, über jeden Vorwurf erhaben, ständig bemüht, sich den gestohlenen Platz im Rettungsboot im Nachhinein zu

verdienen. Er tat, was er für richtig hielt, dafür durfte sie ihn nicht tadeln, doch die hässliche Stimme in ihrem Kopf bekam sie nicht zum Verstummen. Verdammt, du bringst nicht einmal ein Buch zurück in die Bücherei, wollte sie schreien, wie kannst du dein Kind zurückgeben und dir den Leihausweis abstempeln lassen, ausgerechnet du, von dem ich geglaubt habe, dass er Chaja am meisten von uns allen liebt!
Warum hast du diese Frau nicht in Frankreich gelassen?, zischte die hässliche Stimme, warum hast du nicht die Beine in die Hand genommen, sobald du erfahren hast, wer sie war? So ein Flugzeug war eine moderne Arche, und in der *Bristol Blenheim*, die Arman gekauft hatte, um Amarna, Bülent, Rehan und das nie gezeugte Kind in Sicherheit zu fliegen, waren die Plätze begrenzt wie seinerzeit im Boot. Frankreich war voll von Menschen, die vor dem Tod flüchten mussten. Er hätte jemand anderem einen Platz zuteilen können, jemandem, der ihm dafür bis an sein Lebensende dankbar war, doch er hatte Eva Löbel genommen, die ihm zum Dank sein Kind raubte.
Amarna erschrak vor sich selbst. Wie konnte die nette, zivilisierte Frau, als die sie sich selbst sah, so denken? Wie konnte sie solches Denken von ihrem Mann verlangen? Ich kann es, weil sie mir mein Kind nehmen, folgte die Antwort auf dem Fuß. Welcher nette, zivilisierte Mensch hätte sein Kind nicht vor allem anderen geschützt?
»Mum?« Chaja boxte sie. »Hörst du mir überhaupt zu? Ich will mit der Frau nicht mehr ausgehen, warum muss ich denn, wenn ich nicht will?«
Weil Hitler Menschen wie Konfetti über einen Kontinent verstreut hat, dachte Amarna. Weil es den Mördern gleichgültig ist, dass wir, wenn wir überleben, von der Arche steigen und sortieren müssen, wer zu wem gehört. Zu Chaja sagte sie mit rauher Stimme: »Deine Mutter will dir eine Freude machen.«

»Die ist nicht meine Mutter!« Chaja warf ihr die Arme um den Hals und drückte ihr einen Kuss in den Mundwinkel. Sie war ein sprödes Mädchen, so wie Arman bei allem Charme ein spröder Mann war. Beider Zärtlichkeit war die höchste Ehre – zwei, die ihre Tür verschlossen hielten, luden Amarna ein, ihr Herz zu betreten. »Ich kann ja auch gar keine Mutter brauchen, ich habe eine Mum, und die bist du.«

»Ach, Chaja.« Mein Kartoffelkäfer. Mein kleines, liebstes Leben.

»Das sagt Dad auch immer.«

Lilly Greenstein hatte verlangt, sie sollten Chaja abgewöhnen, Mum und Dad zu ihnen zu sagen, aber wenigstens in dem Punkt hatte Arman sich verweigert. »Sie wollte gern, dass wir hier in England ihre Eltern sind. Sollen wir das jetzt ausstreichen, sollen wir noch fünf Jahre ihres Lebens für falsch erklären?«

»Wenn Edu zu klein ist, schenk ich das Hugh und Freddy«, sagte Chaja und blickte verächtlich auf den hölzernen Affen. »Und die können dann auch mit der Frau in den blöden Zoo gehen.«

»Chaja, deine Mutter wollte mit dir in den Zoo, weil du in Berlin gern dorthin gegangen bist.«

»Daran kann ich mich nicht erinnern«, blaffte Chaja mit ihrer Trotzstimme. Das war immerhin ein Fortschritt. Jahrelang hatte sie behauptet, alles, was Amarna und Arman aus Berlin erwähnten, habe schlicht nicht stattgefunden. Das komme häufig vor, hatte Lilly Greenstein erklärt. Die Kinder warfen die Erinnerungen fort, um den Schmerz zu ertragen. Wäre es nach Amarna gegangen, hätte sie es dabei belassen, doch um Chajas willen musste sie eine Brücke schlagen. »Du mochtest die Affen am liebsten«, wiederholte sie das, was ihr übermittelt worden war. »Du hast doch selbst einen Affen – deinen Hagen, den wir dir nicht einmal zum Waschen wegnehmen durften.«

»Babykram.« Chaja schnaubte. »Ich würd ihn Edu schenken, aber er ist schon viel zu hässlich, und Edu hat genug hübsche, neue Spieltiere.«

Amarna fragt sie nicht, warum sie den abgeschabten Plüschaffen dann nicht wegwarf. »Jedenfalls warst du ganz wild auf die Affen«, rang sie sich stattdessen ab. »Du hast immer deinen Block mit in den Zoo genommen und wolltest sie zeichnen.«

Sofort strahlte Chaja über ihr schönes, erwachsenes Gesicht. »Dann kann die Frau doch mit Dad in den Zoo gehen! Wenn sie Dad einen Block zum Kritzeln gibt, ist ihm egal, wo er ist.«

O nein, dachte Amarna. Sie soll gehen, mit wem sie will, aber nicht mit deinem Dad. Eva Löbel war von der Gestapo gefoltert worden und hatte vier Jahre versteckt und in völliger Einsamkeit gelebt. Jeder fühlende Mensch, der verwöhnt und voll Liebe behütet worden war wie Amarna, hätte sich vor Mitleid mit ihr überschlagen müssen, aber als Arman sie in ihr Haus gebracht hatte, hatte Amarna nur eines gedacht: Jetzt ist mir geschehen, was ich für unmöglich gehalten habe, obwohl die Nation seit Jahr und Tag darüber spekuliert. Eine andere Frau. »Treue Männer gibt's so viele wie Sonnentage in England«, hatte Doris beteuert. »Ehe man beim Picknick die Sandwiches rausholt, fängt's an zu regnen. *Black Beauty* sieht aus wie der Letzte, dem du's zutrauen würdest, aber wenn ich je einen gekannt hab, bei dem du dein Picknick im Trockenen aufessen kannst, dann den.«

Arman war treu, weil sein Herz ins Trockene wollte. Er war ihr Sonnentag in England. Von dem Tag, an dem ich mich in dich verliebt habe, hatte ich Angst um dich. Davor, dass die Vergangenheit dich einholt und verschlingt, davor, dass die Last, die du schleppst, dich zerbricht, aber nie davor, dass du mich mit einer anderen betrügst. Ich konnte im Bauernrock neben meinem schönen Mann im Smoking einherspazieren und den Kopf hoch tragen, weil ich wusste: Für dich bin ich Weltwunder Nummer acht. Deine Nouvart, für die der schöne Armenierkönig die mächtige Semiramis stehen lässt und sein Reich herschenkt. Dann aber bist du mit Semiramis in unser Haus gekommen und hast gesagt: »Amarna, das ist Eva Löbel. Eva, das ist meine Frau.«

Wally hatte sich manchmal über Amarna lustig gemacht, weil sie vom Weibchenverhalten so wenig verstand, doch was Eva Löbel wollte, erfasste sie mit einem Blick: Die kommt nicht nur, um mir mein Kind wegzuholen. Die will alles. Mein Kind *und* meinen Mann.

Sekundenlang wünschte sie, sie wären andere Leute, solche wie in den Melodramen, über die Jordan im Kino schluchzte. Sie hätte Arman ohrfeigen können, weil er mit einer anderen ins Bett stieg, und das Ganze wäre ausgestanden gewesen. Aber das tat er ja nicht. Sich ein Abenteuer zu leisten, während seine Frau sich um ihn sorgte, wäre für Bülents wohlerzogenen Findling undenkbar gewesen. Wenn Armans Augen in die Ferne schweiften, dann schweifte sein Herz mit, und mit einer Nacht im fremden Bett war es nicht getan. Vermutlich war er nicht weniger schockiert als sie.

Dass er von Eva Löbel bekam, was seine Frau ihm nicht gab, durfte Amarna ihm nicht vorwerfen. Sie hatten denselben Beruf. Eva Löbel würde verstehen, warum er steinernen Menschen die Bäuche aufhackte, warum er seit dem *Chatschkar* keine Skulptur mehr gemacht hatte, und warum es ihm nie gelungen war, das Bildnis zu schaffen, das auf den leeren Sockel gehörte.

Und mehr noch: Ihnen war dasselbe Entsetzen widerfahren, dieselbe Verletzung zugefügt worden, die nicht heilte. Von Eva Löbel würde Arman nicht zu hören bekommen, ihr stehe seine Vergangenheit, sein Leben mit den Toten bis zum Hals. Vielleicht konnte Eva Löbel ihn erreichen, wenn er im Schlaf vor Schmerzen weinte, ihn nicht nur machtlos in den Armen halten und mitweinen, sondern zu sich bringen und erlösen. Vielleicht konnte Eva Löbel ihn lehren, sein Essen zu genießen, ohne sich zu fühlen, als nähme er es jemandem weg. Von Eva Löbel hatte er keine Ungeduld, keinen Rüffel, kein entnervtes Stöhnen zu befürchten, keine Forderung, der er nicht gewachsen war. Dass er sich nach ihrem Verständnis sehnte, war kein Verbrechen, und Amarna durfte ihm keinen Strick daraus drehen.

So wie es kein Verbrechen war, dass er Eva Löbel schön fand. Amarna hatte sich Chajas Mutter anders vorgestellt. Stiller, dunkler, verstörter, mehr wie das Bild auf dem *Chatschkar*, über das Chaja ihr erzählt hatte, was Arman verschwieg: »Dad hat gesagt, er findet es schwer, von seiner Mutter zu reden, also will er ihr ein Bild machen, weil sie sonst vergessen ist. Aber er weiß nur noch wenig davon, wie sie ausgesehen hat. Da habe ich mir gedacht: Ich finde das auch schwer, von meiner *Mame* zu reden, und ich weiß auch nur noch wenig davon, wie sie ausgesehen hat, also werfen wir das, was wir wissen, zusammen und machen ein *Mame*-Bild für alle beide.«

Amarna hatte Arman seine Mutter nie *Mame* nennen hören, aber er sprach ja ohnehin nie von ihr. Dass ein *Chatschkar* für eine Tote gedacht war, während Hoffnung bestand, dass ihre Mutter lebte, hatte sie Chaja nicht gesagt. Das *Chatschkar* und die Zeichnung von den zwei Frauen auf der Straße waren die einzigen Zeichen gewesen, dass Chaja kein völliges Vergessen wünschte. Amarna hatte nicht daran rütteln wollen. Sooft sie auf den Friedhof gegangen war, hatte sie in dem zarten, fremden Frauengesicht sowohl Armans Mutter als auch die von Chaja gesehen, zwei Verlorene, denen sie ihr Liebstes verdankte.

Eva Löbel aber war nicht verloren, und sie sah nicht aus wie die Frau auf dem *Chatschkar*. Sie war nicht zart, sondern drall, sie hatte nichts Stilles, Verängstigtes an sich, sondern etwas, das Raum forderte und Blicke auf sich zog. Sie war schön. Nicht wie ein schlafendes Dorf am Euphrat. Sondern so wie Paris.

In Paris hatte Amarna mit Doris am *Quai Voltaire* gesessen, wo die schönsten Frauen entlangschlenderten und die dreistesten Männer ihnen nachschmachteten. Sie hatten sich vor Lachen kaum halten können, weil Arman seine Traumwandleraugen nicht auf langen Beinen mit Strumpfnaht ruhen ließ, sondern hingerissen einem alten Mann zusah, der einen winzigen Hund dressierte. Aber das war hundert Kriegsjahre her. Jetzt hatte er seine Augen genau da, wo sie von einem Mann erwartet wurden: auf Eva Löbels Beinen, auf ihrem Hintern, ihren Brüsten, ihrem Mund.

Wo Eva Löbel ihre Augen hatte, erfasste Amarna, ohne hinzusehen. Ihr Mann hatte etwas von einem Sonnenuntergang am Euphrat, aber er war kein schlafendes Dorf. Er war Arman Artsruni, den das Vorkriegsfeuilleton das *sinnliche Prickeln im Stein* genannt hatte und dem Scharen kreischender Schulmädchen in die Kunstgalerien gefolgt waren. Er zählte knapp vierzig Jahre und alterte wie Wein – der Geschmack intensiver, der Samt des Timbres dunkler, der Gehalt stärker und gefährlicher. Dass hübschen Männerschultern Uniformen standen, schrie zum Himmel. Vielleicht wären ein paar Kriege weniger angezettelt worden, wenn man Offiziere stattdessen in geblümte Spielhöschen gesteckt hätte.

Aber Arman zettelte nicht einmal Kriege an. Er war Eva Löbels Lebensretter, ein strammer Antifaschist, der seine schönen Augen als Draufgabe mitbrachte. Er war perfekt – wer wollte es der dem Tod entronnenen Eva Löbel verdenken, dass sie

sich das Beste unter den Nagel riss, was sie im Leben bekommen konnte?
Ich, schrie alles in Amarna. Er ist mein Mann, im Guten wie im Bösen. Wir hatten von beidem so viel, und ich gäbe nichts weg, ich wollte nichts tauschen. Er hat auch nie etwas getauscht, unser Leben war ihm alles, ohne Wenn und Aber. Er ist so perfekt wie die Kartoffeln aus Doris' Zinkbadewanne, wie ein Picknick in England, wie Partys im *Anderson Shelter,* und sein grässlicher Ordnungstick macht mich krank. Aber er ist wundervoll. Er kann sich mit den Füßen im Nacken kratzen, bei der Liebe kratzt er uns beide, und wie er dann lachen kann, rot wie ein Chorknabe, das ahnt kein Mensch, und das filmt auch keine Kamera von *British Movietone.* Manchmal sind wir vor Lachen und Lieben ineinander stecken geblieben, am Ufer des Euphrat, in einem Wehrgang in Hattuša, in einer grasbewachsenen Senke am Ararat. Er hat bei mir gelernt, einem Menschen in den Armen einzuschlafen, sich wie blödsinnig einen Kuss zu wünschen und ihn zu bekommen, er liest heimlich Gedichte und flüstert sie mir in die Ohren, und wenn du ihn mir wegnimmst, machst du nicht nur mich kaputt, sondern ihn erst recht.
Ihr Gedankenfluss stockte. Traf das denn zu? Wenn Arman sie verließ, um mit Eva Löbel zu gehen, brauchte er Chaja nicht zu verlieren. Er konnte ihr Vater werden, völlig legal, und der einzige Verlierer wäre Amarna.
Ihr Blick stahl sich zur Uhr. All dieses Stundenzählen war so entsetzlich demütigend. An den meisten Tagen kam Arman nach Hause, um Bülents *Ayran* anzurühren, das einzige, was der alte Mann noch herunterbekam, und um mit ihm *Tavla* zu spielen. Zuweilen aber schaffte er es nicht, und dann begannen in Amarnas Kopf die würdelosen Gedanken zu kreisen: Ist er jetzt bei ihr in Kent, schiebt sie ihm den Arm um die Taille,

steht er mit ihr an unserer Küste und sieht auf das Meer, wo Chaja und ich ihn in den vergangenen Sommern mit viel Gepruste fast ertränkt haben?

»Du bist heute schrecklich, Mum«, maulte Chaja. »Du hast kein einziges Wort gehört, das ich gesagt habe.«

»Tut mir leid, mein Lieblingsungeheuer. Was hast du gesagt?«

»Dass ihr euch auf den Kopf stellen könnt, du und Dad, ich geh mit der Frau nicht mehr mit. Wenn ihr mich dazu zwingen wollt, müsst ihr mich ganz doll verprügeln.«

»Chaja!« Amarna zog sie an sich. »Du kannst ein solches Biest sein, weißt du das? Wie kannst du denn so etwas zu mir sagen?«

»Na ja.« Chaja furchte die Brauen. »Es ist aber auch biestig, mich immer mit der blöden Frau wegzuschicken. Die anderen müssen nicht gehen, Deirdre ist den ganzen Tag auf *de Gaulle* geritten, obwohl sie *de Gaulle* im Maul reißt, nur ich musste mit der Frau herumlatschen. Und Datteln hat sie mir auch nicht gekauft.«

»Es gibt doch jetzt im Krieg keine Datteln, du Zicke.«

»Weiß ich. Doris hätte mir trotzdem welche gekauft. Sie hätte sie eben ersetzt.«

Amarna überkam ihr Doris-Lachen, das nah am Wasser gebaut war. »Wenigstens erinnerst du dich, dass du Datteln mochtest.«

»Aber nicht von der Frau!«, beharrte Chaja.

Amarna seufzte. »Nein. Von deiner Tante Wilma, stimmt's?«

Chaja sah sie nachtäugig an, und Amarna glaubte, ihren Mann vor sich zu haben, der hinter seiner hohen Stirn beschloss, ein Thema fallenzulassen, als wäre es nie erwähnt worden. »Jedenfalls ist mit der Frau jetzt Schluss. Weißt du was? Ich glaub, du willst mich nicht mehr haben, deshalb schickst du mich mit der weg, und Kinder wegschicken ist viel gemeiner als verprügeln!«

»Chaja, das ist nicht wahr!«, rief Amarna und presste sie an sich, wie Chaja es hasste. »Ich will dich haben. Ich will niemanden sosehr haben wie dich und deinen Dad.«
»Und wenn ich's nicht glaub?«
»Brauchst du nicht zu glauben. Musst du wissen. In der Welt ist ein Riesendurcheinander, das keiner von uns angezettelt hat, und Menschen müssen viele Dinge tun, die sie nicht wollen und nicht begreifen können. Aber ich werde dich immer haben wollen, und um dich bei mir zu behalten, würde ich alles tun.«
»Auch mit mir im Flugzeug flüchten wie Dad mit den Leuten aus Frankreich?«, fragte Chaja.
»Natürlich«, sagte Amarna und fragte sich im selben verrückten Atemzug: Wie schwer ist das eigentlich, so eine blöde *Bristol Blenheim* zu fliegen? Das Ding steht in unserer Scheune, die du heimlich zum Hangar ausgebaut hast, und hast du Angeber mir nicht vorgeprahlt, die Füllung des Riesentanks reiche bis in die Türkei?
Ein Geräusch, das Amarna kaum erahnte, ließ die Hunde aufspringen. Chaja befreite sich und sprang ebenfalls auf. »Das ist mein Dad!« Aus ihren schönen Zügen und den leuchtenden Augen schien aller Kummer fortgewischt.
Arman war an der Zimmertür, ehe Chaja in den Flur stürmen konnte, sie sprang an ihm hoch und hängte sich wie ein Äffchen an seine Schultern. Wenn du das noch mit achtzehn machst, brichst du ihm den Rücken, dachte Amarna amüsiert. Dann erstarb in ihr das Lachen. Wenn du achtzehn bist, bist du nicht mehr hier. Vielleicht seid ihr dann beide nicht mehr hier. Arman sah auch nicht aus, als wäre ihm im Mindesten zum Lachen. Er küsste Chaja. »Hattest du einen schönen Tag?«
»Einen ganz furchtbar blöden!«, antwortete Chaja. »Ich war mit der blöden Frau im blöden Zoo, Deirdre ist auf meinem Pony geritten, und Datteln gab's nicht.«

Er küsste sie noch einmal und stellte sie auf die Füße. »Das mit den Datteln ist ein Skandal, *khachuhi.* Du erzählst es mir nachher, ja? Ich will zuerst schnell Bülents *Ayran* machen, ich bin schon spät dran.«

»Warum kommst du denn so spät?«, fragte Amarna so spitz wie die ohrfeigende Ehefrau in den Melodramen. »Du weißt doch, dass Bülent sich von uns nicht füttern lässt.«

Er blickte auf und sah Amarna ins Gesicht, die Augen vor Entsetzen weit. »Jean ist verhaftet worden«, sagte er.

»Jean Moulin?«

Arman nickte. »Wir haben den ganzen Nachmittag darüber debattiert, ob wir irgendetwas für ihn tun können, aber wir schwafeln nur und können gar nichts tun. Die Nazis wissen, dass die *Résistance* ohne Jean kopflos ist. Während wir um Austausch betteln, halten sie sich die Bäuche vor Lachen und quälen ihn tot.«

»Oh, mein Gott.« Wir passen in kein verdammtes Melodram, dachte Amarna. Komm her zu mir, lass mich dein armes Herz, das sich nicht hart machen kann, in meinen Händen halten.

»Ich habe solche Angst um Missak«, stieß er hervor. »Ich habe ihn überreden wollen, mit Melinée in mein Flugzeug zu steigen und abzuhauen, ich habe zu ihm gesagt: Verdammt, schaff deinen Hintern hier raus, du Idiot, solche wie wir sind fast ausgestorben.«

»Verdammt auch?«

»Ja.«

Lieb dich, dachte Amarna. Sie wollte aufstehen und ihn in die Arme nehmen, doch in ihrem Ohr zischte die hässliche Stimme: Eine Person hätte er vielleicht zusätzlich ins Flugzeug quetschen können, aber zwei? Wenn Missak und Melinée mit ihm ausgeflogen wären – hätte er Eva Löbel zurückgelassen oder Professor Bernard?

»Versuch dich zu beruhigen«, sagte sie. »Vielleicht tauschen sie

Jean Moulin ja doch noch aus, und Missak, das hast du selbst gesagt, ist der Gerissenste von allen. Den erwischen sie nicht. Willst du einen Brandy?«

»Jean ist ein netter Mann«, murmelte Arman. »Seine Mutter lebt noch. Er fährt gern Ski.« Dann riss er sich am Riemen. »Nein danke, Bülent mag nicht, wenn ich nach Alkohol stinke. Ich gehe zu ihm, ja?«

Er ging, und Chaja setzte sich mit ihren Hunden wieder zu Amarna. Eine Zeitlang versuchten sie, sich mit Chajas Schulaufgaben zu beschäftigen, unterbrachen aber immer wieder, weil die Lage in Frankreich ihnen keine Ruhe ließ. »Wozu soll ich eigentlich Französisch lernen, wenn Hitler Frankreich kaputt macht?«, fragte Chaja.

»Hitler macht Frankreich nicht kaputt. Das darf er nicht.« Hitler machte die ganze Welt kaputt, aber etwas hing für sie alle an diesem Frankreich, diese seltsame, zärtliche Schwäche, die sie dafür hegten, vielleicht weil es das Letzte gewesen war, das sie gemeinsam erlebt hatten, als die Welt noch heilbar erschienen war. Es war ihnen zum Symbol geworden: Retten wir unser Frankreich, dann reißen wir das Ruder herum und nehmen Hitler die Welt wieder ab. Jetzt sank die Hoffnung mit jedem Stück von Frankreich, das unterging.

»Dem Hitler ist das doch egal, was der darf«, sagte Chaja und wischte die Französischhefte beiseite. »Dad hat gesagt, er war für Französisch zu blöd.«

»Gelernt hat er es aber doch«, kämpfte Amarna auf verlorenem Posten.

»Christophe sagt, er macht in jedem Satz zwei Fehler.«

»Das sind keine Fehler, das ist seine Art, zu sprechen«, sagte Amarna. »Außerdem ist Christophe vermutlich der Meinung, auch sein genialer Vater und der liebe Gott machten in jedem Satz zwei Fehler.«

Chaja horchte auf. »Wenn du jetzt an den lieben Gott glaubst, kommst du dann mit uns in die Kirche?«

»Das ist doch nur eine Redensart.«

Chaja winkte ab. »Weiß ich. Es heißt ja auch nicht der liebe Gott, sondern der allmächtige Gott, der Schöpfer des Himmels und der Erde. Dad kommt gar nicht wieder. Ich geh mal zu ihm, ja?«

Für gewöhnlich achtete Amarna darauf, dass Arman und Bülent Zeit für sich allein hatten, aber heute mochte ihnen Chaja guttun. Sie ließ sie laufen und begann, ihre Schultasche einzuräumen, schrieb wieder einmal einen Brief an die Lehrerin: ... *muss ich Ihnen leider mitteilen, dass meine Pflegetochter Chaja Artsruni verhindert war, ihre Hausaufgabe im Fach Französisch fertigzustellen ...* Und was sollte sie als Begründung angeben? Chaja hatte Kopfweh, Chaja hat sich den Magen verdorben, Chaja hatte Angst und wollte im *Shelter* schlafen? Sie hatte das alles schon hundertmal geschrieben, da Chaja weniger blöd als vielmehr stinkfaul war, und allmählich gingen ihr die Ausreden aus.

Würde Eva Löbel künftig diese Briefe schreiben? Oder wäre sie wütend, weil Arman und Amarna so lax gewesen waren und dem Mädchen alles hatten durchgehen lassen? Unruhe erfasste Amarna. Sehnsucht und eine Spur von Wissen. Schließlich hielt sie es nicht mehr aus und ging hinauf in Bülents Zimmer, das gekalkte Wände und blaugestrichene Fensterrahmen hatte wie sein Haus in Boğazköy.

Im Zimmer war es still. Wann immer Amarna hier heraufgekommen war, hatte sie diese Stille genossen, in der man sich Zeit nahm, Menschen atmen zu hören. Arman saß in Bülents Korbsessel und hielt Bülent wie ein Kind im Schoß. Bülent hatte seinen Wattekopf unter Armans Schlüsselbein gebettet, wo er am liebsten lag, vermutlich weil er dort Armans Herz spüren konnte. Armans Wange ruhte auf Bülents Schopf, er hielt ihn umschlungen und summte ein Lied in sein Haar. Der Krug für den *Ayran*, der aus ihrem Haushalt in Boğazköy stammte, und ihr uraltes *Tavla*-Brett standen auf dem Tisch, und zu Armans Füßen kauerte Chaja mit den Hunden.

Arman blickte auf. Sein Gesicht war nass. »Er ist gestorben«, sagte er, streichelte Bülents Haar und lächelte. »Ich soll dir von ihm sagen: Gott segne das Werk deiner Hände, *sevgilim.*«

Das sagten türkische Männer ihren Frauen, um sich bei ihnen für Mahlzeiten zu bedanken. Amarna konnte nicht kochen und glaubte nicht an den lieben Gott. Aber an Bülent. »Ach, Enkidu.«

Mit Chajas Rücksichtnahme war es vorbei. Flugs stand sie auf und stieg Arman ebenfalls auf den Schoß, wobei sie Bülent zur Seite schubste. Arman hielt sie zurück, schob sich Bülent auf einen Schenkel und Chaja auf den anderen und schloss die Arme um beide. Amarna starrte sie an. Wenn jemand euch anrührt, werde ich zur Bombenwerferin, dachte sie. Ich schließe mich Missak Manouchians FTP an und sprenge faschistische Züge in die Luft, ich schicke euer Bild um die ganze Welt und schreie: Steht auf gegen Völkermord. Seht euch an, wie heilig Menschen sind, und lasst euch das von niemandem nehmen.

»Weißt du, was *büyükbaba* zu Dad gesagt hat?«, fragte Chaja. »Er hat gesagt: Danke, dass du mein Sohn warst, *küçügüm*, ich hätte dich nicht gegen alle Söhne, die Gott mir hätte schenken können, getauscht.«

»Seit wann verstehst du eigentlich Türkisch?«, fragte Amarna.

Chaja kuschelte sich zwischen Armans Brust und Bülents Rücken ein und zuckte nur eine Schulter, obwohl ihre andere völlig in Ordnung war. »So verdreht wie Französisch ist das nicht.«

Arman küsste ihr Haar. »Ich würde dich gegen keine Tochter, die Gott mir schenken könnte, tauschen, *khachuhi.*«

»Nicht mal gegen eine, die besser Kricket spielt?«

»Als *Wicket Keeper* bist du gar nicht so übel. Aber ich würde dich auch nicht gegen eine tauschen, die schönere Männchen zeichnet und die ich in meinen Pass eintragen und auf jedem Amt als mein bezeichnen dürfte.« Er küsste sie noch einmal und wandte das Gesicht seiner Frau zu. »Kannst du mir einen Gefallen tun, Amarna?«

»Kann ich und will ich.«

»Würdest du dich hierhersetzen und Bülent eine Weile halten? Ich muss noch einmal weg.«

Amarna glaubte, ihr Herzschlag setze aus. Du musst jetzt noch einmal weg? Der alte Mann, der dich über alles geliebt hat, hat dir das schönste Geschenk gemacht, das ein Mensch bekommen kann, und du reichst seinen Körper nach drei Minuten weiter und fährst zu dieser Frau? »Wo musst du denn jetzt hin?«, war alles, was sie herausbrachte.

»Wo soll ich denn hinmüssen?«, fragte Arman. »Zur Moschee nach Whitechapel. Muslime müssen so schnell wie möglich begraben werden, aber das ist kein Problem. Ich habe letzte Woche mit dem Imam gesprochen, sie sind vorbereitet und schicken mir jemanden mit, der uns hilft. Ich darf Bülent selbst waschen und in sein Leintuch wickeln, und Seb und Dexter und dein Vater dürfen dabei sein, wenn sie wollen.«

»Seb und Dexter und mein Vater?«

»Alle erwachsenen Männer der Familie«, sagte Arman. »Frauen nicht. Es tut mir leid, Amarna, aber so ist jeder Mann in Bülents Familie bestattet worden. Wenn hinterher das *Salat al-Janaza* für ihn gesprochen wird, darf die ganze Familie dabeisitzen. Hältst du ihn? Er ist leichter als Chaja.«

»Ich helf dir«, bot Chaja sich an.

Arman machte sich daran, mit Bülent, den er auf seinen Armen bis ans Ende der Welt hätte tragen wollen, aufzustehen, aber

Amarna drückte ihn noch einmal nieder. Mit bloßen Händen strich sie ihm die Tränen von den Wangen. »Arman, bitte verzeih mir.«

»Aber was denn?«

»Ich habe etwas Abscheuliches von dir gedacht. Etwas, das kein Mensch, der dich kennt, von dir denken kann, am wenigsten ich. Ich schäme mich sehr.«

»Tu das nicht, *lajvard*. Mir dreht sich das Herz um, wenn ich mir das vorstelle.«

»Du musst dein Herz mal ein bisschen abhärten«, sagte Amarna, »und zwar so, dass du zu mir sagen kannst: Du blöde Kuh, benutz deinen Kopf gefälligst zum Denken, ehe du mir solchen Unsinn unterstellst.«

Sie strich ihm noch einmal über die nassen Wangen, und er schloss die Augen. »Du blöde Kuh«, sagte er. »Weiter komm ich nicht. Bitte erlass mir das, *lajvard.*«

»Ist gut.« Sie küsste erst Arman, dann Bülent auf die Lider, wartete, bis Chaja die Augen geschlossen hatte, und küsste auch sie. Arman stand auf, gab Amarna Zeit, sich bequem hinzusetzen, und bettete Bülent in ihren Schoß. Er hatte recht: der kleine Vogelkörper war federleicht und schien genau in ihren Arm zu passen. »Mein Bülentchen«, murmelte sie, begann zu weinen und fühlte sich geborgen. »*Kayınpeder.* Wer dich tauschen würde, ist im Kopf nicht richtig. Wir alle hatten, verdammt noch mal, das größte Glück auf der Welt.«

»Amarna!«

»Verdammt, verdammt, verdammt«, sagte Amarna, ohne den gequälten Blick ihres Mannes zu beachten. »Wenn du mich ausschimpfen willst, musst du zurückkommen, Bülent. Ansonsten verderbe ich dir mit meiner Flucherei deinen Arman, darauf kannst du Gift nehmen.«

»Verdammt«, sagte Arman.

»Scheißverdammt und verfluchter Dreck und Hurensohn«, sagte Chaja, kletterte Amarna aufs Knie und brachte sie samt Bülent ins Wanken.
»Au«, sagte Arman. »Ich glaube, das geht zu weit.«
Sie lächelten sich an. Armans Blick umfasste sie mehrere Sekunden lang unbewegt, dann trat er einen halben Schritt zur Seite und betrachtete sie aus dem neuen Winkel. Eine Zeitlang fuhr er damit fort, war vollkommen versunken in den Anblick wie die Fotografen auf Ausgrabungsstätten, die ein Fundstück von allen Seiten aufnahmen. Dann riss er sich los, kam noch einmal zurück und küsste sie. »Amarna, wenn der Alarm geht …«
»Tragen wir ihn in den Bunker«, sagte sie. »Mach dir jetzt keine Sorgen, wir sind ja hier nicht allein. Pass nur gut auf dich auf.«

Am Morgen begruben sie Bülent, ihren kleinen Adler, auf dem muslimischen Gräberfeld des Friedhofs von Mile End, nur durch zwei schmale Wege von Rehan und Doris getrennt. Wie meistens regnete es. Aber sie hatten ohnehin kein Picknick, sondern Bülents Leichenschmaus in ihrem Haus geplant. »Hätte man nicht in Erwägung ziehen sollen, ihn zu überführen?«, fragte Amarnas Vater, während der Leichenzug sich zwischen Gräbern und Pfützen zum Tor des Friedhofs schlängelte. »Die Türkei hält sich aus dem Kriegswahn ja wohl vorläufig heraus, auch wenn mir diese dauernden Vertragsgespräche und die Chromit-Verkäufe nach Deutschland nicht gefallen wollen.«
»Dass sie sich raushalten, heißt ja nicht, dass man reisen kann«, erwiderte Amarna unsicher.
»Um Himmels willen, nein. Reisen auf keinen Fall«, rief ihr Vater. »Aber einem Schiff einen Sarg mit einem Leichnam mit-

geben? Immerhin kauft doch wohl Großbritannien jetzt selbst türkisches Chromit in rauhen Mengen auf, damit nicht alles an Hitler geht. So wie ihr finanziell gestellt seid, hätte sich mit so einem Transportschiff doch sicher etwas arrangieren lassen.«
»Ich möchte mich nicht einmischen«, sagte Arman, der den Trauergästen von der Moschee den Weg zu ihrem Haus erklärt hatte und jetzt hinter ihnen ging.
»Misch dich ein«, sagte Amarna, nahm seine Hand und zog ihn an ihre Seite. »Es war deine Entscheidung, wenn jemand die Frage beantworten kann, dann du.«
Arman sah Amarnas Vater an, und als der nickte, sagte er: »Ich habe Bülent gefragt. Hätte er in die Türkei gewollt, dann hätte ich ihn geflogen.«
»Findest du, das Risiko hättest du für einen Toten eingehen dürfen?«, fragte Amarnas Vater. »Was ist mit der Verantwortung für meine Tochter?«
»Das hier ist noch nicht Hitlers Schlachtfeld«, sagte Arman stolz. »Es ist unser Zuhause. Wir verscharren unsere Toten nicht und schicken sie nicht allein durch die Gegend, sondern richten ihnen Gräber ein. Ich habe Bülent gefragt, er hat gesagt, er will sein, wo wir sind, und damit war die Sache erledigt. Hätte ich ihn in die Türkei gebracht, hätte ich das Risiko, gemessen an dem, was er für mich getan hat, klein gefunden. Aber wir haben ja alle nur unsere eigenen Maßstäbe, um uns zu entscheiden.«
Er wollte an ihnen vorbei, wollte weg, sein Gesicht nicht länger ausliefern, und es kostete Amarna alle Kraft, seine Hand loszulassen. »Eines noch«, sagte ihr Vater.
Arman drehte sich im Gehen um. Ihr Vater starrte ihm auf die Wangen. Wenn er nicht gleich aufhört, schreie ich los, dachte Amarna. Ich sage ihm, dass du kein Tier im Zoo bist, das sich beim Trauern anglotzen lassen muss. »Weißt du, wo Gaspar begraben ist?«, fragte ihr Vater.

»Nirgendwo«, sagte Arman. »Etwas Gesichertes ist bei so vielen Toten nicht herauszufinden, aber mit größter Wahrscheinlichkeit haben sie das, was von ihm übrig war, liegen und verrotten lassen.«
Der andere blieb stehen und schnappte nach Luft. »Er war dein Vater. Wie kannst du denn so von ihm reden?«
»Wie soll ich denn sonst?«, fragte Arman zurück.
Amarnas Vater senkte den Kopf. »Vielleicht könnten wir ihm hier ein Grab kaufen? Eine Art Gedenkstein?«
Arman zuckte die Schultern. »Vielleicht. Ich muss mich jetzt um die Leute von der Moschee kümmern.« Er drehte sich weg und ließ sie stehen.
»Zum Teufel«, sagte Amarna. »Kannst du nicht einmal über deinen Schatten springen und ihn behandeln wie einen Menschen?«
»Es tut mir leid«, sagte ihr Vater, »es ist so schwer. Ich hätte nicht gedacht, dass er das kann.«
»Was?«
»Weinen.«
»Schneidest du ihn mir irgendwann auf und siehst nach, ob er blutet?« Amarna weinte jetzt auch. »Bevor du ihm auf die Toilette nachsteigst, kann ich dir versichern, dass er genauso pinkelt, scheißt und furzt wie du und ich.«
»Amarna!«, rief ihr Vater. »Wir sind doch hier auf einem Friedhof!«
»Das weiß ich«, versetzte sie. »Und mein Vater hat mir beigebracht, dass man zu Hinterbliebenen auf Friedhöfen *Mein Beileid* sagt, dass man ihnen die Hand gibt und dass man, wenn sie es wollen, behutsam den Arm um sie legt.«
Fassungslos sah sie, wie die Augen ihres Vaters sich mit Tränen füllten. »Es tut mir leid«, flüsterte er. »Ich kann ihn nicht ansehen. Ich sehe immer Gaspar, und diese Schuld nimmt mir den

Atem. Erst recht, wenn ich daran denke, was Bülent getan hat.«

»Falls der Krieg je zu Ende geht, wird vielleicht ganz Europa so sein«, überlegte Amarna. »Geteilt in Schuldige und Schuldlose, in Opfer und Täter, die einander nicht in die Augen sehen können. Bülent fehlt mir jetzt schon, seine Demut, mit der er gesagt hat: ›Ich musste gar nichts entscheiden, Allah hat für mich entschieden, ich hatte einfach Glück.‹«

Eine Woche später bekamen Jordan und Seb einen zehn Pfund schweren Jungen, der mit den gewichtigen Namen Theodore Charles Winston an den Start seines Lebens ging. Da Jordan sich innig eine Doris gewünscht hatte, hatte Amarna ihr erklärt, dass der Name Doris eine Kurzform der griechischen Dorothea war und Gottesgeschenk bedeutete – dasselbe wie Theodore. In dem Haus voller Babygeschrei kam der junge Vater nicht mehr zum Zeichnen, also räumten Arman und Amarna ihr Haus noch einmal um, damit er das Atelier nutzen konnte, während Hugh und Freddy mit ihrer Eisenbahn in Armans Schreibzimmer umzogen. »Was ist mit dir?«, fragte ihn Seb. »Können wir diesen Riesenraum nicht teilen? Der Lärm am Stein stört mich nicht, im Gegenteil, mir kommen dabei Ideen.«

Amarna erwartete, dass Arman ihm sagen würde, er brauche kein Atelier mehr, aber er sagte leichthin: »Darüber können wir später nachdenken. Im Augenblick kann ich nicht teilen. Amarnas Museum erlaubt mir, einen der Kellerräume zu benutzen.«

Anfang August gingen der SOE vertrauenswürdige Informationen über das Schicksal von Jean Moulin zu, auch wenn es gesicherte Nachrichten nie geben würde. Der Mann, in dessen

Händen die Fäden der *Résistance* zusammengelaufen waren, war unter tagelangen Foltern gestorben, allem Anschein nach ohne einen Namen preiszugeben. Die Widerstandsbewegung blieb erschüttert und führerlos zurück. Ihre Sabotageakte und Attentate wurden immer verzweifelter, unkoordinierter und richteten weniger aus.

Arman war jetzt nur noch selten zu Hause, wirkte fahrig und geistesabwesend. Manchmal lief Amarna ihm im Museum über den Weg, dann küssten sie sich hastig auf den Fluren. »Ihr seid die Liebenden vom *Russel Square«*, sagte Mary, die Studentin im letzten Semester, die ihr als Assistentin zugeteilt worden war.

»Wer kommt denn auf so was?«

»Die Wochenschau hat angefangen, und die Zeitungen haben es übernommen«, erklärte Mary. »Irgendwer hat befunden, ihr seht immer aus, als würdet ihr auf irgendeinem Bahnhof Abschied nehmen, wie in dem Schlager, *Wish Me Luck as You Wave Me Goodbye,* und seither kommen noch mehr Leute und verstopfen uns die Treppen, weil sie sich das ansehen wollen.«

Amarna musste lachen. »Wir sind doch kein Ausstellungsstück.«

Mary, die reizend war, lachte mit. »Ihr seid unsere Wanderausstellung. *Liebe im Krieg*. Wenn's Probleme gibt, hänge ich euch unser *Bitte-nicht-berühren*-Schild um.«

Sir John lag Amarna in den Ohren, sie solle ihm sagen, woran ihr Mann im Keller arbeitete. »Sie wissen, wir würden jeden anderen Interessenten überbieten, nicht wahr?«

»Das brauchen Sie nicht«, sagte Amarna. »Wenn mein Mann verkauft, wird er dem Museum ein Vorkaufsrecht einräumen, und wenn er nicht verkauft, hätte alles Überbieten keinen Sinn.«

»Und was es wird, können Sie mir wirklich nicht sagen?«

»Er sagt es mir auch nicht.« Sie wusste nur, dass Arman einen jener seltenen Granitblöcke gekauft hatte, in denen rote und graue Adern nebeneinander verliefen.
»Haben Sie ihn gefragt?«
»Das hätte auch keinen Sinn«, sagte Amarna und ging.
Es war September und bereits düster und nass wie im tiefsten Herbst, als Arman in der Nacht in ihr Schlafzimmer kam und sie weckte. »Ich muss dich sprechen, Amarna.« Er hatte das nie getan. Für gewöhnlich ließ er sie schlafen und freute sich daran, ihr zuzusehen.
»Was ist passiert?« Sein Gesicht, das seit Wochen bleich und müde gewesen war, sah aus wie erloschen.
»Eva hat mir ein Ultimatum gestellt«, sagte er. »Sie hält es draußen in Kent nicht mehr aus, sie sagt, wir halten sie hin und entziehen ihr Chaja, und wenn wir sie ihr jetzt nicht endlich herausgeben, wendet sie sich an Dr. Greensteins Organisation um Hilfe.«
Es geschieht tatsächlich. Diese Frau nimmt mir mein Kind, sie tut Chaja an, wovor sie am meisten Angst hat, unserer Chaja, die sich lieber verprügeln als von uns wegreißen lassen würde.
»Scheiß auf Lilly Greensteins Organisation«, herrschte sie Arman an. »Was glaubt sie denn? Dass die die Macht haben, uns als Kindesentführer ins Gefängnis zu stecken? Wende dich an deine Vorgesetzten, Arman, wende dich an die Regierung, an Gott weiß wen – die sind doch auf unserer Seite, *British Movietone* hat uns mit Chaja hundertmal gefilmt, die helfen uns, damit Chaja bei uns bleiben kann.«
»Amarna, das kann ich doch nicht machen! Ich kann nicht einer Mutter ihr Kind wegnehmen, weil die Macht auf meiner Seite ist und *British Movietone* mich filmt.«
»Du kannst dieser Mutter nicht ihr Kind wegnehmen? Aber mir kannst du sie wegnehmen, mir, bei der sie bleiben will? Du

kannst deine kostbare Eva nicht verraten, weil sie einem verfolgten Volk angehört, lieber verrätst du mich, ich bin ja nur die alte Amarna, der es ihr Leben lang zu gutgegangen ist.« Sie packte ihn bei den Schultern und begann, ihn wie von Sinnen zu schütteln, nicht wie früher mit Vorsicht, sondern mit aller Gewalt, die sie aufbringen konnte. Sie kam erst zu sich und gab ihn atemlos frei, als ihr die Kraft ausging. Um sie drehte sich alles. »Und Chaja verrätst du auch«, murmelte sie, leer und erschöpft. »Was Chaja will, zählt nicht, du lieferst sie deiner Eva aus wie eine Flasche von ihrem Lieblingsparfüm.«

Er blinzelte, kniff mehrmals die Augen zu, als wäre ihm ebenfalls schwindlig, bohrte sich die Finger in die Schläfen und bewegte sie in Kreisen. Dann stand er auf. »Das tut sehr weh«, sagte er. »Ich bin sicher, das lag in deiner Absicht, aber ich finde es ungerecht und ziehe jetzt meinen Kopf ein. Gute Nacht, Amarna.«

»Du gehst?«, fuhr sie wirr vor Angst auf. »Du gehst zu ihr und nimmst Chaja mit?«

»Gibt es eigentlich eine Abscheulichkeit, die du mir nicht zutraust?«, fragte er bitter. »Ich habe Eva gesagt, wenn du einverstanden bist, können wir in diesem Haus zusammen wohnen, bis uns eine Lösung einfällt.«

»Du bringst sie hierher? Du bringst diese Frau in unser Haus?«

»Wenn du einen besseren Vorschlag hast, wäre ich dir dankbar«, sagte er. »Ich bin zu fast allem bereit, aber ich werde mir nicht von Militär und Regierung dieses Landes helfen lassen, zu zementieren, was Hitler getan hat. Eva Löbel ist Chajas Mutter. Damit, dass du mir das Hirn aus dem Schädel schüttelst und mich einen Verräter schimpfst, schaffst du das nicht aus der Welt.«

# 37

## EVA
## LONDON. JAHRESBEGINN 1944

Er kam eine Minute nach der vereinbarten Zeit, wie üblich außer Atem, abgehetzt. »Guten Abend. Es tut mir leid. Ich hoffe, Sie haben nicht zu lange gewartet.«

»Überhaupt nicht.« Die jüdische Ärztin stand auf und streckte ihm die Hand hin. »Ich wünsche Ihnen ein wirklich glückliches 1944, Mr. Artsruni, auch wenn es Ihnen im Augenblick nicht so scheint, als wäre das möglich. Wenn ich eines im Leben gelernt habe, dann das: Es wendet sich.«

»Vielen Dank, Dr. Greenstein«, sagte Arman. »Ich wünsche Ihnen dasselbe, und daran, dass es sich wendet, möchte ich unbedingt glauben.«

Ehe die beiden weitere Floskeln tauschten, stand Eva ebenfalls auf, legte ihm weich die Arme um den Hals und küsste ihn auf die Wange, ehe er sich entzog. »Sei nicht böse, dass ich dir diesen Termin auch noch aufgebürdet habe. Aber für mich wird die Situation unerträglich. Etwas hat zu geschehen.«

»Sicher«, sagte er wie ein Fremder und setzte sich auf einen der beiden Stühle, die ein Stück von ihrem entfernt standen.

Eva hatte Dr. Greenstein, die für Chajas Vermittlung verantwortlich war, seit Wochen gedrängt, sich einzuschalten. Die Ärztin hatte sie ebenso vertröstet, wie Arman es seit einem Jahr tat. Sie hatte es sich gefallen lassen, weil zunächst tatsächlich nichts anderes möglich schien. Die Begegnung mit dem Kind, nach der sie sich vier Jahre lang gesehnt hatte, verlief völlig anders, als erwartet. Völlig falsch. Eva hatte sich nie mit einem Menschen so vertraut gefühlt wie mit Chaja. Dieses Ge-

fühl erschien ihr wie ein Lieblingskleid, das umgekrempelt und ins Gegenteil gekehrt worden war. Ihr gegenüber stand nicht ihr zärtlicher Kobold, der Ärmchen und Beinchen um sie schlang, sondern eine kleine Frau, eine feindselige Fremde, die entschlossen war, sie zu hassen. Die kleine Frau schrie, wenn Eva sie abholte, sie schwieg mit trotzig verschlossenem Gesicht, wenn Eva sie in ein Gespräch verwickeln wollte, sie boxte und trat, wenn Eva versuchte, sie zu berühren.
Über Evas Englisch lüpfte sie mokiert die Brauen, und Deutsch behauptete sie, nicht mehr zu verstehen. In der riesenhaften, von Bombenkratern durchlöcherten Stadt, die Eva verwirrend und einschüchternd fand, bewegte sie sich wie in ihrem Vorgarten, und über Evas schäbige Geschenke urteilte sie höchstens: »Das brauche ich nicht.« Den Affen warf sie auf den Boden, und Eva musste ihn aufheben. Als sie ihn in der Hand hielt, sah sie, dass er tatsächlich schäbig war. Das Besondere, der Zauber, von dem sie geglaubt hatte, er werde sie und Chaja über die Entfernung hinweg verbinden, war verflogen, und sie kam sich lächerlich vor.
Nichts verband sie mit Chaja. Das Kind, das jahrelang an sie geschmiegt geschlafen, das mit ihr Heine gelesen, das mit ihr ihre Träume an die Wand gemalt hatte, war spurlos verschwunden. An ihre Stelle getreten war ein schlecht erzogenes Balg ohne Wärme, ohne den Überschuss an Liebe, der ihr so gefehlt hatte. Dabei stimmte das nicht einmal. Wenn Arman oder die Rotgelockte kamen, um sie wegzuholen, klammerte sie sich an sie, verbarg ihr Gesicht in ihrer Halsbeuge, und manchmal weinte sie.
»Bitte, Eva«, hatte Arman sie regelrecht angefleht, »geben wir ihr Zeit, tun wir ihr nicht noch mehr weh.«
Er hatte recht. Um das Kind zu zwingen, hätte sie es packen, schleifen, schlagen müssen, wie sie selbst gepackt, geschleift,

geschlagen worden war. Arman versprach, auf sie einzuwirken, aber was immer er tat, es änderte nichts an Chajas Verhalten. Evas Geduld rieb sich dünn, vor allem wenn er Verabredungen nicht einhielt, weil ihm da oder dort etwas dazwischenkam, und sie allein in Kent saß. An solchen Abenden wollte sie ihm sagen, dass sie es satt habe, dass sie ihre Tochter nehmen und fortgehen werde, aber es gab neben Chajas Weigerung noch zwei weitere Gründe, das nicht zu tun.

Der erste war praktischer Natur. Sie besaß kein Geld. Arman gab ihr welches, er finanzierte ihr gesamtes Leben, und was es kostete, kümmerte ihn nicht. Nach vier Jahren bitteren Mangels stand ihr offen, was Kriegsengland zu bieten hatte, doch wovon sie sich und Chaja einmal ernähren sollte, wusste sie nicht. Die englische Sprache fiel ihr schwer, sie hatte weder Wohnung noch Arbeit, und ohne die Bürgschaft der Artsrunis liefe sie obendrein Gefahr, in einem Lager interniert zu werden.

In Frankreich hatte sie es sich so einfach vorgestellt: Sie müsste es nur bis nach England schaffen, dann würde sich alles wie von selbst ergeben, sie würde mit Chaja fortgehen und sich mit wenigem bescheiden, weil sie sich selbst genug waren, weil das Glück, einander wiederzuhaben, alles aufwog. Das Kind, das sie vorfand, war jedoch nicht gewohnt, sich zu bescheiden. Es war der umhegte Liebling wohlhabender Leute, besaß ein eigenes Pony, wurde in allen erdenklichen Sportarten unterwiesen und lebte in einem seltsamen Traumhaus, das etwas Verwunschenes hatte, etwas von einer Fata Morgana, einer Oase in der Wüste. Nach der Schule kletterte Chaja in ihr Baumhaus und blickte wie eine kleine Königin über ihr Reich. Ihre Mutter hingegen wusste nicht, wo sie das Startkapital für die schlichteste Existenz auftreiben sollte.

Der zweite Grund war diffiziler, schwerer zu fassen: Es hatte Tage gegeben, da wollte Eva nichts tun, um nichts kämpfen, nur das Leben, das ihr auf einmal wieder gehörte, spüren und schmecken. Das Haus in Kent war schön, es war mit allem Komfort ausgestattet, und wenn sie sich in dem weichen, blitzsauberen Bett schlafen legte, hörte sie das Meer rauschen. Sie war wieder ein Mensch, konnte in ein duftendes Schaumbad eintauchen und sich hinterher den ganzen Körper mit Lotion einreiben, konnte an der Küste entlang in den Ort wandern, Einkäufe machen und im Pub ein fast schwarzes Bier trinken, während die alten Männer, die an der Theke Karten spielten, sie mit scheelen Blicken bedachten. Sie brauchte keinen falschen Namen mehr zu verwenden, durfte Eva Löbel sein und reden, mit wem sie wollte, ohne Furcht, geschnappt zu werden.

Eine Frau aus dem Ort kam, um ihren Haushalt zu besorgen, und Arman brachte ihr, was sie wollte. Nicht alles. Lippenstift gab es nicht. »Ich habe Jordan gefragt, und sie sagt, das machen sich unsere Frauen jetzt aus Roter Beete selber, und sie könnte dir erklären, wie es hergestellt wird. Sie kann dir auch einen Stift leihen, mit dem Frauen sich eine Naht hinten auf die Beine malen, weil man sich Strümpfe mit solcher Naht wohl jetzt nicht kaufen kann.«

»Ich beschmiere mich nicht mit Stiften und Roter Beete«, hatte sie gealbert. »Hast du keine Beziehungen zum Schwarzmarkt?«

Er hatte sie so entrüstet angesehen, dass sie lachen musste. »Himmel hilf, vergiss es. Was ist mit deiner Frau? Magst du bei der die Rote-Beete-Schmiere etwa gern?«

»Ich mag meine Frau gern«, sagte er und wandte sich ab. »Meine Frau ist Kuratorin im *British Museum*, um sich zu beschmieren, hat sie keine Zeit.«

Er war der behutsamste Mann, der ihr je begegnet war. Dass er Dinge sagen konnte, die wie Tritte in den Bauch waren, war umso schockierender. In solchen Augenblicken hätte sie ihm gern ebenso weh getan, aber der Wunsch verflog, sobald er etwas anderes sagte, etwas, das ihr Herz in die Arme nahm. Statt des Lippenstifts und der Strümpfe brachte er ihr deutsche Bücher, Farben, Skizzenblöcke. Eva begann zu malen, nicht weil sie es sich wünschte, sondern weil sie sich nicht länger dagegen wehren konnte. Sie hatte einen Rest von Eva Löbel wiedergefunden. Und Eva Löbel war Malerin.

Der Schmerz über den Verlust hörte deshalb nicht auf, in ihr zu wüten, und sie fand, sie könne keine Menschen mehr malen. Nur einen. Arman. Aber dafür war es noch zu früh, ihr fehlten vier Jahre Übung. Die Skizzen, an denen sie sich versuchte, misslangen allesamt, außerdem weigerte er sich, ihr Modell zu sitzen. »Ich sitze still, und du starrst mich an? Das ist ja schlimmer als die Wochenschau.«

Sie würde ihn zeichnen. Irgendwann, wenn sie die geheimen Facetten seines Wesens erfasst hatte, wenn er sich ihr ganz öffnete. Bis dahin griff sie zu Öl, malte das Meer, das den Felsen hinauftobte und sich zerschlug, die kahlen Felder, den im Nebel lauernden Wald. Als er eines ihrer Bilder ohne Menschen ansah, sagte er unvermittelt: »Eva, wenn du willst, kann ich Erkundigungen über deine Familie in Deutschland einziehen. Es ist schwierig, ich kann dir nichts versprechen, aber es gibt ein paar Quellen.«

Eva erschrak. »Wie kommst du jetzt darauf?«

»Ich weiß nicht.«

»Doch, du weißt es.«

»Als ich achtzehn war, bin ich aus Boğazköy fortgegangen, um in Konstantinopel nach meinen Verwandten zu suchen«, sagte er, den Blick weiter auf Evas Bild gerichtet. »Nach irgendjemandem, den ich kannte, aber ich kannte niemanden. Ich glaube, für mich sah die Welt so aus wie auf deinen Bildern. Ich wollte unbedingt Menschen zurückhaben. Sogar Tote. Nur einen Beweis, dass sie existiert hatten, dass ich nicht immer in dieser Leere war.«

Der letzte Mensch, den Eva zurückgewollt hätte, war ihr Vater, aber das ließ sie Arman nicht wissen, weil sie berührte, was er über ihr Bild gesagt hatte. Hinterher sah sie es selbst: Es war kein Bild ohne Menschen, sondern ein menschenleeres.

Das Leben hatte wieder Gehalt. Und wenn Arman da war, war es sogar schön. Er ist ein Schlechtwettermann, dachte sie. Martin und ich, wir waren glücklich wie Götter, solange wir uns in gleißender Sonne aalten, aber unsere Liebe hat nichts ausgehalten. Als die Stürme aufzogen, ist sie zerknickt wie Schilf. Dieser hier war einer für Orkane, ein Mann, um der Sintflut zu trotzen. Er machte süchtig, weil er gegen Angst wirkte wie starker Wein und gegen Einsamkeit wie eine Umarmung, die sich nicht plötzlich öffnete. Sein Geheimnis war Echtheit. Er war nirgendwo innen hohl, sondern durch und durch aus Fleisch und Blut.

In seiner Ehe quälte er sich, was immer er ihr auch weismachen wollte. Solche wie er und sie funktionierten nicht mehr, wie die Heilen, Ungebrochenen es verlangten. Sie brauchten einander, brauchten den Trost, den nur einer geben konnte, dem man nichts erklären musste. Sie wollte, dass er sie hielt, wenn sie einschlief, und sie wollte ihn halten. Wie konnte sie planen, von hier wegzugehen, solange er ihr seinen Körper noch immer entzog, solange er sich betrug, als wäre sein Zuhause bei der anderen, solange er nicht mit ihr kam?

Aber er musste ja mitkommen. Das Pfund, mit dem sich um ihn wuchern ließ, lag, so unglaublich es schien, in ihrer Hand. Mit jedem Tag war ihr klarer geworden, wie sehr er das Kind liebte. Nicht indem er sie Prinzessin nannte, sondern indem er sich um sie sorgte. Martin hatte Chaja verlassen, ohne sich nach ihr umzudrehen, aber Arman zerriss der Gedanke, sein Kind ohne Vater zu lassen, das Herz. Nur war sie nicht seines. Sosehr die zwei auch aussahen wie aus einem Guss. Sie zu seinem zu machen oder sie ihm zu nehmen, liegt in meiner Macht, rief Eva sich ins Gedächtnis. Er kann kein Kind haben, nur ich kann ihm eines schenken. Zwischen den Frauen würde er keine Entscheidung treffen können, sein andressierter Anstand erlaubte es ihm nicht, seine Frau zu verlassen. Letzten Endes aber würde er mit der Frau gehen, die es ihm ermöglichte, bei dem Kind zu bleiben. Dr. Greenstein hatte die ganze Zeit über mit ihm belangloses Zeug geredet. »Ihre Frau verspätet sich wohl?«, fragte sie ihn jetzt.

»Meine Frau kommt nicht«, antwortete Arman. »Sie möchte an diesem Gespräch nicht teilnehmen, lässt aber ausrichten, sie habe darüber nachgedacht und sei jetzt bereit, in unserem Haus eine Weile lang zu viert mit Chaja zu leben.«

»Kommen Sie mir nicht wieder damit, Mr. Artsruni.« In der Stimme der Ärztin schwang ein Tadel oder eine Mahnung. »Sie wissen, ich fühle mit Ihnen, ich habe Ihnen Zeit eingeräumt, solange ich konnte, aber irgendwann muss es ein Ende geben. Miss Löbel hat ein Recht darauf, mit Ihrem Kind zu leben. Und für Sie beide ist es auch besser, wenn Sie sich aus dieser Illusion endlich lösen. Ich fordere Sie auf, mir das Kind jetzt herauszugeben, damit ich es in die Obhut seiner Mutter überstellen kann.«

»Ich weiß ja noch gar nicht, wie ich für sie sorgen und wo ich sie unterbringen soll!«, entfuhr es Eva. Gleich darauf bereute sie, einen Trumpf aus der Hand gegeben und Arman zugespielt zu haben.

»Damit müssen Sie sich nicht erpressen lassen, Miss Löbel«, sagte Dr. Greenstein. »Unsere Organisation gerät an die Grenzen ihrer Mittel, aber wir werden tun, was wir können, um Sie zu unterstützen. Dazu gehört auch, dass wir uns nach einer Unterkunft für Sie und Chaja umsehen und versuchen, Sie vor einer Internierung zu schützen.«

»Warum stempeln Sie meine Frau und mich eigentlich zu Unmenschen?«, fragte Arman. »Wir erpressen niemanden. Wir haben uns verpflichtet, für Chajas Unterhalt in England zu sorgen, daran ändert sich nichts, auch wenn sie nicht mehr bei uns lebt. Müssen wir für eine Untat bestraft werden, indem Sie uns nicht mehr erlauben, etwas für Chaja zu tun?«
Die Verletzung in seiner Stimme tat Eva weh, aber Dr. Greenstein ließ sich nicht kirre machen: »Wenn Sie Miss Löbel mit einem Zuschuss für Chajas Unterhalt behilflich sein wollen, wird Ihnen das kein Mensch verbieten«, sagte sie. »Wenn Sie jedoch glauben, Sie könnten sich mit Ihrem Geld ein Recht an dem Kind erkaufen, befinden Sie sich im Irrtum. Und wenn Sie Chaja noch länger ihrer Mutter vorenthalten, werden Sie allerdings bestraft, egal, wer Sie sind. Kindesentzug ist strafbar, Mr. Artsruni.«
»Was möchten Sie gern?« Seine Augen blitzten. »Dass ich Chaja an den Armen aus meinem Haus zerre? Das werde ich nicht tun, und ich werde auch niemand anderem erlauben, es zu tun. Wenn Sie das wollen, müssen Sie mich verhaften lassen.«
»Täuschen Sie sich nicht«, erwiderte Dr. Greenstein. »Falls Sie mir keine Wahl lassen, werde ich genau das tun.«
»Ich lasse Ihnen keine Wahl«, sagte er. »Und ich habe selbst keine. Sie haben uns Chaja anvertraut, damit wir sie schützen.«
»Aber doch nicht vor ihrer eigenen Mutter!« Das Gesicht der Frau wirkte auf einmal bitter. »Die Frauen Ihres Volkes, denen ihre Kinder entrissen worden sind – hätten die sie auch reichen Fremden überlassen und darauf verzichten sollen, sie je wieder in die Arme zu schließen? Ihre Mutter – hätte die Sie bei irgendeinem Türken gelassen, wenn sie die Chance gehabt hätte, sie wieder bei sich zu haben?«
Eva zuckte zusammen, als habe der Hieb ihr gegolten. Nicht unter die Gürtellinie, wollte sie der Frau zurufen, aber die

hatte offenbar selbst erkannt, dass Sie zu weit gegangen war. »Bitte denken Sie nicht, dass ich Ihnen zu nahe treten wollte.«

»Doch, das denke ich«, sagte Arman. »Aber das kommt schon hin. Es geht Ihnen um Chaja, nicht um mich, Sie müssen tun, was Sie für richtig halten.«

»Ja, das muss ich«, sagte Dr. Greenstein. »Glauben Sie mir, ich hege große Sympathien für Sie, aber ich habe Miss Löbel mein Wort gegeben. Sie hat mir ihr Kind in gutem Glauben anvertraut.«

»Das habe ich nicht«, brach es aus Eva hervor. »Und ich hätte es auch nie getan. Ich hätte alles aufgeben können, aber nicht Chaja. Meine Freundin Wilma muss meine Unterschrift auf den Dokumenten gefälscht haben. Während ich in der Folterkammer der Gestapo saß, hat sie mein Kind in einen Zug gesetzt und zu fremden Leuten geschickt. Als ich aus der Hölle zurückkam, hatte ich keinen Menschen mehr. Ich habe nur für Chaja überlebt, und jetzt habe ich ein Kind vor mir, das mir ins Gesicht sagt, ich sei nicht seine Mutter, es wolle kein Deutsch mehr sprechen und mit mir nichts zu tun haben. Ist das gerecht? Ich habe doch gar nichts getan!«

Arman wollte etwas sagen, aber Dr. Greenstein war schneller. »Eben das versuche ich, Mr. Artsruni klarzumachen«, sagte sie. »Und deshalb werde ich zur Not nicht davor zurückschrecken, die Polizei einzuschalten, auch wenn ihm das eine Gefängnisstrafe eintragen kann.«

»Nein«, rief Eva. »Das will ich nicht. Ich kann den Mann doch nicht dafür einsperren lassen, dass ihm mein Kind am Herzen liegt.«

Der Blick, der sie traf, war alles wert. »Danke«, murmelte Arman ungläubig. »Dass ich an deiner Stelle so großzügig wäre, bezweifle ich.«

»Das bezweifle ich allerdings auch«, fiel Dr. Greenstein ein. »Sie sollten Miss Löbel die große Geste vergelten, finden Sie nicht? Europa ist voller Waisen, und es wird noch voller sein, wenn das Wüten endlich ein Ende hat. Ein Fall, in dem Mutter und Tochter einander wiederfinden, sollte uns mit Hoffnung erfüllen, und Sie bekommen doch sofort ein anderes Kind, das Sie legal adoptieren können.«

»Danke, dass Sie *anderes Kind* gesagt haben«, murmelte Arman mit gesenktem Blick. »Nicht *neues Kind*. Es tut mir sehr leid, Eva. Ich will dir Chaja nicht wegnehmen, ich will nicht, dass du sie verlierst. Missak ist in den Libanon gerettet worden, ich hätte seiner Mutter gewünscht, dass sie ihn hätte zurückholen können, aber seine Mutter war tot. Ich wollte nur, dass Chaja dich aus freiem Willen wiederfindet, dass keiner von uns ihr Gewalt antut.«

»Das weiß ich«, sagte Eva und dachte: Komm mit mir, dann folgt dir das Kind wie ein Hündchen. Deine Frau ist Kuratorin in irgendeinem Museum, die braucht weder dich noch Chaja, aber ich brauche euch. »Ich vertraue dir«, sagte sie zu Arman, »und ich nehme dein Angebot an. Für eine letzte Übergangszeit werde ich bei euch wohnen, um es Chaja leichter zu machen. Du bürgst mir dafür, dass sie danach zu mir kommt, nicht wahr? Du enttäuschst mein Vertrauen nicht?«

Er schüttelte stumm, mit schmalen Lippen den Kopf.

»Ich kann mich bei Ihnen nur für Ihre noble Haltung bedanken«, sagte Dr. Greenstein zu Eva. »Sie nehmen mir eine gewaltige Last von den Schultern. Ich hoffe, alle Beteiligten, vor allem aber Ihre Tochter, werden es Ihnen lohnen.«

Auf der Straße, vor dem Portal, umarmte sie Arman, der sich nicht wehrte, sondern wie leblos stand. »Fahr mit mir nach Kent«, sagte sie. »Bleib über Nacht, ruh dich aus. Diese Frau hätte dich nicht so fertigmachen dürfen.«

»Ich bin nicht aus Glas«, sagte er. »Und fertiggemacht hat mich das, was du erzählt hast. Amarna und ich haben geglaubt, wir hätten Chaja mit deinem Einverständnis bei uns. In Wahrheit hat deine Freundin dich als Mutter entmündigt, aber sie hat es ja auch nur getan, weil sie Chaja schützen wollte. Und jetzt stehen wir alle da und zerren an diesem wundervollen Mädchen, bis etwas in ihr zerreißt. Allmählich kommt es mir vor, als wäre es überhaupt nicht möglich, in dieser Zeit sein Leben in Anstand zu führen.«

Sie streichelte seine Wange, er wich zurück, aber nicht weit genug, um ihr zu entkommen. »So lange am Stück höre ich dich selten reden«, sagte sie. »Und du hast nicht ein einziges Mal *weiß nicht* gesagt.«

»Das kannst du gern haben«, sagte er. »Ich weiß so gut wie gar nichts mehr. Jetzt zum Beispiel weiß ich nicht, wie ich dir beibringen soll, dass ich nicht mit dir nach Kent kommen kann. Du warst so nett zu mir, es wäre das mindeste, das ich dir schulde, aber ich muss noch einmal in meine Dienststelle.«

»Jetzt noch?«, fragte Eva und dachte: Dienst von mir aus. Nur deine ungeschminkte Kuratorin nicht.

Er nickte.

»Schlechte Nachrichten?«

»Missak«, murmelte er und wandte sich ab. »Die ganze Gruppe ist verhaftet worden. Wir haben es gerade erst erfahren, aber in Paris kleben schon blutrote Schandplakate mit ihren Bildern und Namen. Manchmal möchte ich jemanden umbringen, Eva. Wenn kein Wunder geschieht, werden sie alle erschossen.«

»Arman, das tut mir so leid!« Sie wollte ihn an sich ziehen, sie hasste sein ewiges Wegzucken. Sie wollte diese seltsame, sinnentleerte Treue zerbrechen, die ihn so einsam machte wie sie. »Dieser Missak aus dem Libanon, ist er ein Freund von dir? Jemand, den du als Junge gekannt hast?«

Er wich einen Schritt zurück und sah sie an. »Weißt du wirklich nicht, wer er ist?«
»Nein. Du hast ihn ein paarmal erwähnt, und ich habe dich immer fragen wollen.«
»Er ist der Mann, der dich aus Paris herausgebracht hat«, sagte Arman. »Der dein Leben gerettet hat.«

Anderntags holte er sie aus Kent und brachte sie in seinen Wüstenpalast am Kanal. Seine Frau empfing sie mit erzwungener Freundlichkeit. Sie hat verloren, stellte Eva fest. Das Strahlen ist weg. Geschminkt war sie tatsächlich nicht, während Eva sich nach der Zeit des Maskenauflegens sehnte. Sie hätte sich eine Maske gewünscht, die die ausgeschlagenen Zähne und das Matschauge verbargen, damit sie sich vor dieser Frau keine Blöße geben musste. Zugleich sehnte sie sich danach, dass Arman ihr sagte, er wolle sie nackt. Maskenlos.
Mann und Frau berührten einander so gut wie nie und wichen einander aus. Ihre Ehe war am Ende, der Zauber jenes Nachmittags am Seine-Ufer, der Eva mit brennendem Neid erfüllt hatte, war verflogen. Dennoch war sie wider Willen beeindruckt von der eigentümlichen Loyalität zwischen ihnen. Gewiss fügten sie sich, sooft sie sich begegneten, die Art von Stichen und Schlägen zu, mit denen jede Liebe zu Ende ging, doch sie stellten sich sofort schützend voreinander, wenn ein anderer den geringsten Angriff wagte. Diese zwei tun etwas, das Liebespaare verblüffend selten tun, stellte Eva fest. Sie mögen sich gern.
Habe ich Martin gern gemocht? Mochte er mich? Wir waren einander verfallen, wir fanden, wir hatten für den Kleinkram keine Zeit.
Bei den Artsrunis hatte der Kleinkram das Verfallensein überlebt: Sie beugte sich über irgendwelche Tonscherben, brauchte

beide Hände, um sie zusammenzupressen, und er hielt im Vorbeigehen inne und strich ihr das Haar, das sie kitzelte, hinter die Ohren. Er saß an seinem Schreibtisch, unter dem eine Modelleisenbahn ihre Runden drehte, strich mit wachsender Verzweiflung in Papieren herum und hielt seinen rechten Fuß, an dem ihm die Zehen bebten, im Schoß. Sie blieb stehen, zog sich einen ihrer groben Wollsocken aus und streifte ihn über den frierenden Fuß.

Etwas davon erfüllte das gesamte Haus. Es war ständig bis zum Rand voll mit Leuten, die nicht zueinander passten, die auch nichts weiter zu verbinden schien, als dass sie alle Essen aus der nach Knoblauch stinkenden Riesenküche in sich hineinschaufelten und sich aus unerfindlichen Gründen mochten. Es ist ein Haus voller Hätschelkinder, fand Eva. Jeder sorgte sich um jeden. Eine Schar Männer der *Home Guard* rückte mit Schaufeln an und errichtete im Garten einen weiteren Kleinbunker, weil im öffentlichen Schutzraum auf dem U-Bahnhof Menschen totgetrampelt worden waren und niemand gezwungen sein sollte, dorthin auszuweichen. Etliche Frauen kochten ständig Marmelade und gaben sie Besuchskindern für ihre Eltern mit. Menschentrauben ballten sich um einen jungen Mann am Zeichenbrett und kommentierten jeden Strich, den er aufs Papier warf, andere betreuten heftig debattierend die Hausaufgaben der Kinder.

Wäre ich Chaja, würde ich auch hierbleiben wollen, dachte Eva und ihr Inneres krampfte sich zusammen. Das Haus hatte etwas von ihrer Bleibtreustraße, etwas verloren Geglaubtes, das Gefühl, dass Menschen nicht kleinzukriegen waren, obwohl inzwischen jeder gelernt haben musste, dass das ein tödlicher Irrglaube war.

Das Atelier mit der Glasfront war fantastisch. Arman und sein schmerbäuchiger Nachbar befestigten eine Schiene an der Decke, so dass sie es mit einem Vorhang in zwei Hälften teilen konnten, eine für Eva und eine für den Jungen mit dem Zeichenbrett. Sie hatte sich darauf gefreut, Arman beim Arbeiten zuzusehen, aber er kam wohl zu nichts, weil sein Dienst in der Armee ihm alle Zeit raubte. Er war fast nie zu Hause, nicht einmal in der Nacht. Sie kam nicht näher an ihn heran, es war, als hätte er das Tor, das sie in ihm einen Spaltbreit aufgebrochen hatte, wieder verschlossen und einen Bolzen vorgeschoben.

Als sie ihn darauf ansprach, sagte er: »Wenn wir hier sind, können wir uns nicht an die Auflage halten. Wir müssten Chaja zurückweisen. Also halten wir uns fern.«

Erst jetzt fiel ihr auf, dass seine Kuratorin ebenfalls kaum zu Hause war, doch immerhin verbrachte sie die Nächte hier.

Mit Chaja kam Eva auch nicht weiter, und im Grunde hatte sie aufgegeben, es zu versuchen. Das Mädchen schien die Gesellschaft eines jeden der ihren vorzuziehen. Mit der Buhlerei um ihre Gunst erreichte Eva gar nichts, sondern nahm sich nur den letzten Rest Würde. Sie musste die Daumenschrauben anziehen, auch wenn der Gedanke ihr wachsendes Unbehagen bereitete. Sie war nie zartfühlend mit ihren Männern umgegangen, aber etwas in ihr wünschte sich, zartfühlend mit Arman umzugehen. Hätte er ihr eine Wahl gelassen, sie hätte ihm keinen Schmerz zugefügt.

Er lässt mir aber keine Wahl, und ich werde nicht die Verliererin sein. Einst habe ich nach allem gegriffen, dann wurde mir alles geraubt, jetzt will ich nichts mehr, nur ein kleines, stilles Glück. Einen Mann, der mich schützt, ein Kind, das mich kennt, ein paar Bilder. Es ist kein Verbrechen, mir das Wenige zu nehmen. Es ist mein gottverfluchtes Recht.

Da Arman sich die ganze Woche über nicht blicken ließ, stellte sie schließlich die Kuratorin, die nach Einbruch der Dunkelheit nach Hause kam. Da in ihrer Straße ein Krater klaffte, musste sie das Auto an der Ecke abstellen und ihre etlichen Aktenordner zum Haus schleppen, und Eva konnte sie abfangen, ehe der Haushalt ihre Ankunft bemerkte. »Ich muss Ihren Mann sprechen. Es ist dringend.«

»Ja«, sagte die Frau müde und legte die Aktenordner auf der Motorhaube ab. »Es geht um die Männer vom *Affiche rouge*, nicht wahr? Sie haben sie auch gekannt.«

Ich weiß nicht einmal, was das *Affiche rouge* ist, dachte Eva. Die Worte bedeuteten *rotes Plakat*, was ihr nichts sagte. Sie nickte trotzdem. »Ja. Bitte sagen Sie mir, wo ich ihn finde.«

»Spricht er mit Ihnen?«, fragte die Frau.

»Natürlich«, erwiderte Eva.

»Dann versuchen Sie es«, sagte die Frau. »Mit mir spricht er nicht, und dass er niemanden bei sich hat, will ich nicht.«

Du musst den Verstand verloren haben, durchfuhr es Eva. Hast du überhaupt keine Ahnung, wie anziehend der Mann ist, den du nie berührst? Oder glaubst du, ein zerschlagenes Wrack wie ich, das sich vor einem Kind zur Bettlerin macht und beim Lächeln die Zähne nicht zu zeigen wagt, sei keine Konkurrenz? Zorn wallte in ihr auf. Sosehr sie davor zurückscheute, Arman zu verletzen, sosehr brannte sie darauf, es bei der Frau zu tun.

»Er ist im *British Museum*«, sagte die Frau.

»Da, wo Sie Kuratorin sind?«, fragte Eva perplex.

»Hat Arman Ihnen das erzählt?«

Eva nickte, und die Frau verzog den Mund zu einem Lächeln von erschreckender Traurigkeit. »Arman ist ein Angeber«, sagte sie. »Ich bin keine Kuratorin. Ich vertrete nur meinen Vorgesetzten Walter Farnshaw, der für die *Air Force* fliegt. Mein Mann benutzt einen Kellerraum unter der Haupttreppe für seine Arbeit. Meistens in der Nacht. Hämmern Sie einfach gegen die Tür, aber nicht zu lange. Wenn er Sie nicht einlassen will, dann lässt er Sie nicht ein, und Sie machen nur die Wachleute verrückt, die mit den ständigen Alarmen genug zu tun haben.«

»Er lässt mich ein«, sagte Eva und kam sich schäbig vor. Dabei gab es dafür keinen Grund. Sie hatte an die Schwesternschaft zwischen Frauen nie geglaubt. Die Mädchen in ihrer Klasse hatten sich vor Lachen ausgeschüttet, als ihre Bilder zerrissen worden waren, und ihre leibliche Schwester hatte bieder die Hände gefaltet, wenn ihr Vater, der seine Kinder nicht schlug, Eva zur Schnecke machte. Die einzige Schwester, an die sie geglaubt hatte, war Wilma gewesen, und die hatte ihr das Schlimmste von allen angetan. Frauen waren keine Schwestern, sondern Krähen, die einander die Augen aushackten. Wenn die hier ihr ihren Mann auf dem silbernen Tablett servierte, dann weil sie ihn nicht mehr wollte. Evas Gewissen konnte den Mund halten.

Die Frau richtete sich auf und stapelte die Ordner, um sie sich wieder unter die Arme zu klemmen. »Sie würden ihm nicht etwas von mir ausrichten, oder?«

Eva kämpfte mit sich. Es gab keine Schwesternschaft unter Frauen. Selbst das Kind, wäre es ein Junge gewesen, hätte den Affen nicht auf den Boden geworfen und Eva nicht ins Gesicht geschleudert: *Du bist nicht meine Mutter.* Sie war dieser Frau nichts schuldig, dieser zu allerletzt. »Doch«, sagte sie.

»Danke«, erwiderte die Frau. Der Wind der eisigen Märznacht zerrte an ihrem Haar, und jäh erkannte Eva wieder, wie schön sie war. »Sagen Sie ihm, ich bin furchtbar traurig. Ich habe Melinées Brief gelesen, ich hätte ihm so gern eine Antwort für sie mitgegeben, aber ich war zu feige, mit ihm darüber zu sprechen. Das wird jetzt zu viel, oder? Das kann man sich nicht merken. Sagen Sie ihm bitte einfach, ich wünschte, wir könn-

ten etwas für Melinée tun. Egal, was. Nehmen Sie das Auto, wenn Sie wollen.«
»Ich kann gar nicht fahren«, rutschte es Eva heraus.
Die Frau stutzte, dann entnahm sie ihrer unförmigen Tasche eine Art Visitenkarte. »Nehmen Sie ein Taxi und geben Sie das dem Fahrer, dann bezahlt das Museum die Fahrt. Eine Frage noch: Wenn Sie heute Abend nicht da sind – darf ich mich dann um Chaja kümmern?«
So war es also. Die Frau verschacherte ihr den Mann, damit sie das Kind bekam. »Ja«, sagte Eva nur und ging in Richtung Hauptstraße los. Sie war es nicht mehr gewohnt, dass man sie um etwas bat, und sie musste darüber nachdenken, was sie aus ihrem Wissen machen sollte.
Das Museum mit seinen Säulen ragte in den Nachthimmel, wie sie sich einen Tempel in König Aras Reich vorgestellt hätte. Ein Gerüst stützte den Flügel mit dem zerbombten Dach. Eva fragte den Wachmann mit dem Blechhelm, wie sie zum Kellerraum unter der Haupttreppe kam, und erntete ein kategorisches Handzeichen, das sie aus dem Gebäude wies. »Mr. Artsruni erwartet mich«, fuhr sie den Mann an, der sie bei jedem ihrer gestammelten englischen Sätze finsterer musterte.
»Warum sagen Sie das denn nicht gleich?« Der Mann hievte sich vom Stuhl und führte sie ins Gebäude. Aufgrund der Verdunkelung lag es in schwächstem Zwielicht, nur von einem Sicherheitsscheinwerfer erleuchtet. Als er die Tür zur Haupttreppe öffnete, sah sie sich jäh der Skulptur gegenüber, die über dem oberen Absatz aufragte. Schräg dahinter stand schwarz der leere Sockel. »Warten Sie!«, rief sie atemlos dem Wachmann hinterher.
Der schmunzelte. »Das sagen alle, die herkommen.«
Im gedämpften Licht schimmerte der Stein rötlich wie Haut. Die Hand, die fehlte, schien sich Eva entgegenzustrecken. Sie

hatte die Skulptur zu kennen geglaubt, doch sie hatte sie immer nur auf Bildern gesehen. Langsam stieg sie die Treppe hinauf, betrachtete Stufe für Stufe die steinerne Gestalt. Über den aufgemeißelten Unterleib, die fehlende Hand, das zerstörte Gesicht hatte sie endlos nachgedacht, aber den Rücken, der sich weiter zu bäumen schien, hatte sie auf Fotos nie bemerkt. Es wirkte, als wäre das Bildnis zunächst im Stehen geschaffen und dann hintüber geworfen worden, als weigere es sich, sich ganz niederzustrecken. Auch das Gesicht war nicht völlig zerstört. Wenn man es lange genug ansah, erwiderte es den Blick. Es war ein kluges, wildes, schönes Gesicht, es musste weh getan haben, ihm Schaden zuzufügen.

Warum tut uns das nicht so sehr weh, dass wir innehalten?, schrie es in ihr auf, und sie begriff, warum die Pariser die Skulptur *La Guerre* genannt hatten und warum sie zu ganz Europa sprach. »Darf ich es anfassen?«

*»Do not touch«*, erwiderte der Wachmann gemütlich. »Steht doch dran. Aber daran hält sich keiner. Ohne unseren Henry zu tätscheln, geht hier keiner raus.«

»Ihren Henry?«

»Wenn Sie den so lange bewacht hätten wie wir, hätten Sie dem auch 'nen Namen gegeben, den Sie aussprechen können. Wir haben gelost, und Henry ist dabei rausgekommen.«

Ich wünschte, ich wüsste, wie du heißt, dachte Eva und streichelte der Skulptur die Wange. Ich bin Eva. Nicht Sandrine, nicht jüdischer Dreck, nur Eva. Ich bin Künstler so wie dein Sohn, und ich weiß jetzt, was er gemeint hat, als er gesagt hat, er habe die Menschen zurückgewollt. Ich weiß auch, warum die sardonischen Kinder gegrinst haben – weil es das Unnatürlichste auf der Welt ist, seine Väter nicht zu begraben und Kinder elternlos zu machen, so unnatürlich, dass man das Natürliche – Weinen – nicht mehr tun kann.

»Kommen Sie jetzt?«, fragte der Wachmann. »Dass unser Henry sexy ist, wissen wir, aber wir sehen den jeden Tag, und ich muss wieder nach vorn.«

Eva warf noch einen Blick auf die Skulptur. Vielleicht war das das größte Wagnis daran: Henry, der nicht Henry hieß, war in der Tat sexy. Er hatte lange, kräftige Schenkel, einen grandiosen Hintern, eine makellos schöne Taille, dort wo kein Keil zugeschlagen hatte, und prachtvolle Schultern. Anders als Brekers erstarrte Helden, die Hitler liebte, war seine Haltung lasziv, sein Zauber sinnlich und seine Schönheit geschändet, aber nicht keusch. Du kannst gottverflucht stolz auf deinen Sohn sein, sagte sie zu Henry, der nicht Henry hieß. Warum wissen wir das eigentlich nicht, dass Kunst nicht nur Talent, sondern Mut erfordert, dass wir sonst nette Gesichter pinseln wie Gertrud und Sybille? Das hier ist entartete Kunst, davor hat Hitler so viel Angst, dass er sie plattwalzen muss: der Sex in uns, die Gier, die Lust am Leben. Würdelose Opfer sind wir nicht einmal, wenn wir totgeschlagen werden. Wir sind sinnlich, wir sind lebendig, wir sind viel schöner als die, die uns den Rücken brechen.

Sie gab Henry einen Klaps auf die Hüfte, ehe sie sich endgültig abwenden wollte. Der letzte Blick blieb an dem Schild hängen: *La Guerre. Kalktuff. 1939. Arman Artsruni und Chaja Löbel.*

*Chaja!* Also doch.

Das Kind, das sich weigerte, einen Farbstift anzurühren, tat dies aus purem Trotz. So wie es sich weigerte, Deutsch zu sprechen und sich an seine Liebe zu Affen zu erinnern. Aber es war begabt. Es war ihre Tochter.

Der Wachmann führte sie in das Stockwerk unter der Treppe, dessen Gang im Dunkel lag. Mit zwei Fäusten auf einmal schlug er an die Tür. »Mr. Artsruni? Ich habe hier eine Dame für Sie!« Er wandte sich nach Eva um. »Wenn er auf Stein einhämmert, hört er schlecht. Da müssen wir Lärm machen.«

Er hieb noch einmal gegen die Tür, aber nichts geschah. »Lassen Sie mich mal«, sagte Eva. Sie versetzte der Tür einen einzigen kräftigen Schlag. »Arman? Hier ist Eva.«
Es dauerte keine halbe Minute, bis die Tür aufgezogen wurde. »Eva? Entschuldige. Ich hatte dieses Ding auf, damit höre ich nichts.« In der Hand hielt er einen Bügel mit zwei Ohrschützern.
»Wozu ist das?«
»Es soll das Trommelfell schützen. Vermutlich werde ich langsam hysterisch.« Er entdeckte den Wachmann und wechselte ein paar Worte mit ihm. Eva nutzte die Zeit, um den Raum zu inspizieren. Wie erwartet, war er viel zu spärlich beleuchtet. Der Boden war mit Brocken eines halb rosigen, halb grauen Gesteins übersät, aber der mannshohe Block, an dem er offenbar arbeitete, war mit einem Tuch abgedeckt. Arman hatte etwas Nacktes, Hemd und Hose klebten ihm von Schweiß durchtränkt am Körper. »Ich muss mit dir sprechen«, sagte Eva, nachdem der Wachmann gegangen war. Sie wollte ihm sagen, dass sie mit Chaja das Haus verlassen würde, wollte ihm begreiflich machen, dass ihm nur noch eine Möglichkeit blieb. Stattdessen glitt ihr Blick an ihm hinauf und wieder hinab.
Ich muss mit dir sprechen.
Ich muss mit dir schlafen.
Ich weiß nicht mehr, warum ich gedacht habe, dich zu bekommen, sei ein kleines Glück. Es ist das größte. Ich muss mit dir leben.
»Ich mit dir auch«, sagte er.
»Wie bitte?«
»Ich muss mit dir sprechen«, sagte er. »Weshalb bist du gekommen? Ist zu Hause alles in Ordnung?«
Eva nickte.
»Wollen wir uns setzen?«

Sie nickte wieder und ließ sich hineinführen. Er verriegelte die Tür, wies in den Raum, in dem es keine Sitzgelegenheit gab, setzte sich auf den Boden und kreuzte die Beine. Sie setzte sich zu ihm, so dicht, dass sie seinen schnellen Atem spüren konnte, seinen Duft wahrnehmen und sich klarmachen, was ihr passiert war.

»Ich habe deine Skulptur gesehen.«

»Ja.«

»Ich begeistere mich nicht gern für etwas, über das alle Welt in Ohnmacht sinkt. Mein Lehrer an der Kunstakademie, Peter Breuer, hat zu uns gesagt: Von mir werden Sie über nichts und niemanden ein größeres Kompliment hören, als der oder das ist gut. Alles andere ist Übersteigerung für Dilettanten. Du bist gut, Arman. Du bist richtig gut.«

Er sah auf seine Hände, auf denen er Schweiß und Steinstaub verrieb. »*Richtig gut* ist demnach Übersteigerung für Dilettanten. Trotzdem danke.«

»Gern geschehen. Und meine Chaja hat dir geholfen?«

»Chaja hilft mir bei allem.«

Sie begann, ihn zu streicheln. Im Nacken kräuselte der Schweiß ihm das Haar, der nasse Hemdenstoff war durchscheinend, klebte auf den Schultermuskeln. Sie fuhr jedem Strang nach, spürte, wie mit jeder Bewegung ihre Finger zugleich wilder und zarter wurden, mehr ertasteten, mehr erweckten. Oh, mein Gott, ich will dich so sehr. Ich habe mich vor Schmerz schreien, winseln, betteln hören, ich kann nicht glauben, dass ich hier sitze und höre, wie ich vor Lust und Leben seufze.

»Eva.« Unter ihren liebkosenden Händen wandte er sich ihr zu. »Ich habe eine schlimme Nachricht für dich. Wenn du willst, kann ich Ben fragen, ob er uns ein bisschen Brandy besorgt. Wenn du willst, kann ich dich halten.«

»Was ist es?« Sie wollte nichts hören. Ihre Hand fuhr unter sein Hemd.

»Deine Eltern.« Er entzog sich und legte die Arme um sie. »Deine Schwester Esther. Unserer ersten Information nach sind sie im August 1942 gemeinsam nach Theresienstadt gebracht worden. Das schien mir zunächst die beste denkbare Nachricht, da es beim Roten Kreuz heißt, Theresienstadt sei ein Familienlager mit erträglichen Bedingungen …« Mit jedem Wort kämpfte er wie mit einer Rauchwolke. Als Arzt, der Todesnachrichten überbringen müsste, hätte er nicht das Geringste getaugt. »Wir haben versucht, Kontakt aufzunehmen. In Theresienstadt dürfen Postkarten empfangen werden. Aber sie sind dort nicht mehr. Eva, es tut mir leid. Ich glaube, es besteht keine Hoffnung, dass sie noch leben.«

Ihre Hand, die sich wieder unter sein Hemd geschlichen hatte und über den schweißnassen unteren Rücken strich, stockte. »Was soll das heißen, da sind sie nicht mehr? Wo sind sie denn sonst? Weshalb sollen sie nicht mehr leben?«

Du weißt, wo sie sind, schrie es in ihrem Kopf. In Sardinien. Im Morgengrauen. Du hast ihnen nicht einmal auf den Wagen geholfen wie der traurige Clown.

»Auschwitz«, sagte Arman.

Wie ein Echo vernahm sie Michels Stimme: *Sie schicken sie in ihre Todeslager. Auschwitz. Hast du den Namen schon mal gehört?*

Sie kreischte auf: »Was machen sie da mit den Leuten, was, was, was?«

Über seinen Augen lag ein Schleier aus Glas. Er zog ihre Hand unter seinem Hemd hervor und nahm sie in die Arme. »Wir wissen es nicht genau. Sie töten sie und vernichten ihre Leichen. So dass nichts von ihnen übrig ist.«

Von ihnen war nichts übrig. Von ihrer ehrpusseligen Mutter, die sich die Bluse mit Bratensaft bekleckerte. Von der Mutter, die sie als kleines Mädchen gemalt hatte, weil sie sie schön fand, weil sie sie liebte, weil sie wollte, dass niemand sie vergaß. Von der Mutter, von der sie kaum noch ein Bild im Kopf hatte. Von ihrem Vater, der ihre Zeichnung in den Abfall gestopft hatte, und von dem, der gelächelt hatte, als Eva eingeschult worden war, eine Zuckertüte im Arm, die ihr über den Kopf ragte. Von ihrer Schwester, die ihr den Davidstern geschickt und den Namen für ihr Kind vorgeschlagen hatte: *Chaja. Das heißt Leben.* Alles andere bedeutete Tod, Tod, Tod.

Eva schrie und schlug um sich. Arman hielt sie fest. »Ich habe sie seit über zwanzig Jahren nicht gesehen«, schrie sie, »ich habe sie nicht einmal gemocht, warum habe ich jetzt das Gefühl, ich bin alleine übrig, die Welt ist leer, und ich habe darin keinen Platz?«

»Ich weiß nicht, Eva. Vielleicht, weil keiner mehr da ist, der sich uns in die Welt gewünscht hat. Keiner, der uns kannte, ehe wir uns kannten. Weil uns genauso gut ein Vulkan ausgespien haben könnte oder irgendein Ungeheuer ausgebrütet.«

»Geht es weg, Arman? Geht dieses grauenhafte Gefühl irgendwann weg?«

Er streichelte ihr Haar. »Nicht ganz, glaube ich. Aber es wird besser, wenn einer kommt, der dir ununterbrochen erzählt, dass er dich in der Welt haben will. Auch wenn du dich benimmst wie die Axt im Wald.«

Sie musste ihn so fest an sich drücken, dass ihr die Luft wegblieb. Ich lasse dich nie mehr los. Ich liebe dich. Wenn du mich hältst, ist mir egal, ob uns beide ein Ungeheuer ausgebrütet hat. Wenn du mich hältst, wenn deine Wärme mich betäubt, kann ich alles ertragen, das Entsetzen, die Leere und die Schuld.

»Ist dir kalt?«, fragte er.

»Nein, gar nicht. Warum?«

»Mir ist kalt. Ich gehe meinen Pullover anziehen.«

»Ich wärme dich, Arman.«

Er schüttelte den Kopf, stand auf und holte sich den grünen Pullover, der neben dem abgedeckten Steinblock lag. Als er ihn überzog, sah Eva, dass an der Seite ein Faden heraushing. Sie würde ihm einen neuen kaufen. Die Farbe stand ihm, aber das abgetragene Ding passte nicht zu der Eleganz, mit der er seine übrigen Kleider trug.

Er goss Wasser in einen Becher und kam zu ihr zurück, setzte sich mit mehr Abstand als zuvor wieder neben sie. »Du bist nicht allein übrig«, sagte er und gab ihr den Becher. »Du hast Chaja. Melinée hat Chaja so gern gemocht, sie hat gedacht, sie sei mein Kind, und hat zu mir gesagt: ›Jedes Mal, wenn du sie ansiehst, musst du denken: Wie sie es auch anstellen, uns kriegen die nicht aus der Welt.‹«

»Wer ist Melinée?«

»Missaks Frau. Missak ist tot, Eva. An die Wand gestellt und erschossen. Alle Männer seiner Gruppe. Melinée wollte so gern ein Kind wie Chaja, aber Missak wollte warten, bis Frankreich frei ist.«

*L'affiche rouge.* Das rote Plakat. Jetzt erinnerte sie sich, wie er ihr davon erzählt hatte. »Es tut mir so leid«, sagte sie. Dass du kein Kind hast, dass du allein übrig bist, tut mir mehr leid als der Tod dieser Leute, die ich nicht kenne. Ich wünschte, ich hätte ein Kind von dir. Mach mir eins. Lass uns noch einmal von vorn anfangen, weit weg von diesem Meer aus Tod. Wer redet dir ein, dass du nicht kannst? Deine Frau? Komm zu mir und versuch's.

Sie rückte zu ihm und umfing seine Hüften, zog sich näher, ließ ihre Hand seinen Schenkel hinaufgleiten. Sekundenlang hatte sie Angst. Was, wenn er wirklich nicht konnte, würde sie dann noch dasselbe für ihn empfinden, dieselbe Hochachtung, dasselbe köstliche, lebendige Verlangen?

Die Angst verflog. Es machte keinen Unterschied. Wenn du nicht kannst, lass mich dich trösten. Vielleicht habe ich jetzt, mit meinen vierzig Jahren, erst gelernt, was Liebe ist. Sie schob die Hand weiter und hätte um ein Haar aufgelacht. Sein Schwanz stand kerzengerade. Er wollte sie so, wie sie ihn wollte. Er würde ihr gehören, sie würden all den Tod zum Teufel lieben.

»Bitte tu das nicht«, sagte er.

Sie erschrak. »Was?«

»Das«, sagte er. »Tu uns das nicht an, wir hatten genug für heute, mehr halten wir nicht aus.«

»Ich will nichts mehr aushalten«, sagte sie und ließ ihre Hand seinen Schwanz hinaufgleiten. »Ich will dich lieben und alles vergessen.«

Er fing ihr Handgelenk und zog ihre Hand von sich weg. »Das liegt so nahe«, sagte er. »Aber es ist falsch.«

»Und warum?«, rief sie höhnisch vor Enttäuschung. »Weil du um jeden Preis ein braver Junge sein musst?«

Er sah an sich hinunter, dann mit blitzenden Augen wieder in ihr Gesicht. »Ich bin kein braver Junge«, sagte er und stand auf. Der Bemerkung hätte es nicht bedurft. Wie gebannt starrte sie auf seine Erregung. Er ging zu dem abgedeckten Block, hob einen Bossierhammer auf und wog ihn in den Händen.

»Was soll das?«, fuhr sie auf. »Du willst mich, und ich will dich. Meine Familie ist tot. Deine Freunde sind tot. Ist das der passende Augenblick für Moral?«

»Ich weiß nicht.«

»Verflucht, irgendwann werfe ich dir etwas an den Kopf, wenn du das noch mal sagst.«

»Ja. Vermutlich tust du das. Bitte hör aber auf, mir Fragen zu stellen, auf die ich früher oder später eine Antwort geben muss, die dich verletzt.«

»Nein!«, rief sie. »Dein ewiges *weiß nicht* verletzt mich. Und dein Gewäsch über deine angeblich so traumschöne Ehe, deren

Wirklichkeit ich seit Wochen vor mir sehe. Glaubst du dir davon eigentlich ein Wort selbst?«

»Ja«, sagte er.

»Zum Teufel, Arman, deine Ehe ist am Ende. Deine Frau tätschelt eher euren Hund als dich, sie würde dich morgen mit einer Schleife um den Bauch an mich verschenken, wenn sie dafür mein Kind behalten dürfte.«

»Ich weiß.« Er schlug den Bossenhammer auf den abgedeckten Steinblock, dass das Gestein darunter krachend splitterte. »Ich finde sie trotzdem traumschön.«

»Was? Deine Ehe?«

»Meine Frau«, sagte er. »Die Jahre, die sie mit mir gelebt hat.«

»Verdammt, sie will dich nicht!«

»Aber ich will sie«, versetzte er und schlug den Block aus Stein.

»Du betrügst dich doch selbst!«, rief Eva schrill. »Was du Wollen nennst, ist deine absurde Moral.«

»Mag sein.«

»Und warum verbietet deine absurde Moral dir, mit mir zu schlafen?«

»Weil meine absurde Moral es falsch findet, mich nach einer Frau zu sehnen und mein Ding in eine andere zu stecken.« Seine Stimme war ruhig, doch die Hände um den Bossenhammer zitterten, und an den Unterarmen spannten sich die Sehnen. »Und weil du keinen Kerl nötig hast, der aus Mitleid mit dir schläft. Nein, Eva, wirf mir nichts an den Kopf, denn ich habe dich gewarnt. Ich wollte dich nicht verletzen, und ich will nicht, dass du mich verletzt. Das erledigt Hitler für uns. Das können wir lassen.«

Eva sprang auf, rannte zu ihm und versuchte, ihm den Bossenhammer zu entreißen, doch er hielt ihn mit eisernem Griff. »Auf deine absurde Moral scheiße ich. Ich will dich haben!«

Er entwand sich ihr und drehte sich weg. »Das geht nicht«, sagte er. »Ich habe mich mein Leben lang an mir festgehalten und will mich nicht jetzt verlieren, weil ich mich verachten muss.«

Eine Woche später begann Eva, Chajas Koffer zu packen. Sie würde nicht aufgeben, dazu war sie nicht in der Lage. Nicht jetzt, wo sie wusste, was sie für ihn empfand, wo nur noch sie übrig waren – sie und Chaja und der Mann, den sie liebte. Sie wollte ein Kind von ihm, ehe es zu spät war. Einen neuen Anfang, als hätte ein Vulkan sie zusammen ausgespuckt. Sie würde die Daumenschrauben anziehen. Sieh her, ich packe Chajas Koffer. Ich nehme sie dir weg, und du musst sie gehen lassen, weil du es mir versprochen hast.

Im gesamten zweiten Stockwerk schien sich kein Mensch aufzuhalten. Die Kinder waren in der Schule, die Horde der kochenden Frauen hing vermutlich über Marmeladegläsern, Arman war sowieso nie da, und seine Frau vertrat ihren Kurator. Eva hatte freie Hand, würde den Inhalt von Chajas Schränken in zwei eigens gekaufte Koffer stopfen, und wenn jemand nach den Sachen suchte, würde er die passende Antwort bekommen. Wider Willen bewegte es sie, den Inhalt der Schränke zu inspizieren. Hatte irgendwann einmal jemand ihre eigenen Kinderkleider so liebevoll gefaltet, zu klein Gewordenes zwischen Seidenpapier aufbewahrt, hatten die beiden Menschen, von denen nichts mehr übrig war, mit so viel sentimentaler Zärtlichkeit Eva-Erinnerungen gehortet? Und wenn ja – wo waren diese Erinnerungen dann jetzt, waren sie von der Erde getilgt wie die Menschen?

Ganz unten im Schrank stand eine hölzerne Schachtel. *Ankunft Chaja, 5. Dezember 1938,* hatte jemand, die Kuratorin vermutlich, darauf geschrieben. Eva kniete sich vor den

Schrank und hob den Deckel. Ganz oben lag ein Pappschild mit der Zahl 152, an dem eine Schnur befestigt war. Darunter ein paar Kleider, Reisepapiere, ein samtenes Kinderportemonnaie, das Chaja von Fräulein Podewils geschenkt bekommen hatte und das zehn Reichsmark enthielt. Das verschossene weinrote Leibchen des Affen, auf das Wilma »Hagen« gestickt hatte. Ein Taschentuch mit einem Berliner Bären, zwei Bierdeckel aus dem *Babeurre.* Es tat so gut, die Sachen in die Hände zu nehmen, endlich Verbindung zu spüren zwischen dem Kind, das sie verloren hatte, und der Heranwachsenden, die in diesem Haus herumlief. Wenn sie sie an ihr Gesicht hielt, spürte sie den Chaja-Hunger, auch wenn der Duft nach Seife und Honigmilch lange verflogen war.
Ganz unten in der Schachtel lagen zwei Briefe, ein dicker und ein dünner, der dünne aufgerissen, der dicke noch zugeklebt. Auf beiden stand mit Filzstift *Chaja,* unverkennbar in Wilmas Schrift. Evas Herz begann zu jagen. An keinen Menschen dachte sie mit so viel Widerstreben wie an Wilma. Sie zog den Brief aus dem offenen Umschlag. Er enthielt nur ein einzelnes Blatt:

*Mon petit chou.*
*Nun fährst du also wirklich von deiner komischen alten Tante, deinem noch komischeren Onkel Paulchen und dem ganzen Haufen hier weg, nach England, wo die Uhren falsch gehen und die Hunde mit dem Kopf wedeln. Du gehst zwar allein, aber du gehst für uns alle. Zeig denen da drüben auf der nassen Insel, wozu eine Berlinerin aus der Bleibtreustraße imstande ist.*

Das war so ganz Wilma. Viele klamaukige Sprüche, um zu verbergen, wie nahe ihr etwas ging. Aber es war auch wieder nicht Wilma – zu steif, zu bemüht, zu sehr um den heißen Brei. Das schlechte Gewissen war spürbar. Hatte sie nicht einmal den Mut gefunden, die betrogene Mutter auch nur zu erwähnen? Ehe sie sich besinnen konnte, hatte sie den dicken Umschlag aufgerissen. Er enthielt mehrere dicht beschriebene Bögen:

*Liebe Chaja.*
*Wenn Du diesen Brief liest, bist Du kein kleines Mädchen mehr, das gar nicht lesen kann, sondern eine junge Frau, die sich über das, was in unserer Welt passiert ist und was wir damit gemacht haben, ihr eigenes Urteil erlaubt. Die sich über uns ihr eigenes Urteil erlaubt. Für den Fall, dass Paul und ich dann nicht mehr da sein werden und Du uns nicht fragen kannst, versuche ich, es Dir zu erklären: unsere Tat und unsere Gründe.*

Verwirrt ließ Eva den Brief sinken. Was war das? Nach Wilma klang es nicht im Geringsten. Zum einen hatte doch Wilma keinen von ihnen, am wenigsten Chaja, je beim Namen, sondern nur bei ihren albernen französischen Koseworten genannt. So gestelzt hatte sie nie gesprochen, und sie hätte auch nie behauptet, dass ihr angebetetes Wunderkind nicht lesen konnte. Auf einmal fiel es ihr schwer, den Brief wieder aufzunehmen, ihre Hand sträubte sich, als gäbe es noch etwas, das ihr passieren könnte, als ginge von den bekritzelten Bögen die größte Gefahr aus.
Sie zwang sich dennoch, weiterzulesen. Vornüber gebeugt und stockstarr las sie Zeile um Zeile, bis der Brief ihr aus den Händen glitt.

# 38

## WALLY
## LONDON 1. JUNI 1944

Nach diesen Bildern hatte er sich gesehnt. *There'll Always Be an England.* Für ihn war dieses England sein ehrwürdiges Museum voller in der Welt zusammengeklaubter Schätze, und die höchst unenglische Marnie Artsruni, deren rotberockter Hintern aus einem der Schubladenschränke mit Tontafeln ragte. Das Leben war ein zynischer Satansbraten, aber es besaß einen unerhörten Charme. *Please God, let there always be an England.*

»Guten Abend, meine Dame. Ich hätte gern die Kuratorin gesprochen.«

»Wally!«, rief Marnie wie ein kleines Mädchen, stieß sich im Aufspringen den Kopf an der aufgezogenen Lade und fiel ihm um den Hals. »Wo kommst du denn her, warum hat uns denn keiner Bescheid gesagt, wir hätten dich doch gebührend empfangen!«

»Tja«, erwiderte Wally, »da wirst du wohl zum Ausgleich mit mir in den *Plough* gehen müssen.«

»Und ob ich mit dir in den *Plough* gehe. Der Käse da ist zwar neuerdings aus Milchpulver, aber dafür gibt's wundervoll ekelhafte Rüben-Pickles. Ich muss nur rasch noch diese Kiste mit den sumerischen Zahlentafeln fertigpacken.«

»Die Sumerer?«, wunderte sich Wally. »Kommen die jetzt auch weg? Ich dachte, die sind Kategorie drei.«

»Kategorie drei wird ebenfalls evakuiert«, erwiderte Marnie. »Wegen dieser neuen Wunderwaffe, die Hitler haben soll – die fliegende Tausend-Tonnen-Bombe. Die Gerüchte darüber kreisen schon so lange, dass keiner mehr daran geglaubt hat, aber nun heißt es, der Beschuss steht unmittelbar bevor, und hier bei uns kommt alles weg.«

»Und *La Guerre?*«, fragte Wally und kniete sich zu ihr, um ihr beim Verpacken der Tafeln zu helfen.

»Arman hat gesagt: Solange wir Menschen in das Museum lassen, bleibt *La Guerre* auch.«

Wally versuchte zu grinsen. »*La Guerre* ist wie der König. Dessen Frau hat ja auch erklärt, solange Londoner in London sind, verlässt er es nicht.«

Sie blickte auf. Er hörte auf, zu grinsen. »Du siehst elend aus«, sagte er.

»Danke, gleichfalls.«

»So elend, wie ich mich fühle, kann ich gar nicht aussehen«, sagte Wally. »Ansonsten hättest du mich sofort als Mumie in die Ersatzausstellung gesteckt.«

»Hätte ich nicht«, erwiderte Marnie. »Ich hätte dich evakuiert. In den *Plough.* Los, komm, machen wir hier Schluss und gehen. Unterwegs erzählst du mir, warum's dir so grottig geht, ja?«

»Da gibt's nicht viel zu erzählen. Wie soll's einem gehen, der Nacht für Nacht in ein Flugzeug steigt, um über München, Berlin oder Hamburg Bomben abzuwerfen, damit sie da unten irgendeine fremde Frau in Stücke reißen wie Rehan und eure Paris-begeisterte Nachbarin? Wie soll's einem gehen, der sich Nacht für Nacht fragt: Was erwartet mich wohl, wenn ich morgen früh in die Messe komme? Mein Teller mit unrationierten *ham and eggs* von der *WAAF* oder mein vorgefertigter Sarg? Ich habe fünf Tage Urlaub bekommen, weil ich kurz davor war, schlappzumachen, und wie ich mich dazu bewegen soll, nach diesen fünf Tagen wieder anzutreten, darfst du mich nicht fragen.«

»Aber weshalb hast du dich denn verfügbar gemeldet?«, rief Marnie. »Kein Mensch hier hat es verstanden. Sir John hätte doch dafür gesorgt, dass du bis auf weiteres unabkömmlich bleibst.« Sie hielt inne. »Du hast es nicht getan, weil wir uns gestritten haben, oder? In dieser Nacht, als Arman mit Eva Löbel aus Frankreich kam?«

Er konnte nicht anders. Er blieb stehen und küsste sie auf die Wange. »Ein bisschen schon, Liebes. Als ich dich mit deinem Mann sprechen hörte, ist mir klargeworden, dass du recht hattest. Dass ich mich eifersüchtig und schäbig benommen habe und dir ein mieser Freund war, dass ich aber nicht anders konnte und deshalb am besten die Fliege machen sollte. Ich würde lügen, wenn ich behauptete, ich wolle deine Ehe nicht kaputt machen, denn das will jeder Mann, der in eine verheiratete Frau verliebt ist. Aber ich will es nicht, weil du es nicht willst.«

»Ich habe meine Ehe selbst kaputt gemacht«, sagte Marnie und sah schnurstracks geradeaus, die Straße entlang. Seit die Bombardierungen weniger häufig kamen, waren die Verdunklungsbestimmungen gelockert worden, im Pub brannte wieder ein schummriges Licht, doch noch immer wirkte die einst so belebte Straße wie ausgestorben. »Nachdem ich meinen Mann mit meinen Schimpfworten und Kränkungen nicht mehr unter den Pantoffel bekomme, greife ich neuerdings zu körperlicher Gewalt. Meinetwegen hättest du dich also nicht verfügbar melden müssen, ich schlage mir mein Leben auch ohne deine Hilfe in Trümmer. Komm zurück, Wally. Du bist als Bombenwerfer völlig ungeeignet, und ich möchte nicht auch noch daran schuld sein.«

Sie betraten den Pub, setzten sich an den Tisch, an dem sie schon seit Jahren saßen, und bestellten Stout und *Ploughman's Lunch*. Wally leerte sein Glas auf einen Zug bis zur Hälfte. Er hätte sich gern einen Whisky dazu bestellt, aber er fürchtete um seine Beherrschung.

»Du bist nicht schuld, Marnie«, sagte er. »Dieser unselige Abend war vielleicht der Anlass, aber nicht der Grund. Ich habe mich gemeldet, weil ich es nicht mehr ausgehalten habe, von meiner Familie als Feigling betrachtet zu werden. Als der, der schuld daran ist, wenn unsere tapferen Männer abgeschossen werden, der schuld daran ist, dass wir Hitler nicht den Garaus machen, und der natürlich auch schuld daran ist, dass aus dem kostbaren Kronjuwel Seb ein ebensolcher Feigling geworden ist. Dass die Wandlung zum Feigling sich in der Obhut des heldenhaften *Squadron Leaders* Artsruni vollzogen hat, spielt keine Rolle. Schuld ist der Waschlappen Wally. Ich habe mir gedacht: Besser ich melde mich, bevor Hitler einmarschiert und ich auch daran noch schuld bin.«

»Marschiert Hitler ein?«, fragte sie.

Er zögerte. Dann verzog er den Mund zu einem halben Grinsen. »Wally Farnshaw sitzt doch jetzt, so alt, wie er ist, in einem Bomber«, sagte er. »Wenn ich nicht mehr schuld bin – was soll dann die ganze Invasion?«

Ein wenig gequält grinste Marnie mit. »So schlecht steht dir Zynismus gar nicht.«

»Das macht die Uniform. Wer heutzutage was reißen will, trägt RAF.«

»Wally, es tut mir leid«, sagte sie. »Ich war ständig so sehr mit meinen Problemen beschäftigt, dass ich nie darüber nachgedacht habe, ob du auch welche haben könntest.« Sie lachte verlegen auf. »Andere als Arman und mich, meine ich.«

»Übernimmst du jetzt meine Rolle des an allem Schuldigen, Marnie?«

»Schon möglich. Aber deine Rolle als Kurator des *Departments* übernehme ich nicht länger. Komm zurück auf den

Platz, an den du gehörst. Ich finde, im Jahr 1944 gibt es keinen mutigeren Mann als den, der vom Töten krank wird.«

»So einfach ist das nicht«, sagte er. »Die RAF ist kein Kricket-Club – und selbst aus dem tritt man in England nicht so einfach wieder aus.«

»Weiß ich. Ich habe ein Mitglied eures komischen Clubs zurzeit noch unter meinem Dach.«

Ihre Traurigkeit schnitt ihm ins Herz. »Ist euch das wirklich ernst – das *zurzeit noch?*«

»Ja«, sagte sie, »aber ich wollte nicht schon wieder bei meinen Problemen landen. Sprich mit Sir John, Wally. Ich bin sicher, er ist froh, dich zurückzubekommen, und kümmert sich um deine Unabkömmlichkeitserklärung.«

»Und was ist mit dir? Du leistest hier monatelang fantastische Arbeit, und jetzt schmeiße ich dich einfach wieder raus? Außerdem würde unter meiner Leitung *La Guerre* in den Keller verschwinden. Ich hätte nämlich gern, dass es von uns übrig bleibt.«

»Ich auch«, sagte sie. »Und dass du mich ablöst, passt mir gut. Arman geht morgen nach Frankreich, er bleibt mindestens vier Wochen, und so lange wird Eva noch abwarten. Sie will mit ihm zusammen fortgehen. Da ohnehin zu befürchten ist, dass Hitler mit seinen Flugbomben London angreift, fahre ich mit Chaja ein letztes Mal nach Kent. Vielleicht wird ja das Wetter schön. Sie und ich sind da immer so gern geschwommen, während Arman gejammert hat, ihm würden in dem Wasser die Füße abfrieren.«

»Dem friert noch was ganz anderes ab, wenn er dir das antut«, brach es aus Wally heraus. »Ist das wahr, Marnie, er verlässt dich mit dieser Frau? Ist er ein Monstrum, oder was?«

»Ist er nicht«, fauchte sie. »Er hat es nur satt, angebrüllt, beleidigt, gedemütigt und misshandelt zu werden, weil er sich das

Recht einräumt, seinem Gewissen zu folgen. Und er hat sich verliebt. Auch das soll vorkommen, ohne dass es einen Mann zum Monstrum macht, nicht wahr, lieber Wally?«
Aus dem inneren Augenwinkel quoll ihr eine Träne, und er fand sie so schön, dass er Mühe hatte, nicht die Hand nach ihr auszustrecken. »Ich kann nicht glauben, wie ungerecht du zu dir selbst bist«, sagte er. »Sicher, du hast Arman manchmal Druck gemacht, dass ich gedacht habe: Oho! Dass sie eine Deutsche ist, lässt sich nicht leugnen. Aber vor allem hast du ihn auf eine Weise geliebt, um die jeder Mann, der euch kannte, ihn beneiden musste. Wenn er kein völliger Idiot ist, dann weiß er, dass du nichts, aber auch gar nichts getan hast, um ihm zu schaden. Du wärst für ihn nicht nur durch die Hölle gegangen, sondern du *hast* es getan. Und dafür verlässt er dich mit dieser Frau, die dir schon das Kind wegholt?«
»Ich bin nicht durch die Hölle gegangen«, sagte Marnie. »Nur durchs Gute und durchs Böse. Dem Bösen, das sich uns in den Weg gestellt hat, haben wir letzten Endes nicht standgehalten, aber ich bin Arman dankbar, dass er mich ausgewählt hat, um es zu versuchen. Und ich glaube, er ist mir auch dankbar. Wir waren nicht blöd, als wir uns füreinander entschieden haben, sondern ziemlich clever, und wir haben uns nicht schlecht geschlagen. Wir haben uns von einem Heer von Völkermördern nicht ins Bockshorn jagen lassen, nur als das zweite Heer aufzog, hat's uns den Atem genommen. Darauf, dass ich Armans Frau war, bin ich trotzdem unendlich stolz. Wie Bülent gesagt hätte: Es war mir eine Ehre.«
»Ich weiß nicht, was ich tun soll«, sagte Wally. »Wäre ich vollkommen selbstlos, würde ich dem Kerl jedes einzelne dieser wundervollen Worte so lange um die Ohren hauen, bis er es hört und zur Besinnung kommt. Zum Kuckuck, er weiß doch, wie sehr du an der Kleinen hängst, wie schlimm es für dich ist,

dass du sie abgeben musst. Und er reißt sich die Mutter unter den Nagel und haut ab?«

Marnie straffte den Rücken. »Die beiden sind immer noch meine Familie, und du sprichst nicht so über sie. Arman reißt sich nichts unter den Nagel und bekommt nichts um die Ohren gehauen, und Chaja ist nicht die Kleine, sondern ein elfjähriger Tausendsassa, eine große Springreiterin und unser Kind.«

»Genau das ist sie nicht«, sagte Wally so sacht wie möglich und griff nach ihrer Hand. »Sie ist das Kind von Armans Geliebter, und daran, dass du dich so an sie klammern musst, weil du kein eigenes hast, ist doch Arman schuld!«

»Woran ist Arman schuld?«

»Das hat unser tapferer Kriegsheld dir nie erzählt, was?« Wally hätte am liebsten in sein Bier gespuckt. »Er ist daran schuld, dass du kein Kind hast. Er, nicht du. Ein Arzt hat es ihm gesagt.«

»Und daran ist er schuld? Ein Haufen menschenverachtende Verbrecher hat ihm die Fähigkeit, Kinder zu zeugen, aus dem Leib geprügelt, als er zwölf Jahre alt war, und du wagst es, mir ins Gesicht zu sagen, er sei daran schuld?«

»Er hätte es dir sagen müssen«, murmelte Wally, was die Scham nicht milderte.

»Wally«, sagte Marnie. »Können wir uns jetzt bitte beruhigen und aufhören, unsägliche Dinge zueinander zu sagen? Vielleicht sollte die ARP eine Broschüre mit folgendem Rat herausgeben: *Wenn Sie übernächtigt sind, wenn Ihnen im fünften Kriegsjahr die Nerven blank liegen, führen Sie nur noch Gespräche über das Wetter.* Sei versichert, Arman hat es mir gesagt. Nicht in den Worten, die ich benutzt habe, mit drastischen Worten tut er sich schwer, das stimmt. Aber er hat mir immer wieder gesagt, dass wir seinetwegen kein Kind haben, dass ich dich hätte heiraten sollen, dass ich ohne ihn eines hätte. Ich habe das nur nicht hören wollen. Und als es mir dann selbst klar war, habe ich eine Zeitlang gedacht: Ich suche mir einen schönen Mann mit schwarzem Haar, besaufe mich bis zum Anschlag und lasse mir eines machen, damit mein Liebster nie erfahren muss, was ihm angetan worden ist. Sieh mich nicht so an. Ich hätte das getan.« Bitter lachte sie auf. »Mir war nur nie ein Mann schön genug.«

Wally sah sie unbeirrt an, obwohl sie ihn gebeten hatte, es nicht zu tun. Dann stand er auf, ging zum Tresen und bestellte zwei Whisky – dreifache. Eines der bis zum Überschwappen gefüllten Gläser stellte er vor Marnie hin, das andere leerte er zur Hälfte, noch ehe er sich setzte. »Hier. Trink das und schau mich an. Ich weiß, mit deinem Ara von Urartu kann ich nicht mithalten, aber ich schiele nicht, und schwarze Haare werden ebenso grau wie sandfarbene. Trink deinen Whisky, Marnie. Ich mach dir ein Kind.«

»Hast du den Verstand verloren?«

»Gibt es einen, der seinen noch hat?«

Er rückte samt Stuhl zu ihr, zog sie an sich und küsste sie auf den Mund. Es war Krieg. Seit fast fünf Jahren. Über Leute, die sich in Kneipen unsittlich benahmen, regte sich kein Mensch mehr auf. Sie schmeckte nach Marnie. Nach Leben. Ein bisschen nach Knoblauch, nach Minze und Bier. Sie war das Schönste, das Einzige, das den Anblick von Bomben, die auf Dächer niederkrachten und brandrot explodierten, vergessen machen konnte. *There'll Always Be an England.* Flüchtig wehrte sie sich, doch als seine Zunge nicht locker ließ, gaben ihre Lippen nach. Er ertastete ihre Formen, die kleinen, festen Brüste, die Taille, die kräftige Rundung der Hüften. Mit einem Seufzer löste er sich. »Wie lange bist du nicht mehr geküsst worden, Marnie? Wie lange nicht mehr?«

Sie war bleich und verstört. Nahm ihr Glas und trank. Wally warf einen Blick auf seine Taschenuhr. Wenn er vor der Sperr-

stunde noch einen Drink bestellen und ein Hotelzimmer auftreiben wollte, tat er es besser schnell. Er trank, küsste sie wieder und ging, um mehr Whisky zu holen. Marnies Schultern zitterten, als wäre ihr kalt. »Wally, es geht nicht. Es ist zu spät.«
»Warum denn? Du bist noch keine vierzig und fühlst dich an wie das blühende Leben.«
»Bitte hör damit auf. Es ist zu spät, Arman ein Kind unterzuschieben, weil wir keinen Sex mehr haben. Und weil er verliebt ist. In Eva. Nicht mehr in mich.«
»Aha«, sagte Wally. »Er darf dich also mit dieser Eva betrügen, aber du ihn nicht mit mir? Wie edel bist du eigentlich? Was würdest du sagen, wenn ich dir erzählte, dass ich schon seit Jahren seinen Segen habe? Der Herr deines Herzens macht wesentlich weniger Federlesens als du. Irgendwann hat er mir das mal ganz beiläufig hingeworfen: Sorg dafür, dass Marnie dies oder jenes tut, Wally. Wenn du dafür mit ihr ins Bett musst, sei mein Gast.«
»Das hat er nicht gesagt!«
»Ein bisschen vornehmer im Wortlaut«, erwiderte Wally. »Aber sinngemäß genau so.« Ehe sie sich von ihrem Schrecken erholen konnte, küsste er sie wieder. Dann noch einmal und noch einmal. Nach dem dritten Kuss schob er ihr das Whiskyglas zu.
»Wann war das?«, fragte sie.
»Als er mit seinem Faltrad auf dem Rücksitz nach Ringway gegondelt ist, um sich als Fallschirmspringer zu versuchen, was er ab morgen ja wohl wieder tun wird. Er hätte sich farbige Bänder an den Fallschirm knoten sollen wie ein Ritter an seiner Lanze: damals Marnie-Rot und morgen Eva-Gold. *Wish Me Luck as You Wave Me Goodbye*. Tust du mir einen Gefallen, bezaubernste Frau der Erde? Können wir den letzten Spross der Artsruni-Könige ein einziges Mal in unserem Leben eine Stunde lang vergessen?«

Bereits als Junge hatte Wally sich das Leben schwierig vorgestellt: Um sich seinen Traum vom altorientalistischen Studium zu erfüllen, würde er den Widerstand seines Vaters überwinden müssen, dazu kamen die abzuleistenden Jahre in der Armee und dass er mit seiner Schüchternheit eine schöne Frau für sich gewinnen würde, hatte er ernsthaft bezweifelt. Wenn es ihm aber gelang, alle Hindernisse zu überwinden, erschien das Leben ihm lockend: Er wünschte sich eine Stellung, in der er mit mesopotamischer Plastik arbeiten konnte und ein bisschen Publikumsverkehr bekam, um seine Passion zu teilen, er wünschte sich eine Frau, die Zauber in sein Haus brachte, und zwei Jungen wie ihn und seinen Bruder Horace, denen er in der Nacht vor Weihnachten Strümpfe an den Kamin hängte. Mit Geschenken gefüllte Weihnachtsstrümpfe. Keinen leeren für den Kleinen, weil der im Alter von acht den falschen Berufswunsch äußerte.

Als er seine erste Stellung im Museum angetreten hatte und Isabel begegnet war, die ihn wundersamerweise geheiratet hatte, hatte er geglaubt, er habe sein Leben ins richtige Fahrwasser gelenkt. Er würde das sein können, was er sein wollte: ein anständiger Mann – guter Vater, fähiger Wissenschaftler, liebevoller Ehemann, vielleicht einmal treuer Freund und sogar eines Tages anerkannter Sohn. Warum dann alles den Bach hinuntergegangen war, begriff er bis heute nicht. Isabels Ehebruch, seine Scheidung, Horaces Unfall, die Trauer seiner Eltern, für die er als Sündenbock herhalten musste. Sein Leben war aus den Fugen geraten, und statt zu schwimmen, hatte er nur mehr mit Armen und Beinen gerudert, nur um Wally Farnshaw zu bleiben. Der Wally Farnshaw, als den er sich kannte. Ein anständiger Mann, der seine Arbeit machte und sich Mühe gab, seinen Neffen aufzuziehen.

Dann war Hitler gekommen. Und der Krieg.

Wie war es möglich, dass moralische Werte, die man in seinem Blut zu spüren glaubte, derart in Unordnung gerieten, dass man sich selbst nicht wiedererkannte, dass einem nichts blieb, um sich zu orientieren? Wie war es möglich, dass ein Mann, der Gewalt verabscheute, nicht wusste, wie viele Menschen er auf dem Gewissen hatte? Wie war es möglich, dass ein Mann, der selbst an einem Treuebruch fast zerbrochen wäre, im Morgengrauen in einem Hotelbett erwachte und neben sich die nackte Frau seines Freundes vorfand? Seines Freundes, der an diesem Tag wiederum mit dem Fallschirm über Frankreich abspringen würde, um mit unzähligen anderen Entschlossenen noch einmal in einer großangelegten Operation zu versuchen, das Ruder dieses Krieges herumzureißen?
*Operation Overlord* lautete der Codename. De Gaulles *France libre* war daran ebenso beteiligt wie sämtliche alliierte Mächte, die endlich die Reihen schlossen. Die SOE würde vor Ort die Zusammenarbeit mit der *Résistance* organisieren, und zwei Drittel aller beteiligten Flugzeuge stellte die RAF. Beide nahmen ausschließlich Freiwillige in ihre Reihen auf. Zu diesem Wagnis, bei dem es um alles oder nichts ging, wurde kein Mann gezwungen.
Wally hätte sich ebenfalls freiwillig melden können. Besser Bomben zur gezielten Unterstützung einer anlandenden Armee als Bomben auf schlafende Städte. Stattdessen hatte er einen Zusammenbruch erlitten und Urlaub erhalten. Jetzt lag er im Bett neben Marnie Artsruni, wusste, er würde nicht fähig sein, in den Krieg zurückzukehren, und fühlte sich wie der letzte Dreck.
Arman ist nicht dein Freund, sagte er sich. Er ist zu Freundschaft gar nicht fähig, kann nicht einmal um Hilfe bitten, wenn er sich die Seele aus dem Leib kotzt. Dass er nach Frankreich geht, ist seine Sache, und Marnie hat er betrogen und wegge-

worfen. Sie sind praktisch nicht mehr verheiratet. Es nützte nichts. Er sah an Marnies schönem Körper hinunter, den er trotz hämmernder Kopfschmerzen sofort noch einmal hätte in die Arme schließen wollen, sah den Trauring an ihrem Finger, und in ihm wisperte es: Wenn das alles so ist – warum konntest du dann nicht warten, bis sie geschieden sind?

Zum Kuckuck, was war er? Ein Moralapostel? In Europa wurden Menschen millionenfach gemetzelt, wen juckte es da, wer mit wem im Bett lag?

Ich liebe sie, versuchte er einen neuen Weg der Rechtfertigung. Ich habe dasselbe Recht, sie zu lieben, wie er, und er hat sie mir regelrecht hingeworfen. Ich kann sie glücklich machen. Ich bin kein Opfer von Völkermord, auf das sie ständig Rücksicht nehmen muss, sondern ein normaler, verträglicher Kerl, und ich kann ihr das Kind machen, das sie sich so sehr wünscht. Vielleicht haben wir es ja in dieser Nacht schon gemacht, während er bei seiner Eva lag. Warum soll sie nicht dürfen, was er einfach tut?

Es geht nicht um ihn, es geht nicht um sie, fuhr das Wispern fort. Es geht um dich.

Marnie öffnete die Augen. Seine lebenslange tiefe Liebe zu der steinernen Schönheit von Skulpturen verblasste, wenn er in ihre Augen sah. Sie waren groß und durch und durch blau. *There'll Always Be an England.* Er wollte sie küssen. Er rührte sie nicht an.

»Es tut mir leid, Wally.«

»Dir?«

Sie ging nicht darauf ein. »Bitte sprich mit Sir John«, bat sie. »Geh nicht zu deiner Einheit zurück, weil wir diesen fürchterlichen Unsinn angestellt haben.«

»Für mich ist es kein fürchterlicher Unsinn«, gab er zu. »Ich schäme mich, obwohl ich nicht ganz sicher bin, wofür, aber es war trotzdem das Schönste, was ich erlebt habe, seit Isabel mich gegen meinen *Group Captain* eingetauscht hat. Ich möchte gern um dich kämpfen, Marnie. Offen. Ohne Scham. Ich rede mit Arman, wenn du willst. Und wenn du Zeit brauchst, würde ich gern auf dich warten.«

»Liebster Wally«, sagte sie und streichelte seine Wange. »Weshalb habe ich eigentlich so ein Glück?«

»Weil du es verdienst. Nimm mich beim Wort, Liebes. Sag mir, was ich tun soll, und ich tue es.« Er griff nach seiner Uhr auf dem Nachttisch. »Wenn ich mich beeile, erwische ich ihn vielleicht noch.«

»Jetzt? Bevor er nach Frankreich geht?«

»Nein«, murmelte Wally. »Das wäre nicht fair.«

»Mit Arman spreche ich selbst«, sagte sie und setzte sich auf die Bettkante, um sich anzuziehen. »Wenn er wieder hier ist. In Sicherheit. Bis dahin …«

»… willst du ihn nicht noch einmal betrügen«, beendete Wally ihren Satz. »Ich auch nicht, Marnie. Du hast recht. Was er tut, hat mit uns nichts zu tun. Wir warten ab.«

»Danke«, sagte sie und knöpfte sich die Bluse zu. »Wenn du wirklich etwas für mich tun willst, geh heute noch zu Sir John und melde dich zurück. Sobald er weiß, er bekommt dich wieder, kann ich Urlaub nehmen. Ich muss für eine Weile hier raus, Wally, zur Ruhe kommen, meine Gedanken ordnen.«

»Das verstehe ich«, sagte er. »Kann ich dich besuchen kommen? In allen Ehren?«

»Ich wäre lieber allein«, sagte sie. »Und ich fahre auch nur offiziell nach Kent. Es mag komisch klingen, aber das Haus hat Arman gekauft, weil er mich geliebt hat. Ich würde mich nicht wohl dabei fühlen, dort jetzt unterzukriechen.«

»Das klingt überhaupt nicht komisch«, sagte Wally. »Ich hätte mich dort auch nicht wohl gefühlt.«

»Danke«, sagte sie noch einmal. »Deckst du mich?«
Er nickte. »Wohin fährst du?«
»Kathy und Susan haben eine Cousine in Yorkshire«, sagte sie. »Sie vermietet Zimmer, das Haus liegt einsam, fern jeder Stadt, die als Ziel für Bomben taugt. Das klingt für mich im Augenblick wie das Paradies.«
Genauso klang es auch ihm. Er wünschte, sie würde ihn mitnehmen. »Ich erzähle jedem, du bist in Kent«, versprach er. »Erhol dich. Iss ordentlich. Lass dir die Landluft um die Nase wehen.«
Sie stand auf und strich sich den Rock glatt, was wie üblich überhaupt keinen Sinn hatte. »Eines noch, Wally …«
»Ja?«
»Ich kann dir nichts versprechen. Ich bin nicht sicher, ob ich noch einmal jemanden lieben kann. Ob ich das überhaupt möchte. Ob ich nicht lieber allein mit meinen Erinnerungen leben will.«
Wally nickte, so schwer es ihm fiel. »Ich verstehe«, sagte er. »Du wärst nicht die Frau, die ich um jeden Preis will, wenn du eine Ehe wie die deine in drei Tagen hinter dir lassen könntest. Ich habe dir gesagt, ich kann warten, Marnie. Ich liebe dich.«

Er tat, was er ihr versprochen hatte, ging noch am Nachmittag zu Sir John und bat ihn um Hilfe. Dass der Direktor des Museums nicht in Jubel ausbrechen würde, hatte er erwartet. Für Fahnenflüchtige hatte niemand viel übrig, und wenn er sich noch so laut zum Pazifismus bekannte. Sir John war jedoch ein Mann, der in der Lage war, das Praktische über alles andere zu stellen. Er hatte etwas von einem Kapitän, der entschlossen war, sein Museum so unbeschadet wie möglich durch das Kriegsgewässer zu steuern, und er ließ sich dabei selten irritieren. »Schlecht trifft es sich ja nicht«, hielt er somit fest. »Mrs.

Artsruni hat hier ganze Arbeit geleistet, das kann man anders nicht sagen, aber da sie ohnehin ihre Reise antritt, sagen wir zu Ihrer vorzeitigen Rückkehr nicht nein.«

Also hatte Marnie bereits mit ihm gesprochen. Dass er sie nicht mehr Wallys Blaustrumpf nannte, sondern ihren Namen mit Respekt aussprach, entging ihm nicht. Sir John forderte ihn auf, in ein paar Tagen noch einmal vorzusprechen, wenn er sich um die Formalitäten mit der *Air Force* gekümmert hatte. Sicherheitshalber sollte Wally seine Krankmeldung verlängern lassen, was er umgehend tat.

Der Tag, an dem er sich bei Sir John wieder melden sollte, war der 6. Juni. Es war ein kühler, verhangener Tag, der vom nahen Sommer nichts ahnen ließ. Am Abend zuvor hatte er versucht, Marnie telefonisch zu erreichen, hatte jedoch nur Seb an den Apparat bekommen, der ihm nicht mehr sagte als: »Sie ist unterwegs.«

In diesem Haus steckten alle unter einer Decke. Vermutlich hatte Seb Lunte gerochen und würde nichts tun, um seinem Onkel den Weg zu Arman Artsrunis Frau zu ebnen. Jahrelang hatte Wally sich gewünscht, zu dieser eigentümlichen Gemeinschaft zu gehören, und der Gedanke, dass sie im Begriff war, zu zerbrechen, versetzte ihm einen absurden Stich. Am nächsten Morgen allerdings hatte er für derlei Gedanken keine Zeit mehr.

Wie wohl die meisten Menschen im Land saß sein Vater seit sieben Uhr früh am Radio. Wally setzte sich dazu, vergaß dabei, dass er um zehn im Museum sein musste, und war damit gewiss nicht der Einzige. Die ersten Nachrichten, die die mit den Truppen gereisten Kriegsreporter über den Fernschreiber sandten, waren vage, nicht wirklich aufschlussreich. Um acht Uhr erging eine Warnung an die Bewohner der besetzten Küstengebiete, vor allem in Dünkirchen, Caen und Calais: Schwere Bombardierungen stünden bevor, und wer die Möglichkeit habe, solle

unverzüglich aufs Land flüchten. Die nächste Durchsage erfolgte um neun Uhr zweiunddreißig und war vom Hauptquartier der alliierten Streitkräfte ausgegeben worden:
»Der große Tag ist da. Heute in der Frühe haben die Alliierten unter dem Kommando von General Eisenhower die nordwestliche Frontlinie des von Hitler besetzten Europa angegriffen. Alliierte Marineeinheiten, unterstützt durch Luftstreitkräfte, haben mit der Landung an Frankreichs Nordküste begonnen.«
Von da an herrschte atemloses Warten auf eine Nachricht nach der anderen. Um zehn Uhr sagte Wallys Mutter den Besuch ihrer Friseuse ab. Um zehn Uhr dreißig gab es eine kurze, düstere Meldung von beispiellosem Schlachten an dem Küstenabschnitt, der als *Omaha Beach* bezeichnet wurde. Die Rede war von zweitausend Toten unter den Alliierten, und Wallys Vater begann tief enttäuscht sein Geschimpfe auf Drückeberger und Versager, was Wally ihm heute jedoch nicht übelnahm. Um elf Uhr folgte eine Kurzmeldung des amerikanischen Generals Bradley: »Die Lage in Omaha hat sich gebessert.« Britische Flugzeuge rückten nach und verschafften den Angegriffenen auf dem Strandabschnitt Deckung. Um zwölf Uhr wurde eine Ansprache des Königs angekündigt, Churchill und de Gaulle sollten folgen, zwischendurch versicherte General Montgomery seinen Truppen bedingungslosen Rückhalt:
»Ich habe vollstes Vertrauen in Ihren Mut, Ihre Hingabe und Ihre Fähigkeiten. Viel Glück, und lassen Sie uns Gott den Allmächtigen um seinen Segen für unseren großen, noblen Einsatz bitten.«
Wallys Mutter begann zu weinen: »Mein Horace. Warum darf denn mein Horace das nicht mehr erleben?«
Kurz darauf ertönte endlich die unverkennbare Stimme des mit Ungeduld erwarteten Churchill. Er gab bekannt, dass vier-

tausend große sowie mehrere tausend kleinere Truppentransportschiffe den Kanal erfolgreich überquert hätten. Nach anfänglichen Schwierigkeiten gehe die Anlandung jetzt zügig voran. Die Flugzeuggeschwader seien wie geplant hinter die feindlichen Linien vorgedrungen, auch wenn Einzelheiten natürlich nicht genannt werden dürften. »Heftige Kämpfe stehen zu erwarten, mit schweren Verlusten ist zu rechnen, und den Ausgang der Schlacht kann niemand vorhersagen. Aber ein wichtiger, ein entscheidender erster Schritt ist getan.«

Zur nächsten vollen Stunde berichtete der Nachrichtensprecher, Churchill habe, sobald seine Mikrofone ausgeschaltet worden waren, die Fäuste jubelnd hochgerissen.

Wallys Vater weinte leise. »Wir sind wieder in Frankreich, Junge. Nach diesen vier endlosen Jahren sind wir wieder in Frankreich.«

Wally, der nicht in Frankreich war, fiel ein, dass er ins Museum musste. Er verabschiedete sich ungewohnt sanft von seinen Eltern und brach auf.

Auf den Stufen vor dem Museum herrschte ein solcher Tumult, dass an ein Durchkommen nicht zu denken war. Offenbar sollte die Feier für einen Sieg, der noch gar nicht errungen war, hier stattfinden. Kinder schwenkten *Union Jacks*, alte Leute lagen sich in den Armen, und die Kameras, Scheinwerfer und Kabelkästen mehrerer Wochenschau-Teams wurden treppauf und treppab geschleppt. Von seinem Platz aus konnte Wally erkennen, dass Massen von Menschen gleichzeitig versuchten, sich durch die Türen des Museums zu zwängen, so dass die Wachleute alle Mühe hatten, den Ansturm zurückzudrängen. Nach einiger Zeit trafen vier Einsatzwagen der Polizei zur Verstärkung ein. Mit Hilfe der Beamten gelang es schließlich, den Eingangsbereich so weit frei zu räumen, dass Sir John samt seinen zwei ewigen Begleitern aus der Haupttür treten konnte.

Irgendwer hielt ihm ein Mikrofon vors Gesicht, das er sich unwirsch schnappte.
»Meine Damen und Herren, ich danke Ihnen allen für Ihr Kommen und Ihre patriotische Begeisterung, muss Sie aber bitten, zur Kenntnis zu nehmen, dass wir keine weiteren Besucher ins Museum einlassen können. In Absprache mit der Polizei können wir Ihnen jedoch gestatten, hier draußen in angemessenem Rahmen weiter zu feiern. Obwohl das eigentlich nicht zu meinen Aufgaben zählt, bestätige ich, dass die Landung der alliierten Streitkräfte in der Normandie nach Plan verläuft und von unserer militärischen Führung als ein entscheidender Wendepunkt im Verlauf des Krieges gewertet wird.«
Der Unmut, der eben noch die Eintrittssperre für neue Besucher begleitet hatte, ging in frenetischen Jubel über. Gleich darauf erfolgte das Absingen des unvermeidlichen *Colonel Bogey March*:

*»Hitler has only got one ball,*
*The other is in the Albert Hall ...«*

Das andere scheint eher im *British Museum* zu sein, dachte Wally, der sah, wie schon wieder Leute versuchten, sich entgegen Sir Johns Anordnung durch die Türen zu schieben. In diesem Augenblick hatte Piers Towneley ihn entdeckt und drängte sich winkend durch die Massen treppabwärts.
»Meine Damen und Herren, wenn Sie vom Eingangsbereich nicht zurücktreten, muss ich den Platz räumen lassen!«, rief Sir John, der aussah, als sehne er sich innig nach einer Tasse ceylonesischem *Orange-Pekoe*-Tee. »Reißen Sie sich doch zusammen! Ich bestätige gern, dass wir anlässlich der Landung in Frankreich ein neues Ausstellungsstück zu präsentieren haben, das von Stunde an durchgehend besichtigt werden kann. Im Moment aber gibt es keinen Platz mehr. Sobald die Räume sich

so weit geleert haben, dass Ihrer aller Sicherheit gewährleistet ist, werden wir weitere Besucher zulassen …«
Towneley hatte Wally erreicht und schlug ihm krachend auf die Schulter. »Walter! Wie schön, dass Sie auch kommen konnten. Was sagen Sie nur, ach Gott, ach Gott, was sagen Sie nur?«
»Was haben Sie denn da drinnen?«, fragte Wally. »Hitlers einbalsamierte Männlichkeit?«
»Jetzt tun Sie mal nicht so scheinheilig, Sie Geheimniskrämer.« Towneley zwinkerte ihm zu. »Sie wollen ja wohl nicht behaupten, hinter der Organisation dieser Sache steckten nicht Sie.«
»Das will ich allerdings behaupten«, erwiderte Wally. Ich war bis vor einer Woche im Einsatz über Deutschland, und außerdem eigne ich mich nicht zur Organisation von Volksaufläufen. Umso lieber wüsste ich, warum die Party, zu der wir im Grunde noch gar keinen Anlass haben, ausgerechnet in unserem Mumientempel gefeiert wird.«
»Mumientempel! Na, Sie sind mir aber einer.«
»Den Ausdruck habe ich mir von *Group Captain* Halliday entliehen«, bekannte Wally.
Towneley lächelte wie ein gütiger Großonkel. »Zu der Party haben wir allerdings einen Anlass, und das wissen Sie als Kampfpilot besser als ich. Zwar haben wir den Krieg noch nicht gewonnen, aber seit heute trauen wir es uns wieder zu, und das ist jede Party wert, die wir bekommen können. Auf dem *Trafalgar Square* wird getanzt, vor dem *Buckingham Palace* kommt kein Verkehr mehr durch, und bei uns strömt alles zusammen, seit jemand die Nachricht ans Radio gegeben hat, dass wir in unseren Hallen haben, wonach all diese Menschen sich sehnen – *La Paix.* Den Frieden. Oder wie die Wachleute sagen: Henrietta.«
»Herzlichen Dank«, sagte Wally beißend. »Ich verstehe nur Bahnhof, aber ich nehme an, genau das wollten Sie zum Ausdruck bringen.«

»Soll das heißen, Sie wissen wirklich nicht Bescheid?«, fragte Towneley grinsend. »Ihr Steine beschwörender Intimus hat nicht einmal Sie eingeweiht? Was für ein Schlawiner. Das traut man dem Mann gar nicht zu, mir kommt er ja immer vor, als hätte er sich verlaufen …«
Wally stöhnte. »Mr. Artsruni, von dem Sie vermutlich reden, ist nicht mein Intimus«, sagte er. »Er beschwört auch keine Steine. Er ist …«
»Ihre Entdeckung, ich weiß.« Towneley hörte auf zu grinsen. »Und darauf dürfen Sie sehr stolz sein, lieber Walter. Möge Gott die Hand über ihn halten und ihn uns heil aus Frankreich zurückbringen, woraufhin ihn dann endlich jemand unabkömmlich stempeln muss.«
»Ich will es sehen«, sagte Wally, dem jetzt klar war, was passiert war. »Bitte, Piers – ganz egal, wie Sie mich da reinbekommen.«
»Mit geballter Stoßkraft.« Towneleys Lächeln war beinahe freundschaftlich. Er legte den Arm um Wally, und gemeinsam setzten sie zum Sturm auf die Treppen an.
Mit Hilfe der Wachleute, die sich zu Recht als die Helden des Tages fühlten, gelang es ihnen, bis auf den Absatz vor der Haupttreppe vorzustoßen. Towneleys Bericht nach hatte Arman zwölf der Männer beauftragt, die Skulptur aus dem Kellerraum an ihren Bestimmungsort zu tragen, sobald die erste Meldung von der Landung erfolgt war. Nach der Durchsage um neun Uhr zweiunddreißig hatte das Dutzend kein Halten mehr gekannt. Das gesamte Treppenhaus lag in gleißendem Scheinwerferlicht, wie es seit Kriegsausbruch nicht mehr verwendet worden war. Jemand hatte dem gequälten Sterbenden, der als *La Guerre* bekannt war, einen *Union Jack* um den Hals gehängt und einen Lorbeerkranz aufgesetzt. Wally war sich nicht immer sicher, ob er seine Landsleute eigentlich mochte,

aber zumindest Mangel an Humor konnte ihnen niemand vorwerfen.
Schräg hinter *La Guerre*, der in dem starken Licht beinahe blutrot schimmerte, stand die neue Skulptur auf dem leeren Sockel. Sie ist nicht montiert, war Wallys erster Gedanke, zum Kuckuck, wir müssen sie sichern, ehe die Leute sie herunterstoßen, und irgendwann drehe ich dem blöden Artsruni den Hals um. Wie kann jemand mit einer solchen Begabung so achtlos umgehen und ein Werk wie dieses von Wachleuten durch die Gegend schleppen lassen?
Die Skulptur aus dem exquisiten, grau und rosa gemaserten Granit war viel zarter als alles, was Arman bis jetzt gemacht hatte, beinahe fragil, die Linien graziös, verspielt, darin untypisch und doch unverwechselbar. Der starke Ausdruck war seiner, die Vitalität und das hemmungslose, beinahe frivole Feiern menschlicher Schönheit. Dass diese deine schönste ist, liegt am Motiv, nicht an dir, dachte Wally mit einem Anflug von Trotz. Nach all seinen Studien in Einsamkeit bestand diese Skulptur aus drei Figuren, deren Körper ineinander überglitten. Die größte war eine Frau, die die beiden anderen, einen zierlichen Greis und ein zierliches Kind, in den Armen hielt. Die Frauenfigur war detaillierter als die übrigen ausgestaltet, ihre Lider waren gesenkt, der Blick ruhte schützend auf dem Kind, und ihr lockiges Haar hüllte die Schultern des Greises ein.
»Henrietta dürfte die eigentlich nicht heißen, was?«, fragte Towneley. »Das ist ja nicht zu verkennen, dass das Ihre Marnie ist.«
Nicht meine, dachte Wally, der das Bildnis auf dem leeren Sockel anstarrte. Nicht meine.
»Ist Ihnen nicht wohl? Sir John kann ja solche Massenansammlungen auch nicht ertragen. Soll ich versuchen, Tee zu bekommen? Oder etwas Stärkeres?«

Wally schüttelte den Kopf. »War Mrs. Artsruni hier? Hat sie das schon gesehen?«
»Leider nein«, erwiderte Towneley. »Sie können sich ja vorstellen, dass heute Vormittag sämtliche Reporter versucht haben, sie vors Mikrofon zu bekommen, aber Marnie Artsruni hat vier Wochen Urlaub genommen und ist vor drei Tagen mit ihrer Pflegetochter verreist.«
Zum Kuckuck, Marnie, wo wohnt diese Cousine in Yorkshire? Und warum kommt es mir zu, dich zu informieren, mir, der nicht das mindeste Interesse daran hat? Weil die Zeiten nicht normal sind. Weil im Krieg nichts privat ist. Weil dein Mann in Frankreich sterben könnte, und du vorher alles daransetzen musst, ihn zu erreichen. Dein Mann hat dir einen Liebesbrief geschrieben und ihn dir auf seinen leeren Sockel in unser Museum gestellt. Wenn er stirbt und du ihn vorher nicht sprichst, weil du bei irgendjemandes Cousine hockst, verzeihst du dir nie, und weder du allein noch wir beide zusammen haben eine Chance.

# 39

## SEDAT
## DOĞUBEYAZIT. AUGUST 1944

Danke, Emine, aber wir möchten nicht frühstücken. Ich glaube, wir fahren heute nach Aghtamar.«
Seine Frau riss die schönen Augen auf und schüttelte leicht den Kopf, sagte jedoch nichts. Es lag ihr fern, ihre Gäste zu kritisieren, was sie dachte, behielt sie für sich. Sedat las ihre Gedanken

dennoch: Warum wird das traurige Kind an diesen traurigen Ort geschleppt? Warum darf sie in dieser Gluthitze nicht hierbleiben und im Schatten mit unseren Kindern spielen? Warum bekommt sie keine Zeit für ihr Frühstück?

Beruhigend nickte er ihr zu. »Vielleicht könntest du Amarna und Chaja etwas einpacken?«

»Natürlich«, sagte Emine. »Komm, Chaja. Such dir aus, was du möchtest.« Das Mädchen sprach selbst kein Türkisch, doch es verstand jedes Wort. Mit der kleinen Hayat an der Hand folgte es Emine in die Küche. Die beiden Kinder, die denselben Namen trugen, hatten sich eng aneinander angeschlossen, obwohl Chaja schon elf, Hayat dagegen erst knapp sechs Jahre alt war, etwa so alt wie Chaja gewesen war, als sie ihre Heimat hatte verlassen müssen. Sie sahen sogar aus wie Schwestern. Hayat war nicht so kräftig wie seine anderen Töchter, aber Sedat fand sie wunderschön. Chaja war für ihr Alter ungewöhnlich klein und zart, aber in dem schmalen Körperchen verbarg sich eine bemerkenswerte Zähigkeit.

»Komm«, sagte er zu Amarna, legte den Arm um sie und führte sie hinaus in seinen Garten.

»Darf ich dein Auto nehmen?«, fragte sie.

»Natürlich. Du nimmst, was du brauchst.«

So hielten sie es, seit die beiden vor drei Wochen angekommen waren. Zuvor waren sie fast sieben Wochen lang unterwegs gewesen. Sie waren auf einem der britischen Schiffe gefahren, die Chromit-Erz aus der Türkei aufkauften, doch in Burgas hatte die Reise unterbrochen werden müssen. Die sowjetische Armee stand davor, in Bulgarien einzumarschieren, würde damit den Landweg zwischen der Türkei und den Achsenmächten blockieren, und niemand wusste, wie Hitler darauf reagieren würde. Für die Chromit-Schiffe war das Risiko vorerst zu groß, die Angst vor deutschen U-Booten überwog das Handelsinteresse. Auf gefahrvollem Weg hatten Amarna und Chaja ihre Schiffsreise fortsetzen und anschließend auf dem Landweg quer durch die in Sommerhitze glühende Türkei reisen müssen. Kein Wunder, dass sie erschöpft waren. Amarna aber war ihm vorgekommen wie ein gehetztes Tier, das über jede Reisemüdigkeit hinaus am Ende seiner Kräfte war.

Chaja hatten sie tagelang nichts als schlafen, essen, auf ihrem Esel reiten lassen und zusehen können, wie sie sich erholte. Auch wenn sie verstört blieb. Eines der vielen Kinder, deren Welt nicht aufhörte, zu wanken. Dabei aber ein kluges, waches, in sich starkes Kind, wie Sedat feststellen konnte. Er hatte Arman und Amarna immer ein Kind gewünscht, weil er sicher gewesen war, dass sie ihre Sache gut machen, viel nachdenken, doch vor allem an ihrem Kind eine innige Freude haben würden. Sie würden das Kind in dem außergewöhnlich dicht verwobenen Geflecht ihrer Liebe halten, und das verlieh Kindern Stärke.

Als Arman, den er seinen kleinen Bruder nannte, mit Amarna fortgegangen war, hatte Sedat sich keine Sorgen gemacht. Er ist jetzt gut aufgehoben, hatte er gedacht. Und sie auch. Es gab diese Art von Menschen, die Talent zur Liebe hatten, wie seine Tochter Ayshe zum Singen. Sie hatten ein schweres Paket zu tragen, aber ihre Liebe war zäh wie eine Libanonzeder, die tausend Jahre überstand. Dass sie zerbrochen war, bestürzte Sedat zutiefst. Kein Wunder, dass beide, Amarna wie Chaja, verstört waren. Kein Wunder, dass Amarna, die er als impulsive, aber vernünftige Kollegin kannte, keinen Ausweg gewusst hatte, als mit ihrer Pflegetochter eine derart gefahrvolle Reise anzutreten. »Ich habe Chaja versprochen, sie nicht herzugeben, sondern mit ihr zu fliehen«, hatte sie ihm als Erklärung genannt.

Zu mehr war sie in den ersten Tagen nach ihrer Ankunft nicht fähig gewesen, und dann hatte sie begonnen, sich an das Antragswerk für ihre Grabungslizenz zu machen. »Auch wenn du es für aussichtslos hältst, ich muss es versuchen«, hatte sie gesagt. »Ich habe das Geld der Sponsoren, und ich will die Stelen bergen, ehe der Krieg auch hierherkommt. Ansonsten kann ich ja nichts mehr für ihn tun.«

»Erzähl's mir«, hatte Sedat gebeten. »Mit den Stelen helfe ich dir, so gut ich kann, weil es eine Schande wäre, sie nicht zu schützen, aber ich will wissen, warum du, die ihrem Mann so gutgetan hat, glaubst, du könntest nichts anderes mehr für ihn tun.«

Drei Nächte lang hatte sie mit ihm gesessen und ihm erzählt, was ihnen geschehen war.

Jetzt stand sie bei ihm im Garten, neben den hohen, dunkelvioletten Königskerzen, deren erste Triebe Emines Vater ihnen zur Hochzeit gegeben hatte und die hier zu einem Blütenwald gewuchert waren, und wandte den Blick dem weißen Berg zu, von dem trotz des klaren Tages kaum eine Ahnung auszumachen war. Warum man sich ihm dennoch zuwandte, sobald man in dieser Gegend aus seinem Haus trat, war ein Geheimnis. Vermutlich waren die Kinder aller Völker und Religionen mit zu vielen Mythen aufgewachsen, die versprachen, dass an diesem Berg die Rettung lag, dass dort die Erde getrocknet sein und der Sturm sich legen würde.

»Deine Emine findet, ich bin eine unverantwortliche Mutter, nicht wahr?«

»Meine Emine denkt so nicht. Sie hält vielleicht eine einzelne Tat für unverantwortlich, aber nicht einen Menschen. Dazu kennt sie zu viele.«

»Dann findet sie eben, diese Reise war unverantwortlich, und das war sie ja auch. Mein Versprechen taugt nicht als Grund, denn Chaja hätte vermutlich nicht einmal gewollt, dass ich es halte, wenn ich ehrlich gewesen und ihr gesagt hätte, dass Arman bei ihr bleibt.«

»Arman bleibt nicht bei ihr, Amarna. Wenn du das nicht weißt, kannst du deine Ehe nicht wegwerfen, sondern brauchst noch Zeit, um ihn kennenzulernen. Weißt du, was für Arman das Schlimmste ist? Verlassen zu werden. Sein Vater hat ihn verlassen, nachdem Yeva und Tuma ermordet worden waren, er war einfach nicht in der Lage, sich um ihn zu kümmern, und als Arman so dringend Hilfe brauchte, wie ein Mensch sie nur brauchen kann, haben wir alle ihn im Stich gelassen.«

»Du warst doch erst sechzehn.«

»Arman war erst neun«, sagte Sedat. »Für ein Kind spielt es keine Rolle, ob einer sechzehn oder sechzig ist und ob er gute Gründe hat. Es sieht nur: Alle, denen ich vertraue, alle, die ich meine Freunde nenne, lassen mich im Stich. Ich bin niemandem wichtig. Dass mir weh getan wird, ist niemandem wichtig. Dass ich Angst vorm Tod habe, auch nicht.«

»Sedat, dafür kannst du nichts!«, rief sie kämpferisch. »So hast du nicht gedacht.«

»Nein«, sagte Sedat. »Ich gebe mir auch keine Schuld. Ich gebe niemandem Schuld, nur den Mördern, nicht Menschen, die sich abstrampeln und versagen, weil man in bestimmten Situationen praktisch gar nicht richtig handeln kann. Aber dass wir alle keine bösen Menschen waren, nimmt ja denen, die verlassen waren, nicht den Schmerz. Ich denke, wir werden das lernen müssen, wenn wir mit dieser zerschlagenen Welt zurechtkommen wollen: Jedem seinen Schmerz zugestehen, offene Ohren haben, einander Zeit geben. Von Menschen, die Schmerzen haben, ist das viel verlangt. Ich finde, ihr beide habt es gut gemacht, Amarna. Ihr habt euch gezankt, ihr habt nach Wegen suchen müssen, aber ihr habt nie aufgehört, darum zu ringen, einander zu verstehen. Wenn dieser Krieg zu Ende ist, werden wir von euch lernen können. Das habe ich euch seit langem sagen wollen.«

»Danke«, murmelte Amarna kaum hörbar. »Ich glaube, ich finde das auch.«
»Und ich habe mit dieser Geschichte vom Verlassenwerden angefangen, weil ich dir deutlich machen wollte, dass Arman dir vieles antun könnte, aber das nicht«, sagte Sedat. »Er ist launisch, er kann so zickig sein wie meine vierzehnjährige Tochter, er ist eitel wie eine Bauchtänzerin und so stur, dass er ständig Gefahr läuft, sich Schläge einzuhandeln, weil er einfach nicht mit sich reden lässt. Aber er würde dich nie verlassen. Daran ist er gesund geworden, Amarna – daran, dass er Bülent und dich hatte, die ihm manchmal bitterböse waren, aber am nächsten Morgen immer noch bei ihm.«
»Das hat er einmal zu mir gesagt, als er mit einem Lächeln wach geworden ist und ich ihn gefragt habe, worüber er sich freut: ›Du bist noch da.‹«
»Jetzt nicht mehr«, sagte Sedat.
Amarna schauderte. »Ich kann ihn doch nicht zwingen, bei mir zu bleiben, weil er kein Mensch ist, der andere verlässt. Ich kann ihn nicht festhalten, obwohl er eine andere liebt und dieser anderen das einzige Kind gehört, das er je haben wird. Ich muss ihn gehen lassen. Aber sie beide zugleich zu verlieren, das halte ich nicht aus.«
»Du hast ihn nicht gehen lassen«, sagte Sedat. »Du hast ihn verlassen. Es liegt mir fern, dich zu kritisieren, ich will dir nur helfen, die Dinge zu betrachten, wie sie außerhalb deines Kopfes aussehen.«
»Ich habe ihn nicht nur verlassen«, sagte sie. »Ich habe ihn betrogen, und ich kann dir nicht einmal sagen, warum. Weil er mich betrügt. Weil ich betrunken war und gedacht habe: Vielleicht kann ich ihm doch ein Kind unterschieben und ihn mir damit zurückkaufen. Arman hätte so gern ein Kind gehabt, Sedat, so gern. Warum durfte er das denn nicht, warum, warum, warum?«

Endlich kamen die Tränen, die sie seit Wochen nicht hatte weinen können. Der Gedanke, nach Aghtamar zu fahren, genügte auch Sedat manchmal, damit ein Stau sich löste. Er drückte sie an sich und sah über ihren Kopf hinweg in die Wolken, in denen er den weißen Berg wusste. »Ich habe fünf Kinder und weiß das noch weniger als du«, sagte er. »Ich habe mich manchmal versündigt und Allah mit Fragen geplagt: Warum hast du uns nicht vier Kinder gegeben und unsere Jüngste, unser Zauberkind Hayat, unseren Freunden, die sie so sehr brauchen? Aber manchmal muss ich dann an Bülent denken, der ganz allein war, als Arman zu ihm kam. Hätte seine Frau gelebt, hätte sein Kind gelebt – hätte er Arman zu sich in sein Haus nehmen können? Nicht nur sein Leben riskieren, sondern auch das seiner Familie? In solchen Momenten denke ich, Allah hat den Adler Bülent für Arman aufgespart, weil Arman ihn auf der Welt am meisten brauchte.«

»Oh, Sedat, das stimmt!« Sie weinte noch mehr und musste in abgehackten Brocken sprechen. »Auch wenn du mit deinem Allah bei mir auf Granit beißt: Arman und Bülent, die waren füreinander gedacht. Als er gestorben ist, sahen sie sich sogar ähnlich. Ich habe Arman da sitzen sehen, mit Bülent in den Armen, ich hätte sie beide vor Liebe erdrücken wollen, obwohl Bülent schon tot war, und ich habe gedacht: Ach, mein Liebster. Irgendwann wirst du genau solch ein vogelknochiger, wattehaariger, zauberhafter Meckerkopf sein wie der da, und das ganze Haus wird kopfstehen, um dir drei Tropfen Joghurt einzutrichtern.«

Sedat hatte das an Amarna immer besonders gemocht: dass man mit ihr zugleich lachen und weinen konnte, bis man keine Luft mehr bekam. Er fand, das passte zum Leben. Aber er wusste, sie hatte das Schlimmste noch nicht gesagt.

Er gab ihr sein Taschentuch, und sie kämpfte tapfer darum, zu Atem zu kommen. »Ich fand euch alle füreinander gedacht«, sagte er und schmunzelte, um ihr zu helfen. »Damals, als wir euch in London besuchen kamen. Sogar London war für euch gedacht. Aber bei mir beißt ja auch mein Allah nicht auf Granit.«

»Ach, Sedat. Ich wünschte, ihr hättet uns öfter besucht.«

»Ich auch. Hätten wir gewusst, dass es Krieg gibt, dass wir nicht endlos Zeit haben, hätten wir die Jahre besser genutzt.«

»Ich hätte mir so sehr gewünscht, dass ihr Chaja kennenlernt. In Kent, wenn der Krieg weit weg war. In London, wenn unsere Nachbarin Doris den Krieg durch Wirbel und Wärme ersetzt hat. Weißt du, was das Schlimmste ist? Dass ich oft dachte: Gut, dass wir kein Kind hatten, gut, dass wir voll Sehnsucht und überschießender Liebe waren, als Chaja kam, dieses verängstigte, ausgehungerte Geschöpf mit der blaugeschlagenen Hüfte, das uns ebenso sehr brauchte wie wir sie. Ich habe mich lange geschämt, weil ich Arman vorgelogen habe, ich sei schwanger, aber irgendwann habe ich damit aufgehört, weil da dieses Gefühl war: Ich habe meinem Mann gesagt, ich bekomme sein Kind, und ich habe es bekommen. Chaja. Von dem Augenblick an, in dem Chaja ihren Davidstern gegen Armans Kreuz getauscht hat, dachte ich: Ist das nicht völlig schnuppe, welches Blut in den Adern von einer fließt, die Artsruni heißt? Sind wir nicht wie Hitler, wenn wir das wichtig finden? Wichtig ist, dass die Artsrunis nicht aussterben, und diese süße kleine Zimtzicke da draußen, die sich mit meinem Mann beim Kricket fetzt, die ist sein Kind.«

»Ich gebe zu, seit sie hier ist, habe ich das schon mehrfach gedacht, wenn sie mich schweigend unter gefurchten Brauen angeblitzt hat«, sagte Sedat. »Ich dachte: Du bist ein so süßes Untier wie dein Vater. Und dass sie elf ist, aber kleiner als unsere Naema mit zehn, passt auch.«

»Wir hätten sie gegen kein leibliches Kind getauscht, Sedat. So wie Bülent Arman nicht getauscht hätte. Ich habe geglaubt, sie

wäre für uns gedacht, und ich wünschte, es gäbe deinen Allah wirklich, der das aussortieren könnte, was Hitlers Nazis und Talât Paschas Jungtürken angerichtet haben.«
Weil er hilflos war und weil ihm nichts Besseres einfiel, hob er ihr Kinn in Richtung des weißen Berges. »Der da zeigt sich so gut wie nie, Amarna. Wenn man hier wohnen und seine Arche anlanden will, muss man einfach glauben, dass es ihn gibt und dass die Erde irgendwo getrocknet ist. Wollt ihr beide jetzt aufbrechen? Später wird es zu heiß für die lange Fahrt, aber wenn du es dir anders überlegt hast …«
»Nein, wir fahren«, fiel sie ihm ins Wort. »Emine hat sich die Mühe gemacht, uns ein Picknick einzupacken, und ich habe die ganze Zeit gedacht, ich will nach Aghtamar und mich ausheulen.«
»Ich mache das auch oft. Ich finde, Aghtamar sollte weltweit dazu angeboten werden, wenn der Krieg vorbei ist.«
»Leider haben wir dann neue Aghtamars.«
»Ich weiß.«
»Eines noch, Sedat – danke, dass ihr eure Jüngste Hayat genannt habt. Ich wollte das auch tun. Ich wollte Arman ein kleines Mädchen schenken, das wir nach seiner Mutter Yeva, Leben, hätten nennen können.«
»Und stattdessen habt ihr ein kleines Mädchen bekommen, dass Chaja, Leben, heißt.«
Sie nickte. »Verstehst du, dass ich nicht aufhören kann, zu glauben, sie gehöre zu uns?«
Sedat nickte. »Ich verstehe dich. Ich habe keine Antwort. Aber ich bete für euch.«
»Wenn ein Anruf aus Van wegen meiner Lizenz kommt, nimmst du ihn entgegen, nicht wahr?«
»Selbstverständlich. Einen schönen Tag, grüßt Aghtamar von mir.« Damit ging er und half Emine und Chaja, Picknick und Wasser ins Auto zu verladen.

Sie hatten zu siebt zu Mittag gegessen, er hatte seine Gedanken nicht von Amarna lösen können, und Emine hatte ihn in Ruhe gelassen und ihm hinterher die Kinder vom Hals gehalten. »Ich setze mich eine Weile ans Radio, ehe ich mich an die Arbeit mache«, sagte er. »Ich möchte wissen, wie es um den Krieg steht.«

»Kommt er zu uns?«, fragte Emine.

»Ich denke, unser Eintritt lässt sich nicht länger verhindern«, antwortete Sedat. »Auf der richtigen Seite. Der Völkerbund drängt, und er hat recht damit.«

»Mir ist die Seite egal«, schnauzte Emine ihn an, was sie sonst so gut wie nie tat. »Ich habe fünf Kinder.«

»Keine Söhne, Allah sei's gedankt«, sagte er und küsste sie innig. »Ich habe so viel Angst wie du, meine Blume, aber auch ein wenig Hoffnung, dass wir diesmal verschont bleiben. Dass unsere Freunde dort drüben es für uns ausgefochten haben, ehe es für uns ernst wird. Aber um welchen Preis, Emine. Um welchen Preis.«

»Das zuckersüße kleine Mädchen tut mir leid«, sagte Emine.

»Sie tun mir alle leid«, sagte Sedat.

Dann schaltete er das Radio ein, wobei er wie üblich eine Weile brauchte, weil der Empfang durch die Nähe der Berge selten störungsfrei war. Sobald er die Frequenz jedoch gefunden hatte, war er sofort in die Nachrichten vertieft und lauschte. Erst das Läuten des Telefons riss ihn aus seiner Spannung. Während er sich noch sammelte, hatte Emine den Hörer bereits abgenommen. »Ein Anruf aus Van«, teilte sie ihm mit.

»Der ist für Amarna«, rief Sedat hastig. »Es geht um ihre Lizenz, ich habe versprochen, ihn für sie entgegenzunehmen.«

»Ja, ich denke, für Amarna ist der«, sagte Emine mit einem Unterton, den er nicht zu deuten wusste. »Aber sprechen will der Anrufer mit dir.«

Sedat eilte an den Apparat.
*»Selam aleyküm«*, sagte er.
*»Aleyküm selam«,* erwiderte eine Stimme, die er vermisst hatte. Sedat mochte Menschen, aber er fand sein Wesen zu empfindlich und zu kompliziert, um sich allzu viele von ihnen als Freunde zu wünschen.
*»Şekerim«*, rief er. *Mein Süßer.* Er hatte Arman schon als kleinen Jungen so genannt, und Arman hatte schon als kleiner Junge versucht, ihn dafür zu verprügeln.
»Ich brauche deine Hilfe«, sagte Arman.
»Danke«, sagte Sedat. »Ich habe mir sehr gewünscht, dass du das noch einmal zu mir sagst und dass ich mich diesmal besser schlage. Bitte erkläre mir, was ich tun kann. Ich hoffe, du brauchst nicht mein Auto, denn das habe ich …«
»Sedat«, fiel ihm Armans schöne Stimme scharf ins Wort. »Hör auf zu schwafeln. Ich stehe hier mit einem großen britischen Mehrzweckflugzeug auf dem Flugfeld in Van, ich habe keine Landeerlaubnis, aber eine Deutsche ohne Pass an Bord, und eure Aufsicht hier würde uns ziemlich gern in ein Loch unter der Erde stecken wie Gregor den Erleuchter. Wärst du so freundlich, sie davon abzuhalten? Um alles andere kümmere ich mich selbst.«
»Wenn's weiter nichts ist, *şekerim.* Hast du ihnen schon erzählt, dass du der große Arman Artsruni bist und jedem von ihnen ein Steinmännchen machst, wenn sie dich und dein Gefolge durchlassen?«
»Ich habe ihnen erzählt, dass ich der große Arman Artsruni bin und Sedat Veysel ein Dutzend Steinmännchen auf dem Kopf zerklopfen muss, aber es hat nichts geholfen.«
»Du Armer. Hol mir den furchtbaren Menschen, der dir zusetzt, an den Apparat, und in der Zwischenzeit sieh dich nach einem Leihwagen um, oder kämm dir dein unvergleichliches

Haupthaar. Ich bin froh, dass du gekommen bist, ein Teil von mir hat fest daran geglaubt. Ich hatte nur Bedenken, weil ich nicht wusste, wann du aus Frankreich kommst, weil die Reisewege abgeschnitten sind, und weil ich dachte, mit deinem Ohr kannst du nicht …«

»Ich bin sofort aus Frankreich gekommen, als ein Freund mir gesteckt hat, was los ist«, sagte Arman. »Das war, um ehrlich zu sein, nicht sonderlich einfach für meinen Freund.«

»Ich bin eifersüchtig«, sagte Sedat. »Und ich bin sicher, dein Freund hat das verdient.«

»Das hat er. Er hat auch die Maschine geflogen. Sedat, was ist mit …«

»Amarna und Chaja geht es gut«, sagte er. »Mach dir keine Sorgen, ich erzähle dir alles, wenn du hier bist, und ich glaube, mein Radio hat auch ein Geschenk für dich. Jetzt gib mir diesen Bluthund. Ich liebe dich sehr, Arman, ich kann es nicht erwarten, dich zu sehen.«

»Danke«, sagte Arman. »Ich liebe dich auch, Sedat. Ich liebe dich sehr.«

Die Verhandlung mit den Behörden in Van erforderte einiges an Zeit und Überredungskünsten. Wenn ihn jemand fragte, warum er Arman Artsruni lieb hatte wie einen leiblichen Bruder, würde Sedat ihm künftig antworten: Weil er ein britisches Kriegsflugzeug mitten im Krieg durch halb Europa jagt, es ohne Landeerlaubnis niedersetzt, eine Deutsche an Bord hat, und bei alldem denkt, das sei völlig normal. Nach fünf Jahren Training und Kampferfahrung in einem Geheimverband. Weil dieser Armenier mir beigebracht hat, dass es möglich ist, Sex zu haben und jungfräulich zu bleiben.

Letzten Endes half Armans Bereitschaft, eine große Summe für das Unterstellen des Flugzeugs, eine noch größere für den Verzicht auf dessen Beschlagnahme und eine noch einmal größere für die Freilassung der Deutschen zu entrichten. Nachdem das erledigt war, kehrte Sedat an sein Radio zurück und rief Emine zu sich. »Meine Liebste, mein Äuglein«, sagte er, »machst du uns einen unwiderstehlichen Kaffee und wärmst eine Decke an? Mein Adler-Findling, mein kleiner, pechschwarzer Zottelbruder kommt.«

»Das wurde auch Zeit«, sagte Emine. »Aber draußen sind zweiundvierzig Grad. Da hat nicht einmal deine kleine schwarze Frostbeule von Bruder kalte Füße.«

»Da kann man bei ihm nie sicher sein.« Er küsste sie. »Ich will, dass er weiß: In meinem Haus wartet eine weiche Decke auf seine Sohlen, auf die zu oft eine Peitsche gewartet hat. So wie ich wollte, dass du weißt: Wenn du einmal wegfährst, warten in meinem Haus auf dich hundert Küsse.«

»Ich fahre ja nie weg.«

»Du könntest an der Ecke Käse kaufen gehen«, sagte Sedat. »Dann warten sie.«

Eine Stunde später kam Arman mit einem hochgewachsenen, ergrauten Mann, der so distinguiert aussah, wie man sich einen Engländer vorstellte, und mit einer schönen, großen, sehr blonden Frau. Als Amarna ihm erzählt hatte, Arman habe eine Geliebte, hatte Sedat gedacht: Das glaube ich nicht. Ich betrüge meine Emine nicht, und Arman betrügt seine Amarna nicht, wozu hätten wir uns die Mühe machen sollen, solche Frauen zu finden, wenn sie uns nicht genügen? Als er die Frau, die Eva hieß, sah, war er nicht mehr so sicher. Ich möchte mir nicht vorstellen, mit dieser Frau in einer Scheune in Südfrankreich allein zu sein, dachte er. Ich möchte mit dieser Frau überhaupt nicht allein sein, ich bin froh, dass meine Religion es mir verbietet.

Allah hatte jeder Frau Schönheiten gegeben, und seine Emine war die Mutter seiner Kinder. Die Frau Eva aber hatte etwas von Semiramis, von Trojas Helena, ein Gesicht, das tausend Schiffe aus dem Hafen lockte, das Reiche zu Fall brachte und in einem Mann eine Vergangenheit wach rief, in der er für eine solche Frau getötet hätte oder gestorben wäre.

Das Radio lief, als die drei zur Tür hereinkamen. Arman begrüßte Emine mit seiner armenischen Ehrbezeugung, die sie rührte, und war im Begriff, seine Begleiter vorzustellen, als er das Radio bemerkte. Abrupt unterbrach er das Begrüßungsritual, küsste Sedat knapp auf die Wangen und kauerte sich an den Apparat.

»Sag mal, spinnst du?«, fragte der große Mann, offenbar überzeugt, im Haus verstehe niemand Englisch. »Geht dir Marnie völlig am Hintern vorbei, dass du dich hier gemütlich ans Radio hockst?«

»Und wo ist mein Kind?«, fuhr die schöne Frau auf. »Du hast mir dein Wort gegeben, Arman, ich hätte dich belangen können, ich habe es nicht getan, weil ich sicher war, dass du für all das nichts kannst. Wenn du mich aber jetzt noch einmal hinhältst …«

»Könnt ihr nicht fünf Minuten lang still sein?«, rief Arman gequält. »Ich möchte das hören.«

»Kann dir das jetzt nicht völlig egal sein? Wird es nicht mal Zeit, dass du an deine Frau denkst?«

»Um die Frau geht es nicht, die ist freiwillig hier – aber was ist mit meinem Kind, das dieser Irren ausgeliefert ist?«

»Verdammt, haltet endlich den Mund!«, platzte Arman los. »Ich habe es satt, mir von euch und aller Welt Moral predigen zu lassen, ich will jetzt Radio hören, und Schluss.«

Die beiden Besucher waren auf der Stelle still, und Sedat kämpfte gegen ein Grinsen. Gut gebrüllt, kleiner Bruder, dachte er. Um die Wirkung beneide ich dich, aber um die zu erzielen, muss man es vermutlich so selten tun wie du.

Arman war wieder in die Radioübertragung vertieft und klebte förmlich mit dem Ohr am Empfänger. Sedat, der in Europa studiert und eine Schwäche für den Kontinent hatte, verstand ihn. Manche Orte waren mehr als Orte. Symbole, die Rettung versprachen wie der weiße Berg, Symbole, die für Freiheit und Kampfgeist standen wie die Stadt, um die es in der Radionachricht ging. Als der Sprecher geendet hatte, stieß Arman die Faust in die Luft, schwang herum und sah aus wie als kleiner Junge. »*Şekerim*«, sagte Sedat. »So schön?«
Arman rieb sich die Augen. »Spät«, sagte er heiser. »Aber: ja.«
Der große Mann fuhr zusammen und straffte sich. »Paris?«
Arman nickte und konnte nur noch flüstern. »Befreit.«
Der große Mann, den er seinen Freund genannt hatte, ging zu ihm, packte ihn und wollte ihn in die Luft werfen, aber Arman war so wehrhaft, wie er leicht war. Er entwand sich dem schwereren, umfing ihn, und sie droschen einander auf die Schultern, wie es Engländer taten, weil sie nicht wagten, sich auf die Wangen zu küssen.

# 40

## AMARNA
## AGHTAMAR. AUGUST 1944

Die Aprikosen duften so kräftig, weil sie reif sind, *anush*. Wenn du Hunger hast, können wir uns welche pflücken. Oder du könntest Datteln bekommen. Echte. Keine ersetzten.«

»Das mag ich«, sagte Chaja.
»Was?«, fragte Amarna. »Datteln essen?«
»Dass du zu mir einen armenischen Namen sagst«, antwortete Chaja. »Das machst du sonst nie.«
Amarna versuchte zu lächeln »Wir sind hier ja auch in Armenien.«
»Sind wir? Ich dachte, wir sind in der Türkei.«
»Das ist nicht so einfach«, sagte Amarna, und die Geschichte rutschte ihr heraus, obwohl sie an die Wunden nicht hatte rühren wollen: »Als ich das erste Mal über Nacht mit deinem Dad zusammen war, hat er mir am Morgen Kaffee in einem Kupfertopf gekocht, und es war der köstlichste Kaffee, den ich je getrunken hatte. Ich wollte wissen, wie er ihn gemacht hat, und er hat es mir erklärt: Mindestens dreimal aufschäumen, aber nicht kochen. Ich habe ihn gefragt: Ist das armenisch oder türkisch? Und er hat geantwortet: Das kommt darauf an, wen du fragst.«
Sie stapften weiter. Wie hart das Sonnenlicht in diesem Teil der Welt brannte, hatte sie vergessen. So hart, dass das Erdreich vor Trockenheit aufplatzte und tiefe Sprünge davontrug.
»Mum, kommt Dad ins Gefängnis, weil ich nicht mehr da bin?«, fragte Chaja.
»Wer erzählt dir denn so was?«
»Die Frau«, sagte Chaja. »Sie hat gesagt, ich gehöre ihr, und wenn ihr mich ihr wegnehmt, kommt ihr ins Gefängnis.«
»Das ist großer Quatsch«, sagte Amarna und zog Chaja, die schwitzte, in den Schatten eines Aprikosenbaums. Sie selbst hatte es auch geglaubt. Lilly Greenstein hatte zu ihr gesagt: »Ich möchte Ihrem Mann das nicht zumuten, aber Sie machen es mir schwer. Wenn Sie sich nicht an die Auflagen halten, bleibt mir keine Wahl.«
Was Lilly Greenstein Auflagen nannte, war eine Tortur: Sie erforderten, das geliebte Kind nicht zu streicheln, ehe es einschlief,

das geliebte Kind wegzuschicken, wenn es von der Schule erzählen wollte, dem geliebten Kind eiserne Mienen zuzuwenden, wenn es lachend angerannt kam. Arman und sie waren dazu beide nicht stark genug gewesen, sie hatten sich feige aus dem Haus verdrückt. Es gab Momente, in denen hätte sie Arman tatsächlich gern eine Ohrfeige verpasst, damit ihm der Blick von Eva Löbels Busen rutschte, aber dass er angefangen hatte, mit Eva Löbel zu schlafen, nahm sie ihm nicht übel. Vermutlich hätte sie es selbst getan, wäre Eva Löbel lesbisch gewesen und hätte ihr dafür die Erlaubnis verkauft, Chaja nahe zu sein.
Die beste Lösung wäre gewesen, sie ziehen zu lassen. Alle drei. Ihren Verlust würde Chaja verkraften, schließlich war sie nicht die leibliche Mutter, und selbst deren Verlust hatte Chaja verschmerzt. Damals war sie allein gewesen, heute würde sie ihren Vater behalten. Wenn Arman Eva Löbel heiratete und Chaja adoptierte, hatte er jedes Recht und könnte Chaja vor Gott und der Welt beschützen. Warum war sie so selbstsüchtig? Bedeutete Liebe nicht im Notfall Verzicht?
Sie hatte von Eva Löbel immer als von der liebenden Mutter gedacht, die verzichtet hatte, um Chajas Leben zu retten. So wie Armans Mutter, die ihren Kopf hingehalten hatte, damit ihrem kleinen Sohn nichts geschah. Aber Eva Löbel hatte überhaupt nicht verzichtet. Ihre Freundin, diese Tante Wilma, hatte es getan, gemeinsam mit Paul, von dem Amarna geglaubt hatte, er könne nicht einmal allein entscheiden, was er zu Mittag aß. Ich verstehe sie, durchfuhr es Amarna, die zusah, wie Chaja den Hang hochstapfte. Ich könnte es auch nicht. Das, was Armans Mutter getan hat, für mein Kind sterben, ja. Aber um es aufzugeben und weiterzuleben, wie es von mir verlangt wird, bin ich zu schwach.
Zwischen stacheligen, graugrünen Niedersträuchern bogen sie um eine Felsnase, und dann kam die Kirche in Sicht. Das, was

von der Kirche übrig war. Das Bild des eingeschlagenen, tausend Jahre alten Turms in der Mitte der Kreuzgänge ließ sie wie beim ersten Mal im Schritt erstarren. Das Bild hatte sich ihr aufs Herz gelegt, es war noch dort, und jetzt stand die Erinnerung auf. Damals hatte sie Arman bei sich gehabt. Er hatte nicht herkommen wollen, hatte behauptet, Aghtamar, das Heiligtum *Khor Virap*, der weiße Berg Masis, die Gräber von Urartu, das alles habe mit ihm nichts zu tun. Als sie ihn dann aber hier hatte, gaben sein staunender Blick, seine Ehrfurcht, seine Verzauberung ihr recht. Er hatte ihre Hand in der seinen gestreichelt und mit ihr zusammen die steinernen Reliefs berührt.
Sie hatte ihn auch gestreichelt, es war so schön, ihn dort zu sehen, wo seine Wurzeln waren, er passte so gut hierher. Die Kirche war zerschlagen worden, aber dass sie hier tausend Jahre gestanden hatte, war nicht ausgelöscht. Sie hatten sich ins Gras gelegt, zwischen die lila Blüten, hatten sich gegenseitig Aprikosenhälften in den Mund geschoben und nach dem Gipfel des Berges Ausschau gehalten, der in seinen Nebeln verschwand.
»Es ist nicht zu hart für dich, nicht wahr? Es quält dich nicht?«
»Nein, gar nicht«, sagte er, noch immer staunend. »Ich dachte, es würde mich demütigen. Aber es macht mich stolz.«
»Mich auch.«
»Danke, *lajvard.* Ich habe jetzt einen Platz, an den ich mir meine Toten denken kann. Auch die, die ich mir nicht vorstellen kann. Danke, dass du es mir geschenkt hast.«
»Kann ich ja nicht. Ist ja deins.«
»Findest du?« Er war aufgestanden, hatte sie zu sich in die Höhe gezogen und um die eigene Achse gewirbelt. »Alle Männer, die sich verlieben, wären gern Könige, oder?«
»Du bist einer.«

»Dann schenk ich alles dir, und du musst immer bei mir bleiben, weil das unfair wäre, einen König zu verlassen, der dir sein ganzes Land geschenkt hat.«
»Was du da machst, nennt man nicht schenken, sondern kaufen, Enkidu.«
»Kann ich dich kaufen, *lajvard?* Für tausend Jahre? Ich klau mir noch zwei Königreiche und geb sie dir dazu.«
Für tausend Jahre, mein Herz. Vielleicht sind Hitlers tausend Jahre länger als unsere, aber unsere waren so, als hielte das Leben uns im Arm.
Weil sie daran dachte, wie schön es gewesen wäre, wenn er mit seinen Eltern hierhergekommen wäre, sagte sie: »Eines Tages kommen wir mit unseren Kindern her.«
»Vielleicht nur mit einem Kind, *lajvard.* Ginge das auch?«
»Warum nur mit einem?«
»Ich weiß nicht. Platzt man nicht vor Glück, wenn man zwei hat? Ich denke ja jetzt schon manchmal, ich platze, weil ich dich habe, und wenn ich zwei Frauen hätte …«
»Untersteh dich! Sonst platzt du in der Tat.«
Amarna drückte Chajas Hand. Arman hatte recht gehabt. Sie beide mit ihrem Kind, das war so viel Glück gewesen, dass sie mit nur einem Bisschen mehr geplatzt wären. So viel Angst auch. So viel Traurigkeit. So viel wir.
Amarna ging mit Chaja bis vor die am besten erhaltene Mauer der Kirche, sie setzten sich zu den Reliefs mit den Szenen aus der Noah-Erzählung und packten ihr Picknick aus. Amarna mochte nichts essen, und auch Chaja legte die Teigtasche, in die sie hatte beißen wollen, wieder weg. »Ich hab Angst«, sagte sie.
»Wovor?«
»Davor, dass die Frau kommt und mich holt.«
»Chaja, ich habe dich hierhergebracht, damit sie dich *nicht* holen kann«, sagte Amarna, deren Herz dumpf zu schlagen begann.

»Ich wollte dir beweisen, dass ich das wahr mache: mit dir weglaufen, dich unter keinen Umständen verlassen, auch wenn ich kein Flugzeug fliegen kann. Ich weiß nicht einmal, ob das richtig war, aber ich habe es getan, damit du keine Angst haben musst.«

»Vor der hatte ich früher schon Angst«, sagte Chaja.

»Wann früher?«

»Früher«, sagte Chaja.

Amarna sah sie an und wollte sie beschützen. Sie war wirklich zu klein für ihr Alter, nicht nur zart, sondern viel kleiner als Deirdre, sie musste noch mal mit ihr zu einem Arzt. In der Hitze, die Schweiß trieb, wurde ihr kalt.

»Warum hattest du denn früher Angst vor ihr, mein Kartoffelkäfer?« Auf einmal erinnerte sie sich, wie Sedat heute Morgen aufgemerkt hatte, als sie erwähnt hatte, dass Chajas Hüfte blau geschlagen gewesen war. Sie sah Chaja am ersten Abend vor sich, wie sie und Arman sie in ihr großes, weißbezogenes Bett gelegt hatten, wie sie darin fast verschwunden war, der schmale, bleiche Körper und darauf das blauschillernde Hämatom. Warum hatten sie Chaja nie gefragt, woher sie es hatte? Sie hatten sie nur halten wollen, halten, heilen, verwöhnen, trösten, sie für alles Leid, das sie erlebt hatte, entschädigen.

Aber wir waren dumm, nicht zu fragen. Dumm und leichtsinnig. Bei Kindern wie Arman, Rehan und Chaja ging man davon aus, dass sie in Lagern oder auf Transporten geschlagen worden waren, aber Chaja war doch in keinem Lager gewesen! Sie hatte bis zu ihrer Abreise daheim bei ihrer Familie gewohnt, zu der zumindest ihre Mutter und die seltsame Tante Wilma gehörten und die mit Paul befreundet war. War es möglich, dass ihre Mutter Chaja geschlagen hatte, dass Chaja sich deshalb so vehement wehrte, sich zu erinnern, und noch vehementer, zu ihr zu gehen?

Amarna legte die Arme um sie. »Chaja, hab keine Angst, ich bitte dich. Ich schwöre dir, ich schicke dich zu keinem Men-

schen, zu dem du nicht willst. Ich kann dir im Augenblick noch nicht sagen, wie wir zwei uns durchwursteln, aber erst einmal können wir hierbleiben. Es ist schön hier, oder? Sedat und Emine sind nett, und du hast gleich fünf Freundinnen im Haus. Nach dem Essen gehen wir im See schwimmen.«
Für gewöhnlich hätte diese Aussicht bei Chaja ein Freudengeheul ausgelöst. Arman hatte ihr oft versprochen, nach dem Krieg mit ihr in Länder zu reisen, in denen das Meer selbst für seine Füße warm genug wäre, Italien, Griechenland, Marokko, und dann so lange im Wasser zu bleiben wie sie. Das Wasser des Vansees war wie eine Decke, aber Chaja reagierte nicht.
»Ich vermisse *Claude-Jeune«*, sagte sie. »Ich vermisse *Snow White*. Ich vermisse de Gaulle. Ich vermisse alle. Ich vermisse meinen Dad.«
»Ich auch, Chaja.«
»Aber mein Dad will mich der Frau geben, stimmt's?«
»Chaja, dein Dad hat dich lieb. Er will dich genauso wenig jemandem geben wie ich, er meint nur, dass man einer Mutter nicht ihr Kind wegnehmen darf. Aber er würde niemals erlauben, dass du zu jemandem kommst, der dir weh tut. Erinnerst du dich, wie er in deine Schule gerannt ist und den Lehrern gesagt hat, dass sie dich nicht schlagen dürfen? Wenn deine Mutter dir etwas getan hat, musst du es uns erzählen. Wir helfen dir. Das verspreche ich dir.«
»Der Hausmeister hat das gesagt«, sagte Chaja. »Der wegen der Miete gekommen ist.« Etwas passierte mit ihrer Sprache, mit ihrem schönen, selbstbewussten Englisch. Eine seltsame Verschliffenheit schlich sich ein, dazu ab und an ein fremdartiges Wort, ein Rest von ihrem Deutsch, das kaum zu verstehen war. »Er hat gesagt, die Juden, die ihre Miete nicht zahlen, müssen ihre Kinder der *Schickse* verkaufen, und er kommt dann und sammelt die Judenkinder ein, damit er sie der *Schickse* bringen kann!«

»Chaja! Wer um Himmels willen ist denn die *Schickse?*« Sie umfasste ihre Arme, packte sie viel zu fest. O Gott, Arman, wo bist du nur?, wollte sie rufen. Du musst doch bei mir sein, unser Kind hat so furchtbare Angst, und ich auch! Halt uns doch fest, sag uns doch bitte, dass das hier irgendein abscheulicher Irrtum ist, dass alles wieder ins Lot kommt. In ihrer Verzweiflung blickte sie auf, und für diese eine Sekunde lichteten sich die Nebel und zeigten ihr den Rücken des Berges. Sie drehte Chaja an den Armen herum. »Chaja, *anush,* Lieblingsungeheuer, schau nach oben, da sind die Menschen gelandet, die sich vor der Sintflut gerettet haben.«

»Ich weiß«, sagte Chaja. »Dad hat mir das auch erzählt, aber er hat gesagt, er mag die Geschichte nicht, weil er immer daran denken muss, wie sie aus dem Boot ausgestiegen sind und gesehen haben, dass alles weg ist.«

»Stimmt«, murmelte Amarna und starrte unverwandt auf die Stelle am Berg, die sich längst wieder verhüllt hatte. »Aber sie waren noch da, sie waren nicht allein, und es regnete nicht mehr.«

»In unserm Haus regnet's doch nicht. Das hat Rehan immer gesagt.«

»Damit wollte sie ausdrücken, dass sie sich sicher gefühlt hat, Chaja. Und du sollst dich auch sicher fühlen.«

»Ich hab mich ja sicher gefühlt. Es war schön bei uns. Bis die *Schickse* gekommen ist.«

»Bitte sag mir das jetzt: Was ist eine *Schickse?*« Leicht rüttelte sie an Chajas Armen, dann fiel ihr ein, wie sie Arman geschüttelt hatte, und sie hörte sofort auf. »Bitte entschuldige. Ich wollte dir nicht weh tun. Ich muss lernen, mich besser zu beherrschen.«

»Du hast mir nicht weh getan«, sagte Chaja. »Du nicht, Mum.«

»Wer hat dir denn weh getan, Chaja? Wer?«

»Der Hausmeister«, sagte Chaja.

»Was für ein Hausmeister? Da, wo ihr gewohnt habt? In Berlin?«
»Die Kinder auf der Straße«, sagte Chaja. »Die Männer mit den kleinen Hosen. Manchmal kommen sie in der Nacht. Ganz lange sind sie nicht mehr gekommen, aber seit die *Schickse* da ist, kommen sie wieder und tun mir weh.«
»Die *Schickse* ist deine Mutter?«
»Meine Mutter bist du«, sagte Chaja. Ihre kleine Hand umschlang das Kreuz an ihrem Hals, hielt es so fest, dass die Knöchel weiß hervortraten. Amarna legte die Arme um sie und hätte weinen mögen, weil sie ihr so gern helfen wollte und gar nichts wusste. Ich gebe dich nicht her, dachte sie wilder denn je. Ich tue dir das nicht an, ich verlasse dich nicht. Sie wiegte sich mit ihr. Ein paar Augenblicke lang wagte sie zu hoffen, dass Chaja sich beruhigte. Dann aber warf sie den Kopf in die Höhe und schrie auf.
»Was ist denn?«
»Die *Schickse*. Die kommt mich holen!«
Starr war ihr Blick vom Berg fort auf den Weg gerichtet, den sie vorhin gekommen waren. Vor Angst bebend, drehte Amarna sich um. Was, wenn da nichts war, wenn Chaja Halluzinationen hatte? Aber Chaja hatte keine Halluzinationen. Den in der Hitze hartgebackenen Pfad stiegen drei Menschen herauf, die sie sofort erkannte. Eva Löbel. Arman. Und Wally.
Er hatte sie wahrhaftig verraten, ihr Mann, bei dem sie sich zehn Jahre lang beschützt gefühlt hatte. Sie war mit Chaja geflohen, sie hatte gedacht, er würde die Entscheidung trotz allem verstehen: Ich lasse dich gehen. Aber ich liefere Chaja nicht aus. Ich fliehe ohne dein Wissen, damit niemand dich belangen kann. Aber ich zwinge Chaja keine Trennung von mir auf, ich breche ihr mein Versprechen nicht.
Ich dachte, du würdest es verstehen. Aber du hast die Frau hierhergebracht, damit sie uns wie Jagdwild stellt. Hast du

Chaja je gefragt, wer ihr die Hüfte blaugeschlagen hat, hast du sie gefragt, warum sie so erbärmlich dünn war, hast du sie gefragt, warum sie nachts wieder weint, seit sie zu deiner Eva soll? Ich habe dich geliebt, weil du zartfühlend warst, weil du behutsam warst, weil du auf Menschen geachtet hast, auf mich, auf Bülent, auf Rehan, auf Doris – und jetzt siehst du vor lauter Tollheit nach der schönen Eva das Leid deines kleinen Kindes nicht mehr?

Chaja in ihren Armen wimmerte. »Die soll weggehen, Mum. Die soll doch weg.«

Mit Chaja in den Armen richtete Amarna sich auf. »Bleibt stehen!«, rief sie. »Alle drei. Kommt keinen Schritt näher.«

»Sie machen sich strafbar, wissen Sie das? Kindesentführung ist keine Bagatelle. Ich bin eine deutsche Jüdin. Aber noch macht mich das nicht überall auf der Welt rechtlos.« Eva Löbel wollte weiterlaufen, aber Arman hielt sie zurück.

»Hör auf, Eva.«

»Du auch«, sagte Amarna. »Ihr alle. Hört auf. Verschwindet. Chaja ist krank vor Angst. Lasst uns in Frieden.«

»Marnie, du weißt, ich bin dein Freund, ich würde alles tun, um dir zu helfen«, sagte Wally. »Aber das, was du dir hier geleistet hast, ist starker Tobak – du musst jetzt unbedingt zur Vernunft kommen, dann holen wir dich aus dem Schlamassel raus.«

»Wie denn, Wally? Indem du mir wieder ein Kind machst? Der erste Versuch war schon mal eine Niete. Wer weiß, vielleicht liegt es ja doch an mir. Mich interessiert das alles nicht mehr. Ich will mit Chaja hierbleiben. In Frieden. Ich will, dass ihr alle drei geht.«

»Aber Chaja gehört mir!«, schrie Eva Löbel. »Sie haben kein Recht an ihr. Ich fordere Sie nun zum letzten Mal auf, sie herauszugeben, ansonsten setzen wir aufs Festland über und verständigen die Polizei.«

Die Frau kam ihr wirr vor, außer sich, zu allem fähig. Aber war sie selbst nicht auch wirr? Sie hatte seit einer Ewigkeit nichts getrunken, die Zunge klebte ihr am Gaumen, Chajas Weinen quälte sie, und die Hitze tat ein Übriges.

»Sie kommen von dieser Insel nicht weg«, rief die Frau. »Sie kommen aus der ganzen Türkei vermutlich nicht mehr weg, Sie …«

»Eva, hör auf«, schnitt Arman ihr das Wort ab.

»Was wollen Sie denn noch mit meinem Kind?«, rief Amarna, ehe er weitersprechen konnte. »Sie haben doch schon meinen Mann, der Ihnen so verfallen ist, dass er sich einspannen lässt und Ihnen hilft, mich und Chaja zu hetzen.«

»Marnie, komm doch zu dir, es ist nicht so, wie du denkst, aber das Gesetz …«, begann Wally, doch ihm fiel Eva ins Wort. Die beiden Frauen hatten offenbar nur Ohren füreinander.

»Ist das Ihr Angebot?«, schrie sie zu Amarna hinüber. »Sie behalten mein Kind, und ich behalte Ihren Mann? Meinen Sie das ernst?«

Amarna sah auf das zitternde Kind in ihren Armen. Was gab es da zu entscheiden? Sie durfte keinen Menschen, nicht einmal den liebsten, ihrem Kind vorziehen, sie war für es verantwortlich, und Arman hatte sie sowieso verloren.

»Da siehst du's«, sagte Eva zu Arman. »Keine Antwort ist auch eine Antwort. Sie will Chaja. Dich will sie nicht. Im Grunde war das klar, seit sie diese Wahnsinnstat begangen hat, aber nur weil du es unbedingt noch einmal von Angesicht zu Angesicht hören wolltest …«

»Hört ihr beiden blöden Puten jetzt mal auf?«, blaffte Arman sie an. »Merkt ihr eigentlich, dass Chaja euch hört?« Er drehte sich zu Wally um. »Bitte pass auf, dass sie hier stehen bleibt«, sagte er. Dann schüttelte er Eva, die nach seinem Arm griff, ab und ging die Hälfte des Weges auf Amarna und Chaja zu. In der Mitte blieb er stehen. »Chaja und ich sind keine Gegenstände, über die ihr verhandeln könnt«, sagte er. »So funktioniert es nicht. Wenn wir uns in dieser Hitze immer weiter hochschaukeln, machen wir Chaja Angst und uns allen auch. Bitte, Chaja, komm zu mir. Ich habe dich so lange nicht gesehen.«

Früher war er immer in die Hocke gegangen, wenn er sie begrüßt hatte, um auf Augenhöhe mit ihr zu sein. Inzwischen schien sie ihm dafür wohl zu groß, aber jetzt tat er es noch einmal. Chaja bewegte sich in ihren Armen. Bitte verlass mich nicht, dachte sie, dann stieß sie diesen Gedanken beiseite. Arman hatte recht. Sie benahmen sich wie zwei blöde, hysterische Puten. Bitte verlass mich nicht – das durfte kein Erwachsener zu einem Kind sagen, kein Kind durfte derart unter Druck gesetzt werden. Sie hätte es zu Arman sagen können. Aber nicht zu Chaja.

Chaja wand sich aus ihren Armen und lief los. Arman fing sie auf und glitt unter dem Ansturm ihres kleinen Körpers auf die Knie. Sie legten ihre Gesichter aneinander, dass ihr schwarzes Haar sich mischte, und hielten sich fest. Nach einer Weile gab er ihr seine Feldflasche, und sie trank in kurzen, gierigen Zügen. Arman nahm sich den grünen Pullover von den Schultern und wand ihn Chaja um den Kopf. Etwas in Amarna begann zu brodeln: Ich habe diesen Mann so lieb, der mit seiner Angst, zu frieren, bei vierzig Grad Hitze einen Pullover herumschleppt. Ich kann damit einfach nicht aufhören.

»Das ist zu heiß, Dad«, sagte Chaja.

»Ich weiß«, erwiderte Arman. »Aber wir hocken hier mitten in der Sonne, und wenn man sich den Kopf nicht bedeckt, bekommt man einen Sonnenstich.«

»Und was ist mit dir?«

Er lächelte sie an und küsste sie. »Ich hab schon einen.«

Sie lachte und legte sich in seinem Arm zurecht. »Dad, Mum ist mit mir zum Berg Ararat gefahren, damit ich nicht zu der Frau muss.« Sie klang wieder normal, wenn auch verstört. Kein Gerede mehr über *Schicksen*, Hausmeister und Männer in kleinen Hosen. Allein bei der Erinnerung lief Amarna ein Schauder über den Rücken. Wie schaffte es ein so junger Mensch, mit solchen Schreckensbildern, die er nicht einmal zu fassen bekam und teilen konnte, zu leben?

»Und gefällt dir der Berg Ararat, *khachuhi?*«

»Ich glaub, keiner aus meiner Klasse hat schon mal so einen großen Berg gesehen.«

»Bestimmt nicht. Vor allem keinen, der aussieht, als wüchse er geradewegs aus der Erde, ohne eine Gebirgskette um sich herum. Sein Name bedeutet *Ort der Schöpfung*. Findest du das schön?«

»Ich find's schön, wenn du mir das so langsam erzählst«, sagte Chaja. »So wie in der Nacht, wenn wir uns alle drei was erzählt haben, damit ich nicht mehr solche Angst hab. Mum und ich mussten immer lachen und haben dich an der Nase gezogen.«

»Zieh mich, dann erzähle ich dir noch was«, sagte Arman, wartete, bis Chaja an seiner Nase gezogen hatte, und sprach weiter: »Du kannst den weißen Berg auch Masis nennen, das heißt *Nährende Mutter*. Aber die Armenier nennen ihn *Unser Berg*. Das ist ziemlich gut, finde ich, weil Armenier überall in der Welt verstreut sind. Wenn sie da alle denselben Berg *Unser Berg* nennen, wissen sie trotzdem noch, dass sie zusammengehören, oder?«

Chaja nickte. »Machst du das auch?«

»Ich glaub, ich mach's von jetzt an«, sagte Arman. »Du auch?«

»Darf ich?«

»Und ob.«

Sie schmiegte sich an ihn, und er strich ihr Haar glatt. »Ich weiß, das ist schwer, *khachuhi*«, sagte er. »Aber ich möchte, dass du mir vertraust. Deine Mum und ich, wir lieben dich so sehr, wir können dich gar nicht verlassen. Wir wollen dich bei uns behalten, in unserem Haus, aber das ist nicht möglich, denn deine Mutter Eva liebt dich genauso. Du hast nicht zu wenige, die dich lieben, sondern zu viele. Es gibt keinen anderen Weg, all das Geschrei, die Drohungen und Fluchten über anderthalb Erdteile nützen uns nichts. Eva ist deine Mutter, du bist auf der Welt, weil sie sich dich gewünscht hat, und sie hat die Chance verdient, für dich zu sorgen. Mütter verlassen ihre Kinder nicht und verschachern sie nicht gegen irgendwelche Männer, ihnen zerbricht dabei das Herz.«
»Aber mein Herz zerbricht, wenn ich von euch wegmuss«, sagte Chaja und küsste ihm das ganze Gesicht ab wie früher, ehe sie eingeschult worden war.
»Wir kommen euch nach«, sagte Arman. »Das verspreche ich dir. Egal, wohin ihr geht, deine Mum und ich kommen euch hinterher. Wir sind nie weit von dir weg. Du kannst uns immer finden, wenn du uns brauchst.«
Mir bricht das Herz auch, dachte Amarna. Sie glaubte, das knackende Geräusch zu hören, und sehnte sich mit verzweifelter Kraft danach, zu den beiden zu gehen. Sie hatte begriffen, dass sie sie loslassen musste, aber sie wollte sie dabei festhalten.
»Arman«, rief Eva, die klang, als weinte sie. »Du musst sie nicht verlieren. Ich will dir das nicht antun, ich will, dass du sie behältst.«
»Chaja ist doch keine Krawatte, die du mir schenken kannst, damit ich nicht traurig bin«, entgegnete Arman.
Eva wollte loslaufen, aber Wally hielt sie fest. »Ich liebe dich«, rief sie, dass es den leeren Hang hinab bis in die Ebene hallte.

»Ich will mit dir leben. Du und ich können glücklich sein, haben wir kein Glück verdient?«
»Du sprichst mit der falschen Person«, sagte Arman. »Du hast zu mir gesagt, ich müsse dich mitnehmen, weil ich dir mein Wort gegeben habe und weil du ein Recht darauf hast, dein Kind zu suchen. Ich habe das eingesehen, obwohl Wally fand, es sei eine Zumutung für Amarna. Du bist nicht meinetwegen hier, sondern Chajas wegen. Chaja kannst du helfen, damit sie schafft, was wir von ihr verlangen.«
»Ich will ihr doch helfen!« Evas Stimme zitterte. »Ich will, dass sie dich behalten kann, dass sie eine Familie hat, dass wir beide zusammen mit ihr …«
»Zum Kuckuck, was glauben Sie eigentlich, was das hier ist?«, platzte Wally los. »Ein Baukasten, aus dem Sie sich nehmen können, was Ihnen sonst noch gefällt? Darf ich mich auch noch mit anmelden, wenn jetzt die letzten Artsrunis auf ihrer Königsinsel versteigert werden? Ich nehme Marnie. Was die drei da wollen, fragen wir gar nicht. Wir lassen uns den, den wir uns ausgesucht haben, hübsch einpacken und ziehen mit unserer Trophäe ab.«
Arman und Amarna wandten ihm beide die Köpfe zu. »Ach, Wally«, murmelte Amarna.
»Ich schließe mich an«, sagte Arman. »Es tut mir leid, dass ich so ein Stoffel bin und nicht zum Freund tauge. Wirklich.«
Wally grinste. »Das kommt schon hin. Jetzt macht, dass ihr eure Angelegenheiten regelt und wir alle aus der Sonne kommen. Für mich ist die Sache klar: Das Kind gehört zur Mutter, daran ist nicht zu rütteln, auch wenn es mir von Herzen leidtut. Was die Männer angeht, liegt die Entscheidung, soweit ich es sehe, bei Marnie …«
»Nein!«, riefen Amarna und Eva gleichzeitig.
»Doch«, beharrten Wally und Arman.

In Amarnas Kopf drehte sich alles.
»Das musst du ja jetzt nicht entscheiden«, sagte Arman. »Ich denke, Wally wollte nur klarstellen, dass es mit der Situation für Chaja nichts zu tun hat.« Er sah Chaja in die Augen und streichelte ihr Gesicht. »Glaub mir das bitte. Es hat mit dir nichts zu tun. Wir sind für dich da. Egal, ob zusammen oder getrennt. Du bist nicht allein. Und wenn wir das alles in Frieden geregelt bekommen, wird deine Mutter bestimmt nichts dagegen haben, dass wir in deiner Nähe bleiben.«
»Die ist nicht meine Mutter«, sagte Chaja ganz leise. Amarna hätte es nicht verstanden, hätte sie den Satz nicht so gut von ihr gekannt.
Arman streichelte sie. »Du tust ihr weh, wenn du das sagst, *khachuhi*. Du musst jetzt gehen, mein Liebling. Und ich muss dir deinen Stern zurückgeben. Danke, dass ich ihn haben durfte. Ich habe immer gedacht, mir kann überhaupt nichts passieren.« Er wollte sich die Kette mit dem Davidstern im Nacken lösen, aber Chaja schrie auf wie ein Tier und schlug nach seinen Händen. »Nein, nein, nein! Du darfst meinen Stern nicht abnehmen, das darfst du nicht, dann hast du ja nichts mehr von mir und vergisst mich!«
Arman entfuhr ein Schmerzenslaut, viel lauter, als wenn er sich sein Spitzeisen auf den Daumen schlug. »Chaja, das darfst du nie wieder sagen, das darfst du auch nicht denken.«
»Du hast gesagt, ich darf alles sagen, was in meinem Kopf ist.«
»Das nicht. Chaja, ich möchte eher mich selbst vergessen als dich. Ich mache alle meine Steinbilder so schnell, wie ich kann, weil ich solche Angst habe, das bisschen, was ich von den Menschen noch weiß, zu vergessen, bevor ich fertig bin. Aber das letzte habe ich ganz langsam gemacht. Es ist mir irgendwann zwischendurch aufgefallen: Ach Gott, das Ding wird ja wohl überhaupt nie fertig. Das liegt daran, dass ich die drei, zu denen

das Bild gehört, nicht vergessen kann. Dass ich davor überhaupt keine Angst habe.«
»Das ist das Bild von *büyükbaba,* Mum und mir?«, fragte Chaja.
»Ja.«
Chaja lächelte und küsste ihn schmatzend auf die Wange. »Aber meinen Stern behältst du trotzdem. Damit dir nichts passiert.«
Arman sandte einen fragenden Blick zu Eva, die die ganze Zeit weinte. Sie nickte. Chaja gab Arman den grünen Pullover zurück, und sie lösten sich voneinander, die schwarze Haarmasse teilte sich. So tiefschwarzes Haar war bei Menschen mitteleuropäischer Herkunft selten. Arman hatte zwei Eltern mit genauso schwarzem Haar gehabt, und auf einmal fragte sich Amarna, wie schwarz das Haar von Chajas Vater sein musste, der mit der goldblonden Eva dieses Kind gezeugt hatte. Dasselbe galt für die Augen. Wer genau hinsah, stellte fest, dass die von Chaja noch dunkler waren als die von Arman. Die von Eva hingegen waren grün und hell.
Sag mal, hast du nichts Besseres zu tun?, fuhr sie sich an. Musst du ausgerechnet jetzt über irgendwelche Farben nachdenken, während die zwei dich dringend brauchen? Sie lief zu ihnen. Sie waren schon getrennt, hatten sich aber noch keinen Schritt auseinanderbewegt und zitterten beide. Amarna legte einen Arm um Chaja, zögerte und legte den anderen um Arman. Sie wollte die Hand steif halten, um ihn nicht zu spüren, aber das war nicht möglich. Ihre Fingerspitzen ertasteten seinen Schultermuskel und begannen wie von selbst, sich zu bewegen. Sie zog Chaja dicht an sich. »Ich hab dich lieb, mein Kartoffelkäfer. Mehr als mehr als mehr.«
»Ich aber am mehrsten, Mum.«
Sie küssten sich. Dann ließ Amarna sie los, und Chaja begann verhalten, Schritt um Schritt auf ihre Mutter zuzugehen. Amar-

na und Arman sahen ihr nach. Um den Arm von Armans Schulter zu nehmen, fühlte Amarna sich zu schwach, und nach kurzer Zeit spürte sie seinen Kopf an ihrer Flanke. Wir haben das Richtige getan, dachte Amarna. Auch wenn es uns umbringt. Ein Ruck ging durch ihren Körper, und sie klammerte sich an Arman fest. Er stand auf und umarmte sie. Wir schaffen das, hämmerte sie sich ein, wir schaffen das, bestimmt hat der weiße Berg, unser Berg, gerade sein Gesicht für uns enthüllt, nur stehen wir mit dem Rücken zu ihm und können ihn nicht sehen. Wir sind nicht so übel dran. Andere Eltern müssen ihre Kinder begraben, aber Chaja heißt Leben.

Ich würde mich zwingen, es zu schaffen, wenn in mir nicht diese verdammten Fragen kreisten: Was ist eine *Schickse*, wer hat Chajas Hüfte blaugeschlagen, warum geht Chajas Mutter ihr keinen Schritt entgegen? Ohne dass sie darüber vorher nachgedacht hatte, platzte die vierte Frage aus ihr heraus: »Arman, hast du deine Mutter *Mame* genannt?«

»*Mayrig*«, sagte Arman verblüfft. »*Mame* ist nicht Armenisch.«

»Was ist es dann?«

»Jiddisch, glaube ich. Ich habe es in Frankreich von polnischen Juden gehört.«

»Und *Schickse* auch? Hast du *Schickse* auch von polnischen Juden gehört? Was bedeutet das?«

»Ich bin nicht sicher. Ich glaube, es ist ein Schimpfwort für eine nichtjüdische Frau. Darf ich dich ganz kurz um etwas bitten?«

»Darfst du.«

Er brachte seinen Mund nah an ihr Ohr. »Bitte verzeih mir, dass ich blöde Pute zu dir gesagt habe. Bitte. Nur das.«

»Ach Gott.« Ehe sie sich zurückhalten konnte, fuhr sie ihm durchs Haar. Und warum sollte sie sich zurückhalten? Sie waren beide verzweifelt und allein, sie trauerten um ihr Kind. »Vergiss es, du blöder Pfingstochse.«

Er nahm ihre Hand und berührte sie mit den Lippen. Dann sahen sie wieder Chaja nach, die mit ihren winzig kleinen, tapferen Schritten die weinende Eva Löbel fast erreicht hatte. Wir müssen ihr die Hunde mitgeben, dachte Amarna, sie kann nirgendwo ohne ihre Hunde hinziehen, und was ist mit dem Pony? Chaja war jetzt so nah, dass Eva Löbel sie hätte umarmen können. Amarna sah zur Seite. Sie war noch nicht so weit, konnte es nicht ertragen, und dennoch wünschte sie, Eva würde es tun.
»Nein«, sagte Eva.
Amarna fuhr herum und sah, dass Eva vor Chaja zurückgewichen war. »Nein«, sagte sie noch einmal. »Chaja. Heißt du so?«
Chaja nickte.
»Geh zu deinen Eltern zurück, Chaja. Du hast recht. Ich bin nicht deine Mutter.«
Mit ein paar Sätzen war Arman bei Chaja und fing sie auf. »Kein weiteres Reden mehr in der Sonne«, bestimmte er. »Wir gehen in die Ruine, und wir brauchen mehr Wasser.«
»Wir haben noch welches im Korb«, sagte Amarna.
Chaja ging zwischen ihnen. Sie stützten sie beide. Wally stützte Eva. In der Ruine der Kirche lagen die Trümmer herum, als wäre das Massaker gerade erst geschehen. Nur die Toten waren nicht mehr da, und niemand wusste, wo sie waren. Der kühle Schatten und die Dunkelheit waren eine Erleichterung. Arman belehrte alle mit seinen Verhaltensregeln aus der ARP-Broschüre über das Betreten von zerstörten Gebäuden, verteilte Wasser und irgendwelche Cracker aus Emine Veysels Picknickkorb, weil Salzverlust angeblich so schwerwiegend wirkte wie Austrocknung.
»Gibst du deine guten Tipps eigentlich auch manchmal dir selbst?«, raunzte Amarna ihn an und bereute es sofort.
Verloren schüttelte er den Kopf.
»Ich hab's nett gemeint«, sagte sie.

Er sagte nichts mehr, aber sein Blick brannte sich ihr ein.
Sie saßen einander gegenüber auf dem Boden, auf der einen Seite Wally mit Eva und auf der anderen Seite Chaja, noch immer zwischen sie beide gedrängt. »Das hier ist für dich bestimmt, *khachuhi*«, sagte Arman zu ihr, nachdem sie sich ein wenig erholt hatte. »Aber ich glaube, noch nicht jetzt. Ist es dir recht, dass wir es uns allein anhören und es dir erzählen, wenn es dir ein bisschen bessergeht?«
Chaja nickte. »Ich will gar nichts mehr hören.«
»Das kann ich verstehen. Wally, würdest du uns bitte noch einmal helfen und Chaja zurück zu den Veysels fahren, damit sie sich ausruhen oder in dem schattigen Garten spielen kann?«
»Ich würde euch auch noch hundertmal helfen, wenn ihr mich so nett fragt.« Wallys Grinsen war vermutlich das, was man sardonisch nannte. Amarna hatte sich immer kundig machen wollen, was der Ausdruck eigentlich bedeutete.
»Ich revanchiere mich. Irgendwann.«
Wally schlug Arman auf die Schulter. »Du könntest mir ja dein Motto vererben. Na, dann komm mal, Chaja. Ich hoffe, du hilfst mir mit dem Weg, ansonsten ist es nämlich gut möglich, dass wir irgendwo im Kaukasus landen.«
Chaja löste sich nur zögernd aus dem Kreis. »Ich will nur noch eines wissen. Bleibe ich jetzt wirklich richtig bei euch? Für immer?«
»Du bleibst jetzt bei uns«, sagte Arman.
»Aber wenn ihr euch nicht mehr liebhabt? Wenn ihr nicht mehr zusammenwohnen wollt, so wie die Eltern von Karen?«
Arman und Amarna sahen sich an und wussten keine Antwort. Dann blickte Arman zu Boden. »Ich habe deine Mum lieb«, sagte er so leise und stockend, dass Chaja näher herantrat. »Wenn sie mit mir nicht mehr zusammenwohnen will, komme ich euch besuchen. Mich werdet ihr nicht los.«

Amarna streckte die Hand aus, durchstieß das Rühr-mich-nicht-an-Schild und schloss sekundenlang die Hand um seine Schulter. »Unser Haus ist doch groß«, sagte sie. »Versuch dir jetzt keine Sorgen mehr zu machen, Kartoffelkäfer. Du behältst uns beide, das bekommen wir schon hin, solange wir nur dich behalten dürfen.«

Sie sagten nichts mehr, bis Wally und Chaja gegangen waren. Die Spannung in der Kirchenruine war mit den Händen greifbar. Eva Löbel saß ihnen, vornübergebeugt, gegenüber. Sie kam Amarna vor wie eine Angeklagte und tat ihr entsetzlich leid. Ihr Weinen war versiegt. Irgendwann begann sie mit monotoner Stimme zu sprechen, als hätte jemand einen Knopf am Radio betätigt.

»Ich hätte es wissen müssen. Vom ersten Tag an. Vielleicht habe ich es gewusst und es nur nicht wissen *wollen*. Haar mag nachdunkeln, aber kein Mensch wechselt je die Augenfarbe. Ich habe die Tür vor dem Wissen verschlossen, weil es mich umgebracht hätte. In all den furchtbaren Jahren in Frankreich habe ich mich daran festgehalten, dass in London jemand auf mich wartet. Ich habe mir eingeredet, dieser Jemand sei meine Tochter Chaja. Ich wollte endlich einmal nicht der Verlierer sein, der allein und mit leeren Händen dasteht. Ich wollte nicht wissen, dass mir auch noch das Schlimmste passiert war. Aber es ist mir passiert. In London hat niemand auf mich gewartet. Meine Tochter Chaja ist tot.«

Amarna erschrak bis ins Mark. Ihr Herz wollte nicht mehr aufhören, dumpf zu hämmern. Arman stand auf und setzte sich auf die andere Seite, neben Eva Löbel. Er saß nur da und strich ihr über den gebeugten Rücken.

»Meine Freundin Wilma und mein ehemaliger Liebhaber Paul hatten tatsächlich beschlossen, Chaja auf einen Kindertransport nach England zu senden. Zu euch. Da sie mein Einverständnis nicht hatten, haben sie die Dokumente gefälscht und über Chajas Vater oder eher über seinen Agenten erreicht, dass ihr vorzeitig ein Platz zugeteilt wurde. Zu diesem Zeitpunkt war ich schon verhaftet worden und wusste von all dem nichts. Ich weiß es erst jetzt. Seit ich den Brief gefunden habe, den Wilma geschrieben hat, damit das Kind, das bei euch lebt, eines Tages herausfinden kann, wer sie ist. Oder auch nicht. Damit sie herausfinden kann, dass sie nicht Chaja Christiane Löbel, Tochter von Eva Löbel und Martin Serner ist.«

»Mehr nicht?«, fragte Arman.

Eva schüttelte den Kopf. »Wilma wusste nichts über sie. Nicht einmal ihren Namen. Woher sie kam, wird sich nie herausfinden lassen, wenn schon Menschen wie meine Eltern, die ein bürgerliches Leben führten, im Nirgendwo verschwinden.«

Amarna sah, wie Arman sich krümmte und gegen ein Würgen kämpfte. Sie wusste, dass er an Rehan dachte, an all die Waisen wie Melinée Manouchian und daran, dass ihrer Tochter das gleiche Schicksal bevorstand: Ein Niemand zu sein. Aus dem Nirgendwoher zu kommen und ins Nirgendwohin zu gehen. Nicht Chaja, bäumte es sich in Amarna auf. Chaja hat *Unseren Berg*.

Armans Gesicht war schmerzverzerrt. Amarna stand auf und berührte seine Schulter. »Geh, kümmere dich um deinen Magen. Ich sitze so lange hier mit Eva.«

Dankbar verschwand er.

»Was hat er?«, fragte Eva.

»Anorexie«, antwortete Amarna. »Irgendwann ist der Magen kaputt. Das sagen jedenfalls die Ärzte. Vielleicht hat er aber auch nur keinen Filter, um sich vor dem Leid von Menschen abzuschirmen.«

»Es kann nicht leicht sein, damit zu leben«, sagte Eva.

»Ich will kein Mitleid«, sagte Amarna. »Es ist nicht leicht, mit Hitler zu leben. Arman ist zickig und zärtlich, stolz und stur und sanft. Mit Arman war es ein Kinderspiel.«

»Ich bemitleide Sie nicht«, sagte die andere.

Arman kam zurück, und Eva nahm übergangslos ihre entsetzliche Erzählung wieder auf. »Wilma und Paul waren heilfroh, als sie das Visum für Chaja erhielten, und bereiteten die Abreise vor, packten Chajas Koffer und ließen ihn versiegeln. Es war alles fertig. Früh am Morgen sollte Paul Chaja zum Bahnhof bringen und sie in den Zug setzen. Wäre das gelungen, hätte ich sie jetzt wieder, sie hätte sich an mich erinnert, und ich wäre nicht mehr allein. Aber es ist nicht gelungen. Tags zuvor hatte ich nämlich meine Freundin Wilma an die Gestapo verraten. Ich hätte alle und jeden verraten, wenn sie nur für fünf Minuten aufhörten, mich zu quälen. Mir war nichts mehr heilig, nicht einmal diese Freundschaft. Ich war ein Schwein.«

»Gregor der Erleuchter ist auch gefoltert worden«, sagte Arman. »Ich wette, er hat auch alle und jeden verraten, aber in das Schwein ist der verwandelt worden, der das mit ihm gemacht hat. Nicht er.«

»Aber es gibt doch so viele Helden …«

»Es gibt ganz wenige. Jean Moulin ist der einzige, den ich kannte. Folter macht keine Schweine aus uns, sondern irgendein Etwas, das sich unserer Kontrolle entzieht. Ich habe bei meiner Einheit ein Training absolviert und mich darüber kaputtgelacht. Natürlich kann man lernen, sich ein kleines Loch in den Arm brennen zu lassen, während der Schulungsoffizier danebensteht und freundlich lächelnd fragt: ›Geht's noch, *Sir?* Bitte sagen Sie mir sofort, wenn ich Ihnen zu sehr weh tue.‹ Folter ist anders. Ohne Grenzen. Das Ich wird zu Brei, und Brei kann nicht bewusst handeln. Du bist an gar nichts schuld, Eva. Wenn deine Freundin tot ist, hast nicht du sie auf dem Gewissen.«

»Nicht meine Freundin«, flüsterte Eva.

Arman nahm ihre Hand in seine beiden Hände.

»Die Gestapo kam in der Nacht zu Wilma. Das tun sie am liebsten, sie reißen die Menschen aus ihrem sichersten, wärmsten Ort. Sie haben Wilma und ihren Laden kurz und klein geschlagen. Chaja wollte in ein Versteck fliehen, in dem sie sich schon einmal verborgen hatte: Wilma hatte diesen Vorratskeller mit einer Bodenklappe, sie wollte dort hinunter. Einer der Gestapoleute hat Chaja vor der Klappe ein Bein gestellt und gelacht. Sie ist kopfüber die Treppe hinuntergestürzt und hat sich den Schädel eingeschlagen, ihren süßen kleinen Kugelkopf, der als Erstes aus mir heraus und in die Welt geschaut hat.«

Sie konnte noch immer nicht weinen. An ihrer Statt taten es Amarna und Arman, der ihr unentwegt den Rücken streichelte. Irgendwann sprach sie weiter:

»Die Gestapo zog ab. Sie hatten bei Wilma nichts Interessantes gefunden und ihren Gewaltrausch vielleicht noch nicht ausgetobt. Vorn an der Straße war eines dieser Judenhäuser, und in dem muffigen Keller wohnte eine verwitwete Ostjüdin, die vom Betteln lebte, mit ihren drei Kindern. Wilma hat ihr öfter ein bisschen geholfen, weil ihr das kleine Mädchen leidtat, es war so verhungert und viel zu winzig. Sie war einmal dazugekommen, als ein paar Hitlerjungen das arme Ding sinnlos verprügelten. Seither gab sie der Mutter manchmal Brot, alte Kleider von Chaja und Süßes für die Kinder. Die Mutter zog nachts in den Straßen umher und suchte nach essbaren Abfällen. In dieser Nacht hatte sie die Tochter bei sich. Irgendetwas muss dem Gestapomann missfallen haben, denn er hat ihr auf offener Straße in den Kopf geschossen. Das kleine Mädchen floh zu dem einzigen Menschen, der je ein wenig nett zu ihr gewesen war. Zu Wilma, die halbtot geprügelt in ihrem zertrümmerten Laden lag. Kurz darauf ging die Sonne auf, und Paul kam, der meine Chaja zum Bahnhof bringen wollte.«

Arman kämpfte wieder mit dem Würgreiz, beherrschte sich jedoch. Amarna setzte sich neben ihn und strich ihm über den Magen, was ihm manchmal half. Er streichelte Eva den Rücken. Was soll uns sonst helfen als das bisschen Zärtlichkeit?, dachte Amarna. Wie können wir denn noch Worte haben, wenn so etwas geschieht?

Eva fuhr fort: »Sie waren so besessen davon, mein Kind in Sicherheit zu bringen, sie hatten so um dieses Visum gekämpft. Irgendwie glaubten sie wohl, die ganze Menschheit wäre noch zu retten, wenn sie nur einen einzigen Menschen retteten. Und nun war mein Kind tot, und das unschätzbar wertvolle Visum würde verfallen.«

»Ein Platz im Rettungsboot«, murmelte Amarna. »Also haben sie mit dem Visum Ihrer Tochter das ostjüdische Mädchen auf die Reise geschickt?«

Eva nickte. »Das Alter stimmte ungefähr überein.«

»Was heißt ungefähr?«, unterbrach Amarna.

Eva zuckte die Schultern. »Ihre Tochter kommt mir sehr klein vor für elf Jahre, aber ich kenne mich nicht aus.«

»Ich glaube, sie ist ein ganzes Jahr jünger, als wir sie gemacht haben«, sagte Amarna. »Sie braucht viel mehr Zeit. Alle Zeit der Welt. Bitte erzählen Sie weiter. Wie haben sie es mit den Fotos gemacht? Die beiden sahen sich doch nicht ähnlich.«

»Nein, sie sahen sich kein bisschen ähnlich, aber ich nehme an, die Fotos waren nicht sehr gut, und niemand wird sonderlich darauf geachtet haben. Es war der erste Transport, und die Leute von der jüdischen Gemeinde waren vermutlich nur darauf bedacht, dass die Sache reibungslos verlief. Wie am Schnürchen.«

»Ich weiß«, murmelte Amarna. »Ich habe Chaja damals vom Pier abgeholt.«

»Danke«, sagte Arman, der nicht mehr würgte. »Danke, dass du das gemacht hast. Ich würde mich so gern bei Dr. Vollmer und

Evas Freundin Wilma bedanken. Ich vermag mir nicht vorzustellen, was sie durchgestanden haben müssen, um unsere Chaja zu retten. Mein Magen macht schlapp, wenn ich nur daran denke.«
»Meiner auch«, sagte Amarna und ließ die Hand auf seinem Magen liegen.
»Fahren wir sie besuchen, wenn der Krieg vorbei ist?«, fragte er. »Um uns zu bedanken?«
»Glaubst du, er geht je vorbei?«, fragte Amarna.
»Und glaubst du, sie leben noch?«, fragte Eva. »Ich habe doch Wilmas Namen auf die Liste der Gestapo setzen lassen, und Paul werden sie ja wohl in ihrem Krieg verheizt haben.«
»Erinnert ihr euch an Lucien?«, erwiderte Arman. »Seine Mutter hat zu mir gesagt: Ich habe keine Todesnachricht, und solange mir keiner sagt, dass er tot ist, lebt er für mich.«
Eva streckte die Hand nach ihm aus, zog sie aber wieder zurück. »Den Stern, den du um den Hals trägst«, sagte sie, »den hat dieser Paul, den ich immer für ein Weichei ohne Hintern in der Hose gehalten habe, meinem toten Kind abgenommen und dem lebenden umgehängt. Und ihren Affen haben sie ihr in den Arm gedrückt. Wilma schreibt, es war sicher das erste Geschenk, das sie je bekommen hat.«
Arman versuchte noch einmal, sich den Stern abzunehmen, aber Eva schüttelte den Kopf. »Behalt ihn, ja? Er ist von meiner Schwester. Von uns allen gibt's niemanden mehr. Wer soll ihn denn sonst tragen?«
»Du.«
Sie lächelte ein winziges, tieftrauriges Lächeln. »Ich sag's dir so, wie vorhin deine Tochter: Behalt ihn, denn sonst hast du gar nichts mehr von mir und vergisst mich.«
»Eva …«
»Lass gut sein«, sagte sie und klopfte ihm auf die Wange. »Du hast zu manchem Talent, aber nicht zum Heucheln.« Dann drehte sie

sich zu Amarna um: »Ich weiß nicht, warum Sie ihn nicht mehr wollen. Weil Ihnen Ihr Kurator besser gefällt? Dagegen kann man nichts machen. Aber wenn es meinetwegen sein sollte, tun Sie ihm Unrecht. Ich wollte genau das erreichen, aber ich will es nicht mehr. Er hat mir gegeben, woran ich nicht länger glauben konnte. Seinen Respekt, seine Freundschaft, seine Menschlichkeit. Muss er dafür bestraft werden? Er hat mir nichts gegeben, was Ihnen gehört, und er ist einer für die Sintflut, Amarna. Zum Trocknen von Land, wenn das überhaupt möglich ist.«

Amarnas Herz schlug so hart, dass das Atmen sie schmerzte. Eva sah ihr ins Gesicht. Arman hielt den Kopf gesenkt und starrte zwischen seinen Beinen auf den Boden. »Er ist von hier«, krächzte Amarna. »Vom Berg Ararat. Ich hätte wissen müssen, dass sein Herz meine Arche ist.« Sie rieb sich den Handrücken über die Stirn, doch der Schweiß lief unaufhaltsam weiter. »Können wir Sie fünf Minuten allein lassen, ehe wir zurück zu den Veysels fahren?«

»Auch länger«, sagte Eva. »Ich bringe mich nicht um. Ich weiß nicht, wie ich überleben soll, ich weiß auch nicht, warum, aber ich fürchte, ich will's.«

»Ich wüsste es an Ihrer Stelle auch nicht«, sagte Amarna. »Und ich komme mir furchtbar schäbig vor, wenn ich Ihnen lauter Sachen anbiete, die mir sicher genauso wenig nützen würden wie Ihnen: unser Geld, unser Heim, unsere Freundschaft, unsere Kartoffeln aus der Zinkbadewanne. Ihr Vorschlag von vorhin war gerecht: Ich hätte Chaja bekommen sollen und Sie meinen Mann. Ich habe ihn eigentlich schon verspielt, indem ich nicht laut gerufen habe, dass das nicht geht, dass ich ihn nicht hergeben kann. Aber ich habe mich so zerrissen gefühlt, ich hatte solche Angst, dass Chaja dann denkt, sie ist mir weniger wichtig …«

»Warum hört ihr nicht auf, euch ständig für solchen Unsinn anzuklagen?«, brummte Arman, ohne den Kopf zu heben.

»Solche Fragen kann man nicht beantworten, die sind faschistisch, so was fragen Leute in KZs: Möchten Sie lieber, dass Ihre Großmutter erschossen wird oder Ihr Sohn? Das ist nicht unsere Art von Unterhaltung.«

Eva betrachtete ihn, dann wandte sie sich mit der Spur eines Lächelns an Amarna. »Können wir ihn nicht vielleicht teilen?«

Arman blickte auf und lächelte auch. »Das geht jetzt nicht mehr. Früher, als meine Nachbarin Doris noch lebte, hätte ich mir das überlegt – sie hat ein Jahr lang ständig unser Haus inspiziert, um herauszufinden, wo ich meinen Harem versteckt halte. Aber jetzt haben wir unter dem Dach zu viel unverdorbene Jugend.«

Amarna umarmte Eva. »Danke für alles.« Dann zupfte sie ihren Mann am Hemd. »Komm mit nach draußen, ja?«

Statt ihr zu folgen, glitt Arman vor Eva auf die Knie und legte ihr die Hand auf die Stirn. »Wir tun das, wenn uns ein Kind geschenkt wird«, sagte er. »*Tarose kes* – ich gebe den Segen an dich weiter.« Damit stand er auf und ging hinter Amarna aus der zerstörten Kirche.

Die Gluthitze war wie ein Schlag, das Licht so blendend, dass es schwerfiel, in den Himmel zu blicken. Auf dem einstigen Kirchhof ragte nur noch ein einziges schief stehendes *Chatschkar* aus der Erde. Dorthin ging sie. Ihr Mann trottete hinter ihr her. Sie waren beide zu Tode erschöpft. »Arman«, sagte sie, stützte sich auf das *Chatschkar* und drehte sich zu ihm um. »Wo steht die Skulptur, über die du mit Chaja gesprochen hast? Die von Bülent, Chaja und mir?«

»Wo soll die denn stehen? Im Museum, wo sonst?«

»Und bitte *wo* im Museum?«

Er wand sich. »In der Ersatzausstellung.«

»Auf der Treppe? Da wo *La Guerre* steht?«

»Ja.«

»Ich bin ganz schlaff und kleinlaut«, sagte sie. »Ich traue mich nicht an dich heran, aber wie das Gerücht aufgekommen ist, ich wollte dich nicht mehr, weiß ich nicht.«
Durch den Schleier der Traurigkeit sah er sie an. »Amarna, du hast mir Dinge unterstellt, die keine vernünftige Frau bei einem Kerl, mit dem sie leben will, ertragen würde. Du hast gesagt, ich verrate dich und Chaja, ich mache mich mit Eva vom Acker, ich …«
»Ich weiß. Und ich werde diesen furchtbaren Abend nie vergessen. Ich hatte solche Angst, ich verliere dich, weil sie das versteht, was ganz tief in dir ist und an das ich nicht herankomme. Ich dachte, es geht dir mit ihr besser, weil sie das, was du erlebt hast, kennt, weil du ihr nichts erklären musst und weil sie nie, nie, nie abscheuliche Dinge zu dir sagen würde wie: Ich habe deine Vergangenheit und dein Leben mit den Toten satt.«
»Das ist doch schon hundert Jahre her.«
»Aber du weißt es noch. Es tut dir immer noch weh.«
Er sah ihr über die drei Schritte Abstand hinweg in die Augen. »Hast du mich satt, Amarna?«
Sie lief zu ihm, so erschöpft, wie sie war, und hielt ihm den Mund zu. »Darfst du nie wieder denken, Enkidu. Bitte nie wieder. Ich habe alles satt. Krieg, Angst, Mord, entsetzlich traurige Geschichten, Kinder ohne Eltern, Eltern ohne Kinder, fehlende Völker, zerrissene Leben. Aber nicht dich. Du machst mich hungrig. Vielleicht liegt es daran, dass du nichts isst. In dieser schrecklichen Zeit, als ich gedacht habe, du verlässt mich, habe ich mir nicht vorstellen können, dass der Krieg je zu Ende geht. Vielleicht tut er das ja auch nicht. Aber solange ich dich habe, solange unsere Arche durchhält, denke ich nie, dass alles sinnlos ist.«
Er legte weich die Arme um sie, zog sie zu sich und flüsterte in ihr Ohr. »Amarna. Er geht zu Ende.«

»Ist das dein Ernst?«, fuhr sie auf.
»Ja«, flüsterte er. »Und beweisen kann ich's auch.«
»Erzähl's mir.«
»Jetzt noch nicht.«
»Warum nicht?«
»Weil ich jetzt beleidigt sein will«, sagte er, aber er klang nicht beleidigt, sondern bis in sein Innerstes verletzt. »Ich kann nicht glauben, dass du mir das zutraust. Von dir wegzugehen, mit irgendwem. Was stimmt nicht mit mir? Leben mit Toten, Leben mit der Vergangenheit? Bin ich nicht Manns genug, dir zu zeigen, dass du mein Leben bist? Dass du mich nicht mehr bei dir haben willst, ist recht und billig, aber was du mir andichtest, ist es nicht. Wenn du mich verlässt, will ich allein sein. Bei niemandem.«
»Bitte bei mir bleiben«, huschte es ihr aus dem Mund. »Bitte mich festhalten, bitte nicht so furchtbar böse mit mir sein.«
»Ich bin aber böse. Was immer ich tue, du denkst das Schlimmste von mir.« Er hielt sie trotzdem. Zog sie an sich und berührte mit den Lippen ihr Haar.
»Was sollst du auch sonst sein, wenn nicht böse? Arman, kannst du mir glauben, wie unerträglich es für mich ist, dass ich dir weh getan habe? Deinem Körper, den du mir anvertraut hast? Wie das in mir wütet?«
Er sagte nichts.
Sie sah zu ihm auf. »In dir wütet es auch, ja?«
»Ich weiß nicht«, sagte er traurig. »Ich weiß nur, dass ich das nicht mehr will. Für Wohlverhalten geküsst zu werden und wie ein Sack durchgeschüttelt, wenn ich nicht funktioniere.«
Amarna fuhr zusammen und gab einen Laut von sich.
»Ist schon gut«, sagte er leise und strich über ihr Haar. »Ich fand, ich war es mir schuldig, das einmal zu sagen, aber jetzt reden wir nicht mehr davon.«

»Kannst du dich nicht wehren?«, rief sie und presste sich an ihn. »Schlag doch bitte endlich zurück!«
»Nein«, sagte er stolz, ließ sie los und sah seine Hände an. »Das könnt ihr selbst tun, ich lasse mich von keinem von euch dazu zwingen. Ich tue nur, was ich will.«
»Wie hast du das gelernt?«
Er zuckte eine Schulter. »Bülent hat zu mir gesagt: Wenn du aufhören willst, dich wie ein Flegel zu betragen, streng dich selbst an. Ich lasse mich von dir blödem Esel nicht noch einmal dazu bringen, einem Menschen einen Stock auf den Rücken zu schlagen. Und du hast gesagt, ich soll mich fragen, ob ich das will: Hinfliegen und Bomben abwerfen. Ich will nicht.«
Sie wollte ihn wieder zu sich ziehen, ließ aber die Arme sinken. »Ich schäme mich so. Und für das mit Wally …«
»Nicht.« Er hob die Hände. »Lassen wir das stehen, ja?«
»Kannst du das? Ich hätte es nicht gekonnt, Arman. Ich wollte auf dich losgehen, nur für die Art, wie du Eva angesehen hast.«
Auf dich losgehen. Dir ins Gesicht schlagen. Das sprech ich nicht aus, weil es so, wie wir jetzt voreinander stehen, nicht einmal denkbar ist.
»Wie habe ich sie denn angesehen?«, fragte Arman.
Amarna stöhnte. »So, als wenn du sie willst. Nicht mich.«
Er war lange still und sah sie an. So, wie wenn er sie wollte. »Ich habe das schwer gefunden«, sagte er. »Mit ihr allein sein. Dich nicht haben dürfen. Wenn du dafür auf mich losgehen willst …«
Amarna schüttelte den Kopf. Sie war auch lange still, fand die Worte, alle vier Sprachen, hohl, und wünschte sich seine Schulter unter ihren Lippen nackt. »Bitte sprich mit mir. Sag mir, was du tun willst.«
»Nicht auf dich losgehen«, sagte er und kam ihr so allein vor, dass sie seinen Namen hätte schreien wollen. »Soll ich mich mit Wally prügeln? Ich finde, er ist ein netter Mann. Hätte er sich

nicht so abenteuerlich weit aus dem Fenster gehängt, hätte ich in Frankreich nie erfahren, wo du bist. Außerdem kann er nichts dafür. Wie ein Mann es anstellt, sich nicht in dich zu verlieben, weiß ich nicht, und wenn er mit dir verheiratet wäre, würde mich das auch nicht kratzen.«

Amarna umfasste seine Schultern und sah, wie ihr die Finger zitterten. »Prügle dich nicht mit Wally«, sagte sie.

»Was dann? Soll ich dir vorjammern, dass ich leide wie ein Hund, dass es mich um den Verstand bringt, an dich in seinen Armen zu denken, wo ich dich Tag und Nacht in meinen wollte? Soll ich behaupten, ich hätte Grund, mir schrecklich leidzutun, während der Frau da drinnen ihr Kind erschlagen wurde und ich meines nachher in meinem Flugzeug anschnallen, in eine Decke wickeln und heil nach Hause bringen darf?«

Sie hielt seine Schultern noch fester, sie zitterte am ganzen Körper. »Ich will dich in meinen Armen, Arman. Du kannst keinen Schritt von mir fort tun, ohne dass ich dir auf den Hintern glotze, und wenn ich dich nicht schön wie die Sünde fände, wäre ich immer noch scharf auf jeden deiner Gedanken. Ich habe viel mehr Wally betrogen als dich.«

»Ich glaube, ich weiß das«, sagte er, ließ sich endlich näher ziehen und senkte das Gesicht auf ihr Haar. »Jedenfalls gebe ich mir Mühe. Was ich tun soll, weiß ich trotzdem nicht, *lajvard*. Irgendwo auf dem Weg habe ich mir dein Vertrauen verscherzt, und ich bekomme es nicht zurück.«

»Nicht du«, sagte sie, lehnte sich an ihn und hörte sein Herz. »Das Leben. Der ganze Schrecken. Es fällt mir so schwer, mich über etwas zu freuen, ich wage es nicht, weil sofort wieder etwas Entsetzliches passiert. So wie an dem Tag, als mein Vater kam und wir in der *Albert Hall* waren. Ich war so glücklich, ich war so fürchterlich verliebt in deine roten Ohren, ich wollte Doris und Dexter loswerden und über dich herfallen.

Und hinterher wollte ich mich bei dir entschuldigen für alles, was ich in dieser Bombennacht zu dir gesagt habe. Ich wollte, dass du mir deine Hand gibst, mir glaubst, dass mir das von Herzen leidtut, und dass das zwischen uns aus der Welt ist. Stattdessen sind Doris und Rehan gestorben. Und heute? Mein größter Wunsch ist in Erfüllung gegangen, wir dürfen Chaja behalten, und ich darf dich behalten, aber wie darf ich mich denn freuen? Mit dem, was Eva geschehen ist, was Paul und Wilma geschehen ist, was meinem Kind geschehen ist? Ich habe Angst, es Chaja zu sagen, Angst, dass sie nicht damit fertig wird.«

»Angst, dass sie stirbt wie Rehan?«

Amarna nickte und hielt den Blick gesenkt.

»*Lajvard?* Siehst du mich bitte an?«

Sie sah zu ihm auf und fand sich ein bisschen albern, weil ihr nach dreizehn Jahren immer noch auffiel, wie schön seine Augen waren. »Hast du die Angst bei mir auch? Vertraust du mir nicht, weil du denkst, irgendwann fällt mir die Vergangenheit auf den Kopf, und dann renne ich nach draußen in eine Bombe oder springe ohne Fallschirm aus meinem Flugzeug?«

Wieder senkte sie den Kopf. »Mein Vater hat gesagt, wer so etwas erlebt hat wie du, der kann gar nicht anders, als etwas Selbstmörderisches in sich zu tragen.«

»Dein Vater hat es aber nicht erlebt«, versetzte er scharf. »Wenn er recht hätte – weshalb bauen wir dann überhaupt Archen, um die ganzen Selbstmörder da oben an den Berg zu bekommen? Wozu kämpfen wir gegen Hitler, wenn der doch sowieso schon gewonnen hat? Das stinkt mir, Amarna. Dass dein Vater mich ständig beleidigt, bin ich ja gewohnt, und vielleicht mache ich das ja irgendwann auch, wenn meine schöne Tochter einen Typen heiratet, der mir nicht passt – aber damit beleidigt er einen ganzen Haufen grandioser Menschen mit. Solche wie Missak und Melinée, wie Chaja, wie Eva. Menschen, die sich weigern, sich von Hitler unterkriegen zu lassen.«

»O Arman, du weißt nicht, wie gut du mir gefällst, wenn du wütend bist. Bitte mach weiter. Sag mir, was dir noch alles stinkt.«

»Mir gefällt das aber überhaupt nicht gut«, sagte er wütend. »Ja, du hast recht, ich lebe mit Toten, und das lasse ich mir von niemandem verbieten, weil ich meine Toten nicht hergeben will. Doris, Bülent, Rehan, Missak, Lucien, Jean, meine Eltern und Tuma. Die gehören alle mir, ich will nicht, dass sie vergessen sind, als hätte es sie nie gegeben, und dafür stempelt ihr mich nicht zum Selbstmörder. Ihr habt mich gerettet, Bülent und du, aber ich mich auch, und ich mache mir so viel Mühe nicht umsonst.«

»Ich bin eine blöde Pute, Arman.«

»Du? Du bist Kuratorin im *British Museum*.«

»Stinke ich dir?«

Sein Körper an ihrem spannte sich. Als er ihren Hals küsste, spürte sie seine Zähne. »Mir stinken keine schönen Frauen. Dieser Hitler stinkt mir. Wenn der weg ist, will ich mit Dexter Tennis spielen lernen. Und Chaja kommt auch mit.«

»Tennis«, wiederholte Amarna. »Darüber unterhältst du dich mit Dexter. Tennis.«

»Ja, warum denn nicht? Findest du etwa, wir sind zu alt?«

Amarna lachte. »Du nicht. Aber ich fürchte, ich kann irgendwann mit deiner Energie nicht mehr mithalten. Nein, du hast nichts Selbstmörderisches. Du bist ein Vulkan, Enkidu.«

»Das ist kein Wunder. Mein Berg ist auch einer. Er schläft nur.«

»Ich lieb deinen Berg«, sagte sie. »Und ich lieb dich. Ich wünschte, wir könnten ein bisschen hierbleiben und uns erholen. Aber das geht nicht, oder? Nicht jetzt.«

»Nein. Nicht jetzt. Wir müssen sogar auf dem schnellsten Weg wieder weg, bevor es womöglich schwierig wird.«

»Dann tröste ich mich damit, dass ich mir in London die Skulptur ansehen und herausfinden kann, warum du eine Skulptur von mir und Bülent und Chaja auf deinen leeren Sockel gestellt hast.«

»Weil ich so selbstmörderisch bin«, versetzte er.

Sie schlug ihm zart auf den Hinterkopf. »Bitte sag's mir.«

»Ich wollte eben diesen leeren Sockel nicht mehr mit mir herumschleppen. Das war doch eure Idee, nicht meine, dass auf den mal eine Skulptur sollte. Ich wollte ihn leer. Er sollte für das sein, was fehlte. Jetzt habe ich gedacht: Das, was fehlt, weiß ich ja. Das weiß ich für immer. Das bin ich. Auf dem leeren Sockel brauchen wir jetzt etwas anderes, etwas, das uns dieses letzte Stück durchhalten lässt, weil wir wissen: Das Land ist hinterher trocken, und um das, was übrig ist, lohnt es sich.«

Sie nahm ihn bei den Wangen und küsste ihn lange auf den Mund. »Ich gebe dich niemals her«, sagte sie. »Dich ersetzen geht nicht, ich kann das nur mit dir – am Leben verzweifeln und dabei Glück im ganzen Körper spüren. Gehen wir, kümmern wir uns, so gut es geht, um Eva, kriechen wir mit unserer Chaja unter eine Decke, organisieren wir unseren Rückflug. Aber wenn du recht hast und der Krieg wirklich zu Ende geht, dann kommen wir wieder hierher, ja?«

»Ich habe dir doch gesagt, ich kann's dir beweisen.

»Hast du aber nicht gemacht.«

»Wart's ab.«

»Vielleicht könnten wir uns hier ja ein kleines Haus kaufen«, überlegte Amarna.

»Das könnten wir machen«, sagte Arman und verzog den Mund wie Doris, wenn sie über das Wetter maulte, doch seine Augen funkelten. »Ich finde aber, wir sollten was anderes kaufen. Können wir nicht Paris kaufen? Da regnet es nämlich nicht mehr.«

# GLOSSAR

*Aerodrom.* Das Wort Aerodrom, das generell einen Flugplatz bezeichnet, wurde von der *Royal Air Force* im Zweiten Weltkrieg für Militärflugplätze benutzt, da es mit dem Begriff Aérodrome der französischen Verbündeten korrespondierte.

*Affiche Rouge.* »Rotes Plakat«. Hetzplakat der deutschen Besatzer und der Vichy-Regierung, auf dem die verhafteten *Résistance*-Kämpfer der Gruppe Manouchian als ausländische Kriminelle diffamiert wurden. Das Plakat wurde tausendfach in Paris aufgehängt. Die verhafteten Freiheitskämpfer wurden hingerichtet.

*Ahnenerbe.* Der SS angegliederte Forschungseinrichtung, die durch archäologische und historische Forschung die Theorie von der Überlegenheit der arischen »Herrenrasse« wissenschaftlich untermauern sollte. Bestand seit 1935 und zeichnete verantwortlich für Menschenversuche an KZ-Häftlingen.

*Anderson Shelter.* Kleinbunker, die 1938 im Auftrag des *Home Office* entwickelt wurden und bis zu sechs Personen beherbergen konnten. Ein *Anderson Shelter* bestand aus galvanisierten Stahlplatten und wurde bis zu etwa einem Drittel der Gesamthöhe im Garten eingegraben. Sie kosteten sieben Pfund, was etwa vierhundert Pfund heutiger Währung entsprach. Ab 1939 wurden sie an Gartenbesitzer mit niedrigem Einkommen gratis ausgegeben.

*Anoush.* Armenisch: Süßes.

*Aqeeqah.* Islamisches Fest als Willkommen für ein neugeborenes Kind, wird traditionell sieben Tage nach der Geburt gefeiert, wobei ein Schaf geschlachtet und mit den Gästen und den Armen der Gegend geteilt wird.

*ARP.* Air Raid Precaution. Britische Luftschutzorganisation.

*Arrondissement.* Pariser Bezirk.

*Adhan.* Islamischer Ruf zum Gebet.

*BBC Home Service.* Zentraler Radiosender Großbritanniens mit Sitz in London, der am 1. September 1939 durch Zusammenlegung der bisher bestehenden Regionalprogramme begründet wurde. Damit sollte verhindert werden, dass die diversen Frequenzen durch den Feind als Navigationshilfen benutzt wurden. Jede Sendung begann mit den Worten: *This is the* BBC *Home Service.*

*Beckton Gas Works.* Großes Londoner Gaswerk der *Gas Light and Coke Company*. In Betrieb von 1879 bis 1970.

*Blanquette.* »Weißes«, d. h. aus hellem, nicht durch Anbraten gebräuntem Fleisch bereitetes Kalbsragout der französischen Küche.

*Bossieren.* Aushauen grober Formen in der Steinbildhauerei. »In der Bosse« ist eine Skulptur in Rohform. Die dafür verwendeten Werkzeuge heißen Bossentreiber und Bossierhammer.

*Bozzetto.* Italienisch: Entwurf. Modellfigur für eine Skulptur.

*British Union of Fascists.* Faschistisch-antisemitische Partei in Großbritannien, die von 1932 bis 1940 bestand.

*Bristol Blenheim.* Leichter Bomber der *Bristol Aeroplane Company*, eingeführt 1935. Sehr erfolgreich auf Nachtflügen eingesetzt. Der auch als Aufklärer geplante, frühzeitig ausgemusterte Typ MkII hatte einen auf 468 Gallonen erweiterten Tank und war für Langstreckenflüge geeignet.

*British Movietone News.* Britisches Wochenschau-Programm, erschien seit 1929.

*Bovril.* In den dreißiger Jahren beliebter Fleischextrakt, der sowohl als Brotaufstrich als auch als Zusatz zu Getränken verwendet wurde und als nahrhaft galt.

*Chatschkar.* »Kreuzstein«. Kunstvoll behauener Gedenkstein der armenischen Steinbildhauerei, in dessen Mittelpunkt ein Kreuz steht. Die umgebenden Motive sind meist geometrisch oder der Pflanzenwelt entliehen und von großer Harmonie geprägt. Seit dem 9. Jahrhundert verbreitet, Vorformen jedoch bereits seit vorchristlicher Zeit bekannt.

*Colonel Bogey March.* 1914 komponierter Militärmarsch, der im ersten Jahr des Zweiten Weltkriegs mit dem Spotttext *Hitler has only got one ball* über Nacht zu einer Art inoffiziellen Nationalhymne wurde. Das Wort *ball*, eine vulgäre Übersetzung von »Hoden«, ist dabei zugleich ein Synonym für »Mut« oder »Mumm«. Die Nachdichtung, die in verschiedenen Strophen und Variationen existiert, ist bis heute als Symbol eines trotzigen, derben Humors, eines Mutes der Verzweiflung, bekannt und wurde auch auf der 70-Jahr-Feier des Kriegsendes spontan wieder in der *Albert Hall* abgesungen.

*Commission.* Britische Entsprechung eines Offizierspatents.

*Der Wahre Jacob.* Deutsche Satirezeitschrift mit zahlreichen Karikaturen, die der Sozialdemokratie nahestand. Erschien seit ihrer Gründung 1879 mit einer Unterbrechung bis zu ihrem Verbot 1933.

*Die Dame.* Illustrierte Mode- und Frauenzeitschrift, die seit ihrer Gründung 1911 erschien, bis sie 1943 kriegsbedingt eingestellt wurde.

*Die Freundin.* 1924 erstmals herausgegebene Zeitung für lesbische Frauen, erste deutsche Lesbenzeitung überhaupt, erschien bis zu ihrem Verbot 1933 erst monatlich, zuletzt wöchentlich.

*Dig for Victory.* »Graben für den Sieg«. Groß angelegte Kampagne mit Plakaten, Radio- und Wochenschauwerbung, durch die die Briten aufgefordert wurden, in ihren Gärten

Gemüse anzubauen und so die knappen Lebensmittelreserven des Landes zu entlasten.

*Direct Carving.* Auch: Direkte Steinarbeit. Aushauen einer Skulptur aus dem Stein, ohne dass zuvor ein Modell angefertigt wird. Häufig gibt es nicht einmal eine Skizze, auch eine *Verlorene Zeichnung* ist nicht zwingend.

*Distinguished Flying Cross.* Britische Tapferkeitsmedaille für Angehörige der *Air Force*, im Zweiten Weltkrieg mehr als zwanzigtausendmal verliehen.

*Elgin Marbles.* Von dem Bildhauermeister Phidias geschaffene Skulpturen und Reliefteile aus der Akropolis, die Lord Elgin entfernen ließ und dem *British Museum* verkaufte.

*Enkidu.* Figur aus dem *Gilgamesch-Epos*. Enkidu, »der Wilde«, wird von der Göttin Aruru aus Lehm und Speichel geschaffen, um Gilgamesch einen ebenbürtigen Gegenpart und Gefährten an die Seite zu stellen. Durch Enkidu lernt Gilgamesch zu lieben, sein Tod und Verlust führt ihn zu sich selbst.

*Épicerie.* Französisch: Lebensmittelgeschäft.

*Fäustel.* Quaderförmiger Hammer, treibendes Werkzeug der Steinbildhauerei.

*Flinch.* Einfaches, in den 1930er Jahren beliebtes Kartenspiel.

*Flying Officer.* Niedriger Offiziers-Dienstgrad der *Royal Air Force*, entspricht einem Lieutenant der *Army*.

*France libre.* Von Charles de Gaulle im britischen Exil im Juni 1940 begründete Militärorganisation aus französischen Truppen, die entschlossen waren, nach der Niederlage weiter gegen Hitlers Deutschland und das Vichy-Regime zu kämpfen.

*FTP. Franc-Tireurs et Partisans.* Scharfschützen und Partisanen, eine der wichtigsten bewaffneten Résistance-Gruppierungen. Gruppen mit der Bezeichnung FTP-MOI *(Main d'Œuvre Immigrée)* bestanden aus Fremdarbeitern, zahlreichen polnischen Juden und Armeniern. Die FTP-MOI unterstand ab Juni 1943 der militärischen Leitung von Missak Manouchian. Fünf Monate nach seiner Übernahme wurde beinahe die gesamte Pariser Gruppe verhaftet und im Februar 1944 hingerichtet.

*Gabbro.* Im Erdinnern erstandener, sehr harter Stein von schwarzer oder schwarzgrauer Färbung.

*Gloster Gauntlet.* Einsitziges Kampfflugzeug der Firma *Gloster Aircraft*, eingeführt 1935.

*Hawker Hart.* Leichter Bomber, zweisitziger Doppeldecker der Firma *Hawker Aircraft*. Eingeführt 1930, vor Kriegsbeginn weitgehend ausgemustert und durch die *Hawker Demon* ersetzt.

*ITW.* Initial Training Wing. Zentren zur Erstausbildung von Piloten der *Royal Air Force*, zumeist entlang der Küste gelegen.

*Jugend-Alijah.* 1933 von Recha Freier begründete jüdische Organisation, die sich darum bemühte, die Emigration von jüdischen Kindern und Jugendlichen ohne deren Eltern nach Palästina zu betreiben. Tausenden von Kindern wurde dadurch das Leben gerettet.

*Khachuhi.* Armenisch: Kleines Kreuz.

*Krapar.* Der westarmenische Ausdruck für *Grabar*, die klassische, älteste nachweisbare armenische Sprache, die bis heute in der apostolischen Kirche Armeniens als liturgische Sprache benutzt wird.

*Kronprinzenpalais.* Das ehemalige Kronprinzenpalais beherbergte ab 1919 die moderne Abteilung der Berliner Nationalgalerie, die sogenannte ›Galerie der Lebenden‹. Am 7. Juli 1937 wurden 435 Werke aus den Beständen dieser großartigen Sammlung beschlagnahmt, um sie in der Ausstellung ›Entartete Kunst‹ zu diffamieren.

*Küçüğüm*. Türkisch: mein Kleines.

*Lajvard.* Armenisch: Lapislazuli.

*Le Temps.* Politisch unabhängige französische Tageszeitung, die bis zum November 1942 in Paris erschien.

*Maginot-Linie.* In den dreißiger Jahren errichtete, schwer befestigte Verteidigungslinie entlang der französischen Grenze, die Angriffe abwehren sollte. Benannt nach dem französischen Verteidigungsminister André Maginot.

*New Burlington.* Kunstgalerie in *Central London*, die 1938 auf Betreiben des *Spanish Relief Commitees* Picassos Bürgerkriegsgemälde *Guernica* ausstellte, um mit dem Erlös die republikanischen Truppen zu unterstützen. Der Ausstellung, die in Wirklichkeit erst im Herbst eröffnet wurde, blieb der erhoffte Erfolg jedoch versagt. Ebenso ausgestellt wurden deutsche Künstler, die die Nazis als »entartet« diffamiert hatten.

*Pilot Officer.* Niedrigster Offiziers-Dienstgrad der *Royal Air Force*. Entspricht einem *Second Lieutenant* der Armee.

*Poilu.* Umgangssprachliche Bezeichnung für einen französischen Soldaten des Ersten Weltkriegs. Das Adjektiv *poilu* bedeutet »behaart« und spielt auf die schlechte hygienische Versorgung in den Schützengräben an.

*Reichsfachschaft Film.* Abteilung der Reichsfilmkammer, der ab 1933 Filmschaffende angehören mussten, um ihren Beruf weiter ausüben zu dürfen. Im Aufnahmeantrag mussten sie Angaben zu Religion, Abstammung, eventuellen Vorstrafen und eventueller Mitgliedschaft in politischen Organisationen machen.

*Reichsfilmkammer.* Gegründet im Juli 1933, seit dem 22. September 1933 der Reichskulturkammer eingegliederte Körperschaft der Nationalsozialisten, die das gesamte Filmschaffen reglementierte und überwachte.

*Rive Droite.* Das rechte Ufer der Seine, das traditionell als bürgerlicher und konservativer gilt.

*Rive Gauche.* Das linke Ufer der Seine, traditionell liegen hier die unkonventionelleren, belebteren Viertel, in denen Kunst, Bildung und Kultur zu Hause sind.

*Salat al-Janaza.* Totengebet des Islam.

*Schmirgel.* Schleifmittel aus natürlichem Gesteinsvorkommen.

*SNCF. Societe Nationale de chemins de fer Français.* Französische Eisenbahngesellschaft, seit 1938 voll verstaatlicht.

SOE. *Special Operations Executive.* Britische geheime Militäreinheit für Sondereinsätze, unter die sowohl Spionage und Sabotageakte als auch die Zusammenarbeit mit den Widerstandsbewegungen der besetzten Länder fielen. Im Sommer 1940 auf Churchills Initiative aus drei bestehenden Geheimorganisationen mit Hauptquartier in der Baker Street gegründet. Die Offiziere der SOE, die sich u.a. durch Fallschirmabsprünge oder Landungen hinter den Feindlinien in besetzte Gebiete einschleusen ließen, wurden auf unkonventionellen Wegen rekrutiert, umfassend geprüft und ausgebildet. Der Großteil der Bevölkerung wusste bis Kriegsende nichts über die Existenz der SOE.

*Soir de Paris.* Parfümkreation des russisch-französischen Parfümeurs Ernest Beaux (bekannt für *Chanel No 5*).

*Spitzeisen.* Steinbildhauerwerkzeug zum Aushauen. Hundezahn und Zahneisen sind spezielle Formen.

*Stuka.* Sturzkampfflugzeug.

*Sünnet.* Türkische Bezeichnung für das Fest der Beschneidung.

*Tavla.* Brettspiel, Backgammon ähnlich.

*The Kitchen Front.* Humorige Sendung der BBC, in der die Schwestern Elsie und Doris Warren als »Gert and Daisy« Rezepte vorstellten, die mit den rationierten Lebensmitteln auskamen.

*Tiger Moth.* Trainingsflugzeug, auf dem in den 1930er Jahren die meisten RAF-Piloten ihre Grundausbildung absolvierten.

*Tušpa.* Hauptstadt des einstigen Königreiches Urartu. Gegründet auf dem Stadtgebiet des heutigen Van/Osttürkei, wurde sie im Jahre 832 v. Chr. zur Regierungshauptstadt. Die erhaltene Bausubstanz der Stadt wurde zu großen Teilen im Ersten Weltkrieg unwiederbringlich zerstört.

*Tate.* Bedeutende Kunstgalerie in London, gegründet 1897, mittlerweile aufgegliedert in vier Galerien, während sich in den 1930er und 1940er Jahren noch sämtliche Sammlungen nationaler und internationaler Kunst in den traditionellen Räumen in Millbank befanden.

*Urartu.* Altorientalisches bzw. kleinasiatisches Reich im Osten von Anatolien, in der gebirgigen Gegend um den Vansee und die Vorgebirge des Ararat. Unter König Sardori I. stieg Urartu ab 832 v. Chr. zu einer bedeutenden Macht der Region auf, die auch die Vorherrschaft Assyriens bedrohte. Aus nicht völlig geklärten Gründen verschwand das Reich im 6. Jh. v. Chr. von der Bildfläche und wurde ab 1827 wiederentdeckt.

*Uta-napišti.* Sumerisch: »Ich habe mein Leben gefunden«. Im *Gilgamesch-Epos* der Archebauer und Überlebende der Sintflut, der als Bewahrer des menschlichen Samens von den Göttern Unsterblichkeit erhielt. Der Flut-Mythos des *Gilgamesch-Epos* weist starke Ähnlichkeiten zum *Atrahasis-Epos* und zur Noah-Erzählung der Bibel auf.

*Verlorene Zeichnung.* Entwurf einer Seitenansicht der geplanten Skulptur, die direkt auf einen Steinblock aufgetragen wird und beim Aushauen der Skulptur verloren geht.

*Völkerbund.* Zusammenschluss von Staaten, der als Konsequenz des Ersten Weltkriegs gegründet wurde und mit Sitz in Genf seit 1920 bestand. Sein vorrangiges Ziel, die dauerhafte Sicherung des Friedens, erreichte er nicht. Die verbleibenden Mitglieder lösten ihn 1946 auf.

*WAAF. Women's Auxiliary Air Force.* Frauen-Freiwilligen-Verband der *Air Force*, der unter vielem anderen für die Versorgung der Einsatzpiloten zuständig war.

*Welbike.* Faltbares Motorrad für Fallschirmspringer.

*Westland Lysander.* Ursprünglich als Bomber geplantes Flugzeug, das bevorzugt von der SOE für Einsätze in Frankreich genutzt wurde, da es auf unwegsamem Gelände und sehr engem Raum landen konnte. Bis zu drei Passagiere konnten damit transportiert werden.

*Wicket Keeper.* Feldspieler beim Kricket.

*Wing Commander.* Hoher Offiziers-Dienstgrad der *Royal Air Force*. Entspricht einem *Lieutenant Colonel* der *Army*.

*York Hall.* 1929 eröffnetes Sportzentrum – speziell für Boxen und Schwimmen – in Londons East End (Bethnal Green).

*Zweispitz.* Beidhändig geführter Spitzhammer zum flächigen Aushauen in der Steinbildhauerei.

# DANKE

Danke, Ararat.
Danke für meine schönste Zeit.
Ich hatte das unglaubliche Privileg, dieses Buch in fünf zauberhaften Hauptstädten schreiben zu dürfen – Dank an London, Berlin, Yerevan, Paris und Theben/Luxor (und obendrein die Fast-Hauptstadt Istanbul).
Ich habe noch nie ein Buch geschrieben, an dem so viele Menschen beteiligt waren, zu dem so viele Menschen ihre Geschichten, Erfahrungen, ihr Fachwissen, ihre Einschätzungen, ihre klugen Ideen und ihre Lebensfreude beschämend großzügig beisteuerten. Bei ihnen allen bedanke ich mich. Das hier wird für mich immer euer Buch ebenso sein wie meines. Danke, dass ich euch und eure Arbeit kennenlernen durfte, danke, dass wir so viele Ararat-Spontan-Partys gefeiert haben – und dass wir weitermachen, dass aus unseren gemeinsamen zwei Jahren so viel gewachsen ist.
Ein paar – *my personal »the few«* – müssen namentlich genannt werden, das geht nicht anders. Für ihre Geduld, ihre Unermüdlichkeit, ihre – ach, was weiß denn ich!
Tausend Dank an:
*First, never least*: Will von der RAF. Du verdienst eine Tapferkeitsmedaille. *»He can't do that with us«* wird für mich neben »In Paris regnet's ja jetzt auch« das Motto dieses Buches bleiben.
Germaine und André vom *Jean Moulin Musée, Paris. »We'll always have Paris«* – dank Euch.
Della, Dot und Gladys, die mir von ihrer Nacht im *Anderson Shelter* erzählt haben. Ein Privileg. Unvergesslich.
David von *Tate Modern*, der mir zwei Tage vor Weihnachten

drei Stunden lang erklärte, wie *Direct Carving* sich anfühlt – um mir danach englisch-verklemmt zu gestehen, dass die Skulptur, um die es ging, bei ihm gar nicht steht.
Jenny, Adnan, Dan, Cathie – *THE ONE AND ONLY BRITISH MUSEUM.*
Lily, Walther, Robert – »Kinder«. Danke.
Nurdan aus Van, Kavi aus Yerevan, Völkerverständigung durch Dauergelächter.
Mein Vater, der weltbeste Berlinberater, der verhinderte, dass Eva in die Havel fiel und Bockwürste in der falschen Suppe landeten.
Die Testleser: Sabrina, Jana, Carl, Elisabeth, Gerti, Cindy, Nick, Eva-Maria, Jennifer, die alle Gold wert sind, sowie die Einzigartigen Andrea und Inge, die diese Geschichte in die Arme genommen haben wie ich und denen Tante Frieda beständig ihre Fotoalben zeigen durfte.
Alan und Raul, die mit mir auf den Spuren dieser Geschichte durch England, Deutschland, Armenien, die Türkei und Frankreich zogen. Besonderen Dank für viel Gelächter bei *»Dad's Army«, »Has anyone lost a barrage balloon?«*, für die *Bristol Blenheim*, die Raul für mich ausgesucht hat, nachdem sämtliche Experten abgewinkt hatten, und für den atemberaubenden Moment, als wir schließlich davorstanden.
Dies ist der einzige meiner Romane, der geschrieben worden wäre, *»come what may«*, weil ich ihn schreiben musste.
Dass er ein Buch werden durfte, verdanken er und ich Roman und Christine, und dass er jetzt mindestens so blank gebürstet ist wie Doris Taylors Treppe mit der Wurzelbürste, verdankt er Silvia Kuttny-Walser.
Raif. Für alles.

*Carmen*
*Luxor. Mai 2015*

*»Wir rennen dem Himmel die Tür ein.
Und keiner hält uns auf.«*

CHARLOTTE ROTH

# Als der Himmel uns gehörte

ROMAN

London 2011. Die junge Läuferin Jennifer will an den Olympischen Spielen teilnehmen. Jetzt aber drohen Panikattacken ihren Traum zu gefährden. Mit ihrem Trainer, dem Iren Gregory, der sie heimlich liebt, reist Jennifer nach Mandeville, auf den Landsitz ihrer Familie. Sie hofft, sich bei ihrer fast hundertjährigen Urgroßmutter Alberta Rat holen zu können. Auch diese hat einmal an einer Olympiade teilgenommen, damals in Berlin, im Jahr 1936. Auf den Spuren ihrer Familiengeschichte wird Jennifer lernen, worum es im Leben wirklich geht.

KNAUR

*Nur wer zurückblickt,*
*kann nach vorne blicken*

CHARLOTTE ROTH

# Als wir unsterblich waren

ROMAN

November 1989. »Willkommen in Westberlin«, dröhnt es aus einem Lautsprecher, als die Ostberliner Studentin Alexandra von der Menschenmenge in die Arme eines jungen Mannes gedrängt wird. Liebe auf den ersten Blick!
Berlin vor dem Ersten Weltkrieg. Die junge und mutige Paula setzt sich leidenschaftlich für Frauen- und Arbeiterrechte ein. Ihre Träume von einer neuen, gerechteren Welt teilt sie mit dem charismatischen Studentenführer Clemens, mit dem sie Seite an Seite kämpft.
Damals, als sie unsterblich waren, beginnt ihre dramatische Geschichte, die auch die Geschichte unseres Landes ist und die Jahrzehnte später Alexandras Welt für immer verändern wird.

KNAUR